T0282844

Darlis Stefany

CLOVER:
¿Eres el trébol
de este irlandés?

wattpad **W**
by Montena

Primera edición: abril de 2023

Printed in Colombia – Impreso en Colombia

ISBN: 978-84-19-16989-1

Advertencia:
este libro incluye contenido sensible
relacionado con el consumo de drogas
y relaciones de maltrato.

Hola, querido lector y querida lectora, un gusto saludarte.

Ante todo, gracias por aventurarte en esta historia, espero que disfrutes del viaje. Sin embargo, antes de que se inicie es mi responsabilidad hacerte saber que en ella encontrarás contenido sensible que podría despertar o desencadenar ciertos episodios. Por lo tanto, me gustaría advertirte confiando en que conoces tus límites.

En esta historia encontrarás lenguaje así como situaciones extremas de carácter sexual y violencia gráfica y explícita. Aborda temas como la salud mental, el acoso y el abuso sexual y también alude al uso de drogas. Hace mención y abarca el abuso físico, psicológico y emocional, además del de poder.

Los escenarios transcurren en Nottingham, en el Reino Unido. Sin embargo, la institución universitaria junto con muchos escenarios de esta historia son ficción.

Como autora, me he informado sobre datos de la medicina forense así como otros aspectos que encontrarás dentro de la historia, pero me he tomado unas pocas licencias literarias para adaptarlos a la historia.

A cada persona que alguna vez ha llorado por no encontrar en el espejo el reflejo de lo que la sociedad considera una belleza estándar.

A los que están en su proceso de comprensión de lo importante y bonito que es ser diferente.

A los extrovertidos e introvertidos, los valientes y los que aún dan pasos pequeños ante el miedo.

A las que han dicho «no» y lastimosamente no han sido escuchadas.

A cada mujer que aún camina viendo detrás de su espalda y sale de casa esperando poder volver.

A cada estrella que ha sido apagada, pero también a las que brillan con fuerza y a esas que aún titilan de a poco esparciendo su luz.

A los soñadores, optimistas, los incrédulos y los realistas.

Y por sobre todas las cosas: a cada lector y lectora que es lo suficiente valiente para abrir su corazón a una nueva historia con el poder de cambiarle la vida y subirlo a una montaña de emociones.

¡Ah! Y por supuesto que a ti, por despertar cada día con la esperanza de vivir un día mejor, por levantarte ante cada caída, ser lo suficiente audaz y temerario para asumir el reto de la complejidad que compone nuestras vidas.

Y para tu buena suerte, repite conmigo: «Clover, Clover, Clover».

PLAYLIST

This Is Me de **Demi Lovato y Joe Jonas**

Everything About You de **One Direction**

A dónde vamos de **Morat**

Un poco de tu amor de **RBD**

Can I Have This Dance de **High School musical**

Power over Me de **Dermot Kennedy**

My Hair de **Ariana Grande**

Watermelon Sugar de **Harry Styles**

New Romantics de **Taylor Swift**

I Wanna Be Yours de **Arctic Monkeys**

Teach Me how to Love de **Shawn Mendes**

Dembow de **Danny Ocean**

Te quiero más de **TINI feat. Nacho**

Everyday de **Ariana Grande feat. Future**

Fire Meet Gasoline de **Sia**

Don't Blame Me de **Taylor Swift**

Jungle de **Emma Louise**

Juntos de **La Melodía Perfecta**

Love on the Brain de **Rihanna**

Directo al grano de **Viniloversu**s

Need to Know de **Doja Cat**

Tu eres perfecta de **Oscarcito**

Best Day of My Life de **American Authors**

Someday de **OneRepublic**

Stay the Night de **Zedd feat. Hayley Williams**

Valentine de **5 Seconds of Summer**

Only Girl de **Rihanna**

Heathens de **Twenty One Pilots**

Black Swan de **BTS**

Train Wreck de **James Arthur**

Outrunning Karma de **Alec Benjamin**

Hymn for the Weekend de **Coldplay**

Magic Shop de **BTS**

Mikrokosmos de **BTS**

UNIVERSIDAD OCROX DE NOTTINGHAM: TOMANDO EL PASADO, APRENDIENDO DEL PRESENTE Y EDUCANDO EL FUTURO

La Universidad Ocrox de Nottingham (OUON), una vez más, entra en el ranquin de las universidades con mayor desempeño académico y más graduados con un futuro prometedor, junto con sus aliadas de Viena (OUOV), Berlín (OUOB), Sídney (OUOS) y Washington (OUOW).

La distinguida institución, con un amplio currículo y numerosos estudios para formarse en varias profesiones, destaca otro año, convirtiéndose en uno de los centros universitarios más cotizados, así como el destino preferido para los jóvenes que desean tener un futuro laboral prometedor.

Con una arquitectura enriquecedora que reúne estructuras del pasado y el modernismo, esta universidad alberga a miles de estudiantes de todo el mundo becados y no becados. La matrícula es de las más elevadas y la búsqueda de una beca no es fácil, pero los estudiantes aseguran que vale la pena.

La llamada Fuente de la Sabiduría, ubicada entre la Facultad de Medicina y la de Ciencias Tecnológicas, alberga un sinfín de monedas de diferentes países que evocan los deseos de estudiantes que asumieron el reto de enfrentarse y aprender en una universidad tan exigente como esta.

Se han realizado diversos estudios sobre el nivel de estrés y el estado de salud mental de los jóvenes que se someten a las grandes exigencias académicas de la OUON, y la respuesta se encuentra en muchas de las entrevistas y los artículos dados por parte de la familia fundadora de esta universidad: se garantiza que los estudiantes cuentan con una larga lista de actividades extracurriculares que invitan a relajarse, desarrollar sus habilidades sociales y crear conexiones sentimentales y estratégicas para el futuro.

Es por ello por lo que estudiar no lo es todo, y en esta institución, que fácilmente podría concentrar una miniciudad, se celebran fiestas en las mansiones de las fraternidades y las hermandades legendarias, que tienen una vida nocturna muy animada y varias actividades recreativas. Se pueden encontrar grandes e inolvidables fiestas incluso los días de entre semana, y si eso no es suficiente, a las afueras del campus se sitúan pubes locales con diferentes ambientes y sintonías que seguro que te encantarán.

La Universidad Ocrox de Nottingham lidera una campaña en contra de la intolerancia, y resalta a través de sus clubes, eventos y seminarios la importancia de la inclusión entre su comunidad estudiantil. Cuenta con una rígida lista de normas que protegen los derechos y la integridad de cada estudiante, formando una red de seguridad para jóvenes de todo el mundo.

Esta prestigiosa institución dispone de personal y un sistema de seguridad de alta gama. Los hijos de políticos, celebridades y todo el estudiantado gozan de una seguridad muy fuerte y, aunque se rumorea que algunos sucumben al uso de drogas, parece algo típico de cualquier universidad.

Así pues, este año la OUON celebra que es la número dos del ranquin mundial y promete mantener el compromiso de educar el futuro profesional del mundo y ocupar el puesto número uno en los años venideros.

Recientemente se otorgarán las becas para jóvenes de entre dieciocho y veintidós años del tercer mundo, reafirmando su compromiso de dar oportunidades a estudiantes con bajos recursos.

¡Felicidades a la OUON! Sin duda alguna, es la cuna de un buen futuro y el comienzo de grandes oportunidades.

PRÓLOGO

Hace tres años...

Iniciar la vida universitaria no me pone nerviosa ni ansiosa, cosa que papá no cree. Me parece que mi amoroso, protector e increíble padre piensa que arroja un corderito a los leones, pero lo que no sabe es que su angelito es una fuerte leona. «¡Papá, rujo incluso más fuerte!». Pero tiene sentido que piense eso cuando siempre me ha visto como su bebita pura e inocente. No es que yo me haya esforzado en darle esa idea de mí, sino que para él es lógico que yo sea la cuna de la inocencia.

Ingresar en la Universidad Ocrox de Nottingham se siente como uno de los logros más grandes de mi vida y uno de mis sueños, ya que este centro figuraba como mi primera opción y conseguir la plaza para Ciencias Forenses me hizo llorar cuando me llegó la carta de admisión. Es una universidad ubicada al norte de Nottingham con un arquitectura rica y preciosa. La última vez que consulté su página web, la población estudiantil era de quince mil trescientas personas, y la de profesores, de cinco mil trece.

Esta universidad es prestigiosa y reconocida mundialmente, y de ella han salido grandes profesionales, figuras públicas, líderes políticos, de la ciencia e incluso filósofos. Un título universitario de la Universidad Ocrox de Nottingham te abre un sinfín de puertas, y eso tal vez justifique que su matrícula anual para los estudiantes nacionales oscile entre las diez mil y las quince mil libras esterlinas, y para estudiantes internacionales, entre veintiocho mil y treinta mil libras esterlinas. Cuenta con una gran oferta de especialidades y abarca profesiones que ni siquiera conocía.

En cuanto a la vida social universitaria dentro del campus, llevo muy pocos días como para saberlo, pero he escuchado que las fiestas rivalizan las celebraciones de las películas estadounidenses y que hacer vida social es tan importante como estudiar. Dispone de cuatro fraternidades oficiales y conocidas, y dos algo más pequeñas que están olvidadas, y también posee cinco hermandades —no pertenezco a ninguna—. Tiene diez edificios residenciales para estudiantes —resido en uno de ellos— con un coste bastante elevado que no todos se pueden permitir, y luego se encuentra la zona residencial más reducida para los alumnos becados.

Estoy muy emocionada de estar aquí, de que finalmente esté sucediendo.

—Papá, en serio, me estoy adaptando muy bien, no estoy nerviosa —digo en nuestra llamada telefónica.

Generalmente papá no es muy charlatán; de hecho, poco habla en esta llamada, pero lo poco que dice deja en evidencia que siente la necesidad de protegerme.

Me está desesperando un poquito. Trato de entenderlo, pero tiene que respirar y entender que estoy en camino a convertirme en una adulta.

Me detengo cuando localizo finalmente el auditorio donde tendré mi segunda clase y una de las más esperadas. No puedo creer que realmente esté aquí para estudiar Ciencias Forenses, que esté en otra ciudad, viviendo con mi mejor amiga, Edna, y adentrándome en la vida universitaria.

—Oye, creo que eres tú quien está nervioso. Estaré bien, sé cuidarme y todos han sido agradables —comento en persa, subiendo los escalones y asintiendo al único muchacho que se encuentra en el lugar.

Apenas alcanzo a ver su cabello rojo mientras escucho la respuesta de papá, que parece algo más calmado. Me parece que tener nuestro espacio nos irá bastante bien. Además, sé que mi madrastra, Valentina, hará que su preocupación disminuya, ella es del equipo «Clover estará muy bien».

Como una tonta, porque no encuentro otra explicación, permanezco de pie mientras hablo con papá cambiando con facilidad del persa al inglés. Noto que los estudiantes se van uniendo a la clase y algunos me lanzan miradas amistosas que respondo con una sonrisa.

—Papá, debo colgar, cuídate y deja de preocuparte tanto. Te amo.

—También te amo, cariño —dice tras un suspiro, y finaliza la llamada.

Río por lo bajo y me saco el bolso de estilo mensajero para tomar asiento, y entonces cometo el error de ver al frente. Primero me fijo en un par de estudiantes que entran conversando, luego, en una chica riendo con un chico en la tercera fila, y finalmente mis ojos son atraídos por la cabellera rojiza de un muchacho con una media sonrisa que escribe a toda prisa en el móvil.

Solo alcanzo a ver su perfil, pero eso consigue cautivarme por alguna razón: desde su cabello pelirrojo despeinado, pasando por las pestañas rizadas que protegen el color de sus ojos, el puente recto de la nariz y los labios rosa con un grosor no demasiado carnoso, aunque tampoco son delgados. Veo muy poco de él, pero la cuestión es que no puedo dejar de hacerlo.

Emite una risa ronca por lo que sea que reciba en el móvil y sonrío porque es un sonido encantador.

Sin dejar de mirarlo, retrocedo para tomar asiento y parece que todo pasa demasiado rápido: en un momento estoy suspendida en el aire y al siguiente emito un grito cuando siento la fuerza de la gravedad tirar de mí en cuanto el asiento colapsa, lo que me hace caer de culo de una manera dolorosa, pero sobre todo vergonzosa.

El sonido de mi caída es fuerte y estrepitoso, tanto que por un momento solo hay silencio, antes de que algunas risas y susurros resuenen en el auditorio. Pensé que mi culo voluminoso me protegería del dolor, pero ¡carajo! En realidad, me duele.

Me doy cuenta de que tendría que levantarme y acortar este vergonzoso momento, pero un rápido meneo me hace saber que estoy atascada. ¿Tendré que pedir ayuda? Por favor, no, necesito sacar el culo de aquí y levantarme dignamente, ese es mi plan, pero la aparición de unas piernas cubiertas en tejano lo cancelan.

Una persona está frente a mí, y el lento alzar de mi mirada me hace encontrarme con una mano que se extiende hacia mí. Cuando mis ojos continúan el recorrido y llego al dueño de la mano que me ofrece ayuda, puede que una exhalación profunda me abandone.

De acuerdo, así que el chico pelirrojo era guapo de perfil, pero ¿de frente? Guau, simplemente guau. La manera en la que me sonríe de costado, con lo que parece picardía, y cómo sus vibrantes ojos verdes me miran me aturden durante unos segundos.

—¿Le das el permiso a mi mano para tocarte? —pregunta, arqueando una ceja sin dejar de sonreírme.

Hay un rastro irlandés en su acento y también me parece que un tono coqueto en su voz.

Tragando, estiro la mano y tomo la suya, sorprendentemente suave y firme.

—Te lo permito —murmuro.

—Gracias. —Me guiña un ojo antes de tirar de mí.

Veo cómo su bíceps sobresale con la fuerza que ejerce para levantar mi cuerpo, nada ligero, y quizá demoro demasiado mi atención en las venas que se le marcan en el brazo. ¿Una persona se puede sentir tan atraída por unas venas? Sí, tal vez los vampiros.

Hago una mueca de dolor cuando consigo estar de pie, y con la mano libre me tanteo el culo adolorido. Aparentemente, nada está roto.

—¿Todo bien allá atrás? —me pregunta el chico irlandés, haciendo que, de nuevo, clave la mirada en él.

Bueno, tengo que inclinar la cabeza hacia atrás porque es significativamente más alto que yo y por un momento siento que estoy mirando al sol, un sol de puntas rojizas. Es increíble cómo brilla, no literalmente, pero irradia un tipo de alegría y confianza difícil de ignorar.

—Todo bien. —Le sonrío—. Por fortuna no tengo el culo roto.

Me doy cuenta de cómo suena lo que acabo de decir, pero finjo que no me avergüenza mientras él me dedica una sonrisa ladeada.

—Eso es bueno, un culo roto no es algo muy cómodo de tener.

Me suelta la mano con lentitud y mantiene esos vivaces ojos verdes mirándome con fijeza.

—Gracias por levantarme.

—Siempre que quieras. —Hace una breve pausa—. Gracias por darle permiso a mi mano de tocarte. Supongo que ahora el permiso será retirado… ¿Correcto?

«No, puedes volver a tocarme».

Eso es lo que pienso, pero no lo que digo, porque intento no ser una muchacha hormonal y ser más sensata sobre mis rollos, aventuras o relaciones.

—Tengo que retirarlo, comprenderás que resulta más sensato pedirme permiso para el próximo contacto. No puedo darte uno definitivo teniendo en cuenta que apenas nos acabamos de conocer…, irlandés.

—«Irlandés» —repite sonriendo—, suena bien, pero, por si te interesa, me llamo Callum. Sin embargo, «irlandés» no me molesta, soy una buena representación de Irlanda, lo prometo.

—Clover —digo, y parpadea.

—Sí, me gustan los tréboles.

No puedo evitar reír. Me muerdo el labio inferior para controlarlo y consigo volver a hablar.

—Quise decir que me llamo Clover.

—Clover, Clover, Clover —canturrea, y la manera en la que suena me hace tragar—. Me gusta.

Parpadeo y él también, a la vez que su sonrisa se vuelve más pequeña, pero sin perder la picardía.

—Bueno, Clover, me alegra que estés bien y que no tengas el culo roto. —Ríe ante esto último—. Espero que no haya más caídas.

—Trataré de que no las haya.

Se lame el labio inferior, se gira y baja los escalones con tranquilidad y vuelve a su asiento. En cuanto está sentado, voltea y me hace un saludo con la mano que le devuelvo sonriendo.

Algo desconfiada por los asientos, cambio a una fila por debajo, justo al lado de un muchacho de cabello castaño y ojos verdes bastante claros. Me dedica una larga mirada antes de volver la vista al teléfono.

—Me gusta tu delineado —dice sin mirarme.

—Gracias —respondo, tomando asiento, y respiro aliviada cuando no caigo de nuevo.

—Soy Kevin —sigue hablando sin mirarme.

—Me llamo Clover.

Kevin alza la vista y me sonríe.

—Es un buen nombre… Ahora. —Mira hacia delante—. ¿No crees que el pelirrojo que te levantó del suelo está caliente?

Vuelvo a mirar al irlandés, que ahora habla con el muchacho que se ha sentado a su lado, y simplemente asiento a Kevin. Sin embargo, me obligo a desplazar la mirada al frente antes de que Callum me note mirándolo o, peor aún, antes de volverme rara y desarrollar algún tipo de flechazo.

PARA TI, IRLANDÉS

Hola, Callum:

Te escribo esta nota porque recientemente te vi y tú también me viste. Pero mientras que mi mirada te follaba, la tuya fue amistosa.

Te digo que la primera vez que te vi me pareciste un hermoso sol de puntas rojizas y sonrisa cautivadora y te confieso que, cuando te veo sonreír, me haces sonreír.

Esta noche creo que te gusta el chico con el que te he visto o, bueno, su polla. No sé si quieres su polla en tu boca, tu culo o la tuya en su culo...

Pero te vi con la lengua dentro de un chico y me pareció la cosa más sexy. Sin embargo, me entristeció pensar que nunca seré yo —lo de tu lengua en mi boca, aunque podemos negociar lo de la polla en la boca (mía) y en el culo (mío), estoy abierta a propuestas—. Quisiera probar tus labios. Bueno, lo otro también.

Para ti, Irlandés. 🍀

1

UNA NOTA PARA CALLUM

Clover

Presente

Otra vez, San Valentín, y yo sin hacer nada más que deslizar una nota en el parabrisas de su auto.

Me gustaría quedarme a ver su reacción al encontrar la nota, pero la vergüenza me lo impide, porque una cosa es armarme de valor cada 14 de febrero y en otras fechas especiales para dejarle una nota anónima y otra es quedarme a ver su reacción. ¿Las lee? ¿Las tira? ¿Se ríe de ellas? ¿Le asustan?

La primera nevada, al inicio del verano, antes de partir por Navidad, San Valentín y su cumpleaños: esas son las ocasiones en las que una nota escrita por mí aparecerá en el auto de Callum Byrne.

Callum Byrne es un atractivo, sexy e inteligente pelirrojo de ojos verdes, poseedor de una sonrisa ladeada llena de picardía. Es el tipo de persona que parece encajar en cualquier lugar, agradarles a todos y sacar lo mejor de cada situación. También es popular entre las chicas… y los chicos, lo que hace difícil no saber cada conquista que ha tenido con un hombre o una mujer en las fiestas.

Entramos en la OUON el mismo año y coincidimos en una clase desde el inicio. Más allá de su impresionante atractivo y el cálido acento irlandés, lo que me sorprendió fue su sonrisa, la confianza con la que me habló y el hecho de que coqueteó conmigo… Claro, luego entendería que esa era su forma de ser, el coqueteo parecía ser algo tan natural para él como respirar.

No fui una chica invisible, no lo soy. Ocasionalmente me saludaba en clases o me comentaba algo, y si nos topábamos en una fiesta me saludaba o simplemente me sonreía. Se dirigía a mí por mi nombre y a veces en clase lo encontraba mirándome.

Durante estos últimos tres años universitarios hemos tenido al menos más de tres clases juntos debido a que estudiamos en la misma Facultad, pero mientras que yo estudio Ciencias Forenses, él estudia Criminalística.

La primera vez que le dejé una nota fue estando ebria, días antes de las vacaciones de Navidad, en una fiesta en un bar fuera del campus. Me pareció una idea superdivertida y mi amiga Edna pensó que yo era una genio. Así que escribí una nota de más de ocho líneas con una caligrafía borracha, pero buena ortografía, donde le hacía saber muchas cosas que trato de olvidar. En mi defensa, había bebido mucho, tanto que vomité dos cuadras después y lloré sentada en la acera.

La próxima vez que lo vi estaba avergonzada y esperaba que viniera hacia mí y se riera o me preguntara qué estaba mal conmigo, pero recordé la magia del anonimato y pensé que tal vez él ni siquiera lo había visto. No pasó nada.

Entonces llegó San Valentín. No estaba ebria, pero de nuevo vi su auto solo y la zona estaba despejada, así que saqué el lapicero y escribí una nota conscientemente, divagando sobre si San Valentín era un día especial o solo comercial, sobre que cada día debería ser especial y que en un mundo paralelo tal vez íbamos a cenar. Tampoco supe si la vio, también fue anónima.

Y así estuve los últimos tres años, escribiéndole sin dejar mi nombre, solo el dibujo de un trébol al final, donde le escribía: «Para ti, Irlandés».

No sé qué hace con mis notas, pero está bien, porque cuando las escribo libero algo de mí que se queda con él.

No es una obsesión. Tampoco espero que suceda algo ni me guardo para él ni ninguna locura así. He tenido dos novios durante estos tres años y he ido a citas, pero siempre he dejado mis notas en su auto.

Giro sobre mis talones, dejo ir un largo suspiro y camino hacia una de las cafeterías, donde sé que Edna me espera para almorzar antes de que cada una se dirija a su clase. No tardo en llegar y localizo a mi amiga antes de hacer un pedido. Ella se encuentra con un rubio atractivo de primer año que reconozco como James.

Normalmente Edna no miraría dos veces a un chico de primer año o menor que ella, pero James es uno de esos chicos nuevos que parece estar causando estragos, y mi amiga no es inmune a sus encantos. Ambas sabemos que James quiere acostarse con ella y que ella también lo desea, solo que Edna prefiere hacerle trabajar y lo hace esperar. Los dos también saben que hay otros en la ecuación, porque son iguales cuando se trata de diversión. No creo que nada serio vaya a nacer de ahí, pero intuyo que lo pasarán muy bien.

Hago mi pedido. Como solo deben recalentarla, pronto tengo una hamburguesa con papas fritas y una Coca-Cola en mi bandeja. Camino hacia la mesa donde ahora no solo se encuentra James; su amigo, el chico del que todos están hablando, está sentado al lado de la única silla vacía: Jagger Castleraigh, estudiante de primer año de la escuela de negocios. Parece estar causando todo un revuelo por ser «el hombre de las soluciones». Todavía no entiendo muy bien cómo alguien de primer año y nuevo tiene tanta popularidad y poder, pero de verdad parece que sabe muchas cosas.

Cuando me dejo caer en el asiento vacío, devuelvo el saludo colectivo con el que soy recibida. A James lo conozco por el tira y afloja con Edna, y a Jagger solo de pasada, de algunas fiestas y porque me saluda por mi nombre, aun cuando nunca se lo he dicho. No me siento incómoda porque estén en nuestra mesa; no soy una persona precisamente tímida, tiendo a ser muy social y extrovertida.

—Clover, ¿es cierto que Edna y tú tendrán una noche de chicas y por eso no irán a la fiesta del amor? —me pregunta James antes de que pueda darle un mordisco a mi hamburguesa.

Mientras mastico, paseo la mirada de mi amiga de toda la vida a James. Me resulta un poco perturbador que, aunque sus ojos son de un azul diferente, ambos se parecen mucho físicamente, como si fuesen hermanos perdidos, pero pensar eso es pensar en hermanos que quieren cometer incesto, por lo que rechazo el pensamiento de cuán parecidos son.

—La realidad es que planeo estudiar para mi clase de mañana —respondo.

—Abrirá a un muerto —comenta Edna, y se estremece— y no tiene miedo.

—Siento respeto por los cadáveres y es un cuerpo humano como el nuestro.

—Excepto que no respira —dice Jagger a mi lado, y al volverme veo que me sonríe—. Tienes una carrera bastante interesante y eres buena.

—¿Cómo lo sa…? —No termino la pregunta. Cierto, este chico lo sabe todo—. Olvídalo.

Se ríe por lo bajo, seguramente ante la expresión de mi rostro, y se pone de pie. Cuando se estira la camisa, se alza lo suficiente como para revelar una franja de piel y unos oblicuos marcados. Honestamente, Jagger se las trae.

—Me retiro, señoritas. Tengo una novia con la que encontrarme. ¿Vienes, James? Lind está esperándonos.

—Ven a la fiesta, sabes que quieres —le pide James a Edna con una sonrisa.

—¿Qué hay de Maddison y tú?

Hasta donde sé, Maddison es una amiga bastante cercana de ellos, y Edna cree que James tiene una relación más que amistosa con ella.

—Ya te dije que somos amigos-enemigos, no es mi novia. Yo no tengo novias. Quiero divertirme y tú también, hagámoslo juntos. Hagámoslo mucho.

—Iré si Clover va.

—¿Y a mí por qué me metes en tus asuntos? —me quejo después de masticar—. Debo estudiar.

—Vamos, Clover, estoy seguro de que has estudiado un montón. ¡Ven a la fiesta! ¡Vamos, vamos!

—No, no iré —digo sin caer en el juego de ojos conmovedores. James es bueno en ello.

—Jagger, ayúdame —le pide a su amigo, uniendo las manos en súplica y poniéndose de pie.

Edna disfruta demasiado de esto. Estoy segura de que conmigo o sin mí piensa ir a divertirse y finalmente tener sexo con James.

—Clover, eres buena estudiante —dice Jagger, y muerdo la hamburguesa sin mirarlo—. Sé lo de tu evaluación de mañana porque conozco a alguien que también la hará. —Hace una pausa—. ¿Tal vez conozcas a Callum Byrne? Lo suelen llamar «el Irlandés».

Me ahogo con un pedazo de hamburguesa y Edna me patea por debajo de la mesa mientras Jagger me da unas suaves palmadas en la espalda. Tomo un poco del agua de Edna y consigo sobrevivir, pero el corazón me late deprisa.

—Parece que sí lo conoces. Va a esa misma clase y sé que estará en la fiesta. Por lo que sé, ambos tienen un promedio similar, aunque él es el primero de la clase. ¿Qué tal si vienes a la fiesta y descansas un poco el cerebro?

Te prometo que siento que me está gritando: «¡Sé que le dejas notas a Callum Byrne! Ven a la fiesta, porque lo sé».

—Tal vez vaya —digo tras unos segundos de silencio.

—¡Genial! Allá las veo, chicas —dice James con una sonrisa.

—Oh, y, Clover… —me llama Jagger. Me volteo para mirarlo y veo que está sonriendo—. Sé de alguien que te está buscando.

Estoy tensa cuando nos quedamos solas en la mesa. Mi mejor amiga está parloteando sobre ropa interior sensual y dice que hoy James y ella se divertirán; por mi parte, me encuentro presa de la paranoia sobre que alguien más que ella sepa lo de mis notas, y esa despedida de Jagger me ha dejado más que un poco nerviosa.

Asiento y doy respuestas cortas a todo lo que ella me dice, pero mi mente está muy lejos mientras continúo comiendo. Hay algo que deberías saber de mí: no importa si estoy nerviosa, asustada, triste o angustiada, eso no me impedirá comer. Me gusta decir que tengo un apetito saludable y que la comida y yo tenemos una estrecha relación.

No tengo problemas con mi alimentación, pero soy una de esas personas que podrían hacer dieta y ejercicio, bajar unos pocos kilos, pero aun así mantener una complexión curvilínea-rellenita.

Soy una joven de escasa estatura —un metro y sesenta y un centímetros—, curvilínea, con más tetas de las necesarias para mi estatura y con un culo que me hace tener el molesto problema de tener los pantalones flojos en la cintura pero apretadísimos en la retaguardia. Tal vez sea porque camino por las mañanas y corro por las tardes y por eso me mantengo en una condición saludable; lo de la cintura más pequeña que mis caderas ya es cosa de genética. He sido una chica de curvas excesivas, muslos gruesos, cintura más pequeña, estómago algo sobresaliente y, como diría mi madrastra —Valentina— con su acento venezolano, «culo de avispa», pero no me quejo ni odio mi cuerpo. Es lo que es y entendí que no lo puedo cambiar y que tengo mi encanto. Aprendí a entender que caer en la etiqueta de ser gorda no es una ofensa, sino una realidad, como ser delgada.

Pero, volviendo al comienzo de lo que podría ser una crisis, miro a mi amiga para interrumpir su parloteo con mis próximas palabras:

—Le dejé una nota a Callum.

Ella enarca una de sus cejas rubias.

—Pensé que dijiste que este año no habría notas.

—¿Qué hay de malo en dejarle pequeñas notas en días especiales? No es como si estuviese estancada en la vida y no hiciera una vida normal debido a ello. —Me encojo de hombros.

—Deberías simplemente invitarlo a salir.

—No lo entiendes.

Para mí, Callum es como ver la luna: la admiras, imaginas lo que sería tenerla en tus manos, pero nunca lo sientes porque en el fondo sabes que no sería sencillo y porque también temes que la realidad no sea como en tus fantasías. ¡Y vaya si he tenido fantasía con mi irlandés!

—¿Qué te intimida? ¿Que le gustan las tetas tanto como las pollas? —Ahora enarca ambas cejas—. En cualquier relación siempre habrá chicas o chicos que sean más atractivos que tú, lo importante es tener confianza en tu chico y en que si está contigo es porque te elige.

—No es mi chico y no me intimida que le gusten las chicas y los chicos. —Bueno, solo un poco—. Pero no estoy interesada en invitarlo a salir.

—Bien, sigue soñando que te folla y usando el vibrador invocando su nombre.

—¡Yo no hago eso!

Sacude la mano para descartar mi negación e ignora mis protestas al respecto. La amo, pero a veces la odio.

—Todo lo que sé, Clover, es que en alrededor de un año terminaremos la licenciatura, nos iremos y siempre te reprocharás no haber hecho más que escribirle notas. No hay nada como el presente. Tal vez él quiere saber quién deja las notas.

—O tal vez se ríe y las tira.

—Y si piensas que hace eso, ¿por qué sigues dejándolas en su auto? —No hablo y ella sonríe—. Por esa cosa llamada «esperanza». Deshazte de ese miedo con olor rancio y haz algo por ti, nena. El tiempo corre y, aunque Callum juega un montón, llegará un momento en el que esté listo para conocer a alguien con quien tener una relación seria. Lo peor que puede pasar es que te rechace o que no sea lo que esperas.

—Casi nada —mascullo, masticando una papa.

—Lo único que digo es que te atrevas. —Hace una pausa mientras mira la pantalla de su teléfono—. Y que te des prisa porque podrías llegar tarde a tu próxima clase. Corre, nena.

—¡Maldición! —Tomo un puñado de papas sin importarme las normas sociales y me las meto a la boca—. Te veo más tarde —digo con las papas a medio tragar, luego doy un gran sorbo de mi gaseosa.

—Sí, yo me encargo de la ropa del amor para la fiesta de más tarde.

Como llevo unos zapatos deportivos, camino a paso muy rápido. Podría trotar, pero acabo de comer y eso podría terminar muy mal. Rompo algún récord, porque consigo llegar al auditorio de clases unos minutos antes y aún hay varios estudiantes que van apareciendo. Hay ruido y todos parecen esparcidos por el lugar. Saludo a la mayoría de mis compañeros y voy directa a mis favoritos, que están en la fila cinco.

En la fila tres, riendo con una chica y un chico, se encuentra Callum. Su cabello rojo, como siempre, está despeinado, y su risa ronca con un leve resoplido llena el lugar mientras sacude la cabeza hacia el chico, que no deja de mover las manos a la vez que se ríe y relata lo que tiene que ser una historia muy divertida.

Este año tengo dos clases con Callum, y una de ellas es Convivir con Cadáveres —por supuesto, ese no es el nombre de la clase, pero así la llamamos—. Hoy estamos viendo la teoría y mañana nos toca la evaluación práctica.

Quiero disminuir la velocidad en el tercer escalón para verlo mejor, pero sí, eso sería muy obvio, así que mantengo mi paso.

—Oye, Clover —me dice un acento irlandés.

Me detengo y me lamo los labios antes de girarme hacia él. Tiene esa sonrisa ladeada llena de picardía que me persigue.

—Bonita camisa, quisiera una.

Por un momento no recuerdo lo que llevo puesto, por lo que hago la cosa vergonzosa de bajar la vista, y entonces recuerdo mi grito sarcástico al mundo hoy en el día del amor: una camisa blanca con letras rojas proclamando «Al diablo el amor» con corazones rotos alrededor.

—Cuando recuerde dónde la encontré, te haré llegar una de regalo —consigo responder, y entrecierra los ojos hacia mí.

—Esperaré por ello.

Sonrío y él realza su sonrisa antes de que yo me vuelva y termine de subir las escaleras. Camino hacia mis dos amigos y me siento entre ambos para evitar un serio manoseo entre ellos durante la clase.

—«Oye, Clover» —imita Oscar.

—«Oh, mi querido Irlandés» —dice Kevin, y capto que se supone que esa soy yo.

Los pellizco, pero lo que hacen es reír mientras yo le dedico una mala mirada a cada uno. Oscar y Kevin han sido mis amigos desde el primero año, cuando nos conocimos en nuestra primera clase al ser asignados al mismo equipo para exponer. Desde entonces nos hicimos inseparables, pese a que Kevin comparte pocas clases con nosotros porque, como Callum, estudia Criminalística y trata de matricularse en unas pocas clases con nosotros.

Con Kevin siempre supimos que era gay. En el caso de Oscar, yo pensaba, al igual que los demás, que era heterosexual. No se me ocurrió que secretamente amaba a Kevin, quien secretamente le correspondía, y que un día todo explotaría y ¡sorpresa, sorpresa!, Kevin y Oscar confundidos, y pocos días después, Kevin y Oscar enamorados, hasta que finalmente fueron Kevin y Oscar, una pareja pública. Y eso pasó hace solo cuatro meses.

—Feliz San Valentín —les digo—, el primero para la feliz pareja.

—No creo en un día tan comercial, lo saben —nos recuerda Oscar.

—Yo, en cambio, lo hice enojar apareciendo en su habitación con un enorme gato de peluche junto con unas flores y unos bombones. —Kevin se ríe—. Tendrías que haber visto su cara, lo odió.

—Lo odié, pero debí sonreír porque me lo daba él.

—Incluso cuando yo sabía que lo odiaba. —Kevin sonríe, y ahí está esa mirada que trae consigo desde hace meses—. Él hizo eso por mí —dice, y se inclina hacia delante para mirarlo sin que yo lo estorbe— y me invitó a cenar pese a que odia este día comercial.

—Porque no importa el día. —Oscar también se inclina para mirarlo. Tiene la sonrisa devastadora que antes de Kevin lo hacía tener encuentros con un montón de chicas—. A mí me importas tú y siempre querré cenar contigo.

La tensión, el deseo, el cariño y el amor son palpables. Las miradas son tan intensas que me hacen sentir acalorada, podría sonrojarme. Hay algo sobre Kevin y Oscar que cuando los ves interactuar en pareja y ser así de candentes hace que te emociones y te sientas caliente. Es como ver una intensa película donde esperas que los protagonistas tengan el primer acercamiento. Es algo que no entiendo, pero es un efecto que provocan.

—¿Van a hacerlo? Porque siempre he creído que un día perderán la razón y lo harán frente a nosotras. —La voz de Maida nos hace alzar la vista a los tres. Finalmente los cuatro estamos juntos. A Maida la conocimos en el segundo año cuando tuvo que repetir todo el semestre por haberse ausentado y haber suspendido todos los parciales. Está loca, es algo rara y dulce y ama demasiado la idea del amor, por lo que vive enamorándose de todo y de todos, incluido Oscar. Hubo unos cinco meses intensos en los que creía que amaba a Oscar.

—Pero ¿qué carajos usas? —le pregunta Oscar adelantándose a mis palabras.

Lleva una camisa blanca ajustada de mangas cortas con un montón de querubines rubios con arco y flechas que evidentemente representan a Cupido. Su falda roja es acampanada con pliegues y lleva unas medias blancas con bordados de corazón. Converse rojas, lentes con forma de corazón y, en su cabello encrespado oscuro, un broche de… ¡Sí! Adivinaron: corazón.

—Amo el amor y hoy es el día del amor.

—De acuerdo, me gusta San Valentín, pero creo que se te fue un poquito de las manos —comenta Kevin sonriendo mientras ella se sienta a su lado—. Sin embargo, opino que te ves genial.

—Lo sé, lo llevo con confianza —asegura.

—Y al parecer, con orgullo —comento—. Ni siquiera necesitas usar lentes.

—Pero le da un toque al atuendo.

—¿Por qué nos sorprende que ella haga rarezas? —pregunta Oscar metiendo la mano en su bolso en busca de la libreta—. ¿Qué es esto? ¿Quién se atreve a dejarme una nota de amor?

—Sí, ¿quién se atreve a dejarle una nota de amor? —pregunta Kevin frunciendo el ceño.

—¡Pues yo! —Maida sonríe.

—No me digas que de nuevo me amas.

—O que de nuevo piensas que lo amas —agrego.

—O que amas a mi novio —masculla Kevin.

—Porque eso sería… —dice Oscar.

—Incómodo —terminamos los tres al mismo tiempo, y Maida hace una mueca.

—Qué poca empatía hacia mis sentimientos —se queja—. Y para que lo sepan: amo a Oscar, pero también los amo a ustedes y les dejé una nota a cada uno por nuestra hermosa amistad. ¡Viva el amor de amigos!

—Odio San Valentín —murmura Oscar, desdoblando la nota.

—E, irónicamente, eres uno de los que follará en el día del amor —canturrea ella sonriendo.

—En eso tienes razón, mi querida Maida.

—Ustedes dos ¿qué esperan? —nos pregunta nuestra amiga a Kevin y a mí—. Busquen sus notas en las mochilas.

—¿Cuándo las dejaste?

—Ayer en la última clase.

—Superninja —dice Kevin al encontrar su nota.

Sumerjo la mano dentro del desastre que es mi mochila. Encuentro un chicle, un clip para el cabello y unos lapiceros antes que la dichosa nota. Al igual que las que le escribo a Callum, esta parece estar escrita en la hoja de una libreta.

—Qué poca sutileza, Maida —digo, desdoblando la hoja después de meterme en la boca el chicle que encontré, que, por supuesto, aún estaba en su envoltura.

—¿Qué? ¿Por qué?

—La hoja de una libreta, qué poca dedicación.

—Lo que importa es el sentimiento con el que la hice, amor.

A veces me he encontrado preguntándome por qué eres un pelirrojo sin pecas, pero luego pienso «¿y si debajo de su ropa sí que las hay?». Y me reprendo porque eso parece un pensamiento algo obsceno, ¿no crees? Pero he tenido pensamientos peores.

Después de tantas notas, creo que es el momento de admitirlo: tengo pensamientos lujuriosos sobre ti, perdóname. Bah, ¿de qué hablo? Lo debes de saber desde la primera nota, cuando sin ninguna sutileza te hablé de pollas en culos... Incluso en el mío.

Sin darme cuenta, me pregunto qué se sentirá al deslizar mis labios sobre tu piel, sentir tus dedos enredados

*en mi cabello y el tacto de tus dedos sobre mí. Pienso en
tantas cosas sobre ti, Callum.*

*Pero no nos pongamos calientes, volvamos a un terreno
más neutral: ¿quieres que te diga que en este San Valentín
esta nota también es lo más memorable de todo el día? Sí,
por aquí una soltera (de acuerdo, es la primera vez que
admito que soy una chica, pero intuyo que eso lo sospecha-
bas o debí de tener algún desliz anteriormente).*

*Es el momento de mencionar, como ya es tradición,
que eres un sol de puntas rojizas iluminando todo y que
cuando sonríes es inevitable no hacerlo. (Aún me arrepiento de haber puesto esto en mi primera nota, pero ya
sabemos que estaba ebria y que se volvió una especie de
chiste privado entre nosotros).*

*¿Qué planes tienes para hoy? ¿Alguna chica?, ¿algún
chico?, ¿ambos? Solo espero que tengas un día genial.*

*Siento que cada vez el conteo de las notas disminuye
porque vendrá la graduación. Y entonces ¿qué? Entonces
serás libre de esto. Discúlpame por molestar tanto, pero es
que hay tanto que quiero decir, pero aun así no todo sale.*

Feliz San Valentín, Irlandés. 🍀

Jódeme, esto no puede estar pasando. Giro la nota rápidamente para que no se lea lo que dice, mientras el sudor comienza a salpicarme la frente. Si esta nota está aquí, ¿cuál fue la que dejé en el parabrisas de Callum?

2

UN MENTIROSO RECONOCE A OTRO

Clover

—Clover, ¿estás bien? Tu piel canela pasión oriental está palideciendo —asegura Maida.

La mano de Oscar va a mi frente y sobre el pitido en mis oídos lo escucho decir: «El cuerpo no presenta signos de fiebre, su temperatura corporal es de alrededor de 36,2 °C». Le aparto la mano y escucho que ríe.

—Estoy bien.

Excepto que no lo estoy.

La profesora entra y hace que poco a poco el ruido disminuya. Mientras charla casualmente sobre el tráfico, tomo la mochila y reviso frenéticamente en busca de la nota que Maida me dejó, pero, tal como esperaba, no está porque esa tuvo que ser la nota que le dejé a Callum.

Porque solo saqué la nota doblada de mi mochila, porque no imaginé que mi amiga había dejado una, porque no intuí este desastre.

—¿Qué dice tu nota para mí? —Me inclino sobre Kevin para poder hablarle a Maida en voz baja—. ¿Qué decía?

—Ay, me estás lastimando el muslo con el codo —se queja él, pero lo ignoro.

—Cosas sobre lo especial que eres, tu valor e importancia.

—¿Nos sorprende su cursilería? —pregunta Oscar.

—No nos sorprende —responde Kevin—. ¡Ay, Clover! Saca el codo de encima de mí.

—¿Pusiste mi nombre? —continúo, ignorando al otro par.

—En serio, Clover, me lastimas —se lamenta Kevin, sacudiendo la pierna, pero lo ignoro y me afinco todavía más para no caerme.

—No, obviamente puse que era para mi «Canela Pasión Oriental» —responde Maida con una amplia sonrisa.

Eso es casi tan malo como haber puesto «Clover», porque todos los que nos conocen saben que mis amigos me llaman así debido a mi tono de piel.

Soy el producto de la pasión y el amor de una brasileña y un hombre de padres iraníes que migró con ellos siendo bebé. Los genes de papá fueron más fuertes y terminé siendo esta chica de piel acanelada, cabello extremadamente oscuro y ojos igual de oscuros. De mi mamá vino la exuberancia de mi cuerpo y mi estatura. Desde siempre, mis tres amigos me apodaron «Canela Pasión Oriental» y todos lo saben... Y esa nota, oh, señor celestial, esa nota se encuentra en el auto de Callum o en su poder.

Aunque... él no me dijo nada, actuó con normalidad y... ¡No sé nada! Bendita angustia, maldita torpeza y divinidad de los despistados. ¿Por qué me permitiste este error?

—Clover, ¿estás bien? —pregunta Oscar con seriedad.

—Yo... Estoy bien, solo creo que perdí la nota de Maida y me siento culpable.

—Oh, no te preocupes, amor, te escribiré otra.

—Gracias —susurro. Dejo de clavarle el codo a Kevin y me acomodo en mi asiento.

—Gracias, malvada mujer —masculla él—, tu codo casi me taladra la piel.

—Y a Kev solo le gusta que lo taladre yo —dice Oscar. Los tres nos giramos a mirarlo, y este sonríe de costado—. Es un hecho científicamente comprobado.

—Cuéntame más, por favor. —Maida suspira, y Oscar niega con el índice hacia ella—. Así no es divertido, amor.

Dejo caer la nota para Callum dentro de mi mochila y lucho contra la urgencia de mirarlo. ¿Ya leyó la nota? ¿Tengo alguna oportunidad de solucionar esto?

La clase comienza y soy incapaz de escuchar lo que dicen. Hago cálculos, teorías y suposiciones. Si dejé la nota antes de ir a almorzar con Edna y luego comí rápidamente, pasó poco tiempo. Luego vine al salón y Callum actuó con total normalidad, un poco coqueto como siempre, como es con todos. Si su auto estaba estacionado, ¿por qué iba a moverlo? Su clase anterior fue con Kevin —lo sé porque mi amigo me comentó que se habían matriculado en algunas clases en los mismos horarios—, lo que quiere decir que estaba en el edificio desde más temprano y eso concluye en que tal vez no ha ido a su auto.

Tengo una oportunidad.

Ahora solo necesito que la clase termine. La única razón por la que no salgo es que necesito que me entreguen mi planilla y el carnet para la práctica de mañana y firmar que los recibí. Estoy demasiado impaciente porque la clase termine y no puedo evitarlo: le lanzo una mirada a Callum, quien tiene los brazos muy bien definidos cruzados a la altura del pecho, las largas piernas estiradas y la vista clavada en el techo. Su perfil es increíble. Nunca pensé que me gustaría un pelirrojo, pero simplemente sucedió.

Vuelvo la vista al frente antes de que él note mi intensa mirada y trato de conectar con lo que la profesora dice:

—Debido a un inconveniente, dividiremos la clase en dos para esta práctica. El grupo A irá mañana, y el B, el viernes —anuncia—. Se formarán equipos de tres alumnos y trataremos de hacerlo de manera equilibrada. ¿Qué significa eso? Que procuraremos combinar estudiantes de Criminalística y Ciencias Forenses en un mismo equipo porque el informe final debe ser muy detallado y tener ambas perspectivas. Esta práctica es importante; por favor, prepárense para ello. Ahora procederé a nombrar el grupo A y el grupo B.

A Callum le toca mañana, al igual que a Kevin y Maida. Oscar y yo quedamos para el viernes, lo que hace que no sienta tanta culpa de ir a una fiesta esta noche.

—Cámbiame el puesto —me pide Maida—. Tengo algo muy urgente que hacer mañana, pensé que me tocaría el viernes. Por favor, «Canela Pasión Oriental», por favor.

—Eh… Claro. —Acepto sin dudar porque sé que no miente y no tengo problema con ello. Estoy pendiente de que me toque ir a buscar la planilla y el carnet para irme.

—Gracias, te amo.

Estoy al borde de mi asiento esperando que digan mi nombre, y cuando lo hacen es como si tuviese un resorte en el culo, porque me levanto de inmediato sobresaltando a Oscar.

—Los veo esta noche en la fiesta del amor, debo irme.

—No sabía que ibas, Clover —dice Kevin—. Genial, ahí te vemos.

—¡Cuídate, amor! —me dice Maida en voz demasiado alta—. Te escribiré otra nota.

Asiento, me alejo para que no grite algo aún más incriminatorio y camino hacia las escaleras. ¡Mierda! He tardado demasiado y ya han gritado el nombre de Callum, que ya ha tomado el carnet y ha salido del salón mucho antes.

Salgo del lugar y tropiezo con algún malhumorado, al que le grito una disculpa. Veo el cabello rojizo sobresaliendo por su altura, pero sus piernas son más largas que las mías, así que las posibilidades de avanzarlo no son muy altas. Por si fuese poco, cuando llego a la entrada, no sé cómo, tropiezo con alguien más y dejo ir mi planilla, que vuela libre burlándose de mí. Para cuando consigo atraparla y llegar al estacionamiento, él parece estar terminando una llamada telefónica, por lo que respiro hondo y me acerco.

—Callum —digo.

Él voltea con lentitud. Parece sorprendido de verme y la manera en la que su mirada intensa se desplaza sobre mí casi me desarma, pero no tanto como la sonrisa que me da cuando su mirada conecta con la mía.

—Clover. —Me sonríe—. ¿Necesitas un viaje en mi auto?

—Eh... No. Lo que pasa es que...

Me quedo en silencio sin saber qué decir mientras me inclino hacia un lado para ver si encuentro la nota. Para mi horror, descubro que no está ni hay rastro de ella, y los nervios comienzan a embargarme porque tengo la sensación de que es una posibilidad real que no consiga solucionar esto para que Callum no lo sepa.

—¿Clover? —me pregunta, inclinándose hacia mí para que mi atención recaiga en él—. ¿Qué decías?

Parpadeo un par de veces antes de volver a enderezarme y aclararme la garganta. Si él lo supiera me confrontaría, ¿verdad? No actuaría con normalidad. Hay altas probabilidades de que no haya encontrado la nota de Maida o de que, si la ha conseguido, solo crea que mi amiga la dejó ahí por descuido —esta teoría es mediocre, lo sé—. O quizá alguien la robó o se fue volando con el viento.

Miro las manos de Callum por si la nota se encuentra en su poder, pero estas solo sostienen su móvil, así que devuelvo mi atención a su rostro. Veo que me mira con curiosidad y desconcierto, porque nunca me acerco a él de esta forma ni mucho menos actúo de forma tan extraña.

—Yo quería preguntarte si... tienes un cigarrillo.

No soy una mala mentirosa, pero tendré que admitir que hoy mi creatividad parece haber tenido un colapso, porque esto no está yendo nada bien.

La mirada de Callum está acompañada por unos largos segundos de silencio en que pretendo que no estoy actuando rara. Afortunadamente, al final habla:

—Ah, eso. La verdad es que en este momento no tengo ninguno.

—Yo no fumo cigarrillos —digo automáticamente, y luego aprieto los labios cuando me doy cuenta de que no estoy ayudando a mi causa.

—Entonces... ¿por qué me lo preguntas?

—Es que en una de mis clases estudiamos cómo los cigarrillos destruyen internamente los órganos del fumador, pero también del consumidor pasivo que inhala de manera involuntaria.

—De acuerdo, continúa —me insta con un movimiento de mano, apoyándose en su auto.

No puedo creer que me esté dando la oportunidad de continuar con mi mentira y que parezca tan interesado en escucharme.

—Pues pensé que si fumabas podría darte una charla muy casual de esta investigación para ver si era convincente, porque debo dar una presentación sobre ello la próxima semana, pero ahora me parece que mejor preparo la información y otro día conversamos sobre ello. —Respiro hondo—. En fin, de igual manera, gracias.

De nuevo me mira con fijeza y luego ríe por lo bajo de esa manera ronca que lo alborota todo. Me toma por absoluta sorpresa cuando al terminar de reír, con una lentitud digna de ser filmada, camina hacia mí hasta que nos separan unos pocos centímetros y dobla las rodillas para que su rostro esté a mi altura. No hace falta recalcar a qué ritmo incrementan las palpitaciones de mi corazón.

—Casi te creo —susurra con los ojos clavados en los míos, excepto que perdemos la conexión cuando mi mirada rebelde viaja a sus labios—. Eres buena, Clover, pero un mentiroso reconoce a otro.

—¿Qué?

Sus labios se curvan en una sonrisa y se acerca todavía más, pero se desvía y su camino termina con sus labios muy cerca de mi oreja, donde murmura:

—No eres una buena mentirosa, pero fue entretenido. —Ríe por lo bajo y su aliento golpea el lóbulo de mi oreja—. Espero verte en la fiesta del amor.

Contengo la respiración durante un breve instante y la dejo ir cuando retrocede sin perder la sonrisa, abre la puerta del auto, se sube y después baja la ventanilla, todo bajo mi atenta mirada.

—¿Segura que no quieres que te dé un viaje, Clover? —me pregunta con picardía.

De alguna manera hace que suene como si me ofreciese otro tipo de viaje.

—No por ahora —consigo responder.

—Me encargaré de preguntártelo de nuevo.

Se muerde el labio inferior y sube la ventanilla antes de hacer retroceder el auto y salir del lugar. Me quedo de pie con una sensación de revoloteo en el estómago y tengo que admitir que también algo caliente por todo este intercambio, que desde mi punto de vista tenía una carga más que amistosa. Estoy tan ida en el momento, que por unos segundos incluso había olvidado que la nota no estaba.

¿Dónde carajos está la nota de Maida? ¿Y si llega a manos de Callum?

3

BIENVENIDO A LA FIESTA DEL AMOR

Clover

—¡Dios mío! Mi chica se ve caliente —dice Edna, emocionada—. Pareces una jodida diosa. Mira nada más cómo llenas ese vestido.

—Lo lleno bien —admito, porque no tengo problema en aceptar que me veo bien cuando realmente lo creo, y esto es gracias a cada clase de confianza que mi madrastra, Valentina, me inculcó.

Como cada año, la gran fiesta del amor que se lleva a cabo en el campus exige que vistas de blanco o rojo y que lleves algo que simbolice el amor. Llevo un vestido ajustado de manga corta que termina por debajo del muslo, con un cuello en V que deja un escote algo llamativo por mis voluminosos pechos. Me he puesto unas bragas de talle alto que hacen que mi abdomen se vea menos hinchado y unas sandalias de tacón corrido bastante cómodas que me elevan a 1,67 m. Mi abundante cabello negro está recogido en una cola alta con unos pocos mechones libres, y mi representación del amor son unos aretes con forma de corazón.

—Eres muy buena maquillando, Clover, tal vez cuando te gradúes deberías maquillar a los muertos en lugar de abrirlos.

—Creo que nunca terminarás de entender que puedo hacer mucho más que autopsias, Edna.

—Mis escalofríos son reales. —Finge estremecerse.

—Tonta, escalofríos me dan a mí al pensar en estudiar para ser abogada. —Me refiero a ella.

No me responde, en su lugar me hace a un lado para poderse ver en el espejo de cuerpo completo. Es rubia con el pelo corto y recto, por debajo de la barbilla, delgada, con pechos pequeños y el trasero estrictamente necesario para sentarse —es muy nula su existencia—, pero de piernas kilométricas matadoras, labios carnosos —gracias al ácido hialurónico, que le quedó increíble— y ojazos azules. Siempre le he dicho que se ve como una bruja mala intimidante, y puede serlo si no le agradas.

—Bueno, dejemos todo eso atrás y vayamos a nuestra fiesta, pero primero hay que aclimatarse —dice.

La veo servir tres dedos de vodka puro en vasos de vidrio. La única razón por la que Edna y yo compartimos una habitación nosotras solas desde el primer año, cuando en realidad debería ser para tres estudiantes, es que su papá paga por ello. Es superparanoico sobre que convivamos con personas extrañas y no pusimos quejas a ello. Además, mi papá estaba bastante de acuerdo. Muchos de los estudiantes para el tercer año ya se han mudado a apartamentos cercanos al campus y comparten gastos, pero a Edna y a mí nos gusta este ambiente estudiantil y estamos cómodas.

—Quita esa expresión de palo metido en el culo —se queja, dándome uno de los vasos—. ¿Qué hay de malo en que Callum se entere de que eres la persona de las notas?

—¿Que no quiero que lo sepa?

—Debía suceder. —Tiene que notar que estoy seria por esto, porque suspira—. Está bien, quizá aún no la ha leído o la ha tirado, no todo está perdido. Debe de haber alguna salida.

—Salida que pienso encontrar. —Alzo el vaso hacia ella—. ¡Salud por eso!

—¡Salud!

Arrugo la cara porque este vodka es muy fuerte y sabe barato, y ella ríe y se encoge de hombros.

—Me lo regaló Enrique hace unas semanas. —Me recuerda su última aventura de una noche—. No está tan mal.

—No, está más que mal, está horrible.

—¿Otro? —pregunta, y extiendo el vaso.

—Otro.

Y lo bebemos, porque a veces tenemos el poder de elegir qué venenos nos consumirán, solo que no sé que hoy consumiré más de uno, y no necesariamente en un mal sentido.

La música es buena, el ambiente también y, aunque resulta un tanto empalagoso ver tanto blanco y diferentes tonalidades de rojo debido a la temática de la fiesta, la verdad es que nadie parece disgustado. Ni siquiera me siento incómoda por estar con un grupo de amigos que no es el mío.

Debido a su descarado coqueteo y al hecho de que ciertamente hay fuertes señales de que James y Edna follarán hoy, apenas llegamos a la fiesta él nos vio y nos arrastró al pequeño círculo de sus amigos. Así que ahora, en la pista de baile, mi amiga se balancea con él mientras yo me quedo con Jagger, su novia Lindsay, un tal Chad, al que acabo de conocer, una tal Marie y otras tres personas cuyos nombres no recuerdo. No es incómodo, pero tampoco estoy extasiada de estar en este círculo de desconocidos.

—Así que vas a la Facultad de Ciencias. —La voz de Lindsay me hace voltearme para mirarla. Tiene una sonrisa cálida—. Lo siento, no quiero molestarte, solo tengo curiosidad.

—Todos siempre la tienen —respondo, acercándome un poco más para que no tengamos que gritar demasiado al hablar—. Estudio Ciencias Forenses.

—Eso me dijo Jagger.

Como si intuyera que lo ha mencionado, Jagger deja de hablar con uno de los chicos, baja la mirada y le sonríe, y luego le da un beso en la mejilla y otro en la boca. Ella rueda los ojos como si él la fastidiara, pero el sonrojo en sus mejillas y la sonrisa me hacen saber que está encantada con sus mimos.

—La cosa es que suena escalofriante, no creo que yo fuese capaz. Por eso no me especializaré en derecho penal, se ven cosas atroces en esa rama. —Se estremece—. No sé cómo lo haces.

—Es cierto que mi carrera no es bonita o glamurosa, hay cosas bastante horribles. Hay muertes a causa de enfermedades que a veces hacen mucho daño al cuerpo o muertes accidentales, pero son los crímenes violentos los que me hacen reafirmar que el problema no son los cuerpos de los fallecidos que estudio, sino los seres humanos muy vivos que generan precisamente esos resultados.

—Es una buena manera de pensarlo —me dice—. Siempre he creído que el ser humano es perverso, solo que algunos decidimos vivir bajo el arco moral establecido sin actuar sobre nuestros instintos más oscuros y a otros tantos no les importa causar daño. —De nuevo se estremece—. A veces siento miedo del mundo, parece que siempre somos propensos a que nos lastimen, y eso aterra.

La miro detenidamente. Más allá de lo bonita que es físicamente, es su postura, su manera de hablar y su presencia lo que me hacen mirarla con fijeza. Hay una dulzura, una amabilidad y una incertidumbre en ella, y me doy cuenta de que, al parecer, siempre está al lado de Jagger, como si ese fuese su lugar. No creo que sea por ser una novia celosa, me da más la impresión de que solo piensa que adonde va él, ella irá. Se ve como una muchacha inteligente y centrada. Sería una pena que pusiera de primero a su novio y, tal como lo veo, diría que es una decisión propia en lugar de una exigencia de Jagger, pero es solo una intuición que tengo, no un hecho.

—Somos propensos a que nos lastimen —repito, bajando la vista a mi lata de cerveza vacía—. Eso es algo triste, pero tienes razón.

Creo que suspira, pero luego me doy cuenta de que está luchando contra un bostezo, y no soy la única en notarlo.

—Tienes sueño, vamos, te llevo a tu habitación —dice Jagger entrelazando sus dedos.

—No, no, solo fue un bostezo simple. Me quedaré aquí contigo, estoy bien.

—Lindsay… Vamos, está bien querer descansar.

—Quiero quedarme contigo, hemos tenido una semana de casi no pasar tiempo juntos por mis tareas. No quiero irme.

—Ven, iré contigo. Vámonos, no te quedarás sola. —Le sonríe.

—Pero en esta fiesta ibas a confirmar lo de… —Me da una mirada para recordarle mi presencia—. Ya sabes, lo de esa cosa que B encargó.

—Tranquila, otros serán nuestros ojos.

—Pero querías hacerlo tú mismo, de verdad…

—Lindsay, está bien, confía en mí. Vamos a que descanses.

—Bueno —concede ella sonriendo—, si eso quieres.

—¿Quieres descansar? —pregunta él desconcertado—. Haz lo que tú quieras, cariño.

—Quiero estar contigo.

—Pero ¿quieres descansar? —pregunta de nuevo, y ella asiente—. Bien, entonces, vamos.

Jagger le sonríe y luego se vuelve a mirarme. Su sonrisa se transforma en un gesto divertido.

—Creo que para ti la fiesta se pondrá interesante, que lo pases bien, Clover.

Le doy un leve asentimiento. Mientras se alejan, sabiendo que no notarán mi ausencia, salgo de este círculo y voy a la zona de bebidas a por otra lata de cerveza. Antes de abrirla, no puedo evitar llevármela a la frente para sentir la frialdad contra mi piel en este denso ambiente tan cálido debido a la cantidad de gente. Saludo a varias personas con las que comparto clases y a algunas que he conocido en otras fiestas. Veo a un chico con el que salí y nos saludamos torpemente, ya que él se encuentra con una compañía que me da una mala mirada y que se impacienta.

Miro hacia la pista de baile y me doy cuenta de que Edna y James están con los cuerpos muy pegados y deben de tener la lengua en la garganta del otro, porque se están besando con mucha pasión; definitivamente, esos hoy llegarán mucho más lejos, y necesito saber si será en nuestra casa o en la fraternidad de él; espero que ella me envíe alguna señal en algún momento.

—¡Viva el amor! —grita alguien detrás de mí, y la cerveza se me resbala de la mano.

—¡Carajo! —me quejo al ver que frente a mí aparece una sonriente Maida con un modelito muy parecido al de esta mañana—. ¿Por qué me gritas así? Perdí una cerveza.

Hay que admitir que, pese a su ridículo atuendo y lo excéntrica que es, consigue verse encantadora. Además, el rojo y el blanco le quedan muy bien con su piel oscura.

—Solo quería sorprenderte. —Se pasa una mano por los rizos indomables, ese hermoso estilo ahora popular, y luego me toma la mano—. Ven con nosotros afuera.

—¿Quiénes son «nosotros»? —pregunto, pero ella ya está arrastrándome—. Espera, debo avisar a Edna de que me alejo.

—Edna está ocupada consiguiendo una noche de amor con el hermoso Jamie. —Se detiene abruptamente y se voltea para mirarme—. ¿Te dije alguna vez que estuve enamorada de Jamie?

—¿También? —Ella hace una mueca—. Quiero decir, no, no me lo dijiste.

¿Y por qué me sorprende? Ya he dejado claro que Maida se enamora de todos. Típicamente conoce a algún hombre con el que tiene una agradable conversación o que tendrá un físico impresionante y mi amiga se enamorará intensamente como mínimo un mes y máximo cinco meses (ese récord de cinco meses es obra de Oscar). ¿Ya he dicho que ama demasiado el amor?

Me lleva afuera de la casa de fraternidad y parece que nos guía a los autos aparcados cerca de los árboles. No puedo evitar notar que hay tres hombres en el lateral de la fraternidad. Dos de ellos están dándole dinero al tercero, que les entrega unas píldoras que ellos no dudan en ingerir: drogas.

No es un secreto que la marihuana y el éxtasis, entre otro tipo de drogas, se mueven por el campus de una manera muy discreta. Sin embargo, algo en el intercambio parece extraño.

—¿Quién es ese? —pregunto, mirando al solitario hombre que entregó las pastillas cómo entra a la fiesta.

—Michael —responde Maida después de verlo—, pero no le des demasiada atención, creo que está trabajando para Bryce.

—Y nadie quiere meterse con ese imbécil —sentencio recordando a Bryce Rhode, quien parece tener un monopolio de drogas que, en mi opinión, está creciendo demasiado y se vuelve peligroso.

Nunca nos hemos topado con él, al menos no que yo sepa, pero simplemente escuchar de él siempre me genera unas malas vibras y miedo. Se rumorea que es peligroso, y no se trata únicamente de drogas.

—Sí, es mejor estar alejadas de ese tipo. Esconde algo más que no quiero descubrir.

—Ni yo —concuerdo mientras retoma la caminata y me lleva hasta los autos.

Lo primero que veo es a Kevin, sentado sobre el capó de un auto que reconozco, y de pie entre sus piernas se encuentra Oscar, quien está inclinado hacia él y parece que esté susurrándole algo al oído.

La segunda cosa que noto es que el auto donde mis amigos casi podrían follar es el del Irlandés. El auto donde dejé la nota equivocada. Y eso quiere decir que…

—¡Traje a nuestra Canela Pasión Oriental! —anuncia Maida sobresaltando a los tortolitos, que se giran para mirarme.

La bocina del auto suena y llevo mi mirada al asiento del conductor, que tiene la puerta abierta, y en ese momento noto la tercera cosa: las piernas estiradas fuera del asiento, el brazo colgando por la ventana con un cigarrillo y la sonrisa llena de picardía en un rostro poseedor de un par de ojos verdes que me observan.

—Siempre he creído que ese apodo te pega, Clover —dice con lentitud Callum—. Bienvenida a nuestra propia fiesta del amor.

4

EL TRÉBOL DEL IRLANDÉS

Clover

—Pensé que Maida no conseguiría encontrarte —dice Oscar, haciendo que despegue la mirada de Callum.

—No sabía que tenían una fiesta fuera de la fiesta —comento.

—No lo planeamos, pero el ambiente aquí está mejor y podemos escucharnos hablar.

—Pero dentro hay bebida —señalo. No es que sea una gran bebedora, pero simplemente quiero replicar.

—Aquí también —responde Maida, que aparece con dos vasos llenos de un licor de color ámbar—. Toma.

—No beberé algo que no vi que sirvieron. ¿Y si tiene droga?

—Pero te lo he servido yo. —Mi amiga está desconcertada.

—Ya, pero es que cualquiera de los presentes pudo echarle algo. ¡Que beba uno de ellos primero! —pido—. Uno que no sea ni Oscar ni Kevin.

Mi petición no es recibida con agrado por quienes me escuchan, y otros me ignoran. No creo que sea una exagerada, Valentina me ha dicho millones de veces desde que fui a mi primera fiesta que debo cuidar de mi bebida.

Callum capta mi atención al salir del auto. Le da una última calada a su cigarrillo y luego se estira como un gran gato perezoso, lo que en consecuencia hace que mi mirada siga sus manos cuando se las pasa por el cabello rojizo. Luego camina hacia Maida y toma uno de los vasos y le da un gran trago. Al bajar el vaso se lame los labios y me lo extiende.

—Ahora o caemos ambos o sobrevivimos al trago. —Hace una pausa—. Si caemos será mejor que corra el causante, porque odio a los pervertidos aprovechados.

—Hice el trago con una botella de ron cerrada y una lata de Coca-Cola —dice Maida, ofendida—. ¡No le he echado ninguna droga! No era necesario que le babosearas la bebida.

—¿Quieres una nueva bebida, Clover? —me pregunta Callum.

45

—No, esa está bien. No creo que tenga mucha baba —digo, extendiendo la mano para tomar el vaso.

—Sí, supongo que es como besarnos indirectamente —añade, rozando mis dedos antes de liberar el vaso en mi mano.

Retengo la respiración unos instantes y luego con lentitud la dejo ir. Este día no deja de sorprenderme, ningún San Valentín en el tiempo que llevo en la universidad había sido así.

—Un beso breve —respondo con elocuencia, porque nunca juego a la muchacha tímida—, porque uno largo y de lengua ameritaría más que un trago. —Me aplaudo mentalmente cuando él sonríe.

—En eso tienes razón, Clover, la lengua amerita más que un trago compartido.

—Dime algo que no sepa —presumo, alzando la barbilla, y su sonrisa crece.

—Algo que no sepas —repite mientras finge que lo piensa—, dame un par de horas y te doy respuesta.

—Te advierto que querré una buena respuesta —le hago saber.

—Eso suena como un reto y quiero asumirlo, Clover.

Siempre me ha gustado mi nombre, pero me parece que ahora me gusta incluso más cuando lo dice un acento irlandés con la voz ligeramente enronquecida.

—¡Callum! —lo llama una pelirroja vestida de cuero, su modelito me hace desearla hasta a mí—. Ven aquí, te necesito.

—Volveré y te diré algo que no sepas —me asegura—. ¿Qué ganaré con ello?

—Nada, porque esto es un reto, no una apuesta, Irlandés.

—Tal vez debí ser más listo con mi elección de palabras.

—Debiste, pero ya es tarde para ello.

—Por fortuna tendremos más oportunidades.

—¿Eso crees? —desafío.

—Soy así de optimista —me responde, curvando levemente los labios, y se gira para irse.

—¡Ya lo veremos! —digo a su espalda cuando comienza a alejarse, porque siempre quiero tener la última palabra, un desagradable defecto que ni siquiera me molesto en corregir.

Cuando Callum está a una distancia significativa, respiro hondo y me llevo una mano al pecho antes de apoyar mi peso en la espalda de Oscar, quien tiene intención de moverse para liberarse de mí, pero lo abrazo para que no pueda hacerlo.

—¿Qué fue todo eso? —pregunto contra su espalda.

—Un coqueteo —responde Kevin con una sonrisa—. Hoy finalmente intercambiaron más que palabras cordiales y casuales, escríbelo en tu diario.

—Y se besaron por medio de una bebida —agrega Maida, cambiando el peso de un pie a otro—. Bueno, aún no, porque no has bebido.

Sin pensarlo doy un largo trago y ella ríe. Por la manera inquieta en la que mueve los pies pensarías que quiere ir al baño o tiene algo urgente que decir, pero simplemente es ella en una fiesta llena de demasiada energía.

Apoyo la mejilla contra la espalda de Oscar y al girarme veo a Callum, que está sonriendo por lo que la pelirroja le dice. Ella tiene la mano sobre el pecho de él y sus labios gruesos se mueven con entusiasmo al hablar.

Tal parece que Callum no leyó mi nota. Quizá sí las tira, porque de haberla leído él lo hubiese comentado, o eso supongo. No estoy en peligro, mi susto fue por nada, estoy a salvo. Me relajo y doy otro sorbo a mi bebida, pero repentinamente el rostro de Callum se vuelve y desplaza con lentitud la mirada hasta mí. Sus ojos verdes se encuentran con los míos color café y esboza una sonrisa que no le conocía: una pequeña, secreta y misteriosa que me hace apretar el vaso con fuerza.

—Siempre he pensado que es el destino —escucho que dice Maida, pero no rompo la conexión visual con Callum— que ella se llame Clover y él sea irlandés.

—O tal vez ella solo quería hacerse la graciosilla y puso los ojos en un irlandés para que coincidiera con su nombre. —Ahora es Oscar quien habla, y casi quiero rodar los ojos.

—O tal vez no se llama Clover y solo lo inventó para que coincidiera con él —finaliza Kevin.

Rompo la conexión con Callum, me aparto de Oscar y me enfrento a mis tres amigos con el ceño fruncido.

—¡Por supuesto que me llamo Clover!

—Lo que digas —le resta importancia Oscar antes de dirigirse a Kevin—. ¿Me acompañas?

—Siempre —es su respuesta, deslizándose por el capó hasta estar de pie al lado de Oscar y tomarle la mano—. ¿Adónde me llevas?

—Adonde más te gusta —le responde Oscar con una sonrisa ladeada.

Maida y yo los vemos caminar muy adentro de los árboles, y escucho a mi amiga murmurar un «Van a follar o se la va a chupar». No la contradigo, porque cuando vamos a una fiesta con esos dos, ese es un escenario real.

—¡Oh! Mira, mira, Johnny vino. —Suena emocionada—. Iré a hablar con él. ¿Cómo me veo?

—Preciosa como siempre. —Con la mano en que no sostengo la bebida la tomo de un hombro—. Maida, eres hermosa, genial y divertida, no tienes que subestimarte.

—Lo sé, por eso siempre me desenamoro, porque nunca me conformaré con menos de lo que merezco. —Me guiña un ojo, le sonrío y dejo que vaya con Johnny.

Él le sonríe cuando ella lo alcanza, y me pregunto si habrá alguna posibilidad de que algo real pase ahí. Ojalá así sea, porque estoy agotada de ver a Maida ilusionarse con todos y estoy muy molesta de que algunos al final solo terminen usándola. Siempre me preocupo por ella, su enamoradizo corazón y la forma en la que lo entrega.

Siento que me vibra el teléfono en mi pequeño bolso diagonal y lo saco. Leo un mensaje de Edna haciéndome saber que irá a pasar un rato a la fraternidad a la que pertenece James, una manera de decir que irá a tener sexo. Le digo que estaré bien, que se divierta y que no olvide la protección, y me guardo de nuevo el teléfono y me planteo si debo intentar sentarme en el capó pese a tener este vestido ajustado, pero estoy cansadísima de estar de pie y no me siento desde antes de llegar a la fiesta.

Decido que vale la pena intentarlo. Me tomo lo que resta de mi trago y dejo el vaso vacío sobre el lugar donde pretendo sentarme, doy una mirada alrededor del grupo y nadie parece estarme dando atención. «Por favor, que no se me vea mi candente ropa interior».

Aplano las manos sobre la superficie para apoyarme, trato de tomar impulso y presiono una rodilla, pero el vestido sube una pulgada y me entra el pánico, por lo que retrocedo, miro de nuevo a mi alrededor y me tranquilizo al confirmar que nadie me está prestando atención. Aquí vamos de nuevo.

Esta vez llego un poco más lejos, pero necesito impulso, porque si lo hago por mí misma es muy seguro que termine con el culo al aire y ahí sí que todos mirarían. Mascullo un par de maldiciones y estoy por rendirme una vez más cuando una voz detrás de mí habla:

—¿Le das nuevamente permiso a mis manos para tocarte?

Trago saliva. No hay manera de que no reconozca la voz de Callum, ese acento irlandés es todo lo que necesito escuchar para volverme un caos en mi interior.

Y espera, espera… ¿Está haciendo alusión a nuestra primera interacción? ¿Realmente recuerda tan bien como yo ese intercambio coqueto sobre ponerme las manos encima mientras yo se lo permita? Guau… Bueno, tal vez es solo una gran casualidad en que parece que hace referencia a ese momento que me gusta recordar.

Volviendo al ahora y a mi precaria posición, tengo el cuerpo cansado por la postura, pero también quiero experimentar cómo se siente su toque en algo más que un roce de manos, así que termino por asentir a su pregunta, pero pienso que tal vez no puede verme y susurro un «Sí».

—Muy bien, aquí vamos, Clover.

Espero expectativa y, cuando creo que solo está bromeando, siento sus manos debajo de mi trasero, en ese tramo de piel que une el muslo con la curvatura del culo, y eso me hace tragar porque su contacto lo siento en todas partes y mi mente se desvía a terrenos inmorales.

—¿Clover? Creo que este es el momento en el que subes.

Me parece que entonces me doy cuenta de que su toque está haciendo cosas locas después de los largos meses de sequía que he tenido. Una situación de lo más sencilla la termino convirtiendo en algo grande, porque un simple roce me enloqueció.

¿Y qué es lo que hago? Hacer que lo que podría ser sencillo se vuelva complicado.

No subo, sino que retrocedo para bajar, haciendo que Callum se tambalee hacia atrás, que uno de mis pies lo pise y que mi espalda se presione contra su pecho de una manera brusca, clavando un codo en su costado. Creo que lo escucho exhalar un «Joder» y rápidamente me alejo.

—Lo siento, lo siento. Solo pensé que no era tan buena idea… Es decir, todo lo que quiero es sentarme. Lo siento, Callum —balbuceo.

Cuando me giro, soy prisionera de su intensa mirada durante unos segundos y noto de manera tardía, pero segura, que una de sus manos está en mi cadera. Mi mano va a ella con intención desconocida, pero simplemente la cubro mientras nos miramos.

Mis ojos comienzan a recorrer sus facciones sin terminar de entender cómo puede ser tan atractivo y desprender tanto magnetismo sexual, y, sin darme cuenta, mi mano aprieta la suya en mi cadera, lo que ocasiona que una sonrisa se expanda lentamente en su rostro a la vez que un mechón de su cabello rojizo le cae sobre la frente cuando inclina el rostro hacia mí para decir sus próximas palabras:

—No pensé que mis manos obtendrían de nuevo hoy el permiso para tocarte.

Sí, sin duda, es una frase muy parecida a la de hace tres años. Es una abierta referencia, eso quiere decir que él lo recuerda tan bien como yo.

—Dicen que hay que esperar lo inesperado —termino por responder.

—¿Cuándo caduca este permiso?

Tras su pregunta, acerca nuevamente su rostro hacia mí para observarme desde arriba; ya sabes, hay diferencia de altura incluso si hoy soy seis centímetros más alta.

—Podrías tener un permiso indefinido hasta que me vaya.

—Me siento muy afortunado —dice con lentitud.

—Lo eres —concedo, y una amplia sonrisa es su respuesta.

El buen momento se corta porque de verdad quiero sentarme y por inercia mis pies se mueven por sí solos. Pierdo la calidez de su tacto cuando retira la mano bajo la mía y en consecuencia de mi cadera, pero no retrocede, la distancia sigue siendo considerablemente escasa.

—Todo lo que quieres es sentarte —repite mis palabras anteriores como si las saboreara—. ¿No importa dónde lo hagas?

—¿El qué?

—Sentarte —aclara.

Sus palabras son tan sensuales y candentes que hacen que una chica como yo, que bromea con sus amigos sobre sexo e insinuaciones, se encuentre acalorada y con un rubor, que debido a mi piel morena y la poca luz no se debe de notar demasiado.

Gracias al cielo, enseguida vuelvo en mí, a la vez que me recuerdo que no soy una colegiala enamorada y que, más allá de mis notas para Callum, no estoy perdidamente enamorada de él ni me volveré una idiota por su presencia, así que sonrío y le sostengo la mirada cuando respondo:

—Quiero sentarme, no importa el lugar.

—Palabras peligrosas, Clover. —Ríe por lo bajo—. Tengo un lugar perfecto donde puedes dejar caer el culo.

—¿Qué lugar sería ese?

Hay unos segundos de silencio que, si bien son cortos, se sienten infinitos. Cuando él se muerde el labio inferior y sacude la cabeza, dejo ir una lenta respiración que ni siquiera sabía que estaba conteniendo.

—Mi auto —responde, señalando su posesión, que está justo frente a nosotros, pero debido a la sonrisa que lo acompaña, intuyo que sabe que durante unos pocos minutos estuvimos jugando a las insinuaciones.

—No se diga más, dejaré caer el culo en tu auto.

Rodeo el vehículo y, sin esperar ningún tipo de autorización o caballerosidad, subo al asiento del piloto cerrando la puerta detrás de mí. Durante un breve momento me digo: «¡Oh, mi jodido cielo! Estoy en el auto de Callum». Una cosa es intercambiar conversaciones rápidas, miradas y sonrisas, saludos ocasionales, encuentros inesperados, pero esta noche me parece que la vibra es diferente.

Mientras escucho la puerta del copiloto cerrándose cuando él sube, no puedo evitar pensar que durante poco más de tres años he estado escribiendo notas para Callum con una sensación de atracción y una emoción platónica. No esperaba que saliéramos ni que nos enrolláramos, tampoco soñaba con que nos enamoraríamos ni mucho menos con ser pareja, pero he de admitir que todo esto me tiene con una emoción en la boca del estómago más grande de lo que esperaba.

¿Podría ser que, de hecho, sí deseara muchas cosas y me entrené para pensar que no? Tal vez me negaba a alimentar fantasías absurdas o, en un movimiento muy típico de mí, me cerré a cualquier posibilidad por algún miedo oculto de un posible rechazo, dolor o desilusión. Algunas veces me saboteo las oportunidades y lamentablemente no sé por qué. Valentina tiende a decir que la muerte de mi madre, al darme a luz a una edad muy joven, me condiciona a creer que no puedo tener nada más allá de la felicidad o los logros que ella obtuvo. Eso me parece que suena bastante jodido y, como ella no es psicóloga ni terapeuta, me gusta creer que está equivocada. Amo a Valentina, pero nadie quiere tener un diagnóstico como ese.

—Cuánto silencio —comenta Callum tras subir al asiento del copiloto.

Me remuevo para ponerme cómoda mientras lo veo abrir la guantera del auto y sacar lo que reconozco como «materiales» para armarse un porro. No debería fascinarme la manera en la que sus dedos largos y pálidos trabajan casi automáticamente para hacerlo; es metódico e hipnótico. Cuando alzo la vista, me doy cuenta de que ni siquiera mira mientras lo prepara, sus ojos están enfocados en mí con una sutil sonrisa, y cuando está listo tantea en busca de un encendedor en el bolsillo de su pantalón ajustado.

Sigo el movimiento de sus labios cuando inhala una calada, reteniendo el humo unos pocos segundos antes de dejarlo ir lentamente. De inmediato, ese olor peculiar y que no me resulta desagradable impregna el auto.

—¿Quieres?

—Solo he fumado cuando estoy muy estresada y necesito dormir, y en este momento no me apetece dormirme.

—Ah, eres de las dormilonas.

—¿De qué tipo eres tú?

—La verdad es que, más allá de una leve sensación de tranquilidad, no me hace nada. Supongo que soy un fumador social, pocas veces fumo y no sufro grandes efectos. Aunque…

—¿Aunque?

—Tal vez necesitamos otro tipo de incentivo para encontrarlo más interesante y menos dormilón. —Su vista se queda clavada en el porro entre sus dedos—. ¿Has inhalado de otra persona?

—Un exnovio. —No tardo demasiado en responder, y sonríe sin mirarme.

—¡Vaya, Clover! Te las traes, así que haces cosas muy pícaras.

—No sé qué idea te haces de mí, pero creo que, de hecho, no me conoces —comento a la ligera, deslizando mis manos por el volante—. Me gusta divertirme y hacer algunas picardías.

—Me pregunto cuáles serán esas picardías y cómo te diviertes.

—Podría contártelo —digo, y volteo el rostro para mirarlo— o podría ser amable y mostrártelo alguna vez.

—Esperaré por ello.

—¿Incluso si nunca sucede?

—¿Qué es el ser humano sin la fe y la esperanza? —responde de manera teatral, haciéndome reír.

Qué chocante me resulta que su personalidad sea incluso mejor de lo que esperaba.

—¿Compartimos una calada? —Hay una chispa de travesura en su mirada cuando me lo pregunta.

¿Cómo podría rechazar esta oferta? Ya lo he dicho, no soy un ángel y mucho menos una santa. La petición me sorprende porque es inesperada, no porque me escandalice, y puedo sentir el regusto de la emoción invadiéndome. Quiero hacerlo.

—Compartamos una calada —acepto.

No sé qué esperaba, pero me sorprende cuando, con una sonrisa, se estira para hacer que el asiento del conductor ceda lo suficiente hasta reclinarme y dejar más espacio entre mi cuerpo y el volante. De alguna manera imaginé que nos inclinaríamos el uno hacia el otro. Ni siquiera se me pasó por la cabeza ir hasta su asiento y subir sobre él, pero lo que sucede a continuación es mucho más que eso.

Él pasa sobre la palanca de cambios, viene hacia mí y, con cuidado de no quemarme con la punta encendida del porro, deja las manos sobre el respaldo de mi asiento y pone una rodilla a cada lado de mis caderas: está a horcajadas sobre mi cuerpo sin dejar caer su peso.

Pese al olor persistente de la marihuana, percibo el aroma embriagador que desprende lo que debe de ser algún perfume caro más el toque del licor que ha estado bebiendo. Al principio no sé muy bien dónde dejar las manos y, cuando las dejo sobre el final de sus muslos, él no comenta nada al respecto. Trato de relajarme, de fingir que alguna vez imaginé este escenario ardiente y emocionante con Callum.

Si bien hice lo de aceptar una calada de un porro de la boca de mi ex, no fue nada como esto. Fue más algo que nos pareció divertido y por lo que reímos como dos idiotas en una nube de hierba. Esto, en cambio, me tiene —debo admitirlo— excitada y a la expectativa, aún no ha sucedido y ya estoy enloqueciendo.

—Feliz San Valentín, Clover —susurra, y su aliento me acaricia el rostro.

Mis ojos se encuentran con los suyos, y descubro que así de cerca sus ojos verdes tienen unas pequeñas motas doradas y que cuenta con unas pocas pecas en la nariz, solo que son muy claras. Veo que se pasa la lengua por el labio inferior y luego me parece casi obscena la manera en la que se lleva el porro a los labios y lo humedece al inhalar.

Me da un leve asentimiento cuando lo ha retenido durante segundos. El corazón me late deprisa en cuanto abro lo suficiente los labios y lo veo acercarse y ladear la cabeza. Con su boca a una nula distancia de la mía y la mirada fija en mis ojos, exhala con lentitud dejando que el humo escape de sus labios y se cuele entre los míos. Mis manos aprietan el agarre sobre él mientras absorbo lo que me da y noto su mirada de sorpresa, pero también una sonrisa encantadora cuando el humo sale por mi nariz.

—Estás llena de sorpresas, Clover. —Me extiende el porro—. Tu turno.

Retiro la mano de una de sus piernas, tomo lo que me ofrece y cuando me lo llevo a los labios siento la humedad que dejaron los suyos, lo cual me resulta erótico. Él me observa dando una calada profunda y luego sus ojos se fijan en mis labios mientras retengo el humo en la garganta, sintiendo la familiar sensación de cosquilleo y un leve picor. Cuando parece que mi cuerpo lo ha retenido el tiempo suficiente como para darme algún efecto, acerco mi rostro al suyo y él acorta la distancia.

Veo esos labios tentadores, y con una carnosidad destacable, abrirse para mí. Cuando dejo ir el humo, lo inhala y se lleva en el proceso sus manos a la parte baja de mi nuca. Debido a que tengo el cabello recogido en una cola alta, siento unos suaves rasguños de sus uñas en mi cuero cabelludo que me hacen querer apretar las piernas. Estoy demasiado encendida con todo esto, estoy tan caliente que me encuentro genuinamente sorprendida por la reacción de mi cuerpo.

Me fijo en cómo su garganta trabaja cuando alza el rostro y expulsa el humo hacia el techo. No tengo palabras para este momento que se repite una y otra vez, una calada para él y una para mí, exhalamos el humo del uno al otro hasta que el porro se consume y solo queda una colilla que Callum desecha en una botella de agua. Tengo la última calada en mi interior, a punto de ir a sus labios, cuando habla:

—Te diré algo que no sepas —dice, recordándome el reto improvisado de hace un rato—: Creo que esta noche eres mi trébol de la buena suerte.

Y luego abre los labios para tomar el humo que expulso y lo deja ir poco después por los orificios de su nariz.

Me sonríe y sus pulgares me acarician la barbilla a la vez que mantiene una mirada persistente que me cautiva, y luego simplemente sucede: su lengua humedece mi labio inferior, midiendo mi reacción, que se deduce por una exhalación temblorosa. Sus labios cerrados se presionan sobre la mitad de mi labio inferior y a continuación se aleja unos pocos centímetros y sencillamente me mira, lo que es una tortura.

—¿Eres el trébol de este irlandés?

Tal vez si estuviera más concentrada en sus palabras podría notar la connotación en lo que dijo y cómo lo hizo, pero estoy ida, deseosa, ansiosa, a la expectativa de algo con lo que no me permití ni siquiera soñar.

—Soy tu trébol —susurro.

Sonríe y luego sus labios se encuentran sobre los míos. Está sucediendo una fantasía que siempre traté de ignorar: Callum Byrne me está besando.

5

CLOVER, CLOVER, CLOVER

Clover

Durante estos últimos tres años traté de no imaginar cómo se sentirían los labios de Callum sobre los míos, pero esa es precisamente la palabra clave: «traté», porque no lo lograba del todo cuando lo veía en alguna clase y mi mente se iba a la deriva, cuando entablábamos una corta conversación y veía sus labios moverse al hablar o tal vez cuando estaba en mi habitación y mi mente se desviaba imaginando, pensando en cómo sería. Pero siempre sentía culpa y me obligaba a actuar como si esos pensamientos no estuvieran presentes, como si nunca hubieran sucedido.

Sin embargo, ahora puedo confirmar que, aunque tengo una buena imaginación, ni por asomo me dio una impresión tan buena como la realidad, lo que agradezco, porque sería un fiasco que besara mal.

Callum me está besando.

Yo lo beso.

Nos besamos.

Sus manos me sostienen la mandíbula y mis manos ahora están apretadas en sus muslos. Sus labios húmedos se posan sobre los míos y me atrapa el inferior con una succión que me hace estremecerme con la sensual barrida de su lengua. Mi boca se abre lo suficiente para que el beso se vuelva mucho más húmedo cuando su lengua va en busca de la mía, y un gemido escapa de mí en cuanto una de sus manos me abandona el rostro y se enrolla en torno a la larga cola de cabello, tirando para que mi cara esté en un ángulo que le permita profundizar aún más el beso.

La mano que no me tira del cabello se desliza por mi hombro, haciendo un lento recorrido desde el brazo hasta mis dedos y los entrelaza con los suyos. Esa misma mano la sube hasta un lado de mi cabeza y luego recarga solo un poco su peso sobre mí, lo suficiente para dejarme sentir la calidez que desprende su cuerpo.

Nuestros labios emiten un ligero sonido erótico de succión, y la humedad se acumula alrededor del borde de mis labios debido a los trazos de nuestras lenguas. Estoy segura de que esto va más allá de la definición de un beso francés. Es primitivo, intenso, pasional. Es un beso arrollador que me calienta por todas partes.

Siento mis pezones endurecerse, mi entrepierna palpitar mientras la tela de mis bragas se humedece, y también siento la manera enloquecedora en la que me late el corazón, como si estuviera en una carrera.

—Clover, Clover, Clover —murmura contra mis labios, dándome suaves besos cortos.

—Callum —digo sin aliento, moviendo ligeramente el rostro para poder respirar después del ataque de su boca a la mía, pero eso solo sirve para que sus labios vayan a mi barbilla.

—Dime, Clover —susurra, mordisqueándome la barbilla.

—Callum. —Suena muy parecido a un gemido, y de nuevo volteo el rostro en busca de su boca, que no tarda en encontrar la mía.

Como si fuese posible, el beso es mucho más intenso, esta vez más lento, como si saboreara cada segundo de ello. Gimo y me remuevo debajo de su cuerpo, llegando a percibir contra mi estómago la insinuación de una dureza. Sin darme cuenta, me encuentro apretando las piernas, pero no es suficiente alivio. Esto es demasiado, pero aun así quiero más.

La mano que no me sostiene y que todavía se encuentra en su muslo comienza a ascender hasta llegar muy cerca de donde mi mano pica por tocar y donde estoy segura de que él no deja de endurecerse. Dudo, pero él empuja las caderas hacia delante, hacia mi mano, logrando tener un contacto directo con mis dedos, haciéndome sentirlo a través de la tela gruesa del tejano.

—Clover, dame más —pide con voz enronquecida antes de continuar besándome—. Tócame más fuerte.

Me excita la idea de darle lo que me pide, así que mis manos lo toman por encima de los pantalones y aprieto. Un gemido escapa de mí al sentirlo casi en su totalidad y creo que me planteo abrirle el botón del tejano y bajarle la cremallera.

—¡Callum! —grita un chico por la ventana.

Y él se sobresalta. Se golpea la cabeza con el techo del auto y maldice mientras lleva la vista hacia la persona que asoma la cabeza por la ventana del copiloto. Rápidamente alejo mis manos mientras miro al recién llegado; apuesto a que tengo los ojos bien abiertos, pero mi boca debe de estar tan hinchada que lo último en lo que se fijará es en los ojos.

—¿Qué haces? —El moreno, que reconozco como uno de sus amigos, me mira antes de volver la atención a Callum—. Pensé que dijiste que no te enrollarías con nadie, lo habías logrado durante tres meses. ¿Por qué has caído? Bueno, no importa, he venido a salvarte, amigo.

—No pedí ser salvado, Stephan —masculla, bajando de mí y volviendo al asiento del copiloto.

—Pero ¿qué pasa con lo de enfocarse en la de las...?

—Stephan, tengamos una conversación —lo interrumpe Callum, y luego se vuelve hacia mí.

La mirada persistente que mantiene en mi rostro, sobre todo en la boca, me hace muy consciente de que debo de verme muy afectada por el momento que acabamos de compartir. Yo también lo observo: tiene las mejillas sonrojadas y los labios de un carmín que deberían vender en formato labial; además, están hinchados de una manera pecaminosa y se estiran en una sonrisa.

—Vuelvo en un momento. No te vayas.

—¿Quién es? —le pregunta Stephan—. ¿La conocemos?

—Es Clover y va a varias clases conmigo desde el primer año —responde Callum abriendo la puerta y bajando del auto.

—Eres extranjera —dice el moreno fijándose en mi rostro y cabello— y bastante bonita. ¿De dónde eres?

—Soy londinense —respondo, y antes de que haga preguntas que me enojen, hablo—: Mis padres son extranjeros.

—Genial, eso te hace una persona sin ninguna posibilidad de ser aburrida, porque tienes cosas que contar.

No entiendo su razonamiento, pero termino la conversación con un asentimiento que lo hace sonreír complacido con la tontería que ha soltado. Por suerte, Callum se aleja con él.

—Oh, santa divinidad —susurro—. Eso realmente ha sucedido. —Me toco los labios, que se sienten algo magullados por la fuerza de los besos.

Y, aunque él se encuentra a una distancia y ya no me toca ni me besa, las secuelas aún están presentes. Mis pechos, sobre todo las puntas, están sensibles, el latido entre mis piernas no disminuye y mi vientre es un nudo tenso de deseo que me ruega ser liberado.

Trago y bajo la vista, y veo que tengo una mano reposando sobre el muslo, por debajo del vestido. La tentación de calmar el pálpito entre mis piernas es tan fuerte que miro a mi alrededor porque querría tocarme y poder liberarme, pero logro deshacerme de esa idea rápidamente porque me recuerdo que estoy en un sitio público, fuera de una fiesta.

—Déjate de locuras, Clover Mousavi —me reprendo sacando la mano de debajo de mi vestido—. Necesitas distraerte.

Llevo las manos al volante, aunque no tengo mucho que hacer con ellas, y un sonidito escapa de mí cuando siento una fricción placentera entre las piernas. Entonces me doy cuenta de que estoy haciendo movimientos en círculos contra el asiento en busca de algún alivio y se siente tan bien que de verdad me cuesta detenerlo, pero lo consigo.

Es necesario que ocupe la mente en algo que me permita ignorar el deseo latente y feroz mientras espero a Callum, porque tal parece que no tengo planes inmediatos de irme. Quiero saber qué procede ahora, ¿qué viene después de lo que hemos hecho? Aún me cuesta creerlo, simplemente ha sido todo un despliegue inesperado más allá de mi loca imaginación y mis vívidas fantasías.

Comienzo a revisar el portavaso, la guantera y luego otro compartimiento de su auto moderno. Apenas abro dicho compartimiento, un fajo de hojas cae. Maldigo y comienzo a recogerlas, pero me paralizo y las dejo caer de nuevo cuando me doy cuenta de que son mis notas y que la que estoy viendo es la primera que envié.

¡Mierda! ¿Cómo pude escribir tal propuesta? Más que invitarlo a besarme, lo invité a ponerme el miembro en la boca y a follarme por el culo, como si fuese una experta en el sexo anal y no una virgen por ese agujero que tiembla ante la insinuación de ponerse cosas por el culo.

Miro a mi alrededor para comprobar que Callum no viene y me invade una sensación de pánico mezclada con nostalgia, porque esa nota lo inició todo. ¡Oh, por todo lo sagrado! Callum guarda mis notas. ¡Y en su auto! No las tira ni reza para que le dejen de llegar.

De alguna manera eso me hace sentir ganas de darle un abrazo, porque incluso cuando me decía a mí misma que seguramente las tiraba y me admitía que era legítimo que se espantara porque alguien le dejara notas tan aleatorias, en mi interior deseaba que las leyera y al menos sonriera.

Creo que estoy sonriendo cuando recojo las notas y me propongo devolverlas a su sitio, pero estoy tan afectada que mis manos temblorosas no hacen más que provocar otro desastre al dejarlas caer dispersas de nuevo en el suelo junto con otras hojas arrugadas.

—Joder, ¿tienes manos de gelatina, Clover? —me reprendo agachándome a recoger todo el desastre que he hecho.

Tomo primero las hojas arrugadas. Prometo que no quiero indagar en cosas que no son mías, pero entonces leo mi nombre y apellido: «Clover Mousavi». Y no puedo evitar estirar la hoja a la vez que comienzo a sentir que me mareo.

Es una hoja con mis datos básicos: nombre y apellido, edad, fecha de nacimiento, en qué me especializo y mi procedencia étnica y cultural. Sin embargo, lo que casi me hace desfallecer son las pocas líneas que están escritas debajo:

Qué bueno que tienes dinero, porque lo has desperdiciado pagándome por algo que hasta tú mismo ya sabías al ver su parcial: sí, Callum, la chica de las notas es Clover Mousavi, tal como pensabas.

¡Felicidades por gastar dinero confirmando lo que estabas seguro casi al cien por cien de que sabías! ¡Felicidades, porque creo que la noticia te hará feliz!

No sabe que lo sabes y no se lo diré.

Con tu dinero me haré más tatuajes y cenaré de lo lindo. Gracias por pagarme por lo que para ti era evidente.

De nuevo: felicidades.

J. C.

Leo la fecha de este informe hecho por Jagger y veo que es de hace poco más de tres meses. ¡Lo ha sabido todo ese tiempo! La carta de Maida ni siquiera me ha delatado... Ya lo sabía.

He estado haciendo el ridículo o tal vez le he despertado lástima. Quizá solo quiere ver hasta dónde llego o le parezco un chiste de lo más divertido.

Dejo caer las hojas y todo el desastre de notas, abro la puerta del auto y caigo en el suelo sobre las manos y las rodillas. Siento un ardor en estas últimas, seguramente me he hecho unas raspaduras, pero no pierdo tiempo en ello ni en responder a la chica que me pregunta si me encuentro bien. Simplemente acelero el paso hasta que estoy corriendo y alejándome, huyendo, yendo a mi refugio: mi habitación.

Callum lo sabía.

«¿Eres el trébol de este irlandés?», me preguntó, y sin dudar le respondí que yo era su trébol; estaba perdida en el momento. Me muevo entre los edificios hacia el mío, sintiendo que quiero esconderme de la vergüenza, pero salgo de mi catarsis al sentir que alguien me sigue.

En un primer momento pienso que se trata de Callum, pero cuando me vuelvo disimuladamente, lo único que veo es un cuerpo masculino alto y ejercitado, con una gorra cubriéndole la cabeza, camina a una corta distancia.

Me digo que estoy siendo paranoica, pero cuando acelero el paso, esta persona también lo hace, y un escalofrío me recorre al darme cuenta de que estoy sola. Aunque hay suficiente iluminación, esto se siente aterrador.

El corazón me late desbocado, por razones muy diferentes a por las que lo hacía hace unos minutos, y el miedo comienza a incrementar. A pesar de que corro a menudo, mi respiración es pésima y se escucha en todo este silencio. Volteo de nuevo con disimulo y confirmo que esta persona se encuentra más cerca de mí. No le veo los ojos, pero noto que me perforan, de alguna manera me siento como si fuese un objetivo, pero ¿por qué? Por favor, que no me pase nada malo, solo quería salir a divertirme.

Justo cuando me preparo para echar a correr y tanteo para encontrar mi teléfono y llamar a emergencias, el hombre de la gorra pasa a mi lado y continúa sin darme ninguna mirada. Tal vez debería respirar de alivio, pero tengo una sensación extraña que me hace mantener marcado el número de emergencias en el teléfono en caso de notar algún movimiento. Estoy paranoica mirando a mi alrededor hasta que llego a mi residencia.

Solo soy capaz de dejar ir un suspiro y tranquilizarme cuando estoy en mi piso. Nunca me había sentido tan asustada por caminar sola de noche en el campus, y no es algo que quiera volver a experimentar.

Estoy inquieta durante unos largos minutos y luego consigo calmarme al deslizarme por mi página de inicio de Instagram, pero me vuelvo a alterar cuando veo una nueva publicación de Callum con los labios más carnosos y oscuros por nuestros besos. Está sonriendo y se encuentra apoyado en la puerta del copiloto de su auto. La descripción dice: «¿Alguien ha visto a mi trébol?».

Estoy tan atontada que entro en su perfil y dejo de seguirlo. No es que él lo vaya a notar, teniendo en cuenta la cantidad absurda de seguidores que tiene. Arrojo el teléfono a un lado y presiono el rostro contra la almohada.

—Eres una imbécil —gruño—. Callum lo sabía y te dio una señal, y solo dijiste que eras su trébol. Estúpida, estúpida, estúpida.

Y, para torturarme aún más, me viene a la cabeza su voz enronquecida y afectada con el recuerdo de su susurro: «Clover, Clover, Clover».

6

SANGRE IRLANDESA

Callum

—¿Y salió corriendo? —pregunta Jagger antes de dar una profunda calada a su cigarrillo.

—Sí, Jagger, es lo que te he dicho: mi trébol huyó en la oscuridad de la noche porque encontró todas las notas guardadas y tu mediocre informe.

—De mediocre nada, no es mi culpa que no hubiera mucho que contar sobre una situación que para ti ya era bastante evidente. —Termina de fumar y arroja la colilla sobre el vaso casi vacío de mi café.

—Eso ha sido desagradable, niño.

—«Niño» —repite con una risa seca.

Está claro que Jagger no es ningún niño; tiene actitudes muy adultas y demasiado poder en las manos con lo que respecta a la universidad. No sé cómo lo hace, pero tampoco me rompo la cabeza intentando descifrarlo. Solo sé que me cae superbién, que yo le caigo bien y que tenemos algún tipo de relación que va más allá de él dándome información cuando se la pido, pero nada de tipo sexual.

Ahora, como chico bisexual hay que admitir que Jagger siempre garantiza un buen regalo para la vista, y cuando va junto con su novia, Lindsay, es como obtener un dos por uno visualmente. No es que me guste o pretenda seducirlo; es una afirmación tan común como decir que la sangre es roja.

—Entonces ¿qué vas a hacer respecto a Clover? —me pregunta.

Pienso en cada una de sus notas, las pocas veces que hemos conversado, las sonrisas que intercambiamos cuando coincidimos en lugares, la fumada sensual de ayer en mi auto y esos deliciosos labios que me hicieron desear más, mucho más.

—Quería que fuera ella quien me lo dijera —señalo, aunque él ya lo sabe—. Esperé durante meses pensando que se acercaría y me lo diría, pero veo que eso fue muy iluso por mi parte.

—¿No piensas que tal vez ella no quiere nada real contigo? Quizá era muy feliz simplemente dejándote notitas y siguiendo con su vida, puede que solo fueras una fantasía que no estaba destinada a volverse real.

No me gusta cómo suena eso. No tengo ningún problema en ser la fantasía de Clover Mousavi siempre y cuando tenga presente que también puedo ser una realidad.

—Hubo química —me limito a decir.

—Bueno. —Se encoge de hombros restándole importancia—. Te deseo suerte, Irlandés, te veo después.

Alzo la mano en una ligera despedida mientras consulto la hora en mi teléfono, y me doy cuenta de que cualquier respuesta que desee se encuentra en la «morgue» de la universidad, porque, a través de Kevin, sé que Clover intercambió su día de la prueba con Maida. Además, gracias a mi encanto —no me avergonzaré de ello—, convencí a la profesora de que me pusiera en un grupo con Kevin y Clover. No hay ninguna manera de que ella pueda huir de mí, al menos no durante la práctica. No es que hablar en un lugar frío y con olor a cloroformo, examinando un cadáver, sea lo más romántico, pero ¿no hacemos nosotros mismos los buenos momentos?

Así que dejo caer mi café arruinado en la papelera más cercana y me dirijo a encontrarme con mi cadáver… y con mi trébol.

A medida que camino, me es imposible no pensar sobre cómo empezó todo esto.

Tengo buena memoria, tan buena como una persona promedia, y las impresiones memorables o vergonzosas siempre se quedan conmigo. Es por ello que recuerdo perfectamente que la primera vez que vi a Clover Mousavi fue en una posición dolorosa cuando se cayó de culo de su asiento el primer día de la que sería una de las tantas clases que tendríamos juntos.

Estuve intrigado porque me pareció una belleza exótica, con ese cabello negro azabache abundante, piel acanelada, ojos almendrados oscuros cubiertos de extensas pestañas tupidas muy negras, nariz recta y labios carnosos.

Cuando la ayudé a ponerse de pie noté dos cosas más: la primera era que su mano le sudaba debajo de la mía, y la segunda, que su cuerpo era difícil de pasar desapercibido porque tenía unas curvas que me dificultaron no ser un asno comiéndomela con la mirada. Lo siguiente que pasó fue uno de los coqueteos disfrazados más intensos de mi vida y pensé que era irónico que se llamara Clover, pero eso fue todo. No puedo decir que me enamorara, que fue la única y que esperaba con ansias cada encuentro, porque conocí y me enrollé con otras bellezas, femeninas o masculinas.

En cada clase la saludaba, y su nombre era difícil de olvidar. Algunas veces conversábamos, nos sonreíamos cuando nos encontrábamos fuera de clases y en cada una de esas ocasiones me recordaba lo guapa que me parecía Clover y lo interesante que me resultaba lo que vislumbraba de su personalidad.

Vi que tuvo un par de relaciones y siempre creí que eran tipos que no encajaban con ella, pero ¿quién era yo para determinar eso? No es como si ella estuviese atenta a mis ligues o mis líos pasionales, o al menos eso creía yo.

Tampoco tenía demasiado espacio en la cabeza para pensar mucho más en Clover, porque había otra incógnita: mi trébol de las notas.

La primera vez que recibí una nota en el parabrisas de mi auto no le presté atención y simplemente la arrojé a la guantera. Fue dos semanas después, cuando me dirigí al autolavado, que la encontré y la leí. Me pareció la cosa más divertida y elocuente, y por alguna razón me la quedé. Poco tiempo después, otra con algo más de sentido estaría esperándome en mi auto, y luego habría una tercera. Al final descubrí que las notas llegaban en ciertas fechas especiales.

Por alguna razón, en las primeras notas no me molesté en conocer quién se suponía que era el trébol del Irlandés, lo que me parecía una divertida analogía. Pero, al pasar más de un año, comencé a pescar pequeñas cosas que me confirmaban que era una chica. Empezó a decir cosas triviales o alentadoras, a veces dejó algunos detalles personales o divagó sobre que yo mejoraba un día de mierda, además de las insinuaciones sexuales. Me di cuenta de que estaba acariciando el dibujo de trébol, que esperaba encontrar una nota, que sonreía, y las guardaba como un pequeño tesoro. Quería saber quién era ella, pero al mismo tiempo temía romper la magia, porque, sí, soy la clase de irlandés que cree en la magia, las predicciones y los destinos. Así que no indagué.

Pero las notas siguieron llegando y me pregunté cuánto podría aguantar sin darle un rostro a mi trébol. Continuaba siendo un fiestero, un sinvergüenza, follando y gozando, pero aun así esperaba más, deseaba darle un rostro a ella, pero tenía miedo de que eso lo arruinara todo. Sin embargo, hace ocho meses y medio me llegó una nota, y un mes después pasé a recoger mi parcial escrito y me encontré con el de Clover, que estaba justo debajo, y te digo algo: había leído tantas veces cada maldita nota que en mi cabeza recordaba muy bien la caligrafía de mi trébol, que los puntos de las «íes» quedaban demasiado arriba y algo grandes, la forma en la que la «ele» se inclinaba hacia la derecha y que las «des» en mayúsculas parecían un garabato. Curiosamente, coincidía con la escritura rápida de Clover en su examen.

Sin embargo, debido a que solo vi la hoja unos pocos segundos, no podía estar seguro, lo que fue un puto dolor de cabeza. ¿Era hora de dejar de ser tan supersticioso? Cuatro meses y medio, ese fue el tiempo en el que fingí que no había visto nada. Continuaba intercambiando conversaciones casuales con

Clover, la veía pocos minutos en clases y casualmente le preguntaba a Kevin en alguna de nuestras clases en común sobre cualquier detalle que pudiera decirme de ella. De pronto, el hecho de que siempre me había resultado una belleza exótica se me hizo más difícil de ignorar y estaba deseando que mi trébol fuese ella.

Podrías decir que por su nombre era obvio que sería ella, pero también podrías afirmar que sería demasiado obvio que Clover firmara precisamente con el dibujo de un trébol.

Pero al final no pude soportarlo más y terminé pagándole a Jagger por algo que básicamente ya sabía pero que necesitaba que alguien me confirmara: que ella era mi trébol. La magia no se fue al saberlo; de hecho, me encontré sonriendo y repasando en mi mente esas notas que me decían todavía más de la encantadora personalidad de Clover Mousavi.

En ese momento Clover tenía un novio con el que llevaba unos cinco meses, o al menos eso me aseguró Jagger. Aunque soy un tipo sinvergüenza, no me propuse entrometerme en una relación, a pesar de que repentinamente su relación me parecía la cosa más molesta que pudiera existir. Una nueva nota llegó y me di cuenta de que había algo aún más excitante y emocionante al saber quién la había escrito; ahora podía imaginarla escribiéndola concentrada o distraída de la misma forma en que a veces lo hacía en clases.

Poco después, Clover y su novio terminaron, pero, en lugar de hacer algo, simplemente esperé. Estaba a la expectativa y tristemente no pasó nada… Hasta anoche.

Anoche… ¡Por los duendes irlandeses! Anoche la tuve tan dura por ella y estaba tan cautivado que podría haber aparecido el tiranosaurio de *Jurassic World* y no me habría enterado, así de ido y metido en la atmosfera me encontraba.

Soy inteligente y no hay arrogancia en admitirlo; sabía que en el momento en el que le preguntara a Maida —la amiga más chismosa que podría tener Clover— por su Canela Pasión Oriental —un apodo muy acertado—, ella la buscaría. No porque Maida sea tan predecible, sino por mi confianza en creer que anoche era una noche de suerte. Mi sangre irlandesa me lo decía, llevaba conmigo en mi billetera mi trébol de cuatro hojas.

¡Y, en efecto! Hubo suerte y Maida fue a por Clover, así que, mientras Oscar y Kevin se lo montaban en el capó de mi auto, subí al asiento del copiloto para distraerme con el teléfono e ignorar todas las tentaciones en la fiesta: exligues de una noche, exligues de más de una noche, tentadores y prometedores ligues… Me dije: «Tú céntrate en Clover, no es momento de ser un sinvergüenza». Mira que llevaba tres meses, dos semanas y tres días siendo casto y puro; la única humedad que había envuelto mi polla era mi mano lubricada cuando me masturbaba. Era un ángel reformado; bueno, lo soy, o algo así, porque sí que follo con el pensamiento, peco. Y cuando Clover llegó, se veía como una diosa con una lengua afilada para toda la noche. Quise meterle mi propia lengua en la boca y en otras partes, y también quería callarla a besos, obligarla a confesar y reclamarle por qué, en lugar de una de sus esperadas notas, yo había recibido una carta horriblemente cursi de Maida dirigida a ella. Mira, es que estaba realmente ofendido por la ausencia de mi nota, me sentí estafado y burlado. Casi pensé en nalguearla como castigo, y en general no pienso en ir azotándole el culo a la gente, al menos no cuando estamos vestidos.

La cosa es que todo se puso interesante, y mi sangre irlandesa tuvo razón porque fue una buena noche. No esperaba que entráramos en mi auto ni que sus amigos básicamente nos dejaran a solas. En un principio pensé que nos limitaríamos a conversar y a fumarnos un porro, pero mi mente de sinvergüenza enseguida encendió su bombilla y me ordenó sugerir que nos pasáramos el humo de boca en boca como un perverso juego previo que me puso tan duro que seguramente podría haber martillado algo en la pared. Eso fue infinitamente más caliente de lo que había previsto y mejor que todas las veces anteriores en que lo había hecho con otra persona. Tal vez se trataba de las expectativas o de lo mucho que había esperado un momento más íntimo y personal con ella.

Sea cual sea el caso, anoche se sintió por fin todo muy real. A través de las notas me había dado cuenta de que Clover tenía compatibilidad con mi tipo de humor. También estaban la evidente atracción física que siempre dejaba caer en sus notas y la que claramente yo sentía por ella, y anoche confirmé que, en efecto, nuestras bocas, lenguas, manos, y estoy seguro de que el cuerpo entero, se encuentran en total sintonía. Fíjate, ¡qué dicha la mía!

«Clover, Clover, Clover».

Tengo la superstición y la manía de entonar su nombre tres veces, ya sea en un susurro o en mis pensamientos, y parece que sí que trae buena suerte, porque solo hay que recordar la noche de ayer, en la que terminamos con unos besos que me erizan el vello del cuerpo con tan solo pensarlo. Es que lo recuerdo y el pantalón se me aprieta en la entrepierna, el corazón me late desbocado y mi mente canturrea «Clover, Clover, Clover». Me he vuelto un descerebrado, pero no me preocuparé por ello en este momento, no es una prioridad.

Me gustaba el trébol de las notas, me gusta Clover y me gusta que Clover sea el trébol de las cartas.

Hay algo consolador en saber que me gusta alguien más allá de su físico. Por supuesto que le tengo unas ganas tremendas a Clover, pero también estoy atado por sus palabras, por las cosas absurdas que me escribió, por los chistes y por los pequeños secretos, como que extraña a su mamá, aunque no la conoció, y que ama con locura a su joven madrastra. Me quedé a sus pies con su rara forma de llamarme «sol de puntas rojizas», con la caligrafía y su buena ortografía, con el bonito dibujo del trébol al final, y anoche me quedé atrapado por su lengua afilada, sus miraditas y esa dulce boquita que se dejó devorar por la mía.

Me hubiese encantado que ella fuese quien me lo dijera, pero siento alivio de que finalmente ese tesoro haya sido liberado y podamos sincerarnos, porque esperar es una mierda y yo soy un impaciente de mierda que quiere más.

—Veamos qué sucede, Callum —me digo, entrando al edificio que podríamos llamar «congelador» o «casa de los difuntos».

Voy hacia el despacho de la profesora y, tras un saludo matutino cordial hacia ella y los profesionales que también nos evaluarán, reviso en qué sala se encuentra mi cadáver y marco en el registro mi asistencia. Sonrío cuando veo que Kevin y Clover ya se encuentran ahí. Me dirijo hacia el cuartito de lavado y me lavo las manos, me pongo la bata y la mascarilla y tomo un juego de guantes de látex para ponérmelos una vez llegue ahí.

Algunas personas ceden sus cuerpos antes de morir para propósitos de investigación y ciencia, mientras que otros pocos cuerpos lamentablemente son de personas sin hogar o restos que nunca son reportados y que se entregan a las universidades para estudiarlos. Es algo triste saber que algunas personas mueren y a nadie le duele. Es solitario y desconsolador.

Cuando estoy listo, y sabiendo que Kevin tiene mi planilla, voy en busca de mi sala, pero no sin antes susurrar mirando al techo:

—Mi señor difunto o difunta, prometo que respetaré su cuerpo. Esto es por la ciencia, espero que tenga paz. —Luego bajo la vista al suelo—. Y si arde en el infierno, bueno, espero que no tenga mucho calor.

Gran parte de mí quisiera que el estudio del cuerpo que me espera fuese resultado de una muerte llena de violencia. Esas son mis favoritas, debido a que suponen un desafío, y tengo que admitir que a mi mente le gusta lo retorcido. Sin embargo, sé que el cuerpo que me espera debió de sufrir una muerte tan natural como el nacimiento, ya que la universidad jamás nos destinaría al estudio del cuerpo de una víctima de asesinato. Eso es para los profesionales, y yo aún no lo soy.

No tardo en encontrar el lugar donde me esperan. Apenas entro, el olor a químicos, sobre todo a cloroformo, me impregna la nariz, pero es algo con lo que estoy familiarizado, teniendo en cuenta las prácticas que hemos hecho en morgues para este tipo de estudio.

—¿Por qué nuestro tercer compañero no llega? —Escucho la voz impaciente de Clover.

«Porque tu tercer compañero estaba ocupado recordando cómo iniciaste nuestra historia, mi trébol».

—Bueno, parece que hoy a tu vestuario le agregaste un tubo de acero con uso exclusivo dentro del culo, porque estás muy irritante —masculla Kevin, y sonrío.

—No soy yo quien se mete cosas por el culo —contraataca ella.

Qué pena, podríamos meter cosas divertidas ahí, y Kevin piensa lo mismo, por la respuesta que le da:

—Pues tú te lo pierdes, es divino que te la metan por el culo.

—¡Kevin!

—¡Clover!

—Deberíamos también decir mi nombre —digo para anunciar mi entrada, lo que ocasiona que ambos se vuelvan a mirarme—. Ah, esperen, ¿no correspondía decirlo?

Kevin me observa con una sonrisa de diversión, y Clover, como si deseara irse corriendo. En cuanto al cadáver, bueno, él no me mira, solo se mantiene muerto en esa mesa de autopsia donde, con mucho respeto, vamos a abrirlo.

Ah, tiene pinta de que será un buen día, mi sangre irlandesa me lo dice.

7

CHISMES VIEJOS E INESPERADOS

Callum

Podría sentirme ofendido o pensar que causo mal rollo, pero sé que soy una excelente compañía, así que no me tomo el silencio que reina en el lugar como algo personal y se lo atribuyo al hecho de que Clover quiere esconderse o salir corriendo y que Kevin parece esperar que alguno de nosotros dos hable.

No tildaré a Clover de tonta porque sé que no lo es. ¿Despistada? Eso sí, porque si leyó el mediocre informe de Jagger, su cabeza tuvo que haberse saltado la parte en la que él recalcaba, al menos dos veces, que yo estaría feliz de saber que, en efecto, ella era la persona a la que buscaba. Ya sabes, si la analizara o se detuviera a pensar, se daría cuenta de que anoche podríamos haber sido esa escena final icónica de *Camp Rock*, ya sabes, cuando Joe Jonas descubre que Demi Lovato es la chica y que *esa* es la canción. ¿Cómo sé esto? Cultura general de mi hermana menor.

Pero no puedo culpar a mi trébol por decidir pasarlo por alto. Supongo que se siente escandalizada de que sepa quién me escribió las cartas, y eso no se debe a lo dulce y elocuente que es ni a datos de sí misma que compartió. Tal vez se trata de las pequeñas cosas obscenas y calientes que dejó escapar más que unas pocas veces. Sin embargo, le tengo fe a Clover y sé que en algún momento aterrizará y se dará cuenta de que no me burlo de sus notas y que no debe avergonzarse de ellas. Y, si no lo descubre sola, ¿para qué estoy yo? Soy supereficiente y tengo un corazón bondadoso que puede demostrarle y ejemplificarle que las cosas sucias que llegó a escribirme en sus notas muy bien pueden comenzar a ponerse en práctica.

Seguramente mi mirada es intensa, pero es difícil desviar mi atención de ella. Tengo tantas ganas de volver a besarla. Desearía que no llevara puesta la mascarilla, así podría deleitarme con sus carnosos labios.

Todo lo que puedo ver son sus ojos, y deduzco que tiene una conversación interna. Su mirada se encuentra con la mía, y me gusta pensar que, aunque la mascarilla la cubra, ella me da el intento de una sonrisa, como si me dijera «Puedo con esto». «Oh, mi trébol, yo sé que tú puedes con todo lo que te quiero dar».

Como el silencio podría volverse eterno y tal vez la única forma de romperlo es que el cadáver se levante para decir algo como «¿Qué pasa? Déjense de miraditas y ábranme el puto tórax o el cráneo, pero ¡hagan algo!», decido hablar.

—¿Por qué tanto silencio? —pregunto, acercándome a la mesa de autopsia, e intencionalmente paso tan cerca de Clover que nuestros brazos se rozan. Maldita bata que no me deja sentirla.

—¿Es nuestro tercer compañero? —la escucho preguntarle a Kevin mientras observo el cuerpo blanquecino de un hombre, cuyo rostro y genitales se encuentran cubiertos.

—Puedes preguntármelo a mí, no te morderé por ello, o al menos no ahora. —Le sonrío y oigo que exhala con lentitud.

—Pensé que lo leíste en la hoja, Clover —responde Kevin, poniéndose los guantes de látex—. No soy tu asistente o informante.

—No la leí, solo firmé… Debería pedir un cambio. —Me giro para mirarla ante sus palabras—. Es que creo que debería estar en un grupo con otro estudiante de Ciencias Forenses.

—¿Y qué tenemos de malo los de Criminalística? Me siento muy ofendido —reclama Kevin frunciendo el ceño—. Sácaselo, Callum.

—¿Sacarle el qué? —pregunto, estudiando la escasa información del difunto que tiene en la pulsera de identificación alrededor de la muñeca. Se supone que somos quienes debemos describir las causas de su muerte.

—El tubo de metal que tiene en el culo.

—¡Te dije que no tengo nada metido en el culo!

—¿Estás segura? Porque odiaría pensar que estás siendo un dolor de muelas por el simple encanto de tu personalidad.

—Bueno, parece que alguien está siendo un poco perra —le dice ella.

—Sí, tú. —Kevin le sonríe—. Una con un tubo metido en el culo.

—¿Hablaremos de culos? —pregunto, cortándolos, pese a que me parecen entretenidos—. Porque no tengo relación con el culo de Clover, y en tu caso, Kevin, lo pasado no tuvo que ver con nuestros culos.

Se hacen tres segundos de absoluto silencio. Cuando alzo la vista, Kevin está muy ocupado, con la vista clavada en el cadáver, y Clover mueve la vista de él a mí.

Ah, ¿era un secreto? Pero si incluso Oscar lo sabe.

—¿Kevin? —pregunta Clover, con incertidumbre y creo que algo de curiosidad.

—¿Empezamos? —propone Kevin, quitándome la hoja de las manos y haciéndome una mirada de advertencia para que me calle.

—¿Kevin? —insiste Clover, y al ver que no le responde, clava sus ojos oscuros en mí—. ¿Qué quisiste decir, Callum?

—Que no estoy familiarizado ni con tu culo ni con el de Kevin. ¿Y por qué estamos mencionando tanto la palabra «culo»?

Parece que quiere exigirme que hable más sobre lo que insinué de Kevin, y mi mirada la reta a preguntar, pero entonces el grito de Kevin nos toma por sorpresa a ambos.

—¡Oh, por Dios! ¡No puede ser! ¡No!

—¿Qué? ¿Qué sucede? Kevin, ¿qué pasa?

Admito que hasta yo me alarmo por el tono de voz que usa Kevin mientras lee la información de la pulsera del cadáver. No leí nada que fuese alarmante, pero tal vez me distraje, cosa que no suele suceder cuando se trata de mis estudios.

—Se llamaba Kevin. Estoy frente a un Kevin muerto y se me eriza el vello de todo el cuerpo ante eso. —Sus ojos están muy abiertos—. Es un Kevin muerto.

Casi quiero reír, porque dice «un Kevin muerto» como si fuese una especie en peligro de extinción. El entrecejo de Clover se frunce a medida que se lleva las manos a las caderas.

—¿Va en serio, Kevin? ¡Me has asustado!

—Nos ha asustado —corrijo.

Me acerco al cuerpo y le tomo una mano para evaluarle los dedos, específicamente para ver el estado de las uñas.

—Su cuerpo fue encontrado hace seis días —lee Clover—. Treinta y un años.

—A simple vista no se ven signos de violencia, pero eso no descarta un asesinato.

—Qué bueno que precisamente estemos aquí para hacerle una autopsia, porque abrirlo nos dará la respuesta —comenta Kevin.

—¿Por qué estará aquí? —murmura Clover, pero antes de que pueda responderle «Porque está muerto», ella se me adelanta—: Me refiero a que no reclamaron su cuerpo y terminó aquí, para ayudar en la ciencia.

—Por favor, no empieces —se queja Kevin.

—¿Qué no debe empezar? —pregunto, sin darle importancia al sonido de protesta que ella hace.

—Clover siempre hace lo mismo y Oscar lo odia —me responde Kevin—. Cuando estamos a nada de comenzar una autopsia, me revuelve mis

73

malditos sentimientos hablando de lo solitaria que debía de ser la vida del difunto para que no lo haya reclamado ningún familiar o ser amado.

»Sin embargo, Clover, por favor, no lo hagas esta vez. Me siento especialmente sensible porque se llamaba Kevin.

—¿Qué dice su historial clínico? —Inicio el examen externo del cuerpo.

Escucho la voz de Clover dándome la información y luego se hace un pequeño silencio mientras los tres comprendemos que este hombre parecía no padecer ninguna enfermedad o condición mortal, más allá de una intervención quirúrgica para una extracción de apéndice hace diez años, enfermedades virales comunes y dos fracturas en el brazo izquierdo durante los últimos dos años.

—¿No les pone los pelos de punta saber que la profesora y los médicos certificados nos están viendo por la cámara? —pregunta Kevin con la vista clavada en uno de los dispositivos.

—No, es normal tener supervisión —respondo—. No puedes hacer una práctica sin eso.

—Lo sé, pero hablo de que es raro. Es como empezar una película de terror.

—O una rara de terror con algo más —dice Clover, y noto el entusiasmo en su voz—. Imagina el argumento. Tres jóvenes en un cuarto frío con un cadáver cuya muerte fue horriblemente violenta, el espíritu maligno vaga por el lugar porque antes de morir hacía prácticas demoniacas.

»Es de noche, los tres jóvenes están cansados cuando cosas extrañas comienzan a suceder. Primero el cuerpo se mueve.

—Podría ser por los reflejos de gases que aún están en su cuerpo —interrumpo, y ella me da una mala mirada. Sonrío—. Solo era un comentario.

—Luego, unos sonidos extraños llenan el lugar, se caen los instrumentos y el lugar se vuelve más frío. Pides ayuda a tus supervisores, que te observan por la cámara, pero resulta que son unos sádicos que esperan que los tres jóvenes se maten entre ellos y determinan que solo uno puede salir con vida.

—Eso si no los mata el espíritu demoniaco, supongo —agrego, y creo que sonríe pese a que no puedo saberlo con exactitud por la mascarilla.

—Exacto —asiente.

¿Lo ves? Definitivamente, esta chica fue la que escribió cada nota que me hizo sonreír y esperar otra.

—Tengo una duda y una acotación —dice Kevin, y cuando lo miro, veo que está enarcando una ceja—. Mi pregunta es ¿por qué tiene que ser Kevin un espíritu demoniaco? Simplemente podría haber sido asesinado de forma violenta y su espíritu nos pide que lo venguemos porque fueron los supervisores quienes lo asesinaron.

—Es un interesante giro de trama —opino.

—Funcionaría, pero mi idea llena de violencia, suspenso y peligro suena más interesante. Tendría más ventas en taquilla.

—Bueno, hay que admitir que suena más interesante tu versión, pero me niego a tener un Kevin demoniaco —afirma Kevin, y río por lo bajo ante sus palabras—. Ahora, sobre mi acotación.

—¿Qué hay de ello? —pregunta Clover, entrecerrando los ojos hacia su amigo.

—Supongo que ustedes serían la típica pareja que se lo monta en grande, follando sin control y diciendo suciedades mientras se toquetean las tetas y el culo. Habría muchos gritos en el clímax y luego, a medio vestir, aparecería el espíritu demoniaco a cortarles el rollo, por lo que comenzaría un enfrentamiento.

Miro de Clover a Kevin. Este último está sonriendo, y yo también sonrío porque es una maravillosa acotación.

—No tengo problemas en representar ese papel —aseguro.

—Kevin, estoy segura de que tú serías el que muere primero —sisea ella.

—¡Qué va! En teoría soy el chico gay que lucha solo y tiene un amor que lo espera, además de llamarme igual que el espíritu. Es un argumento perfecto para que todos adivinemos que yo sería protagonista, pero, tranquilos, al menos se echarían un buen polvo antes de morir.

Este sería un buen momento para analizar dos cosas: la primera, si este tipo de conversaciones siempre sucede entre ellos, y la segunda, si debo preocuparme de que sean tan creativos y hablen de tal hipótesis como una realidad. No es que me asuste, pero me siento bastante intrigado por la divertida dinámica que manejan.

—¿Dónde se supone que está el patólogo que nos acompañará? —pregunta Clover cerrando la conversación de la hipotética película.

—Es una excelente pregunta, Clover —concedo—. No podemos empezar sin él, es nuestro supervisor presencial y el experto que evitará que la caguemos.

—Cagarla en tu tercer año es una señal de que no deberías dedicarte a esta profesión —la escucho decir.

—Por fortuna, soy bueno y sé que escogí bien. —Alzo el brazo del cadáver.

—No sigas haciendo el examen externo —me regaña Kevin, y me detengo—. Debemos esperar al patólogo, y te están viendo. —Asiente hacia la cámara—. No puedes empezar sin la presencia de nuestra niñera, podrían bajarnos puntos o sancionarnos por no seguir las reglas.

—Lo siento, en estas situaciones actúo en automático en busca de respuestas.

Hay algo que debes tener muy presente sobre mí: soy especial.

No especial como una estrella brillante ni con alguna condición que me haga diferente, más bien especial como una manera suave de disfrazar que me apasiona demasiado la muerte, el cuerpo humano al morir, la violencia, la sangre... Siempre estoy pensando en cómo algunos crímenes podrían haber sido perfectos. Normalmente soy muy técnico sobre estas cosas y apasionado sobre otras tantas, nunca hay un equilibrio e imagino un montón de situaciones moralmente cuestionables.

Pero, tranquis, mi chispa especial está controlada y, en líneas generales, soy hasta una buena persona, o eso intento. Me esfuerzo en no cruzar la línea de los límites sociales que desde pequeño me enseñaron.

—¿Por qué tardarán tanto? —murmura Clover.

Los minutos transcurren e incluso comienzo a impacientarme a la espera de que llegue el patólogo. Vamos con retraso y estar aquí sin hacer nada se siente raro, pero mientras esperamos me dedico a mirar a Clover. Sé que ella está evitando encontrarse con mi mirada. Sabe que yo lo sé y sabe que yo sé que ella lo sabe.

Pese a que la mascarilla le cubre la mitad del rostro, eso no me impide fijarme detalladamente en ella. Paseo la mirada por cada rasgo de su rostro que me permite ver la mascarilla y, tal como esperaba, todo me encanta. Su cabello hoy va recogido en una cola baja y el cuerpo lo tiene cubierto por la bata blanca. Noto como sus ojos la traicionan y me observa con el rabillo del ojo, pero enseguida desvía la mirada cuando se da cuenta de que la he pillado.

—Bueno, esto ya es demasiada impuntualidad —se queja Kevin—. Iré a ver qué sucede y volveré con nuestro patólogo.

—Yo puedo ir —dice ella tomándole el brazo.

—No, voy yo. —Kevin me lanza una mirada—. ¿Sabes qué, Clover? Quédate aquí mientras lo busco, y Callum puede decirte cómo nos conocemos y lo bien que conoce a Oscar. Apuesto a que te mueres por saberlo. Callum, tienes mi autorización para abrir tal caja de pandora. Ahora iré a por nuestro patólogo.

Y, en efecto, Kevin sale del lugar. Mi mirada no abandona a Clover, que ahora toquetea una de las bandejas con algunos instrumentos.

Pocas veces en la vida he tenido que esperar, porque soy una persona impaciente, pero Clover Mousavi, además de hacerme esperar por saber el nombre de la autora de las notas, ahora me hace esperar como un mendigo para que me hable. Supongo que me enseña sobre la paciencia sin siquiera saberlo, algo sobre lo que definitivamente no quiero aprender.

—¿Qué pasó con Kevin? ¿O qué pasó entre ustedes?

Ah, la espera terminó.

Por inercia me llevo las manos detrás de mí para apoyarme en una pose más cómoda, pero maldigo en cuanto hago contacto con una piel fría que se siente demasiado tersa: el Kevin difunto. De inmediato me alejo y me vuelvo hacia el cuerpo.

—Disculpa, no pretendía faltarte al respeto —mascullo al cuerpo.

Me giro de nuevo hacia Clover. Pese a la mascarilla, por la forma de las esquinas de sus ojos creo que podría estar sonriendo.

—¿Por qué quieres saber sobre lo que insinué de Kevin?

—¿Quién no querría saber? Es como haber picado un anzuelo, cuéntame.

Lucho contra las ganas de pasarme las manos enguantadas por el cabello y apoyarme nuevamente en la mesa de autopsia.

—Así que Kevin... Me parece que la forma más fácil de decirlo es ser directo sobre este chisme —anuncio, y luego lo suelto sin muchas ceremonias—: Kevin me la chupó en la primera fiesta de primero. Estábamos ebrios y calientes, apostamos una mamada, él perdió, yo gané. Él chupó, yo me corrí.

Bueno, este es el momento en el que mamá me gritaría: «¡Dios, Callum! No tienes que ser tan malhablado y explícito, la sutileza no te dejará en la pobreza».

Clover abre mucho los ojos y diría que no se da cuenta de que juega con sus dedos de una manera inquietante mientras me mira.

—¿Es broma?

—No, es real.

La primera gran fiesta a la que fui, pasé el rato con varios compañeros de muchas de mis clases, y Kevin era uno de ellos. Nos caímos bien, bebimos un montón, apostamos cosas calientes y luego la apuesta se cumplió. La verdad, estábamos tan borrachos que casi le vomité encima cuando me corrí en su camisa de manera grosera y él se quedó dormido un minuto después sobre mis pies. Stephan me ayudó a llevarlo a su habitación y luego a despabilarme.

Lo que más me gustó de Kevin es que ambos aceptamos que fue algo de una vez, de borrachos calientes, que no lo hicimos raro ni memorable. Nos reímos de ello y cada uno continuó con su vida de desastre sin necesidad de hacer un drama de ello o volverlo más grande de lo que en realidad fue. Kevin es un tipo genial.

—Kevin nunca me lo dijo. —Me parece que lo dice más para sí misma—. ¿Y por qué me lo estoy imaginando?

—Oh, Clover, ¿es buena tu imaginación?

—¿Qué? ¿De qué hablamos? No he dicho nada. —Se aclara la garganta—. Entonces, Kevin...

—¿Me la chupó? Sí.

—Guau, me resulta impactante, como una revelación. —Puedo ver en sus ojos cómo revolotean sus pensamientos, y me gustaría poder ver sus labios para saber qué muecas está haciendo con ellos.

—¿Eso cambia algo?

—¿Sobre qué? —me pregunta.

«Sobre cómo te sientes por mí. Sobre nosotros. Sobre tus notas. Sobre ser mi trébol. Sobre ser tu irlandés». En su lugar, no le respondo. Si hubiese querido hacerlo, no creo que hubiese llegado a hablar, porque ella da un repentino respingo.

—¿Y qué fue lo que dijo de Oscar? No puede haber sucedido nada con Oscar porque solo hace cuatro meses que es oficial que es bisexual y Kevin es su primer chico...

—Su primer chico sexual —corrijo.

—¿Qué quieres decir?

—Oscar me abordó en una fiesta y me dijo que necesitaba hacer una prueba. —Me encojo de hombros—. Fuimos a una habitación y lo dejé besarme. No es que fuese un sacrificio, Oscar está buenísimo.

—Sí lo está —confirma casi de manera automática. ¿Quién podría negar que Oscar gusta mucho físicamente?

—Oscar estaba confundido y quería saber si se sentía así únicamente por Kevin o por los hombres en general.

—¿Y? —Me insta a hablar cuando me detengo.

Pequeña curiosa. Casi creo que esta conversación le parece sexi, que la está poniendo un poco.

—Y le gustaron los besos, porque se alargaron unos buenos minutos. Lo ayudé a aclararse y, como sabrás, ahora él no tiene dudas de que es bisexual. Ama a Kevin, pero también sabe que le gustan los hombres en general.

—¡Vaya! Qué amable por tu parte adentrarlo al mundo de los chicos y abrirle las puertas al goce de la sexualidad. —No lo dice con ironía, sino que suena sorprendida y un poco divertida.

—Solo fueron besos, de lo demás debemos darle crédito a Kevin.

—Seguro —contesta de forma distraída—. Así que te enrollaste con mis dos amigos... ¿Por casualidad también te liaste con Maida?

—No, no. —Alzo las manos enguantadas—. No me hagas sonar como un fácil.

—Perdona, no era mi intención. Solo estoy sorprendida y algo impactada. Lo de Oscar tiene que ser reciente.

—Hace cinco o seis meses, realmente no lo sé, pero, por favor, no te enojes con ellos por eso o por no decírtelo.

—¿Por qué me enojaría?

Ambos sabemos a qué me refiero, pero, una vez más, ella lo ignora. Me aseguro de clavar mis ojos en ella cuando digo mis próximas palabras:

—¿Podemos hablar de ello, Clover?

—¿De qué?

—De anoche, de los besos y de cómo te fuiste, cómo huiste. —Miro hacia el techo midiendo mis siguientes palabras antes de volver la vista a ella—: Y del… «para ti, irlandés» —cito las palabras finales de cada nota y veo el leve estremecimiento que la recorre.

—Yo, yo… Yo…

—Lamento la tardanza —dice una voz, sobresaltándonos. Al voltearnos encontramos al que debe de ser nuestro supervisor, junto con Kevin—. Soy su patólogo, además de su supervisor. Tengo especialización en ciencias forenses. ¿Quién será el primero en hacer el examen externo? —pregunta, y Clover da un paso adelante—. Bien, empieza.

Retrocedo y me ubico al lado de Kevin, y me mantengo momentáneamente en silencio mientras me pregunto durante cuánto tiempo cree Clover Mousavi que podrá evitarme.

8

EL LUGAR MÁS ROMÁNTICO

Callum

—¿Se lo dijiste? —pregunta Kevin en voz baja a mi lado.

—Sí, la muy curiosa parece que quería detalles. —Desvío la mirada de Clover, que asiente a las palabras del patólogo mientras hace una incisión en el cadáver—. ¿Por qué lo ocultabas?

Kevin me mira con fijeza y el ceño fruncido, y luego me da un empujón no muy suave con el hombro que me toma por sorpresa y por poco me hace caer.

—¿Cómo que por qué no se lo dije? —Hace una pausa—. Oh, claro, entiendo, estás perdido en este tema.

—¿En el tema de que Clover y yo deberíamos devorarnos? —susurro en respuesta, y ahora Kevin enarca las cejas.

—Espera, espera. ¿Qué está sucediendo? Dame contexto.

—¿Pueden tener respeto por su compañera y poner atención a lo que hace? —exige el patólogo, y ambos nos enderezamos.

—Lo siento, Clover, hablábamos de lo bien que están siendo las incisiones y extracciones —la aliento, y ella me da un lento asentimiento.

Y la verdad es que lo está haciendo muy bien. Antes de caer en susurros con Kevin, estaba prestando mucha atención a lo que ella estaba haciendo.

He tenido prácticas con Clover en más que un par de ocasiones en lo que va de mi carrera universitaria, pero es la primera vez que nos toca hacer equipo y, por lo tanto, es la primera vez que me tomo el tiempo necesario para detallar cada minuto de ello.

No hay nada romántico en ver a alguien abrir un cadáver y extraerle los órganos, en eso hay que ser honesto; pero hay algo maravilloso y cautivador en ver a quien te gusta siendo tan eficaz y apasionada sobre algo en lo que también eres bueno o dedicado. Es cautivador ver lo bien que hace las incisiones y describe el órgano, del que extrae muestras, y luego nos lo extiende para que Kevin y yo demos nuestras respectivas opiniones y hagamos las evaluaciones pertinentes.

Si esto no fuese algo tan peculiar como abrir un cadáver y descifrar las causas de su muerte, seguramente la tendría muy dura, porque es increíble ver a Clover como una inteligente, perspicaz y eficiente estudiante a la que seguramente le espera una carrera como forense más que exitosa. Sin embargo, lo que no evita el tener un cadáver abierto es que los latidos de mi corazón se aceleren desastrosamente; sé que no tendré un paro cardíaco y que esto tiene que ver con la sensación de admiración por Clover que estoy experimentando.

Mi mente se divide entre mi admiración por ella y la inequívoca sensación de adrenalina y emoción ante el hecho de encontrarme haciendo una de las cosas que me parece que se me dan mejor: tratar con muertos.

Y no hablo de asesinar (ja, ja, ja, me gusta pensar que eso me queda muy lejos, aunque, bueno…, no es algo de lo que quiera conversar ahora). Se trata del estudio, la precisión, el buscar respuestas, el poder de tener soluciones y el arte del cuerpo humano cuando perece.

—Listos —le dice Clover al patólogo, que hace unas anotaciones—. ¿Ustedes están listos para seguir a partir de aquí? —nos pregunta a Kevin y a mí.

Ambos asentimos y reparo brevemente en el estado de sus guantes antes de volver a centrarme en las palabras que se intercambian y en las discusiones de equipo. Lo siguiente es la autopsia craneal; Kevin y yo queremos hacerla, así que de manera muy madura hacemos un juego de piedra, papel o tijera que nuestro querido patólogo juzga con la mirada. Kevin gana y yo masculló una maldición mientras el muy perro me da una sonrisita triunfal.

—No llores, Irlandés —se burla, viendo que avanzo para mover el cadáver para él—. Tú ya hiciste la extracción de la parrilla costal.

Pero eso no llevó demasiado trabajo y fue tan rápido que me siento inútil sin poder hacer algo más, porque estoy acostumbrado a encargarme de la parte difícil o complicada en los equipos en los que me integro.

No me asusta ni perturba acomodar —lógicamente al Kevin vivo, no al Kevin difunto— en la posición decúbito supino. Me encargo de que el cráneo esté lo suficiente elevado para facilitarle el corte con la sierra a Kevin.

—No lloraré, pero sí que te tendré rencor —le hago saber mientras me ubico al lado de Clover.

—Puedes hacer la autopsia raquídea. De hecho, te encargarás de ello —me dice el patólogo, con la atención puesta en Kevin, que se encuentra haciendo una incisión coronal con el bisturí.

—No creo que una autopsia de ese tipo sea requerida, según lo que hemos establecido por ahora sobre la defunción —dice Clover.

—Concuerdo con Clover —secundo, pero con la vista clavada en el cráneo que ahora Kevin deja al desnudo.

—La harás igualmente —determina el patólogo—. Está dentro de las especificaciones de lo que debo evaluar.

—Estaremos aquí hasta la eternidad —se queja Kevin en una voz no lo suficiente baja—. Eso toma muchísimo tiempo.

—Así funciona. —Es lo que responde el patólogo.

No se vuelve a hablar, al menos no hasta que el cerebro está al descubierto y Kevin separa los polos frontales tirando de ambos hemisferios con los dedos hacia él. No puedo evitar maravillarme, como siempre, porque el cerebro es quien muchas veces nos lleva a hacer las mayores cagadas de nuestras vidas o aciertos muy increíbles. Incluso cuando te dan un consejo tan inservible como «sigue tu corazón», el cerebro es quien acaba por empujarte a tomar decisiones y elegir. Verlo así, manipularlo y estudiarlo es algo que me resulta fascinante.

Al menos Kevin me deja pesarlo y Clover hace las anotaciones. Me parece que somos un buen equipo, deberíamos hacerlo más a menudo.

—El cerebro parece una gominola, ¿cierto? —pregunta Kevin.

—O gelatina —dice Clover—. Qué impresionante es que algo no tan grande y tan blando tenga tal responsabilidad en el cuerpo.

—«No tan grande y tan blando» —repito a su lado en voz baja para que solo ella pueda escucharlo—. Todo lo contrario a…

—No lo digas —me corta girando el rostro hacia mí, y lo único que impide que nos besemos son las mascarillas.

Ella retrocede y yo mantengo los ojos clavados en los suyos. El patólogo se aclara la garganta y ambos volvemos la atención a los dos Kevin.

Estoy complacido con mi grupo de práctica. Kevin es igual de bueno que Clover; puede que tenga una personalidad chispeante y que comente cosas relajadas o fuera de lugar, pero es serio sobre lo que está haciendo y muy acertado.

Por lo general, me pongo adrede en grupos con algunos perezosos para poder hacer todo el trabajo a mi manera y hacer la parte difícil. Otras veces estoy en grupos con un conocimiento más bien promedio, lo que me permite orientarlos y tienen muy en cuenta mi opinión. Es que cuando se trata de mis estudios soy un puto controlador y no me gusta que mis notas dependan de otros. Sin embargo, en esta ocasión no estoy enloqueciendo por tener menos participación o no ser la salvación del grupo.

—Ustedes son muy buenos —señalo.

—Somos entregados —responde ella sin mirarme—. Nos interesa lo que estudiamos y de verdad nos esforzamos en ser más que buenos porque esto no es un juego, es algo sumamente delicado.

Asiento porque tiene razón. Estos cuerpos a los que se hacen autopsias son personas que alguna vez estuvieron vivas, con un pasado y, en su mayoría, con gente que los aman y sufren por su partida. Lo mínimo que puedes hacer es dar lo mejor de ti mismo sin destrozar el cuerpo o hacer un mal movimiento.

—Estoy segura de que tú eres muy bueno.

—Gracias por confiar en mí, Clover, me inyecta adrenalina —bromeo, y la oigo reír.

Al fin, después de un rato considerablemente largo, me encuentro a nada de iniciar la autopsia raquídea con el patólogo casi respirándome en la nuca. Esto es una responsabilidad bastante grande; no digo que los procedimientos anteriores no lo sean, porque cada uno de los pasos es esencial, es solo que siento que, en este proceso, con cualquier incisión o movimiento en falso lo jodes todo... Y es muy sangriento y un poco raro de ver. No es la primera vez que lo hago, pero siempre me entusiasma porque exige mucho de mí y hay mucho por estudiar y extraer.

Tengo muchísimo cuidado extrayendo las vísceras con la sierra de rotación. Oigo el fuerte respiro de alivio de Kevin cuando ve que no he cagado la evaluación, pero eso es solo el comienzo, porque ahora que tengo los cuerpos vertebrales expuestos es el momento de usar los pedículos que Clover me pasa para cortar lateralmente. De verdad es un proceso para el que no creo que muchos tengan estómago.

—Las personas siempre dicen que somos preciosos por fuera pero aún más por dentro. ¡Qué absurda mentira! Por dentro somos una asquerosidad que aterraría a cualquiera. —Resuena la voz de Kevin.

—Yo lo encuentro hermoso —dice Clover, y detengo lo que hago para mirarla—. Quiero decir, es hermoso ver el interior del cuerpo humano y ser capaz de entender su funcionamiento, de qué estamos compuestos y cómo el estado del interior del cuerpo puede ser diferente dependiendo de los hábitos o la salud del fallecido.

—Aunque el final de tu discurso suena genial, igual el «Yo lo encuentro hermoso» te ubica con psicópatas a quienes les encanta destrozar cuerpos —asegura Kevin.

—Ofensivo —digo, apuntándolo con el instrumento que tengo en la mano—, pero sí sonó extraño ese comentario, porque te quedaste en silencio antes de explicarte, Clover.

—¿Continúas? —me pregunta el patólogo—. El tiempo corre.

—Sí, el tiempo también corría cuando lo estuvimos esperando, señor —comento antes de volver a lo mío.

Tengo ante mí la medula del Kevin difunto y sigo hasta extraer muestras para estudiar los niveles medulares junto a los ganglios raquídeos y las raíces. Cuando he terminado, tengo la espalda tan tensa que creo que más tarde tendré algún tipo de dolor en el cuello, pero siento satisfacción de haber hecho un buen trabajo y haber extraído todo lo necesario para el estudio. La palmada del patólogo en mi espalda también me infla un poco el orgullo.

—Bien hecho, Callum —dice Clover, y de inmediato mi vista va hacia ella. Por la forma de sus ojos, creo que podría estarme dando una pequeña sonrisa.

—Ahora, reconstruyan el cuerpo. Una vez lo hayan hecho de manera correcta, habrán terminado la primera parte de la evaluación. ¿Qué es lo primero que se debe hacer antes de reconstruir el cuerpo?

Estoy muy seguro de que los tres le damos una mirada de «No te hagas un hijo de puta con una pregunta tan básica», pero Clover tiene la decencia y paciencia de responderle en tono dulce y amable:

—Lo primero es que nos aseguremos de tener todas las muestras necesarias, además de quitar y secar todos los líquidos.

—Lo siguiente será rellenar el cuerpo con celulosa —continúa Kevin, y lo veo poner los ojos en blanco—, con el fin de que estéticamente quede presentable y con la mayor normalidad posible… Tan normal como puede verse un cuerpo que ha sido abierto de tal forma.

—Luego volvemos a poner la parrilla costal en el tórax —intervengo, porque si mis dos compañeros hablan, no hay manera de que yo sea el típico alumno que solo asiente—. También se rellena el cuello para que quede lo más estético posible —añado mientras señalo esa parte del cuerpo del Kevin difunto, aún abierto—, al igual que el cráneo…

—Y se vuelve a colocar el cuero cabelludo. No podemos dejar calvo a alguien que entró con una selva en la cabeza —dice Kevin sin ningún tipo de tacto, y Clover le da una mirada de advertencia—. Es solo una observación.

—¿Qué pasa con la sutura? —pregunta el patólogo.

—Se utiliza hilo o cuerda, dependiendo de la zona —respondo fastidiado. Sin estas preguntas ya podríamos estar reconstruyendo el cuerpo.

Llevamos horas aquí, no sé cuántas, pero deben de ser bastantes.

—¿Y luego? —insiste.

—Le damos un suave baño de esponja —contesta Kevin, y el patólogo lo mira—. Bueno, quiero decir que lo lavamos. Hay que dejar el cuerpo lo más presentable posible, en posición decúbito y tapado.

—¿Y si tenía objetos personales?

—Pues teniendo en cuenta que estamos investigando y no queremos robar, se los volvemos a colocar —responde Clover, y noto la molestia en su voz.

—Muy bien, hagan todo eso y luego rellenen el registro de las muestras para los estudios histológicos. Verificaré que lo hayan hecho bien porque no queremos que haya errores.

—También hacemos el registro de órganos completos, ¿correcto? —pregunta Clover.

—Jovencita, no haga preguntas estúpidas. ¡Por supuesto!

Sin hablar, los tres decidimos conjuntamente no responderle y nos limitamos a completar nuestra práctica para ver la luz del sol de nuevo y respirar aire fresco. Por fortuna, hacemos una buena reconstrucción del cuerpo: no queda perfecto, porque eso es imposible, pero se ve presentable y estéticamente está bien. La sutura del cabello que hace Clover es bastante impresionante.

—Debía de tener una historia —murmura Clover, cubriendo todo el cuerpo—. Todos morimos con una que contar, incluso si la consideramos simple.

O sea, que Kevin tiene razón y ella se pone reflexiva sobre los difuntos. No sé si me resulta dulce o molesto, tengo que deliberar sobre ello.

Unos asistentes del patólogo entran para llevarse el cuerpo mientras llenamos los registros. Luego él los revisa y no necesitamos ninguna corrección, así que solo nos recuerda que debemos rellenar nuestras planillas y hacer los estudios correspondientes a lo extraído con supervisión de él y de un experto forense.

Cuando sale del lugar, Kevin deja ir el suspiro más profundo que he oído en mi vida.

—Ese tipo era un cabrón, ni siquiera me dejó despedirme del Kevin difunto —dice cuando estoy sacándome los guantes.

—Es un idiota —concedo—, pero escuché que es bueno en lo suyo y hoy lo confirmó.

—Bien nos vimos nosotros haciendo una autopsia. ¿Y la reconstrucción? Fue casi perfecta, el cuerpo quedó lo mejor posible.

—Te ves muy feliz, Kevin —dice Clover con diversión—. Me apuesto a que fastidiarás a Oscar con ello hasta el viernes, cuando él tenga la práctica.

—Me conoces bien.

—No tanto. —Me da una significativa mirada—. Porque me he enterado hoy de algo que desconocía.

—Cosas que pasan —lo minimiza Kevin, quitándose los guantes—. Una chupada en secreto no cambia vidas, mucho menos la tuya.

—Ya, pero es que me ha sorprendido, y lo de Oscar… ¡Uf! Es que todo lo tenían muy guardado.

—Ellos y yo, bueno, simplemente no voy por la vida contando estas cosas, soy un absoluto caballero —aclaro.

—Por supuesto, Callum, lo que tú digas —responde Kevin con lentitud—. Ahora, vamos a limpiar y desinfectar todo esto para irnos. Siento que llevo toda una vida aquí.

Y eso hacemos, y en el proceso los escucho conversar:

—¿Y adónde te fuiste anoche, Clover? Cuando Oscar y yo volvimos ya no estabas.

—Me dio dolor en la panza —asegura la chica, y se me escapa una risa.

—No te burles, Callum, a todos nos ha dado diarrea, no es motivo para avergonzar a una persona.

—Me disculpo —digo, conteniendo la risa ante la mala excusa de Clover—, no debería reírme, lo siento, Clover. De hecho, es admirable que no te cagaras encima.

Ella no me mira, pero intuyo que está mortificada. Nos dividimos el trabajo de limpiar y Kevin termina primero, tal vez porque está desesperado por encontrarse con Oscar. Yo soy el siguiente en acabar y, sin decirle una palabra a Clover, salgo del lugar y voy a uno de los cuartos de baño, donde podré lavarme y desinfectarme las manos.

No tardo en asearme. Sé que Clover no tenía tanto con lo que ponerse al día y creo que podría estarse retrasando adrede para darme tiempo para irme, pero lo que ella no sabe es que pienso esperarla, aquí en el baño, así que saco mi teléfono para entretenerme y entro en el grupo de chat familiar. Ignoro los mensajes antiguos y leo los más recientes.

Lele: ¡Oh Dios mío! Mamá me regaló mi primer vibrador

Moi-moi: recuerdo cuando me dio el mío *suspiro*

Kyky: ¡Que alguien le diga a mamá que eso es raro!

Callum: ¿Por qué tengo que saber de los vibradores de mis hermanas? #Perturbador

Mamá: cariño, no seas así, fui precisamente yo quien te regaló condones y lubricante. A todos mis hijos los trato por igual

Papá: *gruñido*

Callum: en serio mamá encuentra la cordura

Kyky: ella no tiene cordura

Moi-moi: ¡Mamá es malditamente perfecta!

Lele: ¿Si lo meto me romperá el himen?
¡Es un miedo real!

Moi-moi: envíame una foto, te responderé
según el grosor y tamaño

Papá: *supergruñido*

Kyky: por favor, basta

Mamá: Arlene, resolveré cualquier duda que tengas

Lele: ¿Call-me me romperá el himen?

Kyky: ¡¡¡ARLENE!! ¡Por Dios! Usa las comas
¡SON IMPORTANTES LAS COMAS!

Callum: cierto, parecía que preguntabas si te iba
a romper el himen. ¡Qué puto asco!

Callum: respondiendo a tu pregunta: te matará,
si lo metes te destrozará la vida

Moi-moi: te destrozará la vida porque luego
te darás cuenta de que un pene real no vibra
y no funciona como el aparato #CrudaRealidad

Callum: no te matará. Estoy bromeando.
¡Y cállate, Moira! Tú no sabes todo

Moi i moi: yo lo sé todo estúpido

Kyky: ¡LAS COMAS! Usen las comas

Lele: ¿Call-me obtuvo un juguete para su trasero cuando supieron que le gustaban los chicos?

Mamá: Callum solo me aceptó el lubricante y los condones, fue reservado sobre aceptar el juguete

Kyky: ¡Porque esa no era tu responsabilidad, mamá!

Lele: les haré saber cómo me va con el juguete

Kyky: no necesitamos saberlo

Papá: *Supergruñido fuerte*

Mamá: mis bebés están creciendo #MamáOrgullosa

Moi-moi: ow… ¡Eres la mejor, mamá!

Kyky: sí, pero no regales más juguetes

Callum: eres la mejor x3

Lele: x4 mamá bella y hermosa

Papá: x5

Papá: *gruñido calmado*

¡Duendes irlandeses! Están loquísimos. En mi familia nunca ha habido cordura; tal vez un poco por parte de Kyra y otro poco en papá, pero la normalidad nunca ha sido una opción. Los extraño, pero estudiar aquí fue mi decisión y por el momento vivo con el hecho de verlos unas pocas veces al año.

Guardo el teléfono diez minutos después, cuando la puerta se abre. Como estoy detrás de la puerta, Clover no me ve mientras se lava las manos hasta los antebrazos y luego se desinfecta. La bata debió de quitársela fuera.

89

—Nunca nadie me acusó de que le pusiera tan caliente como para generarle una diarrea —digo, aludiendo a la excusa que le dio hace un rato a Kevin.

—¡Mierda! —grita ella girándose con una mano sobre el pecho. Bueno, más bien sobre una teta.

—No quiero ser un acosador ni nada por el estilo, así que, si me pides que me vaya, lo haré, pero me gustaría quedarme a conversar sobre un par de cosas, Clover. ¿No crees que es el momento de hablarlo?

Ella traga saliva y, de manera distraída, se mete un mechón de cabello, que se le había escapado de la cola, detrás de la oreja. Sigo el movimiento con la mirada y tengo un breve pensamiento sobre sentir ese cabello sedoso y abundante sobre mis muslos. ¡Qué sucio, Callum! Pero ¿cuándo he sido un muchacho inocente?

—¿Me quedo, Clover? ¿Vamos a hablar de lo que pasa?

Creo que me pedirá que me vaya, porque se ve un poco nerviosa, o que no me responderá y deberé tomarme su silencio como un «vete». Y me iría, porque no quiero acosar a alguien, pero por fortuna termina asintiendo y sonrío al ver que se quita la mascarilla de papel y la arroja a una papelera.

—Bien, hablemos de ello. —Su voz suena angustiada, pero su postura cambia a una un poco más segura.

—¿Se me permite poner el seguro a la puerta para que nadie entre a estorbarnos?

Parece indecisa, pero luego asiente con determinación. El clic de la puerta se siente como un coro de ángeles en mis oídos.

—Primera pregunta para ti, Clover.

—¿Cuál es?

—¿Eres el trébol de este irlandés?

9

¿HABLAR? DESPUÉS

Callum

Clover realmente piensa qué respuesta darme aun cuando ambos somos conscientes de que lo sé todo sobre las notas. Quizá soy un poco necio insistiendo en que me lo diga, pero es que me gustaría escucharlo de su propia boquita deliciosa hecha para besar y ser besada. También creo que es una boca para cosas recreativas del tipo sexual, pero la cuestión es que de verdad apreciaría que ella me lo dijera.

Me estoy mordiendo el labio inferior cuando veo que cambia su resolución. Parece que recupera el destello de osadía que tiene que poseer para todas esas notas que me escribió y, alzando la barbilla, finalmente me responde:

—Ambos sabemos la respuesta, Callum.

—¿La sabemos?

El entrecejo se le frunce y se le escapa un pequeño resoplido. Creo que en este momento tiene más ganas de sacudirme que de huir como hizo anoche.

—No soy tu trébol.

Enarco una ceja muy dispuesto a darle una réplica, pero la descarada levanta la palma de la mano en una señal de «Cállate la puta boca que aún no he terminado de hablar» y asiento con lentitud. Escucharla hablar me parece una excelente idea.

—Soy Clover —dice con tranquilidad— y no soy tuya. Ahora, lo que sí soy es la persona que ha estado escribiéndote las notas.

—Corrígeme si me equivoco —pido fingiendo inocencia mientras me llevo los dedos a la barbilla en un gesto pensativo—: anoche cuando te pregunté si eras «el trébol de este irlandés», ¿no me respondiste «soy tu trébol» con un jadeo y un gemido de lo más atractivo? Suelo tener muy buena memoria.

—Fue efecto del porro.

—Clover, Clover, Clover —canturreo, dando unos tranquilos pasos hacia ella—. No pudo afectarte tan rápido y recuerdo que me dijiste que solía ponerte dormilona, y yo te sentí muy despierta cuando mi lengua se enredó con la tuya.

Me detengo frente a ella y estiro la mano de manera pausada para darle suficiente tiempo para alejarse, pero hay un brillo en su mirada como si quisiera pedirme que haga algo, pero su terquedad y bochorno ante esta la situación se lo impiden. Llevo los dedos a su cabello atado en la cola y luego simplemente lo libero y me dejo la goma alrededor de la muñeca.

¡Por el oro escondido de Irlanda! Me encanta su cabello. Siempre me ha parecido seductor, pero ahora que está en mis manos —y no estoy distraído comiéndole la boca— puedo apreciar cuán suave es entre mis dedos. El olor a coco me impregna la nariz, lo cual agradezco porque reemplaza con rapidez todo el olor que mi mente aún reproducía por pasar tantas horas en la práctica. Separo los dedos para peinarle las gruesas hebras oscuras y sonrío cuando un suspiro escapa de sus labios. Le gusta lo que estoy haciendo.

Tiene muchísimo cabello. Es increíblemente largo y le llega a la tentadora curva de la cintura; perdónenme todos los creyentes, porque mi mente pecadora de nuevo me insinúa lo bien que se ha de sentir su cabello rozándome los muslos, sobre mi pecho. Soy tan creativo que incluso podría imaginarlo sobre mi polla.

Recojo parte de su cabello en una mano para dejar al descubierto su oreja. Tengo que inclinarme lo suficiente porque ella es bastante baja, pero no importa, estoy dispuesto a joderme la espalda en pro de relacionarme con Clover.

—No te llamo «mi trébol» por el capricho de convertirte en un objeto o en mi posesión, Clover —susurro—. Lo hago porque eso es lo que has sido desde el momento en el que me partí de la risa y me quedé sonriendo con una elocuente nota sobre pollas en culos y bocas.

»Te llamo "mi trébol" porque así te he llamado durante tres años, es automático y suena muy bien. Me encanta deslizar por mi lengua "mi trébol" y más si ahora lo estás escuchando.

—¿Por qué… no me dijiste… que lo sabías?

—Quería que me lo dijeras. ¿No pensabas hacerlo?

—No tenía planes de ello —admite sin intimidarse ni un poco.

—En ese caso me alegra que anoche dejaras las notas tiradas por el auto, vaya desastre el que hiciste. —Río por lo bajo—. ¿En qué pensabas cuando huiste como una fugitiva de la ley?

Se cubre los ojos con una mano mientras ríe. Sacude la cabeza antes de mirarme y morderse el apetitoso labio inferior para controlar su sonrisa.

—No lo sé.

—Te diré algo, Clover: no había manera de que nos graduáramos sin que tuviéramos esta conversación, así que agradezco que sea más temprano que tarde.

Quiero verle el rostro al conversar, así que la tomo por sorpresa cuando la agarro por debajo de los muslos y la alzo hasta sentarla sobre el largo borde donde hay una hilera de cinco lavamanos.

—Sí, me gusta mirarte a los ojos —digo, llevando nuevamente una mano a su cabello.

—Callum… —Pronuncia mi nombre con voz afectada y cierro los ojos durante unos breves segundos.

Quiero escucharla decir mi nombre una y otra vez: en susurros, jadeos, gemidos, gritos, risitas, complicidad y entrega. Y no tiene que ser precisamente en ese orden.

—Sé que estabas ebria en la primera nota porque lo aclaraste en las siguientes. —Abro los ojos y me encuentro con los suyos—. ¿Por qué seguiste escribiéndolas? ¿Por qué hacerlo incluso cuando tuviste novios?

Traga saliva y deslizo ambas manos por sus brazos viendo el vello erizarse. Mis dedos llegan hasta los suyos y los entrelazo. Noto que sus manos son suaves, que lleva la manicura bien hecha con uñas recortadas y esmalte blanco.

—Porque se sentía bien —responde—, porque pensé que no era un problema y… y me gustaba saber que de alguna manera hacía algo. La incertidumbre de si lo leías era una emoción que no puedo explicar precisamente en esta situación.

—¿Por qué?

—Porque estás muy cerca y me tocas… Porque no puedo pensar ahora mismo.

Sonrío con lentitud al darme cuenta de que la descoloco tanto como ella me afecta a mí. ¡Uf! ¡Qué alivio que esto no sea unilateral! En este momento su mente es un caos igual que la mía, solo que yo lo disimulo mejor.

—Siempre leía tus notas y enseguida esperaba la siguiente. —Libero sus dedos y llevo una mano a su rostro, apoyándola en su mejilla—. Pensaba que era una tortura no darle nombre a la creativa persona que las escribía, pero también me gustaba la incertidumbre de desconocerlo, era emocionante.

Con los dedos le acaricio la mejilla, paso el índice por el arco de sus cejas gruesas y definidas, de una a otra, y luego el entrecejo. Bajo por el tabique de la nariz ocasionando que los ojos se le cierren, y mi recorrido se detiene en el pequeño tramo de piel entre la nariz y el labio superior, y sus ojos se abren de nuevo.

Mi respiración está casi tan afectada como la suya.

—Creo que antes de hablar necesito hacer otra cosa. ¿Podemos hablar luego, Clover?

Hay un deje de decepción en su mirada y me doy cuenta de que tal vez haya entendido que planeo irme o alguna tontería como esa, pero llevo el índice a sus labios y trazo el superior y luego el inferior. Ambos son carnosos y suaves y sé que se sienten bien bajo los ataques seductores de mi lengua, mis dientes y mi propia boca. Presiono el labio inferior hacia abajo y veo que, quizá por inercia, su lengua sale y me lame la yema cuando pretendía lamerse el inferior.

Cuando la miro a los ojos descubro que estos están muy oscuros y dilatados, como si me llenaran de futuras promesas que espero que quiera cumplir.

Presiono aún más sobre su labio y voy más lejos, hasta introducir la yema en su boca, lo que provoca que se me potencie la erección, porque me chupa el dedo y se lo lleva a la boca húmeda y cálida para después hacerme sentir la raspadura de sus dientes con más fuerza de la que esperaba, pero un toque de dolor aviva más el placer.

—¿Eso significa que podemos hablar después? —bromeo con voz enronquecida.

Ella asiente chupando más fuerte y luego me libera el dedo de su boca con un suave sonido. ¿Qué hago yo? Me llevo ese mismo dedo todavía humedecido por su saliva a la boca y lo chupo antes de sonreírle.

—Podría usar este dedo en lugares interesantes, Clover.

Tanteo el terreno, y por cómo arquea una ceja me hace saber que está totalmente abordo con este giro en los acontecimientos.

—¿Como cuáles?

Su voz es baja, casi seductora y muy atrayente. Por lo que voy entendiendo de su sexualidad y las piezas que estoy uniendo, a Clover le gusta sacar a su diosa interior, y mi conclusión de todo esto es que, ¡maldición!, me encanta.

Interpreto su respuesta como una atmosfera caliente en la que me permite tocarla. Ella también puede tocarme si quiere, pero para confirmar mi suposición llevo el dedo a su cuello y ella exhala apoyando ambas manos sobre el borde de la superficie en la que se encuentra sentada. Se remueve en busca de comodidad, aprovechando para abrir de manera sutil las piernas y dándome espacio entre ellas.

Confirmadísimo: mi trébol quiere que la toque y, por supuesto, yo quiero tocarla.

—Entonces —susurra con la voz ahora un poco más rasposa— ¿dónde podrías usar tu dedo en mí?

—Aquí. —Trazo su cuello y bajo hacia la clavícula izquierda, que está cubierta por su camisa—. Y aquí, pero ¿sabes dónde también me chuparía el dedo para tocarte?

—N-no.

—Hum, supongo que es mi deber decírtelo. —Bajo lentamente el dedo hasta la hinchazón de sus pechos.

He leído libros perversos sobre follar, tanto historias con trama como sin —es que mi mamá está un poco chiflada y me inscribió a un club de lectura erótica con ella hace unos cuantos años y luego seguí leyendo por mi cuenta—, y siempre parece que el superprotagonista machote sabe la talla exacta de las tetas de las mujeres solo con mirar las copas del sostén, pero si me lo preguntas a mí, yo no tengo ni puta idea de ello. Lo que sí sé es que las tetas de Clover son más grandes que mis manos y no necesito ser un matemático para confirmarlo, así que cuando mi dedo toca la hinchazón de una de ellas estoy algo así como emocionado, y ella también, a juzgar por la manera en la que abre la boca.

Aprovechando que esos labios tentadores están abiertos, le ofrezco una vez más mi dedo y ella chupa con lentitud, y ese barrido de su lengua lo siento e imagino más hacia el sur.

—Te tocaría aquí con el dedo húmedo. —Llego hasta su pezón y siento cómo se endurece debajo de las capas de tela—. Tal vez, primero unos roces ligeros, luego de lado a lado. —Hago los movimientos mientras los recito—. Arriba y abajo. Pero también presionaría para sentir cómo crece todavía más bajo mi contacto.

—¿Qué hay de pellizcar? —pregunta sin aliento, y siento una sonrisa ladeada dibujándose en mi rostro.

—Los pellizcos están dentro del paquete, no te preocupes, de eso también me encargaría. —Le doy un suave pellizco, apenas una insinuación de lo que podría ser si estuviese desnuda—. Pero ¿sabes adónde más llevaría mi dedo húmedo?

Sacude la cabeza en negación. Por supuesto que lo sabe, más cuando mi dedo baja por su estómago, pero está metida en el rollo de que le suelte cosas que quiero hacerle, lo que me hace recordar que en una nota confesó que apostaría todo el dinero que tenía ahorrado a que mi voz durante «las actividades de diversión sin ropa» debía de ser celestial y tan excitante como el acto en sí mismo. Espero no estarla decepcionando.

—Me he equivocado, Clover. —Alejo el dedo cuando va llegando al inicio de su entrepierna.

—¿Con qué? —Frunce el ceño.

Más que decepcionada porque me detenga, parece enfadada y hace ademán de agarrarme la mano del dedo con el que la tocaba, pero en última instancia se contiene.

Sin embargo, estoy lejos de detenerme, así que, bajo su atenta mirada, alzo el índice y el corazón, me los chupo hasta la mitad y luego desciendo la mano con rapidez presionando ambos dedos en la zona baja y central entre sus piernas. Gime, regalándome un sonido tan delicioso que me eriza el vello de la piel y mi polla me implora que por favor haga algo por ella.

—Me he equivocado porque para tocarte aquí abajo, más que un dedo húmedo, comenzaría chupándome dos. —Muevo los dedos en una fricción arriba y abajo, circular, percibiendo su calor a través del pantalón, que es de alguna tela fina—. Pero supongo que no tendría que humedecerlos tanto, ¿verdad?

Creo que tal vez quiere responderme, pero un gemido se le escapa y su respiración es pesada.

—¿Sabes por qué? Porque te pondrías tan pero tan mojada que la única razón por la que tendría necesidad de llevarme los dedos de nuevo a la boca sería para saborearte, para tener una muestra de lo que podría encontrar directamente con mi lengua, con lo que mojarías mi barbilla… Porque estarías muy mojada, ¿no?

Se estremece y por inercia mis caderas empujan hacia el frente queriendo desesperadamente encontrar algún tipo de fricción, pero no hay ningún alivio. Sin embargo, acariciar a Clover hace que valga la pena.

Sus manos toman mi camisa e intenta atraerme, pero está tan descolocada por mis atenciones que no lo logra. Voy hacia ella por mi cuenta y luego me toma por el cabello y guía mi boca a la suya.

Me besa de una manera descuidada, húmeda y hambrienta que hace que un sonido salga desde el fondo de mi garganta mientras mis dedos se encuentran aún entre sus piernas, alternándose entre el lugar que ha de estar ardiendo en humedad y el nudo de placer encima de ello.

Adoro su boca y estoy fascinado por cómo está guiando el beso. Estoy supercaliente también y muy cautivado por cómo sus caderas se mueven con la intención de aumentar la fricción de mis dedos por encima de la tela. Sus dedos son rudos en mi cabello, pero luego una mano baja por mi pecho, traza mis abdominales y se cuela por la cinturilla de mis tejanos. Aunque no se adentra en el bóxer, el simple contacto de su mano por encima de la tela de algodón me hace estremecer.

—¿Te gusta lo que sientes? ¿Es como lo imaginabas? —pregunto entre besos.

—Mejor —responde sobre mis labios, apretando el contorno de mi miembro y trazándolo desde la base hasta la punta—, mucho mejor.

Su lengua es descuidada contra la mía debido a nuestra desesperación y calentura, pero no me importa, lo disfruto mucho. Además, siempre he considerado que no existen los besos perfectos, cada uno tiene ese toque que lo vuelve único y particular dependiendo de la situación, y este... ¡Por todos los duendes irlandeses! Este se quedará en mi pelirroja cabeza para la eternidad, incluso cuando esté bien muerto; si me llegasen a hacer una autopsia, el forense diría algo como: «Oh, mira, ¿qué tenemos por acá? ¡Es el cerebro! Y me está diciendo que el difunto Callum, aún en el más allá, está recordando un beso en un cuartito de baño».

—Ah... Ah... Callum —gime sobre mis labios, una fantasía total.

—¿Vas a correrte solo con esto, Clover? —pregunto antes de mordisquearle el labio.

Sus ojos se encuentran a medio cerrar, su boca carnosa está más hinchada y el sudor le cubre la frente. Ese cabello negro azabache le enmarca el rostro de una manera salvaje y es mejor que cualquier cosa que pueda haber imaginado. Mi pulgar se une al juego, así que mientras la acaricio donde sé que debe de estar humedecida, el pulgar traza círculos sobre el nudo un poco más arriba. A eso lo llamo «coordinación y atención adecuada».

Es receptiva a mi toque y yo al suyo, es solo que, a diferencia de ella, necesito más que un apretón de polla sobre el bóxer para correrme, pero da igual, me está estimulando y ya luego me encargaré de terminar mis asuntos. En este momento me importa que ella acabe, es mi prioridad.

Ahora, saber que no me correré porque me toque sobre el bóxer no quiere decir que ella no sepa tocarme, porque, ¡vamos!, denle un diploma. Nada más de pensar en cómo me tocaría sin nada entre nosotros hace que me estremezca... Ojalá eso suceda en algún momento.

—Vamos, Clover, sé que quieres. Salta al vacío, vas a disfrutarlo —la insto con un susurro contra su barbilla antes de volver a su boca.

Creo que está cerca. No puedo saberlo con exactitud porque es la primera vez que tenemos algún contacto sexual, pero su respiración, la manera en la que se empuja hacia mí cuando la toco y su mirada me dan un indicio. Prometo que, si ella me lo permite, conoceré cada aspecto y placer de su cuerpo, de su ser.

Quiero maldecir cuando un toque en la puerta me recuerda que no somos los únicos que estaban en la práctica, y también la hace tensarse.

—Tranquis, mírame —le pido, y por suerte lo hace—. No saldremos de aquí hasta terminar esto, si me lo permites y lo deseas.

—Pero fuera... No puedo...

—Sí puedes, la pregunta es si quieres que siga.

Su mano, la que no está manoseándome la polla, se cierra alrededor de mi muñeca y pienso que me instará a alejarla, pero lo que hace es todo lo contrario: me ayuda a presionar con mayor fuerza y velocidad contra ella, mostrándome los movimientos exactos con los que le gusta frotarse cuando se toca a sí misma.

Emite rápidas respiraciones por los labios y durante unos segundos ambos miramos nuestras manos unidas frotándola, pero cuando dice mi nombre con voz enronquecida, nuestras miradas conectan y obviamos de una manera muy descarada los constantes toques en la puerta; ellos pueden esperar, el orgasmo de Clover no.

—¿Así te gusta? —susurro.

—No, me gusta al desnudo —dispara, y casi me mata.

—¿No te excita saber que tienes los segundos contados para correrte antes de que alguien abra la puerta?

Gime y luego se inclina hacia mi hombro mordiéndolo para amortiguar los sonidos, y su mano se aprieta en mi miembro hasta hacerme sisear. Es un pelín doloroso, pero aún más placentero. Trabajo mi mano debajo de la suya presionando un poco más y moviéndola algo más rápido, pero intuyo que debo darme prisa antes de que la situación se vuelva lo suficiente sospechosa para quien sea que toca la puerta y busque algún conserje que la abra.

Así que lo siguiente que hago es enrollar una mano en todo ese largo cabello, tirando con una fuerza suave. Llego a pensar que se me ha ido la mano, pero entonces ella arquea la espalda, alza el rostro con la vista en el techo y sus labios se abren en un grito silencioso mientras su cuerpo se sacude. Se viene, se corre, alcanza el orgasmo, ve las estrellas o como quieras llamarlo, pero es la cosa más espectacular que he podido presenciar.

Me suelta la muñeca, pero mantiene su agarre inerte en mi erección por encima del pantalón. Permanecemos así hasta que le libero el cabello con lentitud y se lo peino con los dedos suavemente. Parece aturdida y relajada.

Se me hace inevitable no darle un beso en su espectacular boquita y luego en la mejilla.

—Clover, me debes una conversación. Ven a mi apartamento esta noche a cenar y hablemos.

—¿Hablar? —repite aún sin aliento.

—Hablar. No quiero imprudentes ni interrupciones cuando finalmente me lo digas todo. ¿Puedes venir? ¿*Quieres?* —Le hago unos suaves besos en la barbilla.

Soy consciente de que soy un cabrón porque es evidente que está en un limbo poscoital, pero sé —o algo me dice— que, si dejo que vuelva en sus sentidos, se irá corriendo con alguna boba excusa y resulta que no, que ya me impacienté. Me gusta esta chica y sé que le gusto, debemos sincerarnos y decidir qué sucede entre nosotros. Tengo muchas cosas que decir y también hay muchas cosas que quiero escuchar.

—¿Lo harás, Clover?

—Está bien.

Le planto un beso en la comisura de la boca antes de sonreír. Al bajar la vista clavo los ojos en su mano, aún agarrada a una parte física muy especial de mi cuerpo. Clover sigue mi mirada y termina por aclararse la garganta y liberarme. Con su mirada sobre mí, no disimulo el hecho de que me tengo que reacomodar para poder caminar endurecido y ser medio decente. Una vez todo está hecho, la ayudo a bajar, le recojo el cabello con la goma que continúa en mi muñeca y creo que comienza a volver en sí, porque su expresión luce entre maravillada y escandalizada.

—¿Lista para salir?

—Yo... —Parpadea tres veces seguidas—. Eh... Sí, lista.

Avanzo hacia la puerta sonriendo y ella me sigue, y nos encontramos a dos equipos de tres personas con el ceño fruncido.

—Entonces ¿crees que podría ser simplemente algo tan común como un ataque al corazón? —pregunto a Clover mientras camino y asiento en un saludo a los demás.

Ella se aclara la garganta. Aunque no será la actriz del año —gracias al cielo no se dedica a ello—, me responde en un intento de seguirme en nuestro descarado despliegue para fingir que hablábamos de la práctica. Cuando estamos lo suficientemente lejos me giro hacia ella.

—Te escribiré con la dirección de mi casa, nos vemos por la noche —digo, y ella se muerde el labio inferior mientras me mira.

Espero resistencia, que enloquezca o me diga que se arrepiente, pero da un asentimiento y el intento de una sonrisa antes de pasar a mi lado y adelantarse a la salida.

Sonrío pensando en cuán genial hubiese sido realmente tocarla sin ropa. Después bajo la vista y frunzo el ceño hacia mi adolorida erección, que me ruega que vaya a casa y me toque con libertad para terminar este trabajo.

Mi sonrisa es difícil de borrar, porque me hace ilusión la idea de que al fin algo esté pasando entre nosotros.

No estuve meses esperando que ella se armara de valor y me dijera lo de las notas para echar un polvo; esperé porque tenía la sensación de que sería más, que sería algo, y espero por todo el oro del mundo y la cerveza irlandesa no estarme equivocando.

10

LO SIENTO, TE ODIO

Clover

Creo que he llegado a mi residencia caminando en una especie de nube mágica. Ni siquiera cuando le he dado algunas caladas a un porro me he sentido así. Qué bueno que Callum no sea una droga universal o estaría causando estragos por el mundo.

Anoche cuando nos besamos pensé que eso era mejor que cualquier fantasía, pero ¿lo que ha pasado hoy? No puedo siquiera describirlo. Sus palabras, sus dedos, el ambiente, el orgasmo.

Me siento agradecida de estar cómoda con mi sexualidad, no me cohíbo en estas cuestiones porque siento que es algo natural y me dejo llevar. El sexo puede ser incómodo cuando la otra persona y tú no tienen compatibilidad, pero cuando hay miles de chispas y parece que el mundo se desdibuja, el sexo es maravilloso.

Si bien he tenido varias parejas sexuales, sean novios o ligues, e incluso un amigo con beneficios al que terminé llorando porque no se enamoró de mí como en las novelas, decido que lo sucedido hoy va a borrar a quien hasta ahora consideraba «ese encuentro», esa persona con quien te dices «Nadie podrá superarlo, nada será tan bueno como esto». Pero resulta que eso se debía a que Callum no me había tocado, no así, y es que, ¡por todo lo divino!, ni siquiera necesitó meterme la mano en las bragas, solo hizo falta tener fricción, besos y hablar obsceno. Fue un orgasmo alucinante y el hecho de que fuese con él me supera.

Estoy nerviosa sobre la conversación que debemos tener, no sé muy bien qué diré, y la verdad es que me siento algo incierta. Siempre creí que Callum era una especie de luna; se supone que era alguien para admirar, no algo tan real. No sé qué es lo que quiere, pero yo estaba bien con cómo eran las cosas, era capaz de al menos liberarme con orgasmos que yo misma me daba. Mi vida no era triste o desolada. No lloraba por nuestra inexistente relación ni soñaba despierta con que fuésemos algo más allá de compañeros de clase o el irlandés y el trébol de las notas. Todo este cambio repentino me desarma y genera un poco de estrés por pensarlo demasiado.

Sería fácil decir: «Tan solo déjate llevar, Clover», pero, sinceramente, es que eso no me funciona porque siempre estoy pensando y queriendo anticiparme, y cuando las cosas no salen como las espero o me toman por sorpresa, tiendo a estresarme.

—¡Bu! —gritan detrás de mí, pero ni siquiera me asusto. Edna empieza a caminar a mi lado—. ¿Qué tal tu cita con el cadáver?

«Bien, Clover, vuelve en ti y no te precipites. Fueron unos besos, un orgasmo y una posible cita o algo así, no tienes que volverte una imbécil al respecto o sabotear algo que ni siquiera ha comenzado».

—Fue bien, aún tengo informes que hacer y muestras que estudiar —respondo, subiendo las escaleras junto a ella—, pero no fue una cita solo con el cadáver.

—Guárdate ese chisme, lleguemos primero a la habitación y comamos algo, me muero de hambre.

Asiento y terminamos de subir las escaleras mientras me cuenta cuánto ha odiado su última clase de hoy y que le ofreció unas guías explicativas de su primer año a la novia de Jagger. Eso me recuerda que esta mañana Edna y yo tuvimos clase temprano y no pudimos hablar sobre lo que pasó entre James y ella anoche, debo ponerme al día con eso.

Una vez estamos en nuestro apartamento, me doy una ducha rápida, hacemos unas palomitas y sacamos una botella barata de vino y trozos de queso.

—¿Qué pasó con James? —pregunto antes de que abordemos lo mío.

—¿Qué va a pasar? Follamos y es realmente bueno. —Sonríe a través de su vaso—. Valió la pena toda la expectativa que nos hicimos y el tanteo que llevábamos haciendo desde hace un mes.

—Qué bueno, hubiese sido terrible que terminaras decepcionada. —Doy un largo trago a mi vino antes de volver a hablar—: ¿Y ahora?

—Ahora seguramente volveremos a hacerlo, pero nada serio. Sabes que no quiero nada exclusivo mientras estudio, y a James le gustan todas. —Se encoge de hombros—. Se enrolla con otras, y yo con otros. Es buenísimo follando y lo disfruté tanto como para querer tener un par de encuentros más, pero no es que me enamore a través de la penetración candente de su polla.

—Sutil.

Lo digo nada más que para molestarla, porque todos los que conocen a Edna saben que lo último en su lista es ser sutil y que, de hecho, le da igual. Ella me da detalles sin censura de cómo se dieron las cosas, desde el baile sensual hasta los gemidos en la habitación de James en la fraternidad.

Desde que tengo uso de razón, Edna ha sido muy comunicativa en cuanto a su vida. No lo hace por presumir o ser malvada, es simplemente que confía muchísimo en mí y por algún motivo no se puede contener.

—Ahora dime qué pasó con tu cadáver.

—Primero tengo que hablarte de anoche. —Me bebo lo que resta de mi vaso y me sirvo más vino.

—Soy toda oídos. Tuvo que pasarte algo realmente intenso, porque estás bebiéndote el vino como agua —murmura mientras se lleva un puñado de palomitas a la boca.

—Si tú supieras… —Tomo un trozo de queso—. Por algún giro de la vida, terminé en el auto de Callum Byrne pasándome humo boca a boca. El humo de un porro, cabe destacar. —Su única reacción es enarcar una ceja.

—¿En qué posición? ¿Fue como esa tonta vez en la que inhalaste de la boca de tu ex?

—No. Él estaba a horcajadas sobre mí y fue muy intenso.

—Apuesto a que nada más cuando te lo propuso ya te habías mojado. —Sonríe—. Espero que esta historia se ponga aún más interesante.

—Cuando terminamos de fumarnos el porro, me preguntó si yo era el trébol de las notas…

—Lo que quiere decir que sí leyó la nota y sabe que eres tú.

Doy un trago de mi vino enmascarando que me molesta que ella lo deduzca tan rápido cuando yo me dejé llevar como una chica tonta y caliente sin entender el significado de sus palabras.

—La cosa es que no me di cuenta porque estaba demasiado…

—Caliente y necesitada de que te la metiera.

—Demasiado distraída —respondo, ignorando sus acertadas palabras— y luego él me besó y fue muy candente. —Bebo más vino porque lo necesito—. Me besó de una manera que hizo que los dedos de los pies se me encogieran, y lo toqué.

—Dime que en la polla —suplica, y asiento—. ¿Sobre la ropa o debajo?

—Sobre y fue breve.

—No es la respuesta que esperaba —dice, y su entusiasmo disminuye—, pero tengo fe en que este chisme se volverá mejor, no me decepciones.

Pongo los ojos en blanco ante sus palabras y me relleno el vaso mientras le hablo de que luego Stephan apareció, encontré las notas y hui. No se sorprende, solo asiente y me da esa mirada de «Mi pobre imbécil».

—Pero el informe decía que él estaría feliz —comenta desconcertada—. ¿Por qué te fuiste corriendo?

—Porque me bloqueé. En mis planes nunca entraba que él lo supiera, yo estaba más que feliz con el anonimato, y saber que él lo sabía me enloqueció casi tanto como el hecho de que lo supiera desde hace tanto tiempo.

—Te abochornaban las cosas sucias que le escribiste, ¿verdad? Me acuerdo de que en la primera nota le dijiste que querías que te la metiera por el culo. —Se ríe—. Quién sabe qué pusiste en las demás.

—No estás ayudando.

—Solo digo que guardarse que lo sabía debió de ser un trabajo difícil para él, he escuchado que es un tipo bastante hablador y directo.

—¿Por qué no me dijo nada? ¿Crees que se burlaba de mí?

—Eso tendrás que preguntárselo, nena. —Nos rellena la copa mientras lo dice—. Pero, en fin, sigue nutriéndome con información.

—Esta mañana ha venido a la práctica porque era mi compañero junto con Kevin.

—Demasiada casualidad para ser una casualidad.

Asiento con lentitud y me bebo todo el vino de un solo trago antes de servirme más y entonces comienzo a hablar con las emociones a mil sobre el momento en el que entró, la locura de las conversaciones e incluso le doy detalles sobre abrir el cadáver. Debido a que está relajada por el vino, lo deja pasar.

—Él estuvo increíblemente impresionante cuando sacó las vísceras. ¿Tienes idea de lo difícil que es hacerlo sin ocasionar un desastre o tener mala precisión? Y se veía tan bien…

—¿Se veía bien despellejando un cuerpo? Porque si es así, te iría bien el malote de *La masacre de Texas* o de *Hostel*.

—¡No! —río—. Me refiero a que se veía imponente e increíble con esa actitud de concentración mientras hacía algo que no es fácil, e incluso el patólogo vio que lo hizo más que bien.

—¿Te mojaste en presencia de un cadáver?

—¡Dios! No, por supuesto que no.

—No sé si creerte. No soy quién para juzgar, pero es que a mí la idea de ponerme caliente por un hombre mientras otro está abierto en una mesa me parece más bien una pesadilla.

—Edna, ponerte caliente no es la única reacción que puedes tener por alguien que te gusta —digo con lentitud. La lengua ya me pesa un poco y me siento muy relajada—. Sí, puedes excitarte, pero también hay momentos en los que ver su destreza o inteligencia te cautiva y no es algo simplemente sexual, es algo más. Trato de decirte que ver que Callum es tan bueno en algo que admiro y respeto fue increíble para mí. No, no pensé en sexo cuando lo vi haciendo un proceso tan difícil, sino que pensé «¡Vaya! Es realmente bueno y uno de los mejores, qué bien poder verlo», y me sentí agradecida de vivir esa experiencia.

Se hacen unos segundos de silencio mientras ella me mira fijamente con esos ojos azules. Tomo otro trozo de queso y luego bebo vino, maravillada con la combinación de sabores.

—No he experimentado eso, así que no puedo entenderlo, pero parece algo genial.

—Lo fue. —Sonrío.

—También debes de ser muy buena en lo tuyo y fuiste tú quien extrajo muestras de los órganos y una costilla o lo que sea. Hiciste algo grande.

—Hice un buen trabajo —admito, algo crecida por su halago mal dado.

—Seguro que Callum pensó: «Qué fascinante e inteligente es mi bizcochito sensual» —dice riéndose.

—Terrible apodo. —Le arrojo un trozo de queso, que cae en su cabello y se lo come igualmente—. Pero, bueno, después, al terminar, algo pasó.

—Dame un adelanto, solo dime que fue algo caliente, para no perder mis ilusiones.

Me bebo una vez más el vaso de vino de un solo trago antes de darle lo que me pide, aunque no soy tan explícita como ella en mi relato.

—Qué sucia. —Sonríe—. Me encanta. Estoy impresionada de que consiguieras un orgasmo por encima de la ropa. Eso es como cuando estás en la pubertad y descubres que frotarte contra algo se siente delicioso y te corres rápido; es una tarea difícil cuando ya conoces el sexo.

—Lo sé, lo sé. Además, había personas intentando entrar, pero es que…

—Sí, Callum te trabajó bien. —Alza la copa en un brindis silencioso.

—Todavía me cuesta asimilar que pasó eso.

—¿Y ahora? —Repite la pregunta que le hice sobre James, y darle una respuesta me resulta complicado.

—No lo sé, estoy asustada por la posibilidad o la oportunidad. —Bebo—. Dentro de poco estaré en mi último año y el plan era concentrarme en lo que serán unas prácticas duras y en mi trabajo de fin de grado, que no será nada fácil. Además, me ha gustado estar soltera…

—¡Joder! También adoro estar soltera.

Río y choco mi vaso contra el suyo. Siempre he considerado que en la vida hay todo tipo de momentos; en algunas ocasiones desearías tener novio o te sientes feliz en una relación, pero otras veces estás a gusto con tu soledad sentimental, disfrutando de la soltería, y yo estaba-estoy en esa etapa.

—Pero te gusta Callum, ¿cierto? —Asiento, eso queda claro en las notas que le dejé—. Y te gusta cómo te hizo sentir. —Asiento de nuevo—. Pero estás asustada.

—No quiero decir por qué lo estoy, te parecerá tonto.

—Nunca me parecería tonto algún temor que tengas —asegura con seriedad.

—¿Qué voy a hacer, Edna?

—Lo primero es que conversen. A partir de ahí, ¿por qué no se dejan llevar?

—No puedo, no sé lo que es dejarse llevar, pensarlo me da pánico.

—¡Claro que puedes! Te dejaste llevar y le dejaste notas a un irlandés que te gustaba; te dejaste llevar y con ese mismo irlandés te fumaste un porro y luego le comiste la boca; te dejaste llevar y te dio un maldito orgasmo alucinante. ¿Cómo que no puedes? Nena, amo esa cabecita tuya, pero no dejes que te diga que no puedes hacer algo, porque si te lo propones, sé que puedes.

—Lo que más me encanta de tomar vino contigo es que curiosamente te vuelve sabia y filosófica.

—¿No lo soy sin beber vino?

—No, sin vino eres una sucia, cruda y directa que asusta a muchos.

—Lo tomaré como que soy un encanto. —Me guiña el ojo.

A partir de ahí las cosas se descontrolan un poquito con la bebida. Perdemos el tiempo riendo y bebiendo mientras vemos videos tontos y buscamos en redes sociales a excompañeros de clase de la escuela.

Conozco a Edna desde que teníamos doce años y estudiamos en el mismo instituto. Eso explica por qué conoce todos mis pasados amorosos y mis ligues y también por qué ambas nos damos un paseo por el perfil de Frankie, ese amigo con beneficios de amor fatalista no correspondido que ya he mencionado antes.

No pasamos mucho tiempo en su perfil y luego llamamos por videollamada a Valentina, que ríe de nuestras tonterías. Siento que floto, estoy en una nube de la que no me bajaré.

La caída de la nube duele y es malditamente molesta.

Hay un zumbido que intento callar cubriéndome la cabeza con la almohada, pero persiste hasta que estiro la mano y tomo el teléfono que no sé cuándo puse a cargar. No alcanzo a contestar, pero veo la notificación de múltiples llamadas perdidas de Oscar.

Una vez más, el aparato del demonio vibra y de nuevo se trata de mi odioso amigo.

—¿Qué quieres? —gruño, y me doy cuenta de cuán seca tengo la garganta y del latido en mi cabeza. ¡Qué dolor!

—Darte los buenos días no es lo que quiero, lo que quiero saber es por qué mi compañera de informe en pareja no ha aparecido en la puta clase —masculla.

—¿Qué clase?

—Voy a matarte y luego yo mismo te realizaré la autopsia para exclamar «¡¿Qué clase, Clover?! La puta clase» mientras te extraigo el cerebro que lo olvidó —brama—. ¿Cómo que qué clase? ¡Tenemos una evaluación!

—Como sea, me duele la cabeza.

—Te duele la cab… —No termina la frase enojada porque finalizo la llamada y dejo el teléfono al lado de mi cuerpo.

Cierro los ojos y me llevo las manos a la cabeza. ¡Dios mío, qué dolor! Y la boca me apesta más de lo que lo suele hacer el aliento matutino. Estoy muerta en vida.

El teléfono vibra de nuevo, una y otra vez, pero lo ignoro, al menos hasta que abro los ojos tan de golpe que siento como si me dieran con un bate en el cráneo. Me estiro, tomo el teléfono y veo llamadas pérdidas de Oscar, Maida y un número desconocido, pero me fijo aún más en el día y la hora.

—Mierda, mierda, mierda. —Salto de la cama y me mareo, y también se me revuelve el estómago—. No, no, Clover, no hay tiempo para que vomites.

Me desnudo corriendo hasta el baño, me cepillo los dientes y grito cuando el agua helada me toca la piel, pero no la gradúo, me aguanto y me saco el hedor de borrachera y la resaca de encima. Me lavo el cabello supermal, pero al menos el olor a coco del champú disimula el desastre que soy. Al salir del baño desnuda provoco un caos con el agua que no puedo limpiar en este momento y me seco muy mal con una toalla mientras tomo un suéter negro sin ponerme antes el sujetador y un pantalón de pijama a cuadros que, según yo, hoy puedo hacer pasar por ropa adecuada para ir a clase. Lo primero que encuentro para mis pies son unas Converse, que me pongo sin calcetines. Luego tomo el teléfono y mi mochila y salgo del lugar peinándome la larga cabellera mojada y casi matándome al bajar las escaleras.

Corro y siento que vomitaré o que me ocurrirá algo trágico como un accidente cardiovascular, porque la resaca que tengo podría matarme y toda esta agitación no me ayuda. Tropiezo con varias personas que se molestan, pero no tengo tiempo para disculpas. Cuando entro en la Facultad disminuyo la velocidad, pero camino a toda prisa hacia el aula.

Miro la hora en mi teléfono y me doy cuenta de que llego cincuenta minutos tarde a una clase de dos horas y media. Me llevo una mano al estómago y rezo para controlar las arcadas, porque de verdad creo que podría vomitar, y mi cabeza necesita con urgencia unos calmantes. Hago un par de respiraciones profundas y luego abro la puerta.

Hay un breve silencio y unas cuantas personas me observan, algunas con diversión porque me veo ridícula. El profesor, que tiene una política de «Todos somos adultos y los que se perjudican son ustedes con sus faltas», me permite unirme a la clase y me recalca que no cree que alcance a hacer mucho de la evaluación porque mis compañeros ya llevan casi una hora adelantados.

También me apuñala cuando me dice que no tendré compañero, lo que me condena a hacer el trabajo de dos en menos tiempo que los demás y es un presagio de que no lo lograré, pero me esforzaré.

Al subir los escalones veo a Oscar en el equipo de Maida con otra chica. Ni siquiera puedo sentirme traicionada; si acaso, me siento aliviada de que no le tocara hacer el trabajo solo o saliera mal por mi culpa. Mis ojos oscuros se encuentran con los suyos color avellana.

«Lo siento», gesticulo.

«Te odio», me gesticula de vuelta, y casi río.

Tomo asiento y acepto la hoja con la evaluación que me indica qué informe y respuesta debo dar. Saco el bolígrafo y trato de alentarme diciéndome que no todo está perdido.

Estoy sedienta, tengo ganas de vomitar y la cabeza me duele tanto que de verdad siento que me explotará, pero eso me pasa por beber dos botellas de vino con Edna sin medir las consecuencias y sin control alguno. Ni siquiera sé cuándo me fui a la habitación a dormir ni cuándo llegué a mi límite. Bebí con la confianza de que estaba en casa y ahora miren este resultado tan poco bonito.

Miro con fijeza las letras de la hoja. Te prometo que leo cinco veces la primera pregunta, pero no logro concentrarme para entenderla pese a que seguramente conozco la respuesta porque soy buena estudiante. No puedo, en este momento.

Una gota cae sobre la hoja y me doy cuenta de que es una lágrima. No sé si viene de la frustración, el malestar o la angustia de sentirme perdida.

—Bien, Clover, tú puedes —me susurro, leyendo de nuevo la pregunta, pero no funciona.

Los minutos pasan y mantengo la vista fija en la hoja mientras una mano va de mi estómago a mi cabeza. Voy a morirme por haberme bebido el vino como si fuese agua, esa es la conclusión a la que llego.

Hago profundas respiraciones para contener las náuseas y después de un buen rato parece que logro entender la primera pregunta. Es horrible tener que ser tan extensa, detallista y científica en la respuesta, porque pensar se siente como si tiraran de mi cerebro de un lado y otro; es doloroso, agobiante y también frustrante, pero consigo responderla. Luego paso a la segunda, pero no soy muy afortunada y el tiempo se acaba cuando estoy finalizando la tercera pregunta de seis.

Ni siquiera soy capaz de entregar las hojas, el profesor me las quita sin que yo lo mire, tengo la vista clavada en mi pequeño escritorio. ¡Mierda, mierda, mierda! Esto nunca me había pasado.

Me muerdo el labio inferior y las manos me tiemblan.

—Clover, ¿dónde mierda se supone que...? —dice Oscar, acercándose a mí, pero se detiene en cuanto alzo la vista. No sé cómo me veo, pero su enojo baja un poquito—. ¿Vas a llorar?

—Ya estoy llorando —susurro, y es muy posible que esté luchando contra la necesidad de hacer un puchero.

—Oh, amor. ¿Qué pasa? —pregunta Maida.

La amo, pero en este momento su voz, que tiende a ser de un volumen más alto de lo normal, no hace nada bueno por mi cabeza.

—¿Clover? Te odio, pero igualmente quiero saber por qué vas a llorar —me dice Oscar.

—Respondí menos de la mitad —explico con la voz rasposa; de verdad necesito agua—. Y no fueron respuestas respetables. Son acertadas, pero no lo que se espera. —Parpadeo intentando contener las lágrimas—. La cagué en la evaluación, Oscar, estoy jodidísima.

—Amor, pero tienes buenas notas en las otras evaluaciones —me consuela Maida.

—Pero esa no es la cuestión, Maida. Esto es horrible.

—Bueno, que te pasara esto no es lo único horrible, también lo es tu aspecto con esa resaca. Vamos, te dejaré llorar sobre mí mientras te digo cuánto te odio por lo irresponsable que has sido y por tener que abandonarte.

—Lo siento, Oscar.

—Te odio, Clover —es su respuesta—. Mucho.

Esta vez sonrío mientras toma mi mochila y se la cuelga del hombro. Maida enlaza su brazo con el mío cuando me levanto y no deja de decir que una mala evaluación la tenemos todos y que, aunque me bajará un poco el promedio, seguiré siendo de las mejores de la clase. Sin embargo, cuando apenas vamos por la mitad de camino, mi estómago me avisa de que no puede luchar más, así que me llevo una mano a la boca y corro abandonando a mis amigos en el aula mientras busco el baño más cercano.

—Clover —me llama un acento irlandés, pero no me detengo—. ¡Clover! ¿Piensas seguir escondiéndote? Pues vale, lo capto, quedamos así.

«¿Escondiéndome?». No pienso más sobre ello porque encuentro el baño y, gracias al cielo, hay unos pocos cubículos desocupados. Vomito en el inodoro sin ninguna vergüenza, pero con mucho asco. Siento que los órganos se me saldrán con cada profunda arcada y con todo el desperdicio que sale de mí. Lloriqueando, prometo en medio de la faena que no beberé más y pido perdón a Dios y a mi cuerpo.

Vomitar hace que me duela la cabeza hasta tales niveles que comienzo a fantasear con ser decapitada para no sentir nada más. Cuando solo me queda la desagradable sensación de expulsar la bilis, me noto ligeros espasmos y estoy débil y sudorosa.

Tiro de la cadena, apestando a vómito y con el alma queriendo escaparme del cuerpo, salgo del cubículo y voy al lavamanos. Me veo en el espejo y me encuentro que estoy horrible, con un aspecto enfermizamente pálido y el cabello encrespado y despeinado, además de mi vestimenta ridícula.

—Bueno, sabías que no te verías bien —masculló—. ¿En qué demonios pensabas cuando bebiste tanto?

Mi reflejo obviamente no me responde y si lo hiciese seguramente me insultaría, así que suspiro y me salpico agua fría en el rostro. Estoy tan sedienta que no puedo evitar reunir en mis manos un poco del agua del grifo e ingerirla.

—Sobrevivirás, Clover, lo harás —me aliento con voz temblorosa.

Como mis amigos no deben de saber a qué baño fui y para evitarles tener que ir a cada uno de la Facultad, me saco el teléfono del bolsillo frontal del suéter y lo desbloqueo. Estoy buscando a Oscar para escribirle cuando reparo en el número desconocido que me envió varios mensajes.

«Esta es la dirección de mi apartamento».

«Lógicamente soy Callum».

«Me encantó lo que sucedió hace unas horas,
y para aclarar: siempre me gustaron las notas».

Hay más mensajes en diferentes horas. En uno me preguntaba si tenía alguna alergia referente a la comida y en otro fue dulce y me dijo que no tenía que estar nerviosa porque no iba a pasar nada que yo no quisiera y principalmente quería que tuviéramos una conversación. Pero entonces yo no aparecí en su casa ni respondí sus mensajes… Bueno, eso es mentira, porque veo la única respuesta que le di pasada la medianoche y que no recuerdo haber escrito.

Clover: No puedo, lo siento.

Y su falta de respuesta me revuelve el estómago. ¡Joder! La cena con Callum.

Estuve en un buen ambiente con Edna bebiendo y bailando con música de su teléfono. Perdí la noción del tiempo y también la cabeza y la sobriedad. Y estoy segura de que, aun estando ebria, mi «No puedo, lo siento» se refería a que no puedo no tener miedo, pero se lee como si le dijera a Callum que no puedo con nada de esta situación.

Lo recuerdo hace unos minutos llamándome y las palabras que vinieron después, porque tiene la impresión de que siempre huiré o tal vez porque está muy enfadado.

Anoche de verdad que no pretendía huir. Sí estoy asustada y no sé muy bien qué haré con esto, pero me había armado de valor para ir, conversar y despejar la incertidumbre, solo que me emborraché y ahora Callum parece haberme sepultado junto con mis notas porque le dije que «no puedo» e ignoré sus intentos de hablar conmigo.

La cabeza me va a matar con tales pensamientos, así que, con el teléfono aún en la mano, me la sostengo.

—Clover, Clover, Clover —susurro, pero no suena ni la mitad de bien como cuando Callum lo dice.

Suspiro y me salpico otro poco de agua fría antes de salir a esperar a mis amigos, que me respondieron que ya están en camino, pero soy sacudida hacia atrás cuando tropiezo con un cuerpo duro y macizo masculino.

—Lo siento —murmuro al ver las dos marcas húmedas de mis manos en la camisa del pobre tipo con el que tropecé.

—Oh, tranquila, tú puedes tropezarte conmigo siempre que quieras.

De inmediato alzo la vista y me encuentro con unos ojos azules muy pálidos, un cabello rubio muy corto al estilo militar, un rostro de facciones suaves que nada tiene que ver con las cosas malas que he escuchado de él, y un rastro de barba lo endurece un poco: Bryce Rhode.

Por inercia retrocedo. No soy una persona que se deje llevar por rumores y chismes del campus, pero hay muchos sobre Bryce, y la manera en que me mira me hace sentir incómoda. Nunca nos habíamos topado tan de cerca. De hecho, no estoy segura de si alguna vez lo miré directamente, porque lo evito. No tengo interés en averiguar si todas las cosas que se dicen de él son ciertas; sé que el tráfico de drogas es verdadero, pero lo demás no lo sé.

—¿Te he dejado sin palabras, cosita sexi?

—Lo siento —repito, intentando irme, pero da un paso en la misma dirección y freno.

—¿Tan rápido te irás?

No respondo, en lugar de ello intento pasarlo nuevamente, y una vez más, me corta el paso.

Hoy no ha sido un buen día y todavía siento los estragos de la resaca, lo que se traduce en que mi humor es pésimo y mi paciencia escasa. Eso explica por qué frunzo el ceño cuando alzo la vista para mirarlo —es significativamente más alto que yo—, y me molesta aún más encontrar que me mira con diversión como si tuviera alguna broma privada consigo mismo.

—¿Cuál es tu problema? Déjame pasar.

—Mi problema es que eres linda de ver. —Sonríe y un escalofrío me recorre el cuerpo—. Sobre todo cuando pareces estarlo pidiendo a gritos.

—¿Perdona?

Baja la mirada y se detiene en mis pechos, haciéndome consciente de la falta de sujetador por las prisas por llegar a clase. No me toca, pero su mirada lasciva e invasiva me hace sentir atacada, así que inmediatamente me cruzo de brazos para cubrirlos.

—Te gusta tentar —murmura—. Lo lograste.

—¿Canela Pasión Oriental? —Escucho la voz de Maida, y me embarga un respiro de alivio al saber que ya no estoy sola o, al menos, que alguien de confianza está aquí.

—Déjame pasar —repito, pero odio que mi voz no suene firme, sino nerviosa.

—¿Qué tal si me dices un dulce «por favor», cosita sexi?

—¿Qué tal si te quitas de una vez? —interviene la voz seria de Oscar antes de empujarlo—. ¿Cuál es tu maldito problema?

—¿Cuál es el tuyo? —le responde Bryce con una sonrisa que no le llega a los ojos—. Vuelve a ponerme un dedo encima y…

—¿Y qué? —lo corta Oscar avanzando hacia él.

—No querrás averiguarlo, no te metas en algo que no es asunto tuyo. ¿O quieres que sea parte de esto, cosita sexi? —Esto último me lo pregunta a mí.

—No sé de qué me hablas —digo, y tomo el brazo de Oscar—. Por favor, vámonos, no me siento bien.

Oscar está tenso y por un momento dudo de que lo deje pasar, pero Maida lo toma del otro brazo y entonces él retrocede, apenas conteniéndose cuando Bryce me guiña un ojo y se hace a un lado para dejarnos avanzar.

No hablamos hasta que estamos lo suficiente lejos.

—¿Qué fue eso, Clover? —pregunta Maida con seriedad.

—Fue un mal rato, solo eso.

Mi respuesta no los aplaca, porque Oscar procede a decirme que debo irme a la otra punta de cualquier lugar si alguna vez vuelvo a toparme con

Bryce y también habla sobre destrozarlo si se atreve a ponerme un dedo encima. Asiento en acuerdo y les hago saber que no tengo ningún interés en estar cerca de él, que espero que ese encuentro de hace un momento quede en tan solo un mal rato, algo de una sola vez.

11

UN DÍA DIFÍCIL

Clover

—¿Quieres que te dé mi opinión, Clover? —pregunta Oscar.

Dejo de mirar a Callum, que está sentado sobre el capó de su auto conversando con un pequeño grupo de personas, y vuelvo mi atención a mi amigo. Debo esperar a que Oscar le dé una calada a su cigarrillo para que me mire.

—No, no la quiero —respondo, subiéndome el cierre de mi suéter, porque esta noche hace frío.

—Habla con él. No me van las cosas excesivamente cursis, pero sé que al principio, cuando metía la pata con Kevin, hablar era la solución.

—Es diferente.

—Sí, es diferente porque puedes arreglar esta situación más rápido de lo que yo lo hacía. —Da la última calada.

Lo observo dejar ir el humo por la nariz. Seguramente habrá alguien suspirando en alguna parte. Oscar es alto, está bueno, su piel tiene un color bronceado que atribuimos a la genética hispana y lleva el cabello bastante corto, casi diría que al estilo militar. Posee una mandíbula cuadrada y marcada que se ve infinitamente varonil sin necesidad de una barba, cejas gruesas, nariz recta y labios amplios. Los ojos color avellana le dan un toque especial. Tiene pinta del típico rompecorazones de las series que enamora a la protagonista tonta. Es un bombón, pero ni siquiera su belleza me hace no mirar una vez más a Callum.

Han pasado dos días desde el malentendido de mi borrachera. Sí, dos días de haber dejado plantado a Callum sin ningún tipo de respuesta y no haber aclarado esta situación.

Oscar, Kevin y Maida siempre han sabido que me gusta Callum, pero lo de las notas era algo que solo Edna conocía, por lo que ayer traté de ponerlos al día con todo. Percibo que los tres quieren empujarme a los brazos del Irlandés —los cuatro, si cuentas a Edna—, pero les he rogado que por favor no interfieran, porque, incluso si las personas quieren ayudar, es necesario que respeten tus decisiones y crisis emocionales aunque puedan parecerles tonterías.

Ahora nos encontramos en el estacionamiento de una de las áreas comunes de la OUON. Apenas son las siete, pero están reunidas unas pocas personas de la universidad pasando el rato. Ni siquiera hay música y cada quien costea su bebida. Vine porque Oscar me arrastró; Kevin no quiso venir porque prefería dormir —se quedó despierto hasta tarde mirando alguna serie y luego debió ir temprano a clases— y Maida está demasiado ocupada enrollándose en algún lugar de la universidad con Johnny, el de la última fiesta.

—Vamos a acercarnos, parecemos dos asociales o pretenciosos. Y soy pesado y un poco cabrón, pero pretencioso no.

—Pero es que Callum…

—Creo que Callum te quiere evitar a ti más de lo que tú a él.

Ay, es una de esas verdades que duele.

Tomados de la mano, mi amigo nos guía hasta el grupo de personas aglomeradas frente al auto de Callum. A la mayoría los conozco, así que nadie se extraña de que nos unamos a la conversación o, más bien, de que Oscar lo haga, porque yo solo miro a Callum.

Dios mío, ¿por qué me hiciste nacer idiota? Si hace unos días me sentía definitivamente positiva y estaba a bordo de hablar con él y ver lo que sucedía, ¿por qué el día de mierda que tuve después influyó en que no quisiera hacer nada y no aclarara las cosas de inmediato? Provoqué que un pequeño charco se volviera un pantano entero.

Podría haberlo aclarado todo, pero estaba ensimismada por el *shock* de la horrible evaluación que hice, la resaca espantosa, el escalofriante encuentro indeseado con Bryce y esa horrible voz en mi interior que me dijo: «Déjalo así, no se supone que Callum fuese de verdad para ti».

Tengo que hablar con él, disculparme, aclarar lo que ocurrió y decirle que dejé pasar los días por el miedo. Sin embargo, cuando abro la boca para pedirle que hablemos a solas, un chico que no he visto nunca en la universidad le pone la mano en el muslo y se inclina para susurrarle algo en el oído. Veo que Callum le sonríe y entonces la mano del chico sube un poco más. Si se moviera a la derecha le tocaría el miembro.

Antes, verlo en estas situaciones no me afectaba, pero ahora es diferente, siento celos y amargura, es algo que me es difícil de aguantar en este momento. No quiero verlo enrollarse con otro, pero no aparto la vista hasta que un brazo se posa por sobre mis hombros. Al alzar los ojos me encuentro la mirada de Oscar, a quien le doy el intento de una sonrisa.

—Incluso si la cagas, a ti nadie tiene que quitarte la sonrisa, Canela Pasión Oriental —susurra contra mi frente antes de presionar un beso.

—Gracias —respondo.

¿Por qué mi inexistente relación con Callum tuvo que volverse real? Consciente de que no quiero ver si las cosas se ponen calientes entre él y el chico de las manos sueltas, y sabiendo también que no es responsabilidad de Oscar tener que mantenerme entretenida, salgo del abrazo de mi amigo y le hago saber que iré a hablar con otros compañeros, lo cual no es mentira, solo que la conversación no es interesante y estoy incómoda en este lugar, por lo que poco después le escribo un mensaje y me voy caminando a mi residencia.

Es un trayecto considerablemente largo y con cada paso me es inevitable no pensar en que estoy teniendo unos días de mierda y un ánimo aún más mierda. Es una de esas veces en las que sabes que la solución está ahí, en tus manos, pero por alguna razón no sabes cómo afrontarla y te hundes un poco más con cada hora que pasa.

La noche es fría y me hace desear haber tomado un abrigo en lugar de un endeble suéter de lana. También me hace caminar más rápido con un deseo feroz de llegar a mi habitación y acurrucarme entre las sábanas suaves y calentitas.

El campus de la OUON siempre me ha parecido arquitectónicamente precioso debido a que sus edificios evocan el arte de Inglaterra del siglo XIV. Sin embargo, ha conseguido incorporar estructuras modernas que de alguna manera encajan bien. Tiene al menos un treinta y cinco por ciento de vegetación en sus jardines, lo que le da un toque de naturaleza y hace que caminar durante el día suponga un auténtico paseo que es incluso entretenido y durante la noche dé una sensación mágica, prestándose para inspirar al romanticismo. En cambio, esta noche en medio de mi caminata comienzo a sentirme inquieta, pese a que me concentro en decidirme sobre si debo insultarme, autocompadecerme o torturarme mentalmente por todo lo relacionado con Callum y porque ya no me mira.

—Hola —dice alguien detrás de mí, y luego ese alguien se pone a mi lado.

Me tropiezo. Cuando su mano me toma del codo para ayudarme a estabilizarme, me alejo de su toque tan sutilmente como puedo porque, aunque solo he escuchado su voz una vez hace dos días, el desagradable recuerdo aún está conmigo.

Me he ordenado no pensar en Bryce Rhode ni en mi encuentro con él fuera del baño, pero Maida me dijo más de lo que suponía de él: tiene una red de drogas bastante fuerte corriendo dentro de la OUON y está escalando rápidamente a niveles peligrosos. No es alguien con quien me quiera relacionar; aunque es atractivo y tiene unas fuertes energías de chico malo, su vibra es muy oscura y siniestra. Aparte, odié cada segundo de nuestra pasada interacción.

—¿Estás bien?

—Eh… Sí —respondo retomando el paso, y casi maldigo cuando se pone a caminar a mi lado.

Lo último que quiero es estar a solas con él. Ciertamente, comienzo a inquietarme.

—¿Estás fingiendo no conocerme? Porque sé que piensas mucho en nuestro encuentro. —Lo miro de reojo y descubro que sonríe con confianza—. Qué bueno es reencontrarnos, lo deseaba mucho.

No respondo, en lugar de ello me concentro en los escalofríos que me recorren el cuerpo y en acelerar el paso, porque soy consciente de que estoy sola y lejos de mis amigos. Lo que parecía una buena caminata nocturna ahora parece una muy mala idea.

Me sobresalto al escuchar su risa muy fuerte.

—¡Vamos! No seas odiosa, habla conmigo, cosita sexi.

—Lo siento, pero no tengo nada que decir.

—Apuesto a que sí y, si no es así, ¿qué tal si hacemos algo en lo que no tengas que hablar?

Los escalofríos aumentan cuando siento su mano rozar la mía, pero de inmediato me la guardo dentro del bolsillo del suéter y, de nuevo, se ríe. Un grito ahogado me abandona cuando su mano se cierra en mi brazo obligándome a detener el paso.

—¿Qué te parece si nos divertimos, Clover?

Siento que todo empeora cuando alzo los ojos y me encuentro con sus pupilas anormalmente grandes; van más allá de estar dilatadas. La sonrisa en su rostro podría resultar atractiva si no supiera el tipo de persona que es.

Intento retroceder, pero su mano me aprieta y me ocasiona dolor. Soy consciente de que un sonido lastimero escapa de mí y eso parece darle placer. Ubica su cuerpo a ras del mío, lo que me hace tropezar y casi caigo cuando intento retroceder otra vez.

—Creo que lo pasaríamos muy bien. —Su mirada me recorre y persiste en mi pecho—. Aún recuerdo cómo te veías sin sujetador, sueño con conocer tus tetas desnudas, imagino que son preciosas y muy generosas. Casi puedo verlas desbordándose de mis manos.

Me envuelve con un brazo por la cintura y me pega tanto a su cuerpo que percibo algo duro contra mi ombligo, lo que me hace sentir náuseas. Una vez más intento retroceder, pero el agarre que aún mantiene en mi brazo ejerce más presión, me hace daño.

—No quiero —logro decir, y trato de tirar de mi brazo, pero no me deja ir—. Por favor, suéltame.

—No se trata de lo que quieras… —Sus labios bajan hasta quedar muy cerca de los míos—. Aquí se trata de lo que yo quiero.

Desciende el brazo que me envuelve, lo que le da la oportunidad a su mano de tantearme el trasero, y su agarre se vuelve incluso más persistente y lastimero.

—Por favor, grita más fuerte —me exige sonriendo—, eso me la pone más dura, cosita sexi.

—Basta, basta, basta, basta —digo en voz baja. Odio sentirme tan débil y no poder hacer más.

—Te gusta esto, ¿verdad? —Toma más carne de mi trasero y siento que tendré arcadas—. Apuesto a que si te toco, te encontraré mojada. ¿Quieres que lo compruebe?

—Para —lloriqueo cuando su mano se desliza desde atrás hacia mi abdomen.

—Vamos a comprobar lo húmeda que…

—¡Clover! ¡Joder! Te estaba buscando, disculpa que tardara tanto en llegar. —Miro hacia donde proviene la voz y dejo ir una lenta respiración cuando veo a James trotar hasta nosotros—. Lo siento, nena, tardé más de lo que esperaba, pero ya sabes que *siempre estoy contigo*.

La mano de Bryce se aleja de mi abdomen, pero aún me sostiene el brazo de una manera muy dolorosa. Sin embargo, tras una larga mirada de James, soy liberada. No porque Bryce le tema al recién llegado, sino porque la situación parece aburrirle.

Me duele donde me agarró y estoy segura de que siento la marca de sus dedos en mi piel. Lucho contra las náuseas.

—Solo hablábamos, tal vez deberías ser más puntual la próxima vez y no dejarla caminar sola, James.

—Quizá ella podría caminar sola las veces que le diera la puta gana sin tener que preocuparse, ¿no te parece, Bryce? —responde James con una sonrisa tensa y tomándome de la mano—. Aclarado este encuentro tan inesperado, nosotros ya nos vamos.

—Ten linda noche, Clover. Espero verte otra vez. —Bryce se despide con la mano antes de girar y alejarse.

Aún estoy aturdida y afectada cuando James nos hace caminar en dirección contraria. Todo ha sido muy rápido, pero a la vez se ha sentido muy lento. Estaba paralizada por el miedo. Me doy cuenta de que así es como muchas veces reaccionamos ante el peligro, y luego nos dicen: «Idiota, ¿por qué no luchaste?». No lo entienden.

—¿Estás bien, Clover? ¿Te hizo algo?

—Estoy... —Pienso en decir «bien», pero no puedo—. Asustada. Me paralicé porque no lo esperaba y, aunque estaba aterrada y quería irme, no luché.

—Maldito bastardo, va vendiendo su basura podrida y, además, atosigando a mucha gente. Sé que tienes derecho a caminar libre como cualquier persona, pero, por favor, ¿podrías tener cuidado durante un tiempo? No me fío de él y siento que te miró demasiado, podría estar cabreado de que le corté la situación.

—Lo último que deseo es toparme nuevamente a solas con él —digo en voz baja—. Gracias, James.

—Puedes llamarme Jamie, y no tienes nada que agradecerme. —Me aprieta la mano que aún sostiene—. No iba a pasar de largo y fingir que no veía lo que pasaba.

—Me alegra que aparecieras.

—Me gusta correr de noche, me da tiempo para pensar, y es bueno que hoy también lo hiciera.

Me da una larga mirada y no puedo evitar desviar los ojos. Por algún motivo me siento avergonzada.

—No es tu culpa —me dice con convicción, y todo lo que hago es asentir.

—No es mi culpa —repito.

Caminamos en silencio lo que resta del camino hasta mi residencia y cuando llegamos me giro hacia él.

—De nuevo, muchas gracias, Jamie.

—Tranquila, todo está bien. Sube y descansa.

Asiento de nuevo y le doy un torpe abrazo de agradecimiento antes de ir a mi piso.

Cuando entro en mi lugar feliz descubro que Edna no está, lo que me da una sensación de soledad acompañada del miedo al imaginarme horribles escenarios en los que no reaccionaba para defenderme o huir y en los que Jamen tampoco llegaba.

Tomo una de las duchas más largas de mi vida, frotándome con fuerza la nalga donde estuvo su mano, y el brazo, que me duele. No lloro, pero siento temblores que nada tienen que ver con el frío y me reprendo un montón por no haber hecho nada, por haber permanecido paralizada. Cuando los minutos casi se convierten en horas, salgo y me pongo un pijama, me arrojo a la cama y me cubro con la sábana.

No apago la lámpara por una falsa pretensión de que así estaré a salvo de él y del recuerdo de lo sucedido.

Trago saliva al darme cuenta de que soy presa del miedo.

Edna me dice que debo levantarme para ir a clase, pero le respondo que hoy no tengo práctica y que, por lo tanto, no tengo clase a primera hora, así que me deja seguir acostada con las sábanas cubriéndome.

Regresa dos horas y media después insistiendo en que llegaré tarde a mi otra clase, pero le digo que no me importa y no salgo de las sábanas. Luego intenta obligarme a comer y le digo que no quiero. Me pregunta si me pasó algo y yo le contesto que no. Comienza a desesperarse y maldice luchando por quitarme la sábana, pero me aferro mucho y no lo logra.

Entonces opta por sacar la maquinaria pesada cuando vuelve a entrar en mi habitación y se aclara la garganta:

—Valentina quiere hablar contigo.

De inmediato me quito la sábana y me encuentro su teléfono con una videollamada de Valentina. Me veo obligada a tomar el teléfono, y luego Edna sale de la habitación cerrando la puerta detrás de ella, no sin antes fijarse en mi lamentable estado.

—Cariño, ese no es el rostro de un viernes —dice Valentina a través de la pantalla.

Quisiera sonreírle, porque siempre me hace feliz verla, pero no consigo los ánimos. Observo su cabello dorado y sus bonitos ojos azules y por un momento quiero llorar.

Es mi madrastra desde hace siete años y solo nos llevamos seis años. En un principio la odié porque pensaba que me quitaría a mi papá y que lo usaba, puesto que papá es veintidós años mayor que ella, pero un tiempo después me di cuenta de que genuinamente lo ama y que, aunque le encanta que le dé caprichos caros, también lo amaría sin ello. Valentina fue la figura «materna» que estuvo conmigo en muchos momentos y en parte se convirtió en una gran amiga y confidente. La amo y ella me ama a mí.

—¿Qué sucede, Clover?

Sé que si le cuento lo del encuentro a solas con Bryce, que aún me atormenta y que me tiene con los pelos de punta, no dudaría en correr y venir para cortarle las bolas o ser mi guardaespaldas personal, pero teniendo en cuenta que, de hecho, está embarazada, no parece prudente angustiarla. Además, me siento avergonzada por no haber forcejeado o haber hecho algo más que paralizarme.

Sin embargo, sí puedo hablarle de Callum, y ahí, acostada en la cama, en pijama, sin cepillarme los dientes y muy desanimada, le cuento todo lo referente al Irlandés. Ella me escucha y no me interrumpe. Mi voz está llena de emoción en las partes que todavía se sienten irreales y suena desanimada cuando le hablo del malentendido, de que me ignoró anoche.

—Y eso es todo.

—Clover, es realmente triste que tu mami muriera tan joven y sé que sientes una culpa profunda porque sucedió cuando te trajo al mundo, pero tu papá siempre me dejó claro que tu mamá estaría feliz de la mujer que eres y que una parte de ella se quedará en este mundo.

Nuevamente está aludiendo a su teoría de que me pongo obstáculos por el sentimiento de culpa de vivir experiencias que mi mamá no pudo tener.

—Por favor, no uses ese argumento, porque te estás lastimando, cariño. —Suspira cuando no respondo—. Quieres hablar con Callum y entiendo que tengas miedo, pero no puedes dejarle ganar. No has llegado tan lejos como para frenar ahora, ¿no? Dices que no planeabas decírselo, pero ¿no te gusta cómo se ha desarrollado todo, ahora que ambos están en sintonía? Él suena encantador, y me parece que un hombre que te esperó durante meses y que es tan apasionado sobre lo que te dice y hace, por más enojado que esté, no te dará una patada para sacarte de su vida y te pasará su siguiente *cuadre* por la cara.

—¿Su siguiente qué?

—*Cuadre, culito, resuelve, peor es nada…*

—No, aún no entiendo tu jerga venezolana.

—Su siguiente ligue. —Se ríe—. Tal vez solo estaba molesto y quería ver una reacción que le hiciera saber que te importa, porque quizá siente que es el único que está luchando por intentarlo y saber qué sucede entre ustedes. No todos tienen paciencia, Clover, y tienes que admitir que sentirse rechazado u olvidado duele.

—¿Qué debo hacer?

—Sabes lo que quieres hacer, solo me estás pidiendo a gritos que te lo diga, pero no lo haré, *señorita*. Piensa en si quieres quedarte postrada en esa cama o hacer lo que realmente deseas. —Me sonríe de manera alentadora—. Tengo fe en ti, *pequeñita*.

—Te amo, Valentina.

—Lo sé, yo también te amo.

No quiero centrar todo en mí, así que, cuando ya me siento mucho mejor, le pregunto sobre el embarazo. Espero estar para el nacimiento del bebé. Hablamos durante media hora antes de que la videollamada termine.

Respiro hondo y me digo que lo de Bryce no puede afectarme más, que no volverá a pasar y que si hubiese una próxima vez —que espero que no—, reaccionaré mejor. Así consigo finalmente salir de la cama, cepillarme los dientes en el baño y orinar, y luego voy a la habitación de Edna y me dejo caer en la cama a su lado en cucharita para poder abrazarla.

—Lo siento, tuve una mala noche.

—Eres muy mala —masculla girándose para estar frente a mí—, pero me preocupo por ti. ¿Estás bien, Clover?

—Estoy bien, gracias por llamar a Valentina.

—¿Qué sucedió?

—Es sobre el asunto de Callum —respondo, y tomo un mechón de su cabello para jugar con él.

—¿Solo eso?

—Solo eso, me afectó más de lo normal —miento, y espero estar haciéndolo bien.

—Siempre te he dicho que las pollas son para gozarlas, no para llorarlas y sufrirlas con un mal de amores —dice, y río por lo bajo—. ¿Qué pasa ahora con Callum?

—Lo visitaré esta noche —respondo—. Le debo una cena y una conversación.

—También le debes un orgasmo —agrega con una sonrisita, y se la devuelvo—. Hoy es viernes, ¿cómo lo harás para que no salga a una de las fiestas?

—Dios es grande y me salvará. —Le doy esta respuesta que sé que odiará y, en efecto, resopla.

—Dios seguramente está viéndote y diciendo «A mí no me metas en tus asuntos».

—Ya se me ocurrirá algo, o tal vez la vida actúe a mi favor y él esté en casa. Si llegase a ir a una fiesta, lo normal sería que cenara y luego saliera a una hora tardía, ¿verdad?

—Tiene sentido, es lo que la mayoría hacemos.

—Entonces ese es el plan.

—No te ofendas, nena, pero tienes un plan mediocre.

—Pero podría funcionar.

—Y seguramente lo hará, porque tu nombre te sentenció a una vida de fortuna. —Sonríe—. Eres un perfecto trébol de cuatro hojas… que necesita follar y ser follada. Ve y paga tu orgasmo a Callum.

—¿Me ayudas a cocinar la cena? Quiero algo genial.

—Vale. —Se queda en silencio unos segundos y luego su sonrisa crece—. ¿Te lo vas a follar?

—Es una cena y una conversación, Edna. ¡Controla esas hormonas!

—Sí, te lo quieres follar —sentencia.

Tiro de su cabello y la hago reír, pero al final me uno a sus risas.

—Me alegra que estés haciendo algo, Clover. Sé que puedes con la situación.

—Eso espero.

—Ya verás que sí, nena, y solo por curiosidad…

—¿Sí?

—¿Cómo están las cosas por allá abajo? ¿No hay mucho pelo? Porque no sabemos si hoy aterrizará un cohete en tu pista.

—¡Edna, por favor! —grito riendo—. Y ya te he dicho que tener pelos ahí es supernormal.

—Me sigue gustando más no tenerlos —asegura frunciendo los labios—. En fin, ve y enamora a ese hombre. Hazlo tuyo, nena.

No sé si voy a enamorarlo ni si lo haré mío, pero lo que sí sé es que esta noche no huiré y que finalmente Callum Byrne sabrá por qué me convertí en el trébol de las notas.

12

EL HERMANO

Callum

Trato de ignorar el sonido de los pasos de Michael mientras mantengo la vista clavada en el televisor, que está transmitiendo un nuevo episodio de las Kardashian, o al menos para mí lo es. Sobre la mesita frente a mí mantengo el portátil con una videollamada con mi hermana menor, Arlene.

—Oh, Dios, qué perra Kourt al decir eso —se queja mi hermana, y asiento de acuerdo con su opinión.

—Estuvo fuera de lugar, pero también creo que la provocaron —respondo, alternando la mirada entre el libro que debo estudiar para una de mis próximas evaluaciones, el televisor y el portátil. No pueden culparme si termino bizco.

—Pero ella acaba de actuar como una perra total y... ¡Joder! Kendall cada día parece más alta y guapa, puta envidia.

—Tú también eres superguapa —digo en modo automático.

Crecer con hermanas me hizo un experto en elogiar e insultar y estoy preparado para dar respuestas automáticas que las hagan sentir bien o que les duelan, todo depende de la ocasión.

—Pero no soy tan alta como Kendall Jenner.

—Pero eres alta, Arlene.

—Pero no tanto.

—Deja de compararte con cada figura pública que ves, por favor, que me atormentas con tus lamentos.

—Perro bastardo.

—Gusano malagradecido —respondo.

Ambos reímos y nos enfocamos de nuevo en nuestro pasatiempo y, en mi caso, en mi estudio.

—¡Oh, por Dios! ¿Acabas de ver eso, Call-me?

—¿Qué? ¿Qué pasó? —Vuelvo la atención a la pantalla.

La verdad es que no soy muy fan del programa, pero lo encuentro muy entretenido y ver las temporadas con Arlene hace que me conozca básicamente cada sucio detalle de la familia. Comenzamos a verlo en mi último año de instituto, pero cuando me vine de Irlanda, ella lloró a moco tendido que me extrañaría y le prometí que veríamos juntos a la distancia a las Kardashian y, como soy un hombre de palabra, aquí seguimos incluso cuando a veces tengo mucho que estudiar o si es viernes por la noche.

—Siento que Kris explota a sus hijas, pero la admiro totalmente. Solo suma cuánto gana con cada una de ellas y verás todo lo que han logrado.

—Pero esa pobre mujer no debe de dormir, al llevar una vida tan caótica —señalo, y cierro el libro para darle toda mi atención al televisor. Ahora solo alterno la atención con su rostro en la pantalla del portátil—. Veo a Khloe algo distinta ¿No te parece?

—Está guapísima, creo que se ha hecho retoques, pero no es algo de lo que ella quiera hablar, y si esa es su decisión no deberían atosigarla, aunque si yo consigo hacerme una rinoplastia y los pechos, aceptaré orgullosa los comentarios. «Miren lo muñeca que quedé, estoy orgullosa porque me siento feliz». Ay, casi puedo imaginar la descripción que pondré ese día con mi publicación en Instagram.

—Cuenta con mi «me gusta». —Le muestro el pulgar y ella sonríe—. Pero volviendo a Khloe, siempre me ha parecido auténtica y guapa —digo, mirando al televisor—, bien por ella si tiene el dinero y cirujanos para hacer lo que le venga en gana, y si eso le da más confianza o la hace feliz, no veo el problema, no le hace daño al mundo, o al menos no adrede.

—Las acusan de promover una falsa belleza natural y de crear estándares irreales de belleza.

—No lo sé, siento que les atribuyen demasiadas responsabilidades sociales. Sin duda, es un tema que no discutiré en internet, no quiero que me quemen.

Arlene asiente en acuerdo y continuamos viendo el programa. Mi hermana constantemente tiene algún comentario que hacer y, por supuesto, los complemento todos.

—¿De verdad siempre comen un bol de lechuga? —Suelto un bufido—. No me creo esa mierda, seguramente luego se comen otra cosa… ¿Y por qué Kim está llorando? ¿Qué me perdí?

—Ya deberías saber que Kim siempre llora.

—Cierto —concedo riendo.

Me concentro en mirar lo que resta del episodio y comentarlo con Arlene a la vez que trato de ignorar el caminar una y otra vez de Michael por su habitación. Sus pisadas son muy fuertes.

—¿Otro episodio? —pregunta Arlene cuando termina el que estábamos mirando.

—Lo siento, Lele, pero he consumido mi dosis saludable de Kardashian. Vamos a dejarlo para la semana que viene.

—Bien. —Bosteza y ni siquiera se preocupa en taparse la boca—. ¿Qué planes tienes para esta noche?

—Ninguno, no tengo ánimo para ir de fiesta.

—¿Por qué? Si parece que siempre estás celebrando algo. —De manera distraída juega con un mechón rojizo de su cabello.

A ver, ¿por qué no quiero ir de fiesta? Porque estoy como encaprichado con estar enojado por la situación con Clover. ¡Joder! Es que en un momento sentía que podía ponerme a cantar una canción de triunfo de Queen en una estupenda caracterización de Freddie Mercury y al siguiente sentía que tendría que buscarme un piano y fingir ser Adele mientras me lamentaba por haber sido dejado de lado, embarcado, pateado, plantado, olvidado y cualquier otra cosa parecida. Por último, parece que terminé, en mi mente, con *7 Things* de Miley Cyrus, pese a que no odio a los amigos de Clover ni pienso todas las cosas que dice la letra, pero la canción tenía buena energía para desahogarme.

Sí, sí, conozco las canciones de Miley Cyrus cuando aún era Hannah Montana —perdona el spoiler— por cultura general de Arlene y porque, ¡vamos!, *Hannah Montana* fue una serie genial, incluso papá puede admitírtelo. Él se sabe la canción completa de *Nobody Is Perfect* (tenemos prueba documentada de eso).

La cuestión es que estaba bastante entusiasmado con la cena cuando le envié la dirección. Pensé que no me respondió porque aún estaba asimilando el *crescendo* intenso del excitante orgasmo que tuvo cortesía de mis dedos, así que luego envié otro mensaje para que no enloqueciera y supiera que de verdad quería que conversáramos, y después envié otros mensajes con el paso de las horas. Sin embargo, cuando el hambre me atacó y me di cuenta del papel de estúpido que hacía esperando a alguien que no iba a venir, le escribí otro mensaje porque pensé que tal vez necesitaba un empujoncito y también la llamé. No estaba enojado, tal vez decepcionado o desilusionado, pero me dije que podríamos conversarlo, que quizá había sucedido algo. Eso fue antes de que llegara su vil y asqueroso mensaje con un «Lo siento, no puedo».

Verás, normalmente estoy de buen humor. Eso se debe a la familia con la que crecí, donde las risas siempre estuvieron presentes, pero también puedo cabrearme, y eso hice. Obligué a Stephan a volver a casa y atragantarse de comida conmigo mientras yo gruñía durante aproximadamente media hora, en un gesto muy digno de mi papá, quien siempre escribe la palabra «gruñido» en el chat. Stephan, aunque es un buen amigo, fingió que no pasaba nada, porque no le apetecía preguntarme por qué me habían plantado.

Me acosté e intenté adelantar en mi Kindle el libro sucio que aún tenía pendiente para discutir con Moira, pero fue todavía peor, porque leer cómo el protagonista le metía dos dedos a la protagonista solo me recordó a Clover, aunque yo no se los metí. Esto me llevó a dejar de leer y me puse a mirar el techo mientras rebobinaba los sucesos intentando entender si fui brusco o hice algo mal, pero, ¡duendes!, no hice nada malo ni nada que ella no aprobara. Fui muy atento no sobrepasando los límites que ella me daba, así que ¿qué mierda pasó?

Estuve de un humor horrible esa mañana, pero cuando vi a Clover caminando a paso apresurado, la llamé por su nombre con intención de aclarar las cosas, pero ella me ignoró como cuando ignoras que hay un plato sucio en el lavaplatos del que debes hacerte cargo. Me cabreé y fui un poco cortante al decirle alguna gilipollez de que lo entendía y lo dejaba así, pero ¡mentira! ¡Es una vil mentira! Porque no entiendo ni una mierda y no lo quiero dejar así.

Entonces comí con un grupo pequeño de personas y sentí que un duende me iluminaba. Uno bueno, esperemos que no sea uno que quiera tirarme de los pies mientras duermo para llevarme al infierno. No estoy preparado para sentir tanto calor... aún.

La cuestión es que concluí que las notas llegaban porque ella quería, pero en lo de tener un acercamiento un poco romanticón y bien pecaminoso, desde la fumada del porro y los besos hasta el orgasmo, yo había hecho el movimiento, le había enviado la energía de «Vamos a hacerlo» y eso la alentó. Así que me dije en un tono caprichoso: «¿Por qué no dejar que de verdad ella dé algún paso?». Correr detrás de alguien puede ser genial, pero cuando al final no disminuyen el trote para esperarte, comienzas a preocuparte y finalmente te cansas.

Las palabras de Jagger sobre que yo podría estar destinado a ser una ilusión parecieron de repente muy reales y acertadas. Sentí que me habían metido en la caja de un muñeco, donde no se me permitía jugar a cosas sucias y amorosas con la muñeca. No me gustó tal pensamiento fatalista, pero me dije que, si es así, «Continuamos con la vida, Callum», porque soy la clase de chico relajado que trata de simplificar los problemas y avanzar. No se sentía muy bien, pero eso fue lo que hice. Lancé las monedas de oro —metafóricamente, nunca regalaría oro. ¿Quién hace eso? Solo los multimillonarios de los libros o los reales— a su lado de la cancha, dejándole la oportunidad de buscarme si estaba interesada, y me enfoqué en otras cosas: leer el libro sucio y discutir el capítulo con Moira, asistir a una clase virtual de francés con Kyra, ver las Kardashian con Arlene, hablar con mis padres, socializar y seguir con mi vida.

Ver a Clover anoche en la pequeña reunión me sorprendió, aunque tiene sentido que fuera teniendo en cuenta que la mayoría eran personas de la universidad. ¿Sabes por qué coqueteé con ese tipo, con el que no iba a follar de ninguna manera? Porque leí una escena de celos en el capítulo del libro. Los celos son malos, pero a veces parecían el puñetazo de realidad que te hacían asentar la cabeza.

Bueno, no funcionó. De hecho, la hizo huir a otro grupo y me arrepentí. Con ese tipo fui únicamente amistoso y le hice saber que no nos íbamos a chupar las pollas como me había propuesto. No, no era que no se me fuera a levantar por nadie más que Clover o que tuviese difusión eréctil selectiva, sino que no tenía los ánimos ni las ganas, porque de verdad deseaba aclarar las cosas con Clover después de que dejara pasar tantos días. Bueno, tampoco tantos, pero es que para mí se siente como un montón de tiempo, porque recordemos que no soy paciente.

Pero Clover no ha venido a hablar conmigo ni siquiera para decirme dónde hubo un error o que hagamos ver que no pasó nada. Soy alguien que necesita cerrar los conflictos o se carcome la cabeza una y otra vez. Si no sé qué fue lo qué falló, no podré olvidarme de esto y decirme: «Ya está, mi niño, tú sigue con tu vida y déjalo estar».

Sin embargo, hoy es viernes, los días han pasado y no puedo dejar que esta situación inconclusa influya más en mi ánimo. Además, lo de Clover tiene que ser la indirecta más directa de que las cosas no dan, de que tal vez lo llevé demasiado lejos y que debí simplemente dejarla tranquila. Pues bien, pero entonces que ya no me envíe notas que me hagan desear conocerla todavía más. Punto final.

—¿Callum? —me llama Arlene, atrayendo mi atención—. Parecías ido, murmurando y mascullando.

—¿Sabes? Sí saldré de fiesta, la noche es joven, pero primero debo cenar.

—Diviértete y cuídate mucho, llamaré a Jacob. —Sonríe y frunzo el ceño.

—Pero te dijo que solo te la quiere meter y decidimos que es un imbécil con el que definitivamente no quieres tener tu primera vez.

—Sí, pero es divertido hablar con él, eso no implica que me la vaya a meter.

—¿Segura?

—Pues claro, ni siquiera dejaré que me la meta en la mano hecha puño. ¡Promesa!

—Vale, creeré en tu promesa, pero si te debilitas y sucede, no te juzgaré. Estoy aquí cuando quieras hablar. —Le lanzo un beso y ella finge atraparlo y plantárselo en la mejilla.

—Ahora ve y diviértete, nos vemos en nuestra cita con las Kardashian la próxima semana.

—Cuenta con ello.

—Y hablamos por teléfono. Te amo.

—Yo también te amo. Ya lo sabes, la polla de Jacob, ni siquiera envuelta en tu puño.

—¡Amén! —Sonríe antes de dar por terminada la videollamada.

Soy el único chico entre varias chicas. La mayor es Moira, con veinticinco años. Luego tenemos a Kyra, con veintitrés, seguida de mí, con veintiuno. Y después del descanso vino Arlene, con diecisiete años. Más allá del fastidio de compartir baño con tres chicas tan diferentes entre sí y lidiar con un montón de compresas y tampones, corazones rotos, cambios de humor extraños y a veces comportamientos muy malvados, crecer con chichas fue divertido y no me quejo de ello. Son buenas hermanas, y también locas. Sé que me aman y estamos muy unidos, nos tenemos confianza. Más que hermanos, somos mejores amigos, y considero que eso es muy valioso.

Para muchas personas somos una familia rara. Una vez nos acusaron de ser unos pervertidos que tenían sexo entre ellos —asqueroso—, pero es porque no todos tienen la fortuna de nacer y crecer en una familia donde la confianza es lo primero que te inculcan tus padres. Mis padres me criaron para que tuviera la firme convicción de que nunca me juzgarían, que ante cualquier problema o duda podía acudir a ellos, me hicieron sentir seguro con quién era y ser asertivo con lo que creía. Hicieron que las cosas que a otros les parecían vergonzosas para nosotros fueran algo normal, no un tabú.

Recuerdo que cuando Moira tuvo su primer sangrado, de hecho, mamá ya me había explicado un par de años antes que mis hermanas pasarían por tal proceso en la pubertad, así que estaba preparado para darle chocolates a mi hermana, ayudarla a cambiar las sábanas cuando las manchaba y dejarla acurrucarse conmigo cuando mirábamos una película y le dolía mucho el vientre.

Papá y mamá no tuvieron reparos en darme la típica charla sobre sexo, y cuando supieron de mi bisexualidad, recopilaron tanta información como pudieron para sentarse a hablar conmigo y hacerme sentir cómodo y aceptado.

Sí, en mi familia no estamos cuerdos, pero mientras que otros señalan que somos raros o que estamos mal, yo me siento feliz de formar parte de una familia que es transparente, practica la aceptación y siempre celebra los triunfos, además de abrazar y reconfortar en los momentos no tan buenos. Somos muy cercanos y es por ello por lo que, a pesar de que han pasado poco más de tres años, sigo nostálgico por verlos solo unas pocas veces al año.

Siempre los extraño. No importa si me llaman «niño de papá» o «niño de mamá», porque la verdad es que mi familia es una parte fundamental de mi vida.

Me sobresalto cuando las pisadas se detienen y suena un fuerte golpe, y luego un llanto horrible y doloroso comienza a oírse por el apartamento. ¿Qué mierda? Me pongo de pie rápidamente y voy a la habitación de Michael. Llamo a la puerta, que tarda mucho en abrirse.

Él finge que no estaba llorando, y yo pienso en si debo aceptar que finja o hacerlo hablar. No es que seamos amigos, pero Stephan y yo no podíamos pagar solos el alquiler de esta casa después de que Tyler se graduara el semestre pasado y, teniendo en cuenta que Michael, estudiante de Ingeniería y conocido de un amigo, estaba buscando piso, pareció un buen arreglo.

Hemos convivido y no es un mal tipo, excepto que nunca repone el papel higiénico cuando lo acaba y tiene el desagradable hábito de no limpiar la cocina después de usarla, pero hace unos batidos para morirse y un pollo al horno que me eriza el vello. Sin embargo, no somos amigos y no sé qué hacer en esta situación. Es obvio que es de buena persona ofrecer ayuda cuando la necesitan, pero también es bien sabido que a veces la gente solo quiere espacio y lo último que desea es abrirle el alma al compañero de piso que siempre le da la lata por no limpiar la puta cocina.

—¿Todo bien, Michael?

Abre la boca y parece que dirá algo realmente importante, pero luego la cierra y veo que traga saliva. También reparo en que tiene unas ojeras espantosas y está muy pálido, como tres tonos más pálido que yo, y eso es decir mucho porque yo soy una botella de leche con mucho sabor. (No desvíes los pensamientos, ser humano perverso, aquí no hay doble intención… O quizá sí).

Entonces recuerdo que lo sé. El último par de meses lo he visto reunirse con ese mierdecilla peligroso de Bryce Rhode y también lo he visto en fiestas, o de noche cuando salgo a correr, vendiendo droga que va más allá de la hierba y los alucinógenos. Me parece que es un movimiento estúpido por su parte, pero no puedo juzgarlo. Desconozco su situación, solo sé que finjo demencia porque cuando esta mierda explote —y lo hará, ya que no deja de crecer—, no quiero que me salpique.

Apuesto a que Bryce es más que un niño rico que quiere vender droga. Fuera de la universidad debe de tener respaldo, y toda su red de drogas está creciendo mucho. Michael está completamente metido en todo este desastre y, llámame cabrón, pero no extenderé la mano para caer con él, porque siempre he mantenido mis asuntos muy lejos de toda esa mierda.

—Estoy bien, Callum, yo… Hum, saldré a comer fuera y luego iré a una de las fiestas, te veo más tarde.

—De acuerdo. —Me hago a un lado para dejarlo pasar, y un sentimiento de empatía me embarga cuando lo llamo por su nombre—: Michael, eres un tipo inteligente y eres mejor que eso.

No me responde, se limita a darme un lento asentimiento antes de ir hacia la puerta, salir y cerrarla detrás de él.

Suspirando, vuelvo al sofá y le escribo a Stephan.

> **Callum:** tengo la sensación de que Michael está metido hasta el culo en cosas sucias y no del buen tipo

> **La gran perra:** Te admitió su mierda de drogas?

> **Callum:** no, pero lo escuché llorar

> **La gran perra:** mierda qué mal

> **La gran perra:** Deberíamos hacer algo? No quiero perder mi beca ni involucrarme en venta de drogas

> **La gran perra:** cuando todo estalle de verdad que no quiero asumir culpas que no son mías

> **Callum:** te entiendo, perrita

> **La gran perra:** se cargó su existencia el día que se metió en eso

Asiento como si pudiese verme, pero Stephan y yo somos tan idiotas y estamos tan en sintonía que seguramente él también lo está haciendo.

> **La gran perra:** cómo van las cosas con la chica trébol?

> **Callum:** no pasa nada

La gran perra: amigo! Te diría que le hiciéramos un entierro a tu polla pero esa es la cosa que no la estás enterrando en ningún hueco

Callum: Kyra dice que es importante escribir usando las COMAS

Callum: Y eres un vulgar que por eso no tendrá novia NUNCA

La gran perra: pero seguiré teniendo polvos?

Callum: Es posible

La gran perra: bien Me encanta!

Callum: cambio de tema

Callum: ¿A cuál de las fiestas irás?

La gran perra: A ninguna. Iré a un bar zorra

Río cuando no puedo evitar imaginarme a Kyra leyendo que Stephan no usó la coma final que cambia toda la oración, pero para fortuna de mi buen amigo, yo lo entiendo.

La gran perra: vienes?

Callum: envía la dirección

La gran perra: hombre! Sonamos como un ligue casual. Qué caliente

Callum: ¿Me estás diciendo que quieres que te la meta?

La gran perra: Por qué decidiste que sería un pasivo?

> **Callum:** porque se necesitaría que mordieras una almohada para no escucharte decir putas tonterías

La gran perra: eso es ofensivo

> **Callum:** tranquis, no deseo tu culo

La gran perra: qué bueno porque no te lo daré

Río y le doy otra respuesta ingeniosa, a la que él responde de una manera que me hace difícil dejar de reír y escribir con rapidez. Puede que este tipo sea imbécil, pero vamos a dejar claro que es mi queridísimo imbécil desde el primer día del primer año, cuando me dijo una cosa bastante estúpida y cuestionable, incluso aunque nunca hayamos tenido ni una sola clase juntos porque él estudia para ser odontólogo. Pero sí, el imbécil tiene una poderosa sonrisa.

Bloqueo el teléfono una vez he terminado de escribirme idioteces con Stephan, tomo mi portátil y voy directo a mi habitación. Dejo el ordenador sobre el pequeño escritorio, junto a una pila de libros. Mientras me estiro intentando desperezarme, me es inevitable no bostezar de una manera que le haría la competencia a un oso.

—Muy bien, vamos a ese bar a divertirnos —me digo.

Me saco la camisa y la lanzo a la ropa sucia que debo lavar mañana, y me vibra el teléfono avisándome de un nuevo mensaje, que descubro que es de Kyra.

Kyky: ¿Vemos un k-drama juntos?

> **Callum:** lo siento, Ky, pero Lele ya me exprimió con las Kardashian

> **Callum:** ¿Qué tal mañana?

Kyky: no puedo, tendré una cita

> **Callum:** ¡Stop, stop, stop! ¿Una cita?

Kyky: Sí, Callum, una maldita cita. ¿Es una abominación que tenga una?

Callum: eh, no… Es una abominación que salgas con otro tipo aburrido de traje que, valga la redundancia, te aburre

Kyky: no es cierto

Callum: ¡Objeción, señor juez!

Callum: siempre sales con ese tipo de hombres, pero bah, cuídate, ya me cuentas luego qué tal va la cita

Kyky: ¿Y si vemos el k-drama el domingo?

Callum: pero solo un par de horas, debo estudiar

Kyky: no prometo nada

Arrojo el teléfono a la cama, pero lo tomo nuevamente porque decido responder los mensajes pendientes. A medida que avanzo, me doy cuenta de que de verdad tengo un serio problema con coquetear, lo hago tanto como respirar. Aunque pienso que es inofensivo, alguien podría tomárselo demasiado literalmente, al menos hasta que me conozca bien y sepa que es parte de mi personalidad.

Cuando decido proseguir con mis planes de ducharme, llega un mensaje de Moira.

Moi-moi: Ven a follarme

Callum: ¡Qué puto asco! Te bloquearé por incestuosa

Moi-moi: JAJAAJAJJA LO SIENTO

Moi-moi: me he equivocado, eso no era para ti

Moi-moi: reenviaré el mensaje

Callum: ¿Cómo es que eres tan estúpida?

Pongo los ojos en blanco porque así es Moira y casi siempre envía mensajes equivocados a las personas incorrectas. Ahora sí que lanzo el teléfono a la cama y lo señalo.

—Déjame darme una ducha, bebé —le digo a mi móvil—, porque este cuerpo se va de fiesta y a beber como me pide mi sangre irlandesa.

Pero el timbre de casa suena. Mascullando una maldición, camino hasta la sala y voy directamente a la puerta, esperando no cegar a alguien con mi pecho pálido ni revolotearle las hormonas con el resultado de un arduo trabajo de entrenamiento en el gimnasio. Pálido sí, pero flacucho no. No es que tenga nada en contra de los hombres flacos, porque me he enrollado con muchos, pero este cuerpo irlandés no es conocido por la falta de abdominales.

—¿Qué se te ofrece? —pregunto a quienquiera que haya venido de improvisto.

Estoy seguro de que mis cejas nunca habían subido tanto en mi rostro, porque esto tiene que ser algún sueño loco donde Clover se aparece con una bolsa que desprende un olor delicioso, pero ¿por qué está vestida si este es mi sueño? Qué decente es mi subconsciente, dándome un sueño con personas con ropa.

—Espero que tengas mucha hambre.

—¿De qué tipo de hambre hablamos? —pregunto, y extiendo una mano para darle un pequeño pellizco en la mejilla, que le hace emitir un gritito.

—¿Por qué hiciste eso?

Casi me río, pero me aclaro la garganta y me hago a un lado para que pueda pasar en caso de que quiera hacerlo.

—Solo confirmaba que esto no era un sueño.

—Pues para eso debías pellizcarte a ti mismo.

—¡Ups! Supongo que olvidé ese detalle.

—¿Me dejarás entrar, Callum?

—Solo si realmente quieres hacerlo. —Hablo con seriedad, diciendo en pocas palabras mucho más.

Solo si no piensa huir. Si me dará respuestas. Si nos permitirá una conversación. Si admite que aquí hay algo.

—Sí que quiero, Irlandés.

13

LA CANCIÓN

Clover

Trato de no dejar que los nervios me invadan mientras Callum me mira cuando saco las bandejas llenas de comida, que impregnan su casa de un olor francamente bueno. Debido a que me salté la hora del almuerzo para ir a comprar los ingredientes frescos para la cena y descubrir cómo seguir la receta sin arruinarlo junto con Edna, solo compartí una taza de cereales con mi amiga, pero eso es bueno porque tengo mucho apetito y deseo devorar toda mi obra maestra.

—Eso huele bastante bien —comenta Callum ahora que voy quitando las tapas a las bandejas.

—Qué bueno que te lo parezca, porque no ha sido nada fácil de cocinar.

Subo la mirada y trago saliva porque nunca lo había visto cerca sin camisa, solo lo había visto de lejos varias veces cuando él había salido a correr. Su piel es pálida, parece satinada, sus pezones rosa pálido están perforados y tienen una barra en cada uno y luego hay toda una extensión firme de abdominales definidos con un rastro de vello rojizo que empieza debajo de su ombligo y se pierde en el pantalón de chándal, que cuelga de sus caderas y me permite ver la cinturilla de su bóxer. Le presto suficiente atención como para descubrir que también tiene un rastro de pecas dispersas en uno de sus oblicuos.

—Qué descarada eres —dice, y de inmediato mis ojos vuelven a los suyos.

Su actitud es seria, pero creo ver un brillo en sus ojos que me hace difícil determinar si está muy molesto o si puede darme tregua y una oportunidad.

—¿Qué tal si buscas unos platos y utensilios para que podamos comer? No quiero que la comida se enfríe. —Me detengo un instante—. También podrías ponerte una camisa en el proceso.

—Iba a ducharme.

La aclaración no hace nada por mejorar las cosas, porque tengo una imaginación muy vívida que parece no descansar nunca, y sus palabras han puesto esa imagen en mi cabeza. No sé qué refleja mi rostro, pero una de sus cejas rojizas sube, y se muerde el labio inferior.

—Iré a tomar una ducha veloz y luego buscaré lo necesario para servirnos la comida. —Hace una pausa—. ¡Por los duendes irlandeses! Definitivamente debo tomar una ducha muy rápida, porque esa comida huele como el cielo.

Sonrío y creo que quiere devolverme el gesto, pero en última instancia se gira y se aleja por un pequeño pasillo, dejándome sola con un profundo suspiro.

—De acuerdo, no está yendo tan mal —me digo.

Vuelvo a tapar las bandejas de comida para que mantengan la temperatura. Aunque Callum se dé una ducha bastante corta, me siento inquieta, así que no puedo evitar pasearme por la sala de lo que es una bonita casa.

No hay mucho que ver, pero igualmente quiero explorar: un televisor de pantalla plana considerablemente grande cerca de un sofá, una amplia mesita, unos cuadros que no combinan en las paredes y un minibar con unos pocos licores. Luego hay un pasillo, que supongo que conduce a la cocina, y otro pasillo, por el que Callum desapareció, donde se vislumbran dos puertas que se encuentran cerradas.

Sé que mis notas podrían hacerte pensar que estaba muy atenta a Callum para averiguarlo todo de su vida, pero la verdad es que no es el caso, así que desconozco si Callum vive solo, pero lo más probable es que, como otros tantos estudiantes, comparta casa. Hasta hoy —bueno, hasta que me envió su dirección hace unos días— no me había enterado de dónde vive, que no es más que a unos veinte minutos caminando de la universidad.

Voy a la ventana y estudio las calles. Parece que hay otros universitarios en unas pocas casas cercanas y siento pena por los vecinos, porque, incluso si somos buenos y no tenemos intención de causar caos, tendemos de alguna manera a ser ruidosos en la calle, al menos los viernes. Un ejemplo de ello son tres bonitas mujeres riendo demasiado alto y gritando mientras caminan hacia un auto que las está esperando.

Me vibra el teléfono en el bolsillo del pantalón y al sacarlo descubro que se trata de Kevin.

—Oye, estamos yendo a una noche de karaoke en un bar. ¿Quieres venir?

—Paso, no puedo.

—¿Qué? ¿Por qué no puedes? No es como si tuvieras muchas cosas que hacer. —De fondo escucho la risa de Oscar ante sus palabras, porque le encanta cuando Kevin es cruel, sobre todo si es conmigo.

—Ah, pues fíjate que tengo un montón de cosas que hacer —respondo con voz más alta.

—¿Estás segura? Porque podrías estar en tu habitación estudiando. Además, Oscar dice que no se cree las razones por las que no fuiste hoy a tus clases.

—¿Cómo le fue a Oscar con su cadáver?

—Él dice que fue excelente, le tocó hacer equipo con un chico vago, pero la otra chica es aplicada. Pero, volviendo al tema, ¿vienes al bar?

—Acabo de decirte que no puedo.

—Pero es que pienso que mientes, dime por qué se supone que no puedes.

—Bueno, ¿quién se supone que eres en este momento? ¿Un novio tóxico que no sabía que tenía? —pregunto, y suelta una breve risa.

—Llamarme «tóxico» no me desvía de querer una respuesta.

—Vine a solucionar unas cosas.

—¿Qué cosas?

—¡Dios mío! ¿Siempre has sido tan chismoso?

—Ah, ahora me llamas «chismoso» para atacarme con tu veneno, no me ofende.

—Aquí están los platos y utensilios —dice la voz de Callum desde la mesa, y me hace dar un pequeño salto de la sorpresa.

—Oh, por el dios de los putos —exclama Kevin a través del teléfono—. ¿Te estás saboreando a Callum Byrne?

—No, no, por supuesto que no.

—Seguramente lo está haciendo —escucho decir a Oscar—. Ya era hora de que dejara de actuar como una desgraciada.

—Dile que yo no actuaba como una desgraciada —me quejo.

—Canela Pasión Oriental, sí lo hacías. —Kevin se ríe—. Te dejaré disfrutar de tu faena, pero luego espero detalles.

—¿Crees que le dará el culo como decía en su famosa nota? —se burla Oscar de fondo.

¡Maldita sea! Esa información ni siquiera se la di yo. Ayer, mientras almorzábamos junto con Edna y me hacían volver a la realidad, ella lo mencionó y ahora Oscar se aferra a ello como una especie de salvavidas para joderme la vida.

—Tal vez no el culo, pero sí le aceptará la polla en la boca —le responde Kevin—. Al fin y al cabo, la muy sucia pedía detalles de lo que le hice a Callum.

—Ustedes dos cállense ya —mascullo—, y ahora voy a colgar.

Y lo hago, pero, muy a mi pesar, estoy sonriendo por la conversación con mis amigos. Sería imposible no amarlos con sus locuras y rarezas.

Me giro y camino hacia Callum, que ahora va vestido con un pantalón negro ajustado y una camisa igualmente negra de mangas largas. El cabello, como siempre, lo lleva despeinado, pero con menos volumen porque está húmedo. Cuando estoy cerca, al respirar hondo percibo el delicioso olor de un champú masculino y de su perfume, que es embriagador.

—Kevin y Oscar me invitaban a un bar —digo para llenar el silencio mientras abro de nuevo las bandejas con comida.

—Ese era mi plan, iba a encontrarme con Stephan allá.

—Oh, no tienes que quedarte a cenar, puedo irme…

—No renunciaría a una comida que huele tan bien y que se ve tan increíble. ¿Qué es exactamente? No luce sencillo, parece algo que requiere trabajo.

—*Coq au vin* —respondo, y él asiente muy lentamente. Río—. Es un plato francés, básicamente es pollo a la cazuela con vino tinto.

Necesitamos mucha paciencia y esfuerzo para hacer tal plato. Hubo un momento en el que quise arrojarlo por la ventana y salir corriendo, pero por suerte me logré contener y estoy feliz con el resultado.

—Qué impresionante. —Es lo que dice con genuina sorpresa en su expresión.

—Podría restarle importancia encogiéndome de hombros, pero la verdad es que sí fue muy impresionante que no mandara todo al carajo y me diera por vencida con este plato de comida pretenciosa.

Una pequeña sonrisa aparece en su rostro mientras toma asiento en una silla y luego saca la otra haciéndome una invitación silenciosa que no dudo en aceptar. Sin decir nada nos servimos el pollo, las papas al vapor y los espárragos horneados.

Lo veo comer el primer bocado del pollo y dejo ir una respiración profunda de alivio cuando suspira de satisfacción. Valió la pena tanto estrés. Pruebo un poco de mi propia porción y mis ojos se cierran en deleite. ¡Demonios! Posiblemente sea lo mejor que Edna y yo cocinaremos en toda nuestra vida.

—Creo que esto iría bien con una botella de vino —dice, y comienza a ponerse de pie, pero le tomo la muñeca y, cuando baja la vista, sacudo la cabeza en negación.

—El vino en este pollo es todo lo que puedo tolerar. Una botella de vino o, mejor dicho, dos botellas de vino fueron lo que enfriaron las cosas entre nosotros.

No creo que entienda a qué me refiero, pero vuelve a sentarse y continúa comiendo. Cada bocado se siente como el cielo, pero hay que admitir que es un poco incómodo todo el silencio que nos envuelve. Lo miro de reojo y veo que se mantiene concentrado en su comida.

—No quise dejarte plantado. —Rompo el silencio cuando ya llevamos más de la mitad de la cena.

Me limpio los labios con una servilleta y tomo una de las botellas de agua que trajo hace unos momentos. Cuando me giro hacia él, toda su atención está en mí, o al menos lo está después de pasarse una servilleta por las esquinas de los labios.

—Te envié varios mensajes. Incluso si no querías venir o sentías que no podías, podrías haberlo dicho inicialmente o en algún momento cuando se hizo muy tarde. —Su entrecejo se frunce—. Al igual que tú has hecho hoy, me dediqué a hacer la cena, eché de casa a mis dos compañeros de piso y luego esperé… Esperé bastante rato e, incluso cuando parecía obvio que no vendrías, seguí esperando.

—Lo siento. —Me lamo los labios haciendo tiempo para ordenar las palabras que quiero decir—. Yo… estaba en una nube.

—«Una nube» —repite.

—Estaba en una nube después de lo que pasó entre nosotros.

—Cuando te corriste.

—Exacto. —Concentro toda mi determinación en mantener su mirada—. Pasé todo el día en una nube, pero mis pensamientos eran caóticos, todo se sentía irreal. Luego, al entrar en mi residencia me encontré con mi amiga Edna y al llegar a casa conversamos y bebimos.

»Normalmente tengo control sobre la bebida, pero nos dejamos llevar. Una botella se convirtió en dos mientras hablábamos y pasábamos el tiempo juntas. —Él no dice nada, así que sigo—: No sé cuándo perdí el conocimiento, solo sé que me quedé dormida y me desperté por una llamada de Oscar. Tuve una mañana horrible e incluso fallé una evaluación, y cuando dijiste mi nombre y esas otras cosas en el pasillo, ni siquiera sabía de qué hablabas. Mi único objetivo era llegar a un baño antes de que me avergonzara vomitando en público.

»Después de pensar que me moriría echándolo todo en ese baño, pude leer tus mensajes y me sentí muy mal al darme cuenta de que te había plantado.

—¿No te acordabas de que habíamos quedado?

—Estando sobria sí lo recordaba. De hecho, lo esperaba con ganas porque tenía curiosidad sobre cómo irían las cosas, pero estando ebria supongo que muchas cosas se me escaparon y al día siguiente me sentía tan mal que ni siquiera quería pensar.

—Las resacas son una mierda.

Asiento de acuerdo y giro del todo mi cuerpo para mirarlo de cara, y él imita mi gesto.

—Leí tus mensajes y vi mi respuesta, siento que se leyera tan mal.

—Lo hizo, te esperé durante horas, y que llegara ese mensaje me hizo sentir como la mierda, porque incluso parecía que me hiciste esperar varias horas por un encuentro al que siempre supiste que no llegarías.

—Lo siento. —Odio sonar repetitiva.

—¿Hay una explicación para ese mensaje?

—Pese a estar ebria, creo que sé a lo que me refería con ese «Lo siento, no puedo». El mensaje correcto debería ser: «Lo siento, no puedo no tener miedo». Porque estaba algo asustada de reunirnos, pero sí quería, en eso soy honesta. Había decidido venir.

—¿Terminaste de comer? —pregunta, descolocándome por el cambio de tema.

—Eh… Sí, puedes meter en la nevera lo restante, mientras esté sellado no se pondrá mal.

—Bien, estoy seguro de que no durará demasiado cuando Stephan lo descubra.

Me pongo de pie igual que él. Mientras recoge los platos que ensuciamos, yo cierro las bandejas y lo sigo hasta la cocina, que no es muy grande pero está limpia.

—¿Stephan, el tipo de la otra noche?

—Sí, el que interrumpió nuestra sesión de besos —responde, dejando las cosas en el lavavajillas—. Además de ser un gran amigo, diría que el mejor, es mi compañero de casa. También vivo con Michael.

Suspira, se gira y se apoya en la columna de la pared que hay detrás de él. Es una postura distractora, porque al tener los brazos cruzados hace que sus bíceps capten toda la atención junto con su atractivo rostro.

—¿Por qué no me diste toda esta explicación esa mañana después de que vomitaras tus entrañas?

No respondo de inmediato. En lugar de ello bajo la vista a mis zapatos y luego veo que los suyos se acercan hasta que se detienen frente a mí. Sus dedos me toman de la barbilla, instándome a alzar la vista para encontrarme con sus ojos.

—¿Por qué? —vuelve a preguntar en un tono más suave.

—Porque pensé que era una especie de señal de que podía conservarlo como un bonito recuerdo y no como algo que no funcionó —confieso—. Te escribí la primera nota porque te quedaste en mi cabeza desde que me ayudaste a levantarme del suelo. Además de atractivo, me pareciste alguien con una personalidad muy difícil de olvidar.

»Porque no me di cuenta de que te miraba en clases y porque cuando hablamos en breves conversaciones o me mirabas había una emoción que podía reconocer. —Me lamo los labios, y su vista baja antes de volver a mis ojos—. Te escribí esa nota porque, tal como te dije estando ebria, te había visto y nuestras miradas se cruzaron…

—Y mientras tú me follabas con la mirada, la mía fue amistosa —cita la primera nota que le escribí, y eso hace cosas locas con los latidos de mi corazón.

—Bueno, sí. —Río por lo bajo y luego veo que sus labios se estiran en una pequeña sonrisa—. Te vi esa noche en una fiesta y sentí una inquietud, quería que me vieras y sabía que no lo harías, porque tu lengua estaba en la boca de un chico…

—Razón por la que me invitaste a meterte la lengua en la boca —me interrumpe.

—Te escribí tonterías.

—Sobre ponerte la polla en la boca y que lo de metértela en el culo podíamos negociarlo.

—Y al día siguiente, después de entrar en crisis pensando que vendrías a preguntarme si estaba loca —continúo, ignorando adrede sus palabras anteriores—, recordé que había sido anónima y se sintió bien, me sentí ligera. »Mi plan no era escribirte más notas, pero cuando llegó San Valentín pasé por tu auto y no pude evitarlo. Aunque no sabía si las leías, seguí haciéndolo. Te prometo que no pretendía seducirte ni iba con otras intenciones, pero por sorpresa en este San Valentín todo cambió: te acercaste, nos besamos y luego vi las notas. Cuando vi el informe, estaba tan nerviosa que ni siquiera me enfoqué en el hecho de que Jagger decía que estabas feliz de que fuese yo.

—Porque esa era la absoluta verdad.

—Todo ha sido inesperado, Callum. Salí de una relación hace poco más de tres meses, estaba feliz con mi soltería y, aunque me gustaras, no nos imaginaba en un escenario más que amistoso.

—¿Quiere decir eso que no fantaseabas conmigo? —Dos de sus dedos atrapan un mechón de mi cabello.

—Esa no es la cuestión —digo llevando una mano a su pecho para mantener una mínima distancia entre nosotros—. Era una soltera feliz que no soñaba con tener algo contigo, no creía que los besos y los orgasmos fuesen una posibilidad real. Así que estoy asustada porque en mi vida siempre trato de llevar un esquema, no me gustan las sorpresas y, sobre todo, no puedo no tener miedo pensando que esto podría ser un error. —Me da toda su atención y paraliza el movimiento de sus dedos en mi mechón de cabello—. Eras un amor platónico. Eras como una luna a la que admiraba pero que no podía sostener.

—Pero hoy bajo tus manos sientes el pecho de esta luna —murmura, y sus palabras me hacen estremecer.

—Tengo miedo de decepcionarme porque no sé exactamente qué pasa, pero tampoco quiero quedarme sin averiguarlo. Quiero salir corriendo, pero también quiero quedarme y ver qué sucede. Tengo miedo de que no seas la luna que imaginé, pero me da todavía más pavor que seas incluso mejor, porque lo que imaginé ya es muy bueno.

—Creo que tengo derecho a que te des una oportunidad para conocerme —dice, y su mano libera mi mentón para posarse en mi mejilla—. Clover, te estuve buscando.

Y entonces Callum hace la cosa más inesperada de la noche: canta.

You're the voice I hear inside my head
The reason that I'm singing
I need to find you
I gotta find you
You're the missing piece I need
The song inside of me
I need to find you
I gotta find you.

Dos cosas me impactan. La primera es que ¡por supuesto su voz es enronquecida! Canta bastante bien. Y la segunda:

—¿Acabas de cantar *This Is Me* de Camp Rock?

—Lo he hecho. —Sonríe—. Eres esa voz y eres esa chica.

Decir que estoy sorprendida es quedarme muy muy corta. Tengo el presentimiento de que Callum no es como lo imaginé: podría ser infinitamente mejor.

14

EL COMIENZO DE LA NOCHE

Callum

Clover es una mujer con una belleza que tiende a considerarse exótica y que percibes desde el primer momento en el que la ves, o al menos así me pasó a mí. Después de saber que su cerebro era el autor de las notas, ante mis ojos ella se volvió incluso más preciosa. Una Clover sorprendida sigue viéndose igual de bonita y me sigue pareciendo hermosa, aunque es un poco gracioso que le impacte que esté tan metido en todo el asunto de las notas y todo lo nuestro. Aunque, bueno, eso tiene mucho que ver con que hasta ahora estamos abordando el tema por primera vez y quizá es el momento de hacerle saber a mi trébol el poder que sus palabras han tenido en mí y de verdad cuánto estaba esperando este momento.

Y a pesar de que hay leyendas en la universidad sobre mis amoríos, ahora estamos en un presente en el que estoy dispuesto a todo.

—Desde la primera nota me hiciste sonreír —le digo, adentrando mis dedos en su cabello y peinándolo—. Sí, estaba muy sorprendido y pensé que era cosa de una vez. Incluso cuando llegó tu segunda nota pensé que eso era el final, pero tus notas siguieron llegando y de alguna manera descubrí el patrón de las fechas especiales. Me diste otras razones para esperar las notas, siempre me preguntaba qué podrías decirme y a veces estaba enojado de que no vinieran más seguidas. Te volviste mi trébol y creía que si investigaba quién eras la magia se iría y me caería algún tipo de mala suerte. Sí, es un cliché irlandés creer en esas tonterías, ¿verdad?

—Pero me investigaste, aun así lo hiciste.

—No exactamente —aclaro—. Durante mucho tiempo no supe quién eras… Hasta que vi un examen parcial tuyo. Había leído tantas de tus notas que conocía tu letra, pero fue tan rápido que no estaba seguro.

»Lo fui descubriendo a medida que te veía y conversábamos un poquito más, y, de hecho, la idea de que fueses tú me encantaba, me fascinaba. —Hago una pausa y le acaricio el pómulo con el pulgar de la mano que mantengo en su mejilla—. Debes saber que desde que te caíste de culo aquel primer día y te ayudé a levantarte, hay dos cosas de ti que se quedaron conmigo.

—Mi caída escandalosa y que la mano me sudaba.

No puedo evitar reír y, muy a su pesar, ella termina sonriendo por su propio ingenio para responderme.

—Esas cosas también me impresionaron, pero me refiero a otras dos.

—¿Mis tetas y mi culo? —Ahora sus cejas se arquean y me muerdo el labio inferior antes de poder hablar de nuevo, porque quiero reírme.

—Eso sin duda es memorable, pero inicialmente me refería a tu nombre y al hecho de que me pareciste hermosa, y después vislumbré algo de tu personalidad.

»Sé que seguramente has escuchado rumores de mí. Bueno, seguramente también has visto suficiente con tus seductores ojos, por lo que sabrás que no era un tipo que se quedara a admirar a alguien y no avanzara con otros. Suena terrible, pero no me puedo disculpar por ello porque fue lo que fue, no se puede cambiar. Todas las personas con las que me lie sabían que más allá de un rollo no pasaría nada. —Me encojo de hombros.

»Estuve meses intentando convencerme de que no debía confirmar que tú eras mi trébol. —Hago una pausa muy breve—. Pero en algún punto no pude resistirme más y acudí a Jagger. Solamente le pedí una confirmación o negación y te prometo que no invadí tu privacidad... Bueno, también quería saber tu edad y tus ascendencias, porque es que tu piel y tus rasgos, Clover, me encantan.

—Iraní y brasileña —musita ella en voz baja, con los ojos fijos en los míos. Estamos tan cerca...

—Lo sé, sabía que tenías alguna ascendencia árabe, porque te vi callar a un idiota racista, pero desconocía lo de tu sangre brasileña y tampoco sabía que era específicamente Irán el lugar bendito que te trajo al mundo.

—Me trajo al mundo mi mamá —dice con un toque de burla, lo que me hace poner los ojos en blanco.

—Sí, bueno, sé que ya me entendiste, chica tonta.

—¿Qué pasó después de que Jagger te lo confirmara?

—Tenías novio y yo no podía ser un patán irrumpiendo como si nada. No soy un hombre ejemplar, pero tengo mis principios. Aunque él no me gustara y tuviera celos, simplemente no podía llegar fingiendo ser el dueño de tu vida o algo así. Era una cuestión de respeto hacia ti y tus decisiones.

—Dices eso y yo...

—¿Y tú? —la insto a continuar.

—Y solo pienso que no dejas de sorprenderme —concluye, pero intuyo que iba a decir algo mucho más interesante y halagador.

—Finalmente los duendes irlandeses me sonrieron, porque tu molesto novio ya no estaba. Sin embargo, fui demasiado inocente e ingenuo, porque pensé que en algún momento te sentirías lista de decírmelo…

—Creo que no iba a hacerlo, Callum —confiesa—, por la misma razón de que no pensaba convertirlo en realidad. Además, las cosas que escribí… ¡Diablos! ¿Quién querría hacerse responsable de eso? —Ríe y sonrío.

—A mí me encantaron, y todo lo que quería era que lo admitieras, pero no pasaba. Este San Valentín no tenía muy claro qué haría, pero sabía que deseaba hablar más contigo, conocerte más allá de un saludo casual y una conversación trivial, pero las cosas se pusieron un poco locas.

—Muy locas.

—Lo de subirnos a mi auto y compartir un porro de verdad que no entraba en mis planes. De pronto estábamos en mi auto y pensé en tus notas, en lo preciosa que estabas, en lo mucho que quería acercarme a ti, en cuánto deseaba que me lo dijeras. —Hago una pausa porque siento que me he puesto un poco intenso—. Simplemente me vino la idea, y cuando nos estábamos besando pensé: «Irlanda, perdieron a un nativo, porque yo ya me fui al cielo con los besos de esta mujer».

—Eres muy elocuente.

—Y eso que no te has adentrado en mis pensamientos. —Le sonrío—. No quiero que creas que para mí es como un juego o una burla, de verdad que me encantó cada una de tus notas. De hecho, me enfadé cuando encontré la nota cursi de Maida en mi auto.

—La cual debes devolverme, porque ella le puso todo su corazón.

—Es bastante cursi, pero linda.

—Totalmente como Maida.

No creo que se dé cuenta de que su mano se desliza por mi pecho por encima de la camisa hasta llegar a uno de mis pezones perforados, y de manera perezosa pasa la palma por la barra de metal. Me muerdo el labio para no soltar un gruñido de calentura y me concentro en nuestra conversación. No es el momento de ponerse caliente, o tal vez sí, pero ahora no voy a darle el cien por cien de mi atención a mis apetitos sexuales reprimidos.

—Tampoco sé qué está pasando aquí, Clover, pero sé que quiero conocerte y hacer realidad muchas cosas sucias de tus notas. No tenemos que sentir presión sobre esto ni crearnos expectativas, podemos ir poco a poco, es cuestión de atreverse.

Me siento una mierda, porque estoy soltando cosas muy dulces pero mi mente sucia no deja de pensar en su mano sobre mi pecho, en su cuerpo tan cerca y en cómo se le entreabren los labios. Además, lleva un escote de cuello en V que hace bastante rato que intento ignorar. Por si fuera poco, haberla escuchado hablar de las notas y de que yo era como una luna hizo que quisiera devorarla a besos, porque nunca alguien me hizo sentir tan especial. O quizá sí, pero no recuerdo haber prestado tanta atención nunca a las cosas que alguien pensaba de mí.

—¿Quieres atreverte conmigo, Clover?

—Tengo miedo y yo… me gusta estar soltera.

«Piensa en algo, Callum, pero no te quedes callado».

—Entiendo que tengas miedo, pero ¿no te da aún más miedo irte sin saber qué podríamos haber sido?

¿Eso me mete en la categoría de manipulador? La verdad, no tengo ni puta idea y espero que no, pero mis palabras parecen llegarle.

—Y sobre lo de estar soltera —continúo, y le sonrío—, podemos seguir llamándote «soltera». Clover soltera, pero saliendo con Callum.

—Eso no tiene sentido.

—Clover soltera que se come la boca de manera exclusiva con Callum. —Lo vuelvo a intentar y sonríe.

—Sigue sin tener sentido.

—Clover soltera que se come la boca, se la mete en la boca, se la mete abajo, adelante y atrás, se deja comer abajo y goza de manera exclusiva con Callum.

Deja ir una temblorosa respiración y vuelvo a sonreír. Ah, eso sí que le ha gustado y a mí también.

—¿Sigue sin tener sentido, Clover?

—Tiene algo más de sentido —responde con lentitud—. ¿Eso te convierte en un Callum soltero pero exclusivo? —Percibo la incertidumbre en su voz.

—Aquí estamos en términos de igualdad, y si yo soy el único con tales privilegios, tú también eres la única con tales privilegios sobre mí.

—Parece un trato justo —murmura.

Permanecemos en silencio muy cerca, mirándonos y con una tensión sexual más grande que el continente europeo. Si esto fuese un *reality show* como el de las Kardashian, ahora estaría en un salón de fondo blanco con una cámara grabándome mientras digo en una voz pretenciosa: «Fue un momento duro, tan duro como mi polla, que quería perforarla. Pensé: "¡Demonios! Vamos a hacerlo", pero también pensé: "¡Demonios! Esto no se trata solo de sexo". ¿Polla o cerebro? Y me dije: ¿Por qué no ambos?».

Así que pienso con ambas cosas. De manera inequívoca, Clover ha admitido que entre nosotros pasará algo muy sexual, pero también que me quiere conocer tanto como yo quiero conocerla a ella, de modo que le digo a mi polla que deje su maldita histeria y se aguante porque mi cerebro, en este momento, de verdad que es útil.

—Vayamos al bar, bailemos, disfrutemos, veamos adónde nos lleva la noche. Sin presiones, sin pensarlo demasiado, vamos a dejarnos llevar.

—No sé cómo dejarme llevar, Callum.

¿Que no sabe? Menuda tontería, si precisamente se dejó llevar cuando subí sobre ella y fumamos el porro, cuando nos besamos, cuando me dejó darle un orgasmo. Sin embargo, le sonrío y le planto un beso en el labio inferior.

—Yo te enseño —susurro contra esa tierna carne antes de alejarme.

Y sin necesidad de mucho más convencimiento, toma un bolso pequeñísimo tipo mensajero que trajo consigo, y yo mi billetera y el juego de llaves. Lo más destacable cuando salimos de casa es que mi mano toma la de Clover cuando la guío hacia mi auto. Puede que sea una tontería para otros, pero para nosotros se siente como si Elton John con un traje de plumas estuviera bailando alguna canción de Taylor Swift sobre el capó de mi auto. Es así de monumental.

El silencio reina mientras salgo de mi plaza en el aparcamiento y luego lo llena una suave risa a la que podría acostumbrarme. Le doy una rápida mirada antes de concentrarme en la calle por la que comienzo a conducir.

—Todavía no puedo creerme que cantaras la parte de Joe Jonas.

—Y podría haberte cantado desde el principio con la parte de Demi Lovato, pero pensé que las estrofas de Joe eran las indicadas.

—¿Cómo es que te la sabes?

—Mis hermanas mayores… Bueno, todos vimos la peli, y la verdad es que fue entretenida y esa escena siempre me pareció genial. —Sonrío.

—Tienes hermanas —dice, asimilando la información.

Me gusta que no sepa muchas cosas de mí, porque eso me da la oportunidad de explicárselas, de conocernos poco a poco.

—Tres. Dos mayores y una menor: Moira, Kyra y Arlene, en ese orden.

—¿Todas pelirrojas?

—Menos Kyra, pero los demás somos una panda de pelirrojos. ¿Qué hay de ti? ¿Hermanos?

—Antes no, pero en poco más de un mes nacerá mi hermanito. —Hace una breve pausa—. Te dije en una nota que mi madrastra no era como la de la Cenicienta…

—Que era de tus mejores amigas y que odiabas que las personas juzgaran su relación con tu papá por la gran diferencia de edad.

—¡Vaya! Sí que leías las notas. —No puedo verla, pero creo que está sonriendo—. Valentina no quería tener hijos de inmediato, pero hace dos años decidieron intentarlo y no fue demasiado fácil. A ella y a papá les ha costado, sin contar que mi papá tiene una especie de crisis porque parecerá el abuelo del pequeño y no su papá.

»Creo que realmente le afectan las críticas que le hacen por la diferencia de edad, pero ellos se aman, puedo verlo. Ella no se aprovecha de él ni está con él por dinero, y para papá Valentina no es un hermoso trofeo ni la chica del momento.

—Sí, a veces algunas mierdas que dicen las personas influyen en cómo nos sentimos incluso si somos fuertes, pero ojalá la llegada del bebé los haga olvidarse de eso y lo disfruten. Me gustan los bebés, son lindos, y hacerlos reír a veces parece un reto.

—No sé si me gustan los bebés, me he rodeado pocas veces de ellos, pero sé que amaré a mi hermanito. —Se hacen unos pocos segundos de silencio antes de que vuelva a hablar—: ¿Soy mayor que tú solo por unos meses?

—Sí —respondo sonriendo—. Qué excitante, estoy con una mujer mayor —bromeo, y escucho su risa.

Se hacen unos pocos minutos de silencio que no son necesariamente incómodos. De hecho, estoy sonriendo. Cuando le doy un rápido vistazo, veo una sonrisita en su rostro.

—Sobre lo de anoche… —comienzo.

No sé si es necesario dar aclaraciones respecto a ello, pero prefiero hacerlo. Si estamos empezando algo exclusivo, no quiero que me tomen por uno de esos tipos que la siguen metiendo en todas partes y que es un tramposo que no conoce las reglas del juego de la exclusividad.

—¿El qué de anoche? —me pregunta.

Me llama la atención que su voz suene inquieta y angustiada, pero no puedo girarme para mirarla mientras tomo una curva en la carretera.

—Cuando nos vimos en esa reunión y parecía que tonteaba con un chico, admito que quería montar un numerito, pero me descolocó que a ti te diera igual. Pensé que te acercarías, pero en lugar de ello te fuiste y me quedé con una sensación de culpa muy amarga.

—No tenías que sentirte culpable —murmura—. Pese a lo que había pasado en aquel baño, no me debías nada, mucho menos cuando actué como una prófuga ante tus intenciones. Sin embargo, debo admitir que sí me afectó.

—Ah, ¿sí? —No puedo evitar entusiasmarme un poco por ello.

Puedes sentarme y darme una charla moralista sobre por qué están mal los celos y por qué no debes alentar a alguien a sentirlos y ten por seguro que lo entenderé y estaré de acuerdo, pero luego ponme unos celos inofensivos de alguien que me guste y estaré sonriendo como un bastardo afortunado que se siente blindado por el mismísimo príncipe de los Fae. Sabes lo que es un Fae, ¿no? Si no lo sabes, búscalo en San Google, porque no hay tiempo para explicártelo.

—Sí. Sentí que había perdido una oportunidad. Antes te había visto con chicas y chicos.

—Y te excitaba. —Siento su mirada en mí—. Quiero decir, en la primera nota dejaste claro que te ponía caliente haberme visto besarme con un chico. ¿Eres una mirona?

—No soy una mirona —responde a la defensiva—, estaba ebria.

—Y los borrachos siempre dicen la verdad.

—La cuestión es que antes te veía y, aunque deseaba…

—¿Qué deseabas, Clover?

—Te lo dije en varias notas —masculla, removiéndose en su asiento.

—Deseabas ser ellos, o mejor dicho: deseabas saber lo que se sentía al tener mi lengua en tu boquita, en otros lugares de tu cuerpo, y mi polla en…

—Entendido lo que dices —me corta, y me hace reír—. La cosa es que, pese a sentirme así, no me hacía daño. En cambio, anoche cuando te vi… me sentí mal porque…

Se queda en silencio, uno que nos envuelve hasta que estaciono frente a un bar que se encuentra bastante concurrido; eso se debe a que es noche de promociones en bebidas, hacen karaoke y es viernes. Además, en el campus solo hay una fiesta, y este bar suele ser un lugar muy frecuentado por estudiantes de la OUON.

Apago el motor del auto y bajo, pero Clover es mucho más rápida que yo y ya está fuera. Eso es bueno, porque, para desilusión de la población que me admira, no soy la clase de tipo que rodea el auto y abre la puerta a su acompañante. No porque sea un patán, simplemente porque se me olvida o lo doy por sentado. Es que, verás, crecí con tres niñas salvajes que salían del auto apenas se detenía, y mamá siempre decía: «Aquí todos tienen manos, cada uno puede abrirse su puerta, hay que enseñarles a ser independientes y autosuficientes». Así que no cuenten conmigo para algo tan sencillo y que muchos ven como un gesto enorme (abrir la puerta).

La alcanzo antes de que pueda avanzar demasiado y no dudo en tomarle una mano, guiando la palma hacia mis labios. Podría pensar que voy a darle un beso muy caballeresco, pero recordemos que soy un chico sucio, así que en su lugar le chupo el centro de la palma antes de mordisquearle el borde de la mano y después le beso la yema de los dedos.

—¿Por qué te sentiste mal, Clover? —insisto, llevándome su mano a la mejilla.

—Porque no quería quedarme atrás, era mi oportunidad y parecía que alguien más la tomaba. Porque estaba celosa, se suponía que no tendría que imaginar de nuevo qué se sentiría al ser la persona a la que le dabas tu atención, se suponía que esa persona era yo.

Parece escandalizada por cómo suenan sus palabras en voz alta y la verdad es que sí parecen algo intensas, pero a mí me resulta atractivo porque esta mujer finalmente se está abriendo sobre lo que ambos deseamos.

Me quito su mano de la mejilla y la llevo a mi pecho antes de inclinarme para hablarle al oído. Estoy seguro de que mi espalda está en modo protesta con carteles que proclaman: «¡No quiero que salgas con una mujer bajita! Ten piedad de mí, ten piedad», pero lo siento, espalda, ya he hecho mi elección.

—En este momento eres todo mi centro de atención —susurro—. A partir de aquí, no eres una observadora, eres parte de esto. Ya no tenemos que imaginar lo que se siente, ahora podemos disfrutar.

Deslizo los dedos por su abdomen, pasando entre sus pechos hasta llegar a su cuello. Mis dedos la rodean, sosteniéndola y apretando con poca fuerza, y ella jadea.

—Somos una realidad, Clover.

Mantengo mi mano en su garganta y cuando retrocedo noto que su respiración es inestable y que sus pupilas se han dilatado. Aprieto otro poco más mi agarre en una leve asfixia y ella vuelve a jadear: le gusta y a mí me gusta que le guste.

¿Me estás diciendo que he encontrado a alguien con quien soy muy compatible sexualmente? Ay, mira, es que se me levanta y todo de la emoción.

—No dejas de sorprenderme, Clover —digo con la voz un poco más grave antes de bajar el rostro y plantarle un besito en el labio inferior—. No sabes lo mucho que me gusta tu boquita y cuánto planeo besarla.

—¿Los únicos planes para mi boca son besarla? —pregunta con esa chispa y ese magnetismo sexual que en cada encuentro muestra más.

—Parece que tienes tus propios planes sobre qué hacer con ella. —Le sonrío—. Y yo me apunto a todo.

Esta vez le planto un beso profundo e igual de corto en la boca y luego retrocedo porque tengo la ligera impresión de que si esta conversación y coqueteo continúan, muy bien podemos terminar con golpes sexuales duros y llenos de desenfreno contra la puerta de mi auto, el capó o dentro del vehículo… La cuestión es que le daríamos durísimo y no creo que el sexo público se encuentre estipulado dentro de los parámetros de una primera cita. No es que me horrorice la idea, pero no me apetece ir a la cárcel por exhibicionismo, al menos no esta noche.

—Entremos, porque creo que nos estamos poniendo peligrosos, mi trébol.

No me pierdo el hecho de que se libera de mi mano y se la mete dentro del bolsillo delantero del pantalón, pero tampoco haremos un drama de ello. No es algo por lo que haya que darse mala vida ni convertirlo un *show*.

Esta noche... Bueno, esta noche será muy buena. ¿Sabes por qué? Porque mi sangre irlandesa me lo dice.

Y si eso no fuera suficiente, para mi buena suerte me encargo de pensar: «Clover, Clover, Clover».

15

TUS AMIGOS, MIS AMIGOS, NUESTROS AMIGOS

Callum

Los dos tipos de seguridad de fuera del bar nos dan una breve mirada y luego nos dejan entrar y nos advierten de que hemos llegado a tiempo, porque solo queda espacio para veinte personas antes de que alcancen el aforo máximo. Podría ofenderme un poco de que no me pidan identificación, porque siempre he dicho que tengo cara de bebé bueno, pero que no me la pidan me hace pensar que la calentura ya se me nota en el rostro.

Apenas ponemos un pie en el pasillo que conduce al bar, nos absorben una ola de calor y una variedad de sonidos en la que predomina una voz poderosa que hace una buena interpretación de una canción de Jennifer López. Tal como esperaba, hay muchos universitarios, pero también otras pocas personas que nada tienen que ver con nosotros. Igualmente, siendo como soy, las saludo con una sonrisa si hacemos contacto visual, porque ¿no te parece desagradable hacer contacto visual con un tipo que se limita a mirarte mal? Es terrible.

—Ahí están mis amores —me dice Clover, asintiendo hacia una mesa muy grande para solo tres personas.

Oscar, Kevin y Maida parecen estar metidos en una intensa conversación en la que Maida asiente, Oscar niega y Kevin ríe. Vuelvo la atención a Clover, que sonríe al verlos.

Siempre he pensado que son un grupo de amigos difícil de ignorar; cada uno parece aportar al grupo y estar en sintonía con el resto. Me llevo bien con la mayoría de las personas y he hecho bastantes amigos, pero solo estoy en sintonía con Stephan. Podemos relacionarnos con todos y estar con otros amigos, pero nosotros dos somos un dúo pretencioso, no un equipo que admita a más gente, y Stephan tiene un serio problema de celos. Es muy posesivo cuando se trata de mí y de hacer nuevos amigos.

—Mi macho-macho —dice el susodicho desde atrás, y luego se posiciona frente a mí—. Creía que nunca llegarías… Me estaba poniendo triste, supuse que el hecho de que me negara de nuevo a darte mi culo te había ofendido.

—Nunca te pedí el culo. A ti la verdad es que no te tengo ganas, así que deja de insinuarte y fingir que te haces el difícil para que yo piense que eres imposible y quiera ir a por ti.

—No te hagas el duro, un hueco es un hueco.

—Tu hueco está clausurado para mí.

—Qué bueno… Hola, Clover —dice clavando la vista en ella, que nos mira con las cejas enarcadas—. ¿Te acuerdas de mí? Soy quien te cortó el rollo caliente en el auto.

—Te recuerdo, incluso lo haría sin que fueses tan explícito.

—Me parecía superimportante mencionar que fue en el auto, cuando tenías los labios hinchados y Callum estaba sobre ti.

—Qué buena memoria —comenta ella con ironía, y Stephan le sonríe.

—Y parece que ahora oficialmente formas parte de nuestras vidas —prosigue mi amigo, mirando de ella a mí—. El otro día te perdiste una cena buenísima por dejar plantado a mi chico, pero al menos yo terminé con una cena divina, así que en parte te doy las gracias.

—Siempre es así de hablador —le digo a Clover antes de dirigirme a él—: Y, amigo, hoy ha traído una cena buenísima, quedó en la nevera.

—Genial, me la comeré —celebra Stephan extendiendo la palma hacia Clover, y ella no tarda en chocarla con la suya—. Entonces ¿vienen a nuestra mesa?

Clover mira hacia la mesa de sus amigos y luego de vuelta a nosotros. Sería estúpido no entender que quiere ir con ellos.

—¿Qué tal si socializamos? Allá hay una mesa bien grande donde cabemos todos, esos son los amigos de Clover. —Asiento hacia allá.

—Ah, ¿eres amiga de Kevin? Todavía recuerdo cómo lo encontré con la camisa llena de semen y desmayado a los pies de Callum en el primer semestre, fue una memorable primera impresión.

—Sí, ese Kevin es mi amigo —dice ella con los ojos brillándole de diversión. Al menos no se horroriza por nuestro pasado salvaje.

—Y ahora es novio de Oscar, ese tipo que tuvo la lengua enredada con la de mi machote. —Me señala para hacer evidente que soy ese «machote».

—Es bueno que sepas estas cosas, eres muy comunicativo, Stephan —observa Clover, que parece que lo está disfrutando.

—Sí, se le va un poco la lengua con los chismes en ocasiones.

—Y no solo con eso, tengo la lengua muy suelta para otras cosas —dice con esa sonrisa que hace cuando se sale con la suya.

—En fin. —Lo corto porque esto podría seguir muchísimo más rato—. Reúne a los demás, nos vamos a esa mesa a divertirnos con los amigos de Clover.

—Una orgía sana sin sexo, entendido —concede Stephan—. Iré a por ellos, allá los veo. No le metas la lengua a nadie más que no sea nuestra chica trébol, Callum.

—Imbécil —le digo riendo, y le doy un golpe en el brazo.

—Bien, bien, nos vemos en breve. —Se termina de alejar riéndose.

Ahora que se ha ido, me encargo de seguir a Clover, que se adelanta y no me espera. No pensé que me gustaría una persona medio desconsiderada que no me espera, pero supongo que la vida siempre da vueltas.

—¡Canela Pasión Oriental! —Se escucha la voz de Maida, porque justo en ese momento la persona del escenario termina de cantar.

Me dejo caer al lado de Oscar y lo obligo a deslizarse para hacerle espacio a Clover después de que Maida deja de apretarla con un superabrazo.

—¿Por qué no puedes sentarte al otro lado o en las sillas libres? —me pregunta Oscar enarcando una ceja.

—¿Qué pasa si quiero hacerte un sándwich con Kevin?

Kevin, que se encuentra a su otro lado, se inclina para mirarme y hace una mueca con la boca de inmediato. Ah, mi querido Kevin vivo.

—Yo no comparto. Atrás, Irlandés, no seas codicioso con mi persona favorita. —Entrecierra los ojos hacia mí.

—Ahora no compartes. —Sonrío—. Sin embargo, recuerdo otra historia de un atractivo castaño que compartía…

—La cuestión es… —retoma Oscar mirando a Clover, que se sienta a mi lado—. ¿Por qué no te sientas lejos?

—¿Ahora me quieres lejos? ¿Qué pasó con la cercanía de nuestras lenguas en aquella habitación? —Subo y bajo las cejas hacia él, que tiene que reprimir la risa—. Ah, me encanta tener historia con una de las parejas más calientes de la universidad. Me lamento de no haber hecho un gusanito con ustedes.

—¿Un qué? —pregunta Clover.

—Ya sabes, como un tren, uno detrás del otro, en sincronía.

—Qué creativo —dice Kevin—. Suena hasta divertido, pero esa puerta ya está cerrada.

—Entonces ¿por qué no te sientas en otro sitio y nos obligas a apretarnos contra ti? —insiste Oscar.

—Porque vendrán sus amigos —responde Clover, mirando el menú con la lista de licores—. Estamos mezclándonos.

—Por «mezclándonos» ¿te refieres a tus fluidos y el semen de Callum uniéndose? —pregunta Kevin, apoyando la barbilla en el hombro de Oscar para mirar de Clover a mí.

La mencionada levanta la vista hacia su amigo y yo mantengo mi sonrisa, recordando exactamente por qué Kevin es un tipo que le cae bien a todo el mundo. «Ja, mira lo elocuente que es el Kevin vivo».

—Kevin, puedes decirlo de una manera más romántica —sugiere Maida con una sonrisita cómplice, haciéndonos saber que escuchaba nuestra conversación—. Clover y Callum están mezclando su crema y su nata.

—Creo que eso suena mucho peor —señala Oscar.

—Pero, dígannos, ¿por qué llegaron juntos? ¿Qué está pasando? —pregunta Maida—. Cuéntenmelo todo, mis amores.

—Sí, cuéntenoslo —pide Stephan, que se sienta al lado de Maida y se desliza lo suficiente como para que otros dos amigos también se unan—. Faltan cinco personas, pero están buscando bebidas y un par de ellas han ido a cantar un dueto.

Qué bueno que estemos en una de esas mesas con asientos acolchados y largos complementadas con sillas, porque creo que nos estamos juntando demasiadas personas en una mesa.

Stephan se encarga de presentar oficialmente a todos y luego repite la acción cuando se unen dos amigos más junto con dos chicas a las que no conozco. Después llegan dos chicas más que se detienen a saludar pero que no se van.

—Si me siento sobre tus piernas, ella puede tomar mi lugar —razona Maida hablando con Stephan.

Sonrío divertido porque esa solución es muy conveniente y, por supuesto, a Stephan le parece coherente y «amablemente» la deja subir sobre su regazo mientras hacen un brindis silencioso con sus bebidas.

—Ay, miren, Maida desbloqueó un nuevo amor. Adiós, Johnny, no fue un placer conocerte —dice Kevin suspirando.

—Johnny era un imbécil total —masculla Clover.

—Stephan también lo es —comento, alzando la mano para llamar la atención de una de las meseras—, pero tranquis, no es malo, aunque mi imbécil no está interesado en nada serio.

—Tranquilo, Maida lo dejará antes de que Stephan se lo plantee siquiera —responde Kevin mirando hacia los dos coquetos, que se dedican sonrisitas mientras hablan—, pero nuestra chica es muy buena, es un amor.

Me doy cuenta de que otro tipo llega a nuestra mesa y se queda de pie hablando con una de las chicas, y me inclino hacia Clover para susurrarle:

—¿Qué tal si te subes a mi regazo para darle el sitio al pobre chico que está de pie?

—¿Por qué tengo que ser yo? —pregunta de inmediato.

—Tienes razón. ¿Por qué tienes que ser tú?

Y, apenas termino de hablar, la insto a que se ponga de pie para que me deje salir del largo asiento acolchado. Luego la hago sentarse y deslizarse hasta estar al lado de Oscar y, cuando se vuelve para decirle algo a su amigo, entro de nuevo y me subo a su regazo, con la espalda contra su pecho. Abro las piernas para que las suyas estén entre las mías y le tomo las manos sobre la mesa.

Ella se queda en silencio mientras le indico al tipo recién llegado que se puede sentar en el sitio disponible de al lado. De hecho, quisiera darle las gracias por cómo quedan distribuidos los asientos.

Espero a que Clover se queje o haga alguna objeción sobre mi atrevimiento, pero cuando me giro hacia ella me la encuentro mordiéndose el labio inferior con una mirada que me resulta seductora.

—¿Estás bien así? —le pregunto.

—Estoy bien con todo, Callum.

—De verdad necesito ponerme al día con lo que está pasando aquí —oigo que dice Kevin.

—No es difícil de entender —respondo, y veo que por detrás de él se acerca un mesero al que conozco—. Clover es el trébol de este irlandés y finalmente estamos en sintonía. Estamos solteros de forma exclusiva el uno con el otro y nos tenemos muchas ganas, que vamos a saciar, pero también somos algo fuera de lo sexual. Nos estamos atreviendo, tenemos algo.

—Entiendo que harán cosas típicas de novios o follamigos mientras se siguen describiendo a sí mismos como solteros, pero sin follar con otros. Es decir, serán libres, pero estarán juntos —resume Kevin.

—Es exactamente eso, chico listo. —Oscar le sonríe y le da un suave beso en la boca—. Dos idiotas pensando que pueden controlar una situación que claramente se les irá de las manos.

—Parece que hablas más del principio de su relación que de nosotros. —Clover los señala.

Sin embargo, antes de que Oscar o Kevin puedan refutar y de que yo pueda celebrar con un baile irlandés la mención de un «nosotros», el mesero se acerca hacia mí con una gran sonrisa.

—Qué bueno tenerte por aquí, Callum.

—Siempre trato de volver a los lugares donde me tratan bien —respondo, y creo sentir que Clover se tensa debajo de mí.

Cuánto quisiera tenerla debajo de mí de una forma muy diferente y deliciosa.

—¿Qué quieren ustedes? —pregunto a los demás. Cuando algunos terminan de gritar sus pedidos, vuelvo a hablar—: Dame una piña colada sin alcohol.

—En conclusión: un jugo de piña —dice Oscar—. ¿Qué intenciones tienes al beberte un zumo? ¿Te crees así de suertudo?

Entiendo totalmente la referencia de que un jugo de piña equivale a una chupada deliciosa, pero todo lo que hago es reír.

—Conmigo tendrías suerte —comenta el mesero.

—Ah, qué hombre tan amable eres, Marcus, pero mi suerte apunta hacia otro lado. —Me remuevo sobre Clover—. ¿Tú qué quieres pedir, Clover?

—Un orgasmo sucio.

—¿Aquí, en el baño o en el auto? —pregunto, pese a que sé que se refiere a una de las mejores bebidas de este bar.

—Aquí —responde riendo por lo bajo.

—¿Eso sería todo? —pide Marcus, pasando la mirada por cada uno de nosotros y sin tomarse mal mi rechazo.

—Tráeme otro de este, por favor. —Maida se bebe de un solo trago lo que le resta de la bebida.

—Entendido. Llevamos un poco de retraso debido a que tenemos bastante clientela, así que si desean pedir algo más, este es el momento para que llegue todo junto —explica Marcus, pero parece que me lo diga directamente a mí, porque soy a quien mira.

—Por favor, trae unos nachos —pide Clover con entusiasmo—. Para compartir, claro.

—Como si tú compartieras la comida. —Kevin se ríe—. Agrega unas alitas picantes y otras con barbacoa, que no he cenado.

—Sí cenaste —le contradice Oscar.

—Bebé, pese a ser un trozo de carne grande, comerte la polla no significa que me haya llenado el estómago. Incluso si me trago el final, tampoco es un vaso de leche.

—Qué sucios —dice Clover.

—Me refería a las hamburguesas, cariño. —Oscar se ríe.

—Sí, bueno, eso fue hace años. Ahora quiero alitas, cómetelas conmigo, también tienes hambre siempre.

Eso desata otra ronda de pedidos de comida. Vagamente me cuestiono lo difícil que será pagar toda la cuenta, pero por ahora parece que a ninguno nos importa, ya nos veré llorando en unas horas.

Cuando Marcus finalmente se aleja, me uno a la conversación de Peter, al que conozco, con Marlyn y Alena, a las que no conozco de nada. Las conversaciones vienen y van de un lado a otro, es un ambiente muy animado e interesante. También hay mucha movida porque algunos se van de nuestra mesa y otros llegan; somos una mesa bastante popular y debo admitir que ruidosa también.

Lo divertido de la noche de karaoke es que parece que no importa si cantas bien o mal. El público es alegre y entusiasta y siempre te alienta y aplaude. Es una locura muy divertida y me alegro de haber venido, más cuando me encuentro sentado sobre el regazo de Clover.

Después de un rato que se me hace eterno —recordemos que soy muy impaciente y no me avergüenzo de ello—, llegan nuestros pedidos, pero solo las bebidas. La comida todavía no, y eso desilusiona a Clover y cabrea a Kevin, porque dice que «el sistema está mal», pero antes de que pueda volverse divertido, Oscar le pone una mano en la boca riéndose hasta que el mesero se aleja.

—Me censuraste, pequeño cabrón —se queja Kevin, golpeándole el brazo a Oscar.

—De pequeño, nada, y no te censuré. Cuanto más rápido se fuera el mesero, más rápido podría traer la comida.

No creo que sea la verdad, pero hay que admitir que es una respuesta lógica y apacigua a Kevin, quien masculla que quiere sus alitas.

—Te entiendo. Antes no tenía hambre, pero ahora me siento famélica —dice Clover, y siento su mirada sobre mí.

—¿Qué? —pregunto girando el rostro para verla.

—Hum, ¿no dirás nada?

—¿Sobre lo sexi que me pareces? ¿Sobre que quiero llenarte los labios de guacamole para lamértelos? ¿Sobre lo cómodo que estoy en este momento? Tengo muchas cosas que decir, solo dime qué nivel de calentura estás dispuesta a escuchar públicamente.

—No soy un tipo que se meta en asuntos ajenos… —comienza Oscar.

—Siempre te metes en mi vida —lo corta Clover, que aún me mira con ojos brillantes.

—El punto en cuestión —prosigue Oscar— es que este tipo te está hablando de una manera que, con todo el respeto a este chico ardiente al que le como la boca y otras cosas —añade, refiriéndose a Kevin—, confirma que si no te das una subida en él, podrías arrepentirte.

—Se dará más que una subida conmigo. —Sonrío—. Me aseguraré de que nunca quiera bajarse.

—Tal declaración viniendo de un futuro criminalista podría sonar un poco perturbadora, pero vamos a verlo como algo caliente y dejémoslo pasar —nos dice Kevin, y le guiño un ojo.

—Pero ¿a qué te refieres, Clover? —pregunto, porque no quiero perderme lo que se supone que yo debía decir.

Cierra la boca y pienso que no va a responderme, pero luego veo esa determinación en su mirada que me hace saber que no piensa callarse lo que piensa, y eso me parece un rasgo de lo más atractivo.

—Mi exnovio me decía que era una tragona. —Capto un destello de veneno en su voz—. Lo cual no me importaba, pero qué desagradable es escuchar a alguien quejarse una y otra vez de lo mismo.

—Así que le pateó el culo. Que saliera con él durante cinco meses fue un milagro —agrega Oscar—. Y Clover no es una tragona.

—Come igual que yo —comenta Kevin— y no ves a nadie jodiéndome por eso.

—No es que Clover tenga un problema con la comida en el que debamos intervenir, es un apetito saludable —concluye Oscar, como retándome a decir lo contrario.

—Hum… —digo bajo la atenta mirada de los tres, y luego me detengo exclusivamente en los ojos de Clover—. Cuando decimos «tragona», ¿nos referimos a que tragas mucho por la garganta?

—¿Ha convertido una conversación crítica en una sexual? —oigo que pregunta Kevin.

—Totalmente —responde Oscar, que nos da la espalda y empieza una conversación privada con su novio.

—Entonces, Clover, ¿eres una tragona?

—Depende de lo que me meta en la boca —termina por responder.

Y ya sabes, tengo la prehistórica necesidad de bajarme los pantalones y el bóxer y decirle: «Aquí está, trágate esto, déjame deslizarme por tu garganta y muéstrame cuánto te gusta tragar». Pero por fortuna me controlo y me conformo con dedicarle una sonrisa. Deslizo los dedos por su garganta en una suave caricia y luego me inclino hacia atrás para su alcanzar su oreja y susurrarle:

—Tengo algo que podría gustarte deslizarte por la boca…

—Apuesto a que hasta la garganta. —Es su ingeniosa respuesta.

—Te gusta que te asfixien, ¿verdad?

No lo confirma, pero tampoco lo niega, y cuando me alejo sus pupilas una vez más se están dilatando. Veo su deliciosa boquita y me imagino con una perfección envidiable cómo me vería deslizándome entre esos labios, yendo hasta su garganta y dándole todo lo que ella quiera recibir, una y otra vez.

Temo enloquecer sexualmente y convertirnos en el espectáculo principal, así que me giro con la vista al frente y las manos sobre la mesa y bebo de mi jugo de piña, que me recuerda lo bien que debo de saber en este momento. Además, trato de unirme a alguna de las conversaciones de la mesa.

Aunque converso y río con los demás, me sería imposible olvidar la cuestión de la tragona, más si estoy en su regazo. Pienso que soy un peso considerable, así que decido que es el momento de que cambiemos de posición y se lo hago saber en voz baja a Clover.

—No va a suceder —responde, dando un profundo sorbido a su bebida.

—¿Por qué no?

—Porque soy pesada.

—Yo soy pesado y no tuve ningún problema en sentarme sobre ti —me encargo de señalar—. Puedo sostenerte, Clover, no me vas a romper, al menos no de esa forma. Ahora, romperme de manera sexual hasta que me duela cada hueso del cuerpo, eso sí. Déjame sentarte sobre mi regazo.

—Sueña, Irlandés.

—Te aseguro que ya te he soñado sobre mi regazo con y sin ropa, sin hacer nada y también follando.

Su jadeo es audible, y la risa de Oscar me hace saber que lo ha escuchado. No es que me moleste, porque ya he escuchado sobre sus líos amorosos con Kevin debido a mi posición vulnerable a su lado, aunque susurraran y hablaran en voz no tan baja.

—En ese caso, sigue soñando —dice ella, pero su tono de voz enronquecido traiciona el toque de indiferencia que pretendía darle a su declaración.

Me levanto de manera incómoda como me lo permite el espacio entre la mesa y el asiento, me giro y pongo una pierna a cada lado de las suyas, sentándome a horcajadas. Si ella no quiere montarse encima de mí, no hay problema: me montaré yo encima de ella hasta conseguir que sea Clover la que esté arriba en un futuro que espero no sea tan lejano.

—Abre las piernas.

Debo ser honesto: no parece que lo pida, sino que lo ordene. Y no, no soy un hijo de puta que se cree con derecho a mandar a los demás, pero estoy aprendiendo y descubriendo que, mientras que a mí me gusta ser mandón en cuestiones sexuales, a Clover le pone y la humedece que sea dominante con ella en estos temas, incluso si solo se trata de palabritas.

—¿Qué?

—Que abras las piernas para que no sostengas todo mi peso —aclaro—. ¿Qué pensaste? Sé que con las piernas abiertas se hacen muchas cosas, pero prometo que lo dije de forma muy inocente.

Con lentitud, extiende las piernas mientras mantiene la mirada en la mía, y sé que así no aguanta todo mi peso. Una vez que ha hecho lo que le he pedido, me encuentro deslizándole un dedo por el cuello, fascinado por cómo mi piel pálida contrasta con toda esa piel acanelada que me gustaría lamer ahora mismo.

Así que ¿qué hace este irlandés? Me inclino y llevo los labios hacia su cuello, primero rozando su piel cálida con olor a coco donde ahora palpita una de sus venas. Su sangre se encuentra tan caliente como la mía. Le doy unas cuantas caricias a su piel antes de sacar la lengua y probarla, disfrutando de la manera en la que su cuerpo se sacude. Lo siguiente es un mordisco y finalmente un beso con la boca abierta.

Tras saciar un poco ese deseo, comienzo a deslizar la nariz hasta subir a su mejilla, y consigo llevar mi boca a su oreja y morderle ligeramente el lóbulo antes de hablar:

—Déjame sostenerte, mi trébol.

—No.

—Clover...

¿Saben lo que sucede? Que noto un golpe seco en una de mis nalgas, y tengo que admitir que estoy sorprendido. Por cómo abre los ojos, intuyo que ella también lo está.

—¿Acabas de azotarme el culo, Clover?

Asiente con lentitud y la miro fijamente. Al final me resulta inevitable no comenzar a sonreírle poco a poco por ese acto tan sorprendente y osado.

Llevo una mano hasta su barbilla y la insto a alzar el rostro mientras yo bajo el mío, acercándome hasta que nuestros labios se rozan, hasta que soy todo lo que percibe y sé que no se perderá ni una sola de las palabras que salgan de mi boca.

—Eres una chica sucia, Clover, pero estás de suerte, porque yo lo soy mucho más. —Dicho eso, le muerdo el labio inferior con suficiente fuerza como para que le duela un poco.

Cuando sé que ya la he dejado bastante afectada, vuelvo a girarme para sentarme como un muchacho decente y recatado que no acaba de recibir un azote en el culo, pero ella mantiene las piernas medio abiertas para no sostener todo mi peso y yo devuelvo el ataque.

Básicamente parece un momento normal, cotidiano y mundano en el que estoy sentado sobre las piernas de Clover. Con nuestras piernas debajo de la mesa, una de mis manos baja y patina lentamente por la cara interna de su muslo, obteniendo como resultado un estremecimiento por su parte, pero no me dice que me detenga. Entonces, cuando mis dedos casi la tocan en ese dulce punto, me detengo.

A ver, no me acuses de ser un chico microondas. Es solo que a mí muchas veces me gusta jugar antes del espectáculo principal.

Finjo seguir el hilo de una de las conversaciones que se están desarrollando en la mesa, me río de lo que Maida dice y respondo cuando lo creo indicado. Clover también ríe, relajándose y tratando de ignorar que no continué con mi asalto, pero sigo haciendo pequeños círculos en la cara interna de su muslo mientras conversamos con los demás.

—Eso es absurdo. —Clover se ríe de lo que Stephan dice sobre un supuesto hecho científico.

Y cuando ella ríe de manera encantadora, mi mano sube y le da un azote entre las piernas, *ahí*, donde sé que debe de estar húmeda y latiendo. Da un respingo y una de sus manos se posa sobre mi pierna y da un apretón. Mi respuesta es dejar caer otro azote, esta vez más fuerte y contundente, y su mano aprieta con más fuerza mi muslo.

No está enojada. Mi espalda percibe el rápido subir y bajar de su pecho por la respiración agitada y apostaría todo el oro de Irlanda a que está más húmeda de lo que lo ha estado jamás, o al menos en mucho tiempo.

—Si me disculpan —anuncio a quien quiera escucharme—, iré al baño.

Me bebo lo que resta de mi jugo de piña y agradezco a un tipo al que conocí hace poco por dejarme salir, y luego comienzo a alejarme sin mirar atrás, sabiendo que acabo de dejar a una mujer preciosa afectada y preguntándose qué carajos está mal conmigo.

¿Clover vendrá a unirse a mí? Lo averiguaremos.

16

IRLANDA, LO PERDIERON

Callum

Se cancela la misión Esperar a Clover en el baño, porque hoy parece que alguien tiene un severo caso de estómago en pudrición que hace que el baño esté impregnado de un olor que podría matar a cualquiera.

Me arruinaron los planes, es imposible crear un ambiente sexi con estas condiciones, así que decido salvar mis pulmones y doy media vuelta, rompiendo mis ilusiones de hace unos minutos. Cuando llego a la salida de ese lugar de la muerte, mi mirada se encuentra con la de Clover, que venía hacia el baño. Sonrío y asiento, acorto la distancia y la tomo de la mano.

—¿Entendí mal la señal o...?

Sonrío ante su pregunta.

—Entendiste bien, es solo que ese baño es un lugar altamente tóxico por su olor.

—Oh. —Ríe— ¡Qué lástima!

Lo es, pero por suerte la noche es joven y aún podemos divertirnos.

—Bailemos —pido.

—¿Con esta canción? —Enarca una ceja y me doy cuenta de que suena una sosa balada que, además, el inexperto intérprete del escenario está cantando mal.

—Bueno, entonces vamos a besarnos.

—¿Ahora? —Mira a su alrededor.

Deslizo las manos por su cintura y las llevo hasta su espalda, de modo que las palmas la presionan contra mi cuerpo. Nuestra diferencia de estatura es notable, pero no hace imposible que encajemos. Flexiono las rodillas e inclino todo mi cuerpo hacia ella, dejando mi boca a un suspiro de la suya, que últimamente está creando muchas fantasías en mi cabeza.

—Ahora, mi trébol —susurro—, justo aquí.

Y de nuevo resulta ser una noche de sorpresas, porque sus manos suben por mis brazos, pasan por mi cuello y luego se enredan en los cabellos de la parte baja de mi nuca. Un pequeño sonido escapa de mí en cuanto me lame el labio inferior.

—Está bien, Irlandés —me responde también en un susurro, y su aliento se cuela entre mis labios—. Aquí y ahora.

No hay más preámbulos o conversación. Su deliciosa boca pronto se encuentra sobre mis labios, y sus labios se sienten tan suaves y húmedos que hacen que se me erice todo el vello del cuerpo y que abajo comience a estar más que semiduro. Sus dedos no son suaves, sino que dan fuertes tirones a mi cabello mientras su boca se abre para probar mis labios con una lengua a la que le doy la bienvenida para darnos un beso mucho más húmedo y profundo.

Sé que este tipo de beso tan descarado en público suele molestar a algunas personas, pero en este momento me da igual, porque quiero ser devorado y quiero devorarla. Mis manos ya no se conforman con estar contra su espalda, sino que se deslizan hacia abajo hasta deleitarse con un culo lleno, carnoso e increíble que no puedo abarcar con las manos, pero me agarro y afianzo como el puto codicioso que soy.

Es una besadora ambiciosa, ávida de mi boca, y yo se lo devuelvo con la misma intensidad. El problema de besar con tanta fuerza y deseo es que te parece que no es suficiente, en tu interior sientes una necesidad singular de querer y desear más. *Quiero más.* Así que me trago su grito chupándole la lengua, la tomo del culo y la alzo, obligándola a envolver las piernas alrededor de mi cintura. La subo lo suficiente para que sus tetas estén contra mi cuello y su cabeza quede más elevada que la mía, y le vuelvo a entregar el control del beso.

¡Por los duendes irlandeses acaparadores del oro! Siento una urgencia que me ordena que lo lleve más lejos; el deseo no hace más que incrementar. Posiblemente las personas que nos están viendo corren el riesgo de quedarse embarazadas por la intensidad de este acto.

Odio el hecho de que para vivir sea necesario respirar, porque eso nos obliga a alejar nuestras bocas para hacer llegar oxígeno a nuestros pulmones. Cuando nos apartamos, un pequeño hilo de humedad se desprende de nuestros labios. El brillo en su boca se debe al desenfrenado debate de su lengua con la mía, y la hinchazón es el resultado de las succiones. Todavía está sobre mí, con su abundante cabello cayéndome a los lados del rostro como una cortina que solo me permite verla a ella, a esta mujer cautivadora que me tiene a mil por hora y cada vez me hace sentir más consciente de lo afortunado que soy de que me eligiera, de que sus notas fueran para mí.

—La gente podría estar mirándonos —me dice mientras alguien hace un buen trabajo con una canción de Maroon 5.

Sonrío lentamente y la hago bajar de mi cuerpo, lo que provoca que sus tetas y todo su cuerpo se deslicen por mi pecho, y veo cuánto le afecta eso. Cuando sus pies se encuentran sobre el suelo, no puedo evitar llevar mis dedos a su cabello y peinarlo, porque en serio que me encanta su pelo.

—Las cosas que me hace pensar este cabello van desde tiernas hasta muy sucias —confieso.

—Tú… me cargaste —dice con la mirada un poco desorientada y la voz llena de sorpresa.

—Sí. —Me acaricio de manera exagerada los bíceps—. Te dije que no me ibas a romper, a menos que sea sexualmente.

—Eso fue… muy sexi. —Se muerde el labio inferior.

—Tú eres sexi, mi trébol.

Bajo el rostro y le doy un beso más suave en los labios. No me resulta fácil alejarme, porque ahora que recuerdo lo buena que es besando y toda la sintonía que tienen nuestras bocas me cuesta no ir a por otro beso.

—Vayamos a buscar otras bebidas y luego volvamos con los demás —digo, deslizando mi mano en la suya y entrelazando nuestros dedos.

Tal vez no conseguimos la acción que esperábamos en el baño, pero este manoseo púbico ha sido excelente, acalorado, magnífico… Ya quiero más.

Cuando tengo otro jugo de piña y Clover otro orgasmo sucio —uno que no he ocasionado yo, porque estamos hablando de la bebida— volvemos a la mesa con nuestros amigos. Si alguno de ellos nos vio besándonos de manera sucia y descarada, que seguramente fue el caso, no lo mencionan, porque están hablando de algún tipo de escándalo y riendo sobre diversos temas, y algunos ya han bebido unos tragos de más.

Esta vez, cuando tomo asiento, Clover me deja sentarla sobre mi regazo, no se queja. Aunque no es un peso precisamente ligero, tampoco es algo exagerado o descomunal que no pueda aguantar. ¡Por todo el oro irlandés! Me excito, pero cómo no iba a hacerlo si pone el centro de su tentador culo contra mi desvergonzada erección, que ahora incrementa.

Creo que se mueve sobre mí adrede y yo le aprieto las manos en la cintura pidiendo piedad.

—¿Dónde está Stephan? —pregunto intentando distraerme.

Sin embargo, no hace falta que me respondan, porque poco después comienza a sonar un dueto de Stephan y Maida. ¡Oye! No lo hacen horrible; lo hacen mal, pero no espantoso. El problema es que el ritmo de la canción es sugerente y sensual, y el otro problema es que Clover empieza a moverse en pequeños círculos sobre mí y se me acelera el corazón y se me aprietan las pelotas.

Miro a mi alrededor y veo que algunos están pendientes de sus conversaciones mientras que otros cantan a gritos junto a Stephan y Maida. A mi lado, Kevin y Oscar están demasiado ocupados hablando a susurros e intercambiando besos de vez en cuando.

Durante los largos minutos en los que transcurre la canción me autoproclamo el hombre con más voluntad sobre la faz de la tierra, porque los movimientos de Clover no se detienen. Mis manos están en su pequeña cintura y me muerdo el labio inferior con fuerza. Cuando la canción termina y ella deja de «bailar», tengo la frente cubierta de sudor y una asta posicionada entre las nalgas de su culo suplicando la libertad: «¡Liberen, liberen, liberen a esta bestia!».

Pero soy fuerte y admito que estoy saboreando y disfrutando de todo este juego caliente. Podríamos ir directos al plato principal y follar fuerte con todo el tiempo del mundo, como queremos, pero probarlo bocado a bocado le está dando chispas a la situación, expectativa, emoción, y siento que de alguna manera estamos descubriendo la inesperada compatibilidad sexual que parecemos tener.

Pasamos una buena noche con sus amigos y mis amigos, y también con unos cuantos desconocidos que de vez en cuando pasan por nuestra mesa o a los que alentamos mientras cantan. Mis manos no se mantienen inocentes y le dan algunas suaves caricias en los muslos o un roce rápido en la tentación que me llama entre sus piernas, y sus respuestas son ocasionales rotaciones de las caderas dependiendo de las canciones.

Para cuando salimos del local, a eso de las tres de la madrugada, me siento incómodo al caminar. Si tienes polla y alguna vez has intentado caminar empalmado y con las pelotas tensas gritando «Libera la carga», sabes de lo que hablo. No caminamos tomados de la mano hacia mi auto, pero sí vamos muy juntos con los brazos rozándose mientras hablamos sobre nuestra práctica y lo que aún nos queda pendiente.

Una vez que estamos dentro de mi auto, el silencio nos invade durante los primeros minutos cuando comienzo a conducir, y luego su mano va a mi rodilla y la miro de reojo. Está sonriendo y hago una cosa cursi por encima de toda la calentura: le tomo esa mano y me la llevo a los labios para darle un suave beso en el dorso.

Quiero tratar a esta hermosa mujer como una diosa sexual y también como la persona más dulce de mi mundo en este momento, y esta sensación de desear hacerlo me encanta demasiado.

Me gustaría seguir tomándole la mano durante todo el trayecto, pero necesito las dos manos para ser un conductor prudente, por lo que me veo en la obligación de liberársela. Tristemente siento que llegamos demasiado rápido al campus y, después de estacionar en la Facultad más cercana a su residencia, esta vez sí que le tomo la mano mientras caminamos hasta su piso, pero, de nuevo, el camino se me hace corto.

Cuando nos detenemos frente a la reja de la residencia, me llevo una vez más su mano a mis labios y siento la frialdad de sus nudillos al besarlos, así que los soplo para intentar darle algo de calor.

Quizá podríamos haber pasado la noche juntos, pero creo que en un acuerdo no dicho, ambos estábamos bien con la magia de hoy, con la expectativa de lo que estamos comenzando a construir. Sin duda alguna nos deseamos y queremos consumirnos, no creo que lo nuestro sean pasos de bebé, pero hoy al parecer nos pusimos un límite.

—¿En qué piensas? —susurro antes de besarle con dulzura los nudillos.

—En que eres mejor que esa tonta luna que me imaginé y me pateo el culo mentalmente por no haber sido más rápida, pero, bueno, ya sabes que tenía miedo.

—¿Y aún lo tienes?

—Sí, porque ahora que he tenido una cata de esto, de lo que sea que somos, ya no hay vuelta atrás y solo quiero avanzar.

—Eres la persona más sexi y dulce con la que me he tropezado, mi querido trébol.

Le tomo el rostro entre las manos y le doy un beso profundo y húmedo, pero mucho más suave que los que hemos compartido antes. Es un beso de buenas noches con marca registrada y patentada de Callum Byrne.

—Ve y descansa. —Le planto un beso en la mejilla—. Soñaré contigo, pero no prometo que estés vestida.

Simplemente se ríe y avanza. Cuando activa su reja con una llave magnética que se saca del pequeño bolso, se gira para sonreírme.

—Me gusta esto, Irlandés.

—Y aún no lo has visto todo. —Le guiño el ojo.

La veo reír mientras la reja se cierra detrás de ella y sonrío alzando la vista al cielo.

—Gracias, universo, gracias. —Bajo la vista todavía sonriendo y comienzo a alejarme—. Irlanda, están a punto de tener un convenio superimportante con Inglaterra debido a que mis aguas se unirán a estas aguas.

17

MALDITO IDIOTA

Callum

Te diré cómo comienza mi mañana: con una mezcla de emociones, porque experimento una felicidad absoluta ante la noche genial que pasé con Clover, recordando los besos, la sensación de su mano en la mía, la complicidad y las conversaciones, pero también estoy enfadado porque no soñé con ella. De hecho, no soñé nada, lo que considero una estafa total.

Me acosté con la ilusión de que tendría sueños bonitos o sensuales, pero me siento traicionado por mi subconsciente. La cosa no mejora: ahora me encuentro en una videollamada con mis tres hermanas porque Arlene está llorando y yo quiero viajar a Irlanda a patear culos.

Conseguir hacer una videollamada los cuatro es difícil porque normalmente alguien no puede y Moira y yo vivimos fuera de Irlanda. Moira se traslada constantemente de un país a otro por trabajo, y Kyra suele viajar durante prolongados meses a Francia. Arlene es la única que vive con nuestros padres en la actualidad.

—Y entonces él les dijo a todos que le había dado una mamada y había sido horrible, que yo era un cadáver —lloriquea Arlene, la más despistada y sensible de nosotros cuatro.

—Pero ¿le diste una mamada a Jacob? —pregunta Moira mientras se pasa la plancha por un mechón de cabello.

—¡Que no! No se la chupó, él está mintiendo —dice Kyra.

—Ese mierdecilla inseguro. ¿Lo hizo porque pasaste de él en la fiesta? —quiero saber, y Arlene asiente antes de sorberse la nariz—. Quiero ir a Irlanda a cortarle la polla, cosérsela y volvérsela a cortar, y tal vez hacer que se la coma, la vomite y la vuelva a comer.

—Eso fue muy preciso, Call-me. —Kyra entrecierra los ojos hacia mí—. ¿De nuevo estás teniendo pensamientos extraños?

Casi río. Por «pensamientos extraños» se refiere a que, al crecer, siendo ella la hermana más lógica, era a la que recurría para hablarle de mi fascinación por la muerte, el cuerpo humano, los programas de tortura y de que, cuando me molestaba mucho y me era difícil contenerlo, tenía deseos de lastimar a quien me hacía daño.

Creo que a mi hermana le encantaba la idea de jugar a terapia conmigo diciéndome palabras alentadoras como que era normal, que no era peligroso y que no valía la pena lastimar a otros si eso iba a perjudicarme. En el fondo considero que pensó que era un comportamiento infantil normal o tal vez estaba asustada de que otros pensaran que yo era diferente de lo que se espera de un niño. Sea cual sea el caso, la creí y al crecer me controlé mucho mejor y ya no soy tan abierto sobre esa parte de mí.

—¿Qué pensamientos extraños? —pregunta Arlene entre hipidos.

—Nada, solo es Callum —comenta Moira, y yo simplemente sonrío.

—Volvamos al tema principal de esta llamada de emergencia —me limito a decir.

Kyra me dedica una larga mirada no muy contenta con intención de analizarme, pero suspira y devuelve la atención a la menor de nosotros.

—Lele, ¿y si aclaras las cosas y dices que es mentira?

—Por favor, Kyra. —Pongo los ojos en blanco—. Una vez que un chisme ya está corriendo, no se detiene a menos que sea una película con algún mensaje moral y positivo, pero todos sabemos que este chisme ya voló y no va a aterrizar.

Arlene hace un sonido lastimero y más lágrimas le ruedan por el rostro. Lo odio, porque es la niña más dulce y linda que conocerás jamás. De hecho, una vez hicimos una votación y se llevó el premio a la Byrne más tierna de la familia.

—Lo siento, Lele, pero no puedo mentirte. Internet es cruel y él se encargó de que todos se crean esa mierda. No se puede eliminar, pero podemos contrarrestarlo o contraatacar.

—Cuéntame más —pide Kyra antes de lanzarse una uva a la boca.

—Es fácil, a los hombres les duele el ego —se suma Moira—. Él fue malicioso y nosotros también lo seremos.

—Usa el chisme, cámbialo, dale la vuelta —prosigo—. ¿Él dice que se la chupaste y que fuiste un fiasco? Di que lo intentaste.

—Pero que era tan sucio y pequeño que no había manera de conseguir llegar a alguna parte.

—El tamaño no importa, lo que importa es la habilidad —nos recuerda Kyra.

—Es verdad, pero esos niños de escuela no lo saben y le dan demasiada importancia a la tontería del tamaño. A esa edad crea inseguridad.

—¿Jugaremos con la inseguridad de alguien? —pregunta Kyra con seriedad, y el resto permanecemos en silencio.

Moira se encoge de hombros y yo también. Los tres esperamos a Arlene, que se sopla la nariz con el borde de la camisa, lo cual es asqueroso, pero ella es linda y es mi hermanita. Además, luego lavará la camisa, ¿verdad?

—No jugaremos con la inseguridad de nadie —dice Arlene.

Mis hombros y los de Moira se desploman con decepción.

—Vamos a joderlo con su inseguridad.

—¡Esa es mi hermana! —Moira aplaude, e inmediatamente maldice al quemarse con la plancha.

—Está bien. —Kyra suspira—. ¿Qué haremos?

—Dirá lo de la polla sucia y pequeña. —Nuevamente me encojo de hombros.

—Y que realmente no fue como esperabas, que te extraña que hable de ello porque para ti fue decepcionante —aporta Moira.

—Agrégale que se corrió tan rápido que no lo entendiste —añado.

—Y que su semen sabía asqueroso y te dio tanta vergüenza que se lo escupiste a los pies, porque no lo aguantabas. —Moira hace una pausa—. Eso lo matará socialmente y estará demasiado desesperado por admitir que no se la chupaste, pero ya estará hundido.

—Es un plan muy cruel —comenta Kyra—, pero te hizo llorar y dijo cosas muy feas de ti, Lele, así que estoy a bordo.

—En esta familia odiamos unidos —sentencio.

Sé que éticamente no está bien, pero, bueno, en este momento no me importa, porque esa basura difundió chismes sexuales de mi hermanita. Aquí estoy muy de acuerdo en combatir fuego con fuego.

—Y si eso no funciona, podemos decirle a tío…

—¡Moira! —le grita Kyra—. Déjate de tonterías.

—¿Ibas a decir el tío Lorcan? —pregunta Arlene, y yo me estremezco.

—No jueguen con eso —las reprende Kyra.

—Buuu, aburrida —la molesta Moira.

—Entonces ¿tenemos claro el plan de ataque? —pregunto, porque quiero dejar atrás el tema de nuestro querido tío.

Estamos enojados, pero no queremos que corra sangre.

—Se lo digo a alguien y esa persona lo extenderá, ¿verdad? —Ahora Arlene está sonriendo.

Al final ella es tan vengativa como cualquier miembro de esta pelirroja familia.

—Sí, a una persona con la que suelas hablar de vez en cuando y que sea muy social, para que lo suelte sin darse cuenta, y luego se extenderá por sí solo —asegura Moira.

—Gracias, los amo, ya no me siento tan mal. Dejaré de llorar —promete.

—Y solo para confirmar: ¿no hiciste nada sexual con Jacob? —pregunta Kyra.

—No, solo nos besamos, pero, como no me gustó y es un tonto, terminé todo.

—Bien, sigo creyendo que hay mejores soluciones, pero supongo que quedamos con la difamación. —Kyra suspira.

—¡Ánimo, Lele! Esa basura no merece que llores —digo, y ella asiente.

Una vez que hemos solucionado la emergencia, hablamos otro par de minutos antes que tenga que despedirme para ponerme a estudiar y adelantar temas de estudio. Además, Kyra debe ir a trabajar. Fue lindo hablar con ellas, incluso si se trataba de planear una venganza. Nos une ser malvados.

Mi falta de sueños con Clover queda olvidada cuando empiezo a completar y analizar la guía de práctica y los informes del Kevin difunto. No sé exactamente cuánto tiempo pasa, pero casi me sobresalto con la voz de Stephan.

—¿Qué se supone que estás haciendo con Clover?

Lo encuentro en el marco de la puerta de mi habitación con una taza de cereales y leche entre las manos, masticando con lentitud.

—Feliz sábado. ¿De dónde vienes? No te vi cuando me fui del bar.

—Estaba por ahí —es su respuesta—, pero, dime, ¿qué pasa contigo y la chica trébol? Te vi comerle la boca en el bar y con las manos muy afianzadas en su culo… Aunque también pensé que ella estaba escalando sobre ti. ¿Es un rollo casual? ¿Una aventura? ¿Una amiguita? Necesito saber qué papel y lugar tendrá en mi vida. Si debo tratarla cordialmente como una de tus ligues que pronto desaparecerá o si debo tomármela más en serio, como alguien que posiblemente se quede más de un par de semanas.

—Parece que has estado pensando mucho tiempo en ello —señalo.

—Habla, Irlandés. ¿Qué te traes con la chica trébol?

—No quiero gafarlo todo hablando demasiado pronto, prefiero dejar que las cosas avancen, pero no es un lío casual.

—Maldito seas tú con tus supersticiones irlandesas.

—No me maldigas o les diré a mis duendes que te regresen la maldición —advierto, y se ríe.

—Entonces ¿veré a Clover pasarse por aquí algunas veces?

—Eso espero.

Se oye el sonido de una puerta cerrándose y Stephan estira el cuello dando una larga mirada al recién llegado.

—¡Oye, Michael! ¿Algún plan para hoy?

—Eh… Sí, eso creo —responde Michael.

—¿Y si lo cancelas y te vienes a una salida de machos sensibles con el Irlandés y conmigo?

—Quizá la próxima vez, Stephan, gracias por la invitación.

—¿Sabes, mi querido Michael? Eres un tipo superinteligente, he oído que tus calificaciones son espectaculares y te he escuchado hablar con tu familia. —Stephan hace una pausa—. Hombre, no te ensucies en más mierdas, creo que de verdad podría esperarte un futuro brillante.

—¿Qué es lo que pretendes decirme?

Intercambio una mirada con Stephan antes de que este se aleje de la puerta, supongo que para acercarse a Michael. Tomo mi teléfono y salgo de la cama para unirme o presenciar la conversación.

—Lo que quiero decirte es que no arruines tu futuro. Desconozco tus motivos o razones, pero sé que no eres un cabrón malvado. —Stephan lo señala con una cuchara llena de cereales y luego la engulle—. Debes ser más sensato, sal de esa mierda antes de que te ahogues en ella. Me agradas, Michael, y sería un desperdicio verte hundirte.

—Stephan, ten cuidado con lo que dices, no sé de qué hablas.

¡Por las cervezas irlandesas! Me siento como en una serie de clasificación +16, concretamente en la antesala de que las cosas exploten. La conversación se maneja en un tono amistoso, pero sé que Stephan es muy serio sobre sus consejos y también noto el tono a la defensiva de Michael… Mi amigo le advierte que no queremos meternos en esta mierda, tal vez le está implorando que no nos salpique.

—Stephan, creo que ya se ha dicho suficiente. Todos somos adultos y lidiaremos con las consecuencias de lo que hacemos —intervengo, porque sé que la vena terca de mi imbécil lo instará a seguir presionando.

—Es una mierda lo que estás haciendo y lo sabes. Sálvate, Michael, mereces más que esto.

—Te estoy diciendo que no sabes una puta mierda de lo que hablas, así que cierra la boca y no te metas.

—Un amigo te diría todo esto —escupe Stephan.

—Tú y yo no somos amigos.

—Michael, eso ha sido cruel —le hago saber—. Solo queremos ayudar.

—No pedí ayuda, no se metan en esto.

—Entendido, lo último que deseo es meterme en mierda oscura más grande que yo. —Alzo los brazos—. Me lavo las manos de cualquier cosa en la que estés involucrado.

—Tienes una beca, Stephan, y tus propios asuntos. Es mejor que me dejes en paz y no sigas hablando sobre todo esto —advierte Michael.

—¿Acaso estás amenazándome por querer ayudarte? Sí que eres un hijo de puta.

La cosa es que no creo que Michael sea un hijo de puta. Él solo está muy nervioso y se siente acorralado, y una parte sensiblera de mí quiere pensar que incluso nos aleja para protegernos.

El timbre de casa suena cuando hay un clima bastante denso en la sala. Acorto la distancia hasta la puerta y, al abrirla, me encuentro, tal vez, con la fuente de todos los problemas que en este momento tiene Michael: Bryce Rhode.

—Hola, Irlandés. —Me sonríe—. ¿Qué tal todo?

—Todo bien, llevando un sábado tranquilo. ¿Qué tal el tuyo? —Me apoyo en el marco de la puerta.

Ya sabes, es una inequívoca indirecta de: «¡Joder! No entrarás en mi casa con tus asquerosos pies». Sin embargo, mi indirecta parece no ser suficiente para Stephan, porque, ¡por el oro bendito!, abre su gran boca y hace lo que espero que no sea un gran error.

—Fuera de nuestra puta casa, no eres bienvenido —sisea mi imbécil, porque, debido a la «conversación» anterior, su temperamento se encuentra por las nubes—. Michael, saca a esta porquería de aquí, no es bienvenida.

Michael jadea, yo cuadro los hombros muy dispuesto a unirme a la batalla con mi imbécil, y Bryce simplemente sonríe.

—Hay personas a las que les encanta coquetear con el peligro —me dice.

—Sí, yo, por ejemplo, coqueteo con todo —respondo encogiéndome de hombros.

—Sí, y también coqueteas con ese culo bueno de Clover, ¿no? Algunos creerían que tiene un trasero gordo, pero a mí me pareció delicioso y a mis manos también. ¿No piensas lo mismo, Irlandés?

En mi mente estoy saltando sobre él y sacándole los dientes a puñetazos. De una manera sorprendentemente gráfica me imagino sus dientes en el suelo mientras golpeo los puntos exactos en los que sentirá mucho dolor sin llegar a desmayarse. Sin embargo, en la realidad me aferro al marco de la puerta, borro la sonrisa y lo miro durante unos instantes.

—Repítelo y no me haré responsable de mi reacción, Bryce —le advierto.

—No eres el único que tiene la atención puesta en ese culo, Irlandés. Solo digo eso. —Mira detrás de mí—. Muévete, Michael, te espero en el auto, ya que parece que no soy bienvenido.

Intercambiamos una larga mirada. Soy experto en ello porque no me acobardo ni me dejo intimidar fácilmente. En última instancia se gira y se aleja. Maldito idiota.

Michael pasa por mi lado y lo llamo. Cuando se vuelve hacia mí, me muestro serio con mis siguientes palabras:

—No vuelvas a traer a esa basura a casa. Puedes estar envuelto en cosas jodidas, pero las quiero lejos de casa. ¿Lo entiendes?

—Lo entiendo.

—Bien —digo, y le cierro la puerta en las narices con bastante fuerza.

—Quiero partirle la cara a ese maldito imbécil traficante. Está haciendo cosas horribles y lo que dice…

—Stephan —lo interrumpo—. Ese tipo es peligroso.

—¿Por vender su mierda?

—No, tengo la sensación de que es más que eso. Esa clase de poder, crecimiento y mercancía no nace de la noche a la mañana. Tiene respaldo y será mejor que te controles.

—No soy un puto cobarde.

—Y dudo que quieras terminar en una bolsa para cadáveres para que yo te haga la autopsia —lo corto.

—¿De verdad lo crees?

—No lo sé —confieso—. ¡Joder! Toda esa mierda que dijo de Clover…

—Solo quería molestarte, hacerse el chulo que lo sabe todo, como si fuese Jagger.

Jagger… Tal vez deba hacerle unas pocas preguntas al chico de las respuestas, pero eso tendrá que ser después de la videollamada con mi mamá.

—¿Te terminarás los cereales o te quedarás de pie con el tazón en la mano? —pregunto.

—Se lo tendría que haber estrellado en la cabeza a Bryce, ¿verdad?

—Sí, habría sido divertido.

—Lo habría sido —confirma sonriendo—. Maldito idiota.

—Maldito idiota —repito de acuerdo.

18

AQUELLA NOCHE...

Clover

—Me estoy desangrando, estoy segura al cien por cien —afirma Edna, cosa que hace que los dos estudiantes que pasan por delante de nosotras se vuelvan a mirarnos—. Me sangra la vagina porque tengo la menstruación.

Ellos aceleran el paso en cuanto Edna termina de hablar, y me pregunto si es por lo que ha dicho o si se debe a la mirada odiosa de mi amiga. Me río cuando ella emite un bufido y los señala con el café que sostiene en la mano.

—¿Lo ves? Hay un montón de hombres buenos, pero también un montón de imbéciles. Huyen porque oyen que durante varios días del mes nos sangra la vagina. —Bebe de su café en una breve pausa de su discurso—. Ah, pero ya les gusta perforarla una y otra vez con sus pollas y a algunos hasta les gusta comérsela, y ni hablemos de meterle los dedos.

»¿Qué pasa, idiota? ¿No sabías que el coñito mojado al que le dices que te encanta como te follo también se humedece con sangre?

—¿No has pensado que huyen porque les has enviado una mirada intimidante llena de odio? —pregunto con diversión.

—Me gusta creer que es porque son unos idiotas.

—Ya te he dicho que está mal generalizar.

—Y yo te he dicho que la mayoría son idiotas.

Deja de caminar, lo cual hace que yo también me detenga, y río sabiendo que se avecina una charla unilateral con ella misma. Siempre hay tiempo para un pequeño discurso de Edna, y créeme, le apasionan, así que me dedico a beber de mi café.

—Los hombres son personas que evolucionan con mucha lentitud. La mayoría de ellos aún nos percibe como objetos sexuales, y cuando pasan cosas normales como que te crezcan pelos, te sangre la vagina o tengas cicatrices o estrías, su sistema se colapsa porque en su mente estamos programadas para ser siempre bonitas.

La miro fijamente dando otro sorbo a mi café y muevo la cabeza de un lado a otro.

—No estoy de acuerdo —digo—. Todavía creo que está mal generalizar. Es cierto que abundan muchos de esos tipos, pero igualmente hay mujeres con esos pensamientos. He conocido a imbéciles, pero también a otros hombres que son geniales.

—Bueno, el ochenta y cinco por ciento de los que he conocido era como describo.

Sé que será una conversación tonta, porque no me dará la razón y tampoco quiero que lo haga, solo trato de recordarle que generalizar la limita.

—Te lo digo, Clover, haz que una de las pruebas de fuego para el Irlandés sea tu menstruación. Los verdaderos hombres se quedan, las basuras huyen en cuanto aparece un poco de sangre.

—Callum no está en ninguna prueba —le digo—, pero sí será interesante saber cuál es su actitud al respecto. ¿Recuerdas a Rory? —La pregunta sobra, porque es evidente que recuerda a mi último novio—. Una vez me bajó la regla en su habitación y actuó como si fuese una bomba… Una bomba de sangre. Se quejó de que manchara su sabana.

—Se quejaba de tu peso, se quejaba de que comías… ¡Dios! Qué maldito error fue Rory. Qué bueno que nunca se la chupaste, y eso que a ti te encanta chupar como una campeona.

—¡Vaya! Me pintas como una ganadora olímpica de mamadas, pero te recuerdo que no fui yo la que se llevó esa estatuilla.

Edna comienza a reír mientras retomamos la caminata. Primero nos dirigimos a su Facultad, porque me encanta pasar el tiempo con ella incluso si luego tendré que caminar a otro lugar del campus que me queda a unos quince minutos.

—Bueno, me dijiste que te gustaba sentirla en tu boca, que te hace sentir poderosa, nena.

Sonrío. Aunque no dije exactamente esas palabras, sí me refería a algo muy parecido. No me malentiendas, no voy por la vida cayendo de rodillas ante cualquiera; de hecho, podríamos decir que soy un poquito quisquillosa con ello. ¿Rollos de una noche? Lo siento, pero no te daré sexo oral y tampoco exigiré que me lo hagas.

Como cualquier persona que comienza su vida sexual, era un completo desastre cuando me inicié en el mundo del sexo oral. Fue mi follamigo del instituto con quien poco a poco aprendí, descubriendo lo que le gustaba y lo que me gustaba a mí. Era un tipo genial, porque lo hacía divertido y era paciente. Luego simplemente perdía la cabeza cada vez que me lo llevaba a la boca y ahondaba cada vez más en mi garganta. Fue lamentable que no se enamorara de mí como yo lo hice de él, pero esa ya es otra historia.

He tenido tres novios en mi vida: dos de ellos en la universidad y el otro durante el instituto. Con dos de ellos bajé y lo disfruté, pero ¿Rory? Tenía mis reservas. Además, nuestra relación duró cinco meses y por alguna razón no dejé que el sexo se uniera a la relación hasta los últimos dos meses, pero tampoco lo hicimos demasiado y he de admitir que él era bueno. Por fortuna, mis compañeros sexuales siempre han sido buenos, algunos mejores que otros, pero la cuestión es que cuando empezó el sexo en la relación, a mí ya me caía un poco mal Rory, y la idea de llevarme su pene a la boca equivalía a pensar en mordérselo.

Sí, cinco meses fue demasiado tiempo con un tipo que suena tan desagradable, pero ¡oye! ¿No cometemos todos algunos errores a veces?

Cuando tu novio o la persona a la que se lo haces es genial, cuando te da confianza y se deshace bajo tus atenciones, experimentas una sensación de placer y poder a la que podrías volverte una adicta, al menos así me siento. Sonará infinitamente obsceno, pero al pensar en tener la remota posibilidad de respirar a tan solo unos centímetros de lo que Callum lleva entre las piernas, la boca se me hace agua y se me seca la garganta.

—Sé que se la chuparás a Callum y me parece bien, porque ese irlandés tiene pinta de ser muy agradable. Creo que hasta ahora está siendo genial contigo y te ves asustada, pero emocionada, a la expectativa.

—Así me siento —confieso después de beber de mi café—. Él... está resultando mejor de lo que imaginé.

Sonrío recordando toda la noche en el bar y la despedida. No lo vi durante el fin de semana, pero intercambiamos mensajes y en la mayoría de ellos me hizo sonreír y querer pasar todo el día con el teléfono conectado al cargador para que la conservación no muriera por la batería.

—Qué afortunada, nena —dice.

No le he dado todos los detalles, pero sí que sabe que a Callum y a mí nos envuelve una atmosfera de sensualidad. Siempre he sido abierta con mi sexualidad, apasionada y curiosa, pero supongo que no me había encontrado con alguien con quien tuviera tanta compatibilidad y que reflejara su deseo por mí con tanta intensidad y honestidad.

—Creo que hoy no pasaré la noche en mi habitación —anuncia cuando llegamos a la puerta de su Facultad.

—¿Por qué? —Bebo lo que me quedaba de café y, antes de que pueda responderme, camino hasta la papelera para tirar el envase.

Al regresar la encuentro terminándose su café y debo esperar a que vuelva de tirar el vaso para obtener finalmente una respuesta.

—He quedado para pasar la noche con un par de amigos estudiando unas leyes y repasando unos casos penales que nos toca defender en la clase del viernes. Me encantaría que no me tocara estudiar cuando estoy sangrando, pero para nosotras, las mujeres, la vida es todo menos justa. En fin, tienes el piso para ti sola, puedes meter al Irlandés y pasarlo bien. —Frunce los labios y me lanza un beso—. Antes me pasaré para darme una ducha. Gracias por el café y el paseo.

—Rómpete el cerebro —le digo, como siempre.

—Por cierto, vi a Jamie ayer en el centro comercial y me preguntó por ti, por si estabas bien o te había pasado algo extraño. ¿Hay algo que no me hayas dicho?

Seguramente la expresión de mi rostro me delata, porque sé bien que la pregunta de James se debe a lo sucedido con Bryce hace unos días, algo que he sepultado muy atrás en mi cabeza, en la zona de «No revivir ese momento nunca más».

Edna me conoce demasiado bien, por lo que decirle que no pasa nada sería una completa estupidez. Sin embargo, no es algo de lo que quiera hablar en este momento.

—Te lo cuento después, ¿de acuerdo? Pero estoy bien, es solo que la otra noche tuve un encuentro desagradable y James intervino.

—Bien. Te adelanto que estoy cabreada de que no me lo dijeras hasta ahora, pero prométeme que me lo contarás.

—Lo prometo, Edna Moda —digo burlándome de su nombre, hace un par de meses que no lo hacía—. Ahora ve a clase, ya vas con retraso.

Me dedica una larga mirada antes de hacerme prometer de nuevo que se lo diré y luego se va.

Decido que lo mejor es ponerme en marcha hacia mi clase. No he puesto un pie en la Facultad cuando la voz de Maida gritando mi nombre me hace girarme. No debería sorprenderme la ropa que lleva puesta, pero igualmente siempre consigue hacerlo.

Se ha puesto un mono de cuerpo entero de látex que francamente hace que todas sus curvas se marquen de una manera impresionante. El suéter con que acompaña tan atrevida prenda no disimula la atención de sus tetas y sus muslos. ¡Y mierda! Bendito sea ese abdomen, resultado de múltiples clases de pilates.

—Amor —dice, dándome un abrazo fuerte. Debido a la diferencia de estatura, mi mejilla termina presionada contra uno de sus pechos, y un pezón me acaricia el pómulo.

—Estoy segura de que muchos quisieran estar en mi lugar. —Me río cuando finalmente me deja ir—. Te ves…

—¿Sí? —me insta a continuar, a la expectativa.

—Como una fantasía hecha realidad. Muy hermosa, segura y confiada, poderosa.

—Me encantaría tener tus tetas para que se resaltaran más. —Se señala el pecho, que, si bien es pequeño, luce seductor—. Parece que no lleve bragas, ¿verdad?

—Da esa impresión.

—Llevo un diminuto tanga sin costura —me informa mientras comenzamos a caminar hacia nuestra clase—. Hoy tengo una cita o algo así.

—¿Con quién? ¿Quién es el afortunado?

—No te lo diré todavía. —Enlaza su brazo con el mío—. Pero, amor, cuéntame qué pasa con el único hombre del que me prohibí enamorarme.

No puedo evitar reír. Digamos que Maida es observadora y fue tal vez la primera en darse cuenta de que miraba demasiado a Callum, así que en una fiesta, cuando mis ojos estaban plasmados en el baile obsceno y descarado del Irlandés con una estudiante, ella me dio un golpecito con el codo y me dijo: «Nunca me enamoraré de él, súfrelo tú por las dos».

—Hay algo —respondo cuando llegamos a la puerta del aula.

Me detiene, me toma por los hombros y me mira con el característico brillo emocionado de sus ojos y una sonrisa llena de picardía.

—Debo confesar que pensé que nunca harías nada y eso me desilusionaba, porque pienso que jamás hay que tirar la toalla sin haberlo intentado.

—Concuerdo con Maida —dice una voz.

Ambas nos sobresaltamos ante el cálido acento irlandés. Al volverme, por supuesto que ahí se encuentra Callum con un poco de pelo cayéndole sobre la frente, una sonrisa coqueta y su espléndida presencia.

—Hola, nuevo amor —lo saluda Maida con una gran sonrisa—. ¿Te das cuenta de la gran fortuna que tienes de que mi Canela Pasión Oriental te dé más de la hora?

—Me doy cuenta —responde él sin mirarme.

—Has tardado demasiado, pero, bueno, al menos ya disfrutaste lo suficiente como para saber cuándo tienes a alguien verdaderamente bueno frente a ti.

—Maida —digo en una clara señal de que corte el rollo, pese a que quiero abrazarla por las cosas lindas que dice de mí.

—¿Qué? No digo que comiera mal, solo que ahora comerá mejor —asegura—. Bueno, disfrútense —nos dice, entrando en el aula—. ¡Kev! ¿Dónde está nuestro amor Oscar?

Intento seguirla para escuchar la respuesta e ir a mi asiento, pero una mano cálida toma la mía y tira de mi cuerpo contra el suyo. Así es como termino cuerpo a cuerpo con Callum, quien sonríe. Me libera la mano para llevar ambas a mis caderas y me hace retroceder hasta que mi espalda se encuentra contra la pared.

Flexiona las rodillas, baja el rostro y se inclina hacia mí. ¡Por todo lo bendito! No sé qué haré con esa sonrisa y esa mirada seductora, pero si él se lo propone, podría hacer lo que quisiera, porque ¿cómo podría negarme cuando básicamente estoy babeando por arriba y goteando por abajo?

—Hola, mi querida Clover —murmura sin importarle que las personas que van llegando nos pasen por al lado y nos saluden muy curiosas por nuestro acercamiento.

—Hola, Irlandés —susurro.

—¿Qué tal te fue estudiando la práctica del Kevin difunto? —pregunta, retirándome una mano de la cintura para peinarme el cabello, el cual llevo suelto.

—Bastante bien, Kevin quiere que nos reunamos mañana para debatir las hipótesis y redactar el informe final, pero creo que todos concluimos lo mismo sobre el Kevin difunto.

—Está bien, me parece perfecto.

Asiento y nos quedamos mirándonos hasta que se lame los labios y luego los presiona contra mi boca en suaves, continuos y cortos besos provocativos. Cada beso me hace abrir un poco más la boca y lo siento sonreír contra mis labios.

—¿Sabes cuántas horas he esperado desde la madrugada del sábado para besar esta sexi boquita? —susurra, dándome un mordisco algo fuerte en el centro del labio inferior.

—Las mismas que yo —respondo, apoyando una mano en su abdomen por encima de la camisa, y noto como se tensa bajo mis dedos.

—Esa respuesta correcta se merece un premio —musita antes de besarme de nuevo, pero esta vez es un beso largo y profundo.

Su beso es demandante, exigente y tal vez con un toque posesivo. Me besa con una intensidad que podría magullarme los labios y con unos movimientos de lengua que me hacen dar tanto como recibo. La mano que tiene en mi cabello se adentra y tira, dándome un ligero pinchazo en el cuero cabelludo, y con la otra mano me da un apretón en la cadera.

—El aula no es un lugar para compartir saliva —oímos que dice la voz de la profesora.

Callum retira sus labios de los míos y ladea el rostro para mirarla. Podría decir que estoy abochornada, pero es más honesto dejar claro que mi nivel de emoción y calentura es más grande que el de vergüenza.

—Estamos compartiendo saliva *fuera* del aula —señala Callum con una sonrisa.

Me parece que la profesora simplemente pone los ojos en blanco. Está acostumbrada a respuestas y refutaciones desconcertantes de Callum durante la clase, pero en secreto creo que es uno de sus estudiantes favoritos. Después de hacer ese gesto, se limita a entrar y dejarnos fuera.

Recibo otro pequeño beso antes de que me peine el cabello con los dedos de ambas manos. Es algo que comienzo a descubrir que le gusta hacer.

—Exhibicionistas —nos acusa Oscar pasando por nuestro lado, y luego entra en el aula sin decir nada más ni darme tiempo a darle un latigazo verbal en respuesta.

—Entremos, la clase está a punto de empezar. —Lo que señalo es obvio, pero no pueden culparme cuando estoy intentando encontrar mi estabilidad mientras Callum aleja su cuerpo del mío.

—¿Tu próxima clase comienza de inmediato? —pregunta, pero no alcanzo a responderle antes de que vuelva a hablar—: Tengo un grupo de estudio durante unas dos horas y estoy trabajando en la elección de mi trabajo de fin de grado…

—¿Tan pronto?

—Quiero empezar temprano para no enloquecer al final del último año.

—Tal vez debería copiarte ese método —musito.

Murmura un vago «Hum» mientras su mirada persiste en su dedo que está enrollando y liberando un mechón de mi cabello.

—¿Qué haces más tarde? —pregunto, recordando las palabras de Edna. No es que todo se trate de sexo y deba ser algo inmediato, sino que quiero pasar un poco de tiempo con él y conocerlo tanto como pueda.

—Haré lo que esté pasando por la cabecita de mi trébol.

Respiro hondo y me ordeno que no deje ir un suspiro ni me enganche a su cuerpo mientras le imploro que me diga más palabras dulces.

—Puedes venir a mi piso y, no sé, mirar una película o hacer algo, si quieres. —Soy un desastre diciendo estas palabras, pero su sonrisa me hace saber que ha entendido que lo estoy invitando a pasar el rato.

—Quiero.

—Bien.

Nos miramos fijamente y entonces parece que algo le pasa por sus ojos cuando su sonrisa se tambalea un poco.

—Creo que también debemos hablar de algo importante —dice con calma, y eso me desconcierta.

—De acuerdo…

—Algo en lo que me gustaría que fueses totalmente honesta.

Me remuevo incómoda porque siento que la picardía del ambiente se ha perdido y que está demasiado serio, así que me limito a asentir de una manera muy vaga. Respiro hondo cuando me da un ligero tirón en el cabello antes de entrar en el aula y yo camino detrás de él con el corazón acelerado. Siento un par de miradas sobre mí, supongo que intentan entender cuándo pasó lo de Callum y yo, pero, amigos, estoy igual de sorprendida y todavía es una novedad. Disfruten de esta primicia.

Él toma asiento en el mismo sitio de siempre, rodeado de las mismas personas, y yo continúo subiendo hasta deslizarme a un lado de Oscar.

—Me parece increíble que estés tan enganchada a él y aún no hayan follado —susurra Kevin—. Cuando ese hombre esté dentro de ti, Dios nos dé fuerza, porque vas a estar tan «penetizada» que caminarás sobre semen.

—¿Qué? —Me giro para mirarlo. Tiene la vista al frente, pero está sonriendo porque la mano de Oscar le acaricia el cabello.

—Es así —me dice sin mirarme—. Una vez que tienes contacto con el pene de quien te gusta, tu vida no vuelve a ser la misma y te quedas «penetizada».

—«Empollada» también suena bien. Me *metieron* una polla, *toqué* una polla, *chupé* una polla, *vi* una polla —sugiere Oscar sonriendo—. Te vas a «empollar», Canela Pasión Oriental.

Me río, porque me parece que nunca se detienen con sus ocurrencias, y poco después la clase comienza. Mientras Maida está enviándose mensajes con diferentes personas, los dos tórtolos de mi lado están susurrándose cosas, de las cuales alcanzo a oír algunas: «Desearía tenerla en mi boca justo ahora», «Aún puedo sentirte dentro», «Ya quiero repetir»… junto con otras cuestiones que me hacen saber que la vida sexual de mis amigos está en alta ebullición y no se aburren.

Yo, sorprendentemente, presto atención a la clase, porque sé que, si ninguno de ellos está escuchando del todo, yo soy la salvación. Los cuatro somos excelentes estudiantes, pero a veces podemos distraernos.

Poco después ya no hay salvación, porque me aburro y dejo de tomar apuntes.

La profesora nos recuerda que el viernes debemos hacerle llegar el informe, que ya se está revisando lo que entregamos durante la práctica, y una serie de cosas importantes que nos tienen un poco tensos porque nadie quiere equivocarse. Luego retoma la clase hablando sobre dentaduras y la zona craneal. Cuando mi teléfono vibra, no dudo en revisarlo.

Tengo unos veinte minutos antes de mi siguiente clase y el profesor no es especialmente malvado si llegamos algunos minutos tarde.

Clover: Sí. Me quedaré

No me responde, pero cuando alzo la vista me está mirando, asiente con la cabeza y después me lanza un beso antes de volver la atención a la profesora.

La clase se me hace larga y tediosa, así que me dedico a jugar al ahorcado con Oscar en la esquina de su libreta; sus palabras son muy complicadas de adivinar, mientras que las mías son de lo más inesperadas. Pasamos toda la clase riendo por lo bajo o conteniendo la risa mientras jugamos.

Cuando la clase termina, Oscar me ha ganado más veces de las que puedo contar y he aprendido un par de palabras de las que no tenía ninguna idea. Guardo lentamente mi libreta, los lapiceros y la guía de práctica. Mis amigos están esperando que me levante para poder dirigirnos a las escaleras, pero los tres me miran con desconcierto cuando solo encojo las piernas para dejarles suficiente espacio para pasar.

—¿Piensas quedarte aquí? —pregunta Oscar.

—Algo así, tengo una conversación pendiente. Llegaré unos minutos tarde a la clase.

—Podría quedarme aquí tratando de descifrar lo que sucede, pero eso sería malgastar mis veinte minutos libres cuando bien podría irme y tomar un café con mi novio —continúa Oscar.

—Y conmigo —agrega nuestra amiga.

—Y con Maida —acepta él—. Te veo en clase, no tardes demasiado.

—Sí, sí, bebé, termina de salir, que me estoy meando encima y necesito llegar al baño —lo apremia Kevin, y me hace reír por lo bajo.

—Te veo en clase, amor. —Maida me lanza un beso, razón por la cual le perdono que me pise el zapato al salir.

Permanezco en mi asiento viendo cómo el salón poco a poco se va desocupando en cinco minutos, hasta que queda solamente Callum, quien se pone de pie y baja los escalones hacia el escritorio del profesor después de cerrar la puerta sin pasar el seguro. Tomo la mochila y decido alcanzarlo, porque es evidente que no va a subir. Cuando estoy en el último escalón, se sienta sobre el escritorio.

—¿Qué puede ser tan importante como para que renuncie a un bocadillo en mis veinte minutos libres y posiblemente llegue tarde a clase?

Dejo la mochila en una esquina del escritorio y me acerco a él con lentitud. Aunque su actitud no es cerrada o molesta, es un poco extraño que no esté esbozándome una de sus sonrisas o que no me haya dado una respuesta inmediata llena de picardía.

—¿Qué sucedió con Bryce Rhode? —dice con tranquilidad.

Me tenso de inmediato porque nada me había preparado para esto.

—Eh…

—¿Qué pasó exactamente con Bryce Rhode?

Me pasan por la cabeza muchas respuestas y, aunque abro la boca, no me sale nada. He enterrado ese momento en el fondo de mi cabeza, tal vez adrede o sin siquiera darme cuenta, porque el miedo y la manera en la que me sentí… Simplemente no me gusta pensar en ello y menos cuando estoy experimentando otro tipo de sensaciones y emociones. La solución nunca será esconder los problemas debajo de la alfombra, pero supongo que es un mecanismo de defensa porque recordarlo me asusta.

Uno de los dedos de Callum va a mi entrecejo para alisar lo que debe de ser un ceño fruncido y luego sus manos se mueven hasta mis caderas, acercándome a su cuerpo, específicamente entre sus piernas, pero entonces una de sus manos se traslada a mi barbilla para instarme a mirarlo a los ojos.

—¿Qué pasó exactamente con ese imbécil?

—¿Cómo lo sabes?

No intento negarlo, pero no doy ninguna respuesta a su pregunta.

—O sea, que sí pasó algo —contesta, y lo miro durante unos largos segundos—. El idiota estuvo en mi casa alardeando sobre mis gustos y mierdas así, diciendo cosas que francamente no quiero repetir, pero que te involucraban.

—¿Por qué estaba en tu casa? —Quiero retroceder, pero su mano en mi cadera me acerca otro poco más.

—Porque tiene alguna mierda rara con mi compañero de piso.

—¿Stephan?

—No, Stephan jamás se uniría a sus historias. Hablo de Michael, ¿lo conoces?

No, pero creo que Maida sí. Si rebusco en mis recuerdos de la noche de San Valentín, puedo recordarla diciéndome que no mirara a Michael mientras vendía algo, que nos mantuviéramos alejadas.

—¿Qué dijo… Bryce? —pregunto, aunque por mi tono suena más a una exigencia nerviosa.

—Muchas basuras. Quiero saber qué está pasando, por qué ese tipo de pronto me está hablando de ti de esa forma.

—No lo entiendo… ¿Estás enojado conmigo por eso?

—No estoy enojado. —Deja ir una respiración lentamente—. Estoy preocupado porque él es…

—¿Una horrible persona? Lo sé. —Le tomo la mano con la que me sostiene la barbilla y la alejo, porque estoy abrumada con esta conversación inesperada—. Lo que sucede es que la otra noche, cuando fui a esa reunión en el estacionamiento… Cuando me fui como una tonta…

—¿Cuando hice la estupidez de los celos?

—Bueno, no lo iba a decir así, pero la cosa es que fue ese día. He caminado muchas veces sola de noche en el campus y nunca he tenido miedo. ¿Tú caminas con miedo, Callum?

—No, no lo hago.

—Exacto. Tal vez fui ingenua al pensar que podía caminar sola de noche, como cualquier hombre, y estaba comiéndome la cabeza por no haberte explicado lo que sucedía…

—No creo que eso te convierta en ingenua, sino que confirma que la sociedad no funciona —me interrumpe con amabilidad, y resoplo—. En serio, Clover, no eres ingenua por hacer algo que yo puedo hacer con normalidad.

—La cosa es que estaba caminando hacia la residencia cuando él apareció. Solo nos habíamos topado unos días antes y la verdad es que no fue un encuentro agradable. —Me doy cuenta de que estoy hablando muy rápido, por lo que desacelero—. Así que esa noche traté de ignorarlo con educación y alejarme, pero creo que se había tomado alguna mierda, porque se volvió insistente y su mirada era… sucia, y no de la manera en la que tú me miras o como me has hecho sentir. Fue asqueroso.

Me estremezco ante el recuerdo. La experiencia se debe de reflejar en mi rostro, porque Callum me termina de acercar a su cuerpo y me envuelve en sus brazos, y apoyo la mejilla en su pecho. Quisiera devolverle el abrazo, pero mis manos se han quedado atrapadas entre nuestros cuerpos y simplemente permanezco de pie contra él.

—Bryce quería que fuera con él a la fuerza, pero por fortuna llegó James y hubo un intercambio tenso entre ellos. —Trago—. Debo confesar que estaba asustada y yo… Eh… Es horrible admitirlo, pero es que me quedé paralizada, no luché ni corrí. Ni siquiera grité. No hice nada.

—Tenías miedo, Clover.

—Pero no hice nada, podría haberme hecho daño y no hice nada.

Esa es una de las razones por las que no se lo he contado a nadie. Estoy avergonzada, molesta y decepcionada conmigo misma, porque siempre pensé que era capaz de defenderme, de luchar por mí, pero me sentí débil e impotente mientras me tomaba con fuerza del brazo diciendo todas esas cosas.

—Clover, el miedo actúa de maneras diferentes en nosotros, no siempre reaccionamos igual. No te castigues por ello cuando claramente no hiciste nada malo.

Es que lo sé, tengo claro que no fue mi culpa y, aunque sé que mi reacción podría ser considerada como aceptable y justificable ante la situación, no puedo evitar que una parte de mí se sienta incómoda y avergonzada. Sin embargo, trato de llegar a un acuerdo conmigo misma y me digo que si hay una próxima vez —que espero que no sea el caso— le patearé el culo.

—Tengo que enviarle una cesta de frutas a James —digo tras unos minutos de silencio.

—¿Qué James? Debe de haber doscientos James como mínimo en esta universidad.

—Hablo de James Miller.

—¡Jamie! —exclama—. Claro, el de primer año.

—Llegó y me sacó de esa situación, y luego me acompañó a la residencia. Estaba enojado por lo que había sucedido.

—Quiero decir muchas cosas, algunas horribles sobre esa maldita basura de Bryce, algunas en agradecimiento por el bendito James y otras sobre lo muy feliz que estoy de que estés bien. —Suspira—. Lamento que vivieras un momento tan horrible.

—Es cuestión de dejarlo atrás —musito.

Ya no quiero pensar en eso. Y, vale, se siente bien haberlo compartido con alguien y supongo que más tarde se lo diré a Edna, pero no quiero revivir el momento una y otra vez ni dejar que me afecte el resto del día, así que me separo un poco de Callum, pero sus manos en mi cintura no me dejan ir tan lejos, lo que me hace reír por lo bajo.

—¿Adónde piensas que vas, Clover?

—Por si no lo recuerdas, tengo una clase a la que ir.

—¿Qué tan temprano quieres llegar? —pregunta.

En mi cabeza las palabras cobran un doble significado. Atrás queda la sensación desagradable de recordar aquella noche, ahora mi mente y mi cuerpo se llenan de otras emociones mucho más satisfactorias y positivas, y todas ellas tienen que ver con Callum.

Llevo una mano a su rodilla y lo miro con fijeza al rostro. Tiene una expresión curiosa, divertida, pero un poco cautelosa. Supongo que en su cabeza aún se desliza el hecho de que tuve una noche nada agradable que pudo terminar peor de lo que fue, pero no quiero que piense en ello o que sienta alguna especie de culpa por no haber hecho algo supernovelístico como correr detrás de mí cuando me fui por los celos.

Poco a poco asciendo la mano por su pierna y cuando llego al muslo me encargo de que mis dedos se cuelen por la cara interna.

—¿Mi trébol? —susurra.

No es que me gusten los hombres posesivos, pero sé que cuando Callum me llama «mi trébol» no lo hace de manera territorial y cavernícola. Además, tengo que admitir que me gusta cuando lo pronuncia con ese acento irlandés que ahora me dice tantas cosas.

—¿Qué tan temprano quieres llegar, Irlandés? —repito la pregunta que me hizo hace unos instantes, solo que mi tono tiene un toque definitivamente insinuante que él no se pierde.

Me mira como si intentara determinar si mis palabras van en serio y si está bien que pasemos de un momento serio, conversando sobre lo que sucedió aquella noche, a este escenario con una tonalidad caliente en una temperatura ascendente. Sin embargo, el escenario cambia cuando parece que la expresión en mi rostro le da una respuesta clara, y verifica que mi disposición es genuina y no se trata de un caso de «Distraigamos a Callum para no hablar de algo feo, como esa noche».

Antes de que me dé cualquier reacción de carácter sucio, su mirada se dirige a la puerta cerrada. No tiene seguro, pero se supone que no hay clase en esta aula por lo menos durante una hora. ¿Y sabes qué? La intriga y el miedo de que alguien pudiera entrar le agrega una adrenalina adictiva a esta situación.

Primero esboza una sonrisita lenta que sube más por el lado izquierdo, pero desaparece cuando se lame los labios y se muerde el inferior. Lleva las manos a los bordes del escritorio, se reclina hacia atrás y luego abre las piernas lo suficiente para dejar espacio para una prominente erección que comienza a alzarse.

—No sé si quiero llegar rápido o lento, lo dejo a tu elección, pero lo que sí sé con certeza es que quiero que me hagas llegar, Clover.

19

LA INOCENCIA DE CALLUM

Callum

Tengo que admitirlo: Clover Mousavi es una mujer ingeniosa y que sabe ser práctica cuando la situación lo merece.

Tras unos cálculos rápidos confirmamos que la posición de estar yo sentado en el escritorio y ella de rodillas no funciona, así que la mujer, bien astuta, rodea el escritorio mientras me da una orden bastante atrevida:

—Bájate la cremallera y sácatela.

—¿Así, sin más? ¿Me la saco como una manguera a punto de regar unas plantas? —pregunto.

—¿Como una qué…?

—Lo que escuchaste, Clover. —Me giro para mirarla y le sonrío—. Puedo hacerlo, pero ¿no prefieres hacerlo tú?

Se queda ahí de pie con las manos en la silla donde dejan caer los profesores sus culos intelectuales. Lleva esos ojos oscuros llenos de deseo a lo poco que puede ver de mi polla endurecida en el tejano debido a la posición y luego vuelve a mirarme a los ojos y asiente con lentitud como una pobre criatura que acaba de descubrir que a las fresas se les puede untar chocolate.

—Sí, prefiero hacerlo yo —confirma—. Aleja las manos de lo que en este momento es mío.

Espera, espera, espera. ¿De lo suyo? ¡Por los duendes irlandeses! Me endurezco todavía más ante el tono caprichoso y demandante de su voz, nunca nadie me había dicho que alejara mis manos de mi polla porque era suya. Sé que a Clover le gusta que sea demandante, pero supongo que en algunos aspectos —como en el arte de chupar y mamar, y no precisamente un caramelo— le gusta tener el control, o quizá solo de vez en cuando. Ay, no sé, pero voy a descubrirlo.

—Alejaré las manos de lo que consideras tuyo, Clover, pero tengo que hacerte una advertencia.

—¿Cuál? —Su tono tiene un toque de impaciencia.

—En el momento que esa dulce y sexi boquita me chupe, podría ponerme algo mandón diciéndote u orientándote en lo que quiero. Es cierto que tú eres quien tendrá el poder cuando me tengas en tu boca, pero también es muy cierto que soy un participante activo que no se limita a mirar y gruñir.

Noto un sonrojo, pero no es de vergüenza, sino de deseo. Las pupilas se le dilatan y me siento hasta halagado porque me ve como su piruleta favorita, como si fuese una botella de agua a instantes de saciar su sed. Tal vez la comparación más idónea sea la leche a punto de mojar sus cereales.

—¿Eso te parece bien, mi trébol?

—Sí, está bien —responde con lentitud y la respiración afectada.

—Entonces, aquí te espero.

Vuelvo la vista al frente mientras tarareo una canción al azar, y cuando Clover reaparece y deja caer la silla de los profesores frente a mí es raro, ¿sabes?, porque es la altura ideal y me hace cuestionarme si las sillas para profesores están hechas con el fin de dar mamadas o comer a las chicas sobre el escritorio.

—¿Estás tarareando una canción de Britney?

—Sí —respondo sin titubear—. Moira incluso me enseñó un par de coreografías y a los doce años me dejaron llevar un traje de látex rojo igual al que ella llevaba en el videoclip.

—¿Y te gustó?

—Sí, pero digamos que no fue mi mejor atuendo —respondo, y la hago reír—. Sin embargo, al menos no me quedé con las ganas de haberlo usado.

—Rescato algo de tu experiencia —dice, sentándose en la silla y llevando los dedos al botón del tejano, que no tarda en abrirme.

—¿Qué sería eso? —pregunto con la vista clavada en ella mientras me baja la cremallera.

—Que es mejor hacer lo que se quiere en lugar de quedarse con las ganas, incluso si no es la mejor idea.

Sé que sería romántico y dulce decir que nos sonreímos, que su mano fue lenta y gentil mientras se adentraba en el bóxer y me acariciaba y todas esas cosas que siempre leo en los libros, pero esta vez no se aplican.

Esta es la realidad: por favor, no nos tomes como un ejemplo a seguir… si no te quieres divertir.

Lo que pasa a continuación es que nos miramos unos tres segundos y entiendo que sus ojos reflejan el mismo deseo que yo siento, así que nos movemos rápido para bajarme el tejano por la mitad del culo y que ella me baje sin ninguna ceremonia el bóxer y me tome en su mano.

La mano de Clover no es pequeña y sus dedos son largos. Sin embargo, parece sorprendida cuando me rodea un poco menos de la mitad. Podría decirle algo tonto como «Sí, soy un chico grande», pero eso sería presuntuoso y estaría asumiendo que no ha visto algunas buenas pollas en su vida. No hay nada de malo en saber que otros tipos la pueden tener más grande o más gruesa que yo, las pollas son como piruletas de sabores: las hay de todos los tamaños y grosores, pero sé que la mía es muy demandada. Llevo un orgullo nacional que no ha defraudado a nadie colgándome entre las piernas y otras veces bien endurecida (y no es presumir, es una afirmación; me baso en pruebas y sucesos empíricos).

—Es larga y gruesa.

—Dijo la recatada señorita cuando visualizó el falo macizo entre sus manos —comento, y ella alza la vista para encontrarse con mi mirada.

—Qué cosa tan rara de decir.

—Prosiguió la dulce señorita, que se disponía a subir y bajar la mano por la masculinidad erguida que clamaba por atención; pero primero ella debía lubricar dicha mano para no lastimarlo.

—Basta. —Se ríe y, en efecto, sube y baja la mano, lo cual me hace estremecer; la fricción en seco no se la recomiendo ni a mi peor enemigo.

—La señorita desliza el pulgar por la punta para luego llevarse la yema húmeda a la lengua, saboreando lo que pronto tendrá completamente en su boca.

—Qué narrador tan especifico —dice, pero lo hace.

Observo con fascinación cómo su pulgar, con una gota de mí, se cuela entre sus labios. Podría seguir narrando, pero no creo que tenga tiempo para decir nada cuando me agarra de la base con una mano y luego baja la cabeza.

Clover no tantea ni juguetea, ella va directa al grano, apunta y dispara: un segundo estoy al aire libre y al siguiente estoy envuelto en la calidez de su boquita seductora. Aprieto mi agarre sobre el borde del escritorio mientras su boca me trabaja poco profundamente, pero dejando suficiente humedad para que sus manos puedan deslizarse arriba y abajo por el tramo que no logra llevarse tan hondo.

La vista es espectacular, mejor que cualquier imagen mental que pudiese haber creado, y la manera en la que esos ojos oscuros me miran mientras su boca y sus manos suben y bajan es celestial. Disminuye la velocidad y parece que sus ojos quieren gritarme algo. Creo intuir qué es, pero me hago el desentendido, lo que provoca que disminuya hasta que su boca sube y me libera con un pequeño sonido.

—Hazlo —me pide.

—¿Hacer qué?

—Lo sabes.

—No, no lo sé, mi trébol.

Hace un chasquido con esa lengua que antes me acariciaba porque está impaciente, así que me toma una mano y se la lleva a la cabeza, específicamente a su cabello, dándome una mirada muy significativa.

—¿Quieres que te tome del cabello así? —Lo enredo con fuerza en mi mano y tiro—. ¿De manera ruda y dominante?

—Sí —dice sin aliento—, hazlo.

Llevo la otra mano hasta sostenerme en la base y le acaricio los labios, pero no estoy preparado para ver que asoma la lengua para lamer los restos de humedad en la punta.

—¿Quieres que te inste a tomar más de lo que crees que puedes tragar?

Gime… ¡Y por el oro de Irlanda! Abre más los labios hinchados ante mis palabras. Es casi alucinante lo compatibles sexualmente que parece que somos.

—Por favor, Callum, por favor.

—No sé exactamente qué me estás pidiendo con tu «por favor», pero lo que sí sé es lo que voy a darte, Clover.

—Sí…

Brevemente me pregunto si esta mujer terminará conmigo, debido a que me alienta a ponerme más sucio y me excita tanto que incluso mi corazón sale afectado de lo rápido que late. Seguramente un cardiólogo me diría que huya antes de colapsar, pero no tengo planes de ir a ningún lado, mucho menos cuando su boca no se abre lo suficiente y me desliza nuevamente en la calidez húmeda de su boca. Ejerce una presión casi dolorosa, pero muy placentera.

Esta vez con la mano en su cabello, la insto a bajar la cabeza mucho más porque sé que no lo odiará, porque es lo que me pidió, es lo que quiere. Cuando consigo llegar a la garganta profunda y tiro de su cabello, ella gime. Me muerdo el labio inferior para no alertar a las personas de afuera de que parecemos un vídeo porno casero sobre mamadas monumentales, pero es muy difícil cuando ella me está deshaciendo con su boca, sus deseos y su talento. Sus ojos se vuelven lagrimosos, pero me sostiene la mirada, y cada vez que la hago bajar muy profundo, gime como si eso le diese alguna satisfacción personal.

Somos un desastre de humedad por su saliva y el líquido preseminal que no deja de salir de mi punta. Su boca está hinchada y la mandíbula tiene que dolerle, pero no se detiene. Cada vez lo hace más rápido, más profundo, más descarada. Ya no me sostengo, porque ella lo hace con ambas manos. Cuando una de esas manos baja hasta mis sensibles monedas de oro —hay que ser original para llamarlas algo más interesante que simplemente «pelotas» o «testículos»— para darles un apretón malvado, pero también excitante, me vuelvo un poco animal, un loco desesperado por liberarse que le enreda las manos en el cabello y embiste contra su boca.

Me impresiona el poco reflejo nauseabundo que posee, solo tiene una arcada. En cuanto al resto, debe de ser una campeona olímpica del sexo oral, porque me trabaja y maneja como una experta. Soy un tipo que ha recibido muchísimas mamadas, pero esta... ¡Señores duendes! Esta es un puto oro al que me aferraré toda la vida. Seré viejo, en mi lecho de muerte, y sentiré una cosquilla en la entrepierna. Entonces mi enfermera dirá: «¡Señor Byrne! Por favor, ¿cómo puede aún tener erecciones?», y yo responderé: «Ah, es que estoy recordando aquella mamada en un aula que me dio mi trébol».

La presiono hacia abajo y, cuando tiro de su cabello para que vuelva a subir, se rebela contra el sistema, contra mí.

Me mantiene durante unos segundos en el inicio de su garganta y sus dedos acarician mis monedas de oro de una manera precisa para luego darles un apretón con el que sé que esto se acabó. Estoy a unos segundos de volar sin tener que comprar un billete de avión. ¡Qué oferta!

—Voy... —Mi respiración es un asco y mi voz suena como si me hubiese fumado cinco cigarrillos en diez minutos—. Voy a... correrme... como ya... Voy a correrme... Clover.

No quiero darle una lluvia facial y tampoco sé si pretende tragárselo, pero cuando me saca de su boca y se limita a subir y bajar la mano con rapidez me cuesta descifrar qué se supone que debo hacer con mi descarga. Sin embargo, la naturaleza es la naturaleza y simplemente el deber me llama y no puedo contenerlo mucho más, así que apunto y disparo.

Y la sucia de Clover se alza la camisa y acabo entre sus pechos. ¡Jodida vida! ¿Qué hice para merecer esto? Veo que cae contra su piel canela, sobre la cima de sus tetas.

Me sacudo como un desgraciado cuando me corro. Es un orgasmo rompehuesos y volador que, si yo no tuviese fortaleza, quizá me habría hecho irme en lugar de venirme. Cuando consigo volver a ubicarme, mi vista se clava en los grandes pechos de Clover dentro de un sujetador y con mi decoración sexual en las cimas.

Sé que no es una mujer de abdominales, vientre plano y tonificado, así que no es ninguna sorpresa cuando veo su estómago —hago una nota mental para morderlo—. Simplemente me maravillo imaginando todas las formas en las que puedo agarrarla sabiendo que no se sentirá frágil debajo, encima, de lado ni de todas las maneras en las que podamos ponernos. Y lo que es más importante: no se esconde de mí.

Llevo mi mirada hasta la suya. Está sosteniéndose con una mano la camisa alrededor del cuello, con la respiración agitada y los ojos abiertos de tal modo que me daría miedo si no supiera que es porque está como yo: sobrecogida —no hay ningún juego de palabras— por lo que acaba de pasar.

Arrastro un dedo por la cima de una de sus tetas, recogiendo un poco de mi desastre, y lo alzo hasta sus labios, y, como la chica sucia que acabamos de confirmar que es, ella lo lame y chupa, haciendo un sonido de deleite.

—Si tanto te gusta chuparlo de mi dedo, la próxima vez quizá quieras tragártelo. —Sonrío.

Porque obviamente tendremos un sinfín de próximas veces.

—Hay muchos lugares en los que puedes terminar…

—Sí, en tu boquita. —Sonrío y deslizo la mano por su mejilla—. En la cara si te va la lluvia facial, dicen que es bueno para la piel.

—Qué dato tan curioso e interesante.

—También puedo acabar en tu estómago. —Se tensa un poco cuando mi mano se detiene en su vientre, pero se relaja bastante rápido—. Si somos cuidadosos, no tenemos ninguna enfermedad y usamos métodos anticonceptivos de confianza, puedo terminar aquí. —La acuno entre las piernas dándole un ligero apretón que la hace gemir—. Y aún habría otro lugar para acabar.

—¿Cuál? —Tiene las pupilas muy dilatadas.

Subo la mano por su cadera hasta la cintura y luego desciendo por la parte baja de su espalda hasta posarme con la palma abierta en el centro de su hermoso, perfecto, maravilloso culo.

—Aquí, Clover. Si nos ponemos muy sucios, podemos jugar con el agujero prohibido y acabar en él, sobre él o dentro de él.

—Tú…

—¿Yo? —Sonrío.

—Tú eres… —Se calla como si no encontrara las palabras—. Es un halago, por cierto, solo que no sé cómo decirlo. Eres… más que una fantasía, eres un sueño o algo así.

—Puedo ser tu sueño lindo y dulce, tu sueño divertido y, por supuesto, tu sueño húmedo y sucio, mi trébol.

Bajo del escritorio y veo que se pone de pie, se agacha y se saca de la mochila un paquete de pañuelos. Me extiende uno y me hago cargo de mis asuntos mientras ella se limpia el pecho. Tal vez en otra vida fui un francotirador, porque mi puntería, dirigida por su mano, dejó ileso el sujetador.

Cuando mi mercancía ya se encuentra dentro del bóxer resguardada por el pantalón, le tomo el rostro entre las manos y le doy un par de besos en la boca, que está hinchada, esa boquita que ahora sé que es más talentosa de lo que imaginé.

—¿Tenemos planes para más tarde? —pregunto para confirmar su invitación anterior.

Aquí no estoy insinuando nada sexual. Obviamente sería genial si sucede, pero también me refiero a salir, conocernos, simplemente hacer algo juntos. Tal vez le guste ver a las Kardashian o algún otro *reality* que podamos ver juntos.

—Podemos cocinar y mirar algo, no sé… Pero fui honesta cuando te invité, quiero que vengas.

—Ahí estaré. —Le doy otro beso.

—Debo irme, me parece que llego muy pero que muy tarde a la clase. —Recoge la mochila—. Te veo después, Irlandés.

—¡Clover! —la llamo cuando abre la puerta, y se gira para mirarme—. Me tienes enloquecido… ¡Ah! Y me debes el turno, yo también quiero probarte.

Sonríe y sacude la cabeza antes de básicamente salir del aula corriendo.

Clover, Clover, Clover.

Tengo el culo apoyado en el escritorio pensando en lo que ha pasado —corriendo el riesgo de terminar poniéndome semiduro—, cuando veo algo en el techo, en una esquina, que había olvidado totalmente.

Quizá sí hemos hecho un vídeo porno casero que podría terminar en algún portal web pornográfico, en plan: «Mira cómo me la chupa esta sucia canelita en el aula». Un título horrible, machista y degradante con el que no podría vivir.

Mierda.

Hay una puta cámara burlándose de mí y de mi inocencia.

20

REFORZANDO EL CONOCIMIENTO

Callum

—Necesito tu ayuda —digo.

No hay un «buenas tardes», una charla cordial, etiquetas sociales o unos minutos para dedicarle una mirada apreciativa. Necesito soluciones, y este hombre-adulto-joven puede dármelas siempre que pague y, porque vamos a ser honestos, le caigo superbién.

—¿Ayuda con algo obvio o esta vez sí es algo que no sepas? —pregunta Jagger pasando la página de un libro de economía de potencias mundiales.

—Ayuda para obtener y eliminar algo —respondo, y no alza la vista— de la oficina central de mi Facultad.

Con lentitud deja de leer y se enfoca en mí. La curiosidad le brilla en los ojos grises y poco a poco esboza una pequeña sonrisa, a la vez que se pone más cómodo en el asiento. Está interesado en lo que voy a decirle.

—¿Qué hiciste?

La pregunta correcta es: «¿Qué hiciste y qué te hicieron?».

Me lamo los labios y miro alrededor, lo último que necesito es que alguien se entere de mi encuentro con Clover en un aula. Es decir, obviamente desafiamos al destino al no poner el seguro en la puerta, pero no queremos que se haga público. No tengo intenciones de hacerme famoso —y dudo que ella sí— debido a un vídeo sexual, ese nunca ha sido uno de mis tantos sueños.

—¿Y bien? —me insta Jagger.

—No puedes decírselo a nadie, pero a nadie —le ruego—. Si lo haces te apretaré las bolas hasta que vomites.

—Qué encantador. —Sonríe—. Pero está bien.

—Estoy con Clover, estamos juntos aunque estamos solteros.

—De acuerdo.

—Y estamos calientes el uno por el otro y es difícil controlarse.

—Los famosos primeros meses de calentura. —Se ríe—. ¿Dónde entro yo en todo esto? ¿Quieres invitarnos a Lindsay y a mí a un cuarteto?

—¿Se apuntarían?

Pregunto por curiosidad, pero admito que también me interesa porque suena como algo bastante divertido y caliente.

—Por mí vale, pero Lindsay lo descartaría, y como somos una relación, solo estaba bromeando. —Cierra su libro—. Dime qué sucede, porque tardaré al menos quince minutos en llegar a mi clase de Finanzas, y el profesor McCain odia la impuntualidad.

Me tomo unos preciados segundos para reorganizar lo que voy a decir, pero al final lo mando todo al carajo y simplemente comienzo a soltarlo todo sin ninguna ceremonia o tacto.

—La cosa es que necesito un vídeo de la cámara del aula 203 del bloque B de la Facultad de Ciencias, aproximadamente de hace unos cuarenta y siete minutos, un poco más o un poco menos. —Debería felicitarme por ser tan específico con mi petición, pero lo que hace es arquear ambas cejas.

—¿Por qué quieres que haga eso?

—¡Joder, Jagger! ¿No puedes ceder y punto? ¿Cuánto debo darte?

—Me estás pidiendo que joda la seguridad de una Facultad, de la tuya. ¿Sabes lo que pasará si me pillan?

No sería bonito si lo atrapan, pero es Jagger y…

—A ti nunca te pillan.

—Pero ¿por qué arriesgarme?

Hay unos cortos segundos de silencio durante los cuales él no cede y… ¡A la mierda! Ya está, solo hay que decirlo con confianza para que me ayude con mi videíto caliente.

—Bueno, porque no quiero que toda la universidad me vea deslizándome en su boca ni tampoco cómo disparo semen sobre la chica con la que estoy saliendo —mascullo, y sonríe de costado.

—Ah, te pusiste a jugar y se te olvidó que había cámaras. —Se ríe—. ¿Es muy malo?

—Sí, hay dos cámaras. Una delante y la otra atrás. Fuimos sucios.

Con esas dos malditas cámaras consiguieron un pequeño documental en dos buenos ángulos, tanto de ella tragando como de mí empujando, y estoy seguro de que se oirá también nuestra charla sucia y los sonidos húmedos de cuando se la metía hasta el fondo. Irlandés, ¿por qué te calientas tan rápido por Clover?

—Está bien —dice Jagger finalmente—, déjame escribirle a alguien que podrá entrar en el sistema en pocos minutos. Sé que los vídeos de seguridad se revisan los miércoles y los viernes, por lo que estás de suerte que no sea hoy.

»Si me responden de inmediato, tardarán tal vez una hora en borrar el rastro. Bueno, eso si la seguridad de la Facultad de Ciencias es tan ineficiente como la de la Escuela de Negocios.

Dejo ir un suspiro de alivio. Sabía que Jagger sería mi hombre. Estiro la mano para tomar la suya de manera teatral y me mira con diversión.

—¿Cuánto te debo? —Hago una pausa y continúo con un tono coqueto adrede—: ¿Cómo quieres que te pague?

—Con tu hermana Kyra.

Suelto su mano con sorpresa de que mencione a mi hermana, y precisamente a Kyra. No soy proxeneta y nunca daría a mi hermana como pago. ¡Ni siquiera a Jagger!

—¿He oído bien?

—Sí, he dicho «Kyra».

—Pero… no puedo darte a mi hermana, y no seas un maldito infiel, tienes novia.

—No quiero follarme a tu hermana, Irlandés —aclara—. La quiero en una videollamada para que ayude a Maddie con su clase de francés, porque hay algo que no entiende y está enloqueciendo. Me dijiste que tu hermana estudió idiomas y domina varios, de modo que consigue que le dé un par de clases a Maddie, es todo lo que quiero como pago por eliminar tu vídeo sucio.

No sé cómo va de tiempo Kyra con su trabajo, pero es hora de que me pague por el privilegio de tenerme de hermano que mira k-dramas y presentaciones de grupos de k-pop larguísimas a horas nada normales, así que asiento hacia Jagger para mostrarle mi acuerdo.

—Bien, puedo conseguirlo. ¿Cuántas clases?

—Son solo dos, la profesora de Maddie es particularmente mala explicando y califica como una loca.

—¡Uf! Es horrible cuando eso pasa.

Él asiente y revisa su teléfono, que acaba de vibrar. Me sonríe.

—Estás de suerte, ya se pondrán a buscar tu vídeo prohibido.

—Garantízame que esa persona lo eliminará sin siquiera mirarlo.

—Debe mirar un poco para conseguirlo, pero ya le dije cómo vas vestido, que eres pelirrojo, y robé una foto tuya de tu Instagram para que te reconozca —dice con seguridad—. Es puro negocio, no mirará nada que no sea necesario, es profesional.

—Bien. —Respiro aliviado una vez más—. Ha ido de poco.

—Casi te quemas.

Pienso en Clover, en todo el fuego que emerge de ella cuando nos ponemos más que un poco amistosos y nos quitamos los trajes de ángeles.

—Jagger —digo, y le sonrío—, yo ya me estoy quemando con mi trébol.

Él dice algo de que soy un poeta, pero su mirada se clava en un punto lejano a la derecha. Cuando me giro tardo en ubicar quién tiene su atención, pero entonces veo a Lindsay moviéndose de un pie a otro mientras un hombre adulto le posa una mano sobre el hombro al hablar.

—¿Por qué rayos la toca? —sisea Jagger, recogiendo su libro y poniéndose de pie.

—No te tenía por un tipo celoso —comento, porque nunca me dio esa vibra.

—No es una cuestión de celos, sino de que ese profesor de ética no tiene ética, es una mierda. Te veo luego, Irlandés. Te escribiré cuando todo esté eliminado, y recuerda decírselo a Kyra, Maddie necesita las clases esta semana.

—De acuerdo —digo con lentitud, y veo que tiene una expresión de cabreo bastante fuerte.

Da unos pocos pasos y luego se vuelve para verme.

—Sé lo que pasó con Clover y Bryce. —Me tenso—. Jamie me lo dijo. Es un eslabón del que hay que hacerse cargo.

—Jagger, vigila con las batallas en las que peleas. —Uso el mismo tono que empleé con Stephan—. No es un simple cordero, ve con cuidado.

Asiente y avanza a grandes pasos. Lo sigo con la mirada y veo que alcanza a Lindsay, cuya expresión corporal creo que denota incomodidad, y al profesor, que ahora se tensa con la presencia de Jagger. Observo el breve intercambio sin saber qué podrían estarse diciendo, y poco después Jagger y Lindsay se alejan.

—Profesor de ética sin ética —repito las palabras de Jagger mientras miro al tipo, que ahora camina junto a una estudiante que parece radiante de estar a su lado.

Suspiro, me saco el teléfono y le envío un mensaje a Stephan, pero me hace saber que se encuentra en clase, así que al final decido ir a la biblioteca de mi Facultad y dedicar la hora libre a leer sobre cuerpos en descomposición y libros de física que me ayudan a entender mejor las distancias y las trayectorias de los disparos. Es encantador.

De vez en cuando miro el teléfono con la ilusión de haber recibido un mensaje de Jagger diciendo que ya han eliminado el vídeo, pero eso sería demasiado rápido.

Estoy tan metido en los libros que no noto la desagradable presencia hasta que es demasiado tarde.

—¿Te diviertes?

—Lo hacía —respondo sin mirarlo—, hasta que llegaste.

Se hace un largo silencio y Bryce no se va de mi mesa, pero no lo miro. En lugar de ello paso la página de uno de los libros y sonrío cuando aparece la imagen del aspecto que tienen los pulmones cuando alguien muere ahogado y estos colapsan con agua.

—Deja de tontear con Clover —dice, y suena a una orden.

Odio alzar la vista de inmediato y que él sonría como si ahora me tuviese donde quería.

No hablo, simplemente lo miro.

—El culo de esa chica es mío —continúa— y, aunque generalmente no soy un tipo celoso, no me gusta verla contigo cuando tiene que ser mía. Eres un obstáculo, un estorbo para mi diversión.

—¿Que Clover sea tuya? Y ni siquiera pensaré en lo ofensivo que podría ser que me llames «estorbo», porque, adivina: tu inútil opinión poco me importa. —Me río y alguien me exige silencio—. Simplemente vete, Bryce, no me arruines más el día.

—¿Arruinártelo? Esto no es nada, escucha lo que te ordeno o...

—No tengo tiempo para tus amenazas —lo interrumpo—. No me das órdenes, no soy tu perra, y estoy lo suficientemente loco para no sentir ni un ápice de miedo ante todo tu alardeo. Deja de pavonearte y ridiculizarte. Además, me haces perder el tiempo, me molestas y no tengo interés en escuchar tus monólogos baratos.

—Mis juguetes son míos y no los comparto hasta que los deseche.

El cabreo que siento es monumental. Este hijo de puta se refiere a mi trébol como un juguete sexual de su propiedad. No me queda ninguna duda de que tiene serios problemas y tendencias altamente peligrosas, pero respiro hondo y aprieto con fuerza mi libro para no soltarle unos puñetazos.

—Clover no es tuya ni es propiedad de nadie. No está interesada en ti y sé que la atosigaste, por lo que será mejor que mantengas tu patético culo lejos de ella.

—Creo que no lo entiendes, Irlandés. No estoy jugando, bueno, no contigo. Mantente al margen y no me hagas enfadar más de lo que ya lo haces.

—¿Crees que estudio Criminalística solo por el simple poder de la justicia, el deseo de resolver crímenes y causas de muerte y la bondad de mi corazón? —Le sonrío mirándolo con fijeza—. Sé cómo funciona el cuerpo humano y también sé cómo se descompone. Sé cómo evitar los rastros y qué causa más dolor. No me gusta que me jodan la paciencia ni que me amenacen, y me importa una mierda si vienes y te sientas aquí para intentar intimidarme para que me aleje de Clover, porque eres un caprichoso que no entiende cuando alguien te dice que no.

»Puedes creerte un puto dios, pero no lo eres en mi mundo, así que supéralo y piérdete.

Les he advertido a Stephan y a Jagger que este tipo es peligroso y, sin embargo, aquí estoy diciéndole todas estas cosas, pero es que su fijación con Clover me está poniendo de los nervios. Ahora que no soy presa de su seducción, me doy cuenta de que ella me habló poco de lo sucedido con Bryce, pero lo que sí noté fue su absoluto miedo cuando tan siquiera mencioné su nombre.

—¿Por qué te cabreas y te empeñas en ella cuando eres una marica a quien le gusta que le den por el culo?

—Mi culo, mi problema. —Le sonrío—. No te debo explicaciones. Eres tan básico, tan cliché… Y por supuesto tenías que ser un ignorante y homófobo, eres un chiste.

—Pensé que eras un tipo inteligente —dice con una risita baja—. Qué decepcionante es descubrir que eres tan común, molesto e inservible como los demás.

—Ay, lamento no ser lo que esperabas, cariño. —Finjo pesar.

—No me gustan los obstáculos, Irlandés, y tú eres uno.

Me mira en silencio durante unos largos segundos antes de sonreír. Me genera escalofríos, no porque me asuste, sino porque ese simple gesto esconde mucho y parece muy siniestro. Sé que no es un estudiante cualquiera.

—No sabes cuánto voy a disfrutarlo —murmura.

No especifica a qué se refiere, simplemente se pone de pie y se marcha bajo mi atenta mirada. Dejo ir una profunda respiración y trato de sacudirme los escalofríos que experimento, porque este encuentro no me ha gustado nada.

No creo que esté paranoico; hay algo realmente mal con ese idiota y no entiendo su fijación con Clover ni por qué quiere intimidarme para que me aleje. Ese maldito gilipollas cree que correré y dejaré a mi trébol; peor aún, cree que soy la razón de que ella lo rechace, en lugar de que a ella no le guste.

Respiro hondo una vez más y clavo la mirada en el libro para leer detenidamente cómo los órganos de un ser humano comienzan a fallar cuando se ahogan, cómo se siente y cuánto tiempo tarda en morir en ese estado. Lo vi en una clase hace un tiempo, pero siempre es bueno reforzar el conocimiento, ¿cierto?

21

CULTURAS

Callum

No es la primera vez que estoy en uno de los pequeños apartamentos de las residencias y, aunque son mucho mejores que las habitaciones compartidas para alumnos de primer año o con menos recursos económicos, igualmente no es el lugar más amplio.

El piso de Clover consiste en una sala pequeña con una cocina todavía más pequeña y tres puertas que llevan a distintos espacios: a su habitación, a la de su amiga Edna y al baño. Sin embargo, hay cuadros, algunos adornos distintivos y hasta veo una polla de plástico en un pequeño estante, al que no puedo evitar acercarme.

«La mejor mamada», leo en una placa. Resulta que es de porcelana y parece que es un premio. Clover, que estaba en su habitación hablando con su papá, sale de nuevo cuando ha terminado la llamada. He llegado hace apenas unos pocos minutos y ya me estoy encontrando con estas sorpresas.

Su vista va al premio de mi mano y por una fracción de segundo sus ojos se abren un poco más y luego regresan a mí. Por supuesto, estoy sonriendo ante lo que sostengo en la mano. A ver, he sostenido pollas a lo largo de los años, de carne y hueso y bastante duras, pero esta de porcelana que se exhibe como un importante premio es la estrella del espectáculo.

—Este premio es tuyo, ¿verdad?

—¿Qué te hace pensar eso? —pregunta, y se acerca y me lo quita de las manos para devolverlo a su lugar.

—El hecho de que hace unas horas estuve envuelto en tu dulce boquita y empujando hasta tu talentosa garganta. Sin dudarlo te daría el premio.

Me mira durante un par de segundos antes de reír y recogerse el pelo detrás de las orejas. Me es imposible no fijarme en que lleva una camisa muy ajustada que deja a la vista mucho escote y viste unos *shorts* de algodón que le llegan hasta debajo de los muslos y se le ajustan a la cintura. Veo mucha piel acanelada y me lamo los labios imaginando que la saboreo, que la toco…

—No es mío.

—¿No? —pregunto con un mohín, y ella ríe y me rodea al caminar hacia la cocina, que no es que esté a muchos pasos.

La sigo como un cachorrito necesitado de afecto y calorcito que quiere acurrucarse, pero ella es la cruel dueña que no cede a darme amor mientras saca un paquete de palomitas, lo mete en el microondas y comienza a sacar los ingredientes para hacer un par de sándwiches. No soy la clase de tipo que come siempre saludable, pero tengo buenos hábitos, porque de nada sirve ejercitarme si luego me hincho de porquerías con la excusa de que «luego lo quemo». Es decir, obviamente como cosas malas, pero vigilando. Sin embargo, hoy me dejo arrastrar por Clover Mousavi, que siente tantas ganas como yo de atiborrarse de comida basura esta noche, porque también tenemos una pizza descongelada y yo traje hamburguesas con papas fritas.

—No, no es mío —repite, y se me escapa un sonido de protesta—. ¿Por qué pareces tan decepcionado? Haces que el premio de mejor mamada parezca un Grammy.

—¿Es de Edna?

—Es de Kevin —dice, concentrada en poner una rodaja de queso en cada rebanada de pan.

—¡Pfff! Recuerdo poco, pero sé que Kevin da buenas mamadas según mi memoria borrosa de ese día. Sin embargo, la tuya fue mejor, infinitamente mejor. Él no me llevó hasta su garganta ni jugó con mis monedas…

—Estabas borracho y fue hace años. No sabes de lo que sería capaz ahora, y, para que lo sepas, lo escuché decir que traga como un campeón. Y lo de las monedas, ¿a qué te refieres?

—A mis bolas, obviamente.

—Obviamente —dice con diversión.

—Y si es de él, ¿qué haces con su premio?

—Edna se lo robó y les dice a sus conquistas que es la campeona de las mamadas.

—No lo entiendo. ¿Cómo funcionan estos premios de los que no he oído hablar? —Miro hacia el microondas cuando las palomitas comienzan a explotar.

—Es algo entre nosotros, simplemente lo asumimos y bromeamos sobre ello. Como todos nosotros, ya sabes…

—¿Han tenido una polla en la boca? —completo, y ella asiente.

—Kevin se ha llevado el premio las dos veces. Se suponía que Oscar aún no formaba parte de ello, porque no sabíamos que le iban los hombres.

—Nunca has ganado. —Niega con la cabeza—. ¿Por qué?

—No codiciaba el premio. Era divertido ver la competitividad entre Kevin y Edna, lo querían como si fuese una estatuilla de oro.

—Pero dabas sexo oral, porque, por muy halagador que sería fingir que esta mañana fue la primera vez que se la chupaste a alguien, sé que no es el caso.

—No se lo hago a todas las personas con las que me lío. —Termina con los panes—. No quería poner la boca en todo aquel con quien fuese a enrollarme, es decir, con las aventuras esporádicas. —Me mira—. Y tenía la sensación de que a mi exnovio podría morderlo por ser un completo imbécil.

»Además, simplemente no voy alardeando de mi boca succionadora ni de mi garganta amorosa. Me gusta que sea una sorpresa.

—¡Y vaya sorpresa! —Me acerco a ella y le doy un beso corto antes de sacar la bolsa de palomitas del microondas—. Pero tengo la sensación de que este año la estatuilla será tuya.

—¿Me darás tu voto? —pregunta en un tono coqueto.

Me giro para mirarla y durante unos largos segundos mi vista se clava en sus labios, los cuales ella se lame al notar mi atención. Cuando vuelvo a encontrarme con su mirada le guiño un ojo.

—Cuenta con ello —termino por responder.

Llevamos la comida al salón, en dos viajes a la cocina para mí, nos sentamos en un único sofá de tres plazas en la sala y dejamos la comida entre nosotros y sobre nuestras piernas. Hay un solo televisor en este piso, como en mi casa, pero este es un poco más pequeño. No hay mucho que ver, pero al final elegimos *Todo en 90 días*. Lo sé, lo sé, cuánto drama.

Básicamente como lo dice su nombre, las personas que participan en dicho programa tienen un plazo de noventa días para estar dentro del territorio estadounidense y casarse tras reunirse; la verdad, es mucho más complicado que eso, pero creo que he hecho un buen resumen.

Apenas comenzamos el primer episodio de la temporada, descubro algo: que fue una elección correcta, porque ambos lo vamos comentando mientras comemos, diciendo cosas divertidas y haciendo suposiciones.

—Algo me dice que ella solo quiere el visado K1 —digo antes de masticar un puñado de papas, y no vuelvo a hablar hasta haber tragado—: No me da muy buena vibra.

—¿Por qué ese hombre busca una mujer extranjera? Es atractivo, tiene buen trabajo y dinero —enumera—. ¿No te hace pensar que hay algo malo en él que lo hace buscar una novia internacional?

—Depende, hay personas que están más confiadas hablando a través de una pantalla y a distancia, no sienten presión y tienen oportunidades de ser ellas mismas. —Tomo un trozo de pizza.

—O tal vez es un sociópata buscando a su próxima víctima, a la que dejará atrapada en Estados Unidos después de casarse y quitarle el pasaporte para que no pueda huir.

Me quedo con el trozo de pizza a mitad de camino hacia la boca mientras la miro, y ella se gira y se encoge de hombros.

—Es una posibilidad.

—Tienes una mente un poco peligrosa para los escenarios malvados —señalo finalmente antes de morder la pizza.

—Russ es guapo —dice, y miro al tipo en cuestión en la televisión.

—Sí, y tiene un trabajo increíble en el campo de la ingeniería —comento para apoyar al tipo, que está hablando en pantalla sobre lo enamorado que está y el proceso de gestionar el visado para Paola.

—Algo me dice que en el futuro él opinará sobre cómo viste ella, que no es que sea su decisión, pero podría ser el drama de trasfondo. Él se ve muy conservador, y ella, liberal.

Asiento mientras devoro la pizza y continuamos mirando el programa, que es bastante entretenido y nos permite opinar mucho. Nos reímos y bromeamos, y también hay ocasiones en que no pensamos lo mismo. ¡Y, duendes! Comemos un montón, siento que las golosinas y la comida nunca se terminan mientras pasamos de un episodio a otro. Duran poco más de treinta minutos y la primera temporada consiste en seis episodios. Cuando la terminamos, nos quedamos en silencio mirando los créditos en la pantalla del televisor.

Es lunes y mañana tengo la primera clase a las diez de la mañana y ella a las ocho, pero ambos nos giramos para mirarnos. Creo que pensamos más o menos lo mismo.

—¿Miramos el primer episodio de la segunda temporada? —me pregunta con cautela.

—Un episodio no hará daño.

—Bien, pero primero déjame recoger todo este desastre.

Me levanto para ayudarla. Aún queda pizza, la mitad de una hamburguesa y un sándwich completo, y lo metemos todo en la nevera y recogemos lo demás. Me siento superlleno de comida y ella también, por lo que solo tomamos dos botellas de agua y volvemos al sofá después de apagar las luces.

Cuando pone el capítulo, como ya no tenemos comida entre o sobre nosotros, me la acerco hasta que se acurruca a mi lado con las piernas sobre las mías y mi brazo rodeándola. Es una experiencia medio nueva; la viví hace años con una novia y también con un novio, pero no en la universidad. Normalmente, cuando te invitan a mirar la televisión terminas follando o haciendo cualquier cosa menos el objetivo inicial, y teniendo en cuenta nuestra tensión

sexual, esperarías que eso pasara, pero me gusta que podamos hacer algo más allá del sexo y que lo estemos pasando tan bien en una noche de lunes —ahora ya madrugada del martes—.

Poco después pasamos a otro episodio y continuamos sentados lado a lado. La parte trasera de su cabeza está contra mi pecho y una de mis manos juega con su cabello sin perderme nada del programa, que me parece que es adictivo. Entre mis piernas se encuentra una de sus manos, y mi brazo la rodea: un paraíso.

—Mohamed está mintiendo, no creo que sienta algo por Danielle. Él quiere su visado K1, pero Danielle está demasiado cegada —me quejo.

—Yo también lo creo, él solo quiere una mejor vida y esa no es la manera más honesta de conseguirla. Dice que la ama, pero no me lo trago, y ella se ve tan ilusionada… Él explota sus inseguridades y el deseo de ser amada. —Suspira—. Hacer convivir dos culturas diferentes es realmente difícil, más cuando están tan alejadas.

Eso despierta mi curiosidad. Sé sobre sus ascendencias, pero no he preguntado directamente sobre sus culturas.

—¿Te pasó?

—Hum… No tanto —responde sin dejar de mirar la televisión—. No pude aprender la cultura brasileña de mi madre, pero mi tía y mi abuela me inculcaron tanto como pudieron, aunque solo me veían de vez en cuando. Papá se esforzó, pero no es como si él supiera mucho de esa cultura.

»Cuando papá se independizó y comenzó sus estudios, se volvió bastante cínico sobre la religión. Pensó que criaría a sus hijos para que fueran libres de elegir qué practicar, así que, cuando crecí, papá no fue duro e inflexible sobre el islam. Él me enseñaba para que conociera todo y tuviera conciencia.

»Muchos consideran el islam como algo malo debido al terrorismo o la manera errónea en la que se interpretan los textos sagrados. Aunque no soy una practicante habitual, la verdad es que sí creo que hay un ente poderoso sobre nosotros, pero a mi parecer este no juzga, nos ama a todos por igual, condena los errores y sabe perdonar.

»Cuando visitábamos a la familia, desde mi primera menstruación empecé a usar el hiyab porque tengo primas y respeto esta práctica. Además, había hombres no pertenecientes a la familia y se hubiese armado una grande si no lo hubiera usado, porque, a diferencia de papá, el resto de la familia es muy tradicional.

Asiento aunque no puede verme, y me la imagino con un velo cubriéndole el cabello y el pecho. Tengo que admitir que estoy gratamente sorprendido de que su papá le diera el poder de elegir, porque me parece que, por cuestiones culturales, la mujer no tiene derecho a hacer elecciones, o tal vez solo no estoy informado del todo y su papá es un tipo genial.

—Seguimos el calendario persa y celebro el Nouruz con mi familia porque es cuando tenemos oportunidad de reunirnos todos, o de intentarlo.

—¿Me lo explicas? —pregunto, y sonriendo acomoda la cabeza para mirarme.

—Es la llegada del año nuevo, es como despedir la oscuridad, un renacimiento de la luz. —Se lame los labios, parece pensativa sobre qué palabras usar—. Es un nuevo ciclo, una nueva oportunidad. Limpiamos la casa unas horas antes de que entre el año nuevo y al reunirnos en las mesas tenemos siete objetos o frutos que empiecen con «ese» en persa.

—¿Como cuáles? —Estoy superinteresado en lo que dice, así que pauso el programa.

Se aparta un poco para sentarse en posición de indio a mi lado y me da una explicación detallada, a la que le doy toda mi atención, porque quiero conocerla.

—Semillas de trigo y lentejas germinadas, entre otros que representan el renacimiento, salud, alegría, prosperidad… ¿Me sigues?

—Sí, sí, te entiendo. Sigue, por favor.

—La sagrada escritura se coloca en la mesa junto a una pecera con peces de colores.

—¿Por qué? —pregunto, esperando que capte que es curiosidad y no que soy despectivo sobre esa práctica.

—Es para tener suerte.

—Ah, la suerte, con eso sí que me entiendo —digo, cosa que la hace reír.

—En las calles se encienden hogueras, se canta y se acompaña a Hayi Firuz.

—¿Qué es un Hayi Firuz? —Mi pronunciación es terrible, pero ella no se burla.

—Es un personaje de cara negra que baila al ritmo de tambores y panderetas. Se supone que es un portador de buenos augurios.

»Luego viene la parte buena. —Se frota las manos con una sonrisa—. Trece días de escuelas cerradas, y si eres menor estrenas vestidos y visitas a tus familiares para que te den regalos o dinero. Era genial cuando era pequeña, pero luego crecí y tuve que decir adiós a los regalos. Además, aquí evidentemente las escuelas no cierran.

—¿Después hay más?

—El decimotercer día, que es el último, iríamos al campo, pero aquí aprovechamos cualquier lugar que nos ofrezca aire libre. En un río o un arroyo lanzas las semillas con los tallos atados en nudos, que representan cada deseo que pides, y si la corriente los deshace se supone que tus deseos se cumplirán.

Asiento procesando toda la información, que me parece de lo más interesante y una celebración genial. Qué increíble es aprender algo nuevo sobre una cultura que solo conocía de manera superficial. Me encantan las celebraciones, aquí tienes a un irlandés que, pase lo que pase, se une a la celebración de San Patricio y le encanta que haya un montón de culturas allá fuera, esperando a que le des la oportunidad para que las estudies, aprendas y conozcas.

—Lo siento, creo que me emocioné y hablé demasiado.

—Para nada, Clover, me ha encantado cómo me lo has explicado porque lo he entendido todo, y ojalá algún día pueda ver o vivir esa celebración, parece algo simbólico muy bonito.

—Gracias, Callum —dice con una nota de timidez en su voz.

—¿Por qué?

—Porque pocas personas me preguntan siquiera si soy practicante del islam o sobre mis culturas, solo lo dan por hecho. —Se encoge de hombros—. Tal vez mi nariz no sea tan pronunciada como la de mi papá, pero cuando me miras intuyes que hay algo oriental en mí, y de inmediato algunos hacen suposiciones.

»En secundaria recuerdo que pasé un viernes encerrada en el baño llorando porque durante cinco días tuve que soportar que me llamaran «terrorista», me hicieran bromas o gritaran que tenía bombas. —Traga—. Oí muchas cosas feas sobre mi papá, como que el éxito de su empresa se debía a que tenía relación con grandes terroristas.

»A veces quería gritar que sí, que era terrorista y conocía a tipos malos, para que se cagaran en los pantalones y me dejaran en paz, pero sabía que eso solo crearía problemas para papá y mi familia. —Suspira, y no sé si se da cuenta de que está jugando con sus dedos—. Nunca me ha importado ser diferente, pero a otros sí. Incluso si en casa te enseñan a tener una piel tan dura como la de un reptil, en ocasiones es difícil no sentirse mal cuando quieren hacerte daño por no ser igual o, en mi caso, por tener la fortuna de conocer y crecer con más de una cultura.

—El mundo aún no está preparado para darse cuenta de que ser diferentes es lo mejor que puede pasarnos como sociedad. —Le sonrío acariciándole la mejilla con los dedos—. Es hermoso que crecieras conociendo diferentes culturas y que tuvieras el poder de tomar algo de cada una de ellas, y es preciosa la manera en la que lo explicas. Cautivas, me invitas a querer conocer un poco más de ello.

—¿Qué hay sobre Irlanda? He oído muchos mitos. Me encanta la película *Año bisiesto*.*

Río ante lo último y luego le tomo la barbilla y me inclino para darle un suave beso sobre esos tentadores labios.

—Tengo que admitir que también me encanta esa película. —Sonrío y vuelvo a acomodarme—. ¿Qué quieres saber de Irlanda?

—Todo lo que puedas decirme de la cultura.

—Pues bien. —Me aclaro la garganta—. Prepárate para escucharme hablar de uno de los mejores lugares del mundo. Te prometo que es mágico, es difícil no enamorarse de mi pedacito de tierra.

Y, como ella me da cuerda, comienzo la explicación de gran parte de mi cultura. Algo que debes saber de mí es que soy muy preciso y detallista en mis relatos, más cuando me entusiasman, así que ella ríe con los ojos brillantes y me hace preguntas mientras la nutro con mis creencias, celebraciones, días especiales y costumbres. Cuando pongo el énfasis en los duendes, la cerveza y mi poderosa celebración de San Patricio, está fascinada y muy centrada en mi narración.

—¿Y los tréboles de cuatro hojas?

—No es que sean tan difíciles de encontrar como te hacen creer, sino que tienes que prestar especial atención para dar con uno, son muy simbólicos. Tengo uno en mi billetera y también en la piel —digo, y me alzo la camisa para mostrarle un trébol pequeño que está justo debajo de mi axila—. Y ahora tengo a mi chica trébol.

—Qué afortunado —bromea.

—Lo soy —concedo, bajándome la camisa—. No sucede en toda la población de Irlanda, pero en el caso de mi familia estamos muy unidos y celebramos las tradiciones juntos, así que si alguien tiene mala suerte sentimos que será para todos los familiares.

—Me encanta eso de la unidad familiar.

—Qué bueno, porque mi familia es muy entrometida y comunicativa. Lo cuentan todo, pero todo.

Recuerdo lo del primer vibrador de Arlene y me estremezco, lo que hace que Clover me mire con curiosidad. Como no estoy dispuesto a contarle tal acontecimiento, simplemente sacudo la cabeza en una clara señal de: «Olvídalo».

---

* *Año bisiesto*, película de 2010, cuyo título en inglés, *Leap Year*, se tradujo como *Tenías que ser tú* en España.

—Tu familia suena increíble, Callum.

—Lo es. No somos perfectos, pero somos buenas personas y siempre tratamos de mantenernos al margen de las cosas malas. Cometemos errores, y algunas decisiones o asuntos nos pesan, pero seguimos adelante.

Clover es demasiado educada al respecto. Quiero que me pregunte: «¿Qué tipo de errores?», para así comentarle lo que solo Stephan sabe. Aún es un problema en bucle en la familia, porque intentamos que mejore pero es difícil cuando no sabes de dónde partir.

—¿Por qué me miras así? —dice.

—Porque espero a que preguntes de qué hablo y así poder desahogarme.

—¡Ah! Claro, claro. ¿Qué errores? —pregunta con cautela, y casi río, porque me siguió el juego de manera inmediata.

—Antes de que papá estuviera con mamá, fue un alma bastante libre y folladora. —Ella enarca una ceja y me encojo de hombros—. Es la verdad, y, aunque siempre usó condón, parece que algo falló, pero no lo supo hasta hace unos dos años.

»En el mundo camina algún hermano o alguna hermana mayor que todas mis hermanas. Alguien que no sabemos dónde está, cómo creció o si vive. Hemos buscado a esta persona, pero no creo que tengamos el suficiente alcance y no hemos encontrado nada en Irlanda. —Suspiro—. Papá se siente culpable, piensa que abandonó a un hijo o una hija y que falló como padre, pero no es su culpa, ¿sabes?

»Lo pasó mal cuando lo supo, se cuestionó por qué la mujer no se lo dijo y qué vida puede llevar esa persona que podría haber sido feliz con él y nuestra familia.

Es uno de los pocos temas espinosos de mi familia, pero nadie juzgó a papá, puesto que fue antes de su matrimonio, antes de nosotros, y porque no lo sabía. La mujer en cuestión falleció hace bastantes años, quizá antes de que yo naciera, por lo que no hay respuestas ni un rastro de quién podría ser mi hermano o hermana.

Papá es demasiado duro consigo mismo y siento que, si no conoce a esa persona, no logrará estar en paz consigo mismo.

—¡Vaya! Tiene que ser difícil para ustedes, lamento mucho que aún no hayan dado con esa persona.

—Es una mierda, pero tal vez algún día nos encontraremos, quizá también busca a papá. —Trago—. No me gusta pensar que podría haber fallecido o estar mal, porque imagino la vida maravillosa que he tenido y me pesa el corazón.

Su mano se estira y toma la mía mientras me sonríe de manera alentadora.

—Pero piensa algo: la situación es lamentable, pero si las cosas se hubiesen dado de otra forma, tal vez tu papá no habría conocido a tu mamá, o quizá sí, pero podrías no haber nacido. Eso sería muy lamentable, privar al mundo de alguien con tu energía, de tu existencia. —Me sonríe—. A veces es difícil entender por qué las cosas suceden de cierto modo, pero poco a poco lo vas entendiendo.

»Mi mamá murió al darme a luz y hasta el día de hoy me resulta muy difícil entenderlo, estar en paz con ello, pero también pienso que si hubiese sido diferente no tendría a Valentina en mi vida, no estaría a nada de tener a mi hermanito, no sería la persona que soy, porque me forjé de ello, ¿sabes? Obviamente me encantaría tenerla conmigo y que las cosas fueran diferentes en ocasiones, pero me gusta mi vida, me gusta el ahora, y cualquier pensamiento de cambiar el pasado me aterra porque no quiero alterar el presente.

»Me gustó el ayer y me gusta el ahora, aquí, contigo, este momento.

Estoy sin puto aliento por esta mujer.

—Además, piénsalo, Callum, si no hubieses nacido, ¿de qué irlandés sería yo un trébol?

La miro durante unos largos segundos y su sonrisa no flaquea en ningún momento. No me resisto y, con la mano que no se encuentra en la suya, le tomo el cuello, acercándola e inclinándome para capturar sus labios en un beso que, si bien no es lento, denota ternura.

De esto te estoy hablando, de ponerte duro como una roca por la misma persona que te acelera el corazón y te desarma con palabras. No estoy muy familiarizado —al menos no lo he estado durante los últimos tres años— con desear más que sexo casual con una persona. No sé adónde nos dirigimos, pero se siente increíblemente bien.

Cuando libero sus labios, estos están más voluptuosos y húmedos. La verdad, es bastante obvio que ahora mismo querría darle como martillo a un clavo, pero la sensación de volverla a atraer contra mi cuerpo y acurrucarla mientras reproducimos de nuevo el programa también se siente genial. Sí, estoy duro, pero también estoy sonriendo por los resultados de esta cita.

—Bueno, tal vez es hora de hacer un mejor filtro en la búsqueda de tu hermano o hermana —dice tras unos minutos.

—¿En Irlanda? —pregunto con diversión, jugando de nuevo con su cabello.

—En todo el mundo, no todos se quedan donde nacen —responde, y analizo sus palabras.

—Tienes razón, quizá él o ella se encuentra en algún otro lugar del mundo. ¿Crees que algún día nos conoceremos?

—No sé si sucederá, pero espero que sí.

—Sí, yo también lo espero. —Sonrío—. Cuando lo o la encontremos, podría cantarle *This Is Me*, pero esa es nuestra canción. Tendré que encontrar alguna otra que sea igual de dramática.

Ella ríe mientras nos concentramos en el programa una vez más, aunque dos episodios después nos quedamos dormidos con el programa reproduciéndose, abrazados y apretados en el sofá, y en mi caso con los zapatos todavía puestos.

Sin duda alguna, fue la mejor cita.

22

UN AMIGO COMO OSCAR

Clover

Mantengo la vista clavada en Oscar, preguntándome si su posición es casual o si es adrede porque quiere lucir como un supermodelo posando para Calvin Klein. Está sentado a horcajadas en un banco, con las piernas estiradas, las manos apoyadas hacia atrás y la cabeza inclinada hacia los suaves rayos de sol que hoy nos bendicen. Las mujeres que pasan no pueden evitar darle un largo vistazo y algunos hombres también.

Estamos haciendo un ensayo en pareja para una de nuestras clases, aprovechando un par de horas libres que tenemos, y nos encontramos en un área común del campus porque Oscar aseguró que necesitaba sol como si fuese una planta haciendo la fotosíntesis.

—¿Lo estás haciendo adrede? —pregunto, y veo que una chica que no tengo ni idea de quién es le está tomando una foto a corta distancia. Le frunzo el ceño y ella enarca una ceja hacia mí en actitud desafiante.

—¿El qué? —Abre un solo ojo y ladea un poco el rostro para mirarme.

—Posar como un chico ardiente de las redes sociales. Es molesto que todos pasen y nos miren, te pondré una bolsa de papel en la cabeza. —Sonrío—. O aún mejor, llamaré a Kevin para que salga corriendo de su clase y venga a hacer algo drástico como trepar sobre ti.

—Suena como algo que él haría. —Sonríe.

—Lo sé, para ser alguien que hasta hace unos meses llevaba una vida sexual muy libre, parece ser notablemente celoso con su novio.

—Kevin es celoso con sus tareas, sus juguetes, su bebida, su comida, sus amigos… ¿Esperabas que no lo fuese conmigo? —Se incorpora y mira a su alrededor—. Además…

—¿Sí? —pregunto cuando hace una pausa y frunce el ceño.

—¡Oye! Deja de hacerme fotos —le exige a la chica, que le lanza un beso y le toma otra antes de alejarse—. No sé quién es, pero la odio.

—No me sorprende.

—Ódiala conmigo —me ordena, y enarco una ceja antes de asentir con lentitud.

—La odio, estoy odiándola contigo.

—Bien. —Sonríe y luego suspira y pasa la página de uno de nuestros libros—. Lo que iba a decir es que él no lo dice, pero lo intuyo, ¿sabes?

—No, no sé.

—Salí y tuve sexo con muchas mujeres, Kev vio y vivió todo eso, él es mi primer chico.

—Sexual —agrego, recordando las palabras de Callum, y Oscar pone los ojos en blanco.

—Y creo que una parte pequeña de él todavía se siente amenazado por si no es suficiente para mí. Tal vez piensa, incluso si no quiere, que extraño chuparles las tetas a las chicas o comérmelas. —Se encoge de hombros—. Y no es que él sea inseguro o no confíe en lo que siento, pero supongo que es difícil verme tan enamorado de él cuando fui el típico mujeriego que se enrollaba como un loco y rompía corazones.

Me parece que entiendo al menos un poco a Kevin, porque supongo que muchas veces —antes de liarme con Callum— me pregunté cómo una sola persona podría satisfacerlo. Pensé en si sería demasiado trabajo salir con un chico al que le gustaban tanto los hombres como las mujeres. Aunque suena como un pensamiento muy ignorante, a veces pensamos de manera irracional con nuestras inseguridades.

¿Quién no tiene inseguridades en este mundo? Te apuesto a que incluso el poderoso Chris Evans tiene algunas.

—¿Te sientes igual respecto a Kevin? Porque él también fue de rollos casuales. No tanto como tú, pero tiene historia…

—Antes me ponía más nervioso el hecho de ser inexperto con todo esto de chico con chico, pero luego me di cuenta de que es algo totalmente natural. —Nuevamente se encoge de hombros—. A mí lo que me inquieta es pensar que él pueda sentirse de esta manera. A pesar de que he descubierto mi bisexualidad hace poco tiempo, que sepa que me gustan las mujeres tanto como los hombres, amo a Kevin y no necesito a nadie más. No quiero ver a otras u otros, lo quiero a él.

—¿Y por qué no se lo dices?

—Porque creo que va a incomodarlo, ya sabes que a Kevin no le gusta sentirse vulnerable… —Alza la vista para encontrarse con mi mirada—. ¿Opinas que debería sacar el tema en una conversación?

Durante todo el tira y afloja entre Kevin y Oscar, fui la consejera de ambos, incluso cuando no sabía que cada uno de ellos me hablaba del otro. Todo fue muy intenso, pero pensaba que ya me habían dado vacaciones desde la última vez, que fue cuando aceptaron su épico amor, pero parce que de nuevo vuelvo a mis labores de consejera.

—Por mucho que a Kevin no le guste sentirse vulnerable, esto es una cuestión de su relación que parece incomodarte y que a él también lo está atormentando. No tienes que ser brusco como siempre…

—No soy brusco.

—¿No lo eres? —Me cruzo de brazos a la altura del pecho—. ¿Quién fue el que lo insultó cuando le dijo que lo amaba?

—Fue la pasión del momento.

—¿Quién lanzó la mochila a un lado con ira antes de besarlo? —Sigo sin dejarle tiempo para que pueda responder—. ¿Quién lo sacó de una fiesta cuando estaba ligando porque alegaba que le dolía alguna mierda del cuerpo que le diría después? ¿Quién fue tan pero tan especial para pedirle una relación seria por Facebook?

—Espera, eso no lo hice. —Frunce el ceño.

—Estaba sentada entre los dos cuando le llegó una solicitud de relación contigo y luego le dijiste…

—«Tu boca es mía y lo demás también, eres mi chico» —repite él con una sonrisa, recordando las palabras exactas.

—Eso mismo. Eres la persona más brusca para decir las cosas que conozco. Cuando empecé a salir con Rory me dijiste que estaba perdiendo el tiempo y que me encantaba arruinarme la vida.

—Un consejo sincero que no tomaste.

—La cuestión es —lo corto antes de que pueda ser brusco recordándome que lo de Rory jamás tendría que haber pasado— que debes tener un poco más de tacto cuando tengas esa conversación con Kevin.

—Lo intentaré, pero igualmente él ya sabe que ser sutil no es lo mío.

—Y te ama así. —Sonrío—. Ahora, continuemos con esto, quiero que avancemos lo suficiente para no tener que ocupar todo mi tiempo libre de la semana con este ensayo.

—¿Para poder ir a saborearte a Callum?

—O para que me saboree a mí —respondo con descaro, lo que le hace sonreír.

Recuerdo que ayer desperté con un horrible dolor en el cuello y el brazo por habernos quedado dormidos en el sofá apretujados. De hecho, estaba tan desorientada que del susto me caí del sofá y descubrí que él tiene un sueño profundo, porque solo se movió un poco y siguió durmiendo. Eso me dio tiempo de cepillarme los dientes, ducharme y prepararme para mi clase. Callum se despertó cuando lo sacudí suavemente y luego con más brusquedad preguntándome si se encontraba en algún estado de coma. Con una sonrisa boba, medio dormido, fue al baño y cuando volvió se veía más humano; desayunamos juntos y luego tomamos caminos diferentes.

Hoy no lo he visto, pero intercambiamos un par de mensajes.

—¿No te cabrea que no te dijera que nos besamos? —me pregunta Oscar, pero no me da oportunidad de responderle—. No fue muy justo que lo besara sabiendo que te gustaba, pero estaba muy desesperado por entender si lo de Kevin era real o una casualidad, si había estado ocultando una parte de mí todos estos años.

Pienso de nuevo en mi estupefacción cuando lo supe, pero más allá de las bromas casuales que se hacen al respecto, no es algo en lo que me haya detenido a pensar demasiado.

—Me molesta un poco que no me lo dijeras y tengo que admitir que me da algo de celos que ustedes hayan tenido algún tipo de encuentro con Callum, pero ¿qué puedo hacer? No hay máquinas del tiempo y al menos ninguno se enamoró.

»Kevin estaba borracho y apenas lo recuerda, y tú estabas enamorado y seguramente todo lo que hace Kevin te parece infinitamente mejor que lo que pueda hacer Callum.

Lo cual es un sacrilegio, porque ¿quién puede besar mejor que Callum? Tiene una manera de besar que ni siquiera se puede explicar con palabras. Podría decirme: «Tal vez solo besaste a tipos que no sabían qué hacían», pero lo cierto es que una vez jugando a verdad o reto me besé con Oscar y él daba unos besos espectaculares, y también besé a Edna cuando nos hicimos pasar por lesbianas en una fiesta. He tenido novios, ligues, aventuras y un amigo con derecho a roce, y muchos de ellos besaban increíblemente bien, pero Callum… ¡Uf! Si hubiese algún premio mundial con evento y alfombra roja, todos lo haríamos tendencia: #CallumDebeGanar.

—¿Crees que las cosas con el Irlandés son serias? —Mi amigo me trae de vuelta a la conversación.

—No lo sé.

—¿Es mejor de lo que imaginabas cuando soñabas despierta con él?

—No soñaba despierta con él —me quejo, y él simplemente pone los ojos en blanco—, pero es fantástico.

—Tú también lo eres, que no se te olvide.

Le sonrío y me devuelve el gesto antes de que nos pongamos de nuevo con el ensayo, que logramos avanzar lo suficiente. Formamos un buen equipo, desde el primer año siempre hacemos pareja juntos. Maida nunca se queja al respecto, porque ella considera que se debe hacer equipo al menos una vez con cada estudiante de la clase, a diferencia de Oscar y yo, que siempre vamos juntos.

—Mi mamá me escribió —dice cuando cerramos el libro y comenzamos a recoger las hojas llenas de notas y el portátil.

De inmediato lo miro. La mamá de Oscar no se tomó nada bien la noticia de la bisexualidad de su hijo y dejó de hablarle. Pasó de ser una madre extremadamente amorosa y consentidora a ser una desconocida. Han pasado meses desde que su mamá se alejó, pero sé que para Oscar se deben de sentir como años; no es difícil ver que la extraña.

—¿Quiere hablar contigo? —pregunto con ilusión, pero él sacude la cabeza.

—Va a casarse y su prometido no sabe que su hijo tiene novio. Él quiere conocerme e invitarme a la boda, pero ella no quiere que vaya. —Hace una pausa—. Ni siquiera sé desde cuándo tiene pareja. Pero, bueno, su novio me envió la invitación e incluso quiere que vaya al ensayo de bodas.

—¿Y piensas hacerlo?

—¿Sería muy cabrón ir cuando ella dice que no lo haga?

—Depende. Serías un cabrón para ella, pero lo que no quiero es que te hagas daño a ti mismo si eso termina mal.

—La extraño. —Suspira—. ¿Por qué no pudo tomárselo bien como mi papá?

El padrastro de Oscar, que lo ha criado desde que tenía cinco años, ni siquiera parpadeó o maldijo, solo le dijo algo como: «Trae al muchacho, quiero interrogarlo y saber si es digno de ti».

No puedo imaginar qué se siente al ser rechazado por una mamá que hasta hace no mucho decía que daría la vida por ti, que siempre estuvo presente, era amorosa y te apoyaba en tus decisiones. No puedo imaginar cuánto le duele, pero sé que es mucho.

—¿Crees que algún día dejaré de extrañarla?

No lo creo, pero no sé cómo darle esa respuesta. Sin embargo, él parece descartar el tema cuando frunce el ceño mirando detrás de mí, y luego siento el peso de una mano sobre mi hombro.

—Hola, Clover.

El primer segundo estoy tensa y luego tiemblo, y Oscar lo nota. Siento un nudo en el estómago y escalofríos y me paralizo cuando toma asiento a mi lado.

—¿Quién te invitó a sentarte con nosotros? —pregunta Oscar—. Al parecer no fui lo suficiente claro la última vez.

—Es un lugar libre —responde Bryce dejando caer una mano en mi muslo, y doy un respingo.

Oscar entrecierra los ojos hacia él pese a que no puede ver el gesto por debajo de la mesa.

Creo que empiezo a hiperventilar cuando sube la mano y se inclina para susurrarme al oído:

—¿Ya terminaste de divertirte con el Irlandés? Porque te estoy esperando, y la espera me está matando.

Voy a reaccionar, de verdad que voy a hacerlo. Voy a defenderme, voy a hacerlo justo ahora. Puedo hacerlo, voy a moverme y alejarle la mano, el miedo no me dominará... Voy a hacerlo...

Bryce es alejado de manera brusca y, cuando alzo la vista, veo que Oscar ha tirado de su suéter y lo ha arrojado al suelo, y ahora me insta a ponerme de pie sin perder de vista a Bryce. Tomo mis cosas y las arrojo frenéticamente a mi mochila mientras ellos comparten una mirada nada amistosa.

—Vuelve a hacer esa mierda de tocar a Clover sin consentimiento y te corto las manos —le advierte mi amigo—. Te lo dije el otro día, déjala en paz, no nos interesa toda tu mierda, para con tu acoso.

—¿No es lo que quieres, Clover? ¿No quieres que te ponga las manos encima? —Me sonríe poniéndose de pie.

Abro y cierro la boca, pero siento un nudo enorme en la garganta que no me permite hablar. Oscar me ve y debe de entender que tengo un serio problema, porque toma mi mochila y luego mi mano, entrelazando nuestros dedos, y me da un apretón de apoyo.

—No, no es lo que Clover quiere.

—¿Eres su portavoz?

—Sí, y también soy su guardaespaldas, por lo que te daré una maldita paliza si te veo tocándola sin permiso. Mantente lejos, Bryce, no estoy jugando.

—¿No quieres divertirte conmigo, Clover? —me dice con una sonrisa depredadora, y Oscar tira de mi mano para que comencemos a alejarnos.

Abro los labios y, aunque mi voz no es muy fuerte, finalmente soy capaz de decir algo por mí misma:

—No, no es lo que quiero. Aléjate de mí.

—Si ella no es tu puta, ¿por qué la defiendes, maricón?

Me gustaría que Oscar pasara de él, pero en el momento en que se detiene y se tensa, sé que no lo hará, y eso me asusta. Aprieto su mano, pero mi amigo deja caer mi mochila al suelo y me libera la mano antes de girarse.

—«Maricón» —repite Oscar con una risa seca—. Este maricón te va a partir la cara de mierda que tienes por atreverte a llamarla «puta».

Y esa es la única advertencia que le da.

Mi amigo va hacia Bryce con el puño alzado y Bryce está preparado para contenerlo, pero no cuenta con que sea una distracción. Oscar barre un pie por debajo de los de Bryce para hacerlo caer y no pierde el tiempo al ponerse sobre él en el suelo y comenzar a golpearlo en el rostro.

He visto a Oscar pelearse en dos ocasiones en fiestas donde las cosas se descontrolaron o lo llevaron al límite, y siempre me sorprendió su destreza para saber dónde golpear, su precisión y la fuerza.

Uno, dos… Cinco golpes sucesivos descienden sobre el rostro de Bryce antes de que un chico tire de mi amigo por detrás y aparezcan otros tipos dispuestos a golpearlo. ¿Quiénes son?

—¡Suéltalo! —Salgo de mi estupor y voy hacia uno de ellos. Tiro de su brazo antes de que pueda golpearlo, pero me arde el costado cuando recibo un puñetazo, con el que me aleja.

—Oh, movimiento equivocado —dice Oscar, que patea al que pretende golpearlo y da un cabezazo hacia atrás para el que lo sostiene.

Una vez libre, agarra del cuello al tipo que me golpeó.

—Nunca más vuelvas a poner una mano sobre ella.

Abro la boca para advertirle a mi amigo de que los otros dos se acercan por su espalda, pero Bryce habla primero:

—Déjenlo —ordena—. Hoy no vale la pena. —Suelta una risa—. ¿Ves todo lo que provocas por hacerte la difícil, Clover?

Estoy conmocionada cuando Oscar avanza hacia mí y me ayuda a levantarme. No aparto la mirada de Bryce, que se encuentra en el suelo sonriendo mientras se lame la sangre del labio partido. La nariz también le sangra.

—¿No sabes defenderte sola?

Odio el miedo y el sentimiento de angustia que me noto en el pecho.

—No vuelvas a hablarle nunca más o la próxima vez no me detendré.

—O no lo haré yo —dice Bryce de manera sombría, levantándose—. No te equivoques, Oscar Coleman, hoy te dejé ganar, pero no habrá un mañana.

Mi amigo no le responde, simplemente le sostiene la mirada antes de tomarme de la mano, recuperar mi mochila y hacernos alejarnos. Oscar está tenso, y yo, temblorosa y adolorida en un costado, aunque el golpe fuese más para alejarme que para lastimarme. Cuando se detiene abruptamente, pienso en decirle algo y explicarle por qué mierdas no hice nada, pero él simplemente deja que mi mochila caiga a sus pies y me acerca para darme un abrazo fuerte.

No me pregunta, no da por hecho nada, no señala ni hace deducciones; solo me abraza y yo me fundo en su cuerpo, aferrándome a un abrazo que ni siquiera sabía que necesitaba. Sin embargo, poco después, cuando caminamos a paso lento hacia nuestra próxima clase, le cuento que la otra noche Bryce me acorraló y lo que le dijo a Callum. Oscar me escucha y maldice. Sé que está enojado por la situación, tal vez también porque no se lo dije antes, pero entiende que a veces hablar no es tan fácil como lo hacen ver.

—¿Sabes qué? Siempre estaré para cuidarte, pero, por si acaso un día no estoy cerca y no hay nadie más y esa basura aparece, te enseñaré a partirle la cara a puñetazos —asegura—. Vamos a enseñarte cómo tirarlo al suelo, cómo defenderte. ¿Viste cómo lo derribé? También podrás hacerlo.

—No —susurro—, sé que no puedo.

Y lo triste es que siento que lo necesito, porque sé que no será el último encuentro mientras asistamos a la misma universidad. No entiendo por qué viene a por mí, por qué me está haciendo esto.

—Cuando aparece me paralizo, Oscar. —La tristeza es evidente en mi voz, y él me toma el rostro en las manos y me dedica una suave sonrisa.

—Tienes miedo y eso es normal en esta horrible situación. No te castigues, hoy le dijiste que no lo querías y que se alejara. Tienes voz y poder, Canela Pasión Oriental, y me aseguraré de que también tengas puños y patadas si él se hace el sordo.

Asiento y decido tener fe en sus palabras. Me siento reconfortada ante la idea de aprender a patearle el culo a cualquiera que intente hacerme daño.

—Gracias, Oscar. —Le aprieto la mano antes de que entremos en el aula—. No tenías por qué hacer todo eso, tengo miedo de que te lastime.

—No tienes que agradecérmelo, me arrepiento de no haber podido destrozarlo y partirle los dedos con los que se atrevió a tocarte. Realmente quiero hacerle mucho daño.

—¿A quién? —pregunta Maida cuando llegamos a su lado mientras se pinta las uñas de un color fucsia muy vívido.

Oscar me da una breve mirada y yo sacudo la cabeza en negación. Él suspira nada contento con el secretismo, pero me respalda.

—A un idiota que intentó pellizcarme el culo —termina por responderle.

—Qué desagradable, una vez casi le rompí la muñeca a un tipo que me agarró una teta en un bar. Son un asco los que tocan sin invitación, pero fui feliz cuando lloró rogando que lo soltara. —Maida sonríe—. Qué lindos recuerdos.

Yo también sonrío. Me gustaría tener un poco de esa valentía en lugar de ser presa del pánico. ¿Cómo lo supero? Comienza a preocuparme y no quiero que Oscar esté bajo el radar de Bryce por protegerme. Necesito aprender a defenderme por mí misma, pelear mis batallas.

23

CAL Y LUM

Clover

—Siento que Loren y Aleixi lo lograrán, pero están muy nerviosos —dice Callum con la vista clavada en el televisor.

—Me gustan.

No me puedo creer que después de no vernos en dos días, de verdad nos hayamos reunido en su casa para terminar de ver el programa que comenzamos juntos en mi «apartamento». Nos hemos devorado los episodios uno tras otro y vamos por los últimos de la tercera temporada.

Nunca me imaginé que una cita con Callum consistiría en estar tirados en un sofá viendo un programa lleno de dramas mientras lo criticamos y comentamos. Es francamente divertido. Además de eso, hablamos sobre nuestras culturas, porque es precisamente ese factor el que parece influir demasiado en las relaciones de los protagonistas del programa.

—¿Irías a encontrarte conmigo si estuviese en otro país y antes solo hubiésemos hablado por mensajes? ¿Me dejarías quedarme en tu casa y luego aceptarías casarte conmigo en el plazo estipulado, para que no me convirtiera en un ilegal y debiera irme? —me pregunta con rapidez, y me deja alucinada.

Literalmente estoy boquiabierta y con los ojos abiertos como si fuese un ciervo a nada de que le pase un auto por encima si no se mueve. Eso lo hace reír, por suerte, y al final reacciono:

—En este caso hipotético, ¿soy estadounidense? —pregunto, y él asiente—. Creo que me daría miedo. No la parte de conocerte en persona, pero sí la presión de decidir en noventa días si me caso contigo o te devuelvo a tu país.

—Pese a que eso sea una gran presión, me parece que son las familias las que generan grandes problemas.

—Ten por seguro que mi papá se volvería loco si hiciera eso, te cortaría las pelotas.

—¿Mis monedas de oro? —pregunta en un puchero, y sonrío—. ¿Es muy rudo tu papá?

—Es sobreprotector y creo que odia la idea de que pueda llegar a tomar alguna decisión equivocada que me lastime.

—¿Le caeré bien cuando lo conozca?

—¿Piensas conocerlo? —respondo, y veo que sonríe mientras me acaricia el muslo por encima de mi vestido largo hasta los tobillos.

—Sí, está en mis planes.

—Qué confiado.

—Mi sangre irlandesa siempre me ha dicho que confíe en el poder de la atracción.

—Irlandés con creencias —digo, como si eso lo explicara todo, y él ríe.

—Yo sí lo haría —dice tras unos minutos, después de que hayamos continuado con el programa, y me vuelvo para mirarlo—. Soy arriesgado y no me gusta arrepentirme o pensar «Y si...», por lo que tomaría un maldito avión o te haría tomarlo, compraría un anillo esperando lo mejor y, si en tres meses me siguiera sintiendo emocionado por tu presencia y odiara la idea de que te fueras y tuviera que esperar unos eternos meses para estar contigo, sin duda alguna diría: «Sí, vamos a casarnos».

—¿Qué pasa si solo quisiera tu nacionalidad?

—Al menos me habría arriesgado. —Sus pestañas bajan antes de que vuelva a mirarme—. Prefiero un corazón roto, que podría trabajar en sanar, en lugar de un vacío por no haberlo intentado, no haberlo dado todo para ser feliz.

—Intenso y reflexivo —comento.

—¿No se te aceleró el corazón cuando dije «Sí, vamos a casarnos»?

—La verdad es que no.

—¡Joder! ¿Y las bragas no se humedecieron?

—Depende. La parte en la que dijiste que me harías tomar un maldito avión para verte en persona sí fue excitante, pero la de «Sí, vamos a casarnos» me hizo pensar que podrías tener una intención oculta para tener una esposa extranjera con un límite corto para irse.

—Me estás cortando la fantasía, Clover.

—No importa, eres lo suficiente creativo para idear algunas nuevas.

—Tienes razón, tengo un montón de fantasías.

Podrías pensar que no existen las sonrisas sucias, pero en este precioso momento Callum hace una que lo confirma, mientras su mano asciende por mi pierna acercándose peligrosamente al calor entre mis muslos. Porque la cosa es que mentí, sí hay humedad, pero no por las recientes palabras. En realidad tiene mucho que ver con el beso de bienvenida que me dio cuando llegué con un par de cafés fríos, y con cómo reparó en mi ropa, como si quisiera arrancármela o simplemente apreciarla durante horas.

—¿Me hablarás de esas fantasías? —susurro.

—Haré algo mejor que eso —dice, y sus dedos tantean el borde de las bragas por encima del vestido—, te las mostraré. Podemos recrearlas, pero te advierto que no son inocentes.

—¿Quién quiere ser inocente cuando se puede portar mal? —respondo, y se lame los labios.

—Oh, te gusta ser mala conmigo, ¿eh? Pero eso ya debería saberlo, teniendo en cuenta que me diste una mamada en un aula y con la puerta sin seguro.

—¿Eso es todo lo que recuerdas?

—No, Clover, también sueño con cómo sonaba tu garganta cuando parecía que no podías llevarme más lejos pero querías seguir tragando.

Una de las puertas se abre y nos sobresalta. Callum aleja la mano de mi pierna, pero mantiene una sonrisita mientras me acaricia el cabello en un gesto aparentemente inocente. Aparece Stephan, a quien saludé al llegar; huele como un anuncio de perfume masculino y se ve francamente ardiente. Cuando nota mi mirada, me sonríe y gira con lentitud propinándose un azote en la nalga derecha del culo. Está tan firme que no se mueve, es bastante impresionante y envidiable. Yo troto y camino, pero definitivamente mi notable culo no es firme.

—Tienes un buen culo —digo en trance, y luego me doy cuenta de lo que he dicho en voz alta, porque Callum comienza a reír—. Quiero decir, perdón, quise decir…

—Sí, este culo está muy demandado. —Me guiña un ojo y se acerca a nosotros mirando brevemente el televisor—. ¿De verdad pasarán la noche del viernes viendo todo ese drama?

Ambos asentimos y él suelta un bufido antes de revisar algo en su teléfono. Callum y yo volvemos la atención al programa, aprovechando para bajar al menos un poco la tensión sexual en el lugar.

—¿De dónde es ese? —se interesa Stephan, señalando la pantalla con la cabeza.

—Israel —respondo—, pero de verdad ama a Loren. No me parece que lo haga por la nacionalidad estadounidense, creo que su amor es real.

—¿Sabes que te puedes hacer *spoiler* si lo buscas en internet? —me pregunta Stephan.

—Te mato si te atreves a buscar el final de la temporada y nos lo dices —lo amenaza Callum, y eso lo hace sonreír.

—Hum, no sé, mis dedos curiosos ya se encuentran buscando en internet —canturrea Stephan, escribiendo algo en su teléfono—. Oh, mira, resulta que Loren y Aleixi…

—¡No! —grito, y vuelve a reír.

—Vale, vale, no seré tan cruel, pero si quieren saberlo solo envíenme un mensaje.

—Gracias por tal gesto de amabilidad —mascullo.

—Acostúmbrate, porque soy así. —Me guiña un ojo y se pasa una mano por la camisa como si verificara que no tiene ninguna arruga—. Los dejo en lo suyo, me largo a la fiesta. —Nos lanza un par de besos antes de irse.

Callum suelta una respiración de alivio y vuelve la vista a la pantalla, pero sigue sonriendo.

—Pensé que de verdad nos diría el final de la temporada —comento.

—No es tan imbécil como para decírtelo a ti. Si hubiese estado solo yo, sin duda lo habría hecho, porque puede ser un bastardo.

—Entonces te he salvado.

—Pero por poco tiempo. Dale una semana y cuando te conozca un poco más te arruinará cada serie o programa que quieras ver.

—Pareces muy confiado en que me quedaré mucho tiempo a tu alrededor.

Con una lentitud bastante dramática, gira el rostro para mirarme. Ladea la sonrisa, baja un poco los párpados y me observa con mucha intensidad.

—Oh, mi trébol, sé que no te irás. Estás tan deseosa de quedarte como yo. Piensas en mí tanto como yo en ti y tienes tantas ganas de follarme como yo de darte una y otra vez. Quieres quemarte hasta las cenizas igual que yo quiero arder en ti. Apenas estamos comenzando, ¿por qué pensar en el final?

—Eso…

—¿Eso, qué?

—Eso me ha afectado —confieso, apretando las piernas.

Pero no hace nada al respecto, solo ríe por lo bajo y vuelve la atención al televisor. Poco después cenamos pizza y terminamos la tercera temporada a eso de la medianoche. Estoy apoyada en su costado, básicamente acurrucada; sus dedos juegan con mi cabello, y mi mano se encuentra en sus abdominales por debajo de su suéter.

También estoy tensa, a la expectativa, y a punto de hacer el primer movimiento porque soy una criatura lujuriosa que ha sido tentada toda la noche. Es simplemente cruel la manera en la que «sutilmente» este hombre me ha estado torturando: ligeros toques, susurros al oído, suspiros profundos, su olor, su voz… Estoy sobrestimulada.

—Tengo que confesar que me encantó —susurro, hablando del programa, y no de nuestra situación no consumada.

—Al final siempre termino enganchándome a este tipo de programas cuando cedo en algo que creo que no me gustará. —Se ríe y luego se estira—. ¿Y ahora qué hacemos? No tengo sueño.

Dice las palabras con lentitud, dejando que floten entre nosotros. La energía es pesada, el ambiente tiene tantas hormonas que si fueras una persona muy fértil te prohibirían la entrada al lugar por alerta de inducción de embarazos múltiples.

Cinco segundos pasan desde sus palabras, cinco segundos en los que nos miramos. Luego él me sonríe, le devuelvo el gesto y pasan otros pocos segundos antes de que me tome el rostro entre las manos y me bese.

Y, como cada uno de los besos que Callum me ha dado, me transporta a deseolandia. Es increíble cómo nos aceleramos con un beso, parecemos dos adolescentes que están descubriendo todas las cosas divertidas del sexo o una pareja recién casada en la luna de miel.

Cuando me besa, cuando me toca o cuando me mira con un deseo difícil de ocultar, siento que me desarma. La química entre nosotros asusta, es demasiado, y recuerdo vagamente a papá decirme alguna vez: «Demasiado de algo hace daño, Clover. Las cosas en exceso pueden lastimar». Pero no me importa, quiero todo lo que Callum quiera darme. Consumirnos en exceso podría lastimarnos, pero ya no me importa correr ese riesgo.

Sus labios carnosos son suaves y están húmedos por el juego de nuestras lenguas, y no son inocentes cuando me besan con una pasión y picardía difíciles de pasar por alto. No me sorprende que una de sus manos se enrede en mi cabello y tire de mí en el momento en que me mordisquea el labio inferior, lo que me hace gemir. Luego siento su otra mano deslizarse entre mis pechos para ubicarse en torno a mi cuello hasta terminar en el centro de mi garganta, y cuando aprieta me estremezco. Nunca un chico me había asfixiado y no pensé que fuera algo que me gustara, pero la primera vez que Callum lo hizo me encontré imaginando que lo hacía mientras estábamos desnudos, con su miembro dentro de mí, y eso me encantó.

Su lengua vuelve a jugar con la mía mientras me aprieta más fuerte los dedos alrededor del cuello y tira de mi cabello hacia atrás, hasta que me tiene como él desea, con el poder sobre mi boca para besarme como quiere. Soy consciente de que algunos pequeños gemidos están escapando de mí, que el corazón me late bastante rápido y mis bragas se adhieren a mi piel humedecida; quiero presionar las piernas en busca de algún tipo de alivio, porque esta sesión de besuqueo intenso me está calentando mucho.

—Clover —susurra contra mis labios, dándome besos continuos hasta que abro los ojos y me encuentro con los suyos.

Deja un espacio bastante escaso entre nuestras bocas hinchadas y húmedas y libera el agarre en mi cabello, pero mantiene el apretón en mi garganta. Su mano se desliza por mi clavícula antes de afianzarse en torno a uno de mis pechos y presionar la palma contra la cima bastante fruncida, que se emociona por su tacto. Pese a que tiene los dedos largos y la mano grande, no es capaz de acunar todo el peso de mi pecho, pero eso no le impide masajearlo suavemente y hacer que se me escapen algunos jadeos.

El contraste del roce suave en mi pecho y el apretón brusco en mi cuello, junto con su mirada intensa y la manera en que sus labios brillan con el rastro de mi saliva, es la mezcla perfecta para saber que mis bragas no volverán a estar secas hasta que me vaya a mi piso y me las cambie.

—Quiero probarte —murmura con una sonrisa traviesa.

—No creas que me debes algo por lo del aula, quise hacerlo.

—Sé que no te debo nada, no podemos ir por la vida cobrando mamadas. —Su declaración me hace reír por lo bajo, aunque sueno bastante ronca por mi nivel de excitación—. Es que deseo tanto pero tanto sentir tu humedad en torno a mi boca, saborearte con mi lengua hasta que tiembles, hundir mi lengua en ti… Quiero que grites mi nombre y que me pidas más. Quiero chuparte ese pequeño nudo de placer e incluso darle unos cuantos mordiscos mientras tiras de mi cabello, aferrándote a mí a la vez que quieres alejarme porque es demasiado placer, porque quieres más, porque temes que te arruine o mate de placer.

Maldita sea. No tengo palabras, no puedo salir del embrujo de sus palabras y todas esas promesas sensuales. ¿Quién rechazaría algo así? Estoy imaginando su cabello rojizo entre mis piernas y… necesito que suceda.

Mi respuesta no es verbal. Libero su agarre de mi garganta y de mi pecho y simplemente me pongo de pie y me lamo los labios mientras asiento hacia él. Podríamos hacerlo en el sofá, pero, teniendo en cuenta que desconocemos si Michael aparecerá de pronto, creo que su habitación nos proporciona un sitio más seguro.

—¿Dónde está tu cuarto? —pregunto, y él se incorpora, me toma de la mano y me guía.

No tardamos demasiado en llegar a su habitación. Mentiría si digo que reparo en algo más que en el hecho de que las paredes son de un color lila muy claro, porque una vez más Callum me está besando tras cerrar la puerta con seguro. Su boca es mucho más voraz que unos minutos antes y me hace retroceder hasta que mis piernas chocan con una cama bastante grande. A continuación, sus manos me empujan para hacerme caer en su cama, con las piernas colgando en el borde.

No me está tratando con ternura, y eso me encanta. Me trata como alguien que necesita el próximo bocado y no tiene paciencia para esperar, pero sí la paciencia suficiente para volverte loca con sus besos, su toque, sus ganas.

Lo veo subirse a horcajadas sobre mis muslos y luego acerca sus manos a mi rostro, dándome una caricia lenta y deliberada que baja por los costados de mi cuello, por mis hombros y finalmente termina en mis pechos, donde me masajea de una manera deliciosa que me tiene arqueando la espalda y mirando al techo mientras gimo.

—¿Eres gritona, Clover?

El hecho de que Callum sea tan vocal y perverso con sus palabras es un factor decisivo que influye mucho en cómo me excito sin control alguno.

Me apoyo sobre mis codos para levantarme lo suficiente y mirarlo, y le respondo:

—Gemidos, sí. Gritos, solo hubo alguien que lo consiguió, pero contigo todo está resultando tan inesperado que no me extrañaría si terminara gritando.

—Vamos a averiguarlo. —Me guiña un ojo y toma la parte central de mi vestido.

Debido al escote en U y lo suelta que es la tela, con un fuerte tirón deja a la vista mis pechos, ahora cubiertos solamente por un sujetador sencillo pero de media copa que revela mucho. Un sonido escapa de él mientras los mira, aún cubiertos, como si fueran oro del que quisiera adueñarse y que no pensara compartir.

Me gustaría hacer un comentario divertido o listillo, pero me quedo sin palabras cuando tira de las copas del sujetador hacia abajo con ambas manos para exponerme a su hambrienta mirada. Mis pechos llenos están libres para toda su apreciación y las puntas se endurecen tanto que hasta me duelen.

—Creo que acabo de enamorarme de tus pezones —murmura, tomando uno entre los dedos y tirando—. Necesito poner mi boca en ellos ahora mismo. Espera, en realidad me estoy enamorando completamente de tus tetas. ¿Eres consciente de que tienes unas tetas espectaculares, de las que no me voy a separar nunca?

Bajo la vista como una tonta, como si no estuviera ya familiarizada con mis tetas, pero intento entender qué siente él al verlas por primera vez: tienen forma de gotas, lo suficientemente pesadas como para que no sean firmes, pero con una caída natural que me gusta y unas aureolas marrones con unos pezones que siempre saludan, porque son sobresalientes. Antes, cuando me veía en un espejo, odiaba tener los pechos grandes porque pensaba que las chicas con pechos pequeños podían usar ropa más bonita, pero entonces descubrí que esas chicas a veces quieren unos pechos más grandes y que simplemente hay que sacarle provecho a la situación tanto si tienes ciruelas, limones, naranjas o melones. Parece que nunca estaremos conformes, así que daré un consejo que nadie me pidió: disfruta y sácale provecho.

Ahora mis tetas y yo somos mejores amigas, y en momentos como este, en que Callum parece de verdad enamorado de ellas, sonrío recordándome cuán genial ha sido que me acepte como soy. Aún tengo días en los que no quiero mirarme o en los que se hace muy evidente que hay algo de mí que no me gusta, pero eso es normal, ¿verdad?

—¿Mis tetas son tu nuevo par de novias?

—Señoritas —dice, tirando de ambos pezones con la vista clavada en ellas—. ¿Cómo las llamamos?

—Cal —contesto, señalando la derecha, y luego la izquierda— y Lum.

—Oh, bueno, señoritas Cal y Lum —dice sonriendo—, es un placer iniciar un eterno noviazgo con ustedes. Como buen novio, prometo cuidarlas, mimarlas, besarlas y follarlas.

Me estremezco, porque sé que no son promesas vacías, pero también porque recuerdo que lo hice acabar sobre ellas con las manos. Eso definitivamente me encantó. No era algo que hubiera hecho antes, pero siempre quise hacerlo y ese día me sentí tan confiada que ni siquiera lo pensé, simplemente sucedió.

Él se inclina y siento la calidez de su aliento contra mi pecho derecho.

—Hola, Cal. —Me da un suave beso sobre el pezón—. Y hola, Lum. Las amo, muchachas.

Río, pero el sonido no dura ni tres segundos, porque su boca es húmeda y cálida cuando toma el pezón de mi pecho izquierdo y chupa con una fuerza que me hace desplomarme sobre la cama, gemir y arquear la espalda. Sus labios se abren todavía más para agarrar tanta piel como puede cuando chupa y le propina pellizcos y tirones a la punta de mi pecho derecho.

Mis manos cobran vida y van a su cabello cuando me da un mordisco que luego calma con su lengua. Lo insto a que siga, a que no pare, mientras susurro cuánto me gusta. Cuando me pregunta si deseo más, gimo un «¡Joder, sí! Dame más», así que le presta una atención increíble a mis pechos que me tiene gimiendo, abriendo las piernas y sacudiéndome sin control.

No sabía que era tan sensible en esa área de mi cuerpo. Sí, siempre he disfrutado el manoseo durante el sexo o en los juegos previos, pero, aunque se sentía malditamente increíble, nunca me volví tan loca pensando que moriría de placer. Creo que podría correrme solo con su boca chupándome, mordiéndome y lamiéndome, junto con los tirones y pellizcos de sus dedos.

Cuando me tiene temblando debajo de él, con las mejillas me acaricia los pezones, como si fuese un dulce animal doméstico pidiendo mimos o jugando con su cosa favorita, pero no me engaña, es un felino depredador que en este momento me ve como su presa, y lo estoy disfrutando mucho.

Tras unos pequeños besos que prometen volver pronto, Callum baja de encima de mí y de la cama y me hace gritar cuando me toma de las caderas y me estira hacia el borde de la cama. Parece que podría caerme de culo. Me sube el vestido largo con lentitud, acariciándome la piel de las piernas con los dedos en el proceso, y cuando lo tiene por encima de mi ombligo, su mirada se clava entre mis piernas y luego siento dos de sus dedos haciendo fricción donde más húmeda me encuentro.

—Arruinaste tus bragas, Clover, tal vez deberíamos quitártelas.

No respondo; una vez más, me apoyo sobre los codos para verlo bajar las desastrosas bragas, que deja en algún lugar del suelo. Me besa el muslo y luego muerde tan fuerte que podría dejarme una leve marca, pero con la presión ideal para que resulte mucho más placentero que doloroso. Dibuja un camino de besos y chupadas en mi piel que lo lleva hasta el centro de mi cuerpo, y me hace sentir su cálida respiración y luego el leve soplido que emite. Cuando levanto la vista, conecta con mi mirada, me toma los tobillos y ubica mis pies, aún con las zapatillas puestas, en cada uno de sus hombros en una posición abierta bastante vulnerable: puede verlo todo, y parece que le gusta.

Como hizo aquella vez en el baño tras la práctica, alza dos dedos y los chupa con energía. Luego, sin dejar de mirarme y sonriendo, los lleva al lugar donde más lo quiero, haciendo movimientos circulares.

—Clover…

—¿Sí? —respondo con voz temblorosa.

—Dijiste que me miraste como si quisieras follarme y que yo te miré de manera amistosa —susurra contra mí—. Lamento romperte las ilusiones, pero nunca te miré de ese modo. Aunque nunca hiciera nada, puedo asegurarte que cada vez que te vi, te deseé, y ahora se siente como un sueño. Un delicioso sueño.

—No es un sueño.

—Lo sé. —Sonríe.

Lo miro. Nadie puede juzgarme por querer ver cómo su lengua sale y se desliza sobre mí; tampoco pueden juzgarme por mis fuertes gemidos o por cómo mis piernas se abren todavía más queriendo que me dé todo lo que pueda.

Me esfuerzo por ver lo que me hace, cómo me lame y besa. Me besa entre las piernas de la misma manera que me besa la boca, y cuando chupa el nudo de nervios encima de mi apertura, gimo su nombre. Los sonidos de sus besos, lamidas y succiones son obscenos y me hacen humedecerme todavía más. Sus manos mantienen abiertos mis muslos temblorosos mientras no me da tregua con el ataque de su boca. Cuando sus dedos se unen a la fiesta y dos de ellos entran en mí con lentitud, me desplomo porque mis codos no son capaces de sostenerme. Clavo la vista en el techo y mis manos no dudan en ir a su cabello y tirar. El gruñido ronco que emite vibra contra el nudo con terminaciones nerviosas que está chupando.

Estoy tan mojada que el sonido que produce al entrar y sacar los dedos es muy fuerte; mis gemidos van en incremento y sacudo la cabeza de un lado a otro, desesperada por liberarme, dejarme ir, y creo que es ahí cuando los dos dedos pasan a ser tres. Estoy a nada de correrme cuando una sorpresa se une a la noche: la yema de un dedo, que toma de mi humedad, se mueve a una zona más oscura. Me tenso por unas milésimas de segundo antes de empujar contra el dedo y presionar la yema contra un área del cuerpo con la que nunca he jugado sexualmente. Es todo lo que necesito para agradecer que sus compañeros no estén, porque grito:

—¡Callum! ¡Dios! ¡Callum! ¡Sí, por favor! ¡Sí! ¡Ah!

Tiro con mucha fuerza de su cabello y cuando me vengo mis piernas se cierran en torno a su rostro como si prefiriera morir antes que dejarlo ir. Tiemblo, me deshago, vuelo y enloquezco. Me convierte en nada, pero también en todo.

Sigue lamiéndome y besándome, y mientras no cesan unas leves réplicas. En algún punto, cuando creo que me volveré loca, lo alejo y libero del apretón mortal de mis piernas. Lo oigo reír y me da otro mordisco, algo más suave, en la parte interna de uno de mis muslos.

—Podría haber muerto —murmuro.

Él aparece encima de mí con una sonrisa traviesa y los labios brillantes y húmedos. Tanto mi familia paterna como la materna siempre me han dicho que no debo endiosar a un ser humano, pero, ¡señoras y señores! Tengo absoluto derecho a considerar a Callum como un dios cuando acaba de hacerme todo eso, me llevó al cielo sin hacerme rezar.

—Gritaste. —Se lame los labios de manera lenta y deliberada, saboreándome—. Y me encantó. Comerte ha sido mejor de lo que esperé, que cualquier sueño caliente. Te mojaste tanto, Clover, que llegué a pensar que no sería capaz de lamerlo todo. —Me besa la esquina de los labios—. Comí tanto como pude y ahora solo puedo pensar en que me aprietes la polla del mismo modo en el que me apretaste los dedos. Se sintió espectacular meter mis dedos en ti, y sobre lo otro…

—Me gustó —confieso, sabiendo que se refiere al asunto de mi puerta trasera.

—Sí, me di cuenta de que te gustó cuando te empujaste como si desearas que te lo metiera completo, pero aún no, eso debemos trabajarlo… Si quieres.

—Quiero —respondo de inmediato, y sonríe antes de darme un beso profundo en los labios.

—¿Sabes? No puedo quejarme de que no estuviéramos juntos desde el principio, porque ahora estamos viviendo estos espectaculares momentos. —Me mordisquea el labio inferior—. Cuando estoy junto a ti pienso en el presente, pero también me gusta decirme: «¡Genial! Habrá un mañana».

No es que sea una cosa supermemorable o romántica, pero para mí esa frase final resulta significativa por alguna razón, así que envuelvo mis brazos alrededor de su cuello y lo abrazo, de modo que su peso descanse entre mis piernas, y siento lo duro que está.

—¿Callum?

—¿Sí?

—¿Te gustaría que te follara con mis tetas?

Me mira como si intentara descifrar si es una broma, pero cuando confirma que lo digo en serio, sonríe. Seguramente los ojos me brillan con promesas sucias.

Tiene un efecto en mí. Siempre me ha gustado el sexo, pero con él no tengo que pensar demasiado sobre mis deseos o fantasías, tan solo expreso lo que pienso sin temor de avergonzarme.

—Me encantaría deslizarme entre tus hermosas tetas. —Se incorpora y comienza a desabrocharse el botón del pantalón, y luego le sigue la cremallera—. Pregunta de precaución: ¿dónde quieres que me corra?

Veo que el pantalón y el bóxer desaparecen, y la manera en la que se envuelve en la mano y se da perezosas caricias de arriba abajo es hipnótica.

—¿Clover? —me llama, recordándome que espera una respuesta.

Le sonrío y me lamo los labios, llevándome las manos a los pechos, que esperan para acunarlo. Un gemido ronco se le escapa y se aprieta con fuerza el miembro en la mano.

—En la boca, puedes acabar en la boca. Ven aquí.

—Tus deseos son órdenes, mi trébol —me dice antes de trepar sobre mí y crear un nuevo recuerdo caliente conmigo al ubicar su miembro entre mis pechos.

—¡Joder! Y aún nos quedan tantas cosas sucias por hacer…

Sonrío —espero que no sea una sonrisa muy lasciva— mientras saco la lengua para saborear la punta cuando se desliza hacia arriba. Tiene razón, todavía nos quedan muchas cosas sucias por hacer, y lo mejor es que parece que ambos estamos a bordo.

—¿Eres el trébol de este irlandés? —mascula con la voz enronquecida.

Miro sus mejillas sonrojadas, sus abdominales contraídos y su miembro duro como una roca deslizándose entre los pechos que acuno con fuerza para crear fricción. Mis ojos vuelven a los suyos, que están a medio cerrar.

—Soy tu trébol, Callum.

24

SEÑORA MAMÁ DE CALLUM

Clover

—¿Qué le ves a mi boca? —pregunto antes de lamerme la miel de los labios.

Callum hace unos panqueques para el desayuno que lucen como los de las fotos de internet, con toda esa miel, el sirope de fresa y las frutas alrededor. Que me haga este desayuno después de haber despertado junto a él en su enorme cama se siente irreal, pero sé que no es un sueño, porque me pellizqué y por los chupetones que me quedaron en el pecho izquierdo. ¿O debo llamarlo respetuosamente «Lum»?

—Es que me gusta mucho tu boquita, me gusta todo lo que haces con ella, desde hablar, pasando por sonreírme y culminando con mamadas —responde, lamiéndose la miel del dedo corazón—. ¿Qué tal dormiste?

Tardo unos pocos segundos en procesar la pregunta porque la manera en que se chupa los restos de miel del dedo me traen recuerdos de cómo me lamió y comió a mí, pero, tras orientarme, me repito su pregunta y sonrío.

Después de un orgasmo intenso que nunca superaré, de acunarle el miembro entre los pechos de modo que al deslizarse hacia arriba atrapaba la punta en mi boca —lugar donde terminó al cabo de poco— y de charlar sin propósito, me quedé dormida medio desnuda. Me desperté en la madrugada y me sentí rara al verlo, sin creerme lo que había sucedido. Me quité el vestido y el sujetador, tomé prestada una camiseta suya que me quedó larga pero bastante apretada, volví a la cama y me dormí, y he amanecido como una mujer que siente que durmió horas y que camina por un cuento de hadas.

Lo sé, es un resumen largo, pero es que quería presumir de toda mi noche.

—Dormí genial —termino por responder.

Asiente y por debajo de la mesa su pie se desliza por mi pantorrilla desnuda mientras sus ojos se fijan en mis pezones, que se me marcan contra la tela de su camisa. Se supone que cuando te pones la camisa de tu novio, ligue o lo que sea, esta te debería quedar enorme, pero a mí no. Aunque la camisa me llega hasta las rodillas, se ajusta bastante, tanto que el contorno de mis tetas es muy visible y sería imposible pasar por alto mis pezones incluso si no estuviera excitada. Y ni hablar del hecho de que es imposible que no se me marquen un par de rollitos y que por detrás parezca que mi culo hará explotar la tela. Sin embargo, la manera en que Callum me miró cuando entré en la cocina me hizo sentir que luzco de maravilla su camisa; fortaleció toda la confianza que había reunido para salir de su habitación así.

—¿Eres bueno cocinando o tu especialidad son los panqueques?

—Soy bueno, tal vez no el mejor, pero hago algunos platos más allá de lo decente… Me gusta hornear, lo hacía mucho con mamá, por lo que mi especialidad es la repostería.

—Lo mejor que horneó tu mamá fuiste tú —digo en broma, y él se paraliza a mitad del bocado.

—El mejor cumplido que me han dado, se lo haré llegar a mi madre. —Se aclara la garganta—. «Mami, dice mi trébol que soy el mejor postre que hiciste con papá».

—No eres capaz —digo riendo.

Él solo enarca la ceja, toma su teléfono del bolsillo de su pantalón holgado y lo veo escribir, pero no le creo… Al menos no hasta que me muestra el mensaje.

> **Callum:** Hola, mami, te extraño mucho.
> Te escribo porque mi trébol (mujer sexi sentada
> frente a mí) dice que soy el postre más bonito
> que hiciste con papá. ¡Gracias, mamii!

—¡Callum! —casi me atraganto con la comida, y más cuando veo que su mamá está escribiendo una respuesta.

Ambos observamos cómo las respuestas llegan una tras otra.

> **Mamá:** ¿Tu trébol? Oohhh eso me gusta,
> me gusta ¡Dame nombreee!

> **Mamá:** Tu papá y yo cocinamos buenos postres

> **Mamá:** Déjame ver tu trébol (chica sexi)

> **Mamá:** Muéstrale esta foto

Y envía una foto de cuatro personas que supongo que son Callum y sus hermanas: dos pelirrojas, una con el tono de cabello oscuro como Callum y otra más cercana al naranja, y una tercera chica con el cabello rubio rojizo. Todos con los ojos verdes, y dos de ellas tienen pecas en el rostro, una más que la otra. ¡Maldición! Son tan hermosas como Callum.

—¡Guau! Qué buenos genes —alabo, ampliando la imagen.

—Si te lo preguntas, Kyra es la rubia rojiza, la más pecosa es Arlene, que es la del cabello que tira hacia naranja, y esta es Moira, la primera que se horneó.

Sus palabras me hacen recordar lo que Callum le ha contado a su mamá que he dicho, y jadeo de mortificación, lo que lo hace reírse antes de presionar un botón para enviarle una nota de voz:

—Es una buena foto, me veo como el hermano más guapo y sensual. Mi trébol literalmente se llama Clover. Espera, creo que quiere saludarte.

Abro los ojos y me quiero desmayar, pero me aclaro la garganta con vergüenza.

—Hola, señora mamá de Callum. —Cierro los ojos ante mi torpeza y Callum se ríe—. Quiero decir… Eh, hola… Qué buen hijo… horneó… Quiero decir, tiene.

Me cubro el rostro con las manos, y Callum ríe aún más fuerte y envía la nota.

—Vamos, mi madre quiere una foto de ti.

—No me harás una foto así. —Me quito las manos del rostro para señalar su camisa extrajustada.

—Vale, te robo una de Instagram. Por cierto, ¿por qué no me sigues?

—Porque no se había dado la ocasión, pensé que sería raro.

Lo que Callum no sabe es que antes lo seguía, hasta que descubrí que sabía de mis notas porque colgó algo referente a ello y entré en pánico. Es solo un pequeño detalle.

—Raro es que me hayas chupado la polla, hayas dormido en mi cama y nos comamos la boca, pero que no tenga tus «me gusta» en mis publicaciones. Yo te sigo.

—¿Desde cuándo?

—Desde ayer. —Se ríe—. Oh, mamá ha respondido.

> **Mamá:** ¡Oh! Me gusta tu voz, Clover, qué hermoso nombre. Me alegra que te guste lo que horneé durante ocho meses y tres semanas. Perdona si no se cocinó lo suficiente y ahora es desastroso.

Sonrío al escucharla reír.

—De acuerdo, cortemos el rollo aquí. —Callum se ríe y vuelve a guardarse el teléfono—. Lo siento, pero es que mi madre es así. Mi familia está loca, pero son buenas personas.

—Simplemente... ¡Vaya! —Es todo lo que digo parpadeando un par de veces.

—Igualmente, gracias por tu supercumplido sobre lo de estar bien horneado, es el mejor que me han dado.

—Creía que el mejor cumplido que te habían dado fue cuando te dije que eras largo y grueso —digo, recordando mis palabras en el aula.

No sé en qué pensaba cuando dije tal cosa. Bueno, sí lo sé, estaba viendo el miembro de Callum por primera vez y estaba más allá de extasiada por el tamaño, el grosor y la manera en que se me hizo la boca agua cuando la punta se le humedeció.

—Ahora que lo pienso, me has dado tantos cumplidos escritos y verbales que no sé cuál es mi favorito.

Su pie acaricia el lado interno de mi muslo y le doy una larga mirada, a la que responde con una sonrisa.

Necesito comer en lugar de distraerme con su sonrisa que tanto me atrapa. Lo he dicho antes: Callum tiene una especie de energía por la que es difícil no verse atraída o envuelta, es el tipo de persona que conoces y es imposible que te desagrade, tiene un carisma natural.

Terminamos de desayunar, deja lo que ensuciamos en el lavavajillas y nos quedamos de pie frente a la mesa, lado a lado, bebiendo café.

Si soy honesta, no planeaba quedarme a dormir, pero tampoco conversamos sobre ello; solo lo dimos por hecho y, después de tanto placer, simplemente sucedió. Él no enloqueció, yo tampoco lo hice. Él se despertó primero y cuando me levanté yo me dirigí al baño, me saqué del bolso el cepillo de dientes que llevo conmigo —porque soy así de previsora— y después me lo encontré en la cocina.

Me pregunto si las cosas están yendo demasiado rápido entre nosotros; tanto si es el caso como si no lo es, de alguna manera las estrellas se han alineado para que nos encontremos en la misma página. Dijimos eso de «estamos juntos, pero solteros»; sin embargo, me doy cuenta de que es una especie

de broma, porque intuyo que no estoy soltera, no me siento de ese modo y…
no tengo ningún problema con ello, a diferencia de cómo creía que sería.

—Necesito decirte algo, Clover. —El tono de cautela en su voz me alerta
y hace que me gire para mirarlo de inmediato.

No puedo evitar tomar una profunda respiración como si esperara que
sus próximas palabras fueran un soplido que fuera a enviarme a volar lejos,
porque, como cualquier ser humano cuando las cosas van demasiado bien,
tiendo a estresarme un poquito pensando que algo saldrá mal.

—La cuestión es que aquella mañana en la Facultad… cuando me la
chupaste…

Ni siquiera me exalto ante su falta de sutileza, creo que me voy adaptando a
que con Callum las cosas son muy directas y no las adorna con palabras suaves.

—¿Sí?

—No nos dimos cuenta de que había dos cámaras grabándonos, no re-
cordamos que las aulas tienen cámaras de seguridad.

Agradezco no estar sosteniendo la taza de porcelana ahora mismo, porque
seguramente la habría dejado caer. Me quedo de piedra mientras rebobino la
escena en la cabeza, como en una especie de película; la forma en que empu-
jaba hacia mi boca, su mano en mi cabello, los sonidos obscenos al atragan-
tarme y succionar, y sus palabras y gemidos. ¡Las cámaras! Nunca pensé en
eso, las borré de mi memoria, las descarté. Si no me lo dijera ahora, posiblemente jamás hubiera sentido el pánico que me invade en este momento.

Todos sabemos que si un vídeo cae en las manos equivocadas, no hay
vuelta atrás. Cuando un vídeo sexual se hace viral, por mucho que lo borres,
sigue saltando de un teléfono a otro, de una página web a la siguiente, y eso
es una mierda, porque a nadie le importa que no dieras tu consentimiento.

—¿Clover? ¿Estás bien?

Niego con la cabeza sin poder hablar porque estoy demasiado ocupada
imaginando que un vídeo sexual en el que he participado pasa de un teléfono
a otro. Mierda. ¡Joder! Simplemente mierda.

Siento sus manos en mi cintura y vuelvo al ahora cuando me atrae hacia
su cuerpo, nos gira y me sienta sobre una de las sillas altas. No me da tiempo
de analizar que una vez más ha aguantado mi peso, porque estoy demasiado
distraída por el hecho de que hay un vídeo de mí dándole una mamada como
si no hubiese mañana. ¿Al ser dentro del campus me meteré en algún problema legal? ¿Necesito un abogado? ¿Necesito esconderme, huir a otro país o
cambiarme la identidad?

—Clover. —Las manos de Callum me toman el rostro—. Respira.

—Un vídeo sexual siempre ha sido una de mis pesadillas más grandes.

—Te lo digo porque creo que tienes derecho a saberlo, pero, tranquila, me he hecho cargo de ello.

—¿Tú...? ¿Cómo?

Admito que estoy aliviada. Tal vez soy un poco mala por sentir tranquilidad de que él haya resuelto un problema de ambos, pero en este momento me siento así.

—Le pedí ayuda a Jagger, y gracias a eso lo eliminaron. Sé con seguridad que lo hicieron.

Lo miro con la boca abierta, cosa que le parece divertida, y su mano presiona mi barbilla instándome a cerrar la boca.

Jagger Castleraigh cada día parece hacerse más conocido mío. Nunca le he pedido nada, pero sé que no es gratis; siempre pide algo a cambio.

—¿Qué te pidió?

—Nada que no pudiera darle —responde.

—¿Qué te pidió? ¡Mierda! Callum, debiste habérmelo dicho en el momento en el que te diste cuenta y quizá habríamos encontrado alguna solución...

—Esa fue la mejor decisión y fue inmediata.

—Pero ¿qué te costó?

—¡Oye! Sé que corren algunos rumores sobre que Jagger es un tipo duro y reclama cosas difíciles como cobro, pero somos amigos, o algo así, y en verdad él es un buen tipo que está haciendo un negocio legítimo. —Hace una breve pausa—. Bueno, tal vez no sea tan legítimo, pero en teoría no es nada que lo pueda llevar a la cárcel... Creo.

»No sé qué te está pasando por la cabecita, pero lo que Jagger me pidió es inocente y factible, no te preocupes.

Lucho contra la urgencia de preguntarle otra vez cuál es el pago. Aunque no hablo, parece que mi mirada grita, porque termina por reír mientras apoya las manos en mis muslos, ahora desnudos.

—Me pidió un favor de mi hermana Kyra para una de sus amigas, pero no le digas que te lo he dicho. Es bien sabido que cuando negocias con Jagger no les puedes decir a los demás qué te cobra. El misterio ayuda al negocio.

No es que tenga una relación con Callum desde hace mucho tiempo, pero me parece que su tono es honesto y que debo confiar en esto y en él. Dudo que quiera nuestro vídeo circulando por internet, así que me sacudo la tensión que he cargado durante unos minutos y llevo mis brazos alrededor de su cuello.

—Gracias, Callum, eso fue arriesgado. Sin embargo, por favor, la próxima vez háblalo conmigo para que podamos solucionarlo juntos. La imprudencia fue de ambos y, si bien decimos eso de estar solteros, estamos juntos y ese era un problema que nos incluía a los dos.

Permanece en silencio durante unos largos segundos mientras me mira fijamente a los ojos y luego sonríe, lo que me hace fruncir el ceño y admito que me dan ganas de darle un puñetazo.

—¿Piensas que habrá una próxima vez en un aula? Porque dijiste «la próxima vez».

—¿Qué? No, no —respondo de inmediato.

Pero solo recordarlo, el pensamiento se transforma en mí sentada sobre el escritorio y Callum con la boca entre mis piernas o bien yo de espaldas sobre el escritorio y Callum empujando su pelvis contra la mía mientras se desliza adentro y afuera, haciendo que mis pechos se sacudan con sus embestidas...

—Quieres una próxima vez —susurra con su boca muy cerca de la mía.

—Pero sin cámaras...

—Oh, así que mi trébol no lo niega. —Su sonrisa casi está sobre mis labios de lo cerca que se encuentra.

Entrelazo mis dedos en la parte baja de su nuca e inclino la cabeza hacia un lado preparándome para los inminentes besos que vamos a darnos.

—Me haces crear nuevas fantasías y reaparecer las viejas. —Le doy un beso suave y corto en sus labios entreabiertos—. Me haces no tener miedo a admitir que me gusta lo sucio y a decirte lo que me gusta, lo que quiero.

»¿Sabes lo que imaginé? —pregunto contra sus labios antes de lamérselos cuando sacude la cabeza en negación—. Primero imaginé que estaba sobre el escritorio, con tu boca entre mis piernas mientras mis dedos se aferraban a tu cabello...

—¡Por los duendes! —Sus manos ascienden por mis muslos y debajo de la camisa—. Cuéntame más.

—Pero, por muy alucinante que fuera tu boca comiéndome, luego te vi sobre mí, empujando las caderas contra las mías mientras te hundías una y otra vez...

—¿Profundo? ¿Rápido o lento?

—Parecía rápido por la manera en la que mis pechos se sacudían. —Me lamo los labios, tengo el corazón acelerado—. Y, aunque solo fue un breve pensamiento, casi pude sentirte ahí, dentro de mí.

—Y vas a sentirme, Clover. Cuando te folle, me folles y follemos me vas a sentir en todas las partes que quieras y en todas las posiciones que se nos pasen por la cabeza. Te follaré sobre ese escritorio y veré tus tetas sacudirse, y entonces será mejor que tu caliente fantasía. Te lo prometo.

—Pero sin cámaras.

—Sin cámaras —dice sonriendo antes de acortar la mínima distancia que aún había entre nuestras bocas y besarnos.

Sus manos bajan hasta rozarme el borde de las bragas. Es un beso lento, apasionado y tan excitante que me encuentro abriendo las piernas y rodeándole las caderas con ellas. Él se presiona contra mí y gimo.

No es que quiera que nuestra relación sea únicamente sexual, ya ha quedado demostrado porque hemos salido y hemos pasado el tiempo a solas viendo ese programa adictivo, pero es difícil no querer llevarlo más lejos que unos besos cuando nos deseamos tanto y la química parece tan fuerte. Muero por sentirlo en mi interior, por bailar con su cuerpo la danza más antigua de la humanidad: el sexo.

—¿Estás seguro de que no hay nadie en casa? —Se oye una voz.

—Por favor, sé rápido y vete.

Me paralizo contra los labios de Callum y él también se tensa.

—No olvides quién es el jefe, Michael. No te equivoques.

Mis manos caen de los hombros de Callum porque ambos reconocemos esa voz. Me alejo lo suficiente de su boca para tomar un profundo respiro y él busca mi mirada.

—Me encargaré de que se vaya.

Cuando intenta alejarse, tiro de él con mis piernas y lo abrazo. Me avergüenza sentir que es una roca a la que me aferro para evitar a esa persona que está dentro de la casa y que me asusta, pero es mi instinto de supervivencia creyendo que Callum en este momento representa un escudo contra Bryce.

—No te vayas —susurro.

La parte de mi mente que siempre plantea pensamientos negativos o angustiantes sabe que, si Callum se va y Bryce viene, me paralizaré y él me atacará. Oscar y yo apenas hemos practicado un par de golpes, y estoy tan asustada que soy consciente de que no haré nada. No sé cuánto me durará la suerte para que, si me vuelve a atacar, no llegue lejos.

Odio estar subestimándome en lugar de visualizarme como una luchadora o una heroína que se salva, pero no sabía que este tipo me aterraba tanto hasta ahora, que me agarro a Callum para que no me deje sola.

Él debe de ver el pánico en mi mirada, porque deja ir una lenta respiración. Sé que quiere salir y echar a Bryce de su casa, pero se queda a mi lado abrazándome durante unos pocos minutos que para mí se sienten demasiado largos. Cuando la puerta se cierra y unos pasos se acercan a la cocina, me tenso. Lo último que quiero es que me encuentre mi agresor; aunque la ropa no determina que vaya a atacarme, para mí lo hace más horrible cuando estoy tan expuesta.

Sin embargo, quien aparece es un chico castaño que se paraliza al vernos. Su mirada oscura se topa con la mía y sus ojos se abren un poco. Luego se aclara la garganta cuando Callum se gira y se sitúa frente a mí para taparme de su vista.

—Te dije que lo quiero fuera de mi casa, Michael. No es difícil de entender.

—También es mi casa.

—Pero Stephan y yo somos mayoría, así que te jodes y dejas a tu amiguito fuera, ¿lo entiendes? —Es la primera vez que oigo a Callum tan serio y molesto—. No te lo volveré a advertir. Tu mierda la dejas fuera de esta casa.

Él no responde. En lugar de ello, nuestras miradas se encuentran y él parece casi temeroso, angustiado y preocupado.

—¿Por qué me miras así? —no puedo evitar preguntar.

—Cuídate, Clover, cuídate.

Comienza a alejarse con rapidez y Callum se deshace de mi agarre y lo sigue mientras grita su nombre. Bajo de la silla tropezando en el camino y me encuentro a Callum en la entrada instando a Michael a bajarse de la motocicleta.

—¿Qué mierda quieres decir? ¡Dilo!

—No he dicho nada que no sepas, que ella no sepa. —Me mira de nuevo y se pone el casco—. Esta mierda es seria, Callum. Manténganse alejados de él, no está jugando con lo que hace.

Esa es toda la advertencia que da antes de poner en marcha la motocicleta. Ha sonado francamente espantoso y me ha dejado un sabor amargo en la boca, además de escalofríos en el cuerpo. Pasé de arder a estar tan helada.

—Callum, me gustaría irme a casa —digo, y él deja de mirar hacia donde Michael acaba de irse—. Quiero irme.

Lo que no digo es que quiero irme ahora mismo, cerrar con seguro mi habitación y no salir nunca más para no toparme con ese tipo de nuevo.

—Está bien, te llevaré. Lamento todo esto. —Se acerca y hace que ambos entremos en la casa—. No suponía que se arruinaría así.

—No es tu culpa y… fue un final lamentable, pero todo lo demás… Ha sido una de las mejores citas. —Trato de sonreírle porque soy honesta en mis palabras—. De verdad me gustó.

Me dedica una sonrisa triste, porque sabe tan bien como yo que, aunque lo pasamos increíble y fue maravilloso, en este momento los dos tenemos la cabeza en otros lugares.

Caminamos hasta su habitación en silencio. La tensión que nos invade en este momento es muy diferente a la de hace unos minutos.

No me pierdo que la espalda de Callum se tensa mientras toma unas zapatillas deportivas para ponérselas y yo tomo mi vestido para cambiarme.

—Michael está involucrado con Bryce. No sé cuánto, pero está en toda esa mierda.

—¿Estás diciéndome que tu compañero de piso trabaja para él? ¿Que lo trae aquí?

De manera vaga recuerdo que ya me lo mencionó en el auditorio cuando me preguntó por Bryce.

—Stephan y yo se lo prohibimos.

—Y aun así vino aquí, Callum. ¿Crees que a Bryce le importa seguir tus reglas? —Me paso una mano por el cabello—. ¡Vendrá aquí siempre que quiera! Y yo no puedo estar cuando lo haga.

—Clover…

—Sabes que estoy evitándolo, que no quiero verlo porque me asusta.

—No, Clover, no lo sé, ¡porque no me dices nada al respecto! Cuando intento hablarlo contigo lo minimizas, lo evades o me distraes. ¿Crees que no me doy cuenta de que hay más de lo que me dices?

»Por supuesto que lo quiero lejos de mi casa, de ti, de mí. No te hice venir para que te toparas con él adrede.

—No es lo que quise decir…

—La cosa es que no sé qué quieres decir, porque eres comunicativa para muchas cosas, pero otras te las guardas. Entiendo que tengas miedo, pero no me trates como a un idiota cuando intentas distraerme y no finjas que no me das solo detalles.

Tiene razón. Ni siquiera sabe que Oscar golpeó a Bryce, no sabe lo que me dijo ni cuán grande son mi miedo y mi disgusto por la situación. Mi vergüenza por el hecho de que no me he defendido en ningún ataque me ha privado de hablarlo incluso con él, y siento mucha impotencia por no poder controlarlo y enfrentarlo, por reducirme a esta patética versión de mí.

Ante la falta de respuesta, Callum respira hondo y se pasa las manos por el cabello rojizo despeinándolo en el proceso.

—No quiero que discutamos y muchos menos por Bryce —dice tras unos segundos de silencio—, pero quiero dejar claro que nunca lo invitaría a mi casa y que tienes razón, poco le importan mis reglas, pero nunca te pondría en una situación donde tengas que estar cerca de él.

»No sé hasta dónde llega tu miedo, porque no me lo dices y respeto tus límites, pero tampoco asumas que tengo el control de todo y que sé la magnitud del problema. Estoy a ciegas, Clover, tengo poco contexto. Lo único que sé es que un día esa basura estaba hablándome de ti, pidiéndome que me alejara y soltando mierda de que eras suya. Sé que no soy un héroe ni tu salvador, que no tienes que contármelo todo y que tal vez para ti yo podría ser solo una aventura…

—No eres una aventura —susurro.

—Me importas. No pienses que únicamente quiero sexo contigo. Quizá no puedo ser tu héroe, pero quiero ayudarte siempre que pueda y saber qué rayos está sucediendo.

Primero respiro de manera agitada y luego me resbalan unas lágrimas que no sabía que estaba conteniendo y mis hombros se sacuden en silencio. Él intenta acercarse, pero niego con la cabeza y me siento en la silla de su escritorio apretando mi agarre sobre el vestido que aún tengo en las manos.

—Había oído de Bryce algunas veces, pero jamás en mi vida le había hablado. Si nos topamos en alguna fiesta nunca lo noté, porque siempre supe que debía evitarlo —explico tras sorberme la nariz—. Hasta el día que llegué con resaca a clase, que estabas enojado conmigo. Me topé con él al salir del baño, pero fue extraño, se sintió como si iniciara un juego del que yo no quería formar parte.

Mis lágrimas son de impotencia y frustración cuando finalmente se lo cuento todo, y también son de vergüenza cuando admito que en cada encuentro con Bryce alguien ha intervenido por mí porque yo no hago nada. Siento náuseas cuando hablo de su mano en mi trasero aquella noche, de que pensé que me lastimaría, hasta que James llegó… Le explico lo de su mano en mi muslo, que Oscar lo golpeó y sus palabras, las que trato de ignorar mientras me digo que esto no irá a más.

Para cuando termino de hablar, tengo la nariz tapada y el rostro hecho un desastre por todas mis lágrimas.

Callum permanece en silencio y su pecho sube y baja con el peso de su respiración.

—Debí decírtelo antes, pero me da vergüenza porque nunca hago nada.

—Paralizarse por miedo no es otorgarle permiso para tocarte, Clover. Claramente no es tu culpa.

Me encojo de hombros y él respira hondo y se pasa las manos por los muslos.

—Ni siquiera puedo expresar con palabras todo lo que quiero hacerle para causarle dolor por las cosas que te ha hecho pasar… Quiero hacerle daño de verdad.

—No te metas en su radar, hay algo muy malo en él.

—Precisamente porque hay algo malo en él no puedo fingir que no pasa nada.

—No puedo denunciarlo.

—Porque no hay evidencia física de que te lastimara, no hay penetración ni maltrato físico como una paliza.

Suena clínico, pero asiento porque ambos sabemos que es verdad.

—Lo tomarán como hostigamiento, un coqueteo de muchachos y una chica haciéndose la difícil —digo—, lo máximo que conseguiría sería una advertencia.

—Y tus testigos son James, a quien podrían aludirle haber malinterpretado un abrazo entre amantes, y Oscar, que agredió físicamente a Bryce sin que este lo golpeara o se defendiera.

—Solo es mi palabra —concluyo con una risa sarcástica—. ¿Para qué hablar?

Mi impotencia se ve reflejada en sus ojos cuando nuestras miradas se conectan. No es que seamos fatalistas, pero nuestras carreras nos permiten saber cómo funcionan la justicia y la ley.

—Pero se cansará, Callum, al final perderá el interés si lo ignoramos. No sé por qué me escogió, pero va a pasar.

No me da la razón, simplemente me mira antes de suspirar de nuevo y ponerse de pie. Cuando extiende los brazos en una invitación a un abrazo, no dudo en ir a él, envolviendo mis brazos alrededor de su cintura.

—Encontraremos una solución —promete.

—Oscar me está enseñando a defenderme.

—Muy bien, mi trébol —dice con dulzura.

—No quiero seguir siendo una cobarde.

—No lo eres. —Me besa la frente—. Por favor, no dejes que juegue con tu mente de esa manera, no eres débil ni su presa y no tienes nada de lo que avergonzarte. Él es el problema, él es el cobarde, el que se equivoca.

Me llega su olor, que me infunde calma, y permanecemos abrazados durante unos largos minutos hasta que me pongo mi vestido y me lleva a la residencia.

Detiene el auto en el estacionamiento más cercano a mi edificio y luego me toma de la mano y me acompaña hasta que estamos frente a la reja.

—No quiero que todo se trate de Bryce —murmuro, mirándolo a los ojos—. Quiero que seamos Callum y Clover, quiero momentos como los de anoche y como otros tantos, no quiero tener que vivir con una angustia constante. Quiero más momentos, Callum, quiero mis experiencias. Él ya tiene mi miedo y no quiero que me quite nada más.

—No lo hará, seguiremos siendo Clover y Callum, lo prometo. —Me da un beso suave en los labios y me dedica una pequeña sonrisa—. Esa basura no va a arruinarlos.

Y decido creerle.

Compartimos otro beso antes de que entre en el edificio. Cuando llego a mi piso, Edna, que pocas veces es afectiva, me envuelve en un feroz abrazo.

—Qué bueno que estés aquí, dime que pasaste toda la noche con Callum, por favor.

—Sí —susurro—. ¿Qué pasa?

—Anoche una estudiante fue agredida sexualmente en el campus. No han dicho quiénes son ni la víctima ni el atacante, pero todos hablan de ello y de la violencia de lo sucedido. Al parecer está muy golpeada y sangraba mucho, la desga…

—Para, no puedo escuchar más.

—Estaba tan asustada pensando que tú… ¡No respondías mis mensajes! Y no te llegaban mis llamadas.

—No tenía batería… ¿Por qué pensaste que podía ser yo?

—Porque la describieron con cabello negro abundante y largo, rasgos orientales… No lo sé, es que sentí mucho miedo por ti. —Me abraza con más fuerza.

Estoy entumecida, porque tiene razón, podría haber sido yo.

25

PASITO A PASITO

Clover

Qué desagradable sensación estar sudada hasta el punto de gotear como si me hubiese bañado. Además, los bíceps me duelen, pero si me quejo Oscar me dará una larga mirada de: «Eres una imbécil desagradecida», y yo le diré: «No todos tenemos una tableta de chocolate en el abdomen y brazos para enmarcar». Y entonces seguramente Kevin agregaría: «Y no sabes cómo me agarra con esos brazos cuando follamos», y yo me preguntaría «¿Por qué mis amigos son así?». En conclusión: mantengo mis quejas en mis pensamientos mientras nos dejamos caer en una de las tantas cafeterías, en este caso la de la Facultad de Negocio, e intento recuperarme del entrenamiento de Oscar.

Otra de las razones por las que no me quejo es que estoy decidida a aprender a defenderme, sobre todo después de que se corriera la voz del asalto sexual a una estudiante de Medicina hace unos días. Aún me estremezco al oír que fue drogada. Ella solo recuerda el dolor y las voces distorsionadas; los daños físicos fueron brutales, pero el nivel de dolor mental y emocional con el que vive ahora es igual de indignante y doloroso.

El culpable no tiene por qué ser Bryce, pero no puedo dejar de pensar que tal vez alguien la acosó igual que él lo hace conmigo. No dejo de pensar en ello y tuve pesadillas de que era yo. Ella es de Israel y tiene un cabello oscuro, lacio y abundante, la piel un tono más clara que la mía y es mucho más alta y más delgada, pero me vi reflejada en ella cuando vi sus fotos. Odié escuchar a muchos hablando de lo sucedido como si fuera algún chisme y pensé en cuán horrible debe de ser que te vean como una cifra más en las estadísticas.

No hay sospechosos, no hay culpables, no hay suposiciones, solo una investigación mediocre, y todo se ha manejado con discreción para no manchar el poderoso nombre de la Universidad Ocrox de Nottingham. La información corre dentro del campus, pero no fuera, y suponemos que los padres de la víctima acordaron algún pacto para mantener el silencio. ¿Cómo se sentirá ella al respecto? Sé que no ha ido a las clases y que le dieron un par de semanas libres mientras se llevan a cabo las investigaciones.

Lo que le hicieron fue asqueroso y la manera en que lo están gestionando es insultante.

—Y aquí lo tienen —dice la voz alegre de Kevin cuando llega a la mesa.

Veo la botella de agua que desliza hacia mí junto con un batido verde espeso que es igual al suyo y al de Oscar. Muevo la mirada del vaso verde a él, totalmente decepcionada de que me haya pedido eso en la cafetería.

—¿Qué significa esto? —pregunto, mirando el vaso.

—Es zumo verde con proteína, buenísimo para trabajar los músculos y…

—¿Quién te dijo que quiero músculos? —lo interrumpo—. Quería una Coca-Cola helada para revivir de todo el sudor en el que estoy navegando.

—Una Coca-Cola anularía todo el trabajo que hiciste hoy con Oscar, y te he dicho que los refrescos hacen daño a la salud y son malos para el rendimiento.

—Espérate. —Alzo una mano frente a su rostro y él hace el gesto de morderla, así que la alejo con rapidez—. No estoy haciendo boxeo con Oscar porque quiera tonificarme o perder peso, ya me va bien con mis trotes por la tarde, gracias.

—Entonces ¿por qué lo haces?

—Le ofrecí enseñarle a defenderse. Ya sabes, nunca está de más que sepa actuar si la situación se complica.

Ante las palabras de Oscar, la mirada de Kevin viaja de su novio a mí. No es que no confíe en mis amigos, pero aún tengo problemas para hablar sobre las cosas desagradables que sucedieron aquella noche y del miedo que me entra cuando veo a alguien que se parece a Bryce. Por ahora solo Edna, Callum y Oscar lo saben y, aunque este último odia ocultarle cosas a Kevin, sabe que es mi elección, mi secreto y que se lo diré cuando me sienta lista.

—¿Sucede algo de lo que deba preocuparme? —pregunta Kevin, dándome una larga mirada.

—No quiero hablar de eso ahora, más adelante te lo contaré —digo tomando el vaso, y trato de no fruncir el ceño mientras bebo.

De verdad quería un refresco en lugar de esta bebida supersaludable.

—No sabe mal —me regaña Kevin, y pongo los ojos en blanco.

—Es tolerable —dice Oscar, escribiendo en su teléfono con una mano—. Debo irme, quiero ser puntual en mi cita.

—¿Qué cita? —pregunto, mirando de reojo a Kevin, que se pone de pie.

—Cita para un tatuaje —me responde Kevin, estirándose.

Puede que Kevin sea de complexión más delgada y un poco más bajo que

Oscar, pero supongo que sus bebidas asquerosas, la alimentación sana y la natación hacen que su cuerpo no sea escuálido. Lo confirmo cuando una franja de piel queda a la vista al alzar los brazos; es otro al que verle los abdominales resulta apasionante.

Oscar se pone de pie y toma lo que resta de la bebida. Me pellizca una mejilla mientras me dice que lo hice bien hoy y luego se inclina y le da un beso rápido a Kevin, que espera hasta perderlo de vista antes de tomar asiento de nuevo, como si el simple hecho de dejar de verlo cuando se va lo hiciera perderse cualquier acontecimiento importante.

—Estás muy pillado de Oscar.

—Me encanta. —Sonríe—. Pensé que quería ser libre y sin control, pero me gusta estar en una relación con él. Estoy enamorado.

—Y se nota.

Recuerdo mi conversación con Oscar sobre cómo cree que Kevin se siente algo inseguro por el pasado y las chicas, pero no es un tema en el que deba meter las narices si no me lo piden.

—A veces me sorprendo, ¿sabes? Me acuesto o me despierto a su lado y pienso en cómo sucedió y lo recuerdo a la perfección, pero aun así parece tan irreal…

»Yo era un tipo gay aterrorizado de que uno de sus mejores amigos hetero se la pusiera dura y le acelerara el corazón. ¡Mierda! Sentía tanto temor de que Oscar se diera cuenta y huyera de mí… —Se ríe por lo bajo pasándose una mano por el cabello—. Y ha arriesgado mucho por mí, pese a que nuestra relación es bastante reciente. Cinco meses no es una eternidad, pero para mí ha sido muchísimo.

—No es ningún sueño. —Le sonrío—. Estás loco por él, y él también está loco por ti.

Bebo más del horrible vaso y pienso en cuánto tardaré en acabarlo sin tener arcadas; Kevin parece muy a gusto disfrutándolo.

—¿Cómo van las cosas con Callum?

No puedo evitar sonreír de inmediato. Él ríe y me dedica una mirada de picardía muy difícil de ignorar, y me quejo cuando me patea por debajo de la mesa.

—Hiciste cosas perversas, puedo verlo en tu cara, y lo disfrutaste.

—Hemos hecho cosas… —acepto— y definitivamente me han gustado.

—¿Es mejor de lo que imaginabas? —Asiento, y él sonríe—. Supongo que eso hace que no te arrepientas de que te haya descubierto. Imagínate que no hubiese sucedido, estarías como una imbécil perdiéndote todos esos orgasmos y buenos momentos.

—Me gusta mucho, incluso más que antes. Tenía expectativas sobre la clase de persona que sería, pero ahora lo conozco y me gusta muchísimo lo que voy descubriendo. Sin embargo, no puedo evitar sentirme nerviosa.

—¿Te asusta enamorarte? Te mereces un amor genial, después de tu estúpido exnovio.

—No sé si me asusta…

—¿Quieres salir corriendo?

—No —respondo demasiado rápido.

—Entonces tal vez lo que te asusta es no querer correr, estar haciendo algo atípico en ti porque estás perdiendo el control, y sé lo mucho que eso te jode el cerebro.

—Saber que no lo controlo ni lo tengo todo esquematizado, definitivamente me asusta.

—A veces dejarse llevar es la fórmula perfecta para conseguir algo realmente bueno, Canela Pasión Oriental.

—Y otras veces solo te lleva a un catastrófico caos.

—No tiene por qué ser así para ti. —Me mira y pone los ojos en blanco—. Disfrútalo.

—Lo estoy haciendo. —Me muerdo el labio inferior.

—Oh, estás siendo una perra traviesa, me gusta, hace que no te enfoques en ser una perra malvada.

—¿Sabes lo mal que suena que me llames «perra»?

—Sí, pero ambos sabemos que lo digo con amor y orgullo, no como una perra ponzoñosa que quiere herirte.

Bebo otro poco de la asquerosidad y entonces su teléfono lo alerta de que tiene una serie de mensajes, y él se pone de pie maldiciendo.

—¿Qué pasa?

—Oscar dejó la billetera en mi mochila antes de entrenar contigo y ahora está atascado en un taxi, sin dinero para pagarle y tampoco tiene el dinero para el tatuador. Es hora de que rescate a mi hombre. —Lo último lo dice riendo—. Te veo más tarde.

Tras quedarme sola en la mesa, observo lo que resta de la bebida y me planteo renunciar a ella y comprarme la Coca-Cola que tanto deseo, pero ¡a la mierda! Continuaré con esto por Kevin. Me bebo lo que resta de un solo trago y me tapo la boca con la mano cuando no puedo controlar un eructo. Por suerte, ninguna mesa cercana lo oye.

Teniendo en cuenta que es el final de la tarde, que necesito una ducha y que tengo hambre, no tardo en ponerme en marcha hacia mi residencia con los auriculares conectados al teléfono y la música sonando a todo volumen.

Papá me diría que así me quedaré sorda, y creo que lo llamo con el pensamiento, porque a mitad del camino me llega una llamada suya. Mantengo los auriculares al contestar.

—¡Papá! No me digas que se adelantó y ya nació. —Detengo el caminar, pero lo retomo cuando lo oigo reír.

—No, aún le queda un mes. ¿No puedo llamar a mi hija para saber de ella?

—Ya sabes que puedes. —Sonrío aunque no pueda verme—. Siempre estaré feliz de que te acuerdes de mí, sobre todo antes de que me eclipse el nuevo bebé.

—No seas celosa, los amaré a ambos… Solo que él será más tierno.

Los dos nos reímos y puedo imaginar su sonrisa mientras las esquinas de los ojos se le arrugan y se le ensancha la nariz. Lo extraño, hace un par de meses que no lo veo.

—¿Cómo están las cosas por allá? —pregunta, tratando de sonar casual.

Detengo brevemente la caminata y suspiro.

—¿Qué te dijo Valentina?

—Nada, nada.

—No te creo.

Se hacen unos segundos de silencio y esta vez es él quien suspira. Resulta evidente que está preocupado. Desde que hace tres años vine a estudiar aquí, ha estado muy pendiente de mi bienestar y alerta de protegerme si es necesario. Puede que se sienta perdido en muchas cosas sobre mí, pero siempre ha sido un papá muy presente.

—Me dijo que te encontró triste en la última videollamada y quiero verificar que mi hija esté bien.

—Estoy bien, papá, solo había tenido un mal día.

—Quisiera saber qué decir, pero no lo sé… ¡No sirvo para dar consejos paternalistas! Y aun así voy a tener otro hijo.

Mi sonrisa se vuelve más amplia. Lo recuerdo sin saber qué hacer conmigo de pequeña. Cuando lloraba diciendo que quería ser delgada como las otras niñas de la escuela, papá simplemente me sostenía y me aseguraba que tenía más amor que ellas y por eso tenía más carne. Cuando tuve la menstruación por primera vez, tiró la sabana, hizo que un trabajador de su compañía consiguiera compresas y compró un libro para entender cómo explicarme lo que sucedía, y al final desistió e hizo que mi tía materna llamara desde Brasil para darme la charla. Nunca ha sabido muy bien cómo ser mi papá, pero eso es lo que lo ha hecho tan memorable para mí. Siempre fuimos un dúo contra el mundo, después fuimos tres con Valentina y ahora seremos cuatro.

—Das unos consejos horribles —me sincero—, pero tus abrazos los compensan. Mi hermanito te lo confirmará cuando lo hagas sentir seguro en tus brazos igual que a mí, papá.

—Es un buen consuelo, hija.

Río y continúo hablando con él. Es demasiado torpe intentando sacar tema de conversación porque aún siente que no es lo suficiente guay como para seguirme el ritmo, pero no le dejo terminar la llamada rápidamente porque hablo el doble que él y lo insto a conversar. Así funcionamos, somos esa clase de padre e hija: él es el incómodo y yo soy la fastidiosa que se empeña en que hable más incluso si no quiere.

Cuando suelta un profundo suspiro me compadezco de él, porque sé que ya he superado el límite de la llamada. Él solo quería saber si yo estaba bien.

—Debo colgar, papá. Me encantó hablar contigo. Come sano, cuídate y sé un amor con Valentina.

—Puedo hacer eso. Cuídate, hija, y pórtate bien. Ya quiero verte pronto.

—*Te amo* —le digo en persa.

—*Yo también te amo.*

Cuelgo el teléfono con una gran sonrisa. Cuando abro la reja de la residencia me encuentro que el ascensor continúa fuera de servicio y que mi cuerpo adolorido debe soportar el tramo de escaleras dobles hasta el tercer piso. No estoy sin aliento cuando consigo llegar, pero mi cuerpo en este momento no es mi mayor fan.

—Oye, Clover —me llama una de las estudiantes del apartamento del final. Se acerca hacia mí, así que apoyo la espalda en la pared esperando que inicie la conversación.

Me da una larga mirada que no me gusta mucho, sobre todo cuando se centra demasiado en mis muslos y abdomen.

—Escuché que hace unos días el Irlandés estuvo en tu piso. —Hace una pausa, dándome tiempo para agregar algo, pero no hablo—. ¿Qué pasa con eso?

—¿Cómo que «qué pasa con eso»?

—¿Están follando o saliendo?

—¿Por qué te interesa saberlo? —pregunto, y veo que en el pasillo unas pocas más están escuchando la conversación.

—Por nada malo. —Alza las manos como si me instara a calmarme—. Es solo que es conocido por ser… ¿libre? Y no sé si esperas algo más…

—¿Eres la representante de Callum? —Enarco una ceja— ¿O la mía?

—No quisiera que salieras lastimada, porque, bueno, mírate.

—Me he mirado en un espejo y no entiendo qué quieres decir —respondo con voz más fuerte. No soy tonta, ya sé a lo que se refiere.

—Es solo que él… Bueno, él es Callum y tú eres Clover…

—Y el cielo es azul —añado, mirando hacia arriba, porque es mucho más alta que yo—. Oye, Brandy, voy a decirte algo que tal vez no sepas…

—¿Sí?

—Para ser la novia de alguien o tener sexo no necesitas encajar en un estereotipo, lo único que necesitas son las ganas y la disposición, además del consenso. Callum es un hombre, yo soy una mujer, tengo vagina y él tiene pene, y, en efecto, quiero que lo introduzca en mí. —Jadea—. Si lo que insinúas cuando me dices que me mire es que no saldré en portadas de revista ni usaré las tallas mínimas de La Perla…

—Tu piel… es lo que quise decir y… O sea, no es que sea racista.

—Que tengas que aclarar que no eres racista deja claro que sí lo eres —dice detrás de mí Edna, que acaba de llegar a la improvista reunión.

Me doy cuenta de que estoy dándole una explicación a Brandy como si se la debiera y que esto me está atrasando para tomar una ducha, lo que resulta molesto. No hablo más, solo abro la puerta de mi amado hogar universitario y termino con esta rara conversación sobre mi relación con Callum.

—Se lo está follando y también están saliendo. La verdad es que a Callum le encanta Clover, le encanta apretarle el culo, sentirla y saber que no la romperá cuando la empotra contra la pared sin control y…

Desconecto de las palabras de Edna. Entro en el apartamento y voy directamente al baño, donde tomo una ducha un poco larga, y luego me dejo caer sobre la cama con una toalla envolviéndome.

Saco el teléfono y reviso los pocos mensajes que tengo antes de dirigirme al chat con Callum.

> **Clover:** ¿Qué haces?

Es una pregunta básica, pero nunca falla en iniciar una conversación. Lo confirmo un minuto después cuando llega su respuesta.

> **Irlandés:** estudio mi posible trabajo de fin de grado y luego debo repasar unos apuntes
>
> **Irlandés:** soy un tipo estudioso
>
> **Irlandés:** ¿Tú qué haces?

> **Clover:** Estoy acostada en la cama con una toalla

Irlandés: dime que es una broma

Clover: 100% honestidad

Irlandés: ¡Maldición! Dime más

Irlandés: espera, mejor lleva la mano a tu muslo... Así, justo así.

Es demasiado presuntuoso que asuma que lo haré, aunque sí lo estoy haciendo cuando llega su próximo mensaje.

Irlandés: estás desesperada, así que tu mano va directa entre tus muslos, dos de tus dedos...

No puedo terminar de leer el mensaje, porque el teléfono suena con una llamada entrante de un número desconocido.

—¿Hola?

—Hola, Clover. ¿Ya quieres jugar conmigo? —dice una voz masculina, con burla.

Me incorporo de inmediato sintiendo un nudo en el estómago.

—¿Quién es?

—Todavía te deseo y, cuanto más te resistes, más me excito. Me encanta este juego.

Respiro hondo sabiendo quién es esta persona. Estoy aterrada, con escalofríos, pero tal vez el hecho de no verlo me hace encontrar mi voz en lugar de paralizarme:

—Vete a la mierda, aléjate de mí.

Él cuelga antes de que yo pueda hacerlo y me quedo con la vista clavada en el teléfono. Esto se siente muy mal.

El teléfono suena con unos mensajes de Callum y veo que, de hecho, me ha escrito varios. De nuevo el maldito Bryce arruinó un momento que era nuestro.

Clover: oye lo siento, pero no me encuentro bien

Clover: ¿Lo dejamos para otra oportunidad?

¿Qué estoy posponiendo exactamente? ¿Una cita para tener sexo por mensajes de texto?

Irlandés: ¿Te incomodé?

Clover: no, solo me distraje con algo desagradable

Clover: no tiene que ver contigo, nunca me has incomodado

Clover: contigo todo me ha gustado

Clover: sigue estudiando y hablamos después

Irlandés: te veo mañana en clase, mi trébol

Irlandés: también me gusta todo lo que te hago y lo que me haces

Irlandés: y me gustará aún más todo lo que haremos…

26

TERMINATOR MALVADO

Callum

Moi-Moi: ¿Crees que a Callum le están metiendo los dedos en el culo? Parece que anda en algún rollo caliente

¿Qué demonios? De nuevo Moira con los mensajes equivocados.

Bebo de mi café antes de limpiarme los dedos para responderle, pero aun así consigo ensuciar la pantalla mientras escribo a mi invasiva hermana mayor, que está hablando de mí a mis espaldas.

Callum: Bastarda infeliz. No hablo a tus espaldas de si te meten los dedos en el culo o en la otra puerta

Callum: y sí estoy en algo caliente (no un rollo de una noche)

Pasan los segundos y veo que escribe y finalmente aparece un nuevo mensaje.

Moi-Moi: entonces sí te están metiendo los dedos en el culo

Moi-Moi: y ¡ja! Te envié el mensaje a ti adrede para que te enojaras y me respondieras con una avalancha de sinceridad

Moi-Moi: soy demasiado lista

Callum: y estúpida también, pero tranquila, yo no juzgo

Pasan varios instantes mientras ella escribe y escribe. Stephan me patea la pierna por debajo de la mesa y alzo la vista hacia él.

—¿Qué? —pregunto mirándolo beber de su café frío lleno de azúcar, y él asiente hacia detrás de mí.

Me giro y me encuentro con que en la cafetería han entrado Maida y Edna. Lastimosamente no hay rastro de Clover; si esto fuese una publicación en Facebook le daría clic a «Me entristece». Ellas notan mi presencia y hay un medio segundo de incomodidad en que no sabemos qué hacer, pero luego hago un gesto con la mano para que se acerquen, y Edna asiente después de hacer un señal que creo que quiere decir que están esperando su pedido.

—¿Qué rayos se ha puesto Maida? —pregunta Stephan antes de morder su porción de pizza.

—Creo que es un *body* de látex —respondo, y veo que mi hermana me envió otro mensaje.

—Amigo, se ve sexi, y hay que tener confianza para llevar algo así. Me encanta.

> **Moi-Moi:** ¿Quieres que te llame?

> **Callum:** no, pero sé que lo harás igual...

Y no pasan ni tres segundos cuando el teléfono vibra con una llamada entrante que me hace ponerme de pie mientras le hago saber a Stephan que volveré en unos minutos. Salgo al pequeño espacio al aire libre de la cafetería para hablar con una de mis hermanas chifladas.

—¿Con quién estás saliendo, pequeña perra? —Se ríe al otro lado del teléfono.

—Hola, Moira, estoy bien, ¿y tú? No, no te extraño locamente como tú me extrañas a mí.

—Ya sé que estás bien. Si estuvieses mal ya lo sabríamos todos, porque habrías lloriqueado en el grupo, nunca te callas tus tristezas.

Lo dice como si fuera una persona que se queja demasiado, cuando no es así. Solo una vez, cuando un novio me dejó, me lancé en un estado lastimero con mi familia para que me consolaran y me dijeran frases típicas como «Vendrán cosas mejores», pero no pueden culparme por ello. Fue un solo desliz de adolescente que Moira siempre usa para señalarme como un llorón.

—¿Con quién estás saliendo, Call-me?

—¿Para qué responderte si igualmente no sabrías de quién te hablo?

—¿Novio o novia?

—Clover —respondo.

—¿Qué tiene que ver un trébol con nuestra conversación?

—Tranquis, así se llama. —Me río.

—¡Ah! —También ríe—. ¿Es hombre o mujer? Porque el nombre no me ubica.

—Es una mujer.

—¡Vaya! ¿Y estás haciendo una pausa como mujeriego?

—No soy un mujeriego —me defiendo de inmediato—. Solo era un sinvergüenza.

—¡Como sea! Espero conocerla la próxima semana…

Se hacen unos segundos de silencio y luego grita mi nombre porque no digo nada.

—Muestra algo de emoción por ver a tu hermana mayor —me reprocha.

—¿Piensas venir? ¿Qué pasa con Alemania?

—Terminé el contrato de un año. Estaré un par de meses en Irlanda antes de volar a algún otro destino y me organicé para visitarte unos días.

—¿Dónde piensas quedarte? —pregunto para fastidiarla.

Por supuesto que me emociona ver a mi hermana, ya he dejado bastante claro que somos una familia superunida y que siempre los extraño, pero mi deber de hermano me obliga a ser un poco fastidioso y fingir que me molesta.

—Pues contigo. —Puedo imaginarla poniendo los ojos en blanco—. No gastaré dinero en un hotel cuando tengo la enorme cama de mi hermanito, y él, el sofá, donde dormirá.

—No creo que tu declaración sea justa.

—La justicia desaparece cuando se trata del bienestar de tu hermana mayor.

—¿Cuándo vienes?

—En tres días.

—¿Qué pasa contigo y con anunciarlo todo a última hora?

—No te quejes tanto y baila para celebrar que me verás.

—Qué idiota eres. —Me río.

Cortarle una conversación a Moira incluso cuando no dice nada importante es una de las hazañas más difíciles de la humanidad, así que me toma dos intentos poder interrumpirla en medio de sus teorías sobre el libro erótico que estamos leyendo. Cuando lo consigo, me llama «desgraciado desagradecido» antes de decir que me ama y que ya cuenta los días para verme. Es muy típico de Moira.

Cuando vuelvo adentro, Edna y Maida ya están en la mesa: Maida en la silla de mi lado y Edna junto a Stephan, que se está comiendo mi sándwich y no parece arrepentido de ello cuando tomo asiento y solo encuentro mi café.

—Te odio. —Es todo lo que digo.

—Toma, cariño, nunca está de más compartir —dice Maida, dándome la mitad del suyo.

Me vuelvo para mirarla y ella me dedica una sonrisa risueña, que se la devuelvo. ¿Existirá alguien que alguna vez odie a Maida? Es como la definición de «amor» con piernas, estoy seguro de que cuando vomita en alguna borrachera solo salen corazones rojos.

—Gracias, Mai.

—Ay, me diste un apodo acortando mi nombre, qué dulce.

—Ni se te ocurra acortar mi nombre y llamarme «Ed». —Edna me señala con el tenedor antes de apuñalar la lechuga y los tomates de su ensalada.

—Te ves un poco diferente —comento, mirándola con fijeza, y ella sonríe.

—Oh, ayer me inyecté otro poco en los labios. —Frunce los labios—. ¿No parezco una perra sexi caliente?

Stephan se vuelve para mirarla lentamente y yo también lo hago mientras ella posa con los labios, que hay que admitir que se ven ardientes.

—¿Quieres que digamos que eres una perra sexi caliente? —pregunta Stephan para confirmarlo.

—Sí, y dímelo poco a poco.

—Pareces una perra sexi caliente —le digo, y ella sonríe y se mete unos mechones cortos y rubios detrás de la oreja.

—Lo sé, Callum, pero muchas gracias por mencionarlo.

—De acuerdo… —contesto con lentitud, y luego cambio de tema—: No sabía que ustedes dos eran tan amigas.

—Eso es porque hasta ahora solo has sabido cosas puntuales de Clover —responde Edna—. Básicamente hizo que sus amigos me cayeran bien para que no me sintiera excluida, porque ella es así de maravillosa. Aunque suelo tener discusiones con la perra maldita de Kevin, pero eso es por culpa de él —agrega.

—Oí que le robaste su estatuilla de la mamada del año —comento, y Stephan escupe un bocado del sándwich—. Qué asco, imbécil.

—No puedes culparme, acabo de oír la cosa más loca del día —se defiende Stephan.

—¿Clover te dijo que Edna la robó? —Maida se ríe—. Este año pienso ir a por el premio.

¡Ja! No la quiero desilusionar, pero mi meta es que la estatuilla se la lleve la campeona mundial de las mamadas: Clover Mousavi. Se lo merece, tiene que ser suya.

—Que la haya robado no quiere decir que sea mala dando mamadas —se defiende Edna—. Incluso sé hacer garganta profunda.

—Esta conversación está escalando a niveles inesperados —masculla Stephan, removiéndose en su asiento.

—¿Piensas que hoy en día la garganta profunda es una habilidad extraordinaria? No es tan difícil llevarse un trozo de carne hasta la garganta, solo tienes que relajarte y tararear —comenta Maida antes de morder su sándwich.

Muerdo un poco del sándwich que me ha dado Maida, escuchando como ambas comienzan un debate sobre técnicas de garganta profunda. Mi atención está en Clover, ella es quien me excita, pero hay que aceptar que esta conversación me da calor y me pone en la cabeza imágenes muy gráficas que me hacen simular cada dato que sueltan con Clover. En el caso de Stephan, le suda la frente cuando Maida se mete dos dedos en la boca e inclina la cabeza hacia atrás y Edna señala que tendría que presionar más los labios.

Esto se está poniendo muy loco.

—¿Qué está sucediendo? —gesticula Stephan hacia mí, y yo sacudo la cabeza porque estoy tan sorprendido como él.

—Como sea, cada uno la chupa como quiere. —Edna se encoge de hombros y vuelve la atención a su ensalada.

—Sí, es lo bueno de la libertad sexual —concluye Maida.

—Maldita sea, no sé qué acaba de pasar. —Stephan traga mirando de la una a la otra.

Edna mira por debajo de la mesa y luego le sonríe.

—Tienes una erección, puedo verla a través de tu pantalón de chándal.

Maida disimula, pero también mira por debajo de la mesa, y supongo que la reacción en cadena hace que yo también lo haga antes de incorporarme y preguntarme «¿Qué rayos, Callum?». Por supuesto, Stephan no se escandaliza, solo se encoge de hombros y se termina el café.

—Escuché toda una charla de sexo oral y gargantas profundas. Perdónenme, pero mi mente viajó. Me disculpo, señoritas, pero simplemente no supe cómo no ponerla dura.

Maida y Edna comparten una larga mirada y luego sonríen de una manera sospechosa que me da miedo. La última se desliza más cerca de mi amigo y con sus nuevos labios hace un puchero sexi.

—¿Te gustaría jugar, Stephan? Tal vez tú puedas ayudarnos a garantizar que ambas formas de chupar están bien.

—Eso sería de gran ayuda. —Maida se chupa de los dedos la salsa de su sándwich.

Esto me ha pillado tan fuera de combate que miro a cada uno de ellos preguntándome cómo hemos llegado a esto. Mi imbécil mira a ambas chicas y creo que se está planteando si se trata de una broma o un sueño húmedo, pero ellas lo observan a la expectativa, así que él se encoge de hombros.

—Nunca es malo ayudar.

—¿Y te importa que otro chico también nos ayude? Piénsalo, dos mujeres, dos hombres —lo seduce Edna, deslizando un dedo por su pecho.

—Dos es un buen rato, tres es una reunión privada y cuatro es una fiesta que no me perdería. —Stephan sonríe sin miedo a compartir espacio con otro tipo para estar con estas dos mujeres.

—Me encanta cómo piensas, pero era una broma, Stephan. —Edna se ríe deslizándose de nuevo a su asiento.

—Eso fue cruel —digo en honor a mi amigo, que ahora hace un puchero.

—Bueno, yo no bromeo, aún podríamos tener una fiesta de dos alguna vez… —dice Maida, con una pequeña sonrisa y sin mirarlo.

Stephan suspira y se lleva una mano al pecho.

—Me tienes a tus pies, Maida. Tú solo dime qué quieres de mí y te lo doy.

—Buena frase —lo felicita Edna.

—Lo mejor para mi seductora Maida.

Me pregunto si todo este coqueteo entre Maida y Stephan va en serio o si solo actúan, como en la noche del bar; de hecho, entonces sí que pasaron la madrugada juntos, pero riendo de tonterías y borrachos con juegos de mesa. Ni siquiera sé quién es peor: si la enamoradiza Maida, que te olvida con facilidad, o Stephan, el imbécil rompecorazones que se mueve de una a otra. Es una mezcla interesante.

—De acuerdo, creo que tengo cosas que hacer. —Me como el sándwich en rápidos bocados y me levanto—. Sigan con lo suyo.

—¿Te veremos en la fiesta más tarde? —pregunta Edna—. Porque Clover sí que va.

—Allá nos veremos, instigadora. —Finjo hacer una pistola con mis dedos y dispararla, y ella cae hacia atrás en una dramatización impresionante que me hace reír.

—¡*Ciao*, amor! Nos vemos en la fiesta —grita Maida cuando no estoy muy lejos.

Los amigos de Clover son casi tan geniales como ella.

La impuntualidad no es un rasgo habitual en mí, pero por hacer una larga videollamada con Arlene y la necesidad de terminar de estudiar un tema

—el lunes me toca dar una clase— llego a la fiesta en pleno apogeo, y me tengo que mover lo suficiente rápido para evitar que un desconocido me vomite los zapatos; no pensé que hubiese llegado tan tarde a la fiesta. Según los pronósticos, es una buena fiesta y todos parecen pasarlo muy pero que muy bien.

Cuando entro en la fraternidad siento la buena música retumbar y de inmediato hay personas saludándome y más que un par de gritos de «¡Eh, Irlandés!». En Irlanda lógicamente todos somos irlandeses, o al menos la mayoría, por lo que al principio me pareció un poco raro perder mi identidad en la universidad como Callum para ser más conocido como «el Irlandés». Por supuesto, no es que yo sea el único irlandés en el campus de la OUON, pero los demás se joden porque el apodo ya me lo dieron a mí.

Hay muchas personas, lo que me dificulta localizar a Clover, que me escribió hace más de una hora preguntando si la había plantado o si había cambiado de opinión sobre venir, pero le respondí con un «Jajaja», porque eso es imposible. Cerca de las escaleras veo a Jagger junto con Lindsay, que está con la espalda apoyada en el pecho de su novio mientras dos tipos hablan con ellos. Ella es la única que me ve, así que le devuelvo el saludo con la mano cuando me sonríe.

—¡Callum! —dicen desde mi lado, y al girarme me encuentro a una chica guapa y conocida.

Maddison, una amiga de Jagger, es una extrovertida y divertida estudiante de primer año con la que he hablado en un par de fiestas y a la que mi hermana Kyra le dio clases como pago por el trabajito de Jagger con el vídeo de la mamada.

—Hola, Maddie. —Le sonrío.

Me dedica una amplia sonrisa antes de rodearme y detenerse frente a mí. Luego se arroja a mis brazos, lo que hace que retroceda unos pasos por la fuerza de su efusividad. No le basta con abrazarme, sino que comienza a dar saltos que me tienen sacudiéndome incómodo, pero a la vez sonrío con desconcierto. Cuando finalmente me libera, sus manos se posan en mis brazos como si me retuviera para que no me fuera corriendo.

—¡Aprobé el debate en francés con la profesora! Las clases con Kyra fueron un éxito. ¡Gracias, gracias!

—Ah, es por eso. —Le sonrío palmeándole la cabeza de manera graciosa y su respuesta es dedicarme una sonrisa linda—. No hay de qué, me alegra que aprobaras.

—La amo, me salvó la vida y hoy voy a embriagarme por ello. ¿Vienes?

—Debo pasar, Maddie. Estoy buscando a alguien con quien quedé.

—Ah, llegué tarde. —Hace un puchero y luego sonríe—. ¡Disfruta de la fiesta!

Tal como llegó, se va. Vuelvo de nuevo a mi búsqueda de Clover o, al menos, de alguno de sus amigos que pueda darme una pista de dónde se encuentra. Siento el vapor que desprende el tener a tantas personas reunidas; básicamente ya estoy sudando mientras me desplazo entre los cuerpos, y al final consigo llegar a la sala donde siempre lo tienen todo acondicionado para las bebidas. Tomo una lata de cerveza y saco el teléfono para escribirle a Clover.

> **Callum:** Esto está demasiado lleno. ¿Dónde estás? No logro verte

> **Callum:** soy el ardiente pelirrojo de camisa negra y tejanos rotos que le moldean el culo

Abro la lata y doy al menos tres largos sorbos antes de comprobar que no ha respondido y que, aún peor, no ha leído el mensaje. Intento llamarla, pero no contesta, y me lanzo una maldición antes de beberme la mitad de la cerveza y dejar la lata sobre la mesa para volver a la búsqueda.

Voy a la sala principal y la atravieso bailando. El centro de la estancia está lleno de personas moviéndose al ritmo de Jason Derulo, y me paseo entre los cuerpos, que se mueven con unos pasos de baile bastante peligrosos por su nivel de calentura, mientras busco el rostro de Clover. Siento que los duendes me bendicen cuando encuentro a Maida bailando con un tipo rubio. Me ubico detrás de ella moviéndome al ritmo de la música y ella gira sonriendo cuando me ve.

—¡Hola, amor! —grita por encima de la música, y hace un par de pasos de baile que seguramente estarían penalizados en los países del Medio Oriente; se lo preguntaré a Clover cuando la vea.

—Hola, amor —la imito, y sonrío de costado inclinándome para hablarle al oído—: ¿Dónde está Clover?

Ambos damos una vuelta. Cuando ella baja con un serio movimiento de caderas, yo también lo hago, y cuando subimos, se inclina hacia mí para ser ella quien me hable al oído esta vez. El bailarín que la acompañaba parece molesto por mi presencia.

—Está en el jardín, cerca de la piscina, con los demás. Te estaba esperando, pero se cansó y se está divirtiendo sola. ¡Mujeres al poder!

—¡Mujeres al poder! —Agito el puño para apoyarla y ríe.

Le beso la mejilla en agradecimiento, hago un asentimiento despectivo hacia el tipo rubio y atravieso de nuevo la pista de baile con unos movimientos geniales hasta llegar a una zona tranquila y caminar hacia el jardín. Justo entonces comienza a sonar *Poker Face*, de Lady Gaga, y por un momento me planteo quedarme bailando porque mi sangre me llama, pero me comprometo a seguir con mi búsqueda.

Me apretujo entre una pareja que se besa apasionadamente en las puertas corredizas y finalmente alcanzo el jardín, solo para detenerme y sonreír como un tonto: cerca de la piscina, Clover y Edna están haciendo una coreografía de *Poker Face* mientras ríen y las pocas personas que hay en el jardín las animan (no entiendo cómo el jardín se encuentra casi vacío y adentro todo es un infierno de calor). Clover hace unos serios movimientos de caderas y ambas están tan en sintonía que hacen el baile con precisión. Lady Gaga estaría orgullosa. ¿Si grabo un vídeo y lo subo a YouTube se volvería viral? Luego Clover podría darme las gracias, del tipo: «No pensaba ser famosa, pero entonces un pelirrojo irlandés subió mi genial baile…».

Si lo analizas, sería la segunda oportunidad en la que podría hacer famosa a Clover —la primera fue la mamada grabada en el aula—. Sacudo la cabeza para despejar mis tonterías y disfrutar del momento.

Ella lleva un pantalón de una tela que parece cuero, pero que se ve más fina y brillante y le moldea el culo de una forma impresionante que me hace preguntarme si se ha puesto bragas. Aunque su camisa es de mangas largas con un discreto cuello en V, es tan ajustada que realza de maravilla sus tetas, la cintura y la curva de reloj de arena de sus costados. El cabello lo lleva suelto y, como ha estado bailando, luce más abundante. Además, veo que se ha maquillado más que otras veces. Se ve como un demonio tentador por el que me dejaría arrastrar al infierno.

—¿Ven a esa chica impresionante de camisa blanca? —pregunto a la pareja, que ha tomado descanso de la sesión de besos.

No me conocen, pero se encogen de hombros y la chica asiente mirando a Clover.

—Estamos solteros pero juntos, y, ¡joder! Es lo mejor que me ha pasado este semestre.

—Es ardiente —dice el chico.

De inmediato me vuelvo frunciéndole el ceño. He tenido celos a lo largo de los años, porque competía por la atención de mis padres con tres niñas que a todos les parecían «ángeles caminando en la tierra», y también he tenido celos pasionales; sin embargo, hace tiempo que no los experimentaba y ahora me he acordado de que son bastante molestos. La chica está igual de indignada que yo y le golpea el brazo al besador y entra en la fiesta con él corriendo detrás de ella y gritando su nombre.

Cuando la canción termina, hay un coro de gritos y aplausos mientras empieza a sonar una canción de Rihanna. Sonrío y planeo acercarme a Clover cuando alguien se me adelanta.

¿Antes te hablé de celos? Ahora siento algo que va más allá, estoy en una escala muy por encima de los celos y la molestia.

Verás, soy un tipo que pocas veces se enfada, al menos hasta el punto de cegarse y actuar con violencia, pero cuando sucede… las cosas no se ponen bonitas, porque me descontrolo. Mamá suele decir que ese es el problema de las personas muy sonrientes y risueñas: «Cuando se enfadan, son peores que los gruñones», y mamá siempre —o casi siempre— tiene razón.

En un momento Clover está riendo con Edna y al siguiente alguien la abraza por la espalda. Ella se tensa e intenta alejarse, pero él la presiona y una de sus manos le toma un pecho. ¡Un jodido pecho! Mientras tanto, Edna gesticula y tira del cuerpo de una Clover paralizada que parece estar a instantes de desmayarse.

No sé cuándo comienzo a caminar. La ira me ciega, pero tengo un objetivo. Sin embargo, alguien se pone frente a mí.

—Callum, por favor, no lo hagas, no te pongas en su radar. —Creo que es Michael, pero lo aparto a un lado con un empujón y él tropieza y cae al suelo.

Cuando estoy lo suficiente cerca, veo que Clover está sacudiéndose por lo que sea que ese maldito idiota le susurra en el oído. Quiero prenderle fuego a cada persona de este jardín que no hace ni un puto movimiento para ayudar a Edna y que cree que esto es divertido o una broma entre «amigos», pero primero debo hacerme cargo de Bryce.

Estiro la mano y tomo un puñado de su cabello, quitándolo de encima de Clover, y se sorprende tanto que tropieza y cae al suelo cuando lo libero. Lamentablemente, el movimiento también hace que ella caiga, pero por fortuna Edna la ayuda a ponerse de pie de inmediato. Alzo un pie y le pateo en las piernas a Bryce, pero siento que no es suficiente. Mi ira arde en mis venas.

No registro muy bien cuándo caigo sobre mis rodillas, el dolor de mis nudillos estrellándose contra su rostro ni el puñetazo que recibo en la barbilla y en las costillas. Los gritos alrededor tampoco importan; no hablo ni grito, solo lo golpeo y registro a medias lo que él me devuelve. Hay sangre en su rostro y la saboreo en mi boca también.

No puedo parar, lo único que veo es su rostro.

—Callum, por favor, por favor. —Oigo a lo lejos la voz de Clover, y eso me hace dejar el brazo suspendido en el aire, a nada de darle otro puñetazo a esta basura.

Tengo la respiración agitada y siento el tipo de mezcla de emociones con la que no sabes si llorar o gritar, la clase de emociones que te podría volver loco.

Le agarro una mano y le aprieto los dedos con fuerza. Él gime, pero no grita a pesar de que siento el crujir de su dedo anular.

—¿Te duele? —me escucho preguntarle antes de pasar al dedo corazón—. Te dolerá cada uno de los dedos con los que la tocaste.

Sonrío al notar el crujido y paso al índice. Ese lo aprieto con más fuerza y esta vez un sonido ronco se le escapa.

—Tengo planes de ir a por cada uno de tus dedos. —Aprieto el dedo índice, que ya está lastimado—. Es increíble cómo el más mínimo daño en los dedos duele tanto, por eso son uno de los primeros objetivos cuando se quiere torturar.

—Vas a…

—¿Voy a qué? —Engancho mi uña al borde de la suya, levantándola.

Tal vez va algo colocado o lo he golpeado tanto que su coordinación es lo suficiente desastrosa como para no conseguir quitarme de encima, aunque lo intenta. Con su mano libre me atina golpes a cualquier parte de mi cuerpo a la que llega, pero no soy capaz de registrar el dolor.

—Debería arrancarte todos los dedos, pero… —Engancho más fuerte mi uña con la suya, como sé que debo hacerlo—. Me conformaré con una uña.

Tiro con rapidez y la técnica exacta para desprender la uña. Él grita y siento líquido caliente en mi dedo. Le sonrío.

—Nunca en tu puta vida vuelvas a tocarla sin su consentimiento.

Me pregunto si fue suficiente y creo que voy a detenerme, pero entonces él habla de nuevo:

—¿Qué te dice que ella no quiere? Hacerse las difíciles siempre las excita, Irlandés, pero no lo sabrías. —Escupe sangre y sus ojos parecen algo locos por alguna droga—. No eres suficiente hombre para ella; después de todo, seguro que disfrutas más de que te den por el culo que mojándola en algún coño.

»Seré el hombre que necesita y la follaré tan duro que no podrá caminar. Cuando me pida que pare, sabré que solo quiere que le dé más. Todas siempre quieren más, si dicen que no están implorando un sí.

Cinco segundos pasan, lo sé porque los cuento en mi cabeza y, con la adrenalina aún recorriéndome el cuerpo, me levanto, lo tomo del cuello de la camisa y lo arrastro por el césped hasta la piscina. Tal vez soy capaz de llevarlo, pese a su esfuerzo para evitarlo, porque se encuentra tan colocado que no es el mejor adversario (no es que no sepa de peleas, pero este tipo está en otro nivel).

Dos hombres aparecen para intentar detenerme. Registro un golpe en mi costado, pero eso no me detiene, y alguien me los quita de encima mientras continúo arrastrando a Bryce. Oigo que alguien llama mi nombre.

Al alcanzar mi objetivo, la piscina, me arrodillo y de nuevo tomo un puñado de su cabello con fuerza para después sumergirle la cabeza dentro de la piscina.

Oigo a las personas jadear y gritar que me detenga, que podría hacerle un daño real, y pienso «Ojalá le pase», porque el mundo no necesita una escoria como él. Lo que dijo fue simplemente enfermo, como si hubiese hecho cosas horribles a otras chicas...

Cuando le saco la cabeza del agua, tose y toma un respiro a medias, porque vuelvo a sumergirlo con más fuerza mientras patalea e intenta retirar mi agarre, pero me aferro todavía más con la mirada centrada en su cabeza debajo del agua.

—¡Va a matarlo! —grita una mujer.

Presiono más aún. Una parte de mí sabe que solo quedan unos segundos para traspasar la línea de que sus pulmones se llenen de agua y de forma dolorosa su sistema comience a fallar. Sé que sus órganos se verán afectados y el tiempo estimado que transcurriría para que muriera. Sé cómo quedará su cuerpo si muere así. Estudio para saber estas cosas con un fin muy diferente al de ser un criminal, pero él... es una maldita basura.

El agua entrará en sus pulmones, la única manera de que no ocurra es que sus cuerdas vocales sufran un espasmo completo, lo que evitaría temporalmente que el agua llegue, pero esto le impediría también respirar. En cualquier caso, sus pulmones no podrán enviar el oxígeno necesario al cerebro. Si sigue pasando el tiempo, Bryce podría sufrir una lesión cerebral y morir, podría ahogarse de inmediato o podría experimentar una lesión pulmonar.

En un rango de entre uno y tres minutos, Bryce quedará inconsciente. Todo depende de lo buena que sea su capacidad pulmonar, y tardaría tal vez unos diez minutos en morir. Si se es muy optimista, incluso durante una hora aún habría la oportunidad de reanimarlo, pero tendría muchas secuelas o alguna lesión.

Cualquiera de estos escenarios me parece bueno para esta basura, se merece todo esto. Yo podría sacrificarme para que sea posible, sería por un bien mayor.

—Basta, Irlandés, basta. Debes detenerte —oigo detrás de mí, y luego tiran de mi cuerpo con fuerza haciendo que libere mi agarre mortal en Bryce.

Cincuenta o dieciocho segundos, creo que ese era el tiempo que restaba antes de que el cuerpo de Bryce comenzara a fallar, porque estoy seguro de que su capacidad pulmonar es una mierda por tantas adicciones.

Respiro como un animal enjaulado, estoy jadeando y las manos me tiemblan mientras veo a Michael ayudando a Bryce a inclinarse en el césped para que vomite agua y mucho más. Sus labios están de una tonalidad enfermiza, tiene algunos vasos de los ojos rotos y su piel está pálida, con las venas visibles. Cuando veo su mano, me doy cuenta de que tres de sus dedos cuelgan por haberlos fracturado antes de intentar ahogarlo y a uno le falta una uña y sangra.

Él podría verse peor, podría haber muerto.

Me doy cuenta de que una de las dos personas que me sostienen me pide que me calme, diciendo que todo está bien, que hice suficiente.

Pero no me parece suficiente, no cuando aún puedo verlo tocando a Clover, puedo ver el miedo de mi trébol y puedo escuchar la horrible insinuación de Bryce sobre haber lastimado a otras mujeres.

¿A cuántas chicas les ha hecho daño? ¿Cuántas víctimas se sumarán?

Su mirada se clava en mí y da la impresión de que quiere decirme mucho, pero está sin aliento y muy cercano a colapsar. Es posible que tenga consecuencias tardías; lo ideal sería llevarlo al médico y que esté en observación durante las próximas veinticuatro horas, pero no lo digo. En su lugar veo que aparecen los tipos que antes intentaron detenerme y que ahora están golpeados, le susurran algo y luego lo ayudan a ponerse de pie mientras se lo llevan, pero antes él me da una larga mirada y lo que creo que es una sonrisa.

Le devuelvo la sonrisa aún sintiéndome lleno de ira.

—Tómalo como una advertencia, pedazo de mierda. —Le escupo.

Tendría que estar conmocionado porque casi lo llevo a la muerte, pero estoy tan cabreado que no logro concentrarme en nada más. Me deshago del agarre que tienen sobre mí y entonces me doy cuenta de que se trata de Jagger y James. Gateo para alejarme de ellos y reúno agua de la piscina para mojarme el rostro.

Me siento la cara excesivamente caliente y las manos me tiemblan.

—Callum —dice con cautela la voz de Stephan. Supongo que acaba de llegar y que hay mucha conmoción por lo que acaba de suceder.

No alzo la vista para verlo. Me cuesta controlar mi respiración, que poco a poco disminuye, al menos de forma mínima. Cuando su mano se apoya en mi espalda, me tenso, pero luego me relajo lo suficiente para no ser un puto loco que lastima a las personas que le importan.

—¿Quieres que te saque de aquí? —pregunta con calma.

Levanto la vista y veo que hay muchas más personas en el jardín y que la mayoría me mira y susurra. ¿Dónde estaban cuando Clover entró en un absoluto pánico porque la mano no deseada de un maldito le tocó el pecho?

Clover. No la veo.

—¿Dónde está Clover? —pregunto con un nuevo miedo de que no la haya protegido y le haya pasado algo.

—Está fuera con Maida y Edna. No necesitaba más de esto.

—Bien —digo, mirándome las manos con los nudillos rotos y ensangrentados—. No quiero que me vea así… Yo… podría haberla asustado.

Estoy seguro de que fui el que más atacó y dañó, pero recibí unos cuantos golpes que ahora comienzo a sentir, sobre todo en el abdomen y los costados, es posible que tenga un moretón en mi barbilla y el labio roto.

¡Joder! Genuinamente lo estaba ahogando mientras calculaba el tiempo de vida que podría quedarle.

—No tenía control —susurro para que solo Stephan me oiga—, todo era una neblina de furia y, aun así, no me arrepiento. —Me vuelvo para mirarlo—. Quería hacerle mucho daño, las cosas que dijo…

—Y estoy seguro de que lo merece, pero tú no mereces cargarte la vida por él. ¡Vamos, machote! Salgamos de esta fiesta, necesitas alejarte de esta mierda.

Tomo la mano que me extiende para ayudarme a levantarme y asiento en reconocimiento hacia Jagger y James, que caminan detrás de nosotros, y salimos del jardín. La música suena a bajo volumen y, pese a que nunca me ha molestado ser el centro de atención, se me eriza la piel sabiendo que me miran, que murmuran por lo que acaba de pasar.

Cuando conseguimos salir de la fraternidad, veo a Clover con sus dos amigas, además de Kevin y Oscar. Este último la tiene envuelta en un abrazo. Nuestras miradas se cruzan y yo trago. ¡Mierda! Lo vio todo o casi todo, me vio volverme un jodido Terminator malvado.

—¿Quieres que nos acerquemos? —me pregunta mi amigo, y me tenso.

—Aún no estoy listo, no puedo hacerlo ahora.

Él asiente y me guía hacia donde le digo que estacioné mi auto. Clover parece que se acercará a mí, pero sacudo la cabeza en negación, porque ahora no es un buen momento, y su grupo la insta a caminar mientras se van de esta horrible fiesta.

—Gracias por… haberme evitado un trágico final esta noche —les digo a Jagger y a James antes de subir al asiento del copiloto de mi auto.

—Sí, bueno, te quitamos a sus secuaces de encima, fue divertido —comenta James.

—Es el momento de hacer algo, Bryce supone demasiados problemas, pero ahogarlo y arruinarte la vida no es la solución, aunque parezca tentadora —asegura Jagger—. ¿No me dijiste que era un tipo peligroso que estaba en otro tipo de ligas?

—Sí.

—Pues ¿cómo es que vas y casi lo ahogas frente a muchas personas?

—Entonces ¿el problema son los testigos? —pregunto, intentando hacer una broma.

—Me doy cuenta de que tal vez eres potencialmente peligroso —dice James mirándome con los ojos entrecerrados.

Me encojo de hombros fingiendo que no llegué a la misma conclusión hace mucho tiempo y que hoy simplemente lo confirmé.

—No pensé. —Suspiro—. Solo… no pude soportarlo. —Sacudo la cabeza, sintiendo la ira aún vibrar en mí—. Es una escoria, Jagger, va más allá de vender drogas.

—Y lo de la droga ya es todo un tema —añade James—, esa también es una mierda turbia.

No sé de lo que habla, pero antes de que pueda preguntar, hay una conmoción en la fraternidad y sacan afuera de la casa a un tipo desmayado con espuma en la boca. Se oyen gritos y mucho ruido mientras el cuerpo convulsiona hasta quedarse inmóvil.

Bajo del auto al igual que Stephan, aunque ya lo había encendido. Todo es un desastre, y alguien llama a emergencias para darles indicaciones y que envíen una ambulancia.

Han sacado a esta persona de la fraternidad para evitar cargos o responsabilidades sobre ellos. En este punto podrán decir que él estaba en el estacionamiento y lo encontraron así. ¡Vaya mierda! Pero supongo que es la ley de supervivencia.

—Váyanse de aquí —nos dice Jagger—. Emergencias vendrá a por él y no podemos hacer nada en este momento.

—Sube al auto, Callum —ordena Stephan con la voz tensa, ya adentro del vehículo.

—¿Qué cojones pasa? —le pregunto a Jagger, sin poder dejar de mirar el cuerpo que antes parecía tener espasmos y ahora está muy quieto, con espuma aún en la boca.

—Es la droga de Bryce —susurra para que nadie más lo escuche—. No hagas más preguntas, Irlandés. Vete.

James y él comienzan a alejarse en dirección contraria, se reencuentran con Maddison y desaparecen del lugar. Doy un último vistazo al panorama y recuerdo que yo también protagonicé un momento destacable esta noche, así que subo al auto con un suspiro.

—Se supone que iba a ser una noche diferente —murmuro, mirándome las manos.

—A veces las sorpresas no son tan agradables —dice Stephan—. ¿Todo bien, Terminator?

Sonrío a medias y me vuelvo hacia él.

—Así me estaba llamando en mi mente, soy un Terminator malvado.

—«Terminator malvado» —repite Stephan sonriendo, pero puedo ver lo nervioso que está por todo lo referente a esta noche—. ¿Quieres hablar de ello, machote? ¿De esta noche y lo que te enfadó?

—No, aún no —respondo, mirando por la ventana durante un viaje bastante corto porque vivimos muy cerca—. No sé cómo hacerlo ni si la multa será enorme, pero Michael debe irse de la casa —digo antes de abrir la puerta.

—Muy bien. —Stephan no me cuestiona.

Camino hasta la puerta de casa y en el último momento me giro hacia él, que se detiene. No es que nunca me haya visto enojado, pero jamás al nivel al que llegué hoy.

—¿Crees que la asusté? —pregunto—. A Clover, quiero decir.

—No lo sé, Callum, eso tendrá que responderlo ella.

—No es lo que quería, solo pretendía ayudar y... se me fue de las manos la situación. Mi comportamiento debió de verse horrible desde fuera.

—No creo que te juzguen muchas personas.

—No me arrepiento, Stephan. ¿Lo entiendes? ¿Qué dice eso de mí?

—Que tus bolas son más grandes de lo que todos esperábamos.

—Bolas no, idiota, monedas de oro —digo frunciendo el ceño, y él respira con alivio.

—Ah, ahí está mi Callum, el Terminator malvado ya desapareció.

27

EL TÍO LORCAN

Callum

Pocas veces en mi vida he esquivado a una persona con tanto esmero y dedicación, y mucho menos a alguien que hasta hace poco quería ver en tantas partes y formas como pudiera, pero esa es la realidad: estoy evitando a Clover.

Y no es que no quiera enrollarme nunca más con ella o terminar la espectacular relación que estamos construyendo, pero me siento un poco avergonzado y aún estoy afectado por todo el asunto del Terminator malvado de la fiesta del viernes.

Stephan se queda callado cada vez que le pregunto si vio a Clover asustada ante mi reacción, y esa es toda la respuesta que necesito. ¡Por toda la mala suerte! Si hasta el mismísimo Stephan tenía miedo de mí, me lo admitió mientras nos bebíamos unas cervezas en la sala una hora después de haber regresado de la fiesta. Sin embargo, no hubo tiempo de centrarse demasiado en eso, porque pronto nos llegó la información de que el estudiante de segundo año que había estado convulsionando estaba en coma por consumir alguna mierda tóxica que no lograban identificar, y sabemos que se trata de Bryce. Por un momento eso casi me enloquece de nuevo, porque él cada vez se vuelve más peligroso y eso me llena de rabia.

Yo, el tipo irlandés alegre, se llena de ira solo de pensar en su nombre. En ese nivel de desprecio y rechazo me encuentro.

Camino por los pasillos. Es pasada la hora del almuerzo, pero organicé adrede a esta hora una reunión con el profesor que quiero que sea mi tutor del trabajo de final de grado. Por suerte le han gustado dos de mis cuatro propuestas; me hizo correcciones y me pidió que dentro de dos semanas se lo lleve modificado, pero aceptó ser mi tutor y eso me tiene al menos un poco optimista, porque la verdad es que la semana no está empezando bien.

Voy hacia el estacionamiento donde se encuentra mi auto y me doy cuenta una vez más de que la universidad transmite un vibra bastante negativa, pero tiene sentido, porque el estudiante que estaba en coma falleció hoy. Su cuerpo dejó de responder, su corazón se detuvo y simplemente así se convirtió en otra cifra en el mundo: un joven que murió a causa de las drogas, solo que su caso es diferente, porque no se sabe qué porquería le vendieron, pero ¡joder! Es una mierda.

Esa fiesta fue un terrible desastre.

Estoy muy preocupado por la situación con Bryce. He tratado de pensar en soluciones que podrían alejarlo o acabar con todo esto, opciones donde me mantenga apartado para no ensuciarme las manos, pero no encuentro ninguna.

Al subirme a mi auto no puedo evitar suspirar y darle un golpe al volante, totalmente frustrado con todo esto. Se supone que las cosas no tendrían que ser así de angustiosas, me molesta tener que dedicarle tantos pensamientos a esa basura.

Antes de poner el auto en marcha, a lo lejos veo a Michael. No vino a dormir a casa este fin de semana, por lo que Stephan y yo no hemos tenido la oportunidad de hablar con él, pero será mejor que lo hagamos muy pronto, porque lo quiero fuera de casa. Su cercanía con Bryce solo nos traerá más problemas.

Finalmente consigo salir del estacionamiento y, en lugar de ir directo a casa, paso por el supermercado a hacer unas compras, porque no nos queda mucho en la nevera y tengo hambre. Además, supongo que hoy me toca cocinar. Por suerte no tardo demasiado en comprar, por lo que pronto aparco frente a casa, y al bajar del auto me encuentro sentada en los escalones a una pelirroja de ojos verdes con tres maletas enormes a sus pies.

Sonrío por primera vez en todo el día y ella me devuelve el gesto poniéndose de pie para venir corriendo hacia mí. Su cuerpo impacta con tanta fuerza contra el mío que termino golpeando el auto. Duele un poco, pero a ella no le importa y ríe; sería imposible no devolverle el abrazo con la misma fuerza.

Es unos centímetros más alta que yo, como siempre huele a vainilla y parece que ha ganado un par de kilos —lo cual no pienso mencionar—, pero es tan efusiva como siempre, lo que me hace sonreír, porque Moira siempre ha sido así: un torbellino difícil de controlar.

—Ah, por fin estoy abrazando a mi hermano, el traserito público —canturrea, y le tiro de un mechón con fuerza—. ¡Duele!

—Y a mí me duele el alma cada vez que me llamas «traserito público» —me quejo, saliendo de su abrazo.

Me dedica una gran sonrisa y le pellizco las mejillas sin ninguna ternura.

Su respuesta es pellizcarme el costado, lo que me hace gruñir y doblarme, pero no aflojo mi agarre en sus mejillas.

—Cara de ardilla —me burlo como hacía de pequeño.

—Patito llorón.

—Gigantona.

—Leche vencida —contraataca.

—Pie grande —ataco de forma contundente en su punto débil.

—Bastardo infeliz, ganas en esta ocasión.

Sonrío con satisfacción y le libero las mejillas antes de atraerla de nuevo para darle un abrazo y besarle la frente. Ella me besa la mejilla y envuelve sus brazos alrededor de mi cintura.

—Te extrañé, traserito de bebé.

—Yo también te extrañé, aunque seas una pesada que envía mensajes equivocados.

—Lo siento. —Se ríe—. No podía ser perfecta.

—Entremos, los vecinos deben de estar espiándonos y pensando que estamos teniendo algún reencuentro amoroso. —Rodeo el auto para sacar las bolsas de la compra y camino hacia la puerta—. ¿Por qué tienes tanto equipaje?

En mi interior estoy deseando que se deba a que trae regalos, porque ¿a quién no le gustan? A mí me encantan.

—Compré muchas cosas durante este año en Alemania.

—¿Y los regalos?

—Para la próxima —responde con descaro, y le frunzo el ceño—. ¿Qué? No firmé ningún contrato donde se dijera que les debo regalos a los miembros de mi familia.

—Es una cortesía que obviamente deberías tener con nosotros, Moira.

—Tonterías, no me harás sentir culpa.

—Tres maletas y ninguna con regalos, eres una vergüenza para esta familia. —Sacudo la cabeza con decepción y ella se encoge de hombros.

¡Duendes! Hacerle sentir culpa o remordimiento es una tarea demasiado difícil con Moira Byrne, es una cosa incapaz de tener estos sentimientos que habitan en el mundo.

—Saca las llaves de mi bolsillo trasero —pido mientras tomo una de sus maletas y espero a que ella abra la puerta.

En dos viajes consigo meter su equipaje y luego entramos en casa. No es la primera vez que viene, lo ha hecho en dos ocasiones, pero está evaluando las cosas nuevas o tal vez no se acordaba de nada.

—Esta casa es genial: es espaciosa, bien distribuida y, aunque está por encima del precio promedio, es un alquiler accesible —comenta.

—Sí, eso mismo dijiste la última vez que viniste.

—Tengo hambre. ¿Qué harás de almuerzo?

—No lo sé, pero veamos qué se me ocurre. —Camino hasta la cocina y vacío las bolsas de la compra sobre la mesa—. ¿Qué tal pollo a la plancha con puré de papas? Fácil y rápido.

—Me gusta. —Se sienta en una de las sillas altas—. Tienes el cabello largo y sigues sin peinarte.

—Es mi estilo.

—¿Tu estilo o que tu cabello es rebelde? —se burla, y luego bosteza.

Antes de que podamos empezar a fastidiarnos de nuevo, le pregunto cómo se siente al haber finalizado su año de trabajo en Alemania, y el entusiasmo la ilumina mientras comienza a contarme todo de una manera desordenada, saltando de un punto a otro. No me sorprende que no se ofrezca a ayudarme a cocinar; más que desconsideración, es que Moira es muy despistada en todo y es difícil que ponga atención en una sola cosa o que note algo de inmediato.

La escucho hablar sobre muchos temas y luego pasamos a una conversación sobre el libro de romance que estamos leyendo, aunque está enojada conmigo porque voy retrasado tres capítulos por no haber leído este fin de semana.

—¿Por qué no leíste?

—Tuve unos días complicados —respondo, deslizando dos platos con comida en la mesa, y me siento a su lado.

—¿Quieres hablar de ello?

—Te voy a decir que no, pero entonces tú vas a insistir hasta fastidiarme lo suficiente como para que termine contándotelo.

—Ya conoces la dinámica, Call-me. —Se ríe y se lleva un bocado de comida a la boca—. Está muy bueno. No tanto como la comida de mamá, pero mucho mejor que lo que puedo cocinar.

—Gracias, supongo.

—Ahora dime: ¿qué sucedió?

Con el tenedor pincho la comida de mi plato. Siento el calor en mi rostro y no sé cómo comenzar el relato, porque desde fuera para algunos parezco un puto lunático agresivo que casi ahogó a alguien sin ningún tipo de remordimiento o control, y no es la imagen que quiero que mi hermana mayor tenga de mí.

—¿Eso es un rubor de vergüenza? —se burla, pero cuando ve que me quedo en silencio, deja de hacerlo—. Callum, ¿qué sucede?

—Perdí el control, Moira. —Alzo la vista para encontrarme con sus ojos—.

Y ella lo vio. —Me paso una mano por el rostro y suelto una risa seca—. Ni siquiera creo que me arrepienta, solo lamento que todos lo presenciaran, porque creo que me veía como un monstruo, como alguien destructivo con quien no deberías relacionarte.

—¿De qué diablos estás hablando? Eres de las mejores personas que conozco, créeme. Ningún hermano sería tan paciente y genial como lo eres tú. Y toda esa alegría que siempre tienes y transmites…

»Te he visto enojado y, aunque te pones serio o hablas con fuerza, no eres ningún peligro.

—Porque me enojaba por cosas que no eran graves, pero esta vez fue diferente.

—Muy bien, esto es lo que haremos: me contarás qué sucede y yo escucharé con atención y luego te daré mi opinión.

—No puedes ponerlo en el grupo, es muy en serio, Moira. No quiero que mamá o papá lo sepan. —Miro hacia mi plato de comida.

—No lo diré si no quieres, pero no prometo que no se me escape algún día.

Sonrío ante su sinceridad. Eso es cierto, cosa que muchas veces la ha metido en problemas. Suspiro, me enderezo y decido que tengo que empezar un poco más atrás.

—¿Recuerdas que te dije que estoy saliendo con una chica?

—Sí, a quien quiero conocer, por cierto.

—Se llama Clover y es la chica que durante tres años me había estado dejando notas en fechas especiales… Yo aún estoy sorprendido de que pasáramos de eso a salir. —Sacudo la cabeza—. Es preciosa, inteligente y tiene un ingenio espectacular y una personalidad que congenia muy bien con la mía… Es una chica sucia, pero también es tierna y dulce.

—¿Y me estás diciendo que una persona así de espectacular se fijó en ti?

—Soy un gran tipo —me defiendo, y ella sonríe antes de llevarse más comida a la boca—, pero la cuestión es que lastimosamente ella llamó la atención de un maldito bastardo imbécil que la ha estado acosando.

Tomo una profunda respiración y le cuento la manera en la que Bryce ha estado actuando alrededor de Clover, que ella le tiene miedo y que estoy preocupado por su seguridad. Paso a explicarle los encuentros que Clover ha llegado a tener con él y lo que sucede con Michael, pero no puedo evitar hacer una pausa y preguntarme si tal vez hay incluso más situaciones de las que Clover no me ha querido hablar, porque cada vez que sucede algo relacionado con Bryce ella se avergüenza y se cierra sin importar que le insistamos en que no es su culpa.

Percibo cuánto le decepciona paralizarse por el miedo. Ese maldito le ha quitado fuerza y autoestima, algo que me parece imperdonable.

A medida que relato un suceso tras otro, me voy enojando. Cuando llego a la fiesta, mi ira se siente casi tan fuerte como en aquel instante, pero no igual; dudo que alguna vez llegue a experimentar de nuevo ese tipo de rabia, ese tipo de determinación que me haga calcular mentalmente el tiempo de vida que le queda a alguien que está muriendo por mis manos. Fue una rabia ciega sin control, yo… Estoy seguro de que si Jagger y James no hubiesen intervenido, los resultados podrían haber sido muy diferentes.

Cuando concluyo, la expresión de mi hermana es un choque de emociones: quiere lucir serena, pero sé que el final del relato la ha preocupado. Nunca había actuado de esa manera, nunca me había sentido así, y eso que ella no lo vio, no lo vivió, pero Clover… ¡Mierda! No puedo ni siquiera imaginar lo aterrada que estaría al verme perder el control de esa manera. Nunca le haría daño, pero entiendo que mi comportamiento pudo despertar dudas en ella y en muchos, en todos los que lo presenciaron.

—¿Te he dejado sin palabras, Moi-Moi?

—Es que estoy pensando qué decir, no quiero cagarla —confiesa, y río por lo bajo—. Lo digo en serio, veo que esto te está carcomiendo la cabeza y te afecta mucho. ¿Te molesta lo que hiciste?

—No, él la estaba tocando de una manera asquerosa, vi el terror en los ojos de Clover, vi su asco y cómo la redujo para que se sintiera menos. Fue la primera vez que lo vi alrededor de ella y solo pensé que no podía tener más oportunidades.

En ese momento mi pensamiento no era precisamente racional, solo necesitaba alejarlo de Clover, pero la mañana del sábado, mientras miraba el techo de mi habitación, intenté darle un sentido más amplio a la magnitud de mi cabreo y entendí que tal vez una parte de mí sintió la necesidad de hacerlo desaparecer para que no lastime a Clover, para que no le haga daño a ninguna otra persona.

—En un principio solo quería quitárselo de encima y partirle la cara, pero cuando pensé en dejarlo ir, él dijo cosas… —Me paso las manos por el rostro—. Insinuó que había habido otras violaciones; que cuanto más se resisten, más las desea. No pude pensar ni ser racional, solo actué sin importarme que me vieran ni los gritos de los demás.

—Te sientes incómodo de que todos vieran esa parte de ti, pero si hubieses estado solo ¿habrías podido detenerte?

—Tengo miedo de responderte a esa pregunta, porque sé la respuesta, pero no quiero que la escuches —susurro, y su mirada se suaviza—. ¿Qué dice eso de mí, Moira? Soy un estudiante de Criminalística que calculaba cuánto tiempo le quedaba a Bryce, que pensaba en cómo sus órganos irían fallando y no quería detenerse.

»Creía que yo era un chico positivo, optimista y de buena vibra que tenía control cuando se enojaba, pero mira lo que hice el viernes, y Clover me vio… No puedo ni pensar qué opina de mí. Stephan estaba asustado y estoy seguro de que el mismísimo Jagger estaba alucinado de lo que casi hago.

—Nunca terminamos de conocernos. —Es lo que me dice—. Estoy tan sorprendida como tú de lo que me cuentas, de lo que hiciste, pero te veo aquí, sentado, destrozándote el cerebro con pensamientos sobre haber asustado a los demás, sobre cómo te vio Clover…

»¿Y sabes qué? Me ha alarmado lo que me has dicho, pero una parte de mí lo celebraba porque pensé que esa basura se lo merecía y ahora estoy terriblemente preocupada. Te dejaste llevar por tus instintos y estoy muy segura de que la única razón por la que fuiste tan lejos es que se trataba de una persona francamente nefasta. No eres malicioso, Callum, nunca le habías hecho daño a alguien deliberadamente, y dice muchísimo de ti que te incomode y te haga sentir mal lo que tus amigos o Clover puedan pensar.

—Tal vez tengo potencial para ser un asesino, algún criminal.

—Tal vez, pero escogiste ser ciminológico, decidiste actuar en este lado de la vida. Siempre he creído que todos tenemos un potencial para ser malos y crueles, y algunos deciden potenciarlo y otros solo lo usamos esporádicamente o lo dejamos atrás. Nacemos con bondad y también con maldad, solo que una de ellas predomina sobre la otra.

—¡Duendes! Suenas muy sabia y eso me da miedo, Moira. No eres la sabia de los hermanos y, por cierto, no seré ciminológico, sino criminalista.

—Bueno, criminalista… ¡Y cállate! —Me golpea el brazo—. Tú tampoco eres el más sabio de nosotros.

Lo sé, esa es Kyra.

—Deberías hablar con Clover, deja de esconderte. Estoy segura de que está preocupada e incluso podría sentirse culpable, yo lo haría.

Me siento imbécil, porque ella me envió tres mensajes. En el primero me preguntaba si estaba bien, en el segundo quería ver si podíamos a hablar y en el tercero, que es de esta mañana, me decía que lo sentía. No es que planee no hablar con ella nunca más, pero supongo que lo estoy aplazando demasiado.

—¿Crees que ella no querrá nada más contigo a raíz de esto? ¿Por eso no has querido hablar con ella?

—Quizá le dé miedo —murmuro.

—Bueno, no lo sabrás si no hablas con ella.

—Lo haré. —Suspiro—. No es justo darle solo silencio, pero no hablaré ahora.

»Come, todo se está enfriando y estás hambrienta —asiento hacia la comida, e intento comer la mía.

Sin embargo, estoy pensando en lo mismo que me invade la cabeza desde el sábado. ¿Y ahora? Bryce sigue en el campus y quizá alimenté su ira. Me sonrió antes de irse y tal vez solo avivé su deseo de lastimar a Clover. Si ella lo denunciara, ¿qué harían? Dirían que no tiene pruebas y nadie querría declarar contra Bryce. A lo mucho conseguiría una orden de alejamiento —pero esto lo pongo en duda— y, aun así, eso no lo detendría si él quisiera ir a por más.

—Callum, de verdad me estás preocupando —me hace saber mi hermana mayor—. Tu expresión, lo tenso que estás…

—Él camina libre por el campus, conoce todos los lugares, tiene poder y algunas personas de la ciudad lo están respaldando. No creo que sea un simple imbécil, hay algo más en él y quizá solo lo empujé a volverse más frenético, a actuar. —Sueno terriblemente estresado—. Me parece que lo empeoré todo y ahora no sé qué hacer para solucionarlo.

»No quiero que le haga daño a Clover ni a ninguna otra persona y sé que me metí en algo delicado, porque ¿cómo ignoras a alguien que casi te mató ahogándote? Estará pensando en vengarse de mí. —Clavo la vista en ella—. No pedí formar parte de esto, no lo quería, pero no podía quedarme sin hacer nada. Nunca seré un cómplice.

Permanecemos unos segundos en silencio y aprecio que ni siquiera su mirada me esté juzgando. Mi hermana luce comprensiva y al cabo de un rato da ese típico respingo que me hace saber que alguna idea le ha invadido la cabeza.

—Tal vez deberías hablar con el tío Lorcan y pedirle ayuda. —Sus palabras son como un disparo.

De inmediato giro el rostro hacia ella, que asiente como si la idea le pareciera maravillosa, la solución perfecta.

—¿Quién no se cagaría los pantalones ante la mafia irlandesa? —continúa—. Habla con el tío Lorcan, de algo sirven las conexiones…

Me pongo de pie con rapidez y le cubro la boca con la mano mirando alrededor. Gracias al cielo estamos solos, porque lo ha dicho en voz demasiado alta.

El tío Lorcan en realidad no es mi tío, sino el mejor amigo de toda la vida de papá. Desde que entró en la adolescencia se abrió camino en un círculo bastante peculiar como lo es la mafia irlandesa (con «peculiar» me refiero a «peligroso», y con «peligroso» me refiero a «Ja, ja, ja, maldita sea, es la mafia»).

Papá no tiene nada que ver con esas movidas, pero digamos que su bondadoso corazón mantuvo la amistad con el tío Lorcan, hasta el punto de que sus hijos llamamos «tío» a un hombre que seguramente tortura, asesina y solo el cielo sabrá que más hace. Sin embargo, pese a ser un hombre frío y cruel de palabras, a nosotros nos da regalos y un par de veces nos ha sonreído.

Nunca se menciona su trabajo y siempre nos reunimos con discreción y si acaso unas cuatro veces al año, pero sí, el tío Lorcan siempre se despide con un: «Si me necesitas, no dudes en buscarme para lo que sea, cualquier cosa», y la manera en que resalta lo último te hace plantearte que incluso habla de cosas... eh... turbias.

Jamás se me ha pasado por la cabeza pedirle ayuda, porque el rollo de la mafia no es lo mío —o al menos eso creo, nunca lo he intentado—, pero es que tampoco lo había necesitado, del mismo modo que no pensaba que estaría dispuesto a ahogar a alguien.

Moira no puede ponerme esta idea en la cabeza. ¡Joder! Ya está ahí, pero la desecho diciéndome que esas no son aguas en las que quiera nadar.

Mi hermana mayor me lame la mano, lo que me hace retirarla con asco y luego me la limpio en el pantalón y le murmuro un «asquerosa». A ver, que me lamiera la mano Clover sería erótico, pero que me la lama Moira es la cosa más nauseabunda por haber.

—No puedes ir por la vida gritando que conoces a alguien de la mafia irlandesa —susurro.

—Pero estamos solos.

—No puedes ser tan confiada en la vida, Moira. ¿A quién se le ocurre gritar tal cosa? ¿Qué es lo que quieres? ¿Amanecer muerta porque te crean importante para los irlandeses? ¿O quieres que los irlandeses te corten la lengua por soplona?

—El tío Lorcan no lo permitiría, él no es un simple soldado, sino que es el subjefe.

—¡Duendes! Cállate. —La miro con horror—. En serio, Moira, eres un peligro y ni siquiera sabes cómo funciona la jerarquía en la mafia irlandesa ni qué títulos se usan, que veas *El Padrino* mil veces no te hace una experta.

—Solo digo que el tío Lorcan podría encargarse o hacer que él desaparezca de aquí. No es una buena persona y dices que tiene poder fuera y algunas conexiones, no estarías jugando sucio por usar tus conexiones.

—«Mis conexiones» —repito riendo de manera tensa—. No tengo conexiones, soy un tipo normal con una vida normal...

—Que tiene un tío en la mafia irlandesa.

Abro los ojos con más horror y ella ríe. Creo que podría darme un ataque de corazón o en el cerebro si ella sigue diciendo una y otra vez «mafia irlandesa» con tanta ligereza.

—Vas a hacer que me desmaye o me dé un ataque al corazón. —Me llevo una mano al pecho—. De verdad, el corazón me está latiendo muy rápido.

—Déjame escuchar.

Me acerco y me quito la mano del pecho para que ella presione la oreja y sienta los latidos, igual que hice yo.

—¡Vaya! Sí que late rápido por…

—No lo digas.

—La mafia irlandesa —termina, y yo doy un respingo que la hace reír—. Esto es muy divertido, son como palabras prohibidas para ti.

Tomo en mis manos el rostro de mi loca hermana mayor, que me tiene a instantes del colapso.

—Moira, deja de decirlo. Si nos escucha Bryce o cualquiera de sus traficantes será peligroso, y vivo con Michael, ya te lo comenté. No hablemos del tío Lorcan ni de su «honrado» trabajo. ¿De acuerdo? Al menos no a gritos y no aquí.

—¿Quieres que MI sean nuestras siglas secretas y prohibidas? —pregunta, y no tardo en entender de qué son las siglas.

—Son palabras de seguridad —digo.

—Que aún no quieres usar.

—Que no pienso usar.

—Sigo creyendo que deberías, ni siquiera tienes que pagar…

—Dime la verdad, Moira. —Le sostengo el rostro de tal forma que no puede mirar a otro lado y me inclino para mirarla de cerca y que no me mienta—. ¿Leíste hace poco alguna saga de mafias?

—Eh… No, no…

¡Por todo el oro de Irlanda! Por supuesto que lo hizo, eso explica por qué anda tan loca proclamando todo esto. En su cabeza debe de estar desarrollando alguna trama con contenido más dieciocho, lleno de sangre y mucho romance.

—En la vida real pedir ayuda a la MI significa ensuciarte indirectamente las manos, pedir que se hagan cargo de eso es lidiar con la consciencia. ¿Qué crees que harían con él?

No me responde, pero la larga mirada que me da es casi lo mismo que estoy pensando: «Yo casi lo ahogo», «A mí poco me importa él». Ha violado a muchas, lo insinuó, quiere hacer daño a Clover y está vendiendo una droga desconocida. ¿Y si él sí usa sus conexiones para joderme, para jodernos? ¿Y si él sí tiene gente poderosa que me hará sangrar y sufrir antes de eliminarme?

Casi me siento como si hubiese leído una saga de mafias con Moira. Siento escalofríos y admito que un poco de miedo.

—Prefiero que hagan daño a las basuras a que salgas lastimado tú, Callum. La verdad es que estoy preocupada con todo lo que me has dicho.

—Lamento ponerte en esta situación, debería haberlo pensado antes de hablar.

—Si no me hubieses dicho nada, estaría muy enojada. Deberías hablar con papá, incluso él se daría cuenta de que al menos deberías tener protección del tío Lorcan.

—Estaré bien, Moira. —La acerco para que presione la mejilla en mi pecho y apoyo mi mentón en su cabeza—. Tendré cuidado, y si todo esto… crece, lo pensaré.

—Te amo, cosita fea —suelta de la nada, lo que me hace sonreír.

—Yo también te amo, cosita horrorosa y molesta.

—Eres mío, solo mío —dice, imitando los libros que hemos leído. Es algo con lo que solemos bromear.

—Soy tan tuyo como tú eres mía, nadie más puede tenerte.

Alguien se aclara la garganta y al alzar la vista me encuentro con las cejas enarcadas de Stephan, que está en la entrada de la cocina, pero no está solo.

El corazón se me acelera de nuevo cuando veo a Clover, que está pálida y con la boca ligeramente abierta mirando de Moira a mí, lo que me hace rebobinar las bromas posesivas que mi hermana y yo estábamos haciendo.

Esto puede dar una muy mala impresión y crear un gran malentendido.

Con una rapidez que hace gritar a Moira, la bajo de la silla y la hago girarse. Le tomo unos mechones de cabello rojizo y tiro de ellos para alzarlos lo suficiente sin ninguna sutileza, y ella grita de nuevo.

—Es mi hermana. ¡Duendes! ¡Es mi hermana! —digo como alguien que grita «No estoy armado».

Estoy seguro de que mis ojos están muy abiertos y de que Moira me odia porque le he tirado del cabello con fuerza y aún lo sostengo, pero también estoy seguro de que actué suficientemente rápido como para que Clover se esté preguntando: «¿Por qué carajos le decía a su hermana que era suyo y que ella era suya?».

Mierda.

—Y no somos incestuosos —aclaro, y Stephan se lleva una mano a la boca para contener la risa—. Ella no es mía ni yo soy suyo. Puedo ser tuyo, Clover… Quiero decir… ¡Es mi hermana! Y nos amamos, pero no nos amamos así. Díselo, Moira, díselo.

Con el corazón en la garganta y la mano tirando de su cabello, espero las palabras de mi hermana mayor, que aclararán todo esto, pero por supuesto Moira decide dar otro tipo de declaración.

—Maldito bastardo, suéltame el cabello. ¡Joder! Voy a matarte, eso duele. —Es lo que grita—. Ya no soy tuya.

Sí, Moi-Moi no es de gran ayuda.

28

NIVEL CALLUM

Clover

Callum no es incestuoso.

Gracias al cielo ese es el primer pensamiento que entra en mi cabeza en el momento en que termina su balbuceo.

No estoy sorprendida por el escenario con el que me encontré, es decir, sin duda fue extraño el despliegue de palabras amorosas entre ellos, pero estaba más concentrada reconociendo a una de las hermanas de Callum por la foto que su madre envió aquella vez y por las fotos en la cuenta de Instagram de Callum donde ella aparece.

Tengo que decir que al parecer no había ningún filtro en las fotos, porque su cabello es de un potente rojo más oscuro que el de su hermano, las pecas están esparcidas por su rostro y sus ojos son de un verde encantador. Es alta, más que él, y de complexión delgada. Mientras la estoy estudiando, Stephan la saluda con un abrazo.

Sé que la atención de Callum está sobre mí. Ha sido un comienzo inesperado en comparación con los posibles escenarios que me había imaginado cuando me planteé esta visita, pero confieso que esto ha ayudado a disminuir mi preocupación y el malestar instaurado en mí desde el pasado viernes, desde esa estúpida y desastrosa noche que terminó de una manera horrible.

Solo de recordarlo siento escalofríos.

La pelirroja me da una larga mirada que comienza en mi rostro y viaja hasta mis pies, y luego hace el camino de regreso. Parece llena de curiosidad y creo que su mirada persiste durante varios momentos en mis pechos antes de desplazar la vista a Stephan.

—¿Tu amiga? ¿Familiar? ¿Amiga con beneficios? ¿Novia? —pregunta con un acento igual de notable que el de Callum.

—Su trébol —responde Stephan señalando con el pulgar a Callum, y entonces va a la nevera y toma una botella de agua.

Ella se vuelve hacia su hermano y enarca una ceja mientras él asiente.

Parece que tengan una conversación con una simple mirada. ¿Tendré esa conexión con mi hermanito que está a punto de nacer? Tal vez para entonces estaré demasiado vieja.

—Bueno, los dejo en su momento intenso. Solo regresé por unos apuntes antes de irme a estudiar con mi linda tutora —anuncia Stephan—. Me alegra haberte encontrado en la puerta, Clover.

Sí… Estaba a instantes de irme tras una intensa discusión conmigo misma, pero Stephan me atrapó antes de que pudiera huir y aquí estoy. Bueno, aquí estamos.

—Fue bueno verte, Stephan —digo cuando se acerca a mí.

Me sorprende que lleve sus labios a mi oreja para susurrarme unas palabras que solo yo puedo escuchar:

—No seas muy dura, mi machote se ha estado castigando lo suficiente.

Me encojo de hombros en respuesta y él me dedica una sonrisa alentadora antes de irse, dejándome con el dúo pelirrojo, que me observa con sus bonitos ojos verdes.

—Así que… —dice la hermana de Callum con lentitud, mirando entre ambos— tú eres la famosa Clover, he escuchado de ti.

Se acerca y me extiende la mano, que no tardo en estrechar con una sonrisa de cortesía. Desearía que al conocer a una de las hermanas de Callum no llevara una horrible y enorme camisa que me quita toda la forma y me hace parecer un desastre, y un pantalón no favorecedor muy ajustado, además de las ojeras que delatan las malas horas de sueño que he tenido desde el viernes, pero es que simplemente me dije «Que se joda todo» y salí del piso sin pensar demasiado en mi aspecto. Tenía miedo de acobardarme, cosa que ya estaba haciendo antes de que Stephan me encontrara.

—Soy Moira, la hermana mayor de esta cosa pelirroja a la que llamamos Callum.

—Esta cosa es más guapa que tú.

—Él siempre tan positivo —se burla ella, soltándome la mano y mirándome con más detalle—. Estoy celosa de tu piel, yo soy leche en polvo. También tengo celos de tus pechos y tus ojos rasgados como la princesa Jasmine. ¿Por qué existes, Clover? ¿Para convertirme en una criatura celosa?

Yo… no sé qué responderle. Ella suspira con pesar mientras sacude lentamente la cabeza en negación haciendo que unos mechones rojizos se deslicen por sus hombros.

El mundo es tan extraño. Siento que tengo frente a mí a una candidata a modelo de Instagram con un cabello envidiable y una piel de porcelana, y ella dice estar celosa de mí con mis rollitos, mi baja estatura y mis muslos gruesos.

¿Qué es lo que suele decir Valentina? «No todos vemos la misma portada». Creo que podría ser una excelente frase motivacional si ella la acomodara un poco, pero la cuestión es… que supongo que nos percibimos de diferentes formas.

—Quiero conocerte, pero tengo la ligera impresión de que quieren hablar de sus cosas y sospecho que eso solo reafirmará que Callum debería hablar con el tío Lorcan —agrega ella, dándole una mirada a Callum, que maldice por lo bajo.

—Solo vete a mi habitación o al baño a ducharte, haz algo que nos dé un poco de privacidad y no hagas ninguna locura.

Ella se detiene de nuevo y se pone a mi lado, haciéndome ver más baja de lo que soy, y coloca su pie junto al mío.

—Mi pie es enorme en comparación con el tuyo —se queja—. No es justo que calce más que Callum. Préstame tus pies diminutos, Clover.

—Mis pies no son diminutos —señalo sonriendo— y, aunque quisiera, no puedo prestártelos.

—Qué triste. —Suspira—. En fin, hasta dentro de unos minutos…

La veo hacer una mueca extraña y, cuando me giro, pillo a Callum gesticulándole algo, pero se detiene y eso me hace saber que lo que sea que se estaban diciendo trataba de mí. Finalmente, Moira sale de la cocina y nos deja solos, y de nuevo el ambiente se siente denso.

Tengo muchas emociones y no todas son buenas.

El pasado viernes viví una de las experiencias más aterradoras de mi vida. Que te toquen de manera sexual cuando no quieres es algo que se incrustó profundamente en mí, al igual que el hecho de que nadie ayudó a Edna y todos asumieron que era un juego, la horrible forma en que una vez más me paralicé y las sucias palabras que me dijo sobre follarme y desearme. Fue como si una oscuridad fría me absorbiera, me sentí sola, despojada y como una cosa sin valor a la que alguien iba a usar a su antojo sin importar el daño que pudiera hacerme.

Y luego Callum apareció. Tras mi caída por la forma en la que apartaron a Bryce, vi que Callum golpeaba a Bryce sin control alguno. Temblé y me noté lágrimas en el rostro mientras observaba con impresión cómo parecía otra persona, una atrapada en la ira y desconectada de su entorno. Golpeó sin cesar y no se inmutó ante ninguno de los ataques que recibió a cambio.

Fue desconcertante porque mis emociones se dividieron. Me sentía aliviada de que lo alejara de mí, pero también estaba preocupada porque parecía no tener control, y finalmente tengo que admitir que una pequeña parte de mí se asustó, lo que me hizo sentirme culpable. Justo cuando pensé que él había recuperado el control, no sé qué le dijo Bryce, no sé qué pasó, pero Callum… no pudo detenerse.

«Anonadada» ni siquiera es la palabra para describir cómo me quedé cuando lo vi arrastrar a Bryce por el jardín. Él no escuchaba, no razonaba, y luego simplemente lo hizo: comenzó a ahogarlo y no parecía que fuese a parar.

Temblando, llorando y con una sensación asquerosa persistente de las manos de Bryce sobre mí, vi un lado desconocido de Callum que de alguna manera entendí. Me di cuenta de que mi miedo no se debía a sus acciones; él no era malvado, lo que estaba haciendo no estaba bien, pero lo que Bryce hizo era peor. En mi mente hice algo que muchos cuestionarían y que definitivamente no es sano: justifiqué las acciones de Callum porque de esa manera justificaba por qué no me aterraba lo que estaba haciendo.

Iba a detenerlo, porque Callum no podía ensuciarse las manos de esa manera, no por mí, no por Bryce, no por esa horrible noche, pero Jagger y James llegaron primero, y poco después Stephan. Me dejé arrastrar por mis amigos afuera del jardín, pero me rehusé porque quería ir con Callum, agradecérselo, abrazarlo y decirle que entendía por qué lo había hecho, pero me alejaron. Mientras ponían distancia entre nosotros, no pude evitar ver que la cantidad de personas en el jardín era mucho mayor que unos minutos antes y sentí rabia. Cuando necesité ayuda, solo Edna y Callum acudieron a mi llamada, pero cuando una persona horrible como Bryce fue atacada todos parecían tener mucho que decir, y no todos los comentarios que escuché sobre Callum en ese momento fueron buenos.

Aunque mis amigos querían que nos fuéramos y llevarme a casa a descansar, deseaba esperar a Callum, quería hablar con él. Sin embargo, cuando apareció fuera de la fraternidad, se sintió como una bola helada en el pecho al verlo negarme con la cabeza y pasar de mí. Mis amigos me dijeron que tal vez necesitaba calmarse y luego hablaríamos. Quise creerles y me aferré a ello, pero no me daba buena sensación.

Pasé toda la noche llorando en mi habitación con mis amigos dándome apoyo y repitiendo que no era mi culpa, pero también estaba angustiada por Callum, por cómo se podría estar sintiendo y por si estaba enfadado conmigo.

Me sentí como una inútil, me odié por no haber hecho nada mientras las sucias manos de Bryce estuvieron sobre mis pechos, por no alejarme cuando susurró cosas que no quiero recordar, por no intervenir cuando Callum perdió el control, por haberlo involucrado en toda esta mierda que me asusta tanto.

Y al día siguiente, a medida que las horas pasaban, me sentí triste y más preocupada y, lo que es peor, mi culpa aumentó. Sin darme cuenta, me comencé a culpar por las acciones de Bryce. Empecé a cuestionarme mi vestimenta, la forma en que bailé, el hecho de no actuar y dejarlo tocarme, y que mi falta de defensa hizo que Callum me defendiera.

Estaba asqueada cuando me di cuenta de que estaba convirtiendo a mi agresor en una víctima. Me sentí avergonzada y de nuevo rebobiné la noche para estabilizarme y recordarme que no fue mi maldita culpa, pero aun así el silencio de Callum me dolía. Solo fui capaz de escribirle un mensaje, que no respondió, y cuando envié un segundo tampoco lo hizo. Me arriesgué a un tercero hace poco y el resultado fue el mismo.

Su silencio me lastimó, me hizo pensar que estaba enojado conmigo. Como no fue a la clase esta mañana y en cambio Edna lo vio ir por la tarde, supe que me estaba evitando. Tres días habían pasado y no me había dado ningún tipo de señal, y así como me entristeció, también me enfadó. ¿Es que me culpaba? ¿Estaba cabreado porque no hice nada? ¿Estaba enojado porque ahora todos saben que es capaz de perder el control?

Todo lo que necesitaba era que hablara conmigo, incluso si quería que nos distanciáramos. Me estaba volviendo loca con mis pensamientos caóticos. Y por si mi propia experiencia del viernes pasado no fuera suficiente, enterarme de que después de irme hubo un incidente con un estudiante que ha fallecido por motivos desconocidos en la misma fiesta me tiene al borde de la locura.

Y aquí estoy, frente a un Callum silencioso que mira al techo. ¿Piensa ignorarme? Francamente, me siento dolida y enojada. Quiero golpearlo y también abrazarlo.

Pese a la distancia física que nos separa en este momento, soy capaz de ver el sombreado en su barbilla de un golpe. Su labio parece casi haber sanado por completo.

—¿Quieres que me vaya? —pregunto cuando el silencio se vuelve demasiado difícil.

Sus ojos verdes finalmente se fijan en mí y parece que vaya a responderme, pero en última instancia no dice nada.

—Pues si quieres que me vaya, tendrás que sacarme a patadas —digo apretando las manos en puños. Ahora el enojo es más grande que la tristeza—. Me sacarías a la fuerza y yo gritaría mucho para que tus vecinos lo oyeran y vieran.

—Qué violenta.

—No soy violenta, solo estoy cabreada.

—Conmigo, supongo.

—Todavía eres inteligente. —Es mi elocuente respuesta, y sus cejas se arquean—. No me iré hasta soltar el montón de palabras que tengo atascadas en la garganta desde el viernes cuando no supe de ti.

Soy consciente de que estoy frunciendo el ceño y de que mis manos se abren y cierran, es que quiero decir tanto que no sé cómo organizarme. Es uno de esos momentos en que al fin encuentras tu voz y quieres decir muchas cosas y los discursos que armaste en la cabeza, pero todo se vuelve un lío y terminas con miedo de no llegar a decir nada.

—No quería que me tocara, tampoco me gustó lo que me dijo y no quería ponerte en esa situación.

—¿Estás de coña? ¿Qué carajos se supone que significa todo eso? —Sus palabras me hacen volver la vista hacia él—. Sé que no deseas que te toque esa mierda ni las cosas que te dijo. ¿Por qué crees que me cabreé tanto? Sé que te da miedo y nunca te he juzgado ni te juzgaría por ello, y ni siquiera sé si quiero saber a qué te refieres cuando dices que me pusiste en «esa situación».

—Por mi culpa hiciste cosas que no querías, por mi culpa muchos hablan de ti, por mi culpa tú casi…

—¿Ahogo a una persona? —me interrumpe.

Aprieto los labios y asiento con lentitud. Él emite una risa rara sin humor y se pasa de nuevo las manos por el cabello, dejando todos esos mechones rojizos hechos un desastre.

—No es tu culpa, Clover. —Traga—. Nadie me obligó a hacer lo que hice, actué por cómo me sentí. Me dejé llevar, pero fue elección mía, no tuya. Es mi culpa.

»Sí, casi lo ahogo y no me arrepiento, y eso me incomoda. —Hace una pausa y yo dejo ir una lenta respiración—. ¿Qué dice eso de mí?

»Perdí el control, no te escuchaba, no escuchaba a nadie, solo pensaba en cuánto me costaría ahogarlo. No me importaban las represalias ni si me convertía en un asesino, en mi mente solo estaba el hecho de que necesitaba limpiar al universo de su existencia.

»Me viste, seguramente lucía como un jodido loco, e incluso cuando lo alejaron de mí, todavía sentía esa ira asfixiándome. Escuché los murmullos sobre mí, sé que di miedo a algunas personas. —Sus ojos conectan con los míos—. Sé que te asusté y lo odio.

—¿Que me asustaste? ¿De qué carajos hablas? ¿Qué se supone que has asumido?

—Me viste convertido en eso… No era la persona que pensabas que era, no era el Irlandés al que le enviaste notas ni con el que te has enrollado… Era un Terminator malvado.

No miento cuando digo que mi boca cuelga abierta ante sus palabras y que casi me río por lo último. ¿«Terminator malvado»? ¿Cómo es que Callum Byrne puede resultar tan creativo?

—Callum, cuando te dejaba notas sabía que no te conocía, ni siquiera la mitad de la persona que eres. Me basaba en suposiciones y expectativas, en lo poco que sabía de ti.

»Aún estamos conociéndonos e, incluso si pasa el tiempo, seguiremos haciéndolo. No eres perfecto y eso lo tengo claro, lo que pasó el viernes…

—Lo siento.

—Lo que pasó el viernes —prosigo ignorando sus disculpas— me asustó. No puedo negar que durante un segundo o poco más me asustó verte así, porque no me lo esperaba, siempre pareces tan alegre y paciente que no sabía cómo me sentía. Además, tenía todas esas horribles emociones de cuando me había tocado Bryce.

—Debí actuar más rápido.

—Creo que lo estás viendo desde el enfoque equivocado. —Sacudo la cabeza—. Piensa en esto: estaba aterrada, siendo manoseada por un asqueroso depredador, mi amiga era la única que luchaba por mí y estaba paralizada cuando apareciste. Cuando me lo sacaste de encima sentí que podía respirar. Te vi golpear a mi acosador, te vi querer protegerme y hacerme sentir algo más segura. Y sí, luego estuve aterrorizada por ti.

—¡Joder! Lo lamento, Clover, de verdad que lo siento mucho.

—Pero estaba aterrorizada por ti de una manera diferente. Tenía miedo de que te lastimara o te hiciera cometer algo que no tendría vuelta atrás. No quería que te ensuciaras, que te metieras en problemas por mí o que te hicieran daño.

»En mi mente encontré razones para que reaccionaras así, a pesar de que no sabía qué te dijo, porque pensaba que ibas a parar, pero entonces lo llevaste a la piscina. Te justifiqué porque sé que no eres una mala persona, me dije que debía de haber algo más para que reaccionaras de esa manera y me sentía culpable de no hacer nada para evitarte un desenlace terrible. Al final también me sentí culpable por dejar que me alejaran de ti cuando todo lo que quería era abrazarte y darte las gracias por estar para mí, por conocerme lo suficiente como para saber lo que había ocasionado al tocarme.

—¿No temías de mí? —Su tono de voz es bajo—. ¿No me asociaste con alguien peligroso a quien es mejor no acercarse?

Su mirada y el sonrojo de sus pómulos me hacen saber el tipo de vergüenza que en este momento carga consigo, pero no me pasó por la cabeza la idea de que él pudiera sentirse de esa forma por lo sucedido. Claramente era necesario que conversáramos, porque nuestra percepción de esa noche se encuentra en polos opuestos.

—No te tengo miedo, no es como si fueses por la vida ahogando a las personas.

—Pues no, no es mi plan de vida.

—No me das miedo y verte hacer lo que hiciste no me insta a alejarme, lo sabrías si no me hubieses dejado de lado e ignorado.

»No es tu culpa que tenga pensamientos caóticos, pero tu silencio alimentó muchas ideas estúpidas. —Ahora soy yo quien se pasa una mano por el cabello—. Me sentía culpable de tus acciones, pensé que estabas enfadado porque yo no hice nada y todos te vieron así por mí, que te querías alejar de mí. Creía que estabas tan enojado como para no hablarme, que era la indirecta de que esto entre nosotros terminaba.

»Ser ignorado es muy desagradable. Me sentía a la deriva y me hizo cuestionarme si volverías a hablar conmigo, y no aguanté, por eso vine aquí viéndome de esta forma, salí de casa sin pensar. Aunque ahora camino asustada por el campus, vine porque quería verte y escucharte decirme algo, cualquier cosa que me diera contexto sobre qué se supone que pasa con nosotros.

—Lo siento mucho, Clover. No hiciste nada malo, la razón por la que te evité es que estaba avergonzado de que me hubieras visto así. No dejaba de pensar que podría haberte asustado y me dije que hablaría contigo, pero lo aplazaba porque me daba algo de miedo descubrir que me odiabas o temías.

»Te prometo que iba a hablar contigo, antes se lo decía a mi hermana Moira, y lamento haberte causado tanta angustia y hacerte venir aquí.

—O sea, lamentas que viniera.

—¿Qué? ¡Claro que no! Me encanta que estés aquí, me encanta verte y, aunque me siento estúpido por haber aplazado esta conversación, el alivio es más grande.

Asiento poco a poco ante sus palabras, pero también estoy ocupada reparando en la gran distancia física que aún mantenemos. Acabamos de superar una crisis, hablamos como los adultos dicen que debemos hacerlo… ¿Y ahora? ¿Esto es una reconciliación?

—Entonces… —empiezo—, tú y yo… ¿estamos bien?

Abre la boca, pero la cierra nuevamente. Ladea la cabeza y luego me doy cuenta de que dejo ir una lenta respiración cuando lo veo sonreír por primera vez desde que llegué, pero no tengo mucho tiempo para analizarlo porque entonces Callum lo vuelve a hacer: canta.

Y, de nuevo, lo que más me impacta no es su talento, aunque es muy bueno. Lo que me sorprende es la canción que comienza a salir de sus apetitosos labios.

It's like catching lightning
The chances of finding someone like you
It's one in a million the chances
Of feeling the way we do
And with every step together
We just keep on getting better.

Se queda en silencio y tardo unos segundos en darme cuenta de lo que espera de mí, así que carraspeo.

—*So can I have this dance?* —tanteo, y sonríe.

—*Can I have this dance?*

Los segundos pasan y yo sigo alucinada antes de que pueda volver a hablar tras semejante interpretación:

—¿Acabas de cantar una canción de *High School Musical*? —pregunto, solo para confirmar que no lo soñé.

—De la tercera, para ser específico. Es mi favorita y la más romántica. —Sonríe acercándose a mí—. No me arrepiento. Sí te diste cuenta de que te la dediqué, ¿verdad? —Se detiene frente a mí y asiento con lentitud—. Bien, porque lo decía de verdad.

Sus manos viajan desde mis manos, pasando por mis brazos y hombros, hasta mis mejillas y me acuna la cara. Veo su rostro bajar y luego me da un beso tan suave y dulce que me hace suspirar.

—Lamento los días de silencio y la terrible experiencia que has vivido.

—Lamento que pensaras que estaba asustada de ti.

—Y lamento que hayas tenido que sentirte angustiada por todo esto.

—Lamento que estuvieras avergonzado pensando en cómo me sentía por haberte visto así.

—Y lamento que no estés desnuda.

—Lamento que... Espera, ¿qué? —Ríe por lo bajo— ¡Callum!

—Pensé que estábamos siendo honestos —dice rozando sus labios contra los míos.

—Eres rápido para cambiar el ambiente. —Le sonrío.

—Esa sonrisa me enloquece, quiero hacer muchas cosas en este momento.

—Quiero que las hagas. —Llevo mis manos a sus caderas.

—Pero no las harán porque estoy aquí y sería incómodo ver a mi hermano en una situación sexual. De verdad que no somos incestuosos —dice una voz femenina desde atrás.

Doy un respingo e intento retroceder del agarre de Callum, pero este me sostiene y envía una mala mirada detrás de mí.

—¿Qué quieres? —le pregunta fastidiado, y ella suelta un bufido.

—Conocer a mi querida cuñada de pies diminutos.

—No tengo los pies diminutos.

Esta hermosa pelirroja enlaza su brazo con el mío y me insta a alejarme de Callum y caminar hacia la sala.

—¿Te ha hablado Callum del tío Lorcan? Puede ser la solución a muchos problemas.

—¡Por todas las maldiciones de Irlanda! ¡Cállate, Moira!

Ella simplemente se ríe y me lleva hacia la sala, donde creo que me daré cuenta de que la familia de Callum es tan peculiar como él.

Me giro para mirarlo y veo que está sacudiendo la cabeza mientras masculla cosas que no alcanzo a oír. Nos sigue desde atrás y, cuando su mirada conecta con la mía, le sonrío y me devuelve el gesto casi de manera inmediata.

Vine aquí con un nudo en el estómago y asustada sobre qué encontraría, pero ahora me siento más tranquila con las cosas aclaradas entre nosotros. Aún tengo miedo por Bryce y toda esta situación, pero al menos la situación entre Callum y yo está bien.

—No puedo creer que te cantara esa canción —dice Moira cuando llegamos al sofá y nos hace sentarnos lado a lado.

—También me cantó la parte de Joe Jonas en *This Is Me*.

—¡Vaya! Hermanito, estás haciendo las cosas bien, dedicar canciones de Disney Channel es otro nivel de seducción.

—Es el nivel Callum y solo lo he desbloqueado para mi trébol.

¡Cielos! Me encanta que me dedique y cante canciones de forma inesperada; luego, como una tonta, las reproduzco una y otra vez pensando en él. Callum ha tenido un gran impacto en mi vida y hace que de ninguna manera me arrepienta de haber dejado aquella primera nota en su auto, incluso si le hablé de meterla en el culo. No fue un comienzo romántico, pero ahora estamos aquí y no hay arrepentimientos.

Mientras su hermana habla, nuestras miradas conectan y sus labios esbozan una sonrisa ladeada antes de gesticular: «Te deseo».

—Yo también —digo en voz alta, y Moira deja de hablar.

—¿Eh? ¿De qué hablas?

Estoy pensando una excusa, pero Callum no me da oportunidad:

—Piensa en cuánto me desea, nos cortas el rollo, Moira.

—Oh, por Dios —masculo avergonzada cuando ella clava su verde mirada en mí.

—¿Quieres que me vaya a algún sitio mientras te montas una fiesta con mi hermano? Soy muy moderna. Me da asco su vida sexual, pero sí que lo haría por ti.

—No, Callum solo está bromeando…

—No estoy bromeando —me interrumpe—. Estamos en un proceso de reconciliación en que nos merecemos darnos cariñitos sexis, y Moira me corta el rollo.

—Está bromeando —digo con una risa exagerada que hace que ambos enarquen las cejas.

—Eres horrible diciendo mentiras, y apenas te acabo de conocer —me dice de forma directa—. Aprende a mentir o no lo hagas, porque das vergüenza.

—Au —se me escapa, y ella sonríe.

—Pero no lo digo para mal.

—Es simplemente que no tiene tacto —me informa Callum, y suspira—. Pues bien, si Moira no se irá y yo te seguiré deseando, voy a encerrarme en el baño a atender mis asuntos.

De verdad comienza a alejarse y lo sigo con la vista antes de mirar al frente con una cantidad de imágenes merodeando en mi cabeza. Callum desnudo. Callum con el pantalón a la altura de los tobillos mientras se envuelve en una mano y se da placer. Callum gimiendo mi nombre, apoyado en una pared mientras su mano se desliza arriba y abajo lento y luego rápido…

—¿Quieres ir a echarle una mano? —me pregunta Moira.

Sí, quiero.

Parpadeo varias veces hacia ella, que me mira con seriedad a la espera de una respuesta.

—Eh… No, no.

—Pues muy mal que no quieras echarme una mano —susurra Callum detrás de mí, sobresaltándome, y me da un beso en la mejilla—. Solo había ido a buscar una película en mi habitación.

Rodea de nuevo el sofá y se sienta a mi lado. Así que no iba a masturbarse… Sin embargo, mi mirada baja curiosa sobre cómo voy a encontrarlo y siento su aliento contra mi oreja cuando se acerca:

—Sí, Clover, se me está poniendo muy dura bajo tu mirada pensando en todas las cosas que quiero hacerte. Está dura, lista para deslizarse en tu boquita preciosa o entre tus encantadores muslos.

Dejo ir una lenta respiración y luego giro el rostro para darle un beso en la boca que lo toma por sorpresa, pero lo siento sonreír contra mis labios.

—En serio, no tendría problemas en irme si esto será así…

—No, quédate. En realidad, no te quiero sola por las calles y tan cerca del campus —dice Callum, levantándose para poner la película—. Clover y yo nos portaremos bien, al menos mientras nos veas…

Me dedica una sonrisa coqueta y se lame los labios antes de voltearse y seguir con la película, dejándome con una respiración que podría resultar un poquito ruidosa.

—De verdad te gusta esa cosa pelirroja —dice Moira, y me vuelvo para verla— y le gustas.

Se saca el teléfono y se acerca. Apenas me dice «foto» para darme tiempo de sonreír antes de que nos capture.

—¿Te gusta? Nos vemos guapas.

—Está bien. —Sorprendentemente, no salí horrorosa pese a que me haya tomado por sorpresa.

—Listo, se la envié al grupo familiar.

—¿Qué? —casi grito.

Ella asiente y me deja ver el chat, donde aparece la foto con las palabras «Conocí a mi cuñada ¡Es nuestro trébol de la buena suerte!», y rápidamente los mensajes llegan.

Lele: ¡Es la princesa Jasmine! La princesa Jasmine versión sexi y seductora

Lele: ¡Dile a Callum que nos la quedamos!

Lele: Omg hice zoom y sus ojos no llevan maquillaje. ¿Son así naturalmente? ¿Rasgados como si tuviera delineador líquido? ¿Lleva rímel?

Kyky: Qué bonita ¿Es buena persona?

Kyky: ¿Trata bien a Callum? ¿Van muy en serio?

Kyky: ¿Por qué parece que la agarras como si la obligaras a tocarte? No seas una fastidiosa, Moi-Moi

Kyky: No se la espantes, que no cualquiera aguanta a Callum

Mami: Nos la quedamos. Qué bella

Mami: JAJAJAJA Moira, te ves anémica a su lado

Mami: esperen ¿Eso fue racista?

Kyky: podría tomarse como racista,
depende de lo que pretendías decir

Mami: quería decir que ella se ve espectacular
con su piel caramelo, pero mi hija se ve como
leche descompuesta olvidada en la nevera
desde hace semanas

Lele: LOL solo estás siendo mala con Moira

Moira : ¡Mala madre! No he descansado
del vuelo, por eso me veo así

Moira: ¡Eres igual de pálida que tus hijos!

Kyky: no soy tan pálida

Call-me: Yo tampoco

Lele: pero de qué hablas
Callum? Estás superblanco

Kyky: ¿Por qué les cuesta tanto usar las comas
al escribir? «Pero ¿de qué hablas, Callum?»

Lele: deja de ser una pesada corrigiéndonos

Call-me: tú también eres superpálida, Arlene,
y estás llena de pecas, eres la que más tiene

Alzo la vista y veo a Callum escribiendo en su teléfono con una sonrisa
antes de volver a centrarme en la loca conversación.

Papááá: ¿Quién es la chica bronceada que está
al lado de Moira como si la hubiese secuestrado?

Papááá: Espera… ¿Secuestraste a alguien, Moira? Eso no está cool

Kyky: que digas cool no te hace cool, papá

Papááá: tu comentario no te hace cool

Papááá: *Gruñe*

Mami: ¿No lees la descripción, Donovan? ¡Es nuestra nuera!

Papááá: ¡Duendes! ¿Callum tiene novia?

Papááá: ¿O Moira es lesbiana y ahora tiene novia?

Papááá: el amor es amor, Moira. No juzgamos.

Kyky: gracias por usar las comas, papá

Call-me: ¡YO TAMBIEN LAS USO!

Kyky: es la novia de Callum…

Papááá: ¿Callum tiene novia? Pero ¿cuándo…?

Call-me: ¿Por qué tanta sorpresa?

Papááá: Eres… Un buen muchacho, pero… Eres…

Papááá: Erin ayúdame con las palabras

Mami: Eres un sinvergüenza hijo.
Sin novias Callum para el mundo

Kyky: USA LAS COMAS

Mami: Cállate Kyra yo te di la vida

Kyky: ¿?

Lele: propongo sacarla del grupo

Papááá: Sean agradables, niñas

Moira: Olvidé decirles que nuestro trébol está leyendo la conversación

Se vuelve para mirarme y se ríe por lo bajo. Apuesto a que mis ojos están muy abiertos.

—Solo espera —me dice con entusiasmo.

Lele: ¡Nuestro trébol! Omg holaaaaa soy Arlene

Lele: ¿Verás el viernes las Kardashian con nosotros?

Lele: Amo tus ojos

Kyky: Hola *no sé tu nombre* me disculpo por los mensajes

Kyky: ¿Te gusta la cultura k-pop?

Papááa: Espera, pero ¿por qué es nuestro trébol?

Mami: Bienvenida al clan bonita mía me das unas vibras espectaculares

Call-me: Papá, es que se llama Clover

Lele: OMFG NO PUEDE SER

Lele: ¡Es la vida uniéndolos! SE LLAMA CLOVER Y SE UNIRÁ A UNA FAMILIA IRLANDESA

Kyky: No griteeeees. Y guau qué casualidad

Mami: Tenemos un trébol en la familia uno propio ¡Qué ilusión!

Kyky: ¿Cuántas veces hablaremos de las comas?

Moira: Supera las comas

Kyky: supera no usarlas

Papááá: Ah, es nuestro trébol. Lo entiendo.

Papááá: hola, Clover *Abrazo*

Y los mensajes no dejan de llegar. Estoy impactada, pero también entretenida por ellos. Alzo la vista y me encuentro la mirada de Callum, que me guiña un ojo y gesticula que me fije en la conversación. Bajo la vista de nuevo y hay muchos mensajes que no alcanzo a leer, pero veo el suyo.

Call-me: ¡Familiaaaaa! ¡Tenemos trébol!

Lele: ¡Fiesta por Clover!

Moira: Fiestaaaaa

Kyky: están locos jajaja fiesta por Clover x3

Mamá: x4

Papááá: x5

—X6 —me escucho decir, y los hermanos Byrne que se encuentran aquí ríen.

—Eres lo máximo, Clover. —Moira me sonríe.

29

EL PARAÍSO

Callum

El sofá de esta casa no es pequeño, pero por experiencia sé que dormir en él no es agradable. Antes de saber que el día terminaría con Clover en casa, pensé que no habría problema en dormir en la cama, como hemos hecho muchísimas veces, junto con mi hermana, ya que es lo suficiente grande, pero ahora tenemos a Clover aquí.

Ella no deja de insistir en que puede irse a su residencia, pero no quiero que lo haga. La extrañé y después de nuestra conversación no he tenido oportunidad de tenerla solo para mí, porque Moira se ha dedicado a conocerla, ser chismosa y recomendarle libros eróticos que hemos leído. Mi trébol ha sido paciente con mi hermana pese a que Moira puede ser muy abrumadora, y las respuestas de Clover parecen genuinas.

Admito que me está emocionando que se lleven bien, pero también siento que mi hermana me bloquea la polla y cualquier momento romántico. Sin embargo, la perdono porque también la extrañé y porque hablar con ella me hizo sentir mejor.

No quiero que Clover se vaya, y hay una sola cama. Moira ha dejado claro que la cama es suficiente grande para los tres y yo no tengo problema con ello, pero no sé qué opina Clover al respecto. Lo último que quiero es incomodarla, pero irme a dormir al sofá y dejarla sola con mi hermana lengua larga no me da mucha confianza.

—No es como si fuésemos a hacer cosas sucias —dice Moira, ya en pijama—. Como te hemos dicho, Clover, no somos…

—Incestuosos —termina ella.

Mi hermana asiente mientras se acaricia de manera distraída la oreja felpuda de conejo de su pijama enterizo de dicho animal. Clover, que llegó por la tarde con su peculiar vestimenta compuesta por una camisa enorme que esconde esas curvas que me encantan y un pantalón desgastado que se le ajusta a los muslos, parece que vino lista para dormir conmigo, porque supongo que su ropa hace las veces de pijama, y yo solo llevo uno de mis pantalones sueltos de chándal.

—Entonces está decidido —resuelve Moira, dejándose caer en el lado derecho de la cama—. Estoy agotada, apaguen las luces y a dormir.

No sé si de verdad está tan agotada, pero tal vez sí, porque no han pasado ni dos minutos que ya está dormida acurrucada de costado, en uno de los bordes de la cama, a un empujón de caerse. Viéndola así casi parece inofensiva, pero ¿y si la empujo? Al final decido ser un buen hermano y busco una manta adicional con la que cubrirla, pese a que seguramente su pijama le está dando suficiente calor. Luego me giro hacia Clover, que está observando pensativa la cama.

—¿Voy en el medio? —pregunta no muy convencida.

—Como quieras. No es la primera vez que duermo con mi hermana… Bueno, eso suena horrible, pero ya sabes a lo que me refiero.

—No suena horrible, lo entendí bien.

Trepa sobre la cama dándome unas buenas vistas de cómo el pantalón feo y ajustado le abraza el culo, pero solo necesito ver a mi hermana para que la calentura desaparezca.

Apago las luces y no tardo en ponerme a su lado, porque Clover se encuentra en el medio. Puede que la cama no sea pequeña, pero tampoco tiene suficiente espacio para tres personas adultas.

Oigo unas risas desde fuera. Esa es la razón por la que no dormí en la habitación de Stephan: me había advertido de que vendría con una amiga y puedo imaginar las cosas amigables que piensa hacer. Por suerte nuestras paredes son gruesas, pero igualmente no son a prueba de gritos, por lo que espero que no resulten muy ruidosos si piensan hacer suciedades.

Me giro de costado hasta quedar frente a Clover, que tiene la misma posición. Debido a que las cortinas de la ventana no están cerradas, soy capaz de ver lo suficiente de su rostro en la oscuridad.

—Tienes unas lindas ojeras —señalo, y estiro una mano para acariciarle el pómulo.

—No he dormido muy bien desde el viernes.

De nuevo me pateo por haberme envuelto en mi propia mente y haber creado un montón de escenarios que alimentaron el miedo sobre si ella no me veía igual después de lo que le hice a Bryce.

—Te extrañé —dice de la nada, lo que me hace sonreír.

—El sentimiento es mutuo.

Su mano toma la mía y la guía a su cintura para que la abrace, y, por supuesto, no dudo en hacerlo atrayéndola más cerca de mi cuerpo. Hay un minuto de silencio antes de que comencemos a hablar en susurros, para no despertar a Moira.

Inevitablemente hablamos de la muerte del estudiante en la fiesta, nos permitimos hacer especulaciones sobre que fue por drogas y le cuento lo poco que Jagger compartió conmigo, lo que la hace tensarse y decirme que tiene mucho miedo del tipo de persona que es Bryce. Intento no centrar nuestra conversación solo en esa escoria y decido hablarle sobre la comida divertida y extraña que tuve con Edna, Maida y Stephan aquella tarde, y eso hace que se cubra la boca con una mano porque no puede con la risa y me hace saber que le hubiese encantado estar ahí. Conversamos sobre que llegué tarde a la fiesta porque estaba estudiando para tener el fin de semana libre para nosotros, y ella me confiesa que estaba muy pendiente de mi llegada porque quería bailar conmigo y pasar tiempo juntos. Ella también tenía expectativas de las cosas que podríamos haber hecho esa noche, del tipo de actividades que se hacen sin ropa y también del tiempo divertido que disfrutaríamos juntos.

Me habla de la clase de hoy a la que falté, y yo le comento la clase que di como evaluación y supervisada por el profesor y que ahora tengo un tutor para el trabajo de fin de grado, y ella me dice sus opciones sobre a quién escoger ahora que empezará el próximo semestre con ello. Hablamos mucho en susurros, porque creo que ninguno quiere callarse, y agradezco que Moira tenga el sueño pesado porque de esa manera no la molestamos.

Entre susurros empiezo a hacer círculos en su cadera por debajo de la liga del pantalón y la ropa interior mientras los dedos de una de sus manos juegan con mi cabello. Se siente tan bien así que casi puedo ignorar a mi hermana del todo.

Nuestros rostros están tan cerca como pueden estarlo sin que nos besemos, lo que es igual de agradable que una tortura.

—Quiero besarte —rompo el silencio tras unos momentos—. Extraño demasiado esa boquita encantadora.

Ella se lame los labios y me quejo. La muy astuta sonríe consciente del efecto que tiene en mí, pero mi puchero termina cuando su pulgar se desliza por mi labio inferior y, por supuesto, lo mordisqueo. Ella exhala de manera ruidosa antes de lamérselo y chuparlo. Susurra mi nombre mientras le muerdo la yema del dedo una vez más y lo dejo ir de mi boca.

—Bésame —susurro—. Sácame de mi miseria. Quiero esa boquita bonita en muchas partes, pero los labios son un buen comienzo y una forma de saciar un poco nuestra hambre.

—Poético —se burla, pero pierde credibilidad porque sus ojos están puestos en mi boca.

—Bésame, mi trébol —susurro de nuevo.

—Cuando dices que soy tu trébol…

—¿Te enojas? —bromeo, porque sé que le encanta.

—Me enciendo, haces que se me mojen las bragas y sienta el increíble deseo de tener cualquier parte de ti en mí. Tus dedos, tu boca y eso que aún no me has dado donde más lo deseo.

No le repito de nuevo que me bese porque lo hago yo. No hay avisos ni advertencias cuando cubro sus labios con los míos y la beso lentamente de una manera húmeda. Estoy seguro de que cualquiera podría ver el danzar de nuestras lenguas; es el tipo de beso que te moja los labios y genera sonidos. Pero no me basta con ello. Sin poder detenerme, trepo sobre ella y me ubico entre sus piernas, enredando mis manos en su cabello y presionando tanto que no puede evitar un gemido. Gracias a los duendes que la estoy besando para tragarme en mis labios el gimoteo.

Fui muy ingenuo pensando que un beso sería suficiente para nosotros, o tal vez era consciente de adónde nos llevaría y por eso se lo pedí tanto.

Al besarnos hace que se me endurezca y tenga que luchar contra las ganas de empujar contra la calidez entre sus piernas, pero me es imposible olvidar que Moira se encuentra casi muerta a nuestro lado. Sin embargo, es imposible que me baje o que renuncie a una muy dispuesta Clover.

Por fortuna para ambos, soy un muchacho que piensa rápido y encuentra soluciones para casi todo, por lo que le muerdo el labio inferior y luego me alejo lo suficiente para sonreírle antes de contarle mi ingeniosa idea. Ella ya sabe que me traigo algo entre manos, por la forma en la que me mira, pero antes de que pueda hablar me distraigo con su hermosa boquita hinchada. Naturalmente los labios de Clover son amplios y carnosos, pero cuando se los devoro, así como esa vez que me la chupó, se enrojecen e inflaman de una manera seductora que me vuelve loco. Me resulta inevitable no besarla de nuevo y esta vez no puedo contenerme de embestir un par de veces contra ella. La fricción se siente malditamente deliciosa. Necesito contarle rápido mi ingeniosa idea o me moriré.

—Tomemos una ducha —digo cuando consigo alejarme de sus labios.

—¿Para calmarnos? —Parece decepcionada.

—No, para ensuciarnos. No me lo tomes a mal, estoy calentísimo, pero paso de hacer cualquier suciedad al lado de mi hermana en coma.

Ella se paraliza y gira el rostro para ver la espalda de Moira.

—Olvidé su presencia —confiesa totalmente avergonzada.

—Me encanta, te hice olvidarlo todo con mi boca. —Deslizo los labios desde su mejilla hasta su oreja—. Puedo hacerte olvidar mucho más con mi boca saboreando toda esa humedad que sé que sale de ti.

—Lo sé… Lo recuerdo.

—¿Estás igual de mojada que esa noche? Porque estoy hambriento y sediento.

—Me doy cuenta. —Sacude las caderas hacia mí—. Puedo sentirte lo suficiente duro para mí.

—Malditamente duro por ti. Esto —digo, empujando las caderas contra ella— es todo por ti y para ti. Tómalo como quieras, es tuyo.

—Ducha, tomemos esa ducha.

Me incorporo sonriendo sin mucho cuidado, porque mi hermana tiene el sueño incluso más pesado que yo. Poco después estamos saliendo de la habitación. Esta casa posee dos baños: uno de ellos se encuentra en la habitación de Stephan, y el otro en el pasillo dando a la sala.

Cuando pasamos frente a la habitación de mi imbécil, supongo que tiene la boca ocupada, porque todo lo que oigo son gemidos femeninos. Clover me enarca una ceja, pero me encojo de hombros porque dentro de poco esos seremos nosotros.

Por fortuna no tardamos demasiado en llegar al baño, que es bastante amplio y cuenta con una puerta con seguro, que me encargo de pasar. Luego la miro fijamente y ella me da una pequeña sonrisa llena de seducción y promesas sucias que me la pone aún más dura.

—Me gustan mis fiestas de pijama contigo, Irlandés.

—Yo las amo —murmuro, viéndola tomar el dobladillo de su camisa.

El siguiente movimiento que hace es sacársela, y queda en un sujetador transparente sin relleno que hace muy poco para contener sus tetas y que me deja ver lo duros que se encuentran sus pezones. Mi mano de inmediato va a mi dureza y aprieto antes de sostenerla por encima de las capas de tela. Eso le gusta, se le enciende la mirada.

Su próxima prenda es el sujetador, y trago viendo esas amplias tetas liberándose. Le siguen el pantalón y luego unas bragas sencillas que no detallo demasiado porque ella está completamente desnuda frente a mí.

He visto cada parte de Clover, pero de alguna manera siempre por separado o no del todo. Es la primera vez que no la cubre nada, y estoy fascinado.

Voluminosos pechos que caen como un par de gotas debido a su peso, pezones marrones que me hacen salivar, curvas de reloj de arena, unos muslos suaves con un vértice húmedo reluciente entre ellos. Estómago sobresaliendo con un par de lunares, cabello espectacular que cae suelto hacia atrás y un rostro a la expectativa que, si bien no luce inseguro, tiene sus reservas sobre estar ahí de pie mientras yo lo miro durante tanto tiempo.

Sonrío y me bajo lo suficiente el pantalón y el bóxer para que mi miembro se libere. Lo sostengo con una mano antes de bajar con lentitud y subir de nuevo, apretando lo suficiente para hacerme sentir bien.

—Mira cómo estoy por ti —digo—. Espero que seas consciente de lo jodidamente sexi que me pareces y de que no hay manera de despegar mis ojos de ti.

Estaba equivocado si pensaba que tenía algún control de la situación, porque ella elimina la distancia entre nosotros y con las manos me termina de bajar el pantalón y bóxer y me hace salir de ellos, sosteniéndome la mirada cuando baja sobre sus rodillas, me quita la mano para sustituirla por la suya cuando me toma y sin ninguna advertencia se lleva la punta entre los labios y chupa.

Joder. Maldita sea.

Irlanda, me perdieron otra vez.

Bajo la vista para ver que su boca se abre y me va tragando con lentitud. Repite el proceso las suficientes veces para cada vez tomar un poco más y luego me siento en su garganta. Mis dedos se enredan en su cabello y soy algo brusco, pero parece que lo disfruta, por los gemidos que hace. Además, recuerdo que le gusta la sensación de que la atraganten. Hay algunos sonidos obscenos y la saliva le cae por la comisura de la boca mientras mi chica sucia me mira y desliza la mano libre entre sus piernas, tocándose entre la humedad.

¡Por todo el oro de Irlanda! Denle la puta estatuilla de la mamada del año a Clover Mousavi.

Como si no me estuviese enloqueciendo ya, sus dedos cubiertos de su humedad reaparecen y ella… No, no puede ser… Me mira y desliza la mano entre mis piernas, pasando por mis monedas de oro, y me toca en la jodida puerta trasera.

Sus dedos húmedos con sus jugos me rodean y luego presionan solo un poco. Me alejo porque estoy a nada de correrme, estoy muy muy cerca. Es la mamada más explícita y divina que me han dado en mi vida y las probabilidades de acabar de forma inmediata son altas y no quiero terminar así.

Además, seamos honestos, leo muchos libros eróticos con corridas extravagantes y protagonistas que la meten y sacan durante toda la noche, pero humildemente yo me corro y debo esperarme unos minutos para recargar la energía y darle con todo una vez más.

Tengo la respiración agitada. No le digo nada y simplemente me arrodillo frente a ella, besándola y haciéndola retroceder hasta que su espalda choca contra la puerta. Su pequeño grito resuena por las paredes cuando mis dedos llegan entre sus piernas y la acaricio como alguien en la búsqueda de un orgasmo. No soy sutil ni paciente en este momento, mis dedos van directos a matar: dos de ellos se hunden en su interior y otro la acaricia más arriba. Los muevo con suficiente destreza para que sacuda la cabeza de un lado a otro diciendo mi nombre mientras se corre y aprieta mis dedos. También me muerde el hombro para callar sus gritos y eso me gusta.

No hay palabras. Nuestras respiraciones son agitadas, y después de alejar mi mano, nos miramos con una intensidad que jamás había compartido con otra persona en un momento íntimo como este. Prometo que se me derrite el corazón cuando esboza lentamente una hermosa sonrisa y me mira a través de sus largas pestañas. Está preciosa con el cabello alborotado, el rostro sonrojado y el sudor cubriéndole el cuerpo.

Trago con fuerza cuando sus piernas se abren todavía más para mí e inclina las caderas hacia delante, buscándome, deseándome en su interior. Es imposible que no le dé esto, que no nos dé esto que hemos estado deseando desde tiempos antes de Cristo.

Me acerco a ella tanto como puedo, me mantengo sobre mis rodillas con los talones presionados contra el culo y alzo sus muslos para que me envuelvan la cintura. Ella se incorpora y me pasa los brazos alrededor de los hombros para estar en una mejor posición, a horcajadas sobre mí.

No pensé que la primera vez que lo haríamos sería en el suelo del baño de mi casa mientras mi mejor amigo está follando y mi hermana mayor está en coma en mi habitación, pero no me entristece ni decepciona. ¡Me encanta! Mis manos van hasta debajo de su culo para alzarla lo suficiente y guío mi ansioso miembro contra ella, rozando la humedad, lo que nos hace gemir, y luego con lentitud la hago descender sobre mí. En todo este rato estoy sonriendo, como mínimo hasta que aprieto los labios y me estremezco porque se siente delicioso.

A veces sucede que esperas muchísimo un momento y cuando llega es sorprendentemente mejor de lo que imaginabas. Ocurre muy poco, pero pasa ahora cuando me encuentro completamente en el interior de Clover, sintiéndola palpitar a mi alrededor.

Me estoy volviendo loco.

Aprieto los dedos contra la carne de las nalgas de su culo cuando se balancea y habla… ¡Duendes! Ella habla y dice cosas…

—Te sientes mejor de lo que soñé —gime, moviendo en círculos las caderas—. Te sientes grande, me haces sentir tan llena… Mejor que cualquiera.

—Tú. Te. Sientes. Como. Mi. Jodido. Paraíso. Voy a follarte, Clover. Estoy a nada de perder el control. Puedo sentirte apretándome y estás tan caliente, tan mojada, que no puedo pensar. —Empujo mis caderas y gime clavándome las uñas en los hombros—. Déjame follarte hasta que sientas que el mundo te da vueltas y te cuestiones si esto es real.

—Fóllame, Irlandés.

Me quiebro. Dejo de contenerme.

Me inclino hacia delante haciendo que su espalda se apoye en la puerta y gano más profundidad en este ángulo. Subo sus muslos un poco más arriba y los sostengo mientras poco a poco, tanteando, muevo las caderas en círculos. Ella gime, yo me muerdo el labio. Nos torturo con este movimiento hasta que siento que está lo suficiente preparada y se ha adaptado a mí. Entonces comienzo realmente a follarla.

Empujo con dureza contra su cuerpo con un ritmo implacable que pronto hace que el baño se llene de sonidos de humedad y golpeteo. Empujo sin control, clavándole los dedos en los muslos mientras su espalda se arquea, separándose de la puerta y creando un nuevo ángulo que me hace gemir. Logro atrapar uno de sus pezones en mis dientes y luego entre mis labios a la vez que ella juega con su otro pecho y susurra obscenidades que compiten con las mías. Estoy medio consciente de las cosas que digo, pero demasiado perdido en cómo entro y salgo de ella, en cómo se siente. Estamos desesperados, frenéticos y tan apasionados que creo que el mundo podría venirse abajo y no nos importaría siempre que sigamos follando.

La puerta chirría con el sonido de nuestros movimientos, y ella menea las caderas, se tira del cabello, se acuna los pechos y se pellizca los pezones. Veo la expresión de su rostro, sus labios entreabiertos, el sudor deslizándose por su piel, sus pechos sacudiéndose, su estómago contrayéndose una y otra vez, y la manera en la que entro y salgo de ella recubierto de su humedad es erótica, excitante, enloquecedora.

Gruño, gimo, hablo, jadeo.

—Es demasiado bueno —creo decir—. Te sientes como mi paraíso, eres mi puto paraíso.

—Más, por favor, más.

—Es todo tuyo, lo que quieras. Todo.

La mantengo al borde y cuando estoy bastante cerca de ser destrozado por el placer increíble que me reclama, guío una de mis manos entre sus piernas y la insto a dejarse ir con movimientos circulares. Su gemido fuerte y profundo podría advertirme de su orgasmo, pero es cómo me aprieta lo que me da la señal que me lleva de forma inmediata a sentir un placer de una magnitud inexplicable que me tiene gimiendo con voz ronca, estremeciéndome y haciendo movimientos torpes desesperados mientras su orgasmo atrapa el mío.

Estoy destrozado cuando dejo caer mi peso contra su cuerpo, que ahora yace con la espalda recostada en la puerta. Siento que podría ver las estrellas, no sé cómo sigo vivo ni cómo encuentro las fuerzas para hacerle unos pequeños besos en el cuello.

Creo que Clover y yo deberíamos estar juntos para siempre. Me parece que el universo nos está diciendo que cumplamos su voluntad, y yo soy un buen oyente. Tal vez en su primera nota ella debería haberme escrito: «Si follas conmigo te prometo que quedarás alucinado». ¿Por qué tardé tanto en decirle que lo sabía? ¿Por qué no me lo dijo desde un principio? Mira nada más toda la química sexual que estábamos desperdiciando.

—¿Estás viva, Clover? —susurro contra su cuello.

—Por un milagro —responde con la voz enronquecida.

Riendo por lo bajo, me separo lo suficiente y le doy un suave beso en la boca antes de encontrarme con su mirada. Me estoy colando profundamente de esta mujer, no hay explicación, excusas ni intenciones de retroceder, porque me gusta cómo me siento.

La adrenalina empieza a pasarse y siento el indicio del dolor en mis rodillas, que deben de tener quemaduras por la fricción, pero no me importa, valió la pena. Bajo la vista cuando, aún con las manos en sus muslos, comienzo a salir de su interior y entonces lo que debería ser obvio se hace evidente: veo que al salir su humedad se mezcla con la prueba de mi orgasmo.

«Hola, señor Condón, fui a la fiesta sin usarlo de gorrito».

Junto con ella, veo cómo corre por sus muslos y nos quedamos con la vista clavada en ese punto y luego en el desastre húmedo de fluidos mezclados que hay sobre mi miembro. Entonces nos miramos con pánico, pero fingiendo que tenemos el control.

En los libros eróticos y de romance que leo, esta es la parte donde la chica explica: «Tomo la píldora», y tú dices: «Ah, mira, qué casualidad. Nunca había tenido sexo o hace mucho que no lo hacía y no tiene problemas hormonales, pero está tomando la píldora», pero lo aceptas con alivio pensando: «Uf, aún no queremos un bebé». Bueno, Clover me baja de esa nube con bastante rapidez cuando habla:

—No tomo anticonceptivos ni tengo ningún implante. No quiero meterle hormonas a mi cuerpo y me inclino por el condón. No sé si sabes que hay otros métodos para los hombres…

—Ya, pero no hemos usado condón —la interrumpo.

—Nunca lo había olvidado. —Asiento en acuerdo porque lo mismo aplica para mí—. Pero…

—No se puede ser muy confiado —completo—. ¿Píldora de emergencia?

—Píldora de emergencia —confirma—. No puedo creer lo normal que parece esta conversación, parece que tengamos una tremenda confianza, y estoy sorprendida.

—Esto debería ser la prueba de que estamos en un nuevo nivel y de que nos sentimos a gusto, ¿no?

Me levanto como puedo y reprimo una maldición cuando el ardor de mis rodillas se hace presente. Estiro una mano hacia Clover ayudándola a ponerse de pie y admito que miro durante unos largos segundos el desastre en sus muslos y entre ellos. Tal vez es primitivo, pero me resulta supererótico. Si no me hubiese corrido con tanta fuerza, seguramente me pondría duro de inmediato, pero un hombre necesita sus minutos para recuperarse después de correrse como un desgraciado.

En estos momentos ella es un ardiente desastre. Con una pequeña sonrisa y un caminar medio raro, pasa por mi lado, entra en la ducha y hace que poco después el agua comience a caer por su cuerpo, y me quedo de pie admirándola.

Persigo con mi mirada el agua recorriendo su cuerpo y noto un tirón en mi ingle que me hace saber que poco a poco me estoy recuperando y que... ¡Maldita sea! No dejo de desearla.

Mi buen juicio me hace no tardar en unirme a ella, aún persiguiendo con los ojos cómo se mueve, y recuerdo que le di bastante duro, así que decido ser gentil con ella y la tomo por sorpresa cuando le hago apoyar la espalda en la pared, cierro la llave de la ducha para no desperdiciar agua ni morir ahogado y caigo de rodillas (que deben de odiarme, porque hoy las he maltratado lo suficiente en pro del sexo).

—Iremos a por la píldora, pero primero déjame compensarte por mi momento de pasión desenfrenado sin control.

—Lo disfruté muchísimo, Irlandés.

—Y esto también lo disfrutarás —le prometo.

Alzo su muslo sobre mi hombro y miro entre sus piernas, que se encuentra claramente afectada ante semejante follada. Luego uso mis labios y mi lengua con lentitud para aliviarla y darle otro muy merecido y estremecedor orgasmo.

Cuidado si en un futuro no me caso con esta mujer.

Y yo antes ni siquiera pensaba en casarme. ¡Imagínate!

30

¡TOC, TOC! ¿MI?

Callum

Estoy enfrascado en rebobinar una y otra vez un recuerdo erótico del que soy protagonista: Clover y yo follando.

Es un recuerdo tan ardiente e increíble…

Tenía muchas expectativas sobre cómo sería estar juntos de una manera tan cruda y pasional, y la verdad es que lo ha superado. Además, justo cuando pensé que el sexo estaba muy por encima de lo que esperaba, vinieron los mimos tras ir a una farmacia abierta las veinticuatro horas y tomar la píldora de emergencia. Nos apretujamos en el sofá y nos hicimos arrumacos, conversamos y reímos en voz baja para no despertar a los demás, y también nos besamos durante tanto tiempo que sentí que mis labios se adormecieron.

He tenido un montón de sexo durante mi joven y espectacular vida, pero el de ayer se posiciona en el primer lugar. Nunca me había sentido tan desesperado, inmerso y enloquecido durante el acto. Fue exquisito, maravilloso, sublime, espectacular y cualquier adjetivo que lo ponga a la altura. Ya quiero repetir.

También es la primera vez que siento tanta conexión emocional en una relación. El sexo, sin duda alguna, es importante y, aunque Clover y yo tenemos una dinámica sensacional en ese aspecto, no lo es todo. Me desvivo por nuestras conversaciones, citas improvisadas, mimos y al acurrucarnos.

—¿No me veo muy desastrosa? —me pregunta Clover, devolviéndome una vez más al presente.

Doy un sorbo de mi café y ladeo la cabeza dándole una larga mirada. Soy lo suficiente alto para que un suéter mío, uno de los más holgados que tengo, le quede como una especie de vestido sexi algo ajustado hasta por encima de las rodillas. Por suerte para ella, ayer vino con unas zapatillas deportivas blancas que, de hecho, van bien con su improvisado vestuario.

—Te ves como una chica que pasó la noche con su Irlandés, quien la folló en el suelo del baño y luego se la comió en la ducha. —Doy otro sorbo de café—. Ah, y al que más tarde se la chupaste en el auto, en el estacionamiento vacío de una farmacia.

—¡Callum!

—No es que esté diciendo ninguna mentira. Es lo que pasó.

Mientras ella suelta un bufido y toma su propia taza de café, mi mirada no la abandona.

Siendo honesto, me encantaría estar en la cama con ella, repitiendo mucho de lo que hicimos anoche y en la madrugada. Después de esa follada espectacular en el suelo del baño, en efecto la alivié entre las piernas con mi lengua —hubo un poco de juego de ponerle un pelín el dedo en el culo porque nos estamos preparando para ese acontecimiento— y, tras beberse las píldoras con una botella de agua en el estacionamiento de la farmacia, Clover tuvo un subidón lujurioso que la llevó a tocarme por encima del pantalón de pijama y sacarme para concluir con una mamada espectacular que reafirmaba mi campaña de «Estatuilla a la Mejor Mamada para Clover».

Durante todo ese tiempo Moira estuvo muerta en la habitación. Francamente, Clover y yo habíamos drenado tanta energía y habíamos dormido tan mal las últimas noches que no tardamos en irnos con mi buen amigo Morfeo. Odié el momento en el que la alarma de su teléfono sonó, porque habíamos dormido muy poco. Es importante señalar que en otro escenario en que mi hermana no estuviese muerta o en coma a mi lado y Clover no tuviese una importante evaluación en su primera clase, nuestro despertar habría sido diferente.

Camino hacia el fregadero y dejo la taza ahí antes de dirigirme a Clover, que sostiene su taza con ambas manos. Le rodeo la cintura con un brazo y deslizo mi mano libre por debajo del dobladillo del suéter.

—Te ves tan espectacular que quiero follarte otra vez —susurro, subiendo la mano y deteniéndome cuando no encuentro barreras—. Clover, ¿y las bragas?

—No iba a usar unas bragas sucias, y tu bóxer me hubiese estrangulado —dice frunciendo el ceño—. No es mi forma favorita de ir por la universidad, pero le escribí a Edna para que me lleve unas.

—Tengo sentimientos encontrados sobre esto —confieso—. Me pone un poco loco e imbécil pensar que caminas sin bragas o que te sientes en un aula así, pero también me emociona que en este momento pueda hacer esto. —Dos de mis dedos se deslizan por su calor, haciéndola respirar hondo.

—En primer lugar: no estaré en el aula sin bragas, Edna me estará esperando al llegar. Y en segundo lugar —da un sorbo a su café y abre las piernas—: si tienes libre acceso, aprovéchalo, Irlandés.

Involucro mi pulgar en esta conquista irlandesa sobre tierras ¿inglesas, brasileñas e iraníes? ¡Vaya! Si soy todo un diplomático, porque estar así con Clover es como hacer un armisticio o una alianza entre más de una nación. Las Naciones Unidas estarían orgullosas, pero la Unión Europea no, porque el Reino Unido es muy pretencioso.

Mi pulgar hace círculos sobre su clítoris, y con otros dos dedos rodeo su entrada sintiendo su humedad, sin dejar de fijarme en cómo sus dedos se aferran a la taza de café y sus labios se abren. Mis dedos se vuelven más audaces y se introducen con facilidad en su interior, y mi mejor recompensa son sus gemidos cuando se alza sobre las puntas de los pies mientras la sostengo con mi otro brazo alrededor de ella. Presionando las tetas contra mí, entrecierra los ojos antes de obligarme a callarla con un beso cuando sus gemidos incrementan en volumen.

Estoy enamorado del modo en que el cuerpo de Clover siempre responde a mis ataques sensuales y amorosos. Me encanta cómo recibe y da placer, que no se cohíbe, su goce y la forma liberal en la que no se contiene.

Estoy más duro que una piedra, pero no se trata de mí. Ella tiene que ir a una clase y yo solo estaba haciendo una observación sobre que me encanta la falta de bragas. La meta es hacerla llegar y por suerte está bastante cerca. No llevo un registro del tiempo, pero poco después me está mordiendo el labio con fuerza y aprieta mis dedos cubriéndolos con más de su humedad, y al final se estremece y dice mi nombre. Objetivo alcanzado.

Sonrío y me fijo en cómo respira jadeando y en que sus ojos oscuros permanecen en mí mientras le doy un beso suave sobre su boquita deliciosa.

—Me encanta darte orgasmos —confieso—, creo que será una de mis razones para vivir.

—No tengo objeción a ello, solo espero sobrevivir.

Sus dedos me toman de la barbilla y bajo el rostro para que se me dé un beso dulce, que me hace ser consciente de lo afortunado que soy de que sus notas secretas terminaran en este momento.

Quiero ser cariñoso con ella tanto como quiero ser sucio, y ese es un contraste bastante inesperado.

—¿Qué hacen ustedes dos? —pregunta la voz de Stephan entrando en la cocina.

Clover da un respingo y salta sobre mis dedos y, como aún se encuentra sensible, eso conlleva que gima de una manera que no deja dudas a la imaginación. Por fortuna, gracias a mi cuerpo, Stephan sabe lo que pasa pero no puede verlo.

—La cocina es sagrada, cerdos —nos acusa.

Saco los dedos del interior de Clover y, antes de girarme hacia mi amigo, me los chupo porque no se puede desperdiciar nada. Entonces le sonrío a Stephan, quien reacciona dedicándonos una mirada divertida mientras come una manzana.

—No sabía que tenías una fiesta de pijama con Clover, supongo que hubo reconciliación.

—No lo sabías porque tenías una fiesta en tu habitación —dice Clover, recogiéndose el cabello en una cola improvisada—. Fueron ruidosos.

—¿Sí? Me parece que también oí a alguien gritar y no provenía de mi habitación, mi querida Clover.

—Acordemos una tregua —sugiere ¿mi novia? alzando las manos en una ofrenda de paz antes de ir al fregadero a lavar su taza. Es tan educada que también lava la mía.

—Llévate mi auto —le digo a Stephan—, Clover necesita llegar a clase y yo aún no estoy listo para la mía. De hecho, no sé si iré, ya que Moira sigue en coma y seguramente quiere que hagamos cosas de hermanos.

—Me encanta cuando me das el poder de usar tu auto, porque eso es una muestra de amor verdadero. —Me arroja un beso y finjo atraparlo—. ¿Lista, Clover?

Antes de que Clover pueda responder, él olisquea el aire de manera exagerada y ambos nos quedamos mirándolo.

—Mi machote, la cocina huele a sexo.

Pongo los ojos en blanco ante sus palabras mientras Clover jadea y Stephan se ríe. Con el ceño fruncido, ella se detiene a mi lado y le dedica una mirada un poco intimidante a mi imbécil, que solo sonríe.

—¿Ya está lista tu... eh... amiga? Debo llegar a clase. —Ante su pregunta, Stephan parece desorientado—. La chica de anoche...

—Ah, no. Se fue después de que nuestros cuerpos se saludaran. —Se encoge de hombros.

—¿La echaste de madrugada?

—No, Clover. —Se hace el ofendido—. Solo le dije que a mis compañeros no les gustaba que las conquistas se quedaran a dormir.

—Lo cual no es cierto —agrego.

—Igualmente, ella me dijo que tampoco quería quedarse, tenía una clase temprano y su novio pasaría a buscarla por la hermandad...

Se hacen exactamente tres segundos de silencio.

—¿«Novio»? —susurra Clover— ¡Oh, Dios mío! Eres su amante.

—Ser su amante conllevaría tener sexo de manera continua y clandestina, usar nombres en código, hacer llamadas a escondidas y enviar mensajes desesperados —aclara Stephan—. Follar un par de noches se lleva el título de «tropiezo de una relación que si acaba no será por mi culpa».

Nuevamente el silencio reina y me giro hacia Clover, que lo mira con la boca abierta y una expresión absoluta de incredulidad en la misma medida que desconcierto.

—¿Me estás juzgando, Clover?

El tono de voz acompañado de la mirada de víctima nos hace saber que mi imbécil está ofendido.

—No, solo estoy sorprendida.

—No la obligué, ella tomó su elección y yo la mía. Lo pasamos bien.

—¿Y si el novio se entera y quiere patearte el culo? Porque siempre culpan al amante.

—Que no soy el amante.

—Es el tropiezo de una relación que si acaba no será por su culpa. —Repito sus palabras.

Mi novia me dedica una larga mirada y me encojo de hombros, porque, ¡oye!, yo no soy el amante.

—No me patearán el culo, tranquila. —Stephan se vuelve a mirarme—. Ay, nuestro trébol es tan tierno al preocuparse… Ahora, mueve el culo, también tengo que llegar a clase.

—¿Qué estudias? —le pregunta, tomando su teléfono de la mesa, y luego viene hacia mí para despedirse.

—Seré odontólogo y más adelante espero especializarme en ortodoncia. —Se señala los dientes—. ¿No ves lo bien cuidados que están? Por eso mi sonrisa deslumbra.

—¿Y cómo es que se hicieron amigos?

—Vamos tarde, eso te lo contamos otro día —dice Stephan, restándole importancia—. Te espero en el auto.

Lo veo salir de la cocina antes de enfocar mi atención en Clover. Bajo el rostro y ella se alza sobre las puntas de los pies para que pueda besarla. Hace mucho no era la clase de chico que da besos para saludarse y despedirse, porque era un tipo casual. Recuerdo cómo era estar en relaciones, pero hay algo genial de hacer esto cuando creo que soy un poquito más maduro.

—Debo trabajar en mis correcciones para la propuesta de trabajo de fin de grado, así que no podré encontrarme contigo más tarde. Además, tengo a Moira, pero hablamos por teléfono.

—Vale. —Me da otro beso y me pasa las manos por el cabello—. Me alegra que estemos bien y haber venido a solucionar nuestro malentendido.

—Me alegra haberte follado —digo, y sonríe.

Deslizo mis labios desde su mejilla hasta su oreja, y mis manos le sostienen el culo por debajo de la camisa, apretando la carne desnuda.

—Todo el día pensaré en ti, en la forma en la que me besabas, que te sentías muy mojada alrededor de mí, que me apretabas con codicia como si no me quisieras dejar ir, en tus tetas sacudiéndose y luego cómo se veía esto —desde atrás la rozo entre las piernas— cuando alcanzamos el orgasmo: húmedo de ti y de mí. ¿Y sabes qué voy a recordar también?

—Dime. —Su voz suena afectada.

—Que te alivié con mi lengua, que me pedías más y que este culo hermoso clamaba por mi dedo, como si deseara algo que le daré después. Y por si eso no fuese suficiente…

—Callum… —jadea.

—Me recordaré en tu garganta, esos sonidos de atragantarte cuando tus ojos me rogaban que te diera mucho más.

—Necesito ir al baño antes de irme —dice, apartándose de mí—. Demasiada humedad para ir sin bragas.

Río y la miro mientras sale de la cocina, y le grito un «Presta atención a la clase» antes de beber agua. Luego la escucho decirme «Nos vemos, Irlandés» antes de que la vea por la ventana saliendo hacia el auto.

Vuelvo a mi habitación y resulta que Moira todavía está en la posición exacta en la que se durmió anoche, así que para comprobar que de verdad no se ha muerto, le pongo dos dedos debajo de la nariz «por supuesto, no los que le metí a Clover» y siento su respiración.

—Ah, aún vives, Moi-Moi.

Voy al baño para lavarme las manos y luego me encuentro yendo a mi escritorio. Enciendo el portátil tras localizar un par de libros con apuntes para comenzar a revisar las correcciones que me pidió el profesor, y pienso de qué manera puedo mejorar el planteamiento del problema y cuál de las dos propuestas prefiero trabajar.

Poco tiempo después me vibra el teléfono anunciando un nuevo mensaje.

Mi trébol: Bragas puestas, ya en el aula

Sonrío y no tardo en responderle:

Callum: Hazme un favor

Mi trébol: Cuál?

> **Callum**: moja esas bragas nuevas en mi honor

Veo los puntos que indican que está escribiendo y mientras tanto muerdo el lápiz esperando su respuesta.

> **Mi trébol**: inspírame

No se diga más. Lo quiere y lo tiene.

Miro hacia atrás para confirmar que mi hermana sigue en coma y agarro el pantalón de pijama y lo bajo un poco para fotografiar unos centímetros de mi polla. Todos conocen la regla de las fotos sexuales: no confíes en nadie, no muestres tu rostro. Presiono el botón de enviar y rápidamente le escribo.

> **Callum**: después quiero la prueba

> **Mi trébol**: de qué?

> **Callum**: de que te mojaste

> **Callum**: presta atención a la clase

> **Mi trébol**: cómo me concentro viendo esa foto?

Le envío un emoji sonriendo, bloqueo el teléfono y vuelvo a mi trabajo. De esa manera paso parte de la mañana perdido en apuntes. Soy un excelente estudiante, de los mejores, y tengo la impresión de que si me mantengo así podría graduarme como uno de los primeros o el primero de mi clase y entonces las posibilidades de obtener una beca en el máster que quiero serían bastante elevadas. También implicaría mejores recomendaciones cuando haga el doctorado, así que me he esforzado muchísimo para eso.

La mayoría de la gente me ve únicamente como un irlandés fiestero que lleva la diversión a todas partes, que se fuma un porro de vez en cuando y que se folla a hombres y mujeres, pero la cosa es que soy bueno estudiando y, mejor aún, me gusta la carrera que elegí. Habrá tiempo para fiestas siempre que esté seguro de que no estoy perdiendo algo importante en mis estudios. Quiero que mis padres, mi familia, se sientan orgullosos de mí el día que consiga mi título universitario; no porque ello me haga mejor que las personas que deciden no ir a la universidad, sino que se trata de que cuando fui aceptado a la OUON y me despedí de mi familia les dije que tendríamos siete años de buena suerte cuando consiguiera mi título, porque no volvería sin él. Era mi objetivo y estoy cerca de alcanzarlo.

Y como soy un hijo de puta ambicioso, lo siguiente es estudiar para sacarme un máster y cerrar el broche de oro con un doctorado (para esto último no tengo prisa, puedo tomármelo con un poco más de calma). En verdad deseo mucho lograrlo. Me gusta estudiar porque estoy en algo que genuinamente me gusta y apasiona, y lo mejor es que todavía me queda muchísimo por aprender.

—Tengo hambre —murmura Moira volviendo de la muerte y cortando mi momento de pensamientos ambiciosos.

Me giro lo suficiente para verla. Como durmió con el cabello recogido, el pelo está controlado, pero tiene marcas de las almohadas en el rostro y lagañas. Además, está hinchada y casi me está mostrando una teta, porque no se toma un segundo para subirse los tirantes del pijama.

Mis hermanas son hermosas, no me duele ni incomoda admitirlo porque no estoy ciego. Bueno, mis amigos de Irlanda hicieron difícil que no supiera que a todos les parecían muy atractivas, pero cuando se despiertan son unas cosas feas y mundanas.

De modo que desbloqueo el teléfono y, mientras Moira se estruja un ojo con la mano, capturo una foto y la envío al grupo de la familia.

Callum: ¡Ayudaaaaaaa! Esta cosa fea despertó en mi cama

Callum: tengo miedo, mamá.

Lele: casi se le sale una tetaaaaa

Papá: *Gruñido*

Por la hora, creo que las demás responderán después, así que de nuevo dejo el teléfono a un lado para mirar a Moira bostezar y estirarse. La camisa baja peligrosamente más.

—Súbete la camisa antes de que me traumes, cosa fea.

—Solo son tetas —dice arreglándosela y mirando a su alrededor—. ¿Y Clover?

—Se fue a clase hace un par de horas. —Alzo la mano antes de que pueda hablar—. Y, antes de que lo preguntes, sí, yo también tenía clase, pero me tomé la mañana para adelantar esto y así tener la tarde contigo.

—Aaay, qué bonito, mi traserito público. ¿O debo llamarte «traserito del trébol»? —Se quita las sábanas y baja de la cama tambaleándose y al final se cae.

El golpe seco viene seguido de un profundo quejido suyo y mi risa automática.

—Pero ¿qué fue eso? —pregunto viendo que se apoya en la cama para levantarse.

—Estúpido, me dio uno de esos momentos en que te mueves de forma muy brusca y te mareas.

—O estás embarazada.

Compartimos una larga mirada y me aterro cuando no me responde, pero en última instancia sacude la cabeza.

—No, no creo. —Bosteza de nuevo—. No follo desde hace un mes y no me dieron por ahí, además ya me bajó la regla.

—Lo primero no era necesario decírmelo, eres asquerosa.

—Como si tú no jugaras con el culo de los demás o dejaras a los otros jugar con el tuyo —se burla—. En fin. ¿Ya desayunaste?

—Te esperaba para que comiéramos fuera, pero si aguantas, puedo adelantar otro poco aquí y luego vamos a almorzar y caminar por la ciudad.

—Trato, pero iré a por café.

Asiento y vuelvo a mis apuntes, y me concentro en ello hasta que oigo su voz hablando con alguien.

—Alemania es hermosa, pero muchos alemanes fueron bastante fríos conmigo. Sin embargo, no hay hielo que yo no derrita —la oigo jactarse.

—Qué genial, es bueno que te fuese así de bien —responde Michael—. No sabía que vendrías.

No es que se hayan conocido antes, como sucede con Stephan. Se trata de que hablo mucho por videollamada con mi familia y algunas veces no estoy solo, y cabe destacar que antes de la mierda de Bryce, cuando Michael empezó a ser nuestro compañero de casa, nos llevábamos muy bien.

—Lo sabrías si no evitaras a mi hermano —responde Moira—. ¿Todo bien, Michael?

Hay unos breves segundos de silencio y pienso que no dirá nada, pero entonces habla.

—No, no está bien. —Silencio—. Siento que ya no doy más, ¿sabes? Siento que me he lanzado de un precipicio del que no dejo de caer, y pienso que falta poco para tocar fondo y aun así sigo cayendo.

»Estaba cansado de luchar y pensaba que por una vez estaba escogiendo lo fácil, porque estaba agotado, pero me equivoqué. Ha resultado ser lo más caro de mi vida. Me ha costado mi paz, mi tranquilidad, mi consciencia, me ha costado muchísimo.

—¿Y qué piensas hacer al respecto? —pregunta Moira directamente—. Ya reconociste el problema, ya estás cayendo y sabes el coste que están teniendo tus elecciones. Entonces ¿qué harás al respecto? ¿Esperarás a tocar fondo o te impulsarás para no perderte en el precipicio en el que caes?

»Tienes derecho a autocompadecerte, pero no durante mucho rato, Michael. Si reconoces el problema, piensa o busca ayuda adecuada. Eres adulto. Aunque no te juzgo porque te cansaras y pensaras en escoger lo fácil, no dudo que tenías que esperar unas consecuencias, siempre las hay.

La cuestión con Moira es que no tiene tacto e, incluso si te aconseja, habla sin rodeos. Puede ser por el tono de voz que usa, su postura, la mirada o la expresión de su rostro. Moira es muy peculiar.

—Pareces un buen chico, Michael, y tal vez cargas demasiado peso contigo. Puede que otros sean los causantes de tus tormentos, pero tienes que recordar que tú te pusiste ese peso encima y quizá tengas el poder de quitártelo.

»Amo a Callum y mi familia es muy protectora con nosotros. Si esa cosa pelirroja pierde tan siquiera un pelo, tienen que prepararse para la furia irlandesa. —No lo hace sonar muy casual—. Porque es cierto que somos divertidos y nos gustan las risitas y la buena suerte, pero también es cierto que nos cabreamos de una manera monumental. Así que será mejor que no me entere de que mi hermanito está pasando un mal rato y mucho menos que te involucres, ¿de acuerdo?

»Porque es que no me importa nada. Si esa cosa pelirroja llega a tener un rasguño, será mejor que el causante se esconda debajo de las piedras para que no le quiten hasta el último de sus órganos. —Ahora parece que esté sonriendo—. ¿Entendido?

Hay un breve silencio. Tal vez él está sorprendido; yo lo estaría, si no fuera porque crecí escuchándola decir: «Si le cuentas a mamá que me escapé, tendrás que dormir con los ojos bien abiertos si no quieres amanecer sin ellos».

—Entendido —termina por responder.

—Muy bien, me alegra que nos entendamos, Michael. —Ahora suena amigable—. Cuídate mucho y, por favor, piensa bien sobre tus decisiones.

Dicho eso, poco después Moira aparece en mi habitación y cierra la puerta detrás de ella mientras come una manzana.

—¿Qué fue todo eso? ¿Por qué vas de matona?

—Solo le explicaba la situación, ni siquiera mencioné a la MI. Solo insinué que los harán pedacitos si te pasa algo. Yo misma me encargaré, no les temo a la sangre ni a las tripas.

—¿Has hecho alguna vez un test que mida si eres sociópata o peligrosa para la sociedad?

—No, si soy especial prefiero vivir en la ignorancia —responde, mordiendo la manzana.

—«Especial» —repito con incredulidad, y luego sacudo la cabeza—. Sin embargo, él habló contigo, algo que no ha hecho con nosotros.

—¿Quieres que le saque más información antes de irme?

—No, quiero que te mantengas al margen.

—De acuerdo, pero ¿sabes? Tenía un aspecto muy lamentable, ese chico está jodido, está en el borde, un solo empujón y colapsa. Me da pena, pero tú me importas más y, mientras siga con esa mierda de la que me hablaste, es difícil ayudarlo.

—Es una buena persona, o lo era. —Suspiro—. No entiendo cómo llegó a Bryce.

—Ya lo escuchaste, estaba cansado de luchar constantemente. Para nosotros es difícil entenderlo cuando hemos tenido la fortuna de tenerlo todo.

—Quisiera ayudarlo, era un buen compañero, pero siento que ha cruzado ciertas líneas y estoy tan metido en esto que no quiero hundirme más.

—A veces es necesario ser egoísta. —Se encoge de hombros—. Y, en todo caso, para poder ayudarlo él tiene que dar el primer paso.

Nos quedamos unos segundos en silencio. La verdad es que no sé cómo sentirme respecto a Michael. Estoy cabreado con él, pero también preocupado. Esto es una mierda.

—Bueno, ¿ya podemos salir? Tengo hambre —rompe el silencio Moira, y pongo los ojos en blanco.

—Toma una ducha en el baño de la habitación de Stephan, yo usaré el del pasillo.

Le consigo una toalla y pronto se encuentra duchándose.

Guardo los cambios de mi trabajo en el portátil y, como soy paranoico y controlador en cuanto a los estudios, lo guardo en el disco duro externo y en una memoria USB, y me lo envío por correo. No hay manera de que pierda lo que hice.

Tomo el teléfono y la toalla y voy hacia el baño del pasillo. Me detengo de forma breve frente a la puerta cerrada de la habitación de Michael y pienso en tocar, pero al final bajo la mano y continúo al baño.

Estoy a instantes de meterme en la ducha cuando mi teléfono suena y veo que Clover me ha escrito después de un par de horas.

Mi trébol: aquí la prueba

E inmediatamente llega una foto de sus bragas a la altura de sus muslos. La tela se encuentra más oscura hacia el centro, donde está húmeda.

Callum: me matas

Mi trébol: te quiero vivo

Me envía unos corazones y se los devuelvo antes de abrir la imagen de nuevo. Sí, esta ducha será más larga de lo que esperaba.

Sonrío mientras veo que Moira come felizmente el postre, sin importarle las calorías. No está a punto de explotar por el almuerzo, como yo. Tiene que ser la única de la familia, además de papá, que come como una cerda. De verdad, posee un estómago sin fondo y aun así no engorda, aunque recientemente noto sus mejillas un poco más llenas, al igual que sus piernas.

También es la única de los hermanos que no se ejercita. Yo he trabajado para conseguir mi cuerpo tonificado y me gusta hacer ejercicio, me ayuda a ordenar mi mente y relajar la tensión en mi cuerpo; a Kyra le gustan el yoga y el pilates, por lo que creo que es la que mejor de nosotros está en cuanto a la vida fitness, y Arlene tiene un amor loco por la zumba.

—Bueno… Voy a hacer un comentario idiota —le advierto, y toma más de su *brownie*.

—Adelante, estoy acostumbrada.

—Te caíste de la cama al marearte, sigues tragando como si no tuvieses fondo y te ves más cachetona que hace unos meses… ¿Tienes un feto dentro de ti? —disparo, y se paraliza durante unos segundos antes de continuar masticando.

—No tengo sexo desde hace un mes y ya te dije…

—Sí, sí, que el último día te dieron por el culo.

La pareja de al lado jadea y les dedico una suave sonrisa antes de volver la atención a mi hermana, que está riendo.

—La cosa es que hace un mes mi amigo alemán y yo dejamos de enrollarnos… Y estoy cuidándome, señor desconfiado, por eso me ves con un par de kilos más. Las hormonas están haciendo lo suyo. —Toma otro poco de *brownie* antes de volver a hablar—: Y ya tuve mi período este mes. No tengo ningún feto dentro de mí, lo cual es bueno porque no estoy preparada para ser mamá.

—Creo que nadie lo está cuando sucede.

—Bueno, déjame corregir mis palabras: no quiero ser mamá en este momento.

Asiento complacido con la respuesta mientras tamborileo los dedos sobre la mesa como he estado haciendo desde hace un rato. Ella sigue el movimiento con la vista antes de mirarme a los ojos.

—¿Qué pasa ahora, Call-me?

No sé muy bien cómo decirlo, porque no es que quiera hacer movimientos extraños o pedir ayuda a fuerzas más grandes que yo, pero mientras comíamos estuve pensando y llegué a la conclusión de que no me quiero morir.

No pedí nacer, pero qué bueno que lo hice, porque de verdad me gusta vivir. Sin embargo, creo que me metí a nadar en aguas bastante turbulentas.

Estuve pensando en que Bryce es un loco hijo de puta que básicamente me restregó en las narices que había violado a varias mujeres y me dejó claras sus intenciones con Clover. Una estudiante fue violada en el campus y lo encubrieron, un estudiante murió por causas desconocidas y todos rumoran que es la droga «diferente y adictiva» que él ha estado vendiendo por el campus. Si los chismes que me llegan a mí corren así, es muy difícil que no lleguen a los oídos de las autoridades universitarias, lo que me indica que hay un motivo, un algo, por el cual no lo expulsan.

¿Cuál puede ser la razón para que un estudiante veinteañero tenga a las autoridades universitarias fingiendo que no ven lo que sucede? Poder. Detrás tiene alguna jerarquía importante y temible, lo que me lleva a pensar que tiene que ser algo peligroso, porque, admitámoslo, es un hijo de puta y su arrogancia se sustenta en algo, se cree indestructible y tiene la percepción de que el mundo debería ser suyo. Solo alguien que tiene respaldo y medios puede sentir tal impulso y confianza.

No pongo en duda que sea inteligente, pero no lo suficiente para crear una nueva droga. No puede ser un simple traficante, si fuese así no tendría a personas como Michael haciéndole el trabajo sucio, porque ¿cómo tendría dinero para pagarles a todos? Entonces, la droga debe de venir de tipos duros con el capital suficiente para invertir en laboratorios, patentarla, defenderla y distribuirla.

¿Quiénes pueden hacer eso? Mafias, organizaciones criminales... Cualquier pandillero o club motero no puede desplegarse de tal manera. Bryce debe de tener alguna conexión de ese tipo, pero la cuestión es que no puedo averiguarlo; una pregunta a la persona equivocada y aparecería muerto, y despertar la determinación de Jagger en esto sería hundirlo en la mierda.

Así que ¿qué puede hacer un chico normal con una vida corriente como yo?

—¿Callum? ¿Por qué te quedaste paralizado?

—MI —digo con lentitud, y ella enarca ambas cejas antes de limpiarse la boca con una servilleta.

—¿Qué significa que lo digas así? ¿Una llamada de emergencia? ¿Una invocación? No es que sea como un demonio al que llamas diciendo su nombre tres veces frente a un espejo.

—Quiero contactar con la MI. —Hago una pausa porque eso sonó demasiado dramático para lo que en realidad es—. No, lo que quiero es contactar con el tío Lorcan.

Y para ello necesito un número de teléfono especial que solo tiene papá, porque se supone que la norma es que si lo necesitas para algo así de importante, primero pasas por papá. Imagino que esta regla fue creada con el propósito de que nunca lo llamáramos, pero siempre hay una primera vez para todo.

—No quiero que papá lo sepa porque no es algo grande.

—¿No lo es?

—No. No estoy planeando hacer correr sangre. —Esto último lo gesticulo—. Solo quiero información y un favor pequeñísimo. Estarás en casa en dos días, puedes conseguir el número del teléfono de papá o de donde sea que lo esconde.

—Papá se molestará muchísimo si sabe que lo hago o lo que estás haciendo sin decírselo. —Se remueve inquieta en el asiento—. Y no se tratará solo de gruñir, de verdad que estará cabreado.

—Pero no se enterará.

—¿Y si luego el tío Lorcan se lo dice?

—Si eso sucede, no te mencionaré. —Sigue dudando—. ¿Qué pasa, Moira? Me diste toda esa charla sobre la MI diciendo que era la solución. ¿Cómo pretendías que contactara con el tío?, ¿con una paloma mensajera? ¿O es que solo estabas cacareando y fanfarroneando?

—No cacareo —se exalta.

—No lo sé, es lo que me parece. Ahora que pido ayuda, te echas atrás y te acobardas.

—Maldito, sé lo que haces. —Respira hondo—. Está bien, y lo hago porque si quieres algo de él, tiene que ser muy preciso y has debido de pensarlo muy bien. Sé que no vas a comprometerte.

—No es que vaya a ordenar que lo liquiden o algo así, solo quiero información y un favorcito.

—Bien, conseguiré el número. —Suspira—. Pero pídeme otro postre.

—Hecho, es un trato fácil.

Hago una señal al camarero para que se acerque y, mientras ella pide, yo trato de pensar exactamente qué información pediré al tío Lorcan y de qué manera plantearé este pequeño favorcito para que no me haga endeudarme o vincularme con algo que no quiero.

Si hay monstruos y oscuridad habitando en mí, no quiero que salgan a la luz o a jugar. No, gracias.

Pero supongo que a veces no tenemos el poder de decidir cuándo ocultar nuestros demonios.

31

ADVERTENCIAS OSCURAS

Callum

Doy un sorbo a mi trago mientras sonrío viendo a Clover bailar una ridícula balada con Kevin. Ella está riendo mientras él la hace girar, y se ve preciosa con su vestido largo de algodón y el cabello trenzado.

—Límpiate la baba —me dice mi hermana mayor antes de pasarme una servilleta por la boca.

—¿Tienes que ser tan molesta? —pregunto, apartándole la mano con un golpe.

—¿Me estás diciendo que eres así de pelirroja de forma natural? —le insiste a mi hermana.

—Sí, si quieres me bajo las bragas para que compruebes que abajo mi pelo también crece rojo.

Por supuesto que Moira diría algo así, y lo peor de la declaración es que podría llevarse a Edna al baño y hacer precisamente eso.

—Es una imagen que no quería en mi cabeza. Cada día te odio más por generarme traumas —le hago saber.

Ella se limita a encogerse de hombros y se vierte más tequila en un vaso, porque compró una botella haciendo gala de que su cuenta bancaria no se encuentra en cero.

—Está bien, quiero verlo —responde Edna.

Oscar, mi hermana y yo nos volvemos para mirar a la rubia de este pequeño grupo que pasa un miércoles por la noche en un bar no muy lejos de la OUON.

—¿De verdad? —pregunta Moira, divertida, y Edna asiente.

—¿Por qué no? Vamos. —Se levanta y comienza a caminar directa al baño.

—Bueno, ¡diablos! ¿Por qué no? —Moira se ríe—. Bajarse las bragas para otra chica no suena mal.

Doy otro sorbo a mi bebida con lentitud sin perder de vista a Moira, que camina detrás de Edna. No sé si esta es la cosa más inesperada que me pasará en la vida.

—¿Tu hermana es lesbiana o bi? —me pregunta Oscar.

—Nunca he oído que le gustaran las chicas, pero en general ella siempre nos sorprende, así que tal vez simplemente le muestre ya sabes qué para probar que no miente.

Porque lo último que necesito es que Moira se líe con la mejor amiga de mi novia. No, gracias.

—Supongo que es porque Edna es hetero, pero nunca se sabe, yo también pensé que lo era.

Le sonrío y luego ambos miramos hacia la pista de baile. Clover y Kevin son los únicos ocupándola.

—¿Quieres salir a fumar? —me propone Oscar.

Generalmente esta es una pregunta que tiene dos vertientes: la primera es que te inviten indirectamente a tontear en la parte trasera del bar y la segunda es que quieran conversar sin ruido sobre temas bastante importantes. Me declino más por esta opción, teniendo en cuenta que los dos estamos embobados con nuestras parejas.

Le asiento y bebo lo que resta de mi trago antes de salir con Oscar a la parte trasera del bar.

Armamos nuestros cigarrillos en silencio y luego usamos su encendedor. No fumo con mucha frecuencia, me considero un fumador social, pero cuando lo hago, la verdad es que siento que me relaja.

—No eres tonto y debes de saber que esto tiene un significado.

—No me pidas que te vuelva a besar para saber si te van todos los chicos o solo Kevin —bromeo, y eso le hace poner los ojos en blanco.

Tengo que esperar a que dé una calada y expulse el humo por la nariz para que vuelva a hablar:

—Se trata de Clover y Bryce.

—Por favor, nunca vuelvas a pronunciar el nombre de mi trébol con el de esa maldita escoria.

—Estoy preocupado, Callum. —Patea una piedra imaginaria—. He estado dos veces cuando Bryce acosaba a Clover. Lo golpeé en una de ellas y siento que no importa lo que diga o haga, él no se detiene.

»La estoy entrenando y ella es buena, pero su mente es su peor enemiga, la condiciona a creer que no puede. Quizá tú y yo la protejamos, o incluso Kevin, pero ¿qué pasa si un día no estamos y él la ataca?

Quiero vomitar de tan solo pensarlo, pero en lugar de ello doy una profunda calada al cigarrillo hasta que siento que me quema la garganta.

—No siempre estará acompañada, y él es un enfermo que parece alimentarse de su miedo y nuestra protección. Pensé que pararía, pero entonces en la fiesta…

—Tal vez debí matarlo —lo corto, y se hace un largo silencio.

La mirada de Oscar no contiene ni un ápice de prejuicio, pero sí un toque de sorpresa.

—¿No te arrepientes?

—¿De lo que hice? No. ¿De parar? A veces siento que sí.

Y aunque me daba miedo decirlo en voz alta, experimento alivio de finalmente liberarlo.

—Clover se ha vuelto una de mis personas favoritas y considero que es de las almas más bonitas con las que me he topado —continúo—. No le hace daño a nadie y solo quiere vivir su vida universitaria como cualquier estudiante. No soporto la idea de que él respire su mismo aire; de hecho, quisiera arrancarle los ojos por tan siquiera mirarla.

»Quería hacerlo desaparecer, Oscar, y no solo por Clover, también por todas las víctimas. ¿Vas a decirme que no sospechas que está detrás de la violación de esa estudiante de Medicina? Quiso enviar un mensaje, buscó una chica con rasgos similares a Clover.

—Es un puto enfermo.

—Un puto enfermo con poder —digo antes de dejar ir el humo por la nariz—. Lo enfadé, debí acabar con él, porque ahora todo empeorará. Quisiera proteger a Clover del mundo, pero sé que ella necesita estar alerta.

—Acabar con él era arruinarte la vida, y no, no necesitamos un puto héroe irlandés.

»Mira, tenemos que averiguar cuánto le queda por graduarse a esa basura, convencer a Clover de que vaya a alguna reunión grupal de apoyo y entienda que puede con lo que se proponga. Hay que comprarle un maldito gas pimienta, una navaja o lo que sea que la ayude, porque algún día estará sola, Callum, y odio decir que necesita estar preparada, pero…

—Necesita estar preparada —confirmo, y las palabras me saben a ácido, porque nadie tendría que prepararse para que un maldito comemierda le haga daño.

—¿Por qué Clover? —susurra Oscar.

—Las personas como Bryce no necesitan un porqué, solo son sanguijuelas en busca de drenar cualquier indicio de adrenalina y emoción. Quiere a alguien que no puede tener, quiere a alguien con luz para apagarla, quiere enfadar y hacer daño a los que aman a su víctima, simplemente quiere jugar, y nuestra intervención solo lo vuelve más interesante.

He intentado hacer un perfil de él y, aunque hay muchos cabos sueltos, comienzo a entender que a Bryce quizá solo podría detenerlo la muerte, pero si ninguno de nosotros se ensuciará las manos haciéndolo, entonces la respuesta es contenerlo, y para ello definitivamente necesito una ayuda ilegal, sucia y cuestionable.

—Arreglaré esto —prometo.

—¿Cómo? —me pregunta, y me encojo de hombros.

Terminamos el cigarrillo y nos disponemos a entrar en el bar cuando abre la puerta una chica de cabello castaño oscuro y de complexión rellena que luce acalorada. Nos dedica una sonrisa y se disculpa antes de llevarse el teléfono a la oreja y reír de lo que sea que le digan, y Oscar y yo la ignoramos y volvemos a la mesa, donde Kevin y Clover ya se encuentran conversando.

Le beso el hombro descubierto y ella me sonríe de esa manera que hace que todo mi interior se sienta cálido. Mis sentimientos por esta mujer crecen a la velocidad de la luz.

Unos minutos después regresan Moira y Edna. Mi hermana tiene los labios carmesíes de un labial que definitivamente no estaba usando antes, pero prefiero no preguntar. Todos las observamos y ambas se encogen de hombros.

—Sí es pelirroja natural —anuncia Edna.

—Nadie lo puso en duda —responde Oscar.

Bebemos otra ronda de tragos y, aunque estoy presente, no dejo de preocuparme por mi conversación con Oscar, lo que me tiene abrazando a Clover cada vez que puedo. Ojalá pudiera protegerla de todo, pero al menos me esforzaré al máximo.

No tardamos en irnos, porque es miércoles y mañana la mayoría tenemos clase temprano, de lo cual se burla Moira, que está feliz porque ya se graduó. Me despido de mi trébol con un par de besos porque se va con Edna, Oscar y Kevin, y subo a mi auto junto con Moira. Me da la sensación extraña de que una camioneta nos está siguiendo, pero pronto se desvía, lo que me hace respirar con alivio. No quiero lidiar con las consecuencias de Bryce en presencia de mi hermana, Moira debe estar tan alejada de esto como sea posible.

En general, es una buena noche. Me duermo tras tomar una ducha y hablar con Kyra y Moira, pero poco después me doy cuenta de que esas horas de descanso han sido la antesala al brusco despertar con la fatídica noticia de que una estudiante de Veterinaria ha sido agredida sexualmente tras ser drogada en un bar.

El mismo bar en el que estuvimos.

La chica que Oscar y yo vimos.

La chica acalorada que reía hablando por teléfono y estaba sudando, la que dejamos sola cuando volvimos dentro del bar con nuestros amigos y nuestras parejas.

No puedo evitar vomitar cuando leo que todo sucedió precisamente en la parte trasera del bar donde la vimos.

No la violaron, pero fue abusada sexualmente, la golpearon de tal manera que su rostro quedó tan hinchado que era irreconocible y tiene unos profundos cortes en el pecho que dejarán visibles cicatrices. Muchos hablan en redes sobre si creen que su rostro quedará diferente o si necesitará cirugía, porque, sí, las personas, aun en situaciones como esta, siguen actuando como una mierda.

Vomito otro poco más preguntándome si podríamos haberla salvado.

Y luego respiro hondo cuando mi cerebro estimulado me hace saber algo crucial: Bryce nos envía mensajes.

Él sabía que estábamos ahí.

Fue un mensaje para Oscar y para mí: con nosotros presentes, tuvo la oportunidad de hacer daño a alguien a quien podríamos haber salvado. Nos quiere hacer entender que no tenemos control y que puede pasar por encima de nosotros para llegar a su enfermizo objetivo.

—Call-me, ¿estás bien? —Oigo la voz de Moira desde detrás de la puerta.

—Lo estaré —respondo—. Lo estaré.

Pero vomito hasta la bilis antes de levantarme y mirarme con fijeza al espejo.

Mis ojos se encuentran rojizos y mi piel está más pálida de lo normal. El sudor me cubre la frente y mi cabello es un desastre despeinado.

—No lo conseguirás, Bryce, no vas a destruirnos —susurro, agarrándome en el borde del lavamanos—. No caeremos.

Ese hijo de puta saldrá de nuestras vidas.

32

SER ESTÚPIDO

Callum

Estoy de camino a la clase que comparto con Clover y al echar un rápido vistazo a mi teléfono me doy cuenta de que voy tarde. Saber que pronto veré a mi trébol explica mucho sobre mi buen humor, ya que no la he visto desde hace dos días. Pensarías que tener sexo calmaría mi deseo, pero pasa todo lo contrario.

Tener sexo con Clover ha desbloqueado un nuevo nivel de suciedad en mis pensamientos e incluso un par de sueños. Estoy preocupado porque me pongo duro constantemente pensando en nuestros encuentros.

Siento alivio sabiendo que hoy Moira se irá en un vuelo nocturno, porque amo a mi hermana, pero eso de masturbarse sin llamar la atención ni que me oigan o me vean conlleva mucho trabajo. Hace bastante tiempo que no tomaba duchas tan largas.

Además, me alivia que mi hermana se vaya, porque no me gusta el ambiente que hay en el campus en este momento. La semana pasada sucedió el ataque sexual en el bar a la estudiante que Oscar y yo vimos, y el sábado, aunque no fuimos a las fiestas del campus y simplemente nos quedamos en casa bebiendo y conversando, otra estudiante fue ingresada en el hospital tras convulsionar del mismo modo que ese chico en la fiesta de la piscina, y ahora se encuentra en estado vegetal.

Moira se ha estado quejando de que, aparte de esa noche tranquila en el bar, no la he llevado a ninguna fiesta, pero genuinamente no quiero exponerla a ningún punto de mira. Sé que soy un objetivo y no quiero que mi hermana se convierta en otro. Soy un buen actor, por lo que encubrí bien cuánto me carcome que esa chica fuera abusada justo después de que la viéramos y, más aún, que fuese una advertencia. Sé que a Oscar le sucede lo mismo, porque ambos compartimos una larga mirada cargada de pesar.

Vivir con culpa es una mierda, porque no fueron nuestras acciones, pero pesa el hecho de preguntarse: «¿Podría haber hecho más?».

Sé que sentirme mal no cambiará lo sucedido y trato de canalizar mi buen humor porque odio la idea de que mi vida gire en torno a los juegos mentales de Bryce. No ha resultado fácil, pero tampoco es imposible.

Sacudo la cabeza para enfocarme, reviso que las puertas de mi auto estén cerradas y me dirijo al edificio con la mochila colgando de un hombro. Yo, que usualmente soy un tipo observador, me distraigo lo suficiente para no darme cuenta de que vienen a por mí. No soy consciente de ello hasta que algo se presiona contra mi espalda baja y un brazo me rodea el cuello.

—Estaba esperando conocerte, Irlandés, ya me hablaron de ti. Te vienes conmigo, daremos un bonito paseo —dice alguien desde atrás.

—Amigo de Bryce, ¿eh? —pregunto alzando las manos, porque soy lo suficiente inteligente para saber que mi desventaja es muy pero que muy obvia.

Así que finalmente aquí están las consecuencias de intentar ahogar a Bryce. No es un escenario bonito, pero me alegra que ninguna de las personas que me importan se encuentre aquí para salir lastimada.

—Camina hasta la camioneta negra de la derecha y no hagas nada estúpido.

Él dice eso, pero he hecho muchas estupideces en mi vida. Por ejemplo, a los once años pensé que podía vender a Arlene por internet a una familia rica en Suiza, y podría haberlo logrado si la familia no hubiese descubierto que era un niño respondiendo a su petición y rellenando los formularios.

Camino hasta la camioneta, pero ¿te acuerdas de que mi tío superdivertido está en la mafia? ¿Mencioné que papá trabaja parcialmente como entrenador de boxeo? Sí, bueno, no estoy indefenso y de algo tiene que servirme ejercitarme y ser inteligente. Solo espero ser más rápido que una bala si eso que se presiona en mi espalda es una pistola.

Cuando llegamos a la camioneta hay otro tipo en el asiento del conductor con una gorra lo suficiente bajada para no identificarlo. Los segundos corren, e incluso si mis probabilidades son escasas, lo serán mucho más si subo a esa camioneta, así que no pierdo un valioso segundo más y actúo.

Tomo impulso y llevo la cabeza hacia atrás. Siento y oigo una nariz crujir detrás de mí por el impacto y de inmediato noto un dolor agudo en la cabeza que me aturde durante unos segundos. El conductor baja rápidamente del auto y me golpea con la puerta, pero sé que caer al suelo es condenarme, así que le pateo las piernas y uso la puerta para golpearle en la cara.

Tiran de mis pies y me hacen caer. Tengo al primer tipo sobre mí y resulta que no tenía una pistola, lo que tiene es un cuchillo bastante intimidante, afilado y grande que viene hacia mí, pero le golpeo la tráquea con el puño y luego le doy otro cabezazo de frente que me hace sangrar por la nariz, pero consigo que retroceda y se aleje.

Este es mi momento para correr, pero el segundo tipo me pasa una cuerda alrededor del cuello desde atrás y comienza a asfixiarme.

Morir por asfixia es una de las peores muertes, porque sientes el colapso de los pulmones y que tus órganos comienzan a fallar. No es una muerte rápida ni serena, sino que es dolorosa y angustiante. No es una muerte hecha para mí.

Mientras la cuerda me quema cada vez más la piel, mi primer instinto es luchar e intentar quitarle las manos, arañarlo. Me dejo llevar por la desesperación durante unos segundos y luego casi oigo a papá decirme que si no me tranquilizo no podré hacer nada.

Un rápido cálculo me confirma que todavía tengo tiempo, unos segundos valiosos que no puedo perder, pero que actuar con desenfreno solo me quitará energía y disminuirá la reserva de aire que aún tengo y mis posibilidades de escapar.

Es fácil hablar de calma, pero difícil poseerla cuando te están asfixiando. Sin embargo, con una pizca de desenfreno, miro al suelo y mis ojos localizan el cuchillo de carnicero con el que planean herirme y no dudo cuando lo tomo y le clavo la mitad en el muslo de mi atacante. Saco la hoja afilada ahora cubierta de sangre y se la clavo de nuevo con profundidad, sabiendo que he hecho un daño importante traspasando músculos y que tal vez le haya tocado en alguna arteria importante, pero eso me ha comprado tiempo y una oportunidad de escapar.

El aire llega a mis pulmones cuando la cuerda cae de mi cuello y el tipo me deja ir, lamentando la puñalada. Me arrastro para ponerme de pie, pero el primer tipo tira de mí mientras el otro maldice de dolor. Me hace girarme de espaldas en el suelo y esta vez presiona una pistola contra mi frente.

—Te dije que no hicieras nada estúpido.

La gorra se le ha caído. Estoy frente a un tipo rubio de ojos verdes que no he visto en mi vida y que tiene un fuerte acento, pero no reparo demasiado en él porque me golpea con fuerza en la sien con la culata del arma, lo que me hace sentir un fuerte dolor y noto la humedad de mi sangre al deslizarse por la mejilla.

—Debiste investigar, soy un tipo que hace cosas estúpidas. —Saboreo la sangre que cae desde mi nariz. ¡Joder! Me duele respirar, me arde el cuello, no soporto la cabeza y mi cuerpo comienza a sentir mucho dolor.

Clavo los dedos en el césped que hay debajo de mí, arranco un puñado de tierra y se la arrojo a los ojos. Aprovecho esos preciados segundos para alzar los pulgares y presionarlos en las cuencas de sus ojos con la intención de extirparlos. El tipo grita y dice que lo lamentaré, pero estoy tan adolorido que no empleo la fuerza suficiente, y cuando su puño conecta con mi mandíbula, me noto la sangre en la boca y mis brazos caen. No tengo oportunidad de escapar, por lo que deduzco que las probabilidades de que me dispare son muy reales, pero soy un luchador y mis dedos recogen más tierra para hacerle daño en los ojos y desorientarlo.

Él maldice en un idioma que reconozco como alemán y de nuevo apunta el arma hacia mí, pero no con precisión porque sus ojos son un desastre. En cualquier caso, si dispara, lo más probable estadísticamente es que me haga un daño irreparable que me hará morir o, si la bala toma un desvío a la derecha o la izquierda, podría estar frente a la posibilidad de una muerte cerebral.

—¡Oye! ¿Qué mierda está pasando? —grita una voz que reconozco.

Mierda, mierda. Es Maida.

—¡Que alguien ayude! —comienza a gritar de manera frenética—. ¡Ayuda! ¡Ayuda!

Se forma un alboroto y el tipo sobre mí maldice. Se tropieza y lucha por mantener los ojos abiertos ante el daño evidente que le he ocasionado, pero no tarda en subir al auto junto con el que aún tiene el cuchillo en el muslo. La camioneta arranca a toda velocidad y yo solo puedo pensar en que estoy vivo para contarlo.

—¡Callum! —Maida llega hasta mí con los ojos muy abiertos y la piel pálida.

Se deja caer de rodillas frente a mí y me ayuda a incorporarme mientras se saca la camisa, hasta quedar en sujetador, y la presiona contra mi nariz sangrante, pero es inútil debido a que mi sien también sangra, soy capaz de saborearla en mi boca.

Me siento desorientado, lo único que hago es mirar a Maida.

—¿Estás bien? ¿Te hicieron más daño? ¿Qué hago?

—¡Duendes, Maida! —La atraigo para darle un abrazo, aunque el cuerpo me duele como nunca lo había hecho—. Gracias, muchas gracias.

—¿Qué fue eso? ¿Por qué ellos…?

Abro la boca, pero pienso muy bien mis palabras antes de decirlas.

—Solo fue un atraco.

La seguridad universitaria aparece junto con varios profesores y, más adelante, el decano. Me instan a llamar a la policía, pero digo que no vi nada, que querían atracarme y que preferiría no convertirlo en algo grande.

Sé que fue Bryce, pero me doy cuenta de que no puedo confiar en cualquiera para esto. ¿Quién me dice que la policía no está contaminada? Prefiero ser paranoico antes que darles la oportunidad de venderme.

Me llevo una mano al cuello, donde siento el ardor que dejó la cuerda. Esto no fue una advertencia, fue un ataque directo.

33

ADRENALINA

Clover

Callum y Maida no han llegado a la clase que ha comenzado hace más de diez minutos y me inquieto porque pocas veces faltan. Además, Callum y yo coqueteamos unos minutos antes por mensajes y me dijo que estaba en camino.

Miro de nuevo hacia la puerta y pienso en escribirles a ambos, pero entonces hay una conmoción en los pasillos que hace que el profesor deje de hablar, y un hombre de seguridad se acerca a la puerta. Rápidamente el aula se llena de susurros y empiezan a llegar mensajes a los teléfonos.

—Mierda —oigo a Oscar a mi lado, y de inmediato me giro y me asomo para ver la pantalla de su móvil.

«Acaban de intentar robar al Irlandés en el campus», y adjunta hay una foto de Callum con una camisa contra la nariz, y Maida, en sujetador, a su lado.

—Qué buenas tetas tiene Maida —dice el tipo de delante.

Oscar es rápido golpeándole la parte baja de la nuca con la palma de la mano, que produce un sonido bastante fuerte.

—Repítelo y te revuelvo los sesos —le advierte cuando el chico se gira para mirarlo y reclamarle o enfrentarse a él.

Empiezan a discutir y hay posibilidades de que se inicie una pelea, pero mi amigo no está ni un poco intimidado. Sin embargo, no me concentro demasiado en ello porque estoy recogiendo mis cosas y poniéndome de pie. Paso sobre los pies de los demás porque necesito llegar afuera y ver que todo está bien, saber qué mierda está sucediendo.

—Estudiantes, me temo que por el día de hoy… —comienza el profesor, pero no lo escucho mientras bajo los escalones corriendo y salgo del aula, con Kevin diciendo mi nombre detrás de mí y siguiéndome muy cerca.

Choco con varias personas llenas de curiosidad que quieren saber lo que pasó. Hay muchos estudiantes en el pasillo, así que los empujo, y creo que uno de mis libros se me cae de la mochila, pero no me importa. Siento que el camino se me hace eterno, hasta que veo un grupo de gente que se reúne cerca de la calle principal, frente a la Facultad.

Me fijo en el cabello rojizo y despeinado de Callum, cuyo cuerpo está tenso, y en Maida, que ahora lleva lo que reconozco como uno de los suéteres de él. Alrededor hay muchas personas que no se acercan del todo, pero están lo suficiente cerca como para escuchar lo que dicen. Reconozco al decano y a otras autoridades del consejo universitario, pero no me importa irrumpir cuando llego hasta ellos y envuelvo con mis brazos a Callum y a Maida.

En un principio ambos se estremecen, pero cuando ven que se trata de mí, Callum me pasa un brazo a mi alrededor y me acerca a su costado después de que Maida me dé un beso en la mejilla. El decano pretende echarme del lugar, pero no tengo intención de escucharlo ni obedecerlo, por lo que al final decide que es más importante centrarse en lo que sucedió que en una estudiante inoportuna que no entiende que debe irse.

Mi brazo rodea la cintura de Callum con fuerza y el suyo se encuentra sobre mis hombros. Clavo la mirada en Maida y me doy cuenta de que sus manos están moviéndose de manera inquieta, así que le tomo una de ellas y noto que está húmeda y fría.

Siendo honesta, no capto mucho de lo que se dice, pero Callum comenta algo de un asaltante que apareció de golpe, y las autoridades quieren que vaya a la policía a declarar, pero él dice que prefiere mantenerlo en un susto. El decano asegura que convocará una reunión para reforzar la seguridad del campus y habla un poco más, diciendo que siente alivio de que nadie saliera lastimado, lo cual no entiendo muy bien, porque Callum tiene restos de sangre seca en los orificios de la nariz y en la sien, quemaduras de roce en el cuello y creo ver sangre entre sus uñas cuando le tomo la mano. Claro que salió lastimado.

El decano también le dedica unas palabras a Maida sobre su valentía, pero ella solo le frunce el ceño. Luego les dice a Callum y Maida que, si necesitan ayuda psicológica, no duden en acudir a los especialistas de la universidad, recalca lo de la seguridad y finalmente se va junto con el otro grupo de personas.

En conclusión: no hay ninguna solución por parte de las autoridades universitarias.

Los estudiantes siguen aglomerados alrededor y entonces Kevin y Oscar llegan hasta nosotros y evalúan que Maida realmente se encuentre bien y piden explicaciones.

Mientras Callum relata que fue asaltado al azar por unos tipos que seguramente esperaban alguna presa, Maida simplemente lo observa en silencio mientras Kevin la abraza. Su cuerpo aún tiembla como resultado de toda la adrenalina que debió de experimentar. Mis ojos van de Callum a Maida, porque mi amiga no deja de mirarlo, y cuando Kevin sugiere llevarla a su hermandad, ella asiente pero me toma la mano y me pide que la siga un momento.

No nos alejamos demasiado. Cuando nos detenemos se refugia de forma inmediata en mis brazos y no dudo en corresponderle el gesto. Como siempre, mi rostro termina a la altura de sus pechos debido a nuestra diferencia de altura, pero en esta ocasión no hay burlas ni bromas sobre ello porque noto que realmente lo que sucedió la ha sacudido.

Maida es una mujer muy confiada, segura y con un serio talento para defenderse de cualquiera que quiera excederse o lastimarla. Le encantan las películas de terror y leer libros de suspense y crímenes, adora nuestra carrera y estoy segura de que ha visto bastante violencia en casos de estudio que nos ha tocado hacer, por lo que es desconcertante que esto la perturbara de tal manera, pero siempre reaccionamos de formas diferentes y tal vez este atraco de verdad la aterró.

—No fue así —me susurra, retrocediendo solo un poco para que podamos vernos—. No es como Callum lo cuenta. No sucedió así, Clover.

Y me paralizo porque Maida rara vez me llama por mi nombre. Siempre soy Canela Pasión Oriental. Se estremece y se pasa una mano temblorosa por el rostro.

—¿Qué quieres decir? —pregunto en voz baja.

—Yo iba a clase y sorprendentemente este lugar del campus estaba despejado, porque las pocas personas que pasaban por aquí iban a sus clases con prisa, pero noté que sucedía algo extraño. —Traga—. Pensé que solo era un robo y grité pidiendo ayuda, pero me fijé en que había un hombre rubio, al que no vi muy bien, con una pistola presionándole la frente a Callum y…

—¿Hay más? —pregunto con cautela, y ella no tarda en asentir.

—Uno de los atacantes tenía un cuchillo clavado en el muslo. Cuando grité sin control y corrí para ayudar, porque parece que quería morirme —hace una mueca ante lo último—, subieron al auto y se fueron.

»Callum sangraba mucho por la nariz, por eso le di mi camisa, tenía el cuello realmente rojo y las manos… ensangrentadas. Mintió al decano, a todos. Vio el rostro de su atacante y no le robaron nada, no se llevaron su mochila. Tampoco mencionó la pistola ni el cuchillo, mintió sobre muchas cosas… ¿Por qué haría algo así?

Abro y cierro la boca. Quiero decirle que Callum debe de tener millones de razones, que cualquier cosa mala que a ella le pase por la cabeza no es cierta, pero en este momento está asustada y estoy segura de que solo me verá como alguien a quien le es difícil entender que Callum pueda estar involucrado en cosas turbias.

—Esos tipos podrían estarlo buscando. ¿En qué está involucrado? ¿Por qué no quiere ir a la policía? ¿Por qué no dice que le vio el rostro para que los atrapen? Es… Es muy raro, Clover. —Mira detrás de mí—. Por favor, estate atenta y ten cuidado.

—Es una buena persona —le digo apretándole las manos, y ella asiente con lentitud, pero dudosa.

—Lo parece y creo que lo es, pero esto… ¿Qué está sucediendo?

—Todo tiene una explicación. Solo, por favor, deja que pueda… airear todo esto. —No sé qué decir—. Y lo conversaremos, ¿de acuerdo? Pero te prometo que hay razones y que no es una mala persona.

Maida se muerde el labio inferior y mira de nuevo detrás de mí, supongo que a Callum, y luego sus ojos vuelven a mí.

—Confía en mí, Maida, te prometo que no es así.

Suspira y sacude la cabeza como si intentara orientarse.

—Tienes razón… Él ha sido bueno conmigo y me deja llamarlo «amor»… No me dio malas vibras, todo debe de tener una explicación. —Asiente—. Estaba tan asustada, pensé que le dispararían… Tal vez gritar no fue el movimiento más inteligente.

—Pero funcionó y lo salvaste, Maida.

La atraigo para darle otro abrazo y me tranquiliza que su cuerpo ya esté dejando de temblar. Pienso muy bien cómo decirle las siguientes palabras para no alarmarla con todo este asunto de Callum dando declaraciones falsas.

—Mantengamos la versión de Callum, ¿de acuerdo? —le pido peinando sus rizos esponjosos, que ahora están mucho más rebeldes—. Luego hablaremos de esto.

Se mantiene en silencio y le ruego que lo haga, porque no sé con exactitud lo que ocurrió. Ingenuamente pensé que la historia del atraco era real, quería aferrarme a ello, pero la declaración de Maida me da escalofríos, porque solo hay una persona que atacaría a Callum de esa manera.

Callum es un buen hombre. Lo vi perder el control y casi ahogar a Bryce, pero sé que no cosecha enemigos por el mundo ni está involucrado en cosas turbias, por lo que todo este ataque —porque es lo que es— no deja muchos sospechosos.

Es esencial que Maida mantenga la versión de Callum para no meterse ambos en problemas con la policía y la seguridad universitaria, para que no los vean como una amenaza por ser unos soplones, para que no sepan que tal vez mi amiga sería capaz de identificar al hombre que atacó a Callum.

—Confío en ti —dice, y hace una pausa—, y en Callum, o eso creo. Mantendré su versión, pero necesito que me digan lo que sucede, porque esto no es nada normal.

—Lo haremos.

—Puede que reparta amor y me guste ser amable y dulce, pero no soy una flor que se marchitará porque el mundo sea cruel. Puedo soportar cualquier cosa que llegues a decirme y también puedo enfrentarla. ¡Estudio Ciencias Forenses! Eso dice mucho de mí, así que te exijo que nos reunamos y me expliquen toda esta mierda, y no quiero excusas, Clover.

—Nunca he dudado de tu fuerza, Maida, sé que no eres frágil.

Asiente y toma unas lentas respiraciones para recuperar el control de su cuerpo. No creo que esté convencida con mis palabras, pero al menos nos está dando una oportunidad de gestionarlo en nuestros términos.

—Ahora me iré, necesito un té, recostarme y asimilar lo que pasó. —Se estremece—. Revisa que él esté realmente bien, la nariz le sangraba mucho y no sé si esconde otra herida, pero parecía adolorido.

Asiento y ella suspira antes de que volvamos con los tres chicos, que nos dan toda su atención. Oscar y Kevin dicen un par de palabras más para asegurarse de que Callum estará bien y de que no necesitamos ayuda, y luego se marchan con Maida.

—Vamos a llevarte a casa —le digo a Callum, extendiendo la mano—. Yo conduzco.

No protesta; por el contrario, deja caer las llaves en mi mano y me pasa un brazo sobre el hombro mientras camina lentamente y con una mueca en el rostro, que me hace saber que Maida tiene razón.

No tardamos en llegar a su auto y me toma un minuto adaptar el asiento del conductor a mis piernas, que son mucho más cortas que las suyas. Lo enciendo y me quedo durante unos largos segundos con la vista al frente y las manos en el volante sin arrancar.

No quiero caer en una espiral, pero tengo una mezcla confusa de emociones.

—Sabes conducir y tienes licencia, ¿verdad? —pregunta cuando los segundos se transforman en minutos.

—Sí.

No digo nada más mientras tiro marcha atrás en el estacionamiento y poco a poco saco el auto. Sé conducir; lo he hecho pocas veces porque no me gusta el tráfico y prefiero que me lleven a llevar a otros, pero no lo hago mal.

—¡Mierda!

—¿Qué pasa? —Me giro para darle un rápido vistazo antes de volver la vista a la carretera.

—No podemos ir a mi casa, Moira está ahí y simplemente no puedo hablar con ella ahora. Si me ve así retrasará el vuelo, y la verdad es que todo es un caos y necesito que esté segura en casa.

—Ya estoy fuera del campus —digo, dirigiéndome a una calle que da a una avenida más cercana a la ciudad—. Vayamos a un motel.

—Los moteles son sitios para hacer un polvo rapidito, Clover. —Casi río porque suena escéptico, como si esperara pillar piojos, pero toda esta situación supera cualquier diversión que pudiese haber.

—Los moteles son baratos —razono—, se pueden pagar por unas pocas horas y, francamente, prefiero que piensen que queremos echarnos un polvo rapidito a enfrentarnos a tu hermana, cosa que haría que me siguieras ocultando lo que realmente pasó.

»¿Tienes tu teléfono contigo?

—Sí, aquí está.

—Qué extraño que no te lo robaran —señalo, apretando las manos en el volante, y oigo como deja ir una respiración pesada—. Encuentra el motel más cercano y luego indícame el camino.

Resulta que el motel más cercano no es tan cercano, está por lo menos a unos veinte minutos. Por fortuna es temprano, lo que nos deja un margen de cinco horas antes de tener que volver con Moira y luego conducir casi una hora a East Midlands, que es el aeropuerto más cercano.

Al llegar al dichoso motel, me bajo del auto con mi bolso mientras él carga con su mochila, que tampoco se la robaron —porque claramente mintió—. Por suerte camina mejor que hace un rato. El dueño del motel nos mira con desgana y fastidio mientras nos dice las tarifas por hora. Quisiera discutir que es costoso para lo que es, pero Callum simplemente le entrega su tarjeta y lo veo tomar un puñado de condones de una caja que los ofrece.

Enarco una ceja hacia él.

—¿Qué? Son gratis —es su respuesta.

Ni siquiera contesto mientras tomo la llave con el número diez escrito muy grande y camino en busca de nuestra habitación. Por lo menos es un motel pintoresco y limpio. La habitación diez tiene una bonita puerta de madera y cuando la abro veo que dentro todo es muy agradable, con paredes de color verde menta, una cama grande baja, un tocador, un baño pequeño con una alfombra afelpada sucia y una silla de madera junto a la ventana, que está cubierta por una cortina descolorida y tan fina que no entiendo su función.

—Bueno, no es como en las películas —digo al entrar, dejando caer mi bolso al suelo.

Oigo el sonido de la mochila de Callum también impactando en el suelo antes de que la puerta se cierre, y luego no sé cómo rayos termino con la espalda presionada contra la puerta mientras los labios de Callum están sobre los míos. Tardo unos segundos en ponerme al día con el beso y entender lo que sucede, e incluso siento que estoy bastante atrasada en sus movimientos y el ímpetu con el que sus manos me tantean el cuerpo. Me toca los pechos y el trasero, me da un rápido y brusco roce entre las piernas y luego desabrocha el botón de mi pantalón mientras su boca está en mi cuello.

Me gusta esto, siempre me encantará que me toque así, pero tengo que admitir que, aunque mi cuerpo responde, me encuentro desconcertada.

—Callum… Espera…

Se detiene. No necesita que se lo repita, se detiene con la respiración agitada y lleva las manos a mis caderas.

Le tomo el rostro entre las manos para poderlo observar con fijeza. Tiene la mirada llena de deseo y adrenalina, tan agitada que no tardo en darme cuenta de que tal vez es una reacción a todo lo que pasó, una manera de calmarse y procesar que ya ha terminado, que está vivo. Quizá es por la adrenalina que aún está en su sistema o tal vez se trata de que estamos solos en un lugar reducido. Sea cual sea la razón, solo sé que mirarlo a los ojos me trae tranquilidad y las dudas se disipan mientras asiento dándole consentimiento.

Me da un beso suave en la boca, pero no dura demasiado porque de nuevo se vuelve hambriento y sus manos son más frenéticas. Mi pantalón cae hasta mis tobillos junto con mis bragas y luego se encarga de bajarse lo suficiente el vaquero y el bóxer para liberarse. Varios de los condones que se guardó en los bolsillos terminan en el suelo, pero es capaz de retener uno mientras me mordisquea el labio inferior y luego el cuello. Se cubre con el látex, me sube la camisa por encima de los pechos y baja las copas del sujetador capturando uno de los pezones con su boca. Es brusco, desesperado y caótico, pero funciona porque de alguna manera me contagia su energía.

Me insta a abrir las piernas tanto como me lo permite la posición y opta por alzarme el muslo para tener mejor acceso, pero cuando se guía dentro de mí tomándose con una mano se siente incómodo; estoy excitada, pero no estoy lo suficiente preparada para su tamaño, así que me sale un sonido que lo paraliza.

—Lo siento, lo siento —dice dándome besos en la mejilla y respirando hondo—. ¡Joder! Lo siento.

—Está bien, puedo arreglarlo —lo tranquilizo, intentando meter la mano entre nosotros para tocarme.

Pero sacude la cabeza en negación, se lame los dedos de la mano que no me sostiene la pierna y los guía entre mí. No tardan en moverse, consiguiendo que me humedezca y gima. Su sonrisa me llena de calidez y suspiro cuando esos dedos se adentran en mí sin ninguna resistencia mientras tomo su cabeza para besarlo apasionadamente. En medio de nuestro beso, bajo mi mano y retiro la suya, le tomo el miembro y me acaricio con él antes de ubicarlo en mi entrada e introducirlo lo suficiente para que él empuje el resto. Se desliza con facilidad, no me duele ni incomoda. Pese al desenfreno inicial, sus movimientos son lentos y profundos, y presiona su frente contra la mía, me mira con fijeza a los ojos y sus labios respiran sobre los míos.

Es lento, pero de alguna manera su mirada, la forma en que su aliento se mezcla con el mío, el momento…, todo lo hace intenso y especial, si es que eso tiene algún tipo de sentido. Mis dedos se enredan en su cabello para mantener su rostro a esta distancia y entonces me dedica una sonrisa hermosa y le devuelvo el gesto.

No quiero ni siquiera imaginar un escenario donde mi irlandés hubiese salido lastimado. Está tan lleno de vida que en mi cabeza lo veo invencible, aunque sé que es imposible, y el miedo de que le hagan daño me aterra mucho.

Sus embestidas son profundas y lentas y cada pocos segundos me da unos besos suaves en las mejillas, la punta de la nariz, los párpados y los labios. Es dulce e incluso me atrevería a decir que es memorable.

Mis ojos se pasean por la belleza de su rostro, por la demostración de cómo mi cuerpo lo hace sentir, y veo las venas de su cuello, lo que me lleva a fijarme en las marcas rojas furiosas a su alrededor.

—Estoy bien —susurra, atrayendo mis ojos a los suyos, y me sonríe de costado—. Concéntrate en nosotros, en el ahora.

Exhalo y luego atrapo esa sonrisa con mis labios cuando lo beso como si mi vida dependiera de ello, succionando su labio, su lengua y mordisqueándole el labio inferior. Mi mano lo sostiene en la mandíbula y gimo contra su boca cuando sus estocadas se vuelven más contundentes.

—Ahí… Justo ahí —digo.

—Las cosas que haría por ti, Clover —murmura, y cuando abro los ojos encuentro los suyos ardientes e intensos—. Haría tanto por ti… Todo, mi trébol. Todo.

—Yo… Yo… —Me interrumpo en un gemido; está bien, porque no estoy segura de lo que mis labios iban a soltar.

En este momento siento muchas cosas. No solo en un sentido físico, sino que son también mis emociones, es esa caja de palabras que envuelven los latidos de mi corazón, que clama por Callum.

—Por favor, córrete, Clover.

—Está bien, puedes acabar —le susurro dándole un beso.

Pero es terco y deja de moverse, y de nuevo su mano viaja entre mis piernas, haciendo círculos en mi clítoris, lo que provoca de forma inmediata que mi respiración se vuelva más rápida y pesada. Entonces retoma sus profundas embestidas, pero ahora son más rápidas. Me toca de una manera experta, ya en sintonía con mi cuerpo y con las cosas que me acercan al orgasmo, y cuando me pellizca el pequeño nudo de nervios y mueve la pelvis en círculos, termino de caer.

Caigo por él y por lo que siento.

Siento tanto que por unos segundos me asusto de lo abrumadoras que son estas emociones, pero de alguna manera también hacen el orgasmo más potente, tanto que una lágrima escapa de mis ojos y mis uñas se clavan en sus hombros.

Su nombre es un susurro constante en mis labios cuando su boca me besa el cuello, sintiendo su respiración en esa zona mientras embiste más rápido.

—Clover —murmura en medio de un gemido antes de que se deje ir y se corra.

Mis manos le acarician los hombros y luego viajan a su cabello, masajeándole el cuero cabelludo a la vez que él mantiene el rostro escondido en la curva de mi cuello.

Me gustaría preguntarle si siente tanto como yo, si experimenta que esto es más que atracción y química y física, si puede siquiera llegar a comprender el miedo que sentí cuando salí corriendo de esa aula pensando en que quería verlo y verificar que estaba bien.

Quiero saber si está tan envuelto en mí como yo lo estoy en él.

Al carajo si me dicen que las emociones intensas consumen y pueden resultar tóxicas o dañinas, ya no puedo controlarlo. Estas emociones se me arraigan en el cuerpo y en el alma, son una adicción de la que no me quiero librar, porque tengo miedo, pero también estoy eufórica de sentir algo que muy pocos consiguen.

Siempre me ha gustado tener control y ser racional, pero este hombre, este irlandés, lo ha destrozado, porque en su barco me gusta navegar a la deriva, me encanta la expectativa de ver qué sigue, me gusta la incertidumbre aterradora de mis emociones y me encanta no controlarlo… Esto puede salir muy bien o muy mal, y aun así no retrocedo, porque es difícil huir cuando todo en ti quiere quedarse y experimentar más.

Pienso un montón sobre ello y me digo que tal vez no es el momento de explicar lo que siento, porque podría ser demasiado, así que nos mantenemos en la misma posición quizá un par de minutos antes de que me dé otro beso y salga de mí. Mientras se saca el condón, me subo el pantalón y las bragas para ir al baño y encargarme de mis asuntos. Cuando salgo, él entra y lo espero sentada en la cama con muchas preguntas e incertidumbre.

Antes de interactuar con Callum no me quise hacer una idea de quién era por miedo a crear una imagen falsa de alguien a quien conocía muy poco. Sé que siempre digo que es *más* de lo que esperé, pero ahora me pregunto si ese «más» es mucho más amplio que mi definición, si aborda algo muy complejo y difícil de entender bajo una brújula ética y moral.

34

LO QUE MÁS ODIO

Clover

La adrenalina ha disminuido y ahora soy capaz de concentrarme totalmente en la mentira de Callum, en lo que ha sucedido y en lo que pudo haber sido su desenlace. Me carcomo la cabeza durante todo el tiempo que él pasa en el baño, y cuando reaparece, con el cabello mojado, me fijo en que no lleva camisa y en que su expresión parece más enfocada, como si ducharse y tener unos minutos para sí mismo lo hubiese orientado.

La habitación está en absoluto silencio mientras se sienta con la espalda contra el cabecero de la cama. Cuando finalmente su mirada conecta con la mía, me doy cuenta de que sus ojos siguen reflejando mucha intensidad, pero no del tipo sexual; parece una cuestión más oscura, como si se esforzara en contener algo e intentara lidiar consigo mismo.

Es mi irlandés, pero cada encuentro saca a la superficie otros aspectos de él con los que tal vez nunca pensó en enfrentarse.

Nos miramos durante unos largos segundos y luego exhala con lentitud haciendo que sus hombros se relajen.

—¿Puedes venir aquí, por favor? —murmura.

Y no dudo, voy hacia él. Yo, la mujer que se quejó mil veces porque no quería subirse a su regazo por sentirse demasiado pesada y consciente de sus kilos, en este momento se sienta a horcajadas sobre él. Creo que para él también es un movimiento inesperado, porque me sonríe de una manera dulce mientras su pulgar deja una caricia en uno de mis pómulos.

Su mirada ahora es más suave, pero lo demás no desaparece del todo.

—Tu mirada es diferente —susurro, inclinando la mejilla hacia sus dedos que me acarician.

Se paraliza y traga.

—¿Te asusta?

Llevo mi frente contra la suya y tomo su mano, entrelazando nuestros dedos.

—Nunca te he temido. No siento miedo.

—Tengo una chispa especial, Clover. Es más que una chispa, no soy tan buena persona y a veces me pregunto quién podría ser.

—Tienes consciencia y eso dice mucho.

—Me estás justificando, mi trébol. —Ríe por lo bajo.

Sé que lo hago, pero supongo que tampoco soy tan buena como creía. En realidad, a todos nos toca un porcentaje de corrupción.

Le doy un beso en la punta de la nariz antes de tirarme hacia atrás para poder verlo mejor. Espero pacientemente a que hable y, para mi fortuna, no tarda demasiado.

—Mentí.

—¿Por qué? —pregunto en un tono de voz suave.

—Porque sé cómo funciona. Yo hablaría, pero ellos no me escucharían, habría un soplón que les diría mis movimientos y entonces estaría verdaderamente jodido.

Asiento mientras analizo sus palabras. No conozco con certeza nuestro sistema judicial, pero tiene sentido que desconfíe.

—¿Qué sucedió?

Tarda unos segundos en comenzar su relato de lo que ha ocurrido y no puedo evitar estremecerme. Quiero golpearlo por lo estúpido que fue al arriesgarse, pero a la vez tengo ganas de besarlo porque consiguió salir bien. También quiero besar a Maida, que llegó en el momento indicado.

Ahora entiendo la gruesa línea de quemadura que tiene alrededor del cuello, la sangre seca que había en su nariz y en sus uñas. Ni siquiera cuestiono el hecho de que apuñaló en la pierna a alguien porque fue en defensa propia. Escucho una historia de pesadilla de que se lo iban a llevar y podría haber muerto.

No menciona al sospechoso principal, pero ambos sabemos quién es.

—No es un pececito nadando en un estanque, tiene tiburones respaldándolo.

—Eso solo significa que no es un simple estudiante. —Trato de calmar mi miedo—. ¿Por qué nosotros?

Sé que es una pregunta innecesaria, porque en ocasiones no hay un porqué, simplemente te dan el papel de víctima sin ningún motivo.

—Porque a veces así trabajan las escorias. Si no fuéramos nosotros, serían otros, pero siempre buscaría hacer daño. No me quedan dudas de que hubo muchas Clovers antes de ti.

—Y muchos Callums —concluyo, y él asiente posándome una mano en la mejilla.

Siento un nudo en el estómago, porque la idea de estar en medio de un juego retorcido de un criminal es diferente y angustiante. Sé que el mundo no es de color rosa; estudio algo que cada día pone frente a mí las consecuencias de la violencia, la corrupción, la maldad, las guerras, la ambición y el poder, y sé que el mundo es más oscuridad que luz, pero una cosa es ser un espectador, una herramienta para estudiar todas esas consecuencias, y otra es ser el candidato a recibir todo ese daño.

—Es una mierda —dice la voz de Callum, poniendo en palabras cómo me siento—, pero lidiaremos con ello.

—La cuestión es que tengo mucho miedo, pensé que simplemente me acosaba, y ahora resulta que es mucho más que eso y… Yo no tengo el poder para enfrentarme a algo así, no tengo conexiones ni esa malicia. ¡Por Dios! Si incluso soy una inútil que no se sabe defender.

—No te llames de esa forma, Clover.

—Pero es la verdad, siempre me defiendes, al igual que Oscar, pero nunca es mi puta voz, porque soy una estatua, soy incapaz de hacer nada.

Bajo de su regazo y de la cama y cierro las manos en puños.

—No soy Oscar, con sus reflejos rápidos y su valentía, y definitivamente no soy tú, con tu chispa especial, tu destreza y tu agilidad mental. Solo soy la horrible víctima que se lo hace todo más fácil a su maldito acosador.

—Eres más que eso.

—No, Callum, no lo entiendes —le espeto dándole la espalda—. Cuando me ataca no recuerdo quién soy, me reduzco, dejo que me convierta en nada, porque le doy ese poder y solo pienso en cuánto daño me hará o cuánto me dolerá.

Me giro para mirarlo. Tiene las mejillas sonrojadas, y no por vergüenza o excitación, sino por molestia.

—Ahora también tendré que preguntarme si me dejará viva.

—¡Joder, Clover! Nunca más vuelvas a decir algo tan horrible como eso.

Baja de la cama y se detiene frente a mí.

—Lo haré todo, ¡cualquier cosa! No voy a permitir ni puedo escuchar que te reduces a esto, porque eres mucho más… Lo eres todo. Eres un cúmulo de cosas increíbles y maravillosas, y que esa basura te haga creer lo contrario es algo que nunca le perdonaré.

Ni siquiera sé cómo perdonarme a mí misma, porque sé que es una reacción válida, pero odio que me suceda.

Odio no ser la clase de persona que se defiende y queda como su propia salvadora. Odio que mis agallas se vuelvan inexistentes y estar a la deriva esperando a que llegue un salvador.

Odio pensar que un día estaré sola y entonces ¿qué?

Pero lo que más odio es que me identifico como una víctima incluso antes de que suceda algo. Odio todos esos escenarios mentales tortuosos en que me veo paralizada y él continúa con lo que siempre ha querido. Me asquea y repugna.

Odio no imaginarme luchando.

Odio que ni siquiera imaginándomelo tengo la valentía de alzar la voz y ser algo más que miedo.

Y odio profundamente que, aun cuando soy la víctima, encuentro la manera de ser dura conmigo misma por esto, por ser humana, por no reaccionar como quiero.

—Yo también tengo miedo —me dice, tomándome el rostro entre las manos—. Sería estúpido no tenerlo, pero ese miedo es el que nos hará cuidarnos mejor.

—No lo sé, Callum. Cuando te oigo decir que tiene poder, todo lo que quiero hacer es irme corriendo a los brazos de mi papá para que me encierre en una caja de cristal.

»¿Por qué molestarme? No soy la mujer más guapa ni la que está más buena, tampoco busco resaltar y nunca, ¡jamás!, me había topado en su camino más allá de unos rápidos vistazos.

—Es lo que tú piensas. ¿Qué te hace creer que no te observaba? Y lo siento, no es que quiera asustarte más de lo que estás, pero necesito ser realista y honesto, prefiero soltarte toda esta mierda a mentirte para supuestamente protegerte.

»Eres fuerte y está bien tener miedo, está bien querer huir y esconderse, pero necesito que estés alerta, ¿de acuerdo? Necesitamos planes…

—No pretendo atacar a un delincuente —lo interrumpo.

Casi agrego «No soy como tú», pero me detengo a tiempo porque eso sería mezquino y malicioso, incluso si no quiero que suene de ese modo.

—Me refería a tener planes en caso de que tengas que defenderte, para contactar el uno con el otro con una llamada, tener una señal, algo que nunca nos haga llegar demasiado tarde si el otro lo necesita.

Ni siquiera puedo creer que estemos teniendo esta conversación sobre protegernos, porque simplemente deberíamos ser una pareja conociéndose y pasándolo estupendo en una relación con sexo maravilloso y momentos increíbles. No quiero que Bryce nos quite eso, me niego.

—Bien, nos protegeremos —asiento—. Discúlpame por ser una estúpida con lo que voy a decir, pero…

—No eres estúpida y, si lo llegas a ser, al menos serás una muy sexi.

Su intento de aligerar la situación casi me hace sonreír.

—No quiero que esto cambie nada en nosotros.

—¿Qué cambiaría?

—La manera en la que actuamos, cómo estamos. Quiero… Quiero seguir conociéndote, pasando tiempo contigo, tener citas…

—No hemos tenido ni una sola cita —me corta el rollo sonriendo, y yo frunzo el ceño.

—Podrías al menos seguirme el discurso.

—No, me gusta dejar las cosas claras. —Tira de un mechón de mi cabello—. Pero deberíamos tener citas. Esto de follarnos y chuparnos sin la decencia de haber tenido un par de citas nos convierte en unos sucios.

—Tú eres un sucio.

—Tú estás tan sucia que te habrían quemado en una hoguera por inapropiada.

—Estás tan sucio que ni siquiera te dejarán entrar en el infierno.

—Bueno, y entonces ¿adónde irá mi espíritu?

—Te mantendré conmigo como un espíritu destinado a servirme.

—¡Duendes, Clover! No sabía que te iba lo de follar con muertos. A ver, que eso ya no me parece divertido, está bastante rarito.

—¡No dije eso! —me defiendo, y me noto el rostro caliente.

—Peor, dijiste que te querías follar a mi espíritu. Te das cuenta de que mi polla incorpórea no se sentirá al metértela, ¿verdad?

—¡Que no dije eso! Dije que estarías destinado a servirme.

—¿Y cómo te voy a servir?

—Para… Para… —No encuentro explicación alguna y él sonríe.

—¿Lo ves? Quieres darle duro a mi espíritu, querida.

Frunzo el ceño, pero luego río mientras escondo el rostro en un lado de su cuello y le doy un beso. Es que me encanta que busque el modo de aplacar el ambiente y mi miedo con sus tonterías. Tengo muchísimo miedo, pero al menos somos un equipo y estamos dispuestos a cuidarnos mutuamente. No me deja ser una damisela en apuros porque me reconoce como su igual y sabe que quiero cuidarlo tanto como él quiere protegerme, incluso si en este ámbito él es mil veces mejor y más acertado que yo.

—Qué bueno que te dejara una nota aunque estuviera ebria. ¿Crees que sin ella estaríamos así?

—No lo sé, siempre te vi y te deseé, pero hay que admitir que era un libertino e iba dándole a todo lo que quisiera, por lo que sería incierto saber qué habría pasado sin tus notas.

—Pensé que creerías que era una acosadora.

—Bueno, sí que lo pensé al principio, pero por suerte para ti soy bastante rarito y me pareció encantador todo ese asunto anónimo de «Te quiero follar duro, pero también te digo palabras bonitas».

—Qué suerte la mía —digo con ironía.

—Es que te llamas Clover, de ahí tu suerte.

—Un trébol de cuatro hojas.

—Mi trébol —dice envolviéndome en sus brazos—. Estaremos bien, Clover.

No estoy convencida y mi falta de respuesta sé que le molesta, pero no lo menciona porque lo último que necesitamos es discutir por ello.

¿Qué es lo que dice siempre Valentina? «Vive con el miedo, pero no corras de él». De nuevo, tiene potencial para hacer grandes frases, pero es perezosa y no las trabaja lo suficiente. Sin embargo, por fortuna soy capaz de rescatar la sabiduría en ellas.

—¿Y ahora? —susurro.

No me responde de inmediato, en lugar de ello me besa la frente y nos vuelve a guiar hacia la cama, donde me sienta sobre su regazo, pero no a horcajadas.

—A ver, creo que ya te habrás dado cuenta de que soy una caja de sorpresas —comienza de forma vaga—, y pasa que…

—¿Qué pasa? —Me separo para mirarlo al rostro.

Tiene las mejillas ruborizadas y de manera distraída mira hacia el techo, lo que me despierta la sospecha y la incertidumbre.

—¿Callum?

—Pues es una historia larga y peligrosa que debo censurar por tu bien, para que, ya sabes, no te maten. —Una risa nerviosa se le escapa y pienso que está bromeando—. Tengo un tío que se llama Lorcan —dice, y al principio no lo entiendo, pero poco después comienzo a comprenderlo, cuando me habla breve pero contundentemente de este tío en particular.

Y no me caigo de culo porque ya estoy sentada.

¡Tiene un tío llamado Lorcan!

Es peligroso, cercano a su familia e intimidante.

Y es un tipo que está en la puta mafia irlandesa. Pero ¿qué mierda?

35

UN BUEN VIAJE

Callum

Moira habla y habla mientras conduzco. En un principio me pareció genial que llenara el silencio mientras Clover y yo estábamos sumidos en nuestros pensamientos, pero ahora deseo arrojarla del auto, dar la vuelta y huir.

Ha sido un viaje considerablemente largo al aeropuerto, y durante todo el trayecto mi hermana nos ha hablado de algunas de sus aventuras por Alemania. Muchas de ellas yo ya las había oído y otras no necesitaba conocerlas; por ejemplo, lo que ella llamó «fiestas de pollas» es algo que no necesitaba para vivir, pero Clover le pide más detalles.

—Qué salvaje, Moira —dice Clover riendo desde el asiento de atrás, porque le cedió a mi hermana el de copiloto—. Aunque suena divertido.

—Las fiestas de pollas se volvieron mi actividad favorita, aunque solo haya estado en un par.

—Degenerada —mascullo, dándole un rápido vistazo a mi hermana, la pecadora.

—¿Qué? Seguramente has hecho tríos y cuartetos, nadie puede juzgarme por mis fiestas de pollas.

Ah, ahí me tiene agarrado por las monedas de oro, porque sí he participado en tríos. De hecho, he sido superinclusivo: tríos de tres hombres, dos hombres y una mujer, dos mujeres y yo… Y sobre los cuartetos, pues también he tenido un par de esos.

Siento la mirada de Clover en mí y me remuevo en mi asiento, y Moira ríe. Esa perra desgraciada a la que llamo «hermana» se está deleitando.

—Maldita instigadora —bufo.

El jadeo de Clover me hace mirarla por el espejo retrovisor, y veo que de manera teatral se ha llevado una mano al pecho.

—No puedes ir por la vida insultando a las mujeres, Callum.

—No estoy insultando a una mujer —señalo—. Estoy insultando a mi hermana.

Ella ríe y Moira también, lo que me hace sonreír. Este pequeño momento, así como la cena temprana que tuvimos los tres, me permite relajarme lo suficiente para fingir que hace unas horas no me estaban estrangulando en el campus. Clover y yo hacemos ver que no pasó nada, para que Moira no se alerte. El cuello me lo cubrí usando un suéter de corte alto que no parece sospechoso, teniendo en cuenta que hace fresco, y mi nariz solo está algo rojiza, pero no hay ninguna lesión real. Con la sien fue fácil encubrirlo diciendo que me golpeé con una puerta, y el dolor corporal lo he disimulado bastante bien.

Doy un rápido vistazo a Clover por el retrovisor. Aún me preocupa cómo esté procesando la información que le compartí hoy sobre mi tío. Le di pocos detalles, porque siempre es una opción que, por tener la lengua larga, amanezcamos con moscas rodeándonos. Conozco bien el negocio de Lorcan, y no porque él fuese generoso con la información, sino porque me interesaba aprender sobre la vida del crimen organizado y la mafia. Estudio y analizo las cosas y también soy demasiado curioso para mi propio bien, pero, pese a que le he contado poco, mi trébol no es tonta. Además, ¡vamos!, todos sabemos que la mafia no se dedica a regalar caramelos y repartir abrazos. ¿Cuál ha sido la reacción de Clover? Saltar de mi regazo, abrir mucho la boca y decirme: «Mira, creo que no podemos seguir saliendo juntos».

Y yo respondí: «¿Cómo te explico que no puedo vivir sin tu radiante personalidad, tu bella carita y tu cuerpo fenomenal?». Estoy casi seguro de que esas palabras ayudaron a mi causa, porque ella suspiró, me miró y preguntó con una voz calmada: «¿Hablas en serio?», y yo asentí respondiendo «Tan serio como que siempre quiero follarte y besarte».

A eso le siguieron aproximadamente quince minutos de silencio que me tuvieron muy angustiado. No soy yo el tipo que está en la MI, Lorcan ni siquiera tiene mi sangre, y me preguntaba si pese a ello iba a ser tildado de criminal. Para mi fortuna, Clover suspiró, asintió con lentitud y preguntó cosas muy básicas que ni siquiera me atreví a responder: «¿Asesina? ¿Extorsiona? ¿Trafica? ¿Tortura? ¿Viola?». A esta última sí que contesté: «El tío Lorcan no forzaría jamás a nadie a tener sexo con él… Y dudo que lo necesite». Asintió de nuevo y me dijo que estaba confundida, así que dedicamos más de una hora a divagar sobre mi tío, sobre que ella no puede ir por ahí hablando de ello y que mi familia no está involucrada en esos rollos.

Dedicamos otra hora a plantearle por qué quería hablar con mi tío. Que los duendes bendigan su inteligencia y razonamiento, porque ella vio con claridad que él parece ser una solución bastante sólida a la cual aferrarnos sin cruzar el río de «Tengo maldad» a «Soy un tipo muy malo. Cuidado, que te disparo».

¿Ambos estamos asustados? Cagarnos en la ropa interior es una posibilidad real, pero estamos en la sintonía de «Hay que joderlo para que no nos joda a nosotros». No quiero meterme en cosas turbias; siempre he sido tentado, porque la normalidad creo que no es para mí, pero este no es el momento para pensar en ello o aventurarme, así que no esperes que envíe a un sicario a acabar con Bryce. Tampoco quiero deberle algo a la MI —todos saben que deberle a la mafia es una estupidez, je, je, je—, pero usaré la carta de sobrino para que mi tío me haga un favorcito, y Clover me apoya. Hay que destacar que ella aún alucina con el hecho de que conozca o tenga un vínculo sentimental de tío-sobrino con un tipo poderoso que dedica su vida al crimen, pero al menos no cree que esté mintiendo.

—Tal vez deberíamos salir de fiesta la próxima vez que nos veamos, Clover. Es una lástima que no hayamos podido hacerlo en esta oportunidad. Debería haberme quedado más tiempo —se lamenta Moira.

—No, no debías. Es una fortuna que te vayas —la molesto.

—Creo que sería divertido festejar contigo —dice Clover, pasando de mis palabras.

Qué atrevida.

—Saquen la fiesta de la polla de cualquier plan —comento, y entonces veo la señalización que me indica que falta poco para llegar al aeropuerto.

—¿Qué? ¿Te pone celoso imaginar a Clover en una fiesta de ese tipo? —me fastidia mi hermana, y por el espejo retrovisor noto la diversión en la mirada de mi trébol.

—No me pone celoso, me pone furioso. —Frunzo el ceño—. Me pone loco.

—¿Por qué? —insiste mi hermana.

—Bueno, ¿es que eres estúpida? —Moira jadea ante mis palabras—. Por supuesto que me pone furioso imaginar a mi trébol rodeada de pollas. Es mi trébol, mi chica, mi novia, y mientras estemos juntos esas fiestas están descartadas y sepultadas… A menos que vayamos juntos porque así lo queramos.

—¿Y un cuarteto? —pregunta Clover.

De inmediato le doy un rápido vistazo. No es que me quiera ilusionar demasiado, porque podría estar bromeando, pero ¿le gustaría ese rollo? Porque a mí sí que me emociona un poco, siempre que ella se sienta cómoda.

—Jugar entre cuatro puede ser divertido —es mi diplomática respuesta.

Y mientras que Moira ríe y señala que mi sangre está sucia y navega por las corrientes del pecado, mi trébol permanece en silencio sopesando mis palabras, pero cuando le doy otro breve vistazo casi creo que está sonriendo.

Entonces ¿habrá cuarteto?

En este momento prefiero enfocar mi mente en ese pensamiento sexual para no volver al hecho de que hace unas horas me han atacado. Un irlandés necesita un tiempo para procesar que tuvo unos minutos de mala suerte.

No tardamos demasiado en llegar al aeropuerto y tengo que admitir que me pesa despedirme de mi hermana, porque aún me resulta raro no ver su cara todo el tiempo, y unos pocos días de discusiones tontas no son suficientes, así que dejo que se despida primero de Clover. Estoy más que encantado con el hecho de que genuinamente se agraden.

—Cuida de nuestro trébol, Call-me —me dice mi hermana antes de soltarla de un abrazo exagerado y venir hacia mí.

De los hermanos Byrne, Moira y yo somos los más altos, por lo que abrazarla no conlleva joderme la espalda. Me susurra estupideces sentimentales y odiosas antes de asegurarme que conseguirá lo que le pedí, el número del tío Lorcan. Le doy algunos abrazos más para que se los dé a mi clan de irlandeses —mi familia— al verlos y luego, de manera teatral, agito la mano mientras ella se va y finge que somos dos amores eternos separándose.

¿Qué puedo decir? Leemos muchos libros.

—Guau… Eso fue llevar el drama y la actuación a otro nivel —comenta Clover cuando mi hermana desaparece finalmente de nuestra vista.

—Sí, nos gusta hacer estos *shows*. —Me río tomando su mano y entrelazamos los dedos mientras comenzamos a hacer el camino de regreso al auto—. ¿Qué te pareció mi hermana?

—No sabía muy bien qué esperar de ella, pero ha sido increíble, me ha hecho sentir muy cómoda y parece que le agradé. —Asiento y ella hace una pausa antes de continuar—: Creo que está algo loca.

—Lo está. —Llegamos al auto, me giro hacia ella y le doy un beso en la comisura de la boca—. Toda mi familia lo está, incluso Kyra, que es la más normalita.

—Nadie es normal —me garantiza acariciándome con el pulgar la barbilla.

—O tal vez la definición de «normalidad» está mal establecida.

—O la normalidad es una utopía.

—La verdad es que me la pone semidura que nos pongamos a filosofar —bromeo, y eso la hace reír, que es lo que quería.

No hay que ser un genio para saber que todo el asunto que está sucediendo la tiene nerviosa y preocupada. Está haciendo un gran esfuerzo para llevarlo todo con calma y la respeto por eso, pero me propongo que en medio de nuestras preocupaciones no escaseen los buenos momentos.

—A ti todo te la pone dura, Irlandés.

—No todo, solo cuando se trata de mi trébol.

Abre la boca como si fuese a decir algo trascendental, pero luego la cierra con horror, lo que me hace cuestionarme qué estaba a punto de decir, pero se pone de puntillas, me planta un beso en la barbilla y luego me da un suave empujón para que le deje espacio y pueda subir al auto.

En cuanto pongo el auto en marcha, se hace un silencio. No es incómodo, pero tampoco resulta muy agradable, así que enciendo la radio y tarareo una canción de Bruno Mars mientras conduzco para hacer el largo viaje de regreso.

—Así que ¿soy tu novia?

Llevamos tanto rato en silencio que sus palabras me toman por absoluta sorpresa y me hacen dar un respingo antes de verme envuelto en la tarea de procesar sus palabras.

No sé cuál es la respuesta correcta en este caso, porque al principio me dijo que quería estar soltera y bla, bla, bla, pero no sé si ahora espera que mi respuesta sea afirmativa. Para mí Clover es mi chica, mi novia. Le soy fiel, follamos, hablamos de nuestro día a día e incluso sabe lo de mi tío, el tremendo —ja, ja, ja, traté de evitar decir «el mafioso»—. Además, conoció a mi hermana y habló con mi tanda de irlandeses pelirrojos, que pocas parejas han conocido.

Siento que la tensión de mi silencio comienza a asfixiarnos, por lo que me aclaro la garganta y prefiero optar por la mejor respuesta que se me ocurre:

—¿Qué quieres ser tú en mi vida?

—Responder una pregunta con otra pregunta no es lo que esperaba. —Suspira de una manera tan profunda que me pregunto si se quedará sin aire—. Le dijiste a Moira que era tu novia, tu chica…

—¿Y cómo te hizo sentir eso?

—¿Ahora eres mi terapeuta?

Tamborileo los dedos en el volante y guardo silencio esperando a que vuelva a hablar, porque estoy un poco confundido con este giro de los acontecimientos. Es como intuir que está cabreada sin saber por qué. ¡Duendes! Le dije que mi tío era un mafioso y eso no la enojó tanto como el hecho de que no le dé una respuesta clara de algo que para mí es obvio, pero sobre lo cual no quiero presionarla.

—No creo que pueda ser tu terapeuta si te estoy follando, eso no es ético —comento de forma casual—, y tampoco tengo los estudios para serlo.

—Qué divertido.

—Sí, la verdad es que hago buenos chistes —aseguro, golpeando los dedos en el volante al ritmo de la canción.

Qué momento tan incómodo y extraño, casi quiero lanzarme del auto en movimiento.

—Clover —comienzo—, me dijiste hace un tiempo que no querías tener novio, que estabas en una etapa en que te gustaba estar soltera, así que tuve que ingeniármelas para convencerte de que estaríamos solteros estando juntos. —Que para mí se traducía muchísimo en que estaríamos en una relación, pero fingiendo ser unos tontos que no lo saben—. Y me parece bien si esa es la etiqueta que te gusta o si no quieres que tengamos una. ¿Quieres que nos llamemos «novios»? Pues así lo haremos. ¿No quieres? Pues no lo haremos. Mientras nos mantengamos juntos, con química, llevándonos tan bien y con todos estos momentos espectaculares, me apunto a lo que sea.

Trascurren unos largos segundos de silencio. No estoy seguro de si conseguí salvar la situación, ni siquiera sé cuándo se me fue de las manos.

—Pero ¿qué quieres, Callum?

—Mi respuesta es fácil. —Sonrío con la vista puesta en la carretera—. Te quiero a ti.

No habla, pero siento el movimiento de su mano en mi cabello. Es una buena señal.

—Me tienes —murmura en voz baja—. No necesito etiquetas, siempre que seamos tú y yo. Callum y Clover.

—¿Soy todo lo que quieres? —pregunto, y demándenme si quieren, pero no hay nada de malo en querer escucharle decir que soy suyo.

Y no me decepciona.

—Eres lo que quiero… Eres mío.

Sí, a mí me gusta y me pone un montón ser suyo.

—¿Qué le digo a Maida? —le pregunto a Stephan.

Mi buen amigo no responde mientras le da una profunda calada al porro que sostiene antes de pasármelo.

—¿Obligatoriamente hay que darle una explicación?

—Me salvó —respondo, y tomo una calada y retengo el humo lo suficiente antes de expulsarlo por la nariz— y creo que desconfía de mí por haber mentido en mi declaración al decano.

—Pero pensémoslo un poco —me dice arrancándome el porro de la mano cuando le doy otra calada—. Maida no puede saber toda esta mierda loca.

—¿Por qué?

—Porque es peligroso y no hay razones para ponerla bajo el radar de

Bryce. Hay que sacar provecho de que, aunque te salvó, seguramente los mierdas que te atacaron no le vieron el rostro porque huyeron como ratas cobardes…

—En realidad agradezco que huyeran, porque con eso de intentar estrangularme ya me encontraba bastante cansado para defenderme —confieso, tomando de nuevo el porro.

—Cualquiera estaría cansado después de eso, esto es una zona libre de prejuicios.

»Pienso que lo que tienes que decirle a Maida es que Bryce los mandó para darte una paliza porque casi lo ahogaste.

—Prohibido olvidarlo —destaco, y él ríe con los ojos ya bastante rojizos y una actitud relajada, consecuencias de llevar un par de horas fumando.

—Suena creíble y no es una mentira del todo.

—Me gusta, se lo haré saber a Clover. La verdad es que no me gusta haber estado evitando a Maida porque no sabía qué decirle.

—Qué ovarios tiene Clover, ¿verdad? Debería estar haciéndoselo en los pantalones, pero no se esconde y está a bordo de protegernos mutuamente mientras ponemos orden a todo esto.

Pasan diez segundos de silencio —porque los cuento— hasta que vuelvo a hablar:

—Si en el futuro me caso con ella, ¿serás el padrino?

—Por supuesto. —Se ríe y casi cae de la silla, pero me enfoco en que me enorgullece la rapidez con la que me respondió, no lo dudó ni lo pensó dos veces.

Nadie me advirtió de que conocer a este imbécil en mi primera semana en la OUON nos haría mejores amigos de por vida. Literalmente somos la prueba de estar en las buenas y en las malas, ni siquiera ahora Stephan huye sabiendo el peligro que me rodea.

Permanecemos en silencio pasándonos el porro en la tranquilidad del patio trasero de casa. Nos hacía falta un momento como este. Han pasado dos días desde el ataque y, aunque no bajo la guardia, tengo que admitir que todo ha estado bastante tranquilo, lo que también puede llegar a alarmarnos un poquito.

—Me estaba preguntando… —dice Stephan cuando doy otra calada—. ¿Te sientes incompleto por estar follando con una mujer?

—¿Por qué lo haría?

—Porque también te van los chicos.

—Hombre, hay que decir que fumarte más de un porro te quita inteligencia. —Me río, lo que ocasiona que me ahogue con el humo y los ojos se me pongan llorosos—. Es como decir que al estar con un hombre me siento incompleto por no tener tetas a las que darle mi atención durante el sexo.

»Ser bisexual no quiere decir que necesite mantener una relación con ambos sexos al mismo tiempo para sentirme completo. —Pongo los ojos en blanco—. ¿Lo preguntas por todo el asunto del juego de culo?

—«Juego de culo» —repite riendo—, pero sí.

—Tranquis, si quiero que me metan algo por el culo estoy seguro de que Clover se apunta. —No menciono que ya lo hizo con el dedo—. Y aunque he sido follado en varias ocasiones, la verdad es que a mí me gusta más dar a que me den.

—¿Por qué nunca hemos discutido si eres pasivo o activo? Aunque sí, siempre te vi como activo.

—Me encanta esta conversación. —Me río y le paso el porro—. Puedes estar tranquilo, imbécil, mi vida sexual no es aburrida ni está incompleta, me lo paso bomba con mi trébol.

—Me tranquiliza, tu felicidad es mi felicidad.

—Ay, qué dulce.

Otros segundos de silencio se extienden entre nosotros y luego se aclara la garganta, lo que me hace girarme para mirarlo y darle la atención que sé que quiere.

—¿Quién crees que es el activo entre Oscar y Kevin?

—Pues no sé, déjame que les pregunte —respondo riendo.

Me saco el teléfono del bolsillo y abro el chat con Oscar, que básicamente se limita a mí fastidiándolo con frases insinuantes y letras de rap obscenas que hablan sobre culos ardientes. Me encanta jugar con la paciencia de Oscar, pero no me juzgues, también le he escrito por cuestiones de las clases que compartimos, y tuvimos una conversación en la que fui supergenial tras nuestro besuqueo, preguntándole si estaba bien y cómo habían salido las cosas con Kevin. ¡Un aplauso para mí, mi gente! Aplaudan a este irlandés que se preocupa por los demás.

> **Callum:** Oye, Stephan y yo tenemos una duda

—¿Por qué tarda en responder? —pregunta mi amigo, acercándose para ver la pantalla.

—Recién acaba de llegarle el mensaje. —Pasa un minuto—. ¡Joder! ¿Por qué tarda tanto en responder?

—Eso mismo digo, tarda una eternidad —asegura, dándole la última calada al porro. Este sería el tercero que nos fumamos. ¿O el cuarto? La verdad es que estamos relajados y felices—. Ni siquiera es tan tarde, es medianoche.

—La medianoche de un viernes, tal vez estén follando… ¡Ja! Mira, respondió.

> **Oscar:** No creo que quiera saber o responder sus dudas

—Pregúntale, Irlandés, pregúntale. No dejes que sea un hijo de puta cortante.

—Pues claro que le voy a preguntar.

> **Callum:** ¿Quién es el activo y quién es el pasivo????

> **Callum:** das o recibes????

> **Callum:** eres el túnel o el camión???

—Esa última estuvo buena.

—Hay muchísimas maneras de preguntarlo —lo instruyo—. Dame cinco minutos y te lo explicaré.

> **Oscar:** jódanse!!! No es su puto asunto

—Es versátil —concluyo.

—¿Cómo lo sabes?

—Simplemente lo sé, es un don —alardeo—. A todo esto, ¿por qué tantas preguntas? ¿Andas en una etapa curiosa?

—No, sé que soy hetero, ya te dije que lo probé en el instituto y, aunque no fue horrible la experiencia, no me apetece repetir. No se me pone dura por un tipo. Me encantan las mujeres, son la bendición del universo.

Mi teléfono vibra y pienso que será Oscar mandándome un poco más a la mierda, pero de hecho es Moira, que me da un saludo ofensivo antes de dejar el número del tío Lorcan.

¡Mierda! Ahora es real, tengo el número de un tipo de rango alto de la MI. Si no estuviese tan fumado, estoy seguro de que me pondría a dar saltos, nervioso, pero ahora solo sonrío mientras beso la pantalla de mi teléfono.

De nuevo vibra, y esta vez se trata de una llamada de un número desconocido.

—¿Respondo? —le pregunto a Stephan.

—Hazlo, y si es la niñita que sale del pozo para matarte en siete días, cuélgale antes de que te maldiga.

—Buen plan —asiento antes de responder—: ¿Hola?

—¿Nos comunicamos con Callum Byrne?

—¿Quién habla y qué quiere con él?

—Llamamos de parte del señor Michael…

Tres cosas me impactan:

La primera es que llamaran «señor» a un muchacho de veintipocos años. ¿En serio? No sean tan desgraciados haciendo esa mierda de llamarnos «señores» para hacernos sentir incómodos y viejos.

La segunda es que estoy entre los contactos de emergencia de Michael. ¡Me impresiona! Pero no me siento halagado, porque ha sido un cabroncito y muy molesto con su vínculo con Bryce.

Y la tercera es que me llamen de un hospital para decirme que lo encontraron golpeado y tirado al lado de una zanja. Está claro que esto último es lo que más me impacta.

Asiento y murmuro «Claro, claro» a lo que la mujer me dice, y cuando cuelgo me quedo ahí sentado intentando procesar las palabras en mi cerebro, que se encuentra en algún viaje.

—¿Y bien? ¿Te mueres en siete días? —me pregunta Stephan.

—No era la niña de la película. —No entiendo muy bien por qué considero que es importante aclarar ese punto.

—Ah, entonces viviremos más de siete días, genial. Todavía no me quiero morir y hay que admitir que sería una muerte fea.

—Y tenebrosa.

—Sí, quedas tan mal que luego no te pueden ni reconocer, y no quiero ser un cadáver feo.

—Mejor morir siendo guapos. —Estoy de acuerdo.

Asiente y nos quedamos contemplando el cielo hasta que sacudo la cabeza recordando la razón de la llamada.

—¡La llamada! —grito, y se sobresalta—. Fue superimportante.

—¿Qué ha pasado? ¿Has ganado un seguro de cobertura completa?

—Eh, no, pero hubiese sido genial.

—Una vez gané un seguro funerario, pero no es tan genial, porque para darle uso primero tengo que morirme.

—¿No puedes ir a reclamar tu ataúd? Ya sabes, en plan, que lo uses de cama.

—Creo que no funciona así, pero preguntaré, sería una cama genial.

—Pero un poco incómoda —agrego, y de nuevo nos quedamos mirando el cielo—. ¡Joder! ¡La puta llamada!

—Ah, sí, sí. ¡La llamada! Si no era la niña ni ganaste un seguro de cobertura completa, ¿qué era? Espera, espera. Puedo adivinarlo.

»Ganaste un curso en un país hispano para aprender español.

—Eh… No, pero eso también habría sido genial.

—Rusia quiere reclutarte para que espíes a Estados Unidos.

—¿Por qué contratarían a un irlandés que vive en Inglaterra? —pregunto con confusión.

—Pues no sé, eso sería cosa de ellos, no mía.

Sacudo la cabeza para aclararme y rescatar la pizca de seriedad que me queda.

—La llamada era para informarme de que encontraron a Michael apalizado junto a una zanja, está en el hospital.

—¿A Michael Jackson?

Parpadeo y él también lo hace.

—Oh, pobre Michael… Espera, ¿por qué te llaman para que rescates a Michael Jackson?

—Stephan, ese está más que muerto desde hace años. —Pestañeo un par de veces y ríe.

—Ah, cierto, es que aún me duele su muerte y trato de aferrarme a que vive en mis recuerdos. —Suspira—. Pero… ¡Mierda! ¿Es el Michael de esta casa?

—Sí, sí, el Michael que medio nos pertenece —confirmo—. Quieren que vaya a por él.

—Hombre, pero vas hasta arriba de marihuana y seguro que hay polis patrullando. Yo tampoco puedo conducir.

—Ya, pero sería de muy cabrón no echarle una mano cuando ya dije que iría a buscarlo.

En condiciones normales entendería que no debería estar muy relajado por todo esto, pero me encuentro en un viaje.

—Pero no se murió, ¿verdad? —me pregunta Stephan con curiosidad.

—Si estuviese muerto me llamarían de la morgue o algo así, no me dirían que fuese a buscarlo. Habría que estudiar el cuerpo y habría una investigación…

—Sí, sí, cállate. Entendí que está vivo, que es lo que importa. ¿Y cómo lo vamos a buscar? No puedo conducir y tú tampoco, entonces…

—Creo que tengo una idea.

Callum: oye...

Pasa un minuto entero. Espero que me responda o lo llamaré mil veces hasta que lo haga. Me odiará, pero son sacrificios con los que viviría.

Oscar: no voy a responderte

Callum: ya lo hiciste

Oscar: Estás ebrio o colocado que me molestas a esta hora?

Callum: necesito un paseo

Callum: no creas que un paseo de insinuación de culos o mamadas

Oscar: no lo pensé -.-

Callum: Ja!!! Seguro que sí

Callum: en fin llévame al hospital, ese es el paseo que necesito en auto

Oscar: estás bien?

Callum: sip pero mi idiota compañero de casa no

Oscar: le pasó algo a Stephan?

—Ay, se preocupa por mí —dice mi amigo a mi lado, que está leyendo el chat.
—Oscar tiene corazoncito.

Callum: Stephan es el imbécil, te hablo del idiota

Callum: el idiota es Michael

Oscar: ¿Quién carajos es Michael?

Callum: ya te dije que mi compañero de casa

Callum: sabes conducir?

Oscar: asegúrame que eso último no es un chiste sexual o no respondo

Callum: palabra de irlandés que no era un chiste sexual și miento que los duendes me condenen a quince años de mala suerte

—Eso es mucho tiempo para una maldición, Irlandés.

—Lo sé, Stephan, pero, tranquis. Como no estoy mintiendo, no me maldecirán.

—Eso me da paz.

Oscar: Sé conducir

Oscar: buenas noches

Callum: Ehhh! Nada de buenas noches, por favor sálvame el culo

Oscar: Dijiste que no era chiste sexual!!

Callum: No lo essss

Callum: en serio necesito ir a por él y estoy fumado

Oscar: juro que si estás mintiendo te enviaré a Irlanda de una patada en el culo

Oscar: cuenta conmigo

—Es buena persona —concluye Stephan.

—Sí, deberíamos invitarle a un café mañana en agradecimiento.

Acordamos que viene hasta casa haciendo una caminata de quince minutos y luego conducirá mi auto, y Stephan y yo nos abrigamos y lo esperamos en el jardín delantero.

—¿Qué crees que pasó con Michael? —me pregunta, y suena genuinamente preocupado en medio de su viaje.

—Bryce, eso le pasó —respondo sin ninguna duda.

El tío Lorcan no lo sabe, pero su sobrino favorito piensa hacerle una llamada para saludarlo. No quiero nadar en aguas turbias, pero tampoco pienso ahogarme en ellas. Usaré mi salvavidas y, cuando regrese a la orilla, tomaré los caminos limpios… Bueno, de esto último no estoy tan seguro, pero, tranquis, lidiaremos con eso después.

—¿Y si llegamos y ya se murió? —Stephan me corta el pensamiento inspirador.

Parpadeo hacia él sin saber qué responder. Eso no se me había ocurrido y ciertamente en este momento no puedo pensar en las probabilidades ni hacer una operación estadística para determinar si eso podría suceder.

—No me dijeron que pudiese morir —murmuro finalmente.

—Ah, entonces sí aguantará hasta que lleguemos. —Asiente, lo hace mucho cuando fuma—. No hay que donarle sangre, ¿verdad? Porque mi sangre ahora está sucia.

Parpadeo y él también lo hace. Tampoco pensé en eso.

—No pregunté.

—¿Deberíamos llevar flores?

—¿Por qué tendríamos que llevar flores? —Estoy desconcertado, y él se encoge de hombros.

—Con un mensaje de «Recupérate pronto» o por si acaso se muere. Las flores son el detalle correcto para decir «Mis condolencias».

Rompo a reír y de alguna manera no puedo parar, lo que hace que él se ría, y de esa manera nos encuentra Oscar cuando aparece con el ceño fruncido y mirándonos indignado.

—Díganme que no era una broma.

—No —respondo entre risas y le lanzo las llaves de mi auto—. Es en serio.

—¿Cuán fumados están?

—Hay que pasar a comprar flores —señala Stephan entre risas.

—Vale, bastante fumaditos. —Oscar suspira—. En lugar de flores, pasemos a comprar algo que les baje del viaje sin que se queden dormidos.

Subimos a mi auto torpemente y me siento en el puesto de copiloto. Oscar pone el auto en marcha y pregunta «¿Qué hospital?», y entonces hay unos incómodos segundos de silencio.

Parpadeo y me giro a mirar a Stephan, que también parpadea y se encoge de hombros. Miro a Oscar y parpadeo de nuevo.

—No pregunté —respondo lleno de timidez y enseguida se gira hacia mí.

—¿Y no te lo dijeron en la llamada?

—No lo oí.

—Te odio, Callum. En este momento te odio y a ti también, Stephan.

—Ódiame todo lo que quieras, porque eso significa que sentirás algo por mí —digo dramáticamente.

—En serio te odio mucho.

—Lo siento. —Le sonrío.

—Te odio.

36

CALL-ME

Callum

Me siento como en una de esas películas superjuveniles de las que Arlene es adicta, que no son una obra maestra pero que acabas llamando «un clásico».

Y es que camines por donde camines en el campus, los murmullos resuenan: «¿Escuchaste que el chico ese murió por una droga y que otro se encuentra en coma?», «¿Recuerdas la chica que está en estado vegetal? Creo que van a desconectarla», «He oído que sacaron de emergencia ayer a un tipo que no dejaba de convulsionar», «Dicen que hay una droga megadictiva. ¿Te apuntas a probarla?», «Anoche otra chica fue atacada sexualmente en una fiesta, dicen que fue una violación grupal». Lo horrible de esos rumores es que son verdad, y lo despreciable es que los usen como chismes para entretenerse y que algunos incluso se atrevan a bromear sobre ello.

Otro estudiante convulsionó anoche en una fiesta. Aunque no quedó en coma ni murió, ha perdido la movilidad del lado derecho del cuerpo, incluyendo la fluidez para hablar y parte de la audición. Sucedió fuera de la OUON, pero lo que sí ocurrió dentro del campus fue una violación a una estudiante de cuarto año de Economía. No ha dado declaraciones, porque está demasiado afectada emocional y psicológicamente, pero dicen que fueron dos hombres.

Resulta impactante creer que un estudiante está creando tanto caos, tanto daño. No termino de entender lo retorcido que hay que ser para agredir sexualmente, para hacerle algo tan asqueroso y vil a una persona. Y lo de la droga… Es una porquería rara y desconocida que Bryce vende y que se está haciendo popular, lo cual no es tan sorprendente cuando piensas que hay muchos estudiantes estresados, algunos de ellos con problemas emocionales o de salud mental, más la presión social, las fiestas, la carga académica y la soledad. Hay demasiados factores que te acercan a las drogas y, aunque no trato de justificarlo, puedo entenderlo un poco.

Además, hay la situación de hace unos días con Michael. Lo habían golpeado tanto que me costó reconocerlo cuando conseguimos llegar al hospital menos drogados. Más allá de los golpes, que tardarán un montón en desaparecer, y la hinchazón de su rostro, tenía un corte que empezaba en la sien derecha y bajaba peligrosamente cerca de la esquina del ojo y terminaba en la comisura de la boca. Una de sus piernas estaba fracturada, por lo que se encuentra enyesada, y en la espalda tiene lo que será una gran cicatriz, resultado de una herida profunda que fácilmente identifiqué como un cuchillo.

Es cierto que Michael tomó sus propias decisiones, pero recuerdo las palabras de Moira sobre que la necesidad, el cansancio y la desesperación a veces te orillan a malas decisiones. Recordé al reservado y agradable estudiante de Ingeniería que se había mudado con nosotros y me entristeció ver que ahora estos eran los resultados.

Aunque él no pudo devolverme la mirada debido a la hinchazón de sus ojos, noté la tensión en sus hombros, el dolor y la vergüenza. Stephan y yo lo guiamos hacia mi auto, donde Oscar esperaba, y no dijimos ninguna palabra durante todo el trayecto. Le agradecí a Oscar el favor y le aseguré que luego hablaríamos de ello.

Stephan se encargó de llevar a Michael a su habitación y fue el primero en romper el silencio:

—Así que tuvimos que llegar a esto.

—No necesito un sermón —consiguió decir Michael, con voz ahogada debido a la hinchazón de la lengua.

—Creo que desconoces lo que necesitas. ¡Despierta, Michael! Te encontraron en una zanja, quién sabe si habrías muerto al pasar las horas si nadie te veía. Seguramente ese era el plan. ¿Piensas que querían darte un susto y que te rescataran? —Stephan rio de manera seca antes de continuar—. Lo ideal para ellos era que estuvieses muerto, esa era la idea.

Se hicieron unos largos segundos de silencio y entonces el cuerpo de Michael se sacudió en un sollozo que tuvo que ocasionar mucho dolor físico debido al estado de su cuerpo.

—Tal vez debí morir, ya no puedo más, no puedo.

—¿Fue Bryce? —dije finalmente, aunque sabía la respuesta.

Michael lo pensó, y cuando asintió el movimiento fue apenas perceptible.

—Ya no le servías y quería callarte —deduzco—. Sabes poco, pero no quiere que socialices con nosotros. Tal vez incluso no eres más que otro juego que le aburrió usar. —Mi voz fue fría y mecánica—. Si no moriste hoy, seguramente planeará que mueras en algún momento.

Caminé hasta su escritorio y tomé uno de sus libros mientras el silencio reinaba en la habitación.

A veces no puedo evitar sorprenderme por cómo paso de la calidez a la frialdad, por cómo mi vena amistosa se apaga y queda esta parte de mí que genera dudas a otros. Sentía la mirada de Stephan sobre mí.

—Vendrá a por ti y terminará lo que empezó.

—Iré a casa, me iré de aquí —aseguró Michael, y sonreí sin ganas.

—Sabías lo de su obsesión por Clover, posiblemente estabas ahí alguna de las veces en las que la acosó y te quedaste en silencio…

—No podía…

—Sí podías. —Me giré y caminé hacia la puerta—. No importa si vas a casa, no podrás esconderte si eres su objetivo. Irá a por ti y entonces tal vez experimentes en carne propia lo que se siente al ser perseguido por Bryce. Tienes razón, quizá debiste morir hoy, honestamente ya no me importa…

—Callum. —Era la voz de Stephan, y le sonreí.

—Él no es asunto nuestro ni nuestro problema. Calló cuando Clover era la presa, así que callaré ahora que él lo es. —Me encojo de hombros—. Es una pena, Michael, antes me caías bien, pero ahora solo quiero que te marches y desentenderme de ti.

Y, con eso, salí de la habitación y me tomé una botella de agua antes de irme a dormir.

Sin embargo, hoy estoy más nervioso que enojado.

Estoy sentado dentro de mi auto y miro hacia delante, hacia la comisaría. Aunque desconfío del sistema judicial, se me ocurre que, si los amiguitos de Bryce quisieran joderme, no lo harían en este lugar, precisamente donde hay testigos. A pesar de que muchos funcionarios están corrompidos, alguno bueno aún debe de existir, ¿no? Necesito bajar un poco la guardia para hablar con mi tío querido.

Por favor, duendes mágicos, que papi no se entere de que Moira y yo le sacamos el número y fuimos a sus espaldas a besarle los zapatos al subjefe de la mafia irlandesa. Porque, por supuesto, si eso sucede meteré de cabeza a Moira. Ella no pudo tomarse en serio el discurso de «Asumiré la culpa»; aquí o caemos juntos o cae ella sola.

Mi mente superanalítica, calculadora y medio criminal me hizo comprar un teléfono desechable, así que es ahí donde estoy marcando el número del tío Lorcan.

«Que sea lo que la vida quiera, aquí vamos».

Me inquieto cuando no responden de forma inmediata, pero cuando contestan me quedo sorprendido ante la voz femenina y casi cantarina que comienza a hablar:

—Buenas tardes, se está comunicando con la línea privada del señor Lorcan McCarthy. Si desea dejar un mensaje, presione cero. Si desea hablar con él con carácter de urgencia, presione uno. Y si se ha equivocado de número, mejor cuelgue antes de acabar con un resultado erróneo o presione dos, eso también funciona.

Alejo el teléfono de mi oreja y marco el uno.

—¿Qué opción ha marcado?

—Uno —respondo.

—Por favor, ingrese la clave.

—¿Qué clave?

—Por favor, ingrese la clave —repite.

—Pero ¿qué maldita clave?

—Por favor, ingrese la clave.

—Oh, duendes, no sé qué clave es.

—Debería haber marcado la opción dos, le dejaremos ir. Tenga buen día.

Y la llamada termina así, sin más. Grito un «¡Oye!» al teléfono antes de volver a llamar. No es que conozca mágicamente la clave, pero algo se me ocurrirá.

—Buenas tardes, es su segundo intento para tentar al destino. Por favor, ingrese la clave.

—Señorita, no sé la clave, pero…

La llamada finaliza y maldigo y marco de nuevo.

—Con dos veces somos bondadosos, tres es buscar la muerte. Le encontraremos y aniquilaremos.

Cuelgan.

—Mierda, mierda, mierda. ¿Cómo es que lo arruiné? —Me paso una mano por el cabello.

Pues nada, ya me prometieron matarme, así que llamar de nuevo no lo empeorará. Marco de nuevo y esta vez hablo yo antes de que la mujer pueda decir nada.

—Mire, no conozco la clave, ni siquiera sabía que este rollo de la mafia funciona así, lo cual está bastante *cool* —digo con rapidez mientras tamborileo los dedos de la otra mano en el volante—. Puede decirle al tí… Eh, quiero decir, al señor Lorcan que le habla Call-me, él lo entenderá.

Apenas termino de hablar cuando suena una risa ronca. Nunca he oído reír a Lorcan, al menos no que yo recuerde, pero sé que es él. Este bastardo me acaba de escuchar balbucear y se burla.

—Qué imbécil has sonado, jaguar.

—¿Desde cuándo soy un jaguar? —pregunto sin pensar.

—Desde que a mí me dio la gana —responde con lentitud, lo cual me hace enarcar una ceja. Agradezco que no pueda ver mi insolencia.

—¿Sabes quién soy?

—Lo sé todo.

—Oye, qué buena esa frase, hasta suena tenebrosa. —Hago una pausa—. Hola, tío Lorcan.

—Estoy intrigado, Call-me. ¿Sabe tu papá que estás jugando con las áreas pantanosas?

—No, pero, en todo caso, te echas tú la culpa, ¿vale? Es tu deber como tío.

—Mi deber como tío es tenerte el suficiente cariño como para no darte mínimo un balazo por ser impertinente.

—Me parece justo —respondo con una risa nerviosa.

Nunca sé si habla en serio sobre que quiere matarme pero no lo hace porque me quiere, o si es una broma del tipo «Debajo de la cama está el Coco».

—No creo en la justicia —dice de manera seca.

—Me parece excelente que no creas en la justicia teniendo en cuenta tu honorable línea de trabajo.

—¡Vaya idiota te has hecho al crecer! Había oído que eras superinteligente.

—Lo soy.

—Entonces deja de decir estupideces, Call-me, que nadie te pagará por ello.

—Qué cabrón —se me escapa.

—Ah, ahí está el jaguar.

Se hace un silencio raro y me aclaro la garganta. Hombre, es que cuando él nos visita el rollo es medio relajado porque estamos todos. Siempre es silencioso y da miradas intimidantes, pero es curioso porque es más suave con mamá y es tranquilo con nosotros, da una vibra de «Tengo un aire malvado, pero no te asesinaré». Sin embargo, hablar por teléfono con su número de trabajo secreto y sin ver sus reacciones provoca que cualquiera se lo haga encima.

Es un hombre lleno de poder, sangre, corrupción, métodos de tortura y conexiones. Es el peligro y la trampa en la que no debes caer, pero en este momento es el paracaídas que tomo para salvarme del impacto de un juego en el que no quería entrar.

Hay otros como él, iguales o más poderosos, casas criminales con las que no debes toparte, pero, bueno, ¿qué puedo hacer cuando la vida lo convirtió en mi tío?

—¿Quién era la mujer del teléfono? —me encuentro preguntando para llenar el silencio.

—Mi prometida.

¿Qué? Llegué a pensar que en el pecho tenía una piedra congelada que apenas latía para mantenerlo con vida. Es la persona más fría, cortante e inquietante que conozco, e imaginarlo con una prometida resulta extraño, a menos que sea un matrimonio acordado, eso para mí tendría más sentido.

—¡Duendes! ¿Y desde cuando te has echado novia? Si te vi hace como nueve meses y eras un sinvergüenza.

—Cosas de la vida. Algunos caemos en las garras de la pasión.

—Qué frase tan mala para decirla.

—Recuerda lo del cariño que impide que te lance balazos, Call-me.

—Lo recuerdo bien —aseguro—. Y, bueno, ¿ella por qué atiende tu teléfono?

—Porque me da la gana.

—Sensible, ya veo… Bueno, su broma no fue divertida.

—A ella la hizo reír y es lo que me importa.

—Perfecto, me encanta ser el chistecito de tu novia.

—Prometida.

—Prometida —me corrijo.

—Se llevarían bien —dice de manera casual—, tiene tu edad.

—Ah, es que andamos de *sugar*. —Me río y él gruñe—. Pero no te enfades, tío, ¿eh? Que el amor, mientras sea legal y consensuado, yo no lo juzgo.

—Por favor, dime que esta llamada tiene una razón, porque la verdad es que no tengo mucha paciencia para ti.

Me quedo en silencio una vez más y me muerdo el labio inferior. Intentaba rebajar la tensión del asunto, pero me ha cortado el rollo de inmediato. No sé cómo decir esto.

—Voy a colgar si no hablas en los próximos cinco segundos —informa con voz plana—. Cinco, cuatro, tres, dos…

—Casiasesinoaalguien.

Seguramente no me entendió por el silencio que se adueña de la llamada.

—¿A quién? ¿Y por qué? —dice finalmente con tranquilidad.

Ah, sí me escuchó. Su calma me hace relajar los hombros.

—Realmente no quiero hablar de esto por teléfono.

—¿Te crees que haré un viaje para verte? Niño, tengo trabajo que hacer, una organización que depende de mí y una prometida joven insaciable.

—Lo último solo lo dices porque querías presumir —bromeo, para aligerar el peso que siento— y ya sé que eres un tipo superpoderoso y malote.

—Siendo honesto, cuanto más hablas, más ganas tengo de colgarte.

—Me lastimas, tío.

—Es que no eres mi favorito.

—Me sigues lastimando. ¿Es Moi-moi?

—Es Kyky —se burla—. A Moi-moi sí que le colgaría de inmediato.

—Ah, bueno, al menos te gusto más que ella.

—Qué consuelo tan patético. —Hace una pausa—. El asunto es que no viajaré por ti. O hablas ahora o terminamos esta absurda llamada.

—Dijiste que te buscáramos si te necesitábamos y eso es lo que hago.

—Entonces deja de dar malditas vueltas y habla —me exige, y me enderezo como un soldado.

—No quiero hablar por teléfono sobre esto, pero voy a darte un nombre y tú haces tu magia y me cuentas si vale la pena venir, porque estoy perdido con esta situación.

—¿Qué magia? No entiendo las estupideces que dices.

—Investigarlo, de esa magia hablo.

—Haznos un favor y escupe el nombre para terminar esta llamada y que vuelva a mi vida.

—Bryce Rhode.

—«Bryce Rhode» —repite pensativo—. Dame unos segundos.

—¿Lo buscarás ya?

—Cállate un minuto —me ordena, y yo obedezco.

Ni siquiera me avergüenzo de hacer lo que me dice. No soy estúpido; sé que me tiene cariño, pero la idea tampoco es que me convierta en su menos favorito, como Moira.

—¿Call-me?

—Aquí estoy. ¿Qué averiguaste tan rápido?

—No llames más, te veo pronto.

—¿Qué? ¿Cuándo es pronto? Dijiste que no vendrías.

—Solo obedece y… cuídate. Te veo pronto.

La llamada finaliza y me quedo bastante nervioso, porque me dio argumentos válidos de por qué no podía venir, como que no puede perder el tiempo para venir a hablar conmigo y resolverme la vida, pero después de soltarle el nombre me ha dicho que vendrá. ¿Cuándo es pronto? ¡Mierda! Sé lo que significa esto: que Bryce definitivamente es tan peligroso que el tío vendrá aquí.

No tengo oportunidad de angustiarme porque mi teléfono suena anunciando un nuevo correo de un remitente desconocido. El asunto dice «Jaguar», por lo que sé que se trata de Lorcan. Hay pocas líneas, pero me tenso a medida que las leo.

Bryce Fischer Rhode, veintidós años, de nacionalidad austriaca.

Conocido bajo el seudónimo de Rhoypnol (como rohypnol, la droga de la violación). Violador en serie.

Peligroso, maniaco, protegido y perteneciente a una de las casas de crímenes más importantes de Austria.

Cuídate, Call-me.

Borra este correo.

Lo borro de inmediato y trago.

Qué. Mierda.

MI DIOSA

Callum

Veo la mano de Sabrina deslizarse por mi antebrazo mientras habla y, aunque llevo puesta una chaqueta, igualmente percibo su toque. Antes fuimos familiares de un modo bíblico y, a pesar de que hace unos minutos lancé la frase de que estoy esperando a Clover, me pregunto si obvió una parte del mensaje.

Normalmente no la describiría como una mala persona, pero tal vez está llena de demasiado cinismo al bajar la mano para conectar su palma con la mía, y luego tiene la osadía de entrelazar nuestros dedos. Veo su piel pálida como la mía y después la miro a su hermoso rostro, donde destacan unos labios amplios y unos ojos azules. Ella me guiña uno de esos dichos ojos antes de morderse el labio inferior de manera seductora.

—Estoy esperando a Clover —repito, estirando los dedos para liberarlos de los suyos.

Su agarre se afianza y enarco una ceja. Esto escaló a otro nivel de descaro.

—¿Qué pasa con ella?

—¿Cómo que «qué pasa con ella»? —pregunto en respuesta.

—¿Te está dando tutorías? ¿Le haces un favor? ¿Es una apuesta?

Tardo unos segundos en entender que no está bromeando, aunque si fuese una broma no sería ni un poco divertida. Sacudo la mano con fuerza para liberarme de la suya. Listo, ya no me parece una persona agradable y me cabrea haberme enrollado varias veces con alguien con ese tipo de pensamientos tan mezquinos.

Había olvidado completamente que ella vive en el mismo edificio que Clover. Tal vez se hayan topado algunas veces o hayan llegado a convivir. Sea cual sea el caso, me parece que llevó sus palabras muy lejos, y resulta que soy uno de esos novios a los que, si te metes con su novia, él devuelve el ataque porque se cabrea.

—Esa diosa es mi novia —la corto antes de que pueda volver a hablar—.

No, no necesito tutorías. El favor me lo hace ella a mí al aceptarme después de que le rogara que saliéramos, y nunca apostaría con una persona.

No porque sea supersabio, sino porque he leído un montón de libros y las apuestas no son de mis temas favoritos en las historias de romance.

—¿Es tu qué? —pregunta.

—Mi novia.

—¿Clover es tu novia? —pregunta como si intentara reafirmarlo, y simplemente la miro—. Pero ¿cómo…?

—A ver, vamos a aclarar algo —digo dirigiendo la vista a la puerta por si por casualidad mi trébol aparece—. Sabrina, cuando estaba soltero follamos y ya está, sin compromisos y sin expectativas. Tengo una novia increíble que resulta que es Clover y no tengo que darte ninguna explicación sobre nuestra relación… Ah, y tampoco me gusta que me tomes la mano ni que me toquetees.

—Te encantaba.

—Me gustaba cuando era un juego antes de follar, pero no es lo que pasa aquí. —Frunzo el ceño—. Y tú y yo ni siquiera somos amigos.

—Nunca habías sido tan grosero conmigo.

—Bueno, nunca me pareciste tan molesta y desagradable como en este momento.

—Hola… —dice la voz de Clover detrás de mí.

Rompo la mirada de descontento hacia Sabrina para girarme y tengo que mirarla dos veces porque… Guau.

Observo a mi trébol de arriba abajo un par de veces y con lentitud para no perderme ningún detalle. No es que sea la primera vez que la veo arreglada de tal forma, pero esta noche… ¡Uf!

El vestido verde menta que se ha puesto está tentándome, poniendo a prueba si puedo ser un buen chico toda la noche, porque es tan corto que le llega a la mitad de los muslos, y es ajustado en sus preciosas tetas con un escote de corazón y de mangas cortas, aunque debajo de los pechos cae suelto. Se ha recogido el cabello —que me encanta y del que me gusta tirar— en una cola alta con unos cuantos mechones libres y seductores. El maquillaje también me tiene alucinado, el delineado resalta mucho el caramelo de sus ojos y los hace ver más rasgados; los labios lucen más carnosos por un labial carmín, y ni siquiera hablaré de sus extensas pestañas. También se ve mucho más alta, aunque es más baja que yo, gracias a unas sandalias trenzadas en sus tobillos y de tacón corrido de unos siete centímetros por lo menos.

Es una completa diosa.

«Irlanda, me pierden por vez número mil porque mis sentidos y cordura se van con esta mujer».

—Por todo el oro de Irlanda —murmuro fascinado—. Clover… Pero ¿en qué estabas pensando? ¿Te propusiste darme un ataque al corazón viéndote así de hermosa? —Me llevo una mano al estómago—. ¡Duendes! Incluso siento mariposas, y no me avergonzaré de ello.

—Tonto. —Se ríe y, por la manera en que mira momentáneamente hacia sus pies, creo que no sabe qué hacer con mis halagos.

—Te ves increíble, Clover, en serio, muy sexi.

—Tú también te ves muy sexi.

Le dedico una mirada de picardía antes de girarme; llevo mi tejano negro ajustado, camisa blanca de cuello alto y chaqueta negra, combinados con unas botas por comodidad y porque me apeteció. Siendo honesto, soy un tipo al que le gusta vestirse bien y no tengo problemas en que el mundo lo sepa. Que se deleiten con la vista.

Su sonrisa solo la hace aún más impresionante. Estira la mano y toma la mía, lo que me hace notar que lleva tres anillos: dos en la base del anular y el tercero en el dedo corazón. Hasta eso me parece atractivo, quiero chupárselos.

—¿Interrumpí algo? —pregunta, mirando detrás de mí, y creo detectar algo de celos en su voz.

—No interrumpiste nada.

—¿Seguro?

—Sí, sí. Vamos, me muero de que disfrutemos de la noche. —Entrelazo nuestros dedos.

Soy un maleducado que no se despide de Sabrina, pero tampoco me siento mal por ello mientras vamos hacia mi auto y la ayudo a subir. Ella se encarga de ponerse el cinturón de seguridad y yo permanezco ahí de pie observándola con mi agarre en la puerta.

—¿Qué pasa? —pregunta con diversión.

—¿Puedo besarte?

—¿Desde cuándo me preguntas antes de comerme la boca?

—Es que no sé qué reglas se aplican con tu maquillaje y no quiero que te enfades conmigo.

—No creo que se me quite, y si lo hace, traje el labial conmigo para retocarlo. —Flexiona el dedo hacia mí para que me acerque, y lo hago—. Dame ese beso.

No tiene qué decirlo dos veces, ya que le tomo la barbilla entre mis dedos y le doy un beso suave y lento con el que espero no arruinarle el bonito maquillaje al comienzo de nuestra tan esperada cita.

Finalmente dejamos un poco de lado la suciedad para tener una cita decente. Es un milagro.

Cuando termino de besarla, parte de su labial está en mis labios, por lo que me lo limpia con los dedos antes de que yo suba al auto y empiece a conducir a la vez que ella se vuelve a aplicar el labial.

En mi cabeza busco en el repertorio de canciones una que se parezca a este momento, este instante, y la verdad es que me cuesta porque tengo memorizadas muchas, pero sonrío agradecido con Arlene cuando doy con una concreta que me gusta para este momento. Dedicarle canciones a Clover se ha convertido en uno de mis pasatiempos predilectos.

Comienzo a tararear el ritmo mientras conduzco hasta llegar al estribillo y siento su mirada en mí. De hecho, susurra mi nombre y me giro para dedicarle una rápida sonrisa antes de volver la vista a la carretera y empezar a cantar:

It's everything about you, you, you
Everything that you do, do, do
From the way that we touch, baby
To the way that you kiss on me
It's everything about you, you, you
The way you make it feel, new, new, new
Like every party is just us two
And there's nothing I could point to
It's everything about you, you, you
Everything about you, you, you
It's everything that you do, do do
It's everything about you

And you have always been the only one I wanted
And I wanted you to know without you I can't face it
All we wanna have is fun
But they say that we're too young
Let them say what they want

Cuando termino, ella suspira. Creo que esa es la mayor recompensa, pero me retracto de ello cuando consigue inclinarse y darme un beso en la mejilla.

—Seguramente One Direction no sabía que esa canción estaría en su disco para que yo pudiese dedicártela hoy.

—Seguramente. —Se ríe—. ¿Te das cuenta del daño que me haces?

—¿Daño?

—Sí, porque ¿cómo te superaría alguien más? ¿Cómo podría escuchar alguna de esas canciones y no pensar en ti?

—Eso me hace feliz —digo sonriendo—, no quiero que nadie me tenga que superar.

Y sí, es un pensamiento egoísta, pero es lo que es. Quiero que esté tan prendida como yo y deseo que, si un día nos separamos o debemos alejarnos, me quede tan arraigado a su piel como un tatuaje que ni siquiera un láser podría borrar. Quiero estar impregnado como sus mejores recuerdos, momentos e instantes. Sé que no puedo serlo todo en su vida, pero quiero ser mucho.

—Eres insuperable, Callum Byrne —me asegura, y, aunque no puedo verla, sé que sonríe.

En veinte minutos llegamos al bonito restaurante en el que hice una reserva, y desde el momento en el que alguien toma las llaves de mi auto para estacionarlo, Clover está sorprendida.

—Qué bueno que me vestí así de bien, este lugar parece bastante elegante —comenta mientras toma mi mano y comenzamos a caminar— y excesivo, la verdad es que en McDonald's hubiese sido igual de feliz.

—Nada de excesivo, quería que esta cita fuera genial y te deslumbrara para hacerte pro follar en la primera cita.

—¡Callum! —Se ríe cuando nos detenemos en la entrada, pero se acerca para susurrarme sus próximas palabras—: Tú vas muy adelantado, me has follado mucho antes de esta cita.

—¡Buenas noches! Bienvenidos, ¿tienen una reserva? —pregunta una bonita rubia que tiene los ojos enfocados en Clover.

Y no es que la mire con desprecio, envidia o de manera despectiva. La mira con deseo.

—Sí, tenemos una reserva a nombre de Callum Byrne.

—Déjame confirmarlo —dice despegando a regañadientes la mirada de Clover, que está observando la decoración—. Sí, síganme, por favor.

Lo hacemos a paso lento porque Clover quiere verlo todo, y a mí la verdad es que no me importa. El restaurante no se encuentra lleno, pero sí está concurrido. Cuando llegamos a nuestra mesa para dos, la anfitriona retira la silla para Clover antes de que yo pueda hacerlo y enarco una ceja hacia ella, que me ignora.

—Gracias. —Mi trébol le sonríe.

—Fue un placer —le responde con una sonrisa antes de deslizar el menú frente a ella—. Puedo recitarte nuestros entrantes y las bebidas que tenemos disponibles.

—Gracias, pero creo que lo pensaremos muy bien antes de pedir. —Clover me dirige una mirada—. ¿Estás de acuerdo, Callum?

—Sí, siempre que me entreguen un menú —respondo con sequedad.

La anfitriona parece volver al planeta en el que estamos y me entrega un menú antes de retirarse y dejarnos a solas.

—Quiere robarme a mi cita.

—Es dulce.

—Le gustas —señalo, mirando el menú—, pero tiene sentido, eres una diosa.

—No me endioses.

—Por supuesto que te endioso —respondo, ya encontrando lo que querré.

—¿Es la primera vez que vienes aquí?

—No —respondo de inmediato.

—Ah. —Suena decepcionada.

Alzo la vista y me la encuentro con un mohín en su boquita, y me pongo cómodo en mi silla mientras la diversión me embarga, porque sé que está celosa haciéndose escenarios en esa cabeza tan inteligente que posee.

—He venido con Stephan —explico, y el semblante le cambia—. Le dije un par de veces que se pusiera bonito y me lo traje a cenar, porque ese imbécil se lo merece todo. ¿Acaso te ponía celosa pensar que te traje a un lugar donde podría haberme ligado a otros?

Pienso que lo va a negar, pero asiente frunciendo el ceño.

—Y es una tontería porque fue antes de mí, pero no puedo evitar sentirme celosa.

—Sabes que era un sinvergüenza, pero no tenía esta clase de citas desde el instituto, así que solo tienes de competencia a Stephan. —Le guiño un ojo y ríe por lo bajo.

—Puedo asumir los celos hacia Stephan —bromea.

Cuando un camarero se acerca, pedimos un entrante para compartir y una copa de vino para ella, y yo de forma ambiciosa pido un jugo de piña, por si la primera cita termina de manera ardiente, que sabemos que sí.

Una vez que estamos solos, primero centramos la conversación en nuestras clases, en que Maida se creyó lo poco que le dijimos y evitamos hablar del estudiante que se encuentra en coma y del ataque sexual a la estudiante de último año, porque ya lo hemos dicho todo y no lo olvidamos, nunca lo haremos. En lugar de ello hablamos de mis hermanas cuando llega el entrante y pedimos la cena, pero finalmente la conversación llega a mi compañero de casa.

—Entonces ¿Michael está bien?

—Está recuperándose, si vieras cómo lo dejaron… —Sacudo la cabeza.

No menciono que seguramente si hubiesen pasado las horas él podría haber muerto ni tampoco mi conversación unilateral con él, en la que mi frialdad pudo más que mi empatía.

—Dice que se está planteando darse un descanso el próximo semestre, y tal vez eso sea lo mejor.

—Lamento mucho su situación. Claro que él sabía dónde se metía, o quizá no la magnitud, pero no puedo evitar sentir pesar por sus circunstancias.

Clover tiene un alma demasiado bondadosa. No se centra en el hecho de que Michael siempre supo que Bryce quería lastimarla, pero yo no lo olvido.

No quiero hablar de ello, así que le sonrío porque esta cena no trata de las cosas malas ni de las que nos agobian, eso ya lo hemos hablado bastante.

—¿Ya te he dicho lo hermosa que estás hoy? Siempre lo estás, y también encuentro que te ves…

—Sexi. —Completa mi repetitiva frase y yo río asintiendo.

Retomamos una charla ligera y divertida que nos tiene riendo cuando nos llega la cena. Me encanta el apetito de Clover, porque habría sido lamentable venir a gastar tanto dinero para que picoteáramos la comida.

—¿De dónde sacas dinero? —me pregunta antes de comer otro bocado de comida.

—Qué pregunta tan invasiva y violenta —la acuso.

—Es que yo, por ejemplo, admito que hasta ahora he vivido del dinero de mi papá. Costea mis estudios y mi supervivencia porque quería que me enfocara en mis clases, y la verdad es que estuve de acuerdo con ello. Puedes llamarme una «niña de papá» si quieres, pero es lo que es.

—Mis padres también costean mis estudios. —Me encojo de hombros—. Son dueños de una cadena de bares. Bueno, solo son cuatro.

—Nunca lo mencionaste. ¿Eres un riquillo?

—Tú eres una riquilla. —Pone los ojos en blanco ante mis palabras—. La cosa es que pagan mis estudios y mensualmente me depositan una cantidad significativa para mi parte del alquiler de la casa, pero desde los quince años y durante todo el instituto estuve trabajando en el bar en mis ratos libres y los fines de semana.

»Al ser menor de edad, lo hacía por las mañanas o las tardes y organizaba y limpiaba. Cuando tuve los dieciocho, antes de venir, estuve un par de meses trabajando también de camarero. Además, papá es accionista mayoritario de una cadena de escuelas de boxeo, así que ahí también hice algún trabajo.

»Cuando viajo a casa trabajo. Nunca está de más ganar dinero, porque ya he gastado mucho de mis padres.

—Eso es bastante responsable y considerado, ahora me siento mal de no haberlo pensado con papá.

—No seas tonta, está bien que aproveches las oportunidades que se te presentan, y tu papá lo hace para que seas la mejor en tu campo y para que des lo mejor de ti. Mis padres tampoco nos lo exigen; podrían habérnoslo cubierto todo, pero Moira lo inició y los demás seguimos sus pasos.

—¿Crees que Arlene lo hará también?

Me contenta que conozca los nombres de mis hermanas y quién es la mayor, la del medio y la menor.

—Arlene no quiere ir a la universidad. —Me vuelvo a encoger de hombros—. Sus sueños, las cosas que quiere hacer, no giran en torno a estudiar en la universidad.

—¿Qué dicen tus padres sobre ello?

—Les da igual siempre y cuando haga algo con su vida y no sea un parásito. No es que Arlene sea vaga y quiera quedarse en casa sin hacer nada. Tiene planes e ideas, metas, y todos la apoyaremos para que lo consiga mientras sea legal. —Me río de esto último—. Además, mamá sería una hipócrita si se lo reprochara, porque ella no fue a la universidad o al menos no estudió a ese nivel hasta que quiso involucrarse más en las finanzas de los bares, y comenzó a estudiar siendo adulta. —Bebo de mi jugo antes de seguir hablando—: Y papá es defensor de que para ser alguien no necesitas un título universitario. Solo quieren que sus cuatro hijos sean felices y no unos inconformes frustrados.

—Tus papás son geniales.

—Sí que lo son. Para muchos son raros o tal vez los consideren invasivos en cuanto a la vida de sus hijos, pero el método de crianza que usaron con nosotros de verdad que funciona. Amo a mi familia y sé que te caerán aún mejor cuando los conozcas.

—¿Voy a conocer a tus padres?

—Por supuesto —respondo antes de masticar y tragar—. Bueno, si algún día estás dispuesta a ir a Irlanda, pero sin presiones, aún tenemos tiempo para llegar a ese punto.

»¿Qué hay de tu hermanito? Nacerá pronto.

Es hermoso ver cómo se le iluminan los ojos. Ese niño será muy afortunado por todo el amor que le dará su hermana mayor.

—Ya quiero conocerlo. —Sonríe—. Veo a Valentina en las videollamadas o en las fotos y no puedo creer lo mucho que le ha crecido la panza. Espero estar allá cuando nazca, quiero verlo por primera vez en persona, no en una foto.

—Si dices Clover tres veces se cumplirá, da buena suerte.

—Estás loco.

—En serio. ¡Vamos! Dilo.

Sus labios tiemblan por contener la risa y yo la apremio a que lo haga.

—Clover, Clover, Clover —dice con lentitud.

—Ya verás que se cumple. —Le guiño un ojo.

Ríe y terminamos la cena. He tenido muchas citas en mi vida, pero esta es la primera vez en años y se siente increíble, nos lo estamos pasando muy bien. Agradezco que lleguemos al postre y que no se ponga cursi con que «compartamos», porque quiero mi pastel de chocolate para mí solo, y ella debe de pensar lo mismo de la tarta de limón que acaban de traerle.

—Vayamos un poco al futuro —me dice antes de lamerse el dulce de los labios, lo que me distrae un poco—. ¿Qué hará Callum Byrne después de graduarse?

Puesto que eso sucederá en poco más de un año, me sorprende que salga a relucir en este momento. La verdad es que, ahora que lo pienso, nunca hemos hablado del futuro, de planes o metas profesionales.

—Planeo hacer un máster mientras ejerzo y luego espero hacer un doctorado.

—Ambicioso, me gusta. ¿Tienes alguna universidad pensada?

—Sí, antes de venir a estudiar aquí ya me había planteado mis opciones. No suelo ser alguien que siga pasos y procesos, pero con mis estudios hago la excepción. —Me limpio las manos con la servilleta—. Hay dos universidades en Irlanda en las que me gustaría ingresar para el máster, y como tercera opción tengo una en Londres.

»Y sobre el doctorado, mi primera opción es la Universidad Ocrox de Viena, su programa de investigación es brutal, al igual que los cursos que imparten. Cuentan con un convenio con la sede de aquí y yo tengo un buen perfil para ingresar. Si no, también me gusta mucho el programa de estudios de la Universidad Ocrox de Berlín. Espero entrar en alguna de ellas, pero de no ser así, otras universidades funcionarían.

Pero entrar en las sedes internacionales de mi *alma mater* sería increíble. Además del prestigio y reconocimiento, me interesan lo completo que es su programa de estudios y el profesorado, y sé que los mejores de la profesión salen de la Ocrox, sea cual sea su sede, solo que, en mi caso, Viena es la primera opción y la más deseada.

—Tengo las esperanzas puestas en esas opciones porque su programa es increíble y su nivel académico es justo lo que quiero. —Siento que el rostro se me calienta y me llevo las manos a las mejillas—. ¡Duendes! Perdón, me pongo en modo sabelotodo y me avergüenzo.

Mis palabras la tienen sonriendo mientras pone el codo sobre la mesa y apoya la barbilla contra su mano.

—Estoy impresionada —confiesa—, no esperaba respuestas así de firmes y ambiciosas, pero no sé por qué, teniendo en cuenta que eres superinteligente y has demostrado tu pasión por los estudios. Eres de los mejores o quizá el mejor de la clase.

—Tú eres de las mejores, estás la segunda en las clases que compartimos.

—Porque tú estás el primero, pero soy la primera en las demás… Bueno, Kevin tiene el primer puesto en un par, pero lidiamos con eso. —Se ríe—. Pero, en serio, eres un increíble estudiante, Callum, y escuchar todos estos planes de formación académica que tienes me deslumbra.

—Venga, me harás sonrojar —bromeo, haciendo un gesto con la mano—. Mejor háblame de tus planes.

—Sí quiero hacer un máster en Londres, pero primero al graduarme quiero tomarme un año para viajar a Brasil y conectar con la cultura de mi madre. Siento que me alejé demasiado y me haría bien pasar un tiempo con la familia materna, conocer el país, sus costumbres, vivirlas, expresarlas. De alguna manera considero que me acercaría más a mamá.

Se queda en silencio como si esperara que cuestionara sus palabras, pero la verdad es que estoy intrigado.

—He estado muy pocas veces en Brasil y, aunque papá ha intentado mostrarme mucho de mi cultura brasileña, la verdad es que no es lo mismo, quiero vivirla. Tal vez podría hacer un voluntariado o trabajar durante todo ese tiempo, aunque dudo que sea en el área forense, y luego regresaría por el máster y me dedicaría de lleno a ejercer.

—¿De qué parte de Brasil es tu familia?

—Brasilia.

—¿Qué opina tu papá de tus planes?

—Me apoya, considera que es muy importante que conectemos con nuestras culturas, y la idea de que lo haga con ese lado de mi madre lo hace feliz y orgulloso.

—Está genial, Clover. —Le sonrío—. Me parece increíble.

—Lo he pensado durante un par de años —confiesa—. Al principio no estaba muy segura, porque tenía miedo de que pensaran que estaba loca por lanzar así un año de mi vida cuando se espera que trabaje de inmediato o siga estudiando, pero al final solo estaría haciendo lo que considero mejor para mí y siguiendo la decisión con la que me siento a gusto.

—¡Bien por ti! —Me inclino sobre la mesa para chocar la mano con la suya y ambos reímos cuando regreso a mi asiento.

—Así que Irlanda, Viena o Berlín. —Me señala y luego se señala a sí misma al volver a hablar—: Un año en Brasil. ¡Uf! Son caminos bastante alejados.

—Sí… —musito al caer en la cuenta de ello.

—Lo bueno es que falta todo un año —dice sonriendo, y asiento devolviéndole el gesto.

Pero me recuerdo a mí mismo que el tiempo siempre corre y, cuando menos te quieres dar cuenta, todo sucede. Sin embargo, no pienso demasiado en ello porque soy la clase de chico que «vive el momento» y, más que afligirme en este instante por lo distante que están nuestras metas y destinos, me contentan su ambición y sus ganas de ir a por más.

Cuando terminamos nuestros fabulosos postres y la conversación, pago la cena más cara que he comido en meses, pero lo hago con gusto porque estaba deliciosa y Clover y yo lo pasamos increíble. No sabía cuánto quería esta cita hasta que ha sucedido.

—Me encantaría hacerlo otra vez —digo mientras esperamos fuera a que traigan mi auto, con un brazo envuelto alrededor de Clover.

Me encanta que de alguna manera siempre nos estemos tocando o compartiendo pequeños roces que hacen saltar las chispas.

—A mí también me gustaría, pero, en serio, la próxima vez vayamos a un sitio de comida rápida, eso también estaría genial.

—Suena bien.

Con mi mano libre le subo el mentón y le doy un suave beso en la boca antes de mirarla con fijeza a los ojos.

—¿Quieres venir conmigo a casa para ver mañana las Kardashian con Arlene?

—¿Qué código para tener sexo es ese? —Se ríe.

—¡Oye! Es una invitación muy seria a nuestro momento sagrado.

—Hum, podría ir simplemente mañana por la mañana, para ello no necesito irme contigo hoy.

Hacemos un duelo de miradas y termino por suspirar.

—De acuerdo, sí quiero que te unas mañana a nosotros, pero hoy me apetece mucho subirte el vestido, romperte las bragas y enterrar la cara entre tus piernas para lamerte, chuparte y devorarte… ¿Sabes qué? Más me apetece que te sientes en mi cara mientras te encorvas y me la chupas. —Sonrío imaginándolo—. Sí, eso estaría genial, te correrías en toda mi cara, y antes de que pudiese acabar en esa garganta succionadora tuya, te pondría a cuatro patas y me conduciría dentro de ti, centímetro a centímetro.

Hay unos largos segundos de silencio en los que llega el auto. Cuando estamos dentro, con los cinturones de seguridad puestos, arranco y ella habla:

—La verdad es que ese sesenta y nueve combinado con estar a cuatro patas suena encantador. —Me giro para mirarla con una sonrisa—. Me apunto a la fiesta de pijamas con el Irlandés.

—Amo nuestras fiestas de pijamas —celebro.

Sin duda alguna, esta ha sido la mejor cita de mi joven e irlandesa vida.

38

CONFÍO EN TI, IRLANDÉS

Callum

—¡Jagger!

Ante mi llamada, él alza la vista y me da una pequeña sonrisa de reconocimiento mientras acorto la distancia entre nosotros. Al alcanzarlo, me dejo caer en la silla frente a él y me planteo robarle una de sus papas, pero al final no lo hago.

—¿Dónde has estado? No te he visto desde hace años —le hago saber.

—He estado en todas partes, creo que tú has estado bastante oculto.

—No me di cuenta de que te morías por ver este apuesto rostro. —Me señalo la cara—. ¿Qué hay de nuevo en tu vida?

—Nada.

Su respuesta simple para mí significa «todo». Pero no hago preguntas que sé que no me responderá y, para ser honesto, yo también ando en mis propios asuntos.

Puede que Jagger esté ganando rápidamente poder en la universidad a pesar de ser un novato, pero aún es joven y no quiero involucrarlo en mis problemas, por lo que no comento nada y él tampoco menciona el ataque que hubo contra mí, aunque tiene que haber escuchado sobre ello. Tampoco hablamos de los dos estudiantes hospitalizados en estado crítico por las drogas que corren por el campus ni sobre las agresiones sexuales o Bryce.

—Faltan pocos meses para que termines tu primer año.

—¿Me darás una medalla o premio por ello? —pregunta sonriendo.

—¿Qué quieres de regalo?, ¿otro tatuaje? Parece que comienzas a acumularlos rápido.

—Simplemente me gusta… Así que viniste a mi mesa a saludarme y hablar de tatuajes —dice con diversión y desconfianza.

La verdad es que me acerqué con la intención de que me actualizara con cualquier dato que pudiese servirme, pero sacarle información a Jagger es como ir a que me extraigan una muela.

—Seré honesto, quiero mendigar si sabes algo nuevo —acabo por confesar.

—¿Sobre qué?

—Sobre la situación de las drogas.

—No sé nada —responde, y ambos sabemos que miente.

—¿Y tienes información sobre cualquier cosa de Bryce?

—No puedo.

—¿Por qué?

Su respuesta es encogerse de hombros y tomar una de las papas. Suspiro, pero no me frustro porque esperaba esas respuestas. Ya lo dije antes, si él me hubiese preguntado, yo también habría sido muy vago en mis respuestas. Al menos espero que sea consciente del nivel de peligro de Bryce, pero… ¿y si no lo sabe?

—Jagger, te voy a comentar algo muy casual —comienzo— sobre Bryce.

—¿Sí? —Su mirada no está enfocada en mí.

—No es un simple, y creo que lo mejor sería que no te involucres en nada que tenga que ver con él.

—Claro —responde de forma distraída mirando detrás de mí.

—Lo digo en serio, personas peligrosas lo respal… —Noto que sus labios se aprietan con desprecio—. ¿Jagger?

Me giro e intento descifrar dónde está fijando la vista, pero hay demasiados estudiantes y un par de personas que me parece que son profesores. Todo se aclara cuando un hombre, que creo recordar haberlo visto con Lindsay alguna vez, el profesor de Ética, lanza una mirada hacia nosotros llena de desprecio antes de que una sonrisita cínica se le dibuje en el rostro. ¿Qué demonios?

Me vuelvo hacia Jagger, que no le quita los intensos ojos de encima. Pese a ser tan joven, hay que admitir que resulta intimidante.

—¿Por qué te mira así ese profesor de Ética que me dijiste que no tiene ética?

—Porque es una basura —es su respuesta—. Varias estudiantes… —Me da su atención, pero no continúa—. Él…

Se calla de golpe y digo su nombre instándolo a seguir, pero noto que se cierra mientras sacude la cabeza en negación.

—Solo es alguien demasiado amistoso con sus alumnas. —Se pone de pie de forma abrupta—. Mira, tengo que irme. ¿Te parece si hablamos después? Tengo que ir a clase.

—Supongo que te veo luego —alcanzo a decirle antes de que se vaya y conteste una llamada telefónica.

Pero maldigo al darme cuenta de que tal vez no prestó atención a mis palabras y que tampoco terminé con mi advertencia sobre que es mejor que no se acerque o indague sobre Bryce. Espero que pronto podamos tener esa conversación.

Mi teléfono vibra y sonrío cuando veo que se trata de Clover.

Mi trébol: Tengo la tarde libre. Te apetece salir?

Callum: una cita?

Mi trébol: si quieres

Callum: hay una película que quiero ver en el cine

Callum: Puedes conseguir los boletos?

Su respuesta es positiva y busco los horarios y la película sonriendo para que me diga si está de acuerdo. Cuando se pone en marcha con ello, me siento satisfecho porque tendremos otra cita. Después de nuestra fabulosa y costosa cena, de hecho, dos días después, tuvimos una segunda en un autoservicio de McDonald's, tal como habíamos dicho esa noche. Ella pagó y pasamos un buen momento riendo, besándonos y hablando; fue increíble.

Pasamos tiempo juntos siempre que podemos, vemos *realities* e iniciamos una serie, follamos, pero también nos acurrucamos. Algunas veces me quedo en su piso y otras tantas ella se queda en mi casa.

Me encanta cómo las cosas están marchando entre nosotros, no se siente forzado ni nos presionamos. No pensé que las cosas entre Clover y yo se desarrollarían con esta química, pero ha sido una increíble sorpresa.

Sin embargo, por mucho que me encante perderme en pensamientos sobre ella, recuerdo que estaba entrenando y que posiblemente apesto. Me inclino con disimulo para olerme la axila y, por fortuna, creo que nadie se morirá a mi alrededor, pero, teniendo en cuenta que poco después me llega el mensaje de confirmación de Clover diciendo que ya tiene los boletos para dentro de un par de horas, es evidente que necesito una ducha con el fin de ser un novio perfecto para mi trébol y que ella piense: «Siempre soñé con un irlandés».

Me pongo de pie, tomo el envase con los restos de comida que Jagger no tiró y lo arrojo a la basura más cercana antes de comenzar a caminar para ir a mi dulce morada. Debido a que el plan era correr para hacer cardio, no vine en auto, así que comienzo a caminar para hacer el calentamiento del trote de regreso que me espera, pero no llego muy lejos porque me doy cuenta de que alguien me está siguiendo. Al girarme, me encuentro a un mierdecilla llamado Bryce.

—¿Qué pasa? ¿Eres mi mayor fan? —pregunto, deteniéndome y enfrentándolo.

—Me pareció verte en la distancia y decidí pasar a saludarte.

—Ah, qué amable por tu parte. —Sonrío—. El otro día me llegaron tus saludos.

Hago alusión al ataque en el que todo podría haber salido peor y, por supuesto, la maldita escoria sonríe.

—Pero creo que no te llegó el abrazo tan fuerte como te lo envié —es su respuesta—. Me contaron que te pusiste afectuoso.

Ah, la puñalada en el muslo de uno de esos bastardos, lo recuerdo con especial cariño.

Ahora que sé que es austriaco, soy capaz de identificar el acento sutil que a veces se le escapa. Sucede muy poco, porque mayormente se esfuerza por hablar con un acento de los barrios bajos de Londres.

Su mirada oscura y peligrosa permanece en mí y soy un puto loco que le sonríe mientras doy unos pocos pasos hacia él hasta que solo nos separa una escasa distancia. Veo el pequeño brillo de sorpresa en su mirada antes de que la ira lo opaque, claramente espera que sea un cobarde o desea intimidarme. No me malentiendas, por supuesto que me asusta todo este asunto de que un criminal me siga, pero la ira está tan arraigada en mí que no mide el nivel de peligro, al menos no ahora.

—Cuánto tiempo sin verte, Bryce, la última vez estabas un poco azul y… ahogado. —Sonrío viendo que mis palabras le molestan.

No paso por alto la hipocresía de que predique que Bryce es peligroso y que hay que tener cuidado, pero aquí estoy pinchándole la paciencia porque, al parecer, no puedo cerrar mi gran boca y su simple existencia me toca todas las narices y pone a prueba mi sentido de supervivencia.

—¿A Michael también le diste saludos?

—Personalmente —no duda en responder—, me habría gustado darle uno más amistoso a ese gusano inservible. Es demasiado débil, demasiado blando.

—Apuesto a que te cabrea que en mí no encuentres debilidad.

—No te tomaba por estúpido, Irlandés. ¿Sabes? Incluso pensaba que podríamos llegar a un acuerdo, pero eso fue antes de que pusieras los ojos en *mi* juguete y te metieras donde nadie te llamaba.

Me llevo una mano a la boca para contener la ira ante la absurda declaración de que Clover es «su juguete», pero igualmente él nota mi molestia.

—Oh. ¿Eso te enoja? —Se ríe.

—La verdad es que me enoja, pero también me sorprende la mentira en la que vives, creyendo que te robé algo. Una persona no es una propiedad. ¿Estás colocado, que andas imaginando esas cosas?

Mi tío me pidió que tuviese cuidado y aquí estoy, jugando con fuego. Es que no aprendo o hay algo mal en mi medidor de peligro.

—Ten cuidado con lo que dices, Irlandés.

—¿Piensas que te tengo miedo? —pregunto.

Sí, le tengo miedo, pero nadie tiene que saberlo, sobre todo él.

—Deberías.

—¿Sabes cuál es tu error? Creer que todos correrán al oír tu nombre. Aquí estás, de pie mientras todos tus sucios lacayos venden tu sucia droga, creyéndote poderoso mientras otros te protegen, pero ¿sabes qué? Que no me conoces, me parece que ahora incluso te conozco mucho más, Rhode... Aunque escuché que tu primer apellido es... ¿Fischer? —Estiro la mano para acomodarle la chaqueta y luego el cuello de la misma con demasiada fuerza.

Se tensa en cuanto digo el apellido y sus ojos se estrechan, porque no se lo esperaba.

—Me encantaba cómo te veías azul mientras pensaba cuánto tiempo tardarías en dejar de respirar, casi saboreé tu vida escapándose. Cuando me obligaron a liberarte, me sentí triste de que aún estuvieses en el mundo de los vivos —murmuro en voz baja para que solo me escuche él, y aprieto más el cuello de su chaqueta con ambas manos—. No me arrepentí y todavía no lo hago. ¿Y lo del cuchillo en el muslo de tu amiguito? ¡Joder! Tal vez debí apuntar más arriba, perforar algún órgano vital para dejar claro que no están cazando a un corderito.

Mi dedo presiona sobre su pulso. Hay que darle crédito de que no le late deprisa; no es que esperase asustarlo, pero supongo que finalmente entiende que no correré gritando «Bryce, déjame en paz».

—¿Sabes qué es lo que más me gusta de lo que estudio? —pregunto, pero obviamente no espero su respuesta—. Que sé cómo funciona el cuerpo humano, comprendo la forma en la que los órganos dejan de funcionar, sé qué errores no hay que cometer en la escena de un crimen, sé qué lugares causan más dolor y no le temo al desastre de la sangre, las tripas, los sesos o las vísceras. —Le sonrío de costado y aprieto tan fuerte el cuello de la chaqueta que estoy seguro de que le quedará la marca del roce—. Solo imagínalo, un criminalista sabe cómo actuar sin dejar pruebas.

»Puede que te sientas diferente y creas que eres el más grande, pero cuando mueres eres igual que cualquier otro cuerpo inerte y frío que es abierto antes de volverse una simple ceniza. No eres inmortal, y tampoco eres un rey ni mi dueño. Si esperas que sea tu perra llorosa y asustadiza, te equivocaste de irlandés.

Hay unos tensos segundos de silencio. Nunca sabré lo que le pasa por la mente, posiblemente mil maneras de asesinarme, pero me mantengo firme porque este tipo huele la debilidad, busca atacar a quienes cree que son presas fáciles que no se podrán defender. Comienzo a entender que cuando las presas se alzan se le aloca el sistema, porque entonces se da cuenta de que no tiene el control ni el poder.

—Vas a sangrar —me advierte— y me encargaré de que lo hagas sobre una bandera de tu querida Irlanda.

—¿Y tú qué tienes en contra de nuestra bonita nación, pequeño Bryce? —dice una voz detrás de mí.

Ambos nos sobresaltamos. De alguna manera consigo ver que a una corta distancia hay unos tipos que se supone que son estudiantes, pero que reconozco de aquella fiesta, son los que protegen a Bryce, pero eso pasa a un segundo plano cuando la mano de la voz que vino de detrás de mí se posa sobre mi hombro. Me tenso durante unos breves segundos antes de que vuelva a hablar, y el acento irlandés junto con la entonación hace que se me acelere masivamente el corazón.

—Amenazar con manchar de sangre nuestra bandera es ofensivo —dice con lentitud la voz—. No pensé que esa sería la primera cosa que te escucharía decir, Bryce.

—¿Y quién mierda eres tú? —pregunta el mencionado, que claramente está perdiendo el control de su ira y locura.

La mano me libera el hombro y avanza hacia Bryce como un depredador; la basurita no baja la mirada, pero luce desconcertado con la nueva presencia en nuestro acalorado debate. Bryce está acostumbrado a intimidar a todos, pero no a que alguien con un aura tan poderosa y una presencia tan imponente le descuadre los juegos.

El recién llegado alza la mano haciendo que destaque un grueso anillo plateado de su índice. Creo que Bryce solo tarda unos segundos a identificarlo, y eso dice mucho, porque muy pocos saben el significado de esa joya, solo aquellos que viven o se relacionan con los duros del mundo criminal.

—Cuando veas a tu papá, dile que Lorcan McCarthy le manda saludos y que si su hijo quiere ser amistoso, con gusto le daré mi cariño, y no creo que eso vaya a gustarte, pequeño Bryce —dice con voz fría mi tío—. Ahora, creo que es hora de irte, pero descuida, tú y yo nos veremos pronto, Bryce Rhode. ¿O prefieres que te llame Bryce Fischer? Tal vez te resulte más familiar tu dulce apodo de Rhoypnol. Tú dime con qué nombre te sientes más cómodo y lo usaré encantado. Después de todo, planeo que seamos cercanos.

—¿Quién carajos eres? —pregunta con fuerza, y Lorcan borra su sonrisa.

—Soy alguien a quien no quieres molestar. Vete. Ahora.

—¿Me vas a obligar?

—Dime si debo hacerlo, porque me encanta ensuciarme las manos, y no te haré sangrar sobre tu bandera, pero sí sobre donde sea que te encuentres cuando te arranque la piel y te corte esa lengua inservible, para después quemarte los ineficientes orificios de la nariz por donde te metes toda esa porquería que ni siquiera sabes vender.

»Dame una razón para iniciar una guerra en la que, o te mato yo o lo hacen los tuyos, por inservible y por romper las líneas políticas establecidas entre tu familia y mi gente. Rétame a hacerlo, y aquí mismo, con testigos o sin ellos, ponemos fin a tus problemas con el Irlandés pero iniciamos tus problemas conmigo.

Bajo la vista hacia las manos de Bryce hechas puños, y mi tío hace una mueca mirándolo de arriba abajo como si se tratase de basura.

—Toma una decisión ahora y no me hagas perder el tiempo.

Bryce desplaza los ojos de él a mí. La ira es muy potente en su mirada y finalmente entiendo lo que sucede: alguien con un rango por encima del suyo y con más poder me está protegiendo.

—Tócalo —Lorcan me señala con el pulgar— y empezarás esta guerra.

Hay un minuto entero de silencio y luego Bryce se gira y se aleja, así, sin más. Estoy anonadado porque se tragó toda su bravuconería.

Moira siempre tuvo razón, Lorcan McCarthy era la respuesta.

Cuando el tío Lorcan se gira, tiene una expresión de fastidio en el rostro. Observo a este hombre, que es varios centímetros más alto que yo y resulta imponente con su musculatura envuelta en un elegante traje de tres piezas, lo cual es un inesperado contraste con el estilo casual de su cabello rubio despeinado. Nunca entenderé cómo es posible que se vea más joven. No es que me haya dicho su edad, pero sé que es algunos años menor que papá.

—Sígueme, Call-me, y procura mantener tu gran boca cerrada hasta el auto.

Y curiosamente obedezco, porque estoy intimidado y agradecido por su sorprendente presencia. Subo sin rechistar junto con él en el asiento trasero de una camioneta plateada totalmente blindada, y dos hombres que estaban en los asientos delanteros bajan.

Lo miro otros pocos segundos antes de finalmente abrir la boca y hablar:

—Te ves jodidamente joven, tío. —Le palmeo el brazo—. ¡Duendes! Pareces un mafioso sexi de película.

—Así que no solo eres estúpido por teléfono. —Hace una mueca que me tomaré como una sonrisa y luego me evalúa—. Has crecido, Call-me.

—Sí, soy un tipo alto —murmuro de forma distraída, mirando su anillo—. ¿Por qué Bryce reconoció tu anillo?

—¿Por qué crees? Estoy seguro de que leíste muy bien mi breve correo y sé que tu memoria es buena.

—¿Bryce Fischer? —indago en el nombre por el que lo llamó.

—Es su casa criminal, la mafia austriaca, y no me agrada —dice sin emoción.

—Creo que vomitaré —susurro.

—Bryce es el hijo de una figura muy importante de la familia Fischer, de la mafia austriaca, aunque todavía no tiene un cargo importante. Lo enviaron aquí para que usara los prototipos de una droga experimental de los cuales supongo que ya estás viendo el resultado en todos los estudiantes muertos, en coma o con parálisis.

—¡Por toda la maldita suerte! —Estoy sorprendido. Lo sospechaba, pero es incluso más impactante, y él no se detiene.

—Es joven y estúpido, desde su punto de vista tiene todo el poder y control en esta universidad, y ese es el problema de los novatos: la prepotencia y arrogancia los ciega y los hace cometer muchos errores.

»Además de ello, pasa demasiado tiempo metiéndose cosas en la nariz, inyectándose heroína, y todos saben que no comes lo que vendes. Es un error de principiante y, como al parecer no estaba lo suficiente jodido, tiene serios problemas de cabeza, es un lunático absoluto. Podemos llamarlo un «violador en serie».

De verdad quiero vomitar con toda esta información.

—Se volvió descuidado, por lo que estoy seguro de que, en unos pocos meses, menos de un año, los Fischer lo mandarán a buscar porque está atascando el proceso y se ha vuelto una carga inestable.

Sí, pero Clover y yo no tenemos meses para que juegue con nosotros mientras su querida familia lo manda a buscar. Tener a un jovencito mafioso persiguiendo mi culo irlandés no es bonito ni alentador.

—No tengo meses —murmuro mirándome las manos y luego hacia él—. No puedo esperar meses. O me mata o lo mato.

Y me asusta un poquito, porque lo digo con honestidad; es decir, casi lo ahogué y hace unos minutos le dije que me arrepentía de que no muriera.

También apuñalé a alguien y no sé hasta dónde soy capaz de llegar para protegernos.

—¿Qué fue lo que le hiciste? Dijiste que casi lo mataste, pero no encontré nada de ello.

Estoy sudando como si estuviese corriendo, me noto sofocado y se lo hago saber, razón por la cual abre apenas un poco las ventanas delanteras de la camioneta.

—Él intimidó a mi novia y quiso llevarla a algún sitio para... —Ni siquiera quiero decirlo—. Desde ahí no paró. Es como si sintiera un placer perverso por perseguirla y agobiarla. Comenzó a enfrentarse a mí cuando supo que estábamos saliendo y entonces una noche en una fiesta...

»Lo encontré tocándola mientras ella no quería y nadie la ayudaba. Se lo quité de encima, pero luego comenzó a hablar sobre que «no» es «sí», sobre todas las mujeres a las que ha obligado y perdí el control. —Me paso las manos por el pantalón deportivo intentando secar el sudor—. Estaba cegado y solo pensaba en que dejara de respirar, así que comencé a ahogarlo y, si no me hubiesen detenido, estoy seguro de que Bryce ya no estaría aquí.

—Por eso te quiere hacer sangrar —dice con serenidad.

—Y supongo que también por placer y perversidad.

—Seguramente —concuerda, con un leve asentimiento y la vista al frente—. Es evidente que te quiere muerto.

—Muchas gracias por el consuelo, tío amado.

—Y también que está encaprichado por tu novia, el hecho de que no haya podido tenerla es lo que lo alimenta aún más y no se detendrá. Si le quedan meses aquí, encontrará el tiempo para dedicarlo a ustedes, sobre todo a ella.

—Guau, eres experto en reconfortar a las personas —comento, y supongo que no se pierde el tono de mi voz, porque enarca una ceja.

—La cosa es que no puedo ir por la vida eliminando a miembros de otras organizaciones, eso desencadenaría mucha sangre, turbulencias e inconvenientes; básicamente, una guerra en la que se verían afectados incluso civiles. —Sus ojos azules se vuelven hacia mí—. Y respondo ante una organización, incluso si mi rango está muy por encima. No puedo asesinarlo, al menos no en este momento.

—No te pedí que lo hicieras.

—¿Para qué me contactaste? —Casi suena a burla.

—Quería información...

—Y ahora que la tienes, ¿qué harás? —Definitivamente se está burlando. Está claro que no sé qué responder, porque en primer lugar no esperaba que conseguiría todo este horrible historial de un tipo que no imaginaba que estaba tan marcado por la oscuridad.

—Eso pensaba —concluye ante mi silencio—. No puedo tocar a ese mierdecilla inútil sin que su familia reaccione. Querría hacerle todas las cosas que dije, y podría, pero no por ti, no se vería bien en mi organización. Sin embargo, podemos hacer algo bastante simple, algo parecido a lo que acabo de hacer.

—Me gusta el plan simple —digo, y eso lo hace sonreír.

—Primero dime algo: ¿cuánto te falta para graduarte?

—Poco más de un año.

—¿Y todavía planeas estudiar un máster en Irlanda y un doctorado en Viena?

—Si me aceptan.

—Tienes notas impecables y un buen perfil, te aceptarán. Y de no ser así, yo me encargaré.

—No tienes que…

—Sí tengo, Callum, porque si yo digo que estás bajo mi protección para que ese mocoso lunático no te toque, tú vuelves a Irlanda al graduarte y así evitamos que te suiciden misteriosamente o que tengas un accidente.

»Harás el máster en Irlanda, donde tendré los ojos sobre ti. En cuanto al doctorado, tendremos que evaluarlo, Viena es su territorio, a menos que los otros austriacos hagan un intercambio de favores.

—¿Qué otros austriacos?

—No creo que sea el momento para que lo sepas, Call-me.

—¿Más crimen?

—Crimen organizado —responde con simpleza—, vamos a llamarlos «la realeza austriaca». Son presumidos y en ocasiones desagradables, locos y despiadados, pero mucho más inteligentes e importantes que los Fischer.

—Quiero estudiar en Viena, Bryce no puede quitarme eso.

Me dedica una larga mirada.

—Vamos poco a poco, aún ni siquiera te has graduado, ya veremos.

Me paso las manos por la cabeza, porque puede que esos fueran mis planes iniciales, pero es sofocante que dependan de Bryce. Lo odio.

—¿Por qué lo dudas? —pregunta mi tío al ver mi incertidumbre—. Dijiste que te gustaba lo simple.

—Mi novia…

—La peor enemiga del hombre habita entre sus piernas, y es la polla —se lamenta—. ¿Vas a hablarme de amor?

—Solo quiero saber cómo encaja ella en esto.

—Le extenderé mi ayuda, pero, a diferencia de ti, ella no tiene un víncu-lo familiar conmigo.

—No puedo tomar decisiones por ella, debe tener una oportunidad de elegir.

—No veo muy difícil elegir entre ser violada o que la salven, vivir o morir, pero si eso es lo que quieres… Llévame a buscarla y terminemos con esto de una vez, necesito tomar el vuelo de esta noche para regresar a Irlanda.

—¿Quieres verla?

—Sí, y ahora.

—Antes de decidir algo respecto a eso, necesito que me digas qué es todo esto de la protección.

—Es algo parecido a lo que acabo de hacer, solo que menos violento. —Hace una mueca como si le fastidiara—. Hago saber en un mensaje que respondo ante ti, que si te tocan, nosotros reaccionamos, y eso te mantiene a salvo.

—Entonces ¿por qué quieres que me vaya de Nottingham al graduarme?

—Porque ninguna tregua es eterna. Es todo lo que puedo ofrecerte, Ca-llum, y siéntete afortunado, no todos tienen esta suerte.

Tiene razón. No todos tienen a alguien que les proteja y les respalde para volverlos intocables. Él me está presentando una salida sin sangre y dolor para mí y para Clover, y todo este asunto de estudiar fuera ya estaba en mis planes, y en el caso de Clover, ella estará en Brasil durante un tiempo. Es la sa-lida perfecta y rechazarla sería sentenciar nuestro futuro. Sin embargo, necesito que Clover tenga el poder de elegir, que sea su decisión, porque es su vida, su futuro, así que le hago saber a mi tío que le escribiré a Clover para que se una a nosotros en la camioneta y así poder ir a un lugar que él dice que es perfecto y seguro para esta conversación.

No le digo a Clover que estoy con mi tío, solo le hago saber que necesito que nos encontremos en este lugar.

—Si ella acepta, ¿significa que estaremos a salvo durante todos los meses que Bryce esté aquí?

—Es lo que di a entender.

Pero ¿y las demás personas? Si nosotros no somos las víctimas, ¿quiénes lo serán?

—Por cierto, bonito anillo de mafioso. ¿Es de platino? —pregunto para calmar mis pensamientos.

—Es de paladio.

—Tienes clase —murmuro, mirando por la ventana a la espera de Clo-ver—. Es un mineral bastante caro y valioso.

—No hay nada que no pueda tener.

—Suenas caprichoso —le hago saber—, pero supongo que así se sienten todos los tipos que tienen poder.

»No puedo creer que de verdad acudiera a ti, no pensé que esto pasaría nunca. No te ofendas, pero es que papá siempre nos advirtió de que no tuviéramos contacto con esa parte de tu vida.

—No me ofende, tu papá es muy listo y tiene razón, Call-me, no tienes nada que hacer con mi gente ni por qué mezclarte con nosotros. Sin embargo, es bueno que me contactaras o ya estarías muerto.

—O Bryce estaría muerto —digo con bastante seguridad de que me habría encargado de ello.

—Lo que te haría estar muerto. Tócale un pelo a ese mocoso engreído y desearás una muerte rápida por todo lo que te haría su organización. Estarías muerto.

—Qué terrible consuelo.

—No vine aquí a llenarte de esperanzas y mentirte, eres lo suficiente fuerte para escuchar todo esto.

—Por cierto, esto será un secreto, ni papá ni ningún otro miembro de mi familia pueden saberlo.

Las palabras me queman, porque entre nosotros nunca ha habido secretos y las mentiras siempre han sido piadosas, pero es lo mejor.

—No me pasaba por la cabeza decirle a Donovan que su pequeño tiene una vena asesina y que, debido a ello, tengo que protegerlo. De mí no lo sabrá.

—Gracias, en serio, gracias.

—Somos familia e, incluso si no eres mi favorito, te vi crecer y sería una pena que dejara que te torturaran y mataran. —Suspira—. Nunca dejaría que un hijo de mi buen amigo tuviera tal destino, incluso si es un charlatán pelirrojo.

Muy a mi pesar, río por lo bajo. Creo que también es una risa nerviosa.

—¿Dónde está tu prometida? Pensé que la conocería. —No me responde—. ¿Estoy invitado a la boda?

—¿Te apetece rodearte de toda una organización armada?

—La verdad es que me da curiosidad, pero creo que no.

—«Curiosidad» —repite, y luego ríe antes de despeinarme—. Sigues siendo igual de peculiar que cuando eras un niño, siempre saliendo con lo inesperado y diciendo lo que te pasa por la mente.

»Eres auténtico, y por eso te creo cuando dices que podrías matarlo. —Borra su sonrisa—. Y la verdad es que me sorprende ver esa oscuridad en ti, pero no lo hagas, Call-me. Ahora soy consciente de lo que eres capaz, pero no creo que ese sea tu camino o destino.

—No lo entiendes —susurro—, sé que soy diferente, que hay algo que no es moralmente bueno en mí, quiero estar de este lado, pero cuando él me cabreó no pude controlarlo. Y luego están esos pensamientos cuando me enfado o me envuelve la crueldad y entonces quiero hacer daño verbal o físico.

Se golpea el dedo del anillo contra el muslo mientras me mira.

—Tu familia desconoce esos impulsos, ¿verdad?

—Fui a ver a psicólogos varias veces, cuando mamá pensó que era adecuado.

—Por supuesto, no son tontos, pero creen que el amor familiar te contendrá. —Sonríe con ironía—. No eres malo, Callum. El concepto de maldad es muy amplio, pero tú simplemente eres astuto y sientes demasiado, no te gusta sentirte inferior ni acorralado, te gustan la sangre y el conocimiento de saber cómo hacer daño antes de que te lastimen a ti o a quienes te importan.

»Pero eres peligroso, demasiado curioso y ahora me doy cuenta de que arriesgado. Pocas cosas te asustan realmente. Empujas y empujas sin importarte qué puertas oscuras se abran en el proceso, porque no temes mancharte. —Ladea la cabeza—. Una persona como tú no puede tener poder.

—¿Por qué?

—Porque eres demasiado inteligente y eso te hará querer siempre más.

Bueno, mierda, lo último que esperaba era que me psicoanalizara, y no sé cómo me siento sobre sus palabras, que me tocan muy de cerca. Es incómodo, pero a la vez esclarecedor.

Clavo la vista en la ventana durante lo que me parecen varios minutos y eso me permite ver a Clover a lo lejos. Abro la puerta de la camioneta, bajo para que me vea, y su sonrisa se tambalea cuando nota el ambiente extraño de los tipos de afuera y el vehículo del que he descendido. No es que crea que le tendí una emboscada o la traicioné, pero el desconcierto es muy evidente en su expresión.

Cuando me alcanza voy a abrazarla, pero recuerdo que no me he duchado y me tengo que conformar con tomarle una mano y apretarla en un gesto tranquilizador.

—Quiero presentarte a alguien —digo con voz calmada, y ella enarca una ceja en respuesta.

—¿A quién?

Me hago a un lado para que pueda ver al hombre que hay dentro de la camioneta.

—A mi tío Lorcan. Tío, ella es mi trébol.

Ambos comparten una mirada, y luego los ojos muy abiertos de Clover se posan sobre mí.

—¿Confías en mí? —pregunto.

Su vista va de nuevo a mi tío. Le tiembla la mano, pero sus ojos marrones se enfocan en mí y me da un lento asentimiento.

—Confío en ti, Irlandés... Pero él es... la MI. —Esto último casi lo susurra.

—Lo sé, pero solo quédate a escuchar, confía en mí, por favor.

—De acuerdo, no enloqueceré, no enloqueceré —se dice a sí misma, y siento que su mano comienza a sudar—. Confío en ti.

Esas tres palabras me dan una sensación de paz, porque yo también confío en ella, y vagamente recuerdo a papá diciéndome que la clave de su matrimonio con mamá ha sido la confianza. El amor es superimportante, la pasión es esencial, pero la confianza es imprescindible. Sin ella no hay nada, y con ella lo puede haber todo.

Lo quiero hacer todo con Clover y que se quede aquí conmigo, dándome la mano y dispuesta a escuchar. Dice mucho sobre el vínculo que hemos construido en este tiempo. Me impresiona y me hace sentir un montón de emociones en las que pensaré más tarde.

39

MI IRLANDÉS

Clover

Confío en Callum, pero no significa que esto no sea una puta locura que me tiene conmocionada, aterrorizada y demasiado curiosa para mi propio bien.

Mantengo la vista en el hombre de cabello rubio sucio —no sé si eso cuenta como color—, ojos azules muy vivos y altura imponente. En serio, es muy alto, más que Callum, y teniendo en cuenta que mi irlandés mide tal vez 1,80 metros, eso dice muchísimo de este señor... Es atractivo, seductor y misterioso.

De verdad que no quería enfocarme mucho en su aspecto físico porque estoy asustada, y cuando las personas tienen miedo no deberían perder el tiempo en detalles tan superficiales, pero mientras hablaba y explicaba la precaria situación, mis ojos deambularon por él detallando, curioseando y analizando la imponente presencia del tío peculiar de Callum.

Tengo buen ojo para reconocer las marcas de ropa y sé que su traje cuesta mucho dinero y que tiene que estar hecho a medida por la forma en que abraza sus músculos, porque el tipo tiene muchos de esos, pero de algún modo consigue verse elegante. No es hermoso, pero resulta magnético y ¡joder! Es muy sexi, en serio, lo es y eso me enoja, la gente mafiosa no tendría que ser así, es demasiado peligroso.

—¿Clover? —La voz de Callum llena de preocupación, junto con sus dedos en mi barbilla, me hace mirarlo—. ¿Qué piensas? Todo tu silencio me está volviendo loco.

—Loco ya estás —respondo, y frunzo el ceño recordando la increíble cantidad de información que el tío sexi me ha soltado sin ningún tipo de anestesia o compasión.

—Pareces enfadada.

—Lo estoy. Ha venido a soltarnos que Bryce es un maldito mafioso, un violador en serie... ¡Una basura! Y que él nos cuida pero no puede tocarlo y... Estoy agradecida, pero también cabreada por toda esta situación.

A veces me pregunto si de no haber ido a esa reunión con Oscar aquella noche, las cosas serían diferentes, pero nunca lo sabré. Sin embargo, recuerdo que entonces Bryce ya sabía mi nombre y que me había interceptado en el baño, así que tal vez siempre me observó, solo que no lo supe hasta que él quiso.

Y antes de mí hubo otras, y si ahora no soy yo... ¿habrá más chicas? Es enfermizo.

—Si no soy yo, entonces ¿quién será? —pregunto, mirando con fijeza sus hermosos ojos verdes—. Es lo que me hace sentir mal, que estoy protegiéndome, pero las otras chicas en el campus corren peligro.

—Lo entiendo y yo también me siento así, pero ¿sabes qué me mata? Imaginar que te lastima, que te hace algún daño irreparable. —Ahora sus palmas me acunan el rostro—. Me importas mucho, Clover, tanto que, incluso si me jode y asquea que él siga caminando en el campus, podré respirar sabiendo que estarás bien.

Nos sostenemos la mirada e intento esbozarle una sonrisa. Hay que admitir que sus palabras me han llegado.

—Eres lindo —murmuro, y él me dedica una media sonrisa.

—Lo sé. —Me da un beso en la comisura de la boca antes de apoyar su frente contra la mía—. ¿Estás de acuerdo en aceptar la protección de mi tío?

Me pone incómoda que haya tantas condiciones para Callum con respecto a este pacto. No es que cambie demasiado, teniendo en cuenta que en sus planes ya se planteaba irse fuera de Inglaterra tras graduarse, pero la idea de que tenga que hacerlo sí o sí para tener protección durante un par de años me pone nerviosa, porque no quiero que salga lastimado. Sin embargo, siendo razonable, supongo que el universo nos habla y es bondadoso dándonos esta salida y esta oportunidad de protegernos. No es que esto me vaya a convertir en una mafiosa ni en parte de lo que Callum llama «la MI», porque, para empezar, ni siquiera soy irlandesa para que me acepten, porque creo que ellos son un poquitín nacionalistas, o eso decía la poca información no confirmada que encontré en internet. Tal vez debería meterme en el lado oscuro de la red para obtener información real, pero, como no quiero amanecer muerta, lo mejor es quedarme con la duda.

—Estoy de acuerdo —susurro finalmente, y mis palabras hacen que Callum exhale con alivio.

Pienso en la manera en que atacaron a Callum en el campus y en su encuentro hoy con Bryce y no me queda ninguna duda de que en este momento esta es la salida que luce mejor para nosotros.

—No tengo mucho tiempo —dice la voz del señor mafioso.

Callum se hace a un lado permitiéndome una vez más darle un vistazo al hombre, que nos mira con las manos dentro de los bolsillos delanteros de su pantalón de vestir y una expresión de indiferencia en el rostro.

Está bastante claro que yo podría darle igual porque soy una desconocida, pero algún tipo de afecto sí debe de tener por mi irlandés, porque solo hay que prestar atención a que viajó por él y pensó en la solución idónea para no armar una guerra pero que le permitiera proteger a su sobrino.

—Clover está a bordo con tu plan —dice Callum, y el hombre asiente sin importarle mucho. Creo que ya intuía que aceptaríamos todo esto.

—Bien, me encargaré de ello antes de irme y, por favor, la próxima vez que intentes ahogar a alguien, asegúrate de que no sea un miembro de alguna organización importante y que tampoco haya muchos testigos.

—En realidad espero no tener que intentar ahogar a alguien de nuevo.

—Lo tienes dentro de ti. —Le dedica una pequeña sonrisa—. Esos instintos oscuros al querer protegerte a ti y a los que te importan. Es una pena que le prometiera a tu papá que nunca aceptaría a ninguno de ustedes en esta vida.

»Aunque supongo que el mundo necesita a policía científica como tú, un criminalista honorable con un poco de desvío que pueda pensar como un criminal para obtener todas las perspectivas. —Su sonrisa se ensancha—. Sin embargo, también podría servirme para el futuro, ya sabes. ¿Cómo lo llamas tú? «Un favorcito».

Luego su mirada se desplaza hacia mí con intensidad y entrecierra los ojos.

—Supongo que también me sirven como favorcito los médicos forenses, teniendo en cuenta a cuántos individuos dejo sin respirar.

Abro la boca no muy segura de qué diré, porque estoy intimidada. Ni siquiera sé si está bromeando o si en unos años me buscará para pedirme un favorcito. ¿Cómo es posible que mi vida haya tenido este giro cuando yo era una divertida estudiante de tercer año que dejaba notas cuestionables en el auto de un irlandés?

—¿Cuántos años tienes? —Es lo que termino por preguntar.

Siento la mirada de Callum y que me embarga un calor por el bochorno. Por suerte sé que no me sonrojaré gracias a mi piel, pero la vergüenza es real.

—Él no habla de su edad —me dice Callum.

—¿Treinta y tres? —pregunto, porque al parecer no puedo callarme. El tío peligroso solo me mira—. ¿Treinta y cinco?

—Clover… —murmura Callum. Quiero callarme, pero no puedo.

—¿Treinta y siete? Vale. ¿Tal vez cuarenta? Pero pareces menor que eso. —No hay respuesta—. ¿Cuarenta y cinco?

Sigo recitando cifras y solo logro callarme cuando el mafioso alza la mano exigiéndome que cierre la boca. ¿Es que me he vuelto loca?

—No puedo creer que viajara desde Irlanda para salvarlo a él y también a ti, ambos son un desastre vergonzoso. —Mira de Callum a mí—. Necesito irme. ¿Tienen alguna duda de lo que ya he dicho?

—¿No puedes hacer más? —De nuevo soy yo quien habla—. Quiero decir, te lo agradezco, pero no puedo evitar sentirme mal de estar a salvo mientras alguien ocupa mi lugar en el campus y…

Me voy callando a medida que da unos pasos lentos hacia mí. Hay que admirar que Callum se ponga de inmediato a mi lado, y sé que, si las cosas se pusieran peligrosas, él no me abandonaría ni me dejaría en manos de su tío.

—¿Me parezco al gordo viejo de Navidad?

—Eh… No, señor Lorcan —respondo.

—¿Tengo cara de bondadoso?

—¿Es una pregunta trampa? —pregunta Callum, y su tío le da una rápida mirada antes de volver a mí.

—Es muy bonito que pienses que en el mundo todos serán buenos y que todos merecen ser felices, pero aterriza, niña. El mundo es cruel, jodido y peligroso. Si no eres tú, siempre será otro.

»Si no es Bryce, serán los miles de Bryce del mundo. ¿Lo que te está sucediendo? ¿Lo que le pasa a mi sobrino? Ni siquiera son asunto y responsabilidad míos, no creo que alcancen a comprender todo lo que he tenido que hacer para darles una protección, claramente no saben cómo funciona este mundo.

»¿Quieren una bala en Bryce? ¿Qué piensan que pasará si sucede? ¿Tienen el coraje de enfrentarse al inicio de una guerra en nombre de ustedes? Porque en el momento en el que ese mierdecilla deje de respirar para que no les haga daño, todo será un caos, una guerra, y los cazarán. Eres importante para mí, Call-me, pero no para toda una mafia que desconoce quién eres, y en cuanto a ti… —Me arquea una ceja—. Tú no me importas.

»Le dirían adiós a sus estudios para buscar refugio, sus vidas cambiarían y, en lugar de estudiar muertos en una morgue, tendrías que enviarlos a la morgue para no ser tú quien entre con los pies por delante. —Me dedica una sonrisa fría—. Entonces ¿estás dispuesta a que haga más, señorita?

Esta vez cuando abro la boca es para dejar ir un resoplido. Bueno, funciono mejor con la molestia que con la vergüenza.

—Sé cómo funciona el mundo, no soy una florecilla resguardada de los males. Desde luego no estoy familiarizada con el crimen organizado ni con las mafias, pero sí con muertes violentas que he estudiado, y sé lo que sucede en todo el mundo. Por si no lo sabes, mis raíces son precisamente de un lugar que vive día a día en conflictos sociales y políticos que terminan en brutales asesinatos. Un lugar plagado de terrorismo.

»Sé que el mundo no es esponjoso y de azúcar, y no espero que todo sea bondad, pero no puedes juzgarme por no ser una mierda que se siente feliz y aliviada porque su horrible destino pase a manos de otra persona.

Siento la mano de Callum apretando la mía, pero no es para callarme, sino para alentarme y hacerme saber que está conmigo, que me apoya.

—Sé que hay miles de Bryces en el mundo y no te estoy pidiendo que vayas a por ellos, y no olvido que también eres un tipo malo. —Le intento sonreír, es difícil parar ahora que estoy hablando—. Te estoy preguntando si no se podría hacer algo más por este Bryce en concreto, que mandó a asesinar a tu sobrino y que hizo que hoy estés aquí.

»Tampoco te pedí que le pusieras una bala o lo asesinaras, y con lo inteligente que eres estoy segura de que conoces más de una opción para alejarlo sin derramar sangre. Solo hice una pregunta que tal vez te parece tonta, pero tendrás que disculparme, no estoy acostumbrada a tratar con personas dedicadas al crimen, señor.

Hay unos tensos segundos de silencio y luego siento la mano de Callum tirando de la mía. Lo próximo que sé es que su boca está contra la mía mientras me pone una mano en el cuello. Pero ¿qué carajos? Ni siquiera es un beso discreto, su lengua está en mi boca y es brusco. Cuando se aleja estoy aturdida. ¿Qué fue eso?

—Lo siento, pero es que verte ser así de estúpida, pero valiente, me emocionó demasiado.

Ni siquiera sé qué decirle, Callum siempre es inesperado.

Hay un carraspeo y centro de nuevo mi atención en la autoridad en el lugar. Noto que, de hecho, tiene una sonrisa ladeada.

—Así que no matarlo, pero hacer algo —repite con lentitud—. No me digas cómo hacer mi trabajo, niña. Francamente, eres estúpida.

—Oye, tío, no me quedaré callado mientras…

—Chist, chist, cállate. —Cierra la mano en el aire como si lo cortara y sin quitarme la mirada de encima—. Eres estúpida, pero tienes agallas, y eso resalta más.

»Call-me, ven conmigo un momento —exige, alejándose.

—¿Estás bien? —me pregunta Callum, buscando mi mirada.

—Sí, de una manera perversa él me agrada, aunque me asusta —confieso.

—Lamento que tengamos que hacer todo esto, pero parecía…

—Lo ideal, lo sé. Fue una buena decisión. —Le doy un beso en la barbilla—. Ve con él, parece tener prisa.

417

Creo que busca en mis ojos alguna señal que confirme que no me voy a volver loca y luego suspira antes de besarme en la frente y caminar hacia su tío.

Miro alrededor de este apartamento pequeño pero lujoso que no está amueblado. No queda muy lejos de la universidad y, pese a que hay dos hombres que andan con Lorcan, no vi a personal de seguridad. Tampoco parece que tenga intención de ser discreto, tal vez eso es lo que quiere, que nos vean con él.

Enfoco mi atención en el rubio y el pelirrojo conversando. El hombre tiene una mano sobre el hombro de Callum, quien asiente con lentitud. Entonces Lorcan le palmea el hombro y retrocede mientras mi irlandés se dirige hacia mí.

—Vamos, volvamos a la universidad.

—Pero no tenemos auto.

—Fuera hay alguien que nos llevará —me asegura, tomándome la mano.

—¿Ya está todo dicho? ¿Estaremos bien?

—Él nos dará su protección al decir que no pueden tocarnos, pero es importante no olvidar que Bryce es un hijo de puta loco, así que solo podemos esperar que lo entienda y que el tío actúe rápido, pero no hay que bajar la guardia.

—De acuerdo. —Dejo que me guíe hacia la puerta.

En el último momento me giro y me encuentro con la mirada azul de Lorcan. Le hago un gesto torpe de despedida con la mano y, en respuesta, él hace una pistola con los dedos fingiendo dispararme. Qué simpático.

Hace dos días fue la reunión inesperada con Lorcan y, aunque todavía nos mantenemos alerta, hay un grado de tranquilidad en saber que nos respalda. Me hace dormir mejor y estar un poco más relajada, cosa que papá y Valentina notan ahora, mientras hablamos por videollamada.

—Estás enorme —le digo a Valentina, y papá ríe—. Quiero decir, en un buen sentido, que el bebé está muy grande.

—Lo sé. —Ella sonríe—. Es raro, pero supongo que todo eso de dar vida lo compensa.

Le tiene que resultar extraño. Tenía uno de esos cuerpos supertonificados que no crees que sean reales y los cuestionas, pero me consta que llevaba una vida saludable y hacía ejercicio de manera regular. Le encanta todo el asunto de ser mamá, pero también es muy válido que muchas veces llore sintiéndose extraña con su cuerpo.

—Estar embarazada no es como lo muestran en las redes —me asegura al tiempo que se recoge el cabello de nuevo en una cola—. No veo la hora de que nazca.

—Ya queremos conocerlo —dice Papá inclinándose, y dándole un beso encima del ombligo—. ¿Vendrás para el nacimiento, cariño?

—Por supuesto, no duden en llamarme apenas comiencen las contracciones.

—¿Entrarás a tomarme la mano? —pregunta Valentina con una sonrisa burlona, y hago una mueca.

—Mi amor no llega hasta ahí, sabes que me aterra.

Ambos ríen, aunque la risa de papá es nerviosa. Sé que está muerto de miedo, pero no quiere admitirlo, y Valentina y yo fingimos no darnos cuenta.

—¿Qué planes tienes para hoy? —me pregunta ella, y bostezo.

—Creo que Callum y yo simplemente veremos una película.

Papá hace un chasquido con la lengua y ella le da un suave pellizco que alcanzo a ver. Poco a poco le he hablado a papá de este «amigo» con el que he comenzado a salir, y digamos que su lado sobreprotector, combinado con que aún me ve como su bebé, lo tiene irritado. No tanto como en el pasado, cuando lo pasé mal enamorándome sola, pero no está muy contento.

—Ya hablamos de esto, papá.

—Todavía tengo mucho que decir al respecto.

Hay un toque en la puerta y sonrío sabiendo de quién se trata.

—Ese es Callum, les dije que quería que lo conocieran. Por favor, no seas odioso, papá.

—¿Odioso? —Papá enarca una ceja y yo pongo los ojos en blanco y me levanto.

—Ehsan se va a comportar, ¿cierto, bebé? —Valentina le da un beso en la mejilla y papá hace una mueca pero sonríe.

Valentina es su debilidad, cualquier gesto o mimo siempre lo derrite.

—Ahora vuelvo, iré a abrirle la puerta a Callum.

Salgo de la habitación y, debido a lo diminuto que es el lugar, no tardo en abrir la puerta y encontrarme a Callum con el cabello un poco humedecido, algunas gotas de agua en la ropa y una caja de pizza en la mano.

—Comenzó a llover justo cuando llegué —me dice inclinándose y dándome un beso suave en la boca—. Hola, mi trébol.

Cierro la puerta y lo insto a seguirme a mi habitación, donde escucho a papá y Valentina conversando. Me dejo caer en mi cama y él se mantiene paralizado en el marco de la puerta con la caja de pizza en la mano.

—¿Dónde está tu amigo? —pregunta papá cuando me ve volver.

—De pie en la puerta, creo que piensa que esto es una emboscada, porque no lo avisé.

—¡Claro que no me avisaste! —Se remueve en la entrada—. ¿Es tu papá? —gesticula, y asiento.

—¿Te pondrás tímido?

—Para nada. —Me sonríe, entra en la habitación, se sienta a mi lado y deja la caja de pizza en mi regazo—. Hola, señor Mousavi, soy Callum Byrne, irlandés de sangre pura, pelirrojo natural y buena persona. —Sonríe a la cámara—. También hola a ti, Valentina. ¿O te llamo «señora Mousavi»? Estás encantadora con el embarazo, Clover me dijo que te falta poco para dar a luz.

»Quiero aclarar que esta es la primera vez que estoy en la habitación de Clover —asegura, y obviamente nadie lo cree.

—Qué alegría conocerte, Callum. Clover me ha hablado de ti —dice Valentina con una gran sonrisa—. Me encanta tu acento.

—A mí no me habló de ti —corta papá con sequedad.

—No mientas, Ehsan —lo riñe Valentina, lo que me hace sonreír—. Clover te ha hablado de su amigo Callum, justo hace unos minutos hablábamos de él y de que serías amable.

—Muy poco —cede papá.

—No seas celoso —lo reprendo.

—Háblanos de ti, Callum, no seas tímido —pide Valentina, ignorando los celos de papá.

—Él no es nada tímido —digo, y para confirmar mis palabras, Callum se aclara la garganta antes de contarles cosas triviales de él.

Papá es incómodo socialmente. Ni siquiera es personal, hay que recordar que nuestras llamadas telefónicas consisten en un silencio incómodo por su parte y que en persona es torpe emocionalmente. Aunque murmura pocas palabras y Valentina se encarga de hablar, él parece interesado y tranquilo con la presencia de Callum en mi vida. Igualmente, no es tonto y ha de saber que «es mi amigo» significa más que eso, solo que aún no le digo que «es mi novio», me guardo la bomba para cuando conozca a Callum en persona.

Durante un rato Valentina ríe mientras conversa con Callum. Es bueno que papá no sea celoso ni inseguro en ese aspecto, porque ella no deja de reír y de decir que es encantador y que le alegra que sea mi amigo. Puede que ella sea solo unos pocos años mayor que yo, pero actúa igual que una madre vergonzosa agradeciéndole por estar en mi vida.

—Bueno, los dejamos para que puedan comer y yo descansar. Esto de estar embarazada es horrible —nos dice—. Creo que este será el único bebé, ya tenemos nuestra bebé mayor. —Me arroja un beso refiriéndose a mí.

—Descansa, los amo mucho, espero verlos pronto. Estaré en casa para el nacimiento.

—Aquí te esperamos, cariño. —Papá me sonríe y asiente hacia Callum con seriedad—. Hasta luego, Callum.

—Nos vemos pronto, señor Mousavi. ¡Besos, Valentina!

—Chaíto, Irlandés. —Ella sonríe y luego la llamada finaliza.

Hay unos cortos segundos en los que simplemente miramos la pantalla frente a nosotros, y luego me da un ligero empujón en el hombro.

—Me amaron. —Hay un aire de suficiencia en su voz y cuando me giro para mirarlo veo que está sonriendo con arrogancia.

—No vayas tan lejos. —Me río, abro la caja de la pizza y tomo una porción.

—Es la verdad, ahora quieren que te cases conmigo y sea parte de la familia Mousavi.

—¡Callum! —Me río más fuerte—. Eres un exagerado.

—Solo digo lo que percibí, me dieron esas vibras de amor. —Toma un triángulo de pizza.

—Muy perceptivo de tu parte —musito antes de morder mi trozo de pizza.

—¿Cómo vas con tu dolor?

Hago una mueca ante su pregunta. Me vino la regla de madrugada y, como sentí que me apuñalaban los ovarios, me vi en la necesidad de escribirle a Callum quejándome de ello. Él lo aguantó y buscó en internet artículos sobre cómo aliviar los dolores y luego se quedó hasta tarde hablando conmigo por teléfono, hasta que el dolor me dejó dormir. También presenció en nuestra clase compartida, esta mañana, mi terrible humor; pareció sorprenderlo, pero sabiamente no lo comentó porque todo me molestaba. Y cuando hace una hora le escribí diciendo que de nuevo me apuñalaban los ovarios, me prometió que estaría aquí cuando terminara un artículo para su clase y no mentía, porque aquí está.

—Tomé un calmante y me ha ayudado, también ayuda ponerme calentita en las mantas. —Muerdo, mastico y trago antes de volver a hablar—: ¿Sabes qué me iría bien? Acurrucarnos.

—Cuenta con ello —dice, agarrando otro triángulo de pizza—. Soy una zorra amorosa y me encanta acurrucarnos.

—¿Sabes por qué celebro que me bajara? Porque no estoy embarazada después de nuestra primera vez.

—¡Salud! —Brindamos con la pizza y ambos reímos—. No quiero sonar imbécil por esto que voy a decir, pero me imaginaba a Valentina diferente.

—Imaginaste el estereotipo más vendido de las latinas. Las personas siempre se sorprenden cuando dice de dónde es, como si no pudiese serlo por ser rubia con los ojos azules.

—Me arrepiento de haber pensado así, pero hoy aprendí algo nuevo.

—Me alegra, en este mundo hay más estereotipos de los que notamos y a veces ni siquiera nos damos cuenta de que caemos en ellos.

Continuamos comiendo. La pizza está deliciosa y la conversación es entretenida. Es difícil que haya silencios con Callum, él siempre tiene algún tema de conversación, es como si su mente no parara.

—Maida estuvo en mi casa.

—¿Haciendo qué? —pregunto enarcando una ceja.

—Pasó el rato hablando con Stephan en el sofá, los vigilé…

—Los espiaste —corrijo, y se encoge de hombros sin sentirse culpable.

—Pero solo hablaban sobre teorías sexuales. Aunque se tocaron, no era nada sexual, fue raro. Sentí que estaba presenciando un juego previo que no era un juego previo.

—Ella está viendo a alguien.

Estoy segura de que pronto acabará, o tal vez el tipo esta vez sea alguien que valga la pena y la valore lo suficiente como para que ella decida continuar.

—Stephan también ha estado follando con muchas. Así que ni idea de su rara amistad… ¿Quieres el último pedazo de pizza?

—Mi héroe. —Suspiro tomando el último trozo del cielo y él ríe, cierra la caja y la lleva a la sala.

Cuando regresa, ya he terminado de comer y él trae dos botellas de agua. Tras un rápido viaje al baño, unos minutos después estamos con las luces apagadas y acurrucados debajo de mis mantas. Su mano se encuentra dentro del suéter, que le he robado antes de meterme en la cama porque es calentito, y me está acariciando con suavidad el vientre arriba y abajo.

—Tengo panza normalmente —rompo el silencio—, pero cuando estoy en mis días parezco embarazada de lo inflamada que me pongo.

—Si crees que pareces embarazada, tal vez deberías aprovechar e ir a todas partes diciendo «Estoy embarazada» para obtener alguna ventaja —aconseja, lo que me hace reír—. Tonta, sabes que es normal que te inflames de esa manera.

»¿Sabes lo que hacía Moira? Nos decía que la cigüeña había venido a dejar nuestro próximo bebé en su panza y por eso debíamos complacerla. Kyra nos decía que no nos la creyéramos, pero yo tenía mis dudas y cedía, hasta que mamá o papá la reprendían.

Mi risa resuena por toda la habitación. Me encanta cada anécdota e historia de Callum con su familia.

Callum se acurruca más contra mi espalda y me da un beso en el hombro. No recuerdo haber hecho esto nunca con ningún novio mientras tenía la regla y se siente increíble. No puedo evitar recordar las palabras de Edna sobre que estar menstruando era una manera de identificar a los idiotas, porque no todos se quedan o se sienten cómodos: yo tenía razón: Callum no es un idiota, y se superconfirma cuando lo comento: lo que hace es reír.

—Es un ciclo normal y para mí es muy cotidiano. Crecí con tres hermanas, perdí la cuenta de cuántos viajes hice a la farmacia para comprarles cosas. ¿Y en el instituto? Kyra y Moira me llamaron de emergencia muchas veces, las encontraba encerradas en el baño esperando que diera con alguna solución.

»¿Y Arlene? La primera vez que le bajó estaba en el instituto y me llamó desde la oficina del director diciendo que ya sangraba y que necesitaba un pantalón urgentemente porque en la escuela la estaban reprimiendo por mostrar libremente que era una mujer que se desarrollaba.

—Guau. —Me río.

—Lo sé, era una locura, pero la cuestión es que estoy familiarizado con ello y, como las tres son tan distintas, conviví con varios tipos de reacciones. ¿Tienes idea de lo que es tener tres hermanas con ciclos menstruales diferentes o a veces sincronizados? Siempre vivía rodeado de síntomas premenstruales, era como estar en una casa eternamente llena de menstruación.

»¿Y mamá? No entiendo por qué no le da la menopausia, es la peor. Se pone supermalvada y gruñona, siempre intentábamos huir porque era como si una nube gris estuviese con ella durante esos días.

—No siempre me pongo de mal humor, pero tengo que admitir que esta mañana lo estaba.

—Me di cuenta. —Su pulgar me acaricia debajo del ombligo.

—Lo siento, no quise ser odiosa contigo, pero estaba irritada. Al menos no me puse llorona, a veces estoy muy sensible. Además, me dolían los pezones, eso también se pone sensible.

—¿Algo más? —pregunta con diversión.

Me giro para estar frente a él y, debido a que estamos compartiendo almohada, nuestros rostros se encuentran muy cerca y su mano se mantiene en mi vientre.

—Yo…

—¿Tú? —Me insta con una sonrisa.

—No ahora, que tengo dolor, pero luego tiendo a ponerme caliente con rapidez. No lo entiendo muy bien, pero pienso en tener sexo… No es que te esté pidiendo que lo hagamos cuando pase el dolor, porque entendería que quizá no es lo tuyo…

—La verdad es que nunca lo he hecho así. —Parece pensativo—. Suena a que se haría un lío en las sábanas. Habría que hacerlo en el suelo o tal vez de pie… ¿O inclinarte contra el escritorio?

—¿No te asquea?

—Lo estaría metiendo en el mismo lugar de siempre, pero con humedad extra. No sé si haremos un desastre ni tampoco qué me parecerá, pero intentarlo está bien, ya luego veremos si nos gusta.

—No deja de sorprenderme que siempre escuchas todo lo que tengo que decir y que no me avergüenza hablarte de cosas que quiero intentar o que pienso.

—Y a mí me encanta, porque lo que percibo es que confías en mí. —Se acerca y me da un beso en la punta de la nariz—. ¿Ves todo lo que nos habríamos perdido si no nos hubiéramos reunido en esa fiesta del amor en San Valentín?

—Puedo verlo. —Le sonrío—. No estaría en esta cama con mi irlandés.

—Y yo no estaría mirando fijamente la belleza de mi trébol. Mi tontita de las notas.

—Tú solo… Me encantas mucho.

—Tú también me encantas, mucho. ¿Y sabes qué me encanta también? —Sacudo la cabeza en negación y él se incorpora e inclina su cuerpo hacia mí hasta que su rostro está muy cerca—. Esa boquita tentadora que está gritando por mis besos en estos momentos.

—Ah, ¿sí?

—Sí, tu boquita clama por la mía. ¿Y quién soy yo para negárselo?

Sonrío, y luego su boca está sobre la mía y me dejo arrastrar por una sesión de besos lenta y dulce que me tiene encogiendo los dedos de los pies y suspirando contra su boca. Me vuelve loca mi irlandés.

Cuánto me gustaría que estuviésemos así siempre, pero, ya sabes, la realidad siempre llama a tu puerta, y nosotros no somos la excepción.

40

ESE GRITO

Clover

Siento la mirada de Callum mientras salto sobre un pie subiéndome el pantalón por la otra pierna. Alcanzo el principio de mis muslos y entonces empiezo el típico baile torpe de alzar una pierna y tirar, gruñir y sacudirme, porque son unos tejanos muy ajustados. Me encantan, pero llevan su trabajo para pasarme por los muslos y especialmente el culo.

—Qué bonito meneo —me elogia con una voz llena de apreciación.

Me giro para mirarlo y me lo encuentro desnudo y acostado en mi cama, dándome una imagen muy elaborada de la sábana cubriéndole las caderas. Apuesto a que lo ha hecho adrede, y aún se encuentra muy sonrojado después de que tuviésemos sexo. Mi enfoque permanece en cómo se muerde el labio y en que su mirada solo tiene un objetivo: mi culo, el cual estaba justo frente a él y, debido al estilo casi tanga de mis bragas, digamos que tuvo muchas vistas.

—¿No deberías estarte vistiendo para irte?

—¿Me usas y luego me echas? —dice con ese tono dramático que siempre me hace sonreír.

—No, hicimos otras cosas aparte del sexo. —Se encoge de hombros ante mis palabras y se pone aún más cómodo en mi cama—. ¿Quieres quedarte aquí?

—No, tengo que irme a adelantar mi planteamiento del problema del trabajo de final de grado, mi tutor es bastante estricto, pero…

—¿Pero?

—Tengo tiempo para apreciar las vistas de tu meneo. —Me guiña un ojo.

Pongo los ojos en blanco, pero sonrío mientras retomo lo que hacía. Cuando el tejano está por debajo de las nalgas, apretando la carne hacia arriba, Callum suspira y me giro para mirarlo una vez más, y recibo otro encogimiento de hombros y un ademán con la mano de que prosiga.

—Me gusta morderte las nalgas —comenta, sentándose— y los muslos.

—Las pruebas de tus mordiscos de amor me lo confirman —respondo, tomando una camisa de tirantes gruesos y escote de corazón que se ajusta y resalta mi cintura.

Escojo dos pares de zapatos con tacón, me giro y los alzo hacia él.

—¿Rojos o azules?

—Rojos —responde sin dudar. Se levanta de la cama y deja caer la sábana, hasta quedar desnudo en toda su gloria.

Me quedo de pie con la boca ligeramente abierta mirándolo estirarse, porque aprecio toda esa piel pálida marcada por mis uñas y algún que otro mordisco. He descubierto que me encanta jugar con los piercings de sus pezones y, además, es supersensible a ello; sus abdominales se sienten y se ven increíbles cuando se contraen durante el sexo, y ese camino de vello rojizo muy claro, que lleva a un miembro que me encanta, es pura tentación.

Con lentitud camina hacia mí manteniendo una sonrisa suave en los labios y con el cabello rojizo despeinado cayéndole sobre la frente. Tengo un breve recuerdo sobre la primera vez que lo vi y me alucina todo el progreso que hemos hecho.

Cuando está frente a mí me hace girarme antes de instarme a sentarme en el borde de la cama. En silencio me quita los pares de zapatos de las manos, descarta los azules y se enfoca en los rojos, que comienza a ponerme.

—Moira tiene razón, tus pies son diminutos. —Se ríe, arrodillado mientras ata las correas de uno de ellos alrededor de mis tobillos—. Te quedan increíbles estos zapatos, mi trébol.

—Gracias —es todo lo que alcanzo a decir porque estoy embelesada con el momento.

El gesto me resulta tan íntimo e increíble como cuando se encuentra dentro de mí.

Hoy no tuvo clase, así que me esperó hasta que salí de la mía y nos vinimos aquí a pasar el rato. Tuvimos sexo y, de hecho, me dio más de un orgasmo, pero también estuvimos viendo un programa de repostería en mi portátil y viendo vídeos en YouTube sobre las celebraciones que se hacen en Irán e Irlanda. Siempre estamos ansiosos de conocer más de la cultura del otro. Así que pasamos toda la tarde juntos y no resultó asfixiante.

Me gusta que siempre me escucha y me habla sin problemas de su vida, descubrimos nuestras culturas, los programas inesperados que miramos juntos, las bromas, las risas, los momentos tiernos y románticos a nuestra manera, el sexo, la complicidad e incluso los largos silencios en los que tenemos espacio para centrarnos en nosotros mismos. Pensé que esas cosas no pasaban, o al menos que no me pasarían a mí, pero aquí estamos y puedo decir con honestidad que es la relación más increíble en la que he estado jamás, y eso que estuve en varias en las que creí que tocaba el cielo. Tal vez sí lo hice, pero con Callum alcanzo las constelaciones completas.

Cuando termina con el zapato, me besa el tobillo y alza la vista para que no me pierda su sonrisa. No me resisto a peinarle los mechones rojizos y apartárselos del rostro, mirando esa cara que siempre está en mi mente.

—Pareces un sumiso.

—¿Qué quieres que haga, ama? —dice bajando la vista, y río, lo que hace que alce la vista de nuevo—. Sería divertido jugar a eso, deberíamos apuntarlo. ¿Prefieres ser ama o sumisa?

—La verdad, no lo sé.

—Entonces podrás ser ambas. —Me guiña el ojo, se pone de pie y me insta a hacerlo—. Te ves preciosa. Me pone triste no ir con ustedes.

Hace un puchero y lo imito, y ambos terminamos riendo. Luego me da un beso en la boca y se envuelve la sábana alrededor de la cintura, toma su ropa y me indica que se dará un baño mientras termino de arreglarme.

—¡Oh, Dios! Clover no me dijo que tenías piercings en los pezones. ¡Qué sexi, Irlandés! —oigo a Edna desde fuera.

—Soy un bombón —responde.

Sacudo la cabeza riendo antes de tomar mi estuche con el maquillaje y arrastrar la silla frente al espejo de cuerpo completo. Empiezo con mi rostro, dedicándole el tiempo necesario y siendo superconsciente de que quiero hacer un buen trabajo. Cuando Callum regresa con el cabello húmedo y vestido, estoy aplicándome pintura labial roja mate a los labios y sus ojos se pasean por las facciones de mi rostro, que se reflejan en el espejo.

—Estoy impresionado por dos cosas —comenta—. La primera es que te maquillas como esas personas de los vídeos, Arlene enloquecería si lo supiera. Y la segunda es que pensé que ya no podía quedarme sin palabras en lo que respecta a ti, pero, Clover, te ves increíble, tentadora, impresionante.

Pongo los ojos en blanco, pero admito que mi ego lo agradece, porque fui meticulosa con el maquillaje de hoy: el delineado es bastante fuerte y gatuno, lo que hace que mis ojos parezcan más rasgados de lo que son y que el marrón se vea más impresionante de lo que en realidad es. Hice eso de hacer que mi nariz se vea un poco más perfilada y menos pronunciada, y mis pestañas también destacan. Ayuda el hecho de tener el cabello recogido, porque resalta mi rostro, que se ve anguloso debido a los contornos.

Guardo todo lo que utilicé y, cuando me pongo de pie, lo oigo suspirar.

—Me encanta. —Me da un beso en el hombro antes de dedicarse a ponerse los zapatos.

—¡Ya estoy lista, Clover! —grita Edna desde fuera.

—Dame un par de minutos —grito en respuesta, recogiendo un bolso pequeño que cuelgo en diagonal de mi cuerpo, y me aplico perfume—. ¿Listo, Callum?

Asiente y camina detrás de mí para salir de la habitación. Edna me muestra un pulgar complacida por cómo me veo y yo hago lo mismo por ella antes de que salgamos del piso. Finjo que no me doy cuenta de cómo algunas miran a Callum y manejo muy bien el hecho de que todas, pero todas, parecen saber quién es, porque lo saludan y él les devuelve de manera encantadora el saludo.

Él nos lleva en su auto a la casa donde se está celebrando una pequeña reunión. Cuando llegamos, suspira de nuevo.

—Stephan vendrá en un par de horas con mi auto, así que cuando quieran irse pueden hacerlo con él.

—Me encanta este chico, Clover, consérvalo —dice Edna, abriendo la puerta—. ¡Gracias, Irlandés!

Callum le sonríe antes de volver su atención a mí, y me inclino para darle un beso en la boca. La verdad es que me encantaría que se quedara, pero sé que quiere enfocarse de verdad en sus deberes. Me gusta mucho que no sea pegajoso o manipulador haciéndome sentir mal por salir sin él.

—Diviértete, pero no seas traviesa —bromea—. Envíame algún vídeo si suena una canción que me guste, así sentiré que estoy de fiesta. ¡Oh! Y cuéntame cualquier cosa interesante que pase, con detalles.

—De acuerdo. —Me río y le doy otro beso antes de bajar del auto—. Conduce con cuidado y dile a Stephan que me avise cuando esté en camino.

—Hecho. —Me arroja un beso y espera a que Edna y yo entremos en la casa antes de irse.

En la casa hay apenas quince personas y la mayoría de ellas son conocidos. No tardamos en localizar a Kevin, que está hablando con un tipo que no conozco, pero nos lo presenta cuando lo alcanzamos y nos hace saber que Oscar no se sentía «bien». —Literalmente hace las comillas con los dedos—. Pero no pregunto más, porque aparece Maida, que lleva un top que parece más bien un sujetador, con un pantalón de imitación de cuero y unas botas increíblemente altas. Creo que muchos comienzan a babear.

Voy junto con Kevin a por una bebida, que nos preparamos nosotros mismos, y poco después estamos sentados en los bordes de una de las grandes ventanas viendo a nuestras amigas bailar con uno de los compañeros de clase de Edna.

—¿Oscar realmente se siente mal? —pregunto girándome para mirarlo, y alcanzo a ver su mueca.

—No. Oscar solo está irritable. —Se encoge de hombros—. Creo que todo el asunto de la boda de su mamá y la invitación lo están afectando.

»No lo expresa, pero lo conozco bien y me parece que no sabe cómo lidiar con el dolor. —Mira hacia su bebida—. Quiere ir, pero teme su reacción, y, honestamente, no pienso que sea buena. No la viste cuando supo que él estaba conmigo. Hizo llorar un montón a Oscar, y ya sabes que generalmente él no llora.

De hecho, nunca lo he visto llorar. No tiende a ser muy expresivo, así que no puedo ni imaginar la magnitud de su dolor en lo referente a su mamá. Sin embargo, sé que la reacción de la mamá de Oscar también ha afectado a Kevin.

—Sabes que no es tu culpa que su mamá no le hable, ¿verdad? Se enamoró de ti, pero Oscar ha dejado claro que durante mucho tiempo reprimió la atracción que sentía hacia algunos chicos. No lo volviste así tú; él es quien es, y que su mamá no lo acepte no tiene que ver contigo, Kevin.

—Es fácil decirlo, pero muy difícil entenderlo. —Vuelve a encogerse de hombros—. Tengo miedo de que esto cree una brecha entre nosotros.

—Estarán bien —digo dándole un suave empujón.

Y en serio que lo espero, porque pensar en Kevin y Oscar separándose casi me rompe el corazón y me pone en estado de alerta.

—Ven, bailemos —digo, terminándome mi trago e instándolo a hacer lo mismo con el suyo, y luego lo arrastro a la amplia sala donde varias personas se encuentran bailando.

Eso lo hace sonreír, y pronto nos estamos moviendo de forma lasciva uno contra el otro. No me corto de restregarle el culo en una entrepierna que no se endurece, y sus manos son coquetas mientras nos restregamos riendo y cantando la canción sucia que suena. Sudamos y mantenemos el rostro lo suficiente cerca para que nuestros labios casi se rocen.

La mejor experiencia de la universidad ha sido los amigos que he hecho. No conocía a ninguno de ellos —exceptuando a Edna— al llegar. Por supuesto que es importante adquirir conocimientos y aprender, pero Valentina tenía toda la razón cuando me decía que la experiencia más bonita y divertida podría ocurrir fuera de las aulas, con las conversaciones, risas, anécdotas y recuerdos que formara durante toda mi experiencia universitaria.

Antes de venir a la universidad tenía amigos, algunos de ellos bastante buenos, pero siempre fuimos Edna y yo. Por eso me sorprende la confianza que he creado con las personas que he conocido aquí y a las que llamo «mis amigos», la ferocidad con la que los amo.

Kevin y yo bailamos canción tras canción. Cuando visualizo a Stephan acercándose a nosotros con movimientos de baile, sonrío y lo meto en el medio. Él no se queja, me encanta su energía. Stephan tiene que ser de los tipos más relajados y divertidos, no se corta si Kevin lo roza o le toma la cintura, ni tampoco porque posiblemente estemos haciendo el ridículo. Y lo que era un sándwich en algún momento se convierte en un tren, con Edna, Maida y un amigo de Edna, que se unen a nosotros. Estoy entre Kevin y Edna y, como puedo, consigo que alguien nos tome una foto y se la envío a Callum y a Oscar. Leo las respuestas tiempo después, cuando camino de vuelta a la ventana.

Oscar: ¿Quién es el tipo detrás de Kevin?

Hum, así que celoso. Pongo los ojos en blanco porque es Stephan, solo que está de espalda.

Clover: Es Stephan, tonto

Oscar: ah, bien.

Clover: temblaste???

Oscar: confío en Kevin pero es demasiado lindo y caliente por lo que cualquiera podría coquetear con él

Le mando unos emoticonos variados antes de abrir el mensaje de Callum.

Irlandés: el trenecito de mis sueños *suspiro*

Irlandés: Qué caliente

Irlandés: quiero estar ahí :(

Clover: habrá más fiestas, estudia y sé buen chico

Irlandés: pero me gusta ser malo y a ti te encanta cuando lo soy

Irlandés: y oye, mi trébol! Me arde el arañazo de la nalga, salvaje

Camino hacia la cocina para prepararme otra bebida y casi escupo el trago cuando me llega una foto de su culo desnudo frente a un espejo. En efecto, veo el profundo arañazo rojizo. ¡Soy una salvaje!

Clover: Guauuuu lo siento, lo siento, me emocioné demasiado, pero es que me estabas follando tan delicioso que me volví loca

Irlandés: disculpas aceptadas

Clover: gracias por la foto culo

Irlandés: siempre que quieras ;)

Me quedo en la cocina y bebo un poco de mi trago, y comienzo a intercambiar mensajes con él que me tienen sonriendo y sacudiendo la cabeza. Guardo el teléfono cuando me dice que debe volver a su estudio, y me termino mi trago y me sirvo otro cuando me doy cuenta de que no estoy sola. Hay otra chica que se encuentra enfocada en su teléfono.

—Hola, Lindsay —saludo recordando su nombre.

Me siento un poco culpable de que todo lo que recuerdo es que es la novia de Jagger… También es estudiante de Derecho, ¿cierto? Eso hace que tenga sentido que esté aquí, porque hay muchos de esa Facultad en esta fiesta.

Alza la vista y parece que tampoco me reconoce de inmediato, pero luego diría que sabe quién soy y me sonríe. Acorto la distancia entre nosotras y nos damos un torpe asentimiento, porque no somos amigas y apenas hablamos en una fiesta hace un tiempo. Como aquella vez, tiene un aire dulce y tímido rodeándola, transmite calidez.

—Me encanta tu delineado, cada vez que lo intento termino haciendo un desastre —me confiesa—. De hecho, no soy buena maquillándome.

—Mi madrastra me enseñó y con el tiempo ella dice que la alumna superó a la maestra. —Sonrío—. ¿Hace mucho rato que estás en la fiesta?

—Sí, pero estaba fuera con unos amigos de clase. Las fiestas no son mi ambiente, pero me di cuenta de que debo ser más sociable con mis amigos en lugar de salir solo cuando sea con Jagger. —Se encoge de hombros—. Así que estoy esforzándome en eso.

»Al menos esto no es una fiesta salvaje y la cocina es como un refugio cuando me siento abrumada. —Sonríe de costado—. Sueno como una tonta, ¿verdad?

—Para nada, me parece comprensible que no te gusten las fiestas. Bien por ti que lo intentas, pero si decides que definitivamente no lo aguantas, no te sometas a ello.

—Lo mismo me dice Jagger, pero ¿sabes?, a él le gustan las fiestas y me sabe mal cuando no va por mi culpa, porque me siento insegura cuando va sin mí. No es que él me dé razones para ello, pero sale de mí.

Asiento, porque hace unos años fui así, demasiado insegura con un chico, pero la diferencia es que lo mío con Frankie era casual y por ello me enfermaba la idea de que si no estábamos en las mismas fiestas él podría irse con otras.

Si fuésemos más cercanas le diría que sin confianza las cosas son difíciles y que si siente que Jagger no es el problema y que sus inseguridades están muy arraigadas en ella, tal vez debería estudiarse y encontrar la manera de mejorar poco a poco. A mí me costó entenderlo en su momento, pero ahora, mírenme, tengo algo de control sobre ello.

—Perdona que te diga todo esto. —Se ríe incómoda.

—No te preocupes, no tengo ningún problema en escucharte siempre que te sientas cómoda hablando de ello.

Hace una pausa, como si sopesara mis palabras. No tengo muy claro qué es lo que transmito, pero las personas siempre terminan contándome su vida incluso cuando no pregunto.

—A diferencia de mí, a Jagger le parece bien que esté de fiesta sin él. De hecho, me pregunta si me divierto y le contenta que salga con amigos. —Arranca de manera distraída la etiqueta de la botella de cerveza que sostiene—. Y eso me hace sentir rara.

—¿Que confíe en ti? —tanteo.

—Suena estúpido, pero me hace cuestionarme si no me quiere, si en el fondo quiere deshacerse de mí a ratos para hacer otras cosas o porque no me quiere igual que yo lo quiero a él.

Doy un largo trago a mi bebida, haciendo tiempo para responder. Esta chica necesita conversarlo con alguien especializado, porque creo que tiene serios problemas de inseguridad y dependencia emocional o alguna otra cosa.

—Mi novio —digo con lentitud, encontrando las palabras— tampoco pudo venir a esta fiesta y está de lo más relajado en su casa estudiando. ¿Y sabes qué me dice eso? Que confía en mí, que respeta mi independencia y espacio. No digo que tengas que sentirte así, pero tal vez puedas verlo desde otra perspectiva.

He visto a Lindsay con Jagger y no me queda duda de que el chico la quiere, presencié la manera en la que interactuaban la otra noche y hasta donde sé no hay ningún rumor de que le ponga los cuernos.

Ella no parece convencida de lo que le digo, pero asiente con lentitud.

—Me gustaría estar con él en este momento. —Suspira—. Desearía que estuviese aquí, pero está en su fraternidad sin hacer nada, es incapaz de decir que vendrá, aunque le dije que lo extrañaba.

«Amiga, está dándote espacio, dejando que socialices, porque claramente quieres pasar cada segundo de tu vida a su lado». Eso es lo que pienso, pero digo otra cosa:

—Quizá no quiere invadir tu espacio.

—O no me quiere lo suficiente o lo harté, lo arruiné y no quiere decírmelo para no lastimarme.

Quiero huir de esta conversación porque no sé qué contestar y tengo miedo de decir lo equivocado. Reconozco la canción que comienza a sonar y le sonrío aprovechando la oportunidad que se me ofrece.

—¿Quieres salir y bailar? Me encanta esta canción.

—No, creo que me quedaré aquí enviando unos mensajes —dice, sacando de nuevo su teléfono y suspirando.

Me cuesta irme y dejarla así, pero puesto que me ignora, al final salgo y me encuentro con Stephan, que me invita a bailar, y luego lo acompaño afuera para que fume un cigarrillo con Maida. En líneas generales, la fiesta resulta agradable y nada escandalosa, me río y lo paso bien. Stephan se encarga de llevarme a mi residencia junto con Edna y caigo en un sueño inmediato del que solo despierto horas después, cuando suena la alarma de mi teléfono.

¿Por qué puse alarma?

Ah, sí, porque quería correr por la mañana en lugar de la tarde, ya que me doy cuenta de que esas son las horas en las que Callum y yo podemos reunirnos cuando no estamos enfrascados estudiando, ahora que faltan meses para cerrar el semestre y nuestro tercer año.

Consigo despertarme y arreglarme y luego le ruego a Edna que se una a mí. Aunque mi amiga tiene el tipo de genética y metabolismo que la hace delgada y no le permite aumentar de kilos como desea, de mal humor se une a mí. Sin embargo, me tiene frustrada porque se queja y trota bastante lento.

—Quiero desayunar y volver a dormir. ¡Es sábado, Clover! —dice entre jadeos—. Quiero dormir, por favor, déjame ir.

—¡Vamos! Otra vuelta.

—Eso lo dijiste hace diez minutos… Por favor, deja de ser una tirana y devuélveme a mi amiga.

Río y pongo los ojos en blanco porque es una exagerada y está en muy mala condición física. Troto a su alrededor cuando jadea y se detiene, inclinándose y apoyando las manos sobre las rodillas.

—Pido pausa o vomitaré, en serio, Clover, me voy a morir si continúo.

—De acuerdo, espérame en la cafetería, hago esta vuelta final y te alcanzo.

—¿No puedes simplemente detenerte? Ya hicimos suficiente.

—Edna Moda, esto no es ni la mitad de mi rutina.

—Bien, bien, vete y encuéntrame después. —Sacude la mano despidiéndome.

—Haz estiramientos y toma agua en pequeños sorbos —le recomiendo, y me muestra el pulgar mientras continúa jadeando.

Le doy una nalgada antes de continuar corriendo y paso al lado de otros estudiantes, porque no soy la única que es responsable con su ejercicio matutino.

Una muchacha viene de frente y me sacude la cabeza jadeando.

—Camino cerrado —me advierte—. ¿Quién cierra esa curva un sábado? Lo arruinan todo.

—Gracias —alcanzo a gritarle mientras se aleja por el otro camino y me hace un gesto con la mano sin detenerse.

No quiero que piense que la sigo, pero es exactamente lo que hago: imito su ruta, que es más corta que la que suelo hacer. Resoplando, piso firme en cada paso y por un breve momento pienso que esta zona es demasiado solitaria, porque es un área de la universidad que no se usa y está abandonada. Me planteo regresar, pero avanzo hasta que tropiezo con algo, lo que me hace perder el equilibrio y caer al suelo, y me lastimo las manos y las rodillas.

—Maldita sea —siseo, porque duele.

—¿Me estabas siguiendo? —pregunta la voz de la chica.

Alzo la vista y me la encuentro de pie con las manos en la cintura y sacudiendo la cabeza con fastidio.

—Es solo que no conocía la ruta —respondo con el ceño fruncido, porque algo se siente mal en esta situación.

—Fue demasiado fácil. —Sonríe—. Diviértete, Clover.

Sus palabras se registran con lentitud en mi cabeza porque suenan espeluznantes, y un escalofrío me recorre el cuerpo cuando comienza a alejarse trotando. Miro a mi alrededor y me doy cuenta de que estoy junto a un edificio solitario y que no estoy sola.

Las alarmas se me disparan en la cabeza y finalmente reacciono intentando levantarme, pero un zapato se clava con fuerza contra mi espalda.

—Se supone que no puedo tocarte, estás protegida y toda esa mierda, pero ¿quién lo sabrá? Solo una vez, Clover. Una vez y me iré.

»Por culpa de unos imbéciles tengo que irme, pero antes de hacerlo te dejaré un recuerdo, uno que has estado deseando. Ambos sabemos que tu «no» siempre ha significado «sí».

Por un momento abro mucho los ojos y el terror me invade, pero luego hago lo que no hice las otras veces: grito para intentar alertar a todos de que Bryce me tiene inmovilizada en el suelo.

41

MOMENTOS PERDIDOS

Clover

Inmovilizada bajo el cuerpo de Bryce, grito con todas las fuerzas que reúno, sintiendo el ardor en mi garganta, pero no me importa porque no quiero vivir esta pesadilla. No quiero perder mi voz, no quiero estar en silencio, esta vez no. Nunca más.

Sin embargo, mi grito es interrumpido porque me gira y me deja estirada de espalda sobre el suelo frío. Noto el repentino peso de su cuerpo sobre mí cuando se sienta a horcajadas y me retiene las manos por encima de la cabeza.

Sus ojos se encuentran con los míos, se ven tan locos como abismales y aterradores. Es una mirada perturbadora que me habla de la clase de terrores que quiere hacerme vivir.

No me doy cuenta de que estoy hablando hasta que él sisea que me calle, y entonces descubro que he estado murmurando una y otra vez «no».

Y odio que la garganta se me cierre y mi voz se silencie a la vez que mi cuerpo tiembla.

—¿Quién mierda me va a decir que no puedo tenerte? Yo decido a quién me follo, y no todas tienen el privilegio de tenerme. —Su mirada me recorre el rostro y luego se enfoca en mis pechos antes de volver a mis ojos—. Todo lo que deseo es mío, y sé que me desean —dice con la mirada desenfocada—. Si voy a irme, te tendré, al menos una vez.

Sus pupilas están muy dilatadas y la manera en que las venas se le reflejan en la piel no es normal. Está frenético, inquieto, enloquecido, y el pánico me invade porque está sobre mí, estamos solos y su fuerza es sustancial, pero me digo que no puedo paralizarme porque entonces estaré acabada y no puedo caer sin luchar.

No puedo quedarme paralizada como otras tantas veces. «Por favor, muévete, Clover, por favor, hazlo». Me imploro a mí misma una y otra vez mientras una de sus manos sostiene las mías por encima de mi cabeza y la otra tantea en mis costados, entre mis pechos, y no registro los susurros lascivos que suelta.

Mis oídos tratan de ignorar sus palabras sucias, pero no consigo desconectarme de su tacto.

Casi vomito cuando la palma de su mano conecta con uno de mis pechos, acariciándome el pezón con fuerza y luego pellizcándolo de un modo demasiado doloroso. Siento las lágrimas cayendo desde las esquinas de mis ojos mientras sus manos abusan de mis pechos.

«Por favor, muévete, Clover, por favor, hazlo».

«Por favor, haz algo, no le dejes hacerte esto».

«Lucha, por favor, hazlo».

—Tienes que ser buena, si él hizo tanto por protegerte… El Irlandés ni siquiera era un problema, tú no lo eras, pero ustedes hicieron que todo se volviera divertido. —Su mirada cae en sus dedos ultrajándome, en su palma masajeando mi pecho y sus dedos errantes tirando de la cima—. No eres quien está poniendo en peligro mi mierda, no eres una entrometida, pero, ¡diablos! Parece que me seducías adrede. ¿Y ese maldito irlandés? Solo me estaba retando a robarle a su chica. —Sus ojos vuelven a conectar con los míos y sonríe—. Lo estás disfrutando, ¿verdad? Apuesto a que estás muy húmeda, como no lo has estado con nadie más.

Veo con horror que saca una navaja, y el filo brilla cuando la alza. Las lágrimas no dejan de rodar por mi rostro cuando el suyo baja y presiona la mejilla contra la mía, deslizando la navaja por mi brazo sin ocasionarme daño, pero haciéndome sentir la frialdad y el peligro del tacto.

—Ni siquiera tengo que drogarte, te gusta tanto que te quedas dócil y tranquila, hambrienta de estar a mi merced y esperando que te dé el mejor momento de tu vida, ¿no es cierto? Por eso no peleas, no hablas, no gritas. —Su aliento y las pequeñas gotas de saliva que escapan al hablar me enferman—. Lo estabas esperando, lo quieres tanto como yo. ¿Por delante o por detrás? No importa, yo decido, y quizá tenemos tiempo para ambas cosas.

Y entonces siento que algo vuelve a mí, que mi miedo me impulsa y dejo de sentirme entumecida.

Nunca pensé que serían sus palabras grotescas las que me harían despertar, pero cuando se incorpora y me sonríe de manera maniática, sosteniendo mis manos sobre mi cabeza y con claras intenciones de cortarme la ropa o incluso la piel, reacciono.

No lo pienso demasiado, pero al mismo tiempo siento que cada clase que Oscar me dio viene a mí como un instinto. Impulso la cabeza hacia arriba y le golpeo en la frente, lo cual me aturde en el proceso y me provoca un fuerte dolor, pero logro que me suelte las manos, lo que me brinda la oportunidad de empujarlo para alejarlo de mi cuerpo.

Estoy desorientada por el dolor sordo en la cabeza, pero me incorporo. Sin embargo, no llego muy lejos, porque su mano me rodea con fuerza el tobillo. En medio de mi desesperación y terror, consigo patearle la mandíbula, pero no me libera, su agarre se mantiene con firmeza. La desesperación comienza a agobiarme y hago lo primero que recuerdo: presionar el pie con fuerza entre sus piernas, en su miembro endurecido junto a las pelotas.

Sus gritos de dolor resuenan por el lugar y finalmente su mano me libera el tobillo, porque el dolor lo inmoviliza y bloquea. Grita una y otra vez. Pierdo el equilibrio y caigo, pero presiono una vez más mi pie entre sus piernas alargando su agonía y posiblemente provocándole algún daño, aunque sea solo temporal. Una parte de mí, esa pequeña proporción que no tiene tanto miedo como el resto de mi ser, quiere ocasionarle aún más daño.

Y estoy dispuesta a apretar lo suficiente para que su basura nunca más lastime a otra persona, pero alguien me tira del cabello desde atrás y experimento el tipo de dolor que te hace pensar que te están arrancando el cuero cabelludo. Es un dolor muy fuerte y atroz. Grito y forcejeo, buscando la manera de romper el agarre con mis manos, araño e intento dar cabezazos hacia atrás, pero no lo consigo.

—¿Qué pretendes, zorra? —me dice la mujer que me atrajo a esta trampa—. ¿Crees que es así de fácil? Qué puta tan estúpida.

No dejo de intentar arañarla, aferrándome a mi frenesí porque no quiero rendirme, no puedo.

Frente a mí, Bryce logra arrodillarse y vomita, seguramente como producto del dolor que le ocasioné, pero aun así me sonríe.

—Solo haces que te desee más, ya quiero poner mi boca entre tus piernas porque sé que estás excitada.

—Van a matarles, van a matarles —advierto a ambos en un desesperado intento de intimidarlos.

—Desnúdala para mí —le ordena a la mujer.

Ella tiene su propia navaja. Rasga desde atrás por el dobladillo de mi camisa y grito cuando empuja la tela sobre mis hombros, intentando retenerla con las manos.

—Vamos, no seas tímida —se burla.

Me sacudo y muevo el codo hacia atrás para golpearla, pero no le doy con suficiente fuerza, y con su agarre en mi cabello me hace levantarme. Le doy otro codazo que alcanza uno de sus pechos y ella gruñe antes de arrojarme contra una pared. El impacto consigue aturdirme y no sé qué hacer cuando me gira con la cara contra la pared, maltratándome la mejilla. Estoy sacudiéndome para alejarla, pero entonces siento la frialdad y el acero de su arma blanca en mi espalda baja.

—Espero que te hagan sufrir, perra gorda. Tal vez luego me deje jugar contigo con mi cuchillo —susurra, tirándome del pelo para que mi cabeza se incline hacia atrás y pueda mirarme al rostro—. Quiero arruinar esos bonitos ojos. ¿Qué tal si te los apuñalo?

Tuve muchas pesadillas sobre esto, pero ninguna se compara con la realidad.

—Bryce, ¿qué quieres que haga? —le pregunta con sorna.

No hay respuesta. No sé cómo, quizá es algo que nunca entenderé, tal vez es el miedo o la valentía dándome adrenalina, pero consigo meter la mano en el bolsillo de mi pantalón deportivo aunque ni siquiera sé qué estoy buscando. No sé de dónde viene el pensamiento, pero lo siguiente que sé es que estoy girando y siento el corte de su arma en mi espalda y la humedad de la sangre. Me concentro en su grito de dolor mientras el filo de la llave de mi residencia perfora la piel de su rostro cuando hundo la punta con fuerza y no me detengo. No registro lo que hago, solo perforo su piel desde la ceja hasta su boca mientras la sangre abunda por su rostro, dejando ver algo de su carne.

Con una mano intenta acunarse el rostro y esta se llena de carmesí. Veo el odio en su mirada cuando alza el puñal y comienza a blandirlo hacia mí. Lucho por esquivarla, pero me noto un ardor en el cuello y en la barbilla, y también en el hombro. Cuando me doy cuenta de que parece poseída, tomo la llave como un puñal y gritando la clavo con fuerza en su abdomen y la retuerzo antes de alzar las manos y protegerme el rostro cuando su arma viene hacia mí. Siento el filo clavándose en mi muñeca y grito. La mujer está frenética y soy su objetivo.

Mi desesperación y sentido de supervivencia hacen que me deslice hasta el suelo cuando su navaja viene hacia mis ojos, viendo su rostro ensangrentado y mi llave colgando de su abdomen.

—Oh, vas a lamentarlo —me dice antes de llevarse la mano al abdomen y extraerse la llave, pero es un error.

La sangre comienza a brotar, y maldice y se agacha para tomar los jirones de mi camisa y presionarlos contra la herida. No es hasta ahora que noto que estoy en sujetador y que hay sangre en varios lugares de mi cuerpo.

Tengo que irme, tengo que huir.

—¡Voy a matarte! —grita la mujer, con dolor, furia y veneno.

Mi error es darle toda mi atención, porque entonces mi cabeza golpea el suelo con fuerza cuando Bryce me toma del tobillo y me arrastra hacia él. El golpe me aturde, siento mareos y me desoriento. No noto sus manos, pero sí su peso sobre mí.

Huelo su aliento, la sangre, y hago un esfuerzo por enfocar su rostro. Mi cuerpo responde lentamente cuando alzo la mano e intento apartarlo, pero ríe y se empuja contra mí. No puedo sentirlo, creo que voy a desmayarme.

—Así debimos estar siempre.

—No —susurro—. No.

No sé si estoy desnuda, no sé si está dentro de mí, no sé qué hace, pero mientras las lágrimas se deslizan me recuerdo en la habitación de Callum hablando sobre las clases de defensa personal que me daba Oscar y lo veo sonriendo y enseñándome cómo había golpeado la garganta de su agresor, y es lo que hago.

Muevo mi cuerpo hacia delante y hacia atrás, alzo rápidamente la mano hecha un puño y logro conectar con su tráquea. Lo oigo atragantarse y ya no está sobre mí.

Un golpe impacta contra mi rostro y gimo de dolor saboreando la sangre, lo cual me aturde aún más. No tardo en escupir sangre mientras me arrastro, pero me cuesta registrar lo que sucede. Una de mis manos viaja entre mis piernas y consigo notar la tela. Aún estoy vestida, no lo consiguió.

Tanteo la superficie frente a mí, que creo que es una pared, y me giro presionando mi espalda. Parpadeo y sacudo la cabeza en un intento de enfocarme, y cuando lo hago, pese al latido sordo en mi cabeza, veo a Bryce incorporándose. Tiene los ojos llenos de ira mientras me mira.

Por favor, ya no más.

Viene a por mí, pero entonces el sonido de un teléfono resuena y él busca en sus bolsillos hasta sacar el móvil, y aprieta los labios cuando lee la pantalla.

—Es el momento de irnos, pensé que habría más tiempo, que podría hacerlo —dice con voz ronca y afectada tras mi golpe.

Es un monstruo.

—Es una lástima que no te haya tenido, Clover, al menos tu cuerpo.

Camina hacia mí con lentitud y una evidente cojera. Se agacha frente a mí y presiona el índice contra mi frente y lo baja. Me quejo con terror cuando sus manos se posan en mis rodillas y me intenta abrir las piernas, pero lucho cerrándolas con fuerza.

Su risa resuena por el lugar al conseguir abrirlas, pero el sonido cesa cuando, con la voluntad que aún me queda, le pateo la mandíbula con todas mis fuerzas. Oigo un crujido y le giro el rostro a un lado.

Gruñe antes de escupir lo que parece un diente, y una risita histérica escapa de mí.

—Así que te parece divertido, perra asquerosa —sisea con los dientes llenos de sangre y un espacio donde antes había un incisivo.

Me abrazo las piernas para que no pueda abrirlas, pero simplemente permanece agachado frente a mí.

—Tal vez no te haya tenido en cuerpo, pero siempre tendré un lugar en tu mente y con eso me es suficiente. Gané, te quebré. —Sonríe de forma maníaca—. No eres mi enemiga y, aunque el Irlandés estropeó mi juego, tengo que decir que si él no fuese un imbécil, me habría sido útil, porque tiene malicia y en mi mundo eso es práctico. —Ahora sus dedos se deslizan por mi cuello—. Ya jugué lo suficiente contigo.

»Me metí en tu cabeza y, por mucho que desee quebrarte también en cuerpo, no quiero joder con la mafia irlandesa e iniciar una guerra por una mujer, porque no lo vales y al imbécil de mi padre no le gustaría. —Suspira como si sintiera pesar—. Pero ¿sabes qué no le gustará tampoco a mi papá? Que sus planes con nuestra droga se jodieran, y odio que mi padre me trate como un inútil. Se cabreará por *su* culpa, por culpa del imbécil que intenta ser el salvador y se mete donde nadie lo llama. Se lo haré pagar.

»Jagger no lo sabe, pero voy a cazarlo como a un pobre ratón. —Se ríe como si disfrutara de su declaración—. Haré de su vida un infierno, es mi nuevo enemigo, mi juguete. Todo será tan lento que solo se dará cuenta cuando yo quiera, cuando esté tan envuelto que no tenga salida. Lo voy a destruir.

Sacudo la cabeza en negación.

Yo se lo diré.

Advertiré a Jagger y él estará bien.

Usaré mi voz y entonces Bryce no lo lastimará.

—Lo volveré tan loco que deseará estar muerto y yo cumpliré su deseo, pero solo cuando lo haya reducido a nada, cuando no queden rastros de su culo arrogante que creyó que ser un soplón de mis drogas y poner en peligro la operación lo convertiría en un salvador. —Niega con la cabeza—. Si solo me hubiese odiado en silencio…, pero tuvo que decir más. Metió las narices donde no debía. ¿Interrumpir el negocio de las drogas? ¿Intentar entregarme a las autoridades? Pobre mocoso, no sabe cómo funciona realmente un negocio, y yo voy a enseñarle.

—No… No… —susurro con voz temblorosa—. Déjalo en paz… Déjalo.

—Fue bueno conocerte, Clover, siempre estaré aquí. —Golpea con fuerza su dedo contra mi frente—. Y ese es el mejor regalo y legado que me das.

»Nos volveremos a encontrar, y entonces podremos terminar lo que empezamos. —Su sonrisa me hace tener escalofríos—. Ahora sé que te gusta duro.

Escupe sangre y se incorpora.

—¿Qué quieres que haga? —pregunta la mujer herida.

Yo le hice eso.

—Vete, tengo que ir a dar la cara para mi salida triunfal. Estaré con ustedes en cuanto pueda. No le digas a nadie de Austria cómo han ido las cosas, manejaré la salida de una forma «normal», como ellos quieren, como planearon cuando el maldito Lorcan se interpuso. —Lo último lo dice con desprecio.

Bryce se incorpora sin dejar de sonreír. De pie, creando sombras sobre mi cuerpo y con un aire de superioridad que me hace sentir humillada, vuelve a hablar:

—Hasta nuestro próximo encuentro, Clover. Ah, y no importa si se lo dices a Jagger, igualmente jugaré con él.

Y se van, como si no acabaran de marcarme y hacerme vivir el peor momento de mi vida.

Me quedo sola, en el suelo, ultrajada y rebajada a la experiencia más horrible de mi vida. Parpadeo mientras mi cuerpo tiembla, sin creerme nada de lo que acaba de suceder.

Me duele la cabeza y me desoriento. Al llevarme los dedos al centro de mi cabello toco humedad y mis dedos salen rojizos. El estómago se me revuelve y finalmente vomito, lo hago hasta expulsar la bilis.

Siento que el tiempo se mezcla y los latidos de mi corazón van regulándose. Todo parece tan borroso, tan confuso…

Él es peor de lo que imaginé. Quería jugar con mi mente. Todo este tiempo se trató de eso, de mortificarnos, enloquecernos y quebrarnos.

«Pero no te rompió, Clover», me dice una vocecita en mi interior.

—No te daré poder, no te daré un legado —susurro con voz temblorosa—. No viviré con tu recuerdo. No vivirás a través de mi mente.

Si conseguí que no tuviera mi cuerpo, no hay manera de que le deje mi mente. No puedo permitirlo.

Muchas partes del cuerpo me arden y también tengo frío, pero no pienso en ello cuando finalmente me desplomo de costado en el suelo. Me noto la sangre en la lengua y el regusto de la angustia.

—Te defendiste, Clover, lo hiciste —susurro—. Se ha ido y no tendrá tu mente. Estarás bien. No le des tu mente.

Permanezco de esa manera durante muchísimo tiempo, tal vez demasiado, sintiendo mis labios agrietarse, mi garganta pidiendo agua y el cuerpo acalambrado. No sé si estoy en *shock*, pero no me muevo y tampoco revivo lo que ha sucedido. De hecho, me doy cuenta de que los recuerdos empiezan a hacerse borrosos porque comienzo a bloquearlos. Es como una habitación en mi mente, de la que no tengo el control mientras se cierra esa puerta. Pronto solo soy una persona que está en el suelo, con recuerdos difusos sobre cómo terminé con raspones, semidesnuda, maltratada y en trance.

Poco a poco no sé qué me pasó para que terminara así.

No hay recuerdos, no hay vivencias, solo hay un enorme vacío sobre estar corriendo, tener dolor y luego estar aquí, en este lugar. No... No sé qué pasó.

Tiempo después se oyen unos gritos con mi nombre. Cuando intento hablar no tengo mucha fuerza, las cuerdas vocales me arden.

—¿Clover? —pregunta una voz masculina y veo borroso su sombra—. ¡Clover!

De inmediato alguien está frente a mí hablando y palmeándome la mejilla, porque mis ojos débiles quieren cerrarse. Un poco de agua me cubre los labios, pero cierro los ojos y suspiro como si finalmente pudiese descansar.

—¡La encontré! ¡Maida, avisa de que la encontré! ¡Clover! ¡Clover! Abre los ojos, por favor. ¡Dios! ¿Qué carajos pasó?

—No le di mi mente —susurro con los ojos cerrados antes de suspirar otra vez y perder la consciencia.

42

¿ERES EL TRÉBOL DE ESTE IRLANDÉS?

Callum

—Estás muy callado, Irlandés.

Observo esos ojos que me dan la mirada más cautivadora y atrapante con la que me he topado jamás.

—Eso es raro, ¿verdad? —Le sonrío.

Y ella asiente. No me devuelve la sonrisa, pero tiene sentido, teniendo en cuenta que es la mañana siguiente.

Es el día después de que Clover estuviese desaparecida durante horas y la encontraran en los edificios abandonados del campus Maida y Stephan.

Es el día después de sentir el miedo y la ira más profundos que he experimentado en mi vida.

Trato de mantener la sonrisa mientras le tomo la mano y le beso los nudillos lastimados.

Odio los cortes que hay en su cuello y su barbilla. No tienen profundidad para dejar cicatrices, pero son la prueba de que le han hecho daño. Detesto que en el centro de la cabeza falte un parche de cabello debido a los seis puntos que le dieron —aunque su cabello abundante lo cubra—, tiene los labios rotos e hinchados, los pómulos magullados con raspones, la mano vendada porque le clavaron un objeto filoso y parece perdida porque no tiene recuerdos de todas esas horas en las que no pudimos encontrarla.

No quiero cerrar los ojos y recordarla inconsciente, sangrando, golpeada y en sujetador, con el pantalón deportivo sucio y algunas zonas rasgadas. Estaba tan pálida que pensé lo peor; siempre he sido racional y práctico, pero mientras la trajimos al hospital no podía serlo.

—¿Crees que alguna vez recordaré esos momentos? —me susurra con la vista clavada en la ventana del hospital. Hoy será dada de alta.

De alguna manera, una parte de mí me dice que Clover estuvo con Bryce. No sé cuánto tiempo, y me mata no saber qué tipo de daño pudo haberle hecho para que ella lo bloquee en su mente. Aunque las pruebas hechas por el equipo de medicina legal confirmaron que no había habido violación, todo ese espacio en blanco en su cabeza me preocupa.

Es una brecha de tiempo en la que puede haber pasado mucho. Además, una de las pruebas de la sangre que tenía en las uñas dio un resultado no concluyente, lo que me parece una absoluta mierda tan improbable que solo me hace pensar que alguien ha alterado los resultados, pero eso tiene sentido, porque el mismo cuerpo policial que la interrogó consideró el ataque como un atraco.

No tiene recuerdos de ese día y trato de fingir que eso no me afecta ni aterra, pero el sentimiento está ahí, la angustia de que este precioso ser humano haya vivido una experiencia tan terrible o traumática que no quiera recordarlo. Va más allá de que podría saber cosas importantes; se trata de su bienestar, porque sé que eso la frustra, pero no puedo ignorar el alivio permanente en su mirada cuando dice que no sabe qué sucedió, el modo en el que eso la reconforta.

El consuelo tendría que ser que mi tío Lorcan me ha garantizado que, en efecto, Bryce Rhode se encuentra junto con su familia de delincuentes en Austria. Puede que eso me alivie, pero no borra los momentos de mierda que nos hizo pasar durante meses.

Desconcierta que todo terminara de forma abrupta. No es que no me haga feliz, pero estamos hablando de un tipo que me mandó asesinar, que atacó a Clover en diversas ocasiones… Sé que mi tío movió hilos para que desde Austria lo sacaran de la OUON más pronto que tarde, pero me inquieta que todo parezca tan… fácil.

Se siente extraño y, aunque sé que no puedo obsesionarme con eso y que tendría que celebrar que podré comenzar a tener una experiencia universitaria normal con mi novia, siento que nunca dejaré de estar alerta, no hasta que él muera.

No hasta saber qué le sucedió a Clover exactamente, pero mirando esos bonitos ojos me doy cuenta de que puede incluso que eso no suceda nunca. Ella no quiere y ninguno de nosotros la presionará.

Ella no quiso que contactáramos con su papá y, aunque no estuve de acuerdo con ello, tuve que respetarlo.

Me molesta que minimice lo que sucedió, pero me digo que es su manera de lidiar con lo que siente, es su refugio, y aún no está lista para salir de la caja de cristal en la que ha metido su mente.

—¿En qué piensas? —murmura con voz suave.

Arrastro mi silla para estar más cerca de la camilla y respiro hondo, reuniendo toda la confianza irlandesa y mi actitud despreocupada para ella.

—Pienso en que gracias al cielo no me olvidaste, eso habría sido tan de novela.

Parpadea un par de veces y luego una pequeña risa la sacude. Me siento satisfecho del sonido, porque es lo que quiero.

—Nunca podría olvidarte —susurra, acariciándome la mejilla con la mano que antes le sostenía.

—¿Por qué? —Coqueteo con ella con los ojos, y una pequeña sonrisa curva sus labios lastimados.

Aprieto en un puño la mano que no puede ver —ya que está sobre mi pierna—, cuando hace una mueca de dolor y me digo que debo contenerme, que este no es el lado de mí que ella necesita en este momento y que mi ira debe esperar.

—Sabes por qué.

Río por lo bajo, levantándome de la silla e inclinándome hacia ella. Llevo mi rostro tan cerca del suyo que puedo ver cada puto rasguño, pero también el brillo de sus ojos cuando me ve.

Mis manos se apoyan a los lados de su cabeza y casi respiro aliviado cuando no me rehúye, porque por un momento pensé que podría hacerlo al estar abrumada.

Nunca perdonaré a la persona que la lastimó y espero algún día tener la oportunidad de extraerle los órganos vivo o muerto, no me importa.

Sería muy ridículo cuestionarme por qué me afecta tanto que la lastimaran, por qué quiero quemar el mundo por ella, por qué me convertiría en Terminator malvado nuevamente, porque la respuesta es muy simple: son mis sentimientos, estoy perdidamente enamorado de ella.

Amo su boquita preciosa, sus ojos, su cabello, sus tetas, su abdomen, sus brazos, su culo, todo su jodido ser, y amo sus risas, su ingenio, su elocuencia, su inteligencia. Amo que podamos tener sexo apasionado, desenfrenado, pero también dulce, amo que veamos *realities* que otros criticarían. Amo sus notas, su seguridad, toda ella.

La amo.

Y me encantaría decirlo, pero este no parece el momento ni el lugar. Tenemos tiempo, pronto lo escuchará de mí.

Así que, en lugar de decirle estas dos palabras, le beso la punta de la nariz y le hago una pregunta que se ha vuelto muy típica y significativa para nosotros.

—¿Eres el trébol de este irlandés? —susurro.

Extra

LOS AMIGOS NO SE BESAN EN LA BOCA (OSCAR Y KEVIN)

Kevin

Cinco meses antes de la fiesta del amor

Se supone que no te gusta tu compañero de piso.

Se supone que no te gusta tu amigo.

Se supone que no te gusta tu amigo hetero.

Y si te llamas Kevin, se supone que no te gusta Oscar, quien es tu compañero de piso, tu mejor amigo y, además, un chico hetero.

Pero soy un chico malo al que no le importó. Mis ojos van a él mientras sonríe y baila una música hispana de sonido candente, sosteniendo un cigarrillo en una mano y follando lentamente al aire mientras canta en español.

Bebo de mi batido de proteína de la manera en que quiero beber de él mientras me siento con las piernas abiertas en nuestro horrible e incómodo sofá.

Tengo resaca y me haría feliz dormir otro poco más, pero ¿perderme este espectáculo de Oscar? Imposible, no cuando se me permite mirar, eso no lastima… Bueno, me lastima a mí, pero esos son pequeños detalles.

He sobrevivido a un año de enamoramiento por un chico hetero al que considero mi mejor amigo, pero no siempre fue así.

Cuando conocí a Oscar durante nuestra primera semana de clases, en el primer año, fue porque teníamos un par de clases juntos debido a que él estudia Ciencias Forenses y yo Criminalística. Fue un encuentro extraño con una conversación irónica y cínica y al final sonreímos y eso selló el trato. Evidentemente sabía que era un tipo ardiente, con toda esa piel bronceada. Es alto, musculoso, con el cabello castaño al ras y ojos avellana atrapantes. ¿Y la sonrisa? ¡Joder! He soñado con esa puta sonrisa más de una vez.

Sentir atracción por chicos heterosexuales no es nada extraño ni alarmante, así que no me pareció un problema mientras entablábamos una amistad supergenial.

Durante los primeros dos años él folló a cuanta chica cayó en sus encantos —muchísimas—, y yo follé y fui follado por cuanto chicos me sedujeron o seduje. Era un buen arreglo, dos rompecorazones que pasaban tiempo juntos pese a tener personalidades tan diferentes.

Mis primeras alarmas debieron de venir cuando, aparte de fijarme en su físico sensual, los pequeños detalles comenzaron a ser significativos y de repente era consciente de cada toque. Sin embargo, soy bueno fingiendo ser fuerte y que nada me afecta, así que cuando estábamos casi a mitad de nuestro segundo año y él me propuso que compartiéramos piso a dos cuadras de la universidad, yo salté diciéndome que no había ningún problema, porque aún se me ponía dura la polla por muchos tipos y mi enamoramiento era pasajero, como mi deseo infantil por Nick Jonas (quien, por cierto, ya no me gusta).

Obviamente me equivoqué, porque, aunque vivir con Oscar a veces podía ser estresante y en ocasiones nos enfadábamos, también era emocionante y me permitió conocerlo de otras maneras que me gustaron. De pronto Oscar era una de las personas que mejor me conocían y yo era de los que mejor lo conocían a él.

Soy un muchacho gay bastante centrado que no se hace ilusiones ni ve cosas donde no las hay; además, no quiero una relación. De todos modos, a veces tengo la impresión de que nos rodea una tensión diferente a la de dos amigos. En muchas ocasiones, como ahora, siento que su mirada es más que amistosa, pero me reprendo por pensar que veo más de lo que hay, y ciertamente no quiero ningún drama.

—¿Qué miras? —me pregunta, y le sonrío.

—Lo bien que bailas, estoy imaginando que follas así —digo medio en broma, y él ríe antes de darle otra calada a su cigarrillo.

En un principio pensé que era ridículo que Oscar fuese el prototipo de chico malo, pero lo es, y lo más ridículo es que me encanta.

—Follo mejor que esto —asegura después de expulsar el humo.

—No sé, tendría que experimentarlo para opinar —comento sonriéndole con dulzura.

Ríe de forma ronca y sin sorpresa, porque siempre hago comentarios de este tipo, y no solo con él, por lo que le resulta de lo más normal.

—Cuando quieras —responde, guiñándome un ojo.

Esta vez soy yo quien ríe, antes de terminarme el batido y sin despegar la vista de él. La camisa de mangas cortas se adhiere a su cuerpo tonificado y el pantalón del pijama le cuelga demasiado bajo. Trato de no pensar ni fijarme demasiado en el bulto de su polla; para mí esa es un área intocable, suficiente culpable me siento cada vez que le como el culo con la mirada.

—¿Por qué estás de tan buen humor? —mascullo, poniéndome de pie.

—¿Por qué estás tan gruñón?

—Tal vez porque mi compañero de piso me despertó con sus canciones en español sobre follar, cuando claramente tengo resaca.

Paso por su lado para ir a la cocina diminuta, pero su mano se posa sobre mi brazo y me detiene.

—Eres un caprichoso al que le gusta que todos hagamos lo que él desea.

Aunque no me giro a mirarlo, sé que está sonriendo y me encojo de hombros, porque no hay mentira en sus palabras, soy así.

—Tal vez estás enojado porque no sabes bailar este tipo de canciones, pero tranquilo, Kev, te enseñaré.

Baja su mano hacia la mía y comienza a moverse, lo cual me hace reír, porque creo que pretende que yo también lo haga, pero la realidad es que siento el sudor acumulándose en el centro de mi espalda desnuda cuando pega su pecho a mi espalda y comienza a balancear las caderas.

De acuerdo, Oscar no es un hombre de masculinidad frágil, por lo que esto no es una señal de que algo suceda y no es la primera vez que se acerca a mí de esta manera, pero es difícil explicarle eso a mi cuerpo, que comienza a reaccionar.

Sus dedos se entrelazan con los míos y luego siento su barbilla apoyándose en mi hombro mientras su cálido aliento me golpea en el cuello.

—Vamos, Kevin, baila conmigo.

¿Por qué es tan cruel y no me dice: «Vamos, Kevin, folla conmigo»?

Bien, puedo ser un chico gay normal que baila con su mejor amigo. Además, qué *cool* estaría aprender esos movimientos sensuales, así que me balanceo intentando seguir su ritmo y de nuevo ríe.

—Vuelve a reírte y te patearé el culo —le advierto.

—Ladras demasiado para lo poco que muerdes.

Su otra mano baja y se centra en mi abdomen, extendiendo los dedos abiertos y guiándome. Trago cuando bajo la mirada, porque el contraste de su piel bronceada con mi piel mucho más pálida es precioso. Sus dedos fuertes se ven perfectos en los surcos de mis abdominales, y a mi erección eso le gusta, no es nada discreta.

Su cuerpo detrás del mío, su mano atrapando la mía y la otra en mi abdomen, su aliento contra mi cuello y su olor embriagante junto al rastro de humo del cigarrillo que ni siquiera sé cuándo terminó… Es demasiado.

Los segundos se deslizan como la seda mientras nos balanceamos al ritmo de la canción sin hablar, lo que me hace ser consciente de mi respiración, y trato de no jadear. Puede que me guste Oscar, pero lo último que deseo es incomodarlo por cómo me siento. Por eso callo, es mi mejor amigo y no quiero perderlo.

—Y ahora giras —dice con una voz algo más ronca de lo normal.

Sonrío cuando, en efecto, me hace girar. Estamos de frente y ahora sus dos manos se afianzan a mi cintura, mirándome con una sonrisa ladeada mientras se acerca más a mí sin llegar a pegar nuestras caderas.

Veo cada hermoso rasgo de su rostro, y el corazón se me acelera cuando nuestros ojos conectan. Dejo de moverme y exhalo lentamente.

No solo tengo una erección, también siento un nudo en el estómago y una sensación enorme de tristeza cuando su cercanía me hace saber lo que no tendré.

Quiero besarlo y también quiero llorar al darme cuenta de que me esperan casi dos años más de esto.

Sus dedos cálidos me aprietan la cintura y enarca una ceja hacia mí.

En este momento entiendo algo muy claramente: no solo siento atracción por mi mejor amigo, también tengo un sinfín de sentimientos hacia él.

No solo quiero que me folle, también quiero que me abrace y me mime.

—¿Kevin? —me pregunta, y parpadeo.

El vaso donde estaba tomando el batido de proteína cae al suelo y lo tomo como excusa para alejarme cuando me agacho a recogerlo y camino hacia la cocina. Lo lavo con demasiado entusiasmo mientras siento que los latidos de mi corazón retumban por todo el lugar.

Termino de lavar el vaso y vuelvo a la sala, donde la música ya no suena y él me observa como un halcón mientras me obligo a sonreírle fingiendo que estoy bien.

—Ahora que arruinaste mis horas de sueño, ¿me llevas a comer? —pregunto con excesiva fogosidad.

Me mira durante unos largos segundos antes de sacudir la cabeza y sonreírme.

—Está bien, vamos a por ese desayuno.

Y cuando pasa a mi lado me da un leve azote en el culo, que no es nada nuevo, solo que hoy me hace sobresaltarme y caminar a toda prisa a mi habitación.

«¿Por qué? ¿Por qué de todos los heterosexuales del mundo precisamente te fijaste y empezaste a tener sentimientos por Oscar Coleman García, Kevin?».

Oscar

Un mes y medio después...

Debería prestar atención a mi libro, pero en lugar de ello mi atención está en Kevin y en su irritante risita con el chico que coquetea con él.

Vinimos a estudiar, pero eso es lo último que ha estado haciendo desde hace dieciocho minutos, cuando este desconocido apareció tocándolo de una manera demasiado íntima y hablando con una voz molesta.

Sigo el movimiento de la mano del tipo por el pecho de Kevin y aprieto mi agarre alrededor del lápiz, de la manera en que quisiera romperle los dedos al pobre chico.

Intento relajar la mano, pero entonces Kevin sonríe de esa manera que siempre me deja pensando, una sonrisa que siempre me acelera el corazón, y no está dirigida a mí, sino a él. ¡Dios! Lo odio.

Odio cómo me siento.

En el pasado no tuve problemas en reconocer que algunos chicos me parecían excesivamente guapos e incluso decía la famosa frase «Me lo follaría» creyéndome superliberal y de la nueva generación, pero tal vez lo decía en serio. Resulta que soñar con follar con tipos era más que algo casual, que mirar detenidamente a algunos muchachos de la adolescencia era algo más, pero supongo que tenía sentido que pensara que eran cosas no comprometedoras ni importantes cuando tienes una mamá que vive predicando que Dios condena a los homosexuales, que arderán en el infierno y que España, su país natal, está siendo envuelta en una lluvia de libertinaje gay de plumas y brillo.

Pese a que crecí con una madre acostumbrada a decir que preferiría un hijo delincuente que marica, la verdad es que cuando finalmente entendí que me atraía mi mejor amigo no entré en una crisis. Fue básicamente un alivio ponerle nombre a las sensaciones que experimentaba. Fue placentero llegar a un acuerdo conmigo mismo de que Kevin me la ponía dura, para mí fue como finalmente entender una clase y poder avanzar. Vivir con él ha sido como avanzar clase tras clase, asociar muchas cosas que me gustan de él con el porqué de mis sentimientos, pero siempre sin actuar, porque ¿quién carajos arruina la mejor amistad que ha tenido? Y que Kevin sea gay no quiere decir que automáticamente deba gustarle cualquier hombre. Reconozco que, aunque mi físico atrae, mi personalidad no es precisamente la más encantadora; tiendo a ser distante, cortante y a veces grosero.

La atracción y el deseo estaban bien, pero lo más complicado fue descubrir hace meses que había emociones a las que me aterraba ponerles nombre. Fue en ese momento en el que mi vida se convirtió en un bucle: me costaba acostarme con cualquier chica que me atrajera, estaba a la defensiva de que él notara que yo actuaba extraño, tomaba demasiadas duchas frías y muchas veces tuve que apretar las manos en un puño por mi deseo de tocarlo, y no únicamente de manera sexual, también de manera tierna e incluso dulce.

La peor parte de esta nueva etapa de cómo me siento son los putos celos. Antes entendía que tuviese aventuras, igual que yo, pero últimamente me parece insoportable, quiero salir de mi piel cada vez que lo veo.

Así que llegué al final de la encrucijada y me dije que necesitaba confirmar si solo se trataba de Kevin o si era algo más amplio. Primero vi vídeos de chicos teniendo sexo y me gustó, bastante, tanto como para agarrarme la polla endurecida y darme orgasmos. Lo segundo fue ir a fiestas y fijarme más en los chicos de mi alrededor, y sentí interés por un par de ellos. Y lo último fue decirle a Callum Byrne que me dejara besarlo después de explicarle mi situación.

Disfruté mucho del beso con Callum y concluí que, en efecto, me encantan las mujeres, pero también los hombres. No es que me guste solo Kevin, pero es por él por quien tengo sentimientos, fuertes y arraigados, y por primera vez no sé qué hacer.

«No comes donde cagas», eso suele decir mi padrastro, y en este caso tiene todo el sentido del mundo, porque Kevin y yo vivimos juntos, tenemos tres clases juntos, compartimos el mismo grupo de amigos y es mi mejor amigo. ¿Y si se lo digo y todo sale mal?

Pero en este momento, cuando el intruso se inclina hacia Kevin y le besa el cuello, me pregunto cuántos casos así veré hasta graduarme, en menos de dos años. No tengo la paciencia ni el tacto para reprimirlo y temo que algún día monte un jodido espectáculo o me vuelva resentido e hiriente cuando no es su culpa.

Algo muy parecido a un gruñido sale de mí cuando tomo mi libro y lo arrojo con demasiada fuerza en la mochila, sobresaltando a los tortolitos. Kevin dice mi nombre, pero lo ignoro porque en serio sé que diré mucha mierda.

—Te veo luego —me despido tras ponerme de pie.

—Oscar…

Pero salgo de la biblioteca y bajo con demasiada rapidez las escaleras. Abro y cierro la mano a medida que camino.

Joder, joder, joder, tengo que controlarme y detener todo esto.

Necesito ir con Clover y desahogarme, aunque nunca le diga que se trata de un chico, y mucho menos que es Kevin.

—¡Oscar! Detente.

Finjo no oírlo mientras salgo de la Facultad y avanzo, pasando la fuente de mármol que me parece horrenda.

Kevin deja de gritar mi nombre, pero sé que está siguiéndome.

Tomo un atajo rodeando el edificio de arquitectura, donde hay menos estudiantes.

—¿Qué demonios te pasa? —exclama Kevin.

Debería continuar y luego buscar una muy buena excusa para esto.

Pero me detengo y no me giro.

—¿Por qué de la nada decidiste irte? ¿Por qué luces tan cabreado?

Kevin es de las personas más inteligentes que conozco y estoy seguro de que lo sospecha, pero piensa que soy del todo heterosexual, por lo que seguramente lo atribuye todo a su imaginación.

Así lo prefería, porque pensé que de esa manera no notaría que me estoy volviendo loco por él.

Esto es agotador.

Siempre vivo tenso, midiendo mis palabras alrededor de las personas, pero también dejo caer algunos coqueteos. Temo su toque, pero también lo busco; quiero alejarme, pero pasar tanto tiempo como pueda con él.

—Habla ahora mismo, nunca te has callado los jodidos problemas —dice con impaciencia—. Me hiciste correr, idiota, no quería hacer extra cardio hoy y… ¡Mierda! Dejé mis cosas en la biblioteca por venir detrás de ti y para saber qué se te metió en ese apretado culo.

Finalmente me giro para mirarlo.

Lo encuentro con el cabello castaño claro despeinado, las mejillas ruborizadas por la agitación y posiblemente la molestia, y sus ojos verdes están inquietantemente intensos.

—¿Y bien? No tengo todo el día —me apremia con un movimiento de mano.

Río por lo bajo y arquea una ceja.

¿Sabes qué? Que se joda todo.

Me importa nuestra amistad, pero también me interesa no volverme loco y colapsar por contener tanto hacia él.

Habrá que arriesgarse.

Así que, de una manera muy brusca, acorto la distancia entre nosotros. Kevin es tan seguro de sí mismo y de mí que no retrocede, simplemente ladea la cabeza mirándome con curiosidad e interés cuando lo alcanzo y arrojo mi mochila al suelo con demasiada fuerza.

No me cuestiona, simplemente conecta su mirada con la mía cuando tomo un puñado de su camisa.

—Espero que sepas que la estás arrugando y deberás plancharla —me advierte con una pequeña sonrisa.

Sin embargo, noto un toque nervioso en su voz.

—Puedo con eso. — Pero no me refiero únicamente a la camisa.

Elimino la escasa diferencia de altura entre nosotros cuando bajo el rostro y voy a por todo. Atrapo su labio inferior entre mis dientes antes de lamerlo, lo hago jadear cuando adentro mi lengua en su boca y comienzo finalmente a besarlo al atrapar su labio inferior entre los míos.

Y ambos sabemos que nada volverá a ser igual, porque los amigos no se besan en la boca y porque no me he despegado de sus labios y ya quiero más.

Por cómo sus labios se mueven debajo de los míos y cómo su lengua baila con la mía, me hace saber que lo entiende. ¡Joder! Le gusta.

Mi mano libre va a su cabello, sosteniéndolo mientras se aprieta a mi cuerpo y, aunque esto era un beso enojado, ya no estoy molesto. Me siento eufórico.

Tiene los labios suaves y casi nunca tiene nada de barba. Besarlo se siente increíble, mejor que en mis fantasías; es sofocante y aterrador, pero de una manera adictiva, y no quiero liberarlo. Ladeo el rostro profundizando aún más el beso y gimo saboreándolo e ignorándolo todo a nuestro alrededor. Me enfoco únicamente en él, en la manera en la que me besa con la misma fuerza y entusiasmo.

Me da un par de toques en el pecho con la mano, pero continúa el beso hasta que finalmente aleja su boca de la mía. Temo que se arrepienta, pero cuando abro los ojos, me encuentro con sus pupilas dilatadas y sus labios hinchados curvándose en una breve sonrisa.

—Necesito respirar —susurra.

—¿Seguro que lo necesitas? —Río nervioso, como pocas veces he hecho en mi vida.

Indaga en mi rostro y compartimos una larga mirada, con mi mano aún tomando un puñado de su camisa y la otra sosteniéndole la nunca.

—¿Oscar? —pregunta inseguro, queriendo saber qué sucede ahora.

Y no lo sé, todo lo que sé con certeza es que estoy enamorado de mi mejor amigo y acabo de besarlo.

AGRADECIMIENTOS

Bueno, esta es la parte en la que le agradezco a mis personajes por dejarme tener un espacio en donde simplemente puedo hablar como Darlis Stefany y no como ellos. ¡Así que aprovechemos!

Gracias a mi hermosa familia, que siempre ha sido mi pilar sobre la realidad, que aguantan mis procesos creativos y que los maree con lo que llamamos «asuntos de escritora», sin ellos estaría perdida, han sido mi timón y ancla: mi mamá Delia, mi papá Félix, mi hermana Derlis y mi tío Gaspar; aunque, para ser honesta, aquí entran un sinfín de familiares que me apoyan y me llaman su «escritora estrella».

A las amigas que se convirtieron en familia: Williangny, Dubraska, Karla, Kristel y Romaira; ustedes hacen que mis días tengan mucha más luz, me demuestran que el destino sí existe, porque tengo la certeza de que en estas y otras vidas estamos destinadas a encontrarnos para reír, llorar, pensar, cantar, bailar y simplemente existir estando juntas. ¡Gracias por nacer en el mismo siglo que yo, mis amores!

A Samantha (mi Sammy), quien constantemente llora debido a mis historias, ha sido un gran apoyo durante todo este proceso, le dio el logo más genial a OUON y ama a estos personajes a morir, porque ha creído tanto en mí que a veces me pregunto cómo conseguí a alguien así de maravillosa como amiga. A Natalia, a quien llamo «mi mitad Narlis», porque, como muchas otras historias, ella tiene responsabilidad de que esta exista, regalándome mi primera portada, alentándome a escribir mucho más y celebrando conmigo.

A mis mujeres Ariana Godoy y Alex Mírez, porque siguen creyendo en mí tanto como yo creo en ellas, porque la distancia no mide mi amor por ellas y deseo que envejezcamos juntas mientras escribimos todas las historias que nos quedan por contar; son mi lugar seguro, gracias por tanto, mientras este frío corazón lata tendrán un gran espacio en él.

A Angie Ocampos y Jessica Rivas, porque fangirlean conmigo, las amo y me aman, porque son amistades que no esperaba encontrar, pero que cuento con la fortuna de tener, me entienden, me apoyan y me hacen saber constantemente que no estoy sola.

Un agradecimiento especial al equipo de Penguin Random House por hacer posible este libro y tratarlo con tanto amor y esmero, así como también a mi casita naranja Wattpad por seguirme dando oportunidades como estas, especialmente a Katherine Ríos, que siempre celebra conmigo y me apoya a morir.

Y por último, pero no menos importante, gracias a cada persona que se dio el tiempo de adentrarse a esta historia que amé escribir, por dejarme atraparlos y, si soy lo suficiente afortunada, por darme un pedacito de su corazón en donde mis personajes podrán vivir. Amo escribir historias que disfrutaré leer, pero también amo contar historias que sé que no se quedarán en simples palabras debido a que ustedes con sus emociones les dan vida.

Así que gracias por llegar hasta aquí, no sé si llevas tiempo en esta montaña rusa de emociones, si eres nuevo o llegarás mañana, pero lo que sí sé es que en mi familia de lectores siempre serás bienvenido y bienvenida, que no estás solo o sola y que siempre: iremos por más.

Tranquis, la espera del próximo libro valdrá la pena, así que abróchate el cinturón, porque Callum, Clover y todos los personajes de esta historia volverán con mucho más.

¡Ti amu!

Y para la buena suerte, recuerda: Clover, Clover, Clover.

ÍNDICE